문학교육을 위한

현대시작품론

문학교육을 위한
현대시작품론

2021년 8월 27일 초판 1쇄 펴냄
2024년 2월 15일 초판 5쇄 펴냄

지은이 윤여탁·최미숙·최지현·유영희·김정우·남민우·김남희·정정순·구영산·김미혜
　　　　오지혜·손예희·민재원·강민규·이종원·이상아·진가연 지음

책임편집 정세민
편집 정용준
디자인 김진운
본문조판 민들레
마케팅 김현주

펴낸이 윤철호
펴낸곳 ㈜사회평론아카데미
등록번호 2013-000247(2013년 8월 23일)
전화 02-326-1545
팩스 02-326-1626
주소 03993 서울특별시 마포구 월드컵북로6길 56
이메일 academy@sapyoung.com
홈페이지 www.sapyoung.com

ISBN 979-11-6707-018-0 93800

문학교육을 위한

현대시작품론

윤여탁·최미숙·최지현·유영희·김정우·남민우·김남희·정정순·구영산·김미혜

오지혜·손예희·민재원·강민규·이종원·이상아·진가연 지음

사회평론아카데미

일러두기

1. 이 책에 제시된 표제 작품은 원문 아래 제시된 '출처'의 표기를 따르되, 의미상 오해의 소지가 있을 경우에만 수정하였다.
2. 작품의 제목은 현대어로 수정하여 표기하였다.
3. 작품에서 문맥상 의미를 파악하기 쉬운 한자는 한글로만 표기하였으며, 한자를 표기할 때에는 첨자로 명기하였다. 단, 시 해설에 인용된 작품에서는 한자를 괄호로 병기하였다.
4. 작가 및 작품 목록은 책의 마지막 부분에 '찾아보기'로 제시하였다.

책머리에

이 책『문학교육을 위한 현대시작품론』에는 한국 현대시인 74명의 대표적인 시 작품 90편에 대한 해설이 수록되어 있다. 나는 지난 30여 년 동안 현대시 연구자, 현대시 교육자로 지내면서 한국 현대시의 이해나 감상을 담은 시론, 시 해설서 제작에 여러 차례 참여한 바 있다. 이 경우에는 나도 한 사람의 독자로서 나에게 주어진 시를 해석하고 감상한 내용을 나열하는 것으로 소임을 다할 수 있었다. 그런데 이 책처럼 '문학교육을 위한'이라는 수식어를 쓰는 경우에는 좀 다르게 현대시를 해석해야 한다고 생각하였다. 그 이유는 이 표제어를 통해서 책의 독자를 제시하고 있을 뿐만 아니라 책의 집필 방향을 분명하게 표명하고 있기 때문이다.

대체로 문학작품을 읽는 사람들은 자신의 작품 읽기가 타당한가에 대한 의심으로부터 자유롭지 못하다. 그래서 다른 사람의 작품 읽기를 넘겨다보거나 다른 사람의 감상 내용을 별다른 이견 없이 자신의 것으로 받아들이기도 한다. 이 책은 일차적으로 이런 일반 독자들이 시 감상의 과정에 도움을 받거나, 자신의 감상과 비교해 볼 수 있게 하는 책이라고 할 수 있다. 여기에 더하여 일반적인 독자로서가 아니라 문학교육의 주체로서 현대시를 가르치려는, 또는 현재 가르치고 있는 이들을 이 책의 주요 독자로 생각하였다.

독자들은 시를 읽으면서 시의 화자와 거리를 조정하는 활동을 하게 된다. 이때 정서적으로 동화되어 감정을 이입하거나, 인지적으로 이화되어 화자의 생각과 정서에 거리를 두기도 한다. 그리고 이와 같은 시 감상 과정에는 시인이나 작품과는 다른 독자의 경험이나 정서가 중요하게 작용한다. 독자의 경험에는 학습이나 독서를 통해 형성된 배경지식[schema]뿐만 아니라 각기 다른 일상생활에서의 체험 등이 포함되므로, 독자마다 다른 경험과 정서가 작용하여 서로 다른 시 읽기가 이루어진다. 함축적이고 주관적인 시의 특성상 독자들이 보이는 감상의 다양성은 그 자체로 시 읽기의 미덕이기도 하다.

그런데 학습 독자를 가르치는 시 교육의 국면에서는 시 읽기의 이러한 다양성이 비교적 제한적으로 용인되는 경우가 많다. 또한 그동안의 시 교육의 장을 염두에 둔 해설서들은 권위적이고 보편적인 해설을 목표로 하는 해석 정전(canon)을 지향하면서 간행되곤 하였다. 그러나 학습 독자들에게 한국 현대시를 가르치려는 사람들의 시 읽기는 개별 해석의 다양성이나 보편성을 넘어, 이러한 다양성과 보편성이 독자들에게 어떻게 작용할 수 있는가를 고민해야 한다. 이 단계에서 문학의 특성, 즉 문학의 속성이나 심미적 특성이 독자의 정서나 윤리 등과 대화적으로 작용하여 학습 독자의 것으로 내면화될 수 있도록 해야 한다.

이 책은 현대시에 대한 정전적인 해석을 넘어 학습 독자들이 살펴야 할 여러 내용을 담아내고자 했으며, 학습 독자들의 다양성이 발현되고 활성화될 수 있는 계기들을 제공하고자 했다. 또한 작품의 선정에서부터 작품의 해석 과정에 이르기까지 교육적 특성과 의의를 고려하였으며, 궁극적으로는 학습 독자들이 참고하고 활용할 만한 교육 정전으로서의 해석을 제시하고자 하였다. 집필 과정에서 필자들에게 가장 고민이 되었던 점은 어떤 작품을 선정할 것인가의 문제였다. 이 책에서는 교과서에서 자주 다룬 시들을 중심으로 수록 작품을 선별하였다. 다만, 지면의 제약상 매우 중요하고 가치가 높은 작품임에도 불구하고 이번에 다루지 못한 작품들이 적지 않다. 다른 기회를 통해 오늘의 아쉬움을 보완할 수 있게 되기를 기대한다.

이 책의 집필에는 한국 현대시 교육을 동문수학(同門受學)한 16명의 현대시 교육 전문가들이 참여하였다. 한국 현대시 연구에서 시 교육 분야로 나의 연구와 실천을 확대할 수 있었던 것은 이 집필자들과 함께였기 때문에 가능한 일이었다. 진심으로 고맙고 감사할 따름이다. 아울러 이 책은 나의 30여 년 학교생활을 마무리하고 제2의 인생을 시작하는 것을 기념하는 의미를 가지고 기획되어 집필되었기에 더욱 그렇다.

끝으로 이 책의 출간을 맡아 준 사회평론아카데미 고하영 대표와 촉박한 출판 일정에도 꼼꼼하게 원고를 검토하고 편집해 준 정세민, 김채린 선생에게 감사의 마음을 전한다.

2021년 8월 27일
저자들을 대표하여 윤여탁

차례

2부

자본주의
시대와
현대시의
다양화

3부

한국 현대시의 현재와 미래

1부

국권 회복과 근대적 시형의 모색

각 시대 사람들은 저마다 자신이 살고 있는 세계의 시대적 감수성을 공유하면서 이를 현대성으로 인식한다. 앞으로 100년 후를 살아갈 사람들이 현재를 살고 있는 우리와 크게 다르지 않은 동시대적 감수성을 가지고 있어 우리 시대를 포괄한 현대성의 관념을 갖게 될지는 가늠하기 어렵지만, 그래서 그때에도 여전히 우리가 현대인으로서 기억될지는 알 수 없지만, 현대성은 역사의 어느 시기에 고정되지 않고 당대를 살아가는 사람들에 의해 인식되며 변화한다. 그것은 지금 여기에 살고 있는 우리에게도 적용된다.

현대시라는 용어 역시 상대적인 개념이다. 우리가 동시대적인 것으로서 경험하는 시들이 우리에게는 현대시로 인식된다. 만약 후대에 이 시들이 더 이상 동시대적인 것으로 공감받지 못한다면 그때는 또 다른 현대시 개념이 필요하게 될지도 모른다. 이런 점에서 이 책에 수록된 작품들 중 근대 초기로부터 민족 주권을 되찾게 된 1945년까지 대략 30여 년에 걸친 일제강점기의 시들은 현대시 중에서도 앞선 시대의 것들이자 공감의 가장 먼 경계에 있는 것들이라고 할 수 있다. 이 시들에는 현재의 독자들도 공유하고 있는 '현대적 감수성'도 있지만, 근대인으로서 새로운 시대적 경험을 해야 했던 시인들의 당혹감도 있다. 전례가 없는 관념들과 감각, 나만이 느끼는 감정들, 내 상상 속의 세계, 자신의 몸을 이끄는 리듬감과 호흡들을 담아내는 형식을 찾기 위해 시인들은 고뇌와 황홀의 밤을 지새웠을 것이다.

그러면서 이 현대시들은 시대의 아픔을 공유했고 우리말의 아름다움을 지켜 냈으며 상상할 수 있는 세계의 경계를 확장했다. 그렇기에 이 시기의 작품들은 오늘날 독자인 우리에게는 현대시의 기준선으로서 작용한다. 살아 보지 못한 시대의 읽어 본 적 없는 시 작품들을 교과서에서 대할 때, 시인들이 새로 펴낸 시집을 구해 읽을 때, 혹은 학생이나 생활인일 따름인 친구나 동료, 심지어는 나 자신이 어쩌다 써 본 습작들에 감상을 이야기해 줄 때는 이 기준선이 작용한다. 이것이 우리가 이 시기의 시 작품들을 읽어야 하는 이유이다.

불놀이

주요한

아아 날이 저믄다, 서편西便 하늘에, 외로운 강물 우에, 스러저 가는 분홍빗
놀… 아아 해가 저믈면 해가 저믈면, 날마다 살구나무 그늘에 혼자 우는 밤이 쏘
오것마는, 오늘은 사월이라 패일 날 큰길을 물밀어 가는 사람 소리는 듯기만 하
여도 흥성시러운 거슬 웨 나만 혼자 가슴에 눈물을 참을 수 업는고?

아아 춤을 춘다, 춤을 춘다, 싯벌건 불덩이가, 춤을 춘다. 잠잠한 성문城門 우
에서 나려다보니, 물 냄새 모랫냄새, 밤을 깨물고 하늘을 깨무는 횃불이 그래
도 무엇이 부족하야 제 몸까지 물고 쓸들 째, 혼자서 어두운 가슴 품은 절믄 사
람은 과거의 퍼런 꿈을 찬 강물 우에 내여던지나 무정無情한 물결이 그 그림자
를 멈출 리가 잇스랴? ― 아아 썩거서 시둘지 안는 꼿도 업것마는, 가신 님 생각
에 사라도 죽은 이 마음이야, 에라 모르겟다, 저 불길로 이 가슴 태와 버릴가, 이
서름 살라 버릴가, 어제도 아픈 발 쓸면서 무덤에 가 보앗더니 겨울에는 말랏던
꼿이 어느덧 피엇더라마는 사랑의 봄은 쏘다시 안 도라오는가, 찰하리 속 시언
이 오늘 밤 이 물속에… 그러면 행여나 불상히 녀겨 줄 이나 이슬가… 할 적에
퉁, 탕, 불씌를 날니면서 튀여 나는 매화포, 펄덕 정신을 차리니 우구구 써드는
구경군의 소리가 저를 비웃는 듯, 꾸짓는 듯 아아 좀 더 강렬한 열정熱情에 살고
십다, 저긔 저 횃불처럼 엉긔는 연기煙氣, 숨 맥히는 불꼿의 고통 속에서라도 더
욱 쓰가운 삶 살고 십다고 쏫밧게 가슴 두근거리는 거슨 나의 마음….

사월 달 다스한 바람이 강을 넘으면, 청류벽淸流碧, 모란봉 노폰 언덕 우에 허어혀케 흐늑이는 사람 쎄, 바람이 와서 불 적마다 불비체 물든 물결이 미친 우슴을 우스니, 겁 만흔 물고기는 모래 미테 드러백이고, 물결치는 뱃슭에는 조름 오는 '니즘'의 형상形像이 오락가락 — 얼린거리는 그림자 닐어나는 우슴소리, 달아 논 등불 미테서 목청쩟 길게 쎄는 어린 기생의 노래, 쯧밧게 정욕情慾을 잇그는 불구경도 인제는 겹고, 한 잔 한 잔 쏘 한 잔 씃업는 술도 인제는 실혀, 즈저분한 뱃미챵에 맥업시 누으면 까닭 모르는 눈물은 눈을 데우며, 간단업슨 쟝고 소리에 겨운 남자들은 째째로 불니는 욕심에 못 견듸어 번득이는 눈으로 뱃가에 쒸어나가면, 뒤에 남은 죽어 가는 촉불은 우그러진 치마 깃 우에 조을 쌔, 쯧 잇는 드시 찌걱거리는 배 젓개 소리는 더욱 가슴을 누른다….

아아 강물이 웃는다, 웃는다, 괴怪샹한, 우슴이다, 차듸찬 강물이 씸씸한 하늘을 보고 웃는 우슴이다, 아아 배가 올나온다, 배가 오른다, 바람이 불 젹마다 슬프게 슬프게 쎄걱거리는 배가 오른다….

저어라, 배를 멀리서 잠자는 능라도綾羅島까지, 물살 싸른 대동강大同江을 저어 오르라. 거긔 너의 애인이 맨발로 서서 기다리는 언덕으로 곳추 너의 뱃머리를 돌니라 물결 쓰레서 니러나는 추운 바람도 무어시리오 괴이怪異한 우슴소리도 무어시리요, 사랑 일흔 청년의 어두운 가슴속도 너의게야 무어시리오, 그림자 업시는 '발금'도 이슬 수 업는 거슬 —. 오오 다만 네 확실한 오늘을 노치지 말라.

오오 사로라, 사로라! 오늘 밤! 너의 발간 횃불을, 발간 입셜을, 눈동자를, 쏘 한 너의 발간 눈물을….

출처 《주요한 시선》(2014)   **첫 발표 《창조》**(1919. 2)

주요한 朱耀翰 (1900~1979)

평양 출생. 일본 유학생 기관지 《학우》 창간호(1919)에 〈눈〉, 〈이야기〉 등을, 문예동인지 《창조》 창간
호(1919)에 〈불놀이〉, 〈새벽꿈〉 등을 발표하여 한국 근현대시사에 선구자적 업적을 남겼다. 《아름다
운 새벽》(1924), 《삼인시가집》(1929), 시조집 《봉사꽃》(1930) 등을 발간하였으며, 1945년 해방 후에
는 언론인, 기업인, 정치인으로 활동하였다.

| 〈불놀이〉의 의미

주요한의 〈불놀이〉는 한국 시가문학이 근대적 자유시로 전환하던 시기의 대
표작 중 하나이다. 한 청년의 뜨거운 낭만적 열정을 산문시 형식 속에 자유분방하
게 형상화한 이 작품은, 당시 한국 근대시의 수준을 한 차원 높였다고 평가된다.
그렇기에 한국 근현대시 교육에서 〈불놀이〉를 제외하는 일은 상상하기 어렵다.

하지만 〈불놀이〉에 표출된 낭만적 열정과 근대적 자유시 지향 의지를 적절히
이해하고 평가하는 일은 생각처럼 단순하지 않다. 이는 그의 문학적 활동에 내포
된 다양한 변곡점 때문이다. 주요한은 〈불놀이〉와 같은 근대적 자유시를 지향하
면서 문단 활동을 시작했지만, 1920년대 중반부터는 민요조 서정시와 시조부흥
운동으로 선회한다. 또한 1919년 상해임시정부로 망명한 후 1930년대 초반까지
는 항일 저항적 태도를 보여 주면서 〈채석장〉(1929)과 같은 의미 있는 저항시를
발표한다. 그러다가 1938년 즈음에는 친일로 전향하여 친일적 문필활동을 펼친
다(김은철, 2008: 31-34; 김경숙, 2011: 231-238; 김문주 편, 2014: 163-179).

이러한 이유로 〈불놀이〉는 작가의 삶과 작품을 연관 지어 이해할 것인가, 작
품 자체만을 이해할 것인가와 같은 근본적인 문제를 상기시킨다. 작품 단위로
볼 때 〈불놀이〉에 드러나는 뜨거운 낭만적 열정은 그 자체로 가치를 지닌다고
평가할 수 있다. 그러나 낭만적 열정이 작가의 삶을 통해 일관되게 추구되지 못
했다는 점에서는 그 열정을 높게 평가하기 어렵다. 이는 주요한이라는 시인과

〈불놀이〉라는 작품에만 국한되지 않는다. 〈불놀이〉 이후에도, 일제의 억압을 견디지 못하여 변절한 시인들의 작품들이 적지 않기 때문이다. 8·15 광복 직후 발표된 신석정의 〈꽃덤불〉에 표현되어 있듯이, 일제강점기에 '몸을 팔아버린 벗, 맘을 팔아버린 벗'들이 창작한 한국 근현대시들이 엄연히 존재한다는 역사적 사실, 그리고 그 작품들 첫머리에 〈불놀이〉가 놓일 수 있다는 사실! 이러한 까닭에 〈불놀이〉는 일제강점기 한국 근현대시 교육의 어려움을 실감하게 하는 대표적인 작품에 해당한다. 달리 말해 〈불놀이〉는 '이 작품은 무엇을 의미하는가?'와 같은 문제만큼이나 '이 작품을 어떻게 읽을 것인가?'와 같은 문제가 시교육에 중요한 과제란 점을 상기시켜 주는 작품이라 평가할 수 있다.

▌〈불놀이〉 읽기의 틀

〈불놀이〉는 "아아 좀 더 강렬한 열정에 살고 십다, 저긔 저 횃불처럼"과 같은 표현으로 독자들에게 열정적인 삶에 대한 지향을 환기한다. 강렬한 열정이 없는 삶은 뭔가 낡고, 어둡고, 실패한 삶 같지 않은가? 삶이라면 강렬한 열정을 바탕으로 숭고한 목표를 추구하는 삶이어야 하지 않는가? 〈불놀이〉는 이처럼 삶의 당위적 형상을 환기한다는 점에서 강렬한 인상을 준다. 이 시를 학습자가 적절하고 생동감 있게 감상하도록 하기 위해서는 첫째, 백여 년 전의 작품이기에 느껴지는 시어의 낯섦을 해소해야 한다. 둘째, 낭만적 열정의 형상화 방식에서 드러나는 작품 내적 우연성과 이것의 보완 장치가 지니는 의미를 동시에 살펴 작품 전체의 의미를 파악해야 한다.

먼저, 〈불놀이〉에 등장하는 '매화포', '뱃슭' 등 그 의미가 복합적이거나 낯선 시어들에 대한 탐구가 필요하다. 대표적인 시어가 '니즘'이다. 그동안 '니즘'에 대해 '리듬', '잊음[忘却]', 혹은 '이즘(-ism)'으로 해석하는 관점들이 제기되어 왔다. 예를 들어 주요한의 여러 작품에서 발견되는 표기상의 패턴과 국어학적 근거를 참고하며 '니즘'을 '잊음'의 평안도 방언 발음의 연철 표기로 보는 것이 타당하다고 결론을 내리는 경우(오하근, 1999: 462-463)도 있다. 그런데 이러한 시도들이 문제를 종결시켰다고 단언할 수는 없다. 예컨대 '니즘'을 '잊음'이라고 본다면 3연의 해당 부분은 '졸음 오는 잊음의 형상이 오락가락'으로 읽히지만, 이것이 맥락상 문장의 의미를 명료하게 해 주는 것은 아니기 때문이다. 오히려 '니즘'의 정답을 찾기보다는 '졸음 오는 ~의 형상이 오락가락'이라는 틀 속에 '리듬, 잊음, 이즘' 등의 후보군을 넣어 해석해 보면서, 각 시어에 따라 어떠한 해석이 가능해지는지를 탐구해 보는 활동, 각 해석들을 비교분석하면서 해석의 타당성을 논증하는 활동 등이 효과적일 수 있다. 이처럼 복합적이며 낯선 의미를 지닌 시어에 대한 다양한 탐구 활동을 장려할 때 〈불놀이〉 읽기가 활성화될 수 있을 것이다.

둘째, 〈불놀이〉가 열정적인 삶에 대한 지향을 형상화하는 과정의 특징을 파악해야 한다. 특히 작품 내적으로 우연성을 노출하는 동시에 그 우연성을 보완하기 위한 장치로 '평양'이라는 지리적·문화적 공간의 역사적·문화적 요소들을 동원하고 있다는 점에 주목할 필요가 있다. 〈불놀이〉에는 우울과 감상에 젖은 '나'의 내면 고백과 아울러 '나'를 둘러싼 시공간, 즉 '평양'이라는 지리적·문화적 공간에 대한 묘사가 시상 전개의 중심축을 이루고 있다. 묘사를 통한 시공간적 변화와 '나'의 내면 고백은 유기적 관계를 형성하면서 작품의 구조를 완성하고 있다. 이러한 구조적 특징을 분석함으로써 작품 내적 우연성과 그것의 보완 장치로서의 작품 외적 요소를 종합하여 이해하는 접근이 필요하다.

이러한 관점에서 〈불놀이〉의 구조를 분석해 보자. 다음 표에 제시한 바처럼, '나'는 평양 성문 위에서 해가 저물고 있는 대동강을 바라보고 있다. 날이 저무는 풍경 속에서 '나'는 우울감에 젖다가 급기야는 횃불로 자신을 불태우는 게 낫겠다는 자살 충동에 빠진다. 하지만 매화포 소리에 번뜩 정신을 차리면서 그러한 선택이 남들의 비웃음거리에 불과할 것이라는 자각에 이른다. 급작스레 '나'는 "숨 맥히는 불꽃의 고통 속에서라도 더욱 쓰가운 삶을 살고 싶다"는 생

〈불놀이〉의 구조 분석

구분	시간	관찰 지점	관찰 대상	시선의 방향	'나'의 내면의 흐름
1연	사월 초파일 해 질 녘 ↓ 밤	성문 위	노을, 사람들	위(나) ↓ 아래(사람들, 대동강 아래쪽)	외로움, 눈물
2연			강물, 햇불(사람들), 매화포		설움, 자살 충동 → 비웃는 소리 자각 → 강렬한 열정 추구
3연			높은 언덕(청류벽, 모란봉), 소리들(바람, 웃음, 장고)	위(청류벽, 모란봉 높은 언덕) ↑ 아래(나)	지겨움의 인식(변화 갈망)
4연			차디찬 강물	위(대동강 위쪽, 애인이 기다리는 언덕) ↑ 아래(나)	비웃음의 재인식
5연			능라도(애인이 기다리는 언덕), 올라가는 배		밝음, 오늘, 행동에의 명령

에의 의지를 추구한다. 이러한 돌연한 태도의 변화로 인해 눈앞의 낯익은 풍경들이 이제는 지겨움과 싫증의 대상으로 치부된다. 이와 동시에 '나'의 정서를 좌우하는 결정적 감각기관이 '눈[眼]'에서 '귀[耳]'로 변화한다. '나'는 이제 보이는 것(노을, 사람들 등)에 의한 감상적 정서의 지배에서 벗어나, 보이지 않는 비웃음 소리(구경꾼들의 비웃음 소리→강물의 비웃음 소리)를 자각함으로써 새로운 삶을 명령하는 소리를 듣게 된다. 사소하기 짝이 없는 감상에 빠진 자신의 모습이 남들에게 비웃음거리에 불과하다는 것, "오오 사로라, 사로라!"라는 대자연의 명령 소리를 들어야 한다는 자각에 이르는 것이다. 그런데 이러한 변화는 작품 내적으로 볼 때 2연의 '매화포' 소리만으로 촉발된 것 같아 매우 돌발적이고 우연적으로 느껴지며, 개연성이 떨어져 보인다. 매화포 소리 한 방에 퍼뜩 정신을 차릴 정도라면 '나'가 빠져 있던 우울과 감상의 깊이가 얕은 것에 불과했다는 의미가 되기 때문이다.

이러한 변화의 우연성에 일종의 개연성을 부가하기 위해 도입된 요소가 있음에 주목하자. '평양', '사월 초파일', '대동강 축제'라는 역사적·문화적 요소들이 그것이다(신범순, 2002; 전영주, 2015). 이 서도(西道) 로컬리티는 〈불놀이〉에서 압도적인 외면 풍경을 지배한다. 묘사되는 것은 단순히 대동강 주변의 물리적인 풍경이 아니라, 역사적·문화적 의미가 내포되어 있는 대동강 축제의 풍경이다. 1연에서부터 '사월 초파일', '큰길을 물밀어 가는 사람'이 등장하고, 이어 햇불 가득 들고 대동강을 가로지르며 배를 젓는 모습, 매화포를 터트리며 흥청거리는 모습이 묘사된다. 이 성대한 축제는 육당 최남선에 의하면 단지 불교적 연등 행사가 아니라 우리 고유의 천신(天神)과 산천신(山天神)들을 모시는 제의로서 광명·숭배 사상을 배경으로 하는 축제이다(신범순, 2002: 209). 광명·숭배 사상을 배경으로 하는 평양 지역의 대규모 군중 행사인 '불놀이' 앞에서 '나'는 빛을 향하지 않을 수 없다. 따라서 "아아 좀 더 강렬한 열정에 살고 십다"는 목소리는 대규모 군중에 압도된 '나'에게서 순간적으로 터져 나온 소리가 아닌지를 의심해 볼 법하다.

여기서 질문을 던지지 않을 수 없는 것은 5연에서 표출되는 강렬한 밝음에의 명령이 '나'로부터 '나'에게 진정으로 내려지는 명령인가, 다시 말해 강렬한 삶에의 의지가 영속적인 '나'의 것인가 하는 점이다. 2연에서 '나'는 '매화포' 소리 한 번에 구경꾼의 비웃음 소리를 자각하고 '강렬한 열정'과 '쓰가운 삶'을 바라게 되지만, 이러한 '나의 마음…'은 어딘가 불안정하다. '나'는 강렬한 삶에 대한 의지를 보이면서도 여전히 3연과 4연에서는 풍경에 지겨워하기도 하고, 슬픈 배 젓개 소리에 억눌리기도 하고, 강물의 괴상한 웃음소리를 의식하기도 하는 등 오락가락하고 있기 때문이다. 그러다가 5연에서 "그림자 업시는 '발금'도 이슬 수 업는 거슬—."이라는 깨달음을 내세우면서, 돌연 '사로라', "네 확실한 오늘을 노치지 말라"와 같은 자기 명령적 태도를 보인다. 그런데 이러한 돌연한 인식과 태도의 변화가 낳은, 강렬한 삶을 향한 '나의 마음'이 무언가에 의해 강요된 것일 수 있다는 의심을 품게 한다. "그림자 업시는 '발금'도 이슬 수 업는 거슬—."이라는 인식이 광명숭배 사상에 근거한 집단적 축제의 영향 때문으로 읽히기 때문이다. 이처럼 개인적 인식과 발견이 아니라, 집단적 축제의 영향으로 인해 형성된 '나의 마음'이라는 점 때문에, 그 영속성을 확신할 수 없으며, 또 다른 매화포 소리에 변질될 수도 있을 것 같은 불안정한 열정으로 읽히는 것이다.

요컨대 매화포 소리와 구경꾼들의 비웃음을 듣게 되면서 변화한 '나의 마음'을 형상화하고 있는 〈불놀이〉는 군중과 동떨어져 혼자 있는 '나'의 슬픔을 더욱 절실한 것으로 읽게 하는가, 아니면 '나'의 의지의 영속성을 비판적으로 바라보게 하는가? 이러한 질문을 설정할 때, 근현대시이지만 이미 백여 년의 시간적 상거(相距)가 있는 〈불놀이〉를 생생하게 읽을 수 있을 것이다.

| 남민우

....

참고문헌

김경숙(2011), 「친일과 전향의 내적 논리 1: 주요한의 경우」, 『우리문학연구』 32, 우리문학회, 223-265.

김문주 편(2014), 《주요한 시선》, 지식을만드는지식.

김은철(2008), 「주요한의 삶과 시의 대응양식」, 『한국문예비평연구』 25, 한국현대문예비평학회, 29-57.

신범순(2002), 「주요한의 〈불노리〉와 축제 속의 우울 (1)」, 『시작』 1(3), 천년의시작, 206-220.

오하근(1999), 「시 작품의 해석의 오류: 주요한의 〈불노리〉의 경우」, 『국어문학』 34, 국어문학회, 459-479.

전영주(2015), 「주요한의 시와 서도(西道) 로컬리티」, 『우리어문연구』 52, 우리어문학회, 199-227.

산유화

김소월

산에는 꽃 피네
꽃이 피네
갈 봄 여름 없이
꽃이 피네

산에
산에
피는 꽃은
저만치 혼자서 피어 있네

산에서 우는 작은 새요
꽃이 좋아
산에서
사노라네

산에는 꽃 지네
꽃이 지네
갈 봄 여름 없이

꽃이 지네

출처 《김소월시전집》(2007)　첫 발표 《진달래꽃》(1925)

김소월 金素月(1902~1934)

평안북도 구성 출생. 본명은 김정식(金廷湜)이다. 스승 김억과의 인연으로 시작(詩作)에 몰입해 1920년 3월 《창조》에 〈낭인의 봄〉 등 다섯 편의 시를 발표하며 문단에 등장하였다. 배재고보 시기에 왕성히 시작활동을 하였으며, 짧은 일본 유학 생활을 마친 뒤 《영대》의 동인으로 활동하기도 했다. 고향에 돌아와 1925년 《개벽》에 생전 유일한 시론인 〈시혼〉과 시집 《진달래꽃》을 발표하였다.

1920년대의 문학적 자장과 김소월

새로운 시 형식의 출현과 관련하여, 이 작품이 발표된 1920년대는 이전 시대인 1910년대와 유의미하게 구별되는 지점이 있다. 1910년대는 자유시가 발견된 또는 등장한 시기로, 1920년대는 자유시의 형식이 정착되고 본격적으로 발전한 시기로 규정된다는 지점에서 그러하다. 특히 1910년대 후반 창간된 최초의 문예지 《태서문예신보》(1918) 이후 《동아일보》(1920), 《조선일보》(1920) 등의 일간지와 《창조》(1919), 《폐허》(1920), 《백조》(1922), 《영대》(1924) 등의 동인지가 창간되면서 작품을 발표할 지면이 확보된 것은 근대 자유시의 형성에 충분한 발판이 되어 주었다.

이처럼 개방된 문학 공간의 존재는 당시 문학 생산을 담당하던 시인과 작가들을 아우르는 문단의 기반이 되었다. 그리고 그 안에서 근대 자유시라는 무형의 표상이 구축되고 특정한 시대적 조류가 형성되었다. 1920년대 시인들은 자기 내면의 탐구와 더불어, 식민지 현실에 의해 붕괴된 세계와 가치 체계에 대응해 나가는 삶의 형식을 시로써 추구해야 한다는 시대적 과제(오세영, 1980)를 공유하였다. 이는 평안북도 정주에 살며 10대 시절《창조》를 통해 문단에 등장한 김소월도 예외가 아니었다.

┃ 근대 자유시로의 요청에 대한 응답

시인은 작품을 통해 당대의 시대적 과제를 구현하며 여기에는 시인마다 탐구해 낸 자기 내면의 결이 반영된다. 김소월은 당시 서구의 시에 큰 영향을 받았던 문단의 주류 시인들과 달리, 전통에 기반한 의식과 새로운 시 형식의 탐구 사이에서 자신만의 독자적인 시세계를 구축한 것으로 평가받는다. 그중에서도 김동리는 〈산유화〉에 대해 '기적적인 완벽성'을 지녔으며 '조선의 서정시가 도달할 수 있는 한 개 최상급의 해조(諧調)'를 보여 주었다(신동욱 편, 1980)고 평한 바 있다.

이와 같은 상찬에는 여러 이유가 있겠으나, 가장 먼저 짚어야 할 점은 형식적 완결성일 것이다. 성기옥이 분석한 바 있듯 4연으로 구성된 이 시는 구조상 1연과 4연이 동일하고 2연과 3연이 역 대칭을 이루고 있는데, 시계 반대 방향으로 돌려놓고 보면 산의 형상이 떠오를 만큼 형태적 차원에서 회화적 균제미(신동욱 편, 1980)가 돋보인다. 그리고 이 시에서 3·4·5조 혹은 4·3·5조 형태의 3음보의 율격은 4행으로 이루어진 각 연에 2행-2행 또는 3행-1행으로 구분되어 나타난다. 행과 연이라는 새로운 형식에 맞춘 변용된 형태(국어국문학회 편, 1983)를 취한 것이자, 대칭의 회화적 형태를 율격 차원에서도 실현한 것이다. 이처럼 〈산유화〉는 전통을 계승하면서도 변형하는 정교한 실험을 통해 새로움의 형성이라는 시대적 요구에 답하고 있다.

새로운 시의 형식은 그것이 전달하는 의미와도 무관하지 않다. 시에 구축된 표상은 시인이 세계를 바라보는 관점을 담고 있으며, 세계와의 관계 속에서 자신을 어디에 위치시킬 것인가에 대한 인식 또한 반영하기 때문이다. 이 시는 단

세 개의 사물과 비교적 평이한 시어로 구성되어 있다. 단순화를 무릅쓰고 이 시의 내용을 산문으로 풀어 보면 '산에는 꽃이 핀다'(1연), '꽃은 혼자서 핀다'(2연), '산에는 새가 산다'(3연), '산에는 꽃이 진다'(4연)로 정리할 수 있을 것이다. 새로운 시의 형식이 각 연의 분절을 통해 개별적인 의미를 담고 있으면서도 이들의 연쇄를 통해 종합적인 의미를 생성해 내는 데 기여하는 것이다. 때문에 〈산유화〉는 꽃의 피고 짐을 통해 계절의 순환을 보고 그 속에서 삶의 근원적인 의미를 발견하는 데 초점을 둔 작품으로 이해된다.

그런데 시를 더욱 풍부하게 이해하기 위해서는 전체적인 의미를 파악하는 것뿐만 아니라 '저만치', '혼자서', '우는', '작은', '꽃이 좋아' 등과 같이 의미를 변별하는 시의 어구들에 주목할 필요가 있다. 이 시의 구조와 주제 의식을 설명하는 비평의 장에서 특히 주목받아 온 시어인 '저만치'는 '거리'의 관점에서 조명되어 왔다. '새'로 표상되는 인간, '산'과 '꽃'으로 표상되는 자연이라는 두 축을 설정하고 그 사이에서의 고독감에 주목한 김동리의 논의(신동욱 편, 1980)는 '저만치'를 인간과 자연의 거리로 해석하는 관점의 원론 격에 해당한다. 이후 '저만치'의 두 대상을 '꽃'과 '꽃'으로 보고 이를 자연 내에서의 균열의 가능성으로 읽어 낸 논의(김종길, 1986)와 같이, '저만치'가 모든 존재의 근원적 고독감과 존재론적 의미를 표현한다고 보는 관점이 나타나기도 했다. 이 거리감이 절대적이며 극복할 수 없다고 여겨질 때 인간에게 부여된 고독감은 허무주의(김우창, 1974)로 나아가기도 한다. 그러나 '저만치'와 함께 '혼자서'라는 시어에도 주목하여 이들 표현이 오히려 고독에 맞서는 화자의 대응 방식을 나타낸다고 보는 논의(권정우, 2013)도 있다.

'거리'의 측면뿐만 아니라 다른 지점에도 주목하면서 시 해석에 입체성을 더하는 논의도 있다. 일찍이 김용직(1974)은 김동리의 논의에서 '저만치'의 의미는 '저기, 저쯤'과 같은 장소와 거리의 차원으로만 한정할 수 없는 애매성(ambiguity)을 갖는다고 보았다. '저렇게 희게 또는 붉게, 소담히, 그리고 아름답게'와 같은 상태의 의미와 '저와 같이'로 여기는 정황의 의미를 포괄하는 '보다 높은 차원'의 사유를 담고 있다는 것이다(신동욱 편, 1980). 이러한 해석은 '산'과 다른 개별적 존재들을 분리하지 않고 일련의 현상으로 바라보는 시선을 설정하면서 산 속에 놓인 꽃과 그 사태에 담긴 화자의 정감에도 주의를 기울이게 한다.

이처럼 '저만치'라는 시어가 불러일으키는 긴장과 모호성은 자칫 진부해지거나 관념적 차원에 머무를 수도 있는 시의 주제 의식에 깊이감을 주는 역할을 한다.

'산에서 우는 작은 새'와 노래 〈봄날은 간다〉

'저만치'를 여러 관점에서 해석해 보더라도, 3연에 등장하는 '산에서 우는 작은 새'에 대한 의문은 여전히 남는다. 앞서 '꽃'과 '새'의 거리를 언급한 해석에 따르면 '새'는 자연으로서의 '꽃'과 대비되는 인간의 층위에 놓이거나 또는 '새'가 '꽃이 좋아' 산에 산다는 진술로 미루어 화자와 동일시되는 것으로 파악되기도 한다. 그러나 이와 같은 접근으로는 왜 새가 산에서 우는지, 왜 꽃이 좋은지에 대해 충분히 설명할 수 없다. '새'의 표상에 관해 이해하기 위해 다시금 시로 돌아가 보자.

1연과 4연의 순환적 구조 안에 놓인 2연과 3연을 읽어 보면, 화자의 시선이 산에 피는 꽃(2연)과 산에서 울고/사는 새(3연)에게로 훌쩍 다가와 있는 것을 확인할 수 있다. 1연과 4연의 '갈 봄 여름 없이' 계절이 지나고 돌아오는 가운데 피고 지는 꽃은 지금, 여기에 놓인 특수한 개체라기보다는 한 무더기의 꽃을 의미할 수도, 혹은 과거나 현재와 같이 시간을 가늠할 수 없는 보편적인 의미에서의 꽃을 의미할 수도 있다. 그런데 2연의 '꽃'은 '저만치'의 애매성을 감안하더라도 '피어 있'는 순간의 바로 그 꽃(들)을 지칭하는 의미를 부여할 수 있다는 점에서 보통명사처럼 쓰인 1연과 4연의 '꽃'과 구분된다. 이처럼 2연에서 꽃이 피어 있는 바로 그 순간을 조명하면서, 원경에서 산의 정경과 계절의 순환에 주목할 때는 미처 발견하지 못했던 '산에서 우는 작은 새'에게도 화자의 눈길이 머물게 된 것으로 3연의 의미를 해석해 볼 수 있다. 이때 '꽃'과 '새'는 화자와 거리를 유지할 뿐만 아니라 어느 한쪽의 의미를 위해 소모되지도 않는다. '새'의 존재를 이렇게 바라보면 '저만치 혼자서 피어 있'는 꽃의 상태에 대해서도 달리 생각하게 된다.

모든 존재는 홀로 살고 죽는 무상한 삶을 연속하는 까닭에 필연적으로 고독하지만, 삶의 순간을 들여다보면 절대적으로 고독한 것만은 아니다. 이 시에서만 하더라도 "저만치 혼자서 피어 있는" 것만 같았던 '꽃'의 곁에도 그를 좋아하는 '새'가 있었듯, 완전한 고독은 '무(無)'의 관념을 언어로 나타내는 것만큼이나 도달하기 어려운 상태다. 고독에 관해 언급하는 순간 그 말이 도달하게 될 수신인을 상정하게 되기 때문이다. 더욱이 나를 알아보는 대상이 존재한다면 그 자체만으로도 고독의 상태를 극복할 계기가 된다. 대상과 맺는 관계의 강도가 너무 약해 기억되지 못하고 서로에게 흔적처럼 남게 된다 하더라도 말이다. 다만 그것은 아래 〈봄날은 간다〉(김윤아 작사·마쓰토야 유미 작곡)라는 노랫말 속 화자의 경우처럼 '눈을 감으면 문득' 떠올라 마음을 저리게 하거나 손에 잡힐 듯한 감각으로 되살아나기도 한다.

눈을 감으면 문득 / 그리운 날의 기억 / 아직까지도 마음이 저려 오는 건 / 그건 아마 사람도 / 피고 지는 꽃처럼 / 아름다워서 슬프기 때문일 거야 / 아마도 / 봄날은 가네 무심히도 / 꽃잎은 지네 바람에 / 머물 수 없던 아름다운 사람들 / 가만히 눈 감으면 잡힐 것 같은 / 아련히 마음 아픈 추억 같은 것들 / 봄은 또 오고 / 꽃은 피고 또 지고 피고 / 아름다워서 너무나 슬픈 이야기

'문득'이라곤 했지만 이 감각은 한 번으로 끝나지 않고 반복되는 계절처럼 계속 무심히 찾아왔다 다시 또 지나갈 것이다. '산에서 우는 작은 새'도 봄이 가

면 떠오를 '눈 감으면 잡힐 것 같은 / 아련히 마음 아픈 추억 같은 것들'로 인해 아름답고 슬퍼서 울고 있는 것은 아닐까.

그러니 '새'가 산에서 울면서도 산에 사는 이유는 '꽃'이 좋기 때문이다. '꽃'이 다시 피는 한, '새'는 완전히 고독해질 수 없다. 모든 존재는 다 고독하고 무상하게 살고 죽지만, 그 사이에는 고독을 달래주는 많은 것들이 있다. 이는 꼭 사람이 아니라 꿈일 수도, 좋아하는 일일 수도, 영혼을 달래주는 종교일 수도 있을 것이다. 이런 것들이 인간 가까이에 있기 때문에 삶은 슬프고 아름답긴 하지만 고독하기만 한 것은 아니라고 이해할 수 있지 않을까. 〈산유화〉는 이렇듯 꽃이 피고 지는 일상적이고 보편적인 현상 안에서 존재의 의미를 발견하고 이를 위로하고자 하는 시인의 섬세한 시각을 보여 주고 있다.

| 진가연

....
참고문헌

국어국문학회 편(1981), 『현대시 연구』, 정음사.
권영민 편(2007), 《김소월시전집》, 문학사상.
권정우(2013), 「김소월 시의 구어체 진술」, 『한국현대문학연구』 41, 한국현대문학회, 5-38.
김용직(1974), 『한국문학의 비평적 성찰』, 민음사.
김우창(1974), 『궁핍한 시대의 시인』, 민음사.
김종길(1986), 『시에 대하여』, 민음사.
신동욱 편(1980), 『김소월』, 문학과지성사.
오세영(1980), 『한국낭만주의시연구』, 일지사.

허물고 세우기를 반복하는 모래성처럼

먼 후일

김소월

먼 훗날 당신이 찾으시면
그때에 내 말이 「잊었노라」

당신이 속으로 나무라면
「무척 그리다가 잊었노라」

그래도 당신이 나무라면
「믿기지 않아서 잊었노라」

오늘도 어제도 아니 잊고
먼 훗날 그때에 「잊었노라」

출처 《김소월시전집》(2007) **첫 발표** 《학생계》(1920. 7)

김소월 金素月 (1902~1934)

평안북도 구성 출생. 본명은 김정식(金廷湜)이다. 스승 김억과의 인연으로 시작(詩作)에 몰입해 1920년 3월 《창조》에 〈낭인의 봄〉 등 다섯 편의 시를 발표하며 문단에 등장하였다. 배재고보 시기에 왕성히 시작활동을 하였으며, 짧은 일본 유학 생활을 마친 뒤 《영대》의 동인으로 활동하기도 했다. 고향에 돌아와 1925년 《개벽》에 생전 유일의 시론인 〈시혼〉과 시집 《진달래꽃》을 발표하였다.

현재를 뛰어넘는 소월의 시제 설정

서정시는 일반적으로 화자의 마음 상태나 사상, 감정의 과정을 표현한 시라고 정의된다. 서정시를 읽을 때 독자는 화자가 처한 상황이나 태도, 어조 등을 토대로 시의 발화 맥락을 구성하여 의미를 파악한다. 화자가 무엇을 어떻게 말하였는지가 곧 시의 주제 의식과 밀접하게 닿아 있기 때문이다.

여러 논자가 주목해 왔듯 김소월의 시 중 다수가 임과 사랑을 노래하는 시이다. 그런데 그의 시에서 임은 대개 떨어져 있거나, 헤어진 상태이거나, 잃어버렸거나, 상실이 예정된 상황과 함께 소환된다. 김소월이 흔히 '이별의 정한(情恨)을 노래한 시인'이라 불리는 이유이다. 이에 관해 시인의 관심이 협소했다거나 그가 평생 사랑을 앓았다고 보기보다는, 유종호의 언급처럼 사랑이라는 현상에 관심을 두고 몰두했다고 보는 것(신동욱 편, 1980)이 생산적인 방향일 것이다.

이러한 방향에서 보면 김소월이 주로 이별을 통해 사랑을 다룬 것에 주목할 필요가 있다. 한 평론가는 김소월의 시에서 현재가 추방된 사람을 향한 과거 지향적 감정으로 한(恨)이 형상화되고, 임을 상실한 채 살아가는 현재의 삶이 화자에게 무의미하게 여겨지는 까닭에, 독특한 시제 설정이 나타난다(오세영, 1980)고 보았다. 이는 당시의 시대적 배경에서 조국의 절망적인 현실에서 벗어나려는 의지를 드러냈던 저항시 계열의 시들과 비교하면 현재를 직시하지 않으려는 도피적 태도로 읽힐 수도 있다. 그러나 이는 시인이 다루고자 한 사랑이라는 현상, 더 나아가 인간의 관계 맺음이라는 실존적 문제에 대한 시인의 독특한 관점을 반영하는 것으로 볼 수도 있다.

사랑과 관계에 대한 천착은 지금 여기 임의 존재 여부에 국한되지 않는다. 화자가 이미 이별한 뒤의 상황을 전제하고 있는 이 작품뿐만 아니라 이별 전인 〈진달래꽃〉(1922)에서도 시인은 임을 사랑하고 있는 현재를 건너뛰어 미래 시점에서의 이별의 상황을 가정하고 있다. 김소월의 시에서 이별은 헤어진 임과의 관계를 잠시나마 복구하여 그리움을 해소한다거나 눈앞에 임이 없는 상황을 모면하기 위해 활용되는 것만은 아니다. 사랑이라는 현상을 탐구하는 시인에게 이별이란 사랑의 소멸이나 종료로서만이 아니라, '사랑하는 존재의 상실'과 '사랑의 종결' 사이의 간극을 간접적으로나마 체험하게 해 준다는 점에서 의미를 지닌다. 이제 〈먼 후일〉을 통해 이에 관해 살펴보자.

종결을 예상해 봄으로써 도달하게 되는 사랑의 관념성

앞에서 언급했듯 화자를 중심에 두고 시의 발화 맥락을 구성하는 서정시의 독법에 따라 발화 상황을 구성해 보면, 화자와 임이 이미 이별해 있는 상황이 전제된다. 설명이나 묘사 없이 화자의 독백만으로도 이를 짐작할 수 있는 것은 이 시가 사랑이라는 보편적인 주제를 바탕으로 하며(권정우, 2018), 구체적인 문맥상으로도 '지금'이 아닌 '먼 훗날'이 되어서야 당신이 나를 찾을 수 있음을 가정하고 있기 때문이다. 자신이 처한 현재와는 다른 상황을 미래의 어느 시점에 설정하는 것이 가정의 방식임을 염두에 둔다면, 미래의 어느 날을 가정해 당신이 나를 찾을 것이라고 이야기하는 화자는 현재 임과 이별하여 만날 수 없는 상황에 있다고 볼 수 있다. 이러한 인식을 토대로, 임과 다시 만나는 미래의 시점을 가정함으로써 화자가 말하고자 하는 바가 무엇인지에 주목할 필요가 있다.

화자는 미래의 상황에서나마 사랑하는 임을 등장시켜 현재의 이별 상황을 초월하고자 한다. 그런데 1연부터 4연까지 반복·변주되는 '잊었노라'는 화자 스스로 사랑의 종결을 선언해 이를 기정사실화한 것이라는 점에서 애써 이별 상황을 초월하고자 미래를 가정한 설정과 배치되는 인상을 준다. 이러한 의미상의 긴장에 대해 그간의 논의에서는 '잊었노라'가 실제로 임을 '잊은' 사실의 확인이라기보다는 임을 절대 '잊을 수 없는' 마음의 강조라는 의미로 읽어낸 바 있다. 먼 훗날이 되면 잊었다고 말을 하겠다면서도, 오히려 그때까지 무척 그리

위했다고, 믿기지 않았다고, 그래서 오늘도 어제도 잊지 않았다고 털어놓는 화자의 절실한 고백이 드러난다는 것이다. 이 시에 대한 일반적인 해석에서 반어법이 거론되는 것도 '잊었노라'라는 말에서 그 표면적 의미와는 달리, 끝내 언제일지 모를 먼 후일까지 임을 잊을 수 없다는 화자의 마음이 강조되기 때문이다.

이러한 가정의 작업으로 나타나는 화자의 태도는 사랑의 일반적인 속성을 떠올리게 한다. 화자는 '먼 훗날', '찾으시면'에서 보듯 다가올 '그때'를 상정하여 당신을 '잊었노라'라고 말하겠다지만, '먼 훗날'은 지금 시점에서 특정할 수 없기에 시제상 미래인 '그때'가 현재가 되는 시점은 계속해서 미뤄지고 만다. 이러한 정황을 확대하여 시에서 언급한 '오늘'과 '어제' 역시 그보다 과거의 어느 시점에서는 '먼 훗날'에 해당한다고 보면, '그때'는 과거로부터 미루어져 온 것일 뿐만 아니라 앞으로도 끝없이 연기되는 것일 수밖에 없다. 그러므로 '잊었노라'는 영원성에 비추어 사랑하는 임에 대한 화자의 믿음을 강조(노철, 2016)하는 표현인 동시에, '먼 훗날 사랑하는 사람이 나를 찾을 수도 있다'라는 비현실적이고 불확실한 가정에서 쌓아 올린 것(권정우, 2018)이라는 점에서 화자 스스로 이별을 인정하는 단계를 다시금 유예하는 표현일 수 있다. 이렇듯 닿기 어려운 이상으로서의 영원성이나 불확실한 가정을 바탕에 둔 화자의 발화 내용을 이유로 이 시에서 역설의 효과를 읽어 내기도 한다.

이 시의 발화가 반어적이든 역설적이든, 가정한 상황은 결국 화자 앞에 나타나지 않을 것이기에 화자는 확실한 이별의 선언을 계속 뒤로 미루며 자신의 관념 속에서 그 사랑을 이어 나갈 수 있게 된다. 이렇듯 이별을 가정함으로써 화자는 도리어 임을 잊을 수 없는 자신의 사랑을 재확인하고 시공간을 초월한 관념의 차원에서나마 사랑의 확실한 종결을 유예하며 사랑을 이어 가고자 하는 자신의 모습을 발견하게 되는 것이다.

'이별'과 '잊는' 행위 사이를 오가는
화자의 모래성 쌓기

그럼에도 불구하고 남는 질문은 화자가 왜 굳이 제 입으로 사랑하는 임에게 잊었다고 선언하는 상황을 가정하는가이다. 특히 현재의 이별 상황을 초월하기 위해 불확실한 가정에 기대어 미래를 상상하는 것은 고려가요 〈정석가〉처럼 이루어질 리 없는 조건들을 나열하고 스스로 이별을 인정하는 수준으로 충분함에도, 시인은 〈먼 후일〉에서 대화 상황을 상정하고, 임에게 직접 잊었다고 선언하는 행위를 설정한다. 앞에서 살펴본 바에 따르면 선언의 순간이 쉬이 올 리는 없겠지만, 매 연마다 직접 인용의 형식을 빌어 '잊었노라'라는 말을 반복하는 데에는 분명한 이유가 있어 보인다.

여기서 주목해야 할 점은 '잊었노라'라는 선언 자체에 있다. 화자가 인정할수 없는 것은 '이별'이 아니라 내가 임을 잊었다는 선언으로 인해 도달하게 되는 '사랑의 종결'이다. 화자가 원하지 않았더라도 임이 떠남으로써 이별은 불시에 찾아올 수 있다. 하지만 그런 임을 화자가 정말로 잊음으로써 사랑이 끝나는 건 이별과는 다른 문제이다. 이별과 함께 사랑하는 임의 모든 것을 일순간 잊을 수는 없기에 이 시간을 오롯이 감내하는 것은 화자이며, 떠난 임조차도 화자에게 자신을 잊으라고 종용할 수 없다. 이 시의 1연에서 '잊었노라'라는 선언은 물질화된 언어로 스스로 이별을 선언하여 바로 그 인정의 시간을 최대한 단축시켜 봄으로써, 목도한 이별의 상황에 어떻게 대처해야 하는가에 관한 존재론적 문제로의 전환(김재홍, 2007)을 가져오는 계기가 된다.

이러한 관점에서 시를 다시금 살펴보면, 1연에서 4연까지 반복되는 '잊었노라'의 의미가 각 연의 맥락에 따라 새롭게 느껴진다. '먼 훗날 당신이 찾으시면' 그때 '잊었노라'라고 말할 것이라는 1연의 진술은 화자가 미래의 어느 날 하게될 '사랑의 종결' 선언 행위 그 자체를 의미한다. 화제를 제시하듯 부자연스러운 행위의 설정을 통해 화자는 이윽고 자신을 나무랄지도 모르는 '당신'의 존재와 가정의 상황으로나마 대면한다. 2연과 3연의 '잊었노라' 앞 '무척 그리다가'와 '믿기지 않아서'는 선언을 매개로 이별한 임을 잊음으로써 사랑이 종결되기 전까지 화자가 마주하게 될 자신의 모습인 것이다. 그렇기에 4연에서 화자는 '오늘도 어제도' 잊지 못하고 먼 훗날 그때가 되어서야 잊겠다는 인식에 도달하면서 '이별'과 '사랑의 종결' 사이의 간극, 즉 사랑이 끝났음을 인정하기까지는 시간이 필요하다는 사실을 직접 목도한다. 이 같은 해석에 기반을 둘 때 '잊었노라'라는 진술은 더 이상 단일한 의미로만 수렴되지만은 않는다. 이별 이후 사랑의 종결을 스스로 선언하기까지 화자는 밀려드는 바닷물에 언제든 무너질지 모르는 모래성을 쌓듯 자신의 관념 속에서 사랑을 이어 간다. 그러나 이렇게 쌓은 모래성이 이별의 상황 자체를 바꾸어 주지는 못하기에, 화자는 다시 그 성을 허물고 세우기를 반복한다. 〈먼 후일〉은 바로 그렇게 유예되는 사랑의 종결을 다루고 있는 시이다.

| 진가연

....
참고문헌

권영민 편(2007),《김소월시전집》, 문학사상.
권정우(2018),「김소월 초기 시에 나타나는 〈자야가〉의 영향」,『구보학보』18, 구보학회, 145-173.
김재홍(2007),「김소월, 시 다시 읽기」,『한국시학연구』18, 한국시학회, 149-172.
노철(2016),「화자의 발화맥락을 고려한 김소월 시의 해석」,『국제어문』69, 국제어문학회, 129-148.
신동욱 편(1980),『김소월』, 문학과지성사.
오세영(1980),『한국낭만주의시연구』, 일지사.

당신을 보았습니다

한용운

당신이 가신 뒤로 나는 당신을 잊을 수가 없습니다
까닭은 당신을 위하나니보다 나를 위함이 많습니다

나는 갈고 심을 땅이 없음으로 추수秋收가 없습니다
저녁거리가 없어서 조나 감자를 꾸러 이웃집에 갔더니 주인은 「거지는 인격이 없다 인격이 없는 사람은 생명이 없다 너를 도아주는 것은 죄악이다」고 말하얐습니다
그 말을 듣고 돌어 나올 때에 쏟어지는 눈물 속에서 당신을 보았습니다

나는 집도 없고 다른 까닭을 겸하야 민적民籍이 없습니다
「민적民籍 없는 자는 인권이 없다 인권이 없는 너에게 무슨 정조貞操냐」 하고 능욕하랴는 장군이 있었습니다
그를 항거한 뒤에 남에게 대한 격분이 스스로의 슬픔으로 화하는 찰나에 당신을 보았습니다
아아 왼갖 윤리 도덕 법률은 칼과 황금을 제사지내는 연기인 줄을 알었습니다
영원의 사랑을 받을까 인간역사의 첫 페지에 잉크칠을 할까 술을 마실까 망서릴 때에 당신을 보았습니다

출처 《원본 한용운 시집》(2009) 첫 발표 《님의 침묵》(1926)

한용운 **韓龍雲** (1879~1944)
시인이자 승려, 사상가로서 1926년에 89편의 작품을 담은 시집 《님의 침묵》을 출간하였다. 일제강
점기 조국의 독립운동에 헌신하였으나 끝내 조국의 해방을 보지 못하고 입적하였다.

❘ 아무 것도 가진 것 없는 이에게

여기 한 사람이 있다. 그에게는 경작할 땅이 없다. 땅이 없기에 양식(糧食)이 없고, 양식이 없기에 살 방도가 막연하다. 급한 마음에 이웃에게 도움을 청해 보지만 돌아오는 것은 견디기 어려운 모욕뿐이다. 대단한 것을 바란 것도 아니다. 그가 입에 올린 '조'나 '감자'는 기근이나 가난 등으로 주식(主食)을 구할 길이 없을 때 이를 대체하기 위해 주로 소비되던 작물이다. 그저 저녁 한 끼 정도를 때우고자 했을 뿐인데, 이조차 선뜻 내어 주지 않았던 '주인'은 어떠한 사람이었을까. 주인이라는 말을 단서로 삼아 이 둘의 관계를 종-주인 또는 소작인-지주 등의 수직적 관계로 파악해 볼 수 있겠으나, 단순히 '이웃집의 주인'으로도 해석할 여지가 있어 실상이 어떠한지는 분명치 않다. 작품에서 확인 가능한 것은 이 주인이 도움을 거절하는 데서 그치지 않고 '나'를 인격도 생명도 없는 존재라 모욕하였으며, 그런 '나'를 도와주는 것은 곧 '죄악'이라고 단언하였다는 사실이다.

그에게는 또한 민적이 없다. 민적이란 호적의 옛 이름으로 호주(戶主), 즉 집 주인을 중심으로 하여 그 집에 속하는 사람의 신분에 관한 사항을 기록한 공문서이다. 그는 집이 없으므로 호주가 아니고, 호주가 있는 집에 속한 사람도 아니므로 민적(호적)에 이름을 올릴 수 없다. 이 때문에 그는 '공적으로는' 존재하지 않는 사람이 된다. 존재하지 않는 사람이기에 사회의 보호를 받을 수 없고, 오직 고립된 개인으로서 잠재적 폭력에 무방비하게 노출되어 있다. 심지어 상대

는 '장군'이다. 폭력에 기반하여 성립된 막대한 권력을 지닌 장군은 급기야 그의 가장 내밀하고도 사적인 영역을 빼앗고자 한다. 이를 어떻게 막을 수 있었을까. '항거'라는 두 글자에 응축되어 있는 과정은 결코 순탄하지 않았을 것이다.

이처럼 서로 다르면서도 한편으로는 비슷해 보이는 두 개의 사건이 연을 달리하여 병렬적으로 제시되어 있다. 이 두 사건은 모두 화자에게 '슬픔'의 정서를 불러일으킨다는 공통점이 있다. 각각 "쏟아지는 눈물 속에", "스스로의 슬픔으로 화하는 찰나에"라는 구절에서 화자 내면의 슬픔이 분명하게 그 존재를 드러내고 있다. 작품의 도처에 자리한 이 슬픔의 의미를 온전히 이해하는 것이 이 작품을 온전히 이해하는 방법이기도 할 것이다.

화자의 슬픔은 타인의 모욕에서 비롯되었다. 인격에 대한 모욕은 인간의 영혼을 부순다. 개인적인 모욕감, 심리적인 상처와 관련하여 "마음을 다친다는 것은 마음에 따귀를 맞는 것과 같"(Wardetzki, 2000/2020: 7)다는 비유는 그 의미를 굳이 곱씹지 않고 일상의 경험에 비추어 보기만 해도 상당한 설득력을 가진다. 모욕감은 즉각적으로 분노, 경멸, 실망, 고집, 무력감 등의 반응을 불러일으키는데 이는 다시 좌절감, 우울감, 불안감, 수치심, 소외감 등의 정서와도 연결된다(Wardetzki, 2000/2020: 23-24). 다른 기준을 들어 감정들을 나누어 볼 수도 있다. 예컨대 상처의 원인을 다른 사람에게서 찾는 이들은 이 가운데 분노, 경멸 등에 가까운 반응을 보일 것이며, 상처의 원인을 자기 자신에게서 찾는 이들은 우울감, 수치심, 좌절감 등의 정서에 매몰될 것이다. 현실적으로는 이 중 어느 하나만 작용하는 것이 아니라, 여러 반응이나 정서가 동시에 나타날 가능성이 높다.

앞서 살펴본 바와 같이 〈당신을 보았습니다〉의 화자에게서는 '슬픔'이 도드라지게 나타난다. 슬픔은 모욕감과 관련하여 나열된 반응과 정서 중 좌절감, 우울감, 불안감, 수치심, 소외감 등과 긴밀하게 연결되며, 경멸, 실망, 고집 등과는 다소 거리가 있다. 그러므로 이 시의 화자는 상처의 원인을 자기 자신에게서 찾는 쪽에 가까워 보인다. 화자의 논리 구조를 따라 행을 거슬러 올라가다 보면

'나'는 땅이 없기 때문에 집이 없고, 민적이 없기 때문에 모욕을 받은 것이다. 이렇듯 모욕의 원인이 '나'에게서 비롯되었기에, '나' 그 자체로는 희망이 될 수 없다. 따라서 희망은 다른 곳에서 발견된다. 바로 '당신'이다.

내가 아니면서 절대적으로 나의 편이 되어야 할 존재

화자에게 '당신'이 의미화되는 과정은 다음과 같다. 당신은 나에게 "잊을 수가 없"는 사람이다. 우리는 눈앞에 있거나 바로 내 옆에 있는 누군가를 '잊을 수 없다'고 말하지 않는다. 잊을 수 없는 존재가 되려면 '당신'은 우선 어딘가로 가고 없어야 한다. 이처럼 당신은 지금의 나와 함께하지 않기에 희망이 될 수 있는 존재이다. 바꾸어 말해 당신은 내가 아닌 어떤 존재, 나의 세계에 부재하는 존재로서 의미를 가진다. 여기서 말하는 '잊을 수 없음'이란 곧 '부재'와 '결핍'의 다른 표현인 것이다. 첫 행에서 이미 '당신'은 가신 뒤라 하였으니, 각각의 순간에 화자가 보았다는 '당신'의 모습은 분명 환상일 것이다. 그러나 그 환상이 슬픔으로 가득 찬 현실을 힘겹게 살아가고 있는 '나'에게 주어진 유일한 가능성이자 희망이라면, 환상은 그 자체로도 충분한 의미와 가치를 가질 수 있다.

그렇다면 왜 '부재'와 '결핍'으로 정의되는 존재가 희망이 될 수 있는가? 화자에게 있어서 '나'와 '나'를 구성하는 다양한 조건들이 곧 슬픔의 근본적인 원인이 되기 때문이다. 따라서 이들로 촘촘히 싸인 현실에서 벗어나기 위해서는 지금의 자신이 아닌 다른 존재가 개입해야만 한다. 이처럼 화자가 희망을 상정하는 과정은 필연적으로 자기 부정을 전제한다. 그러나 단지 나와 다르다고 해서 희망이 되는 것은 아니다. 따지고 보면 '주인'도 '장군'도 나와는 다른 존재이다. 그러나 이들은 나에게 분노를 일으키고 슬픔을 줄 뿐 나의 희망이 될 수는 없다. '당신'은 이들과는 달리, 나의 편에 서야 할 것이다.

'주인'과 '장군'은 땅이 없다는 이유로 나의 인격을 말살하고, 민적이 없다는 이유로 나의 정조를 유린하려 하였다. 그들에게는 자신의 행위를 정당화할 수 있는 나름의 근거가 있다. '(양식을 구걸하는 너는 거지와 같다.) 거지는 인격이 없다. 인격이 없는 사람은 생명이 없다. (생명이 없는 사람을 도와주는 것은 죄악이다.) 너를 도와주는 것은 죄악이다.', '(너는 민적이 없다.) 민적 없는 자는 인권이 없다. 인권이 없는 너에게 무슨 정조냐.'는 논리이다. 각각의 옳고 그름을 차치하고 보면 이들이 드러내 놓고 말하는, 혹은 감추어 두고 말하지 않은 이 논리들에 기대어 자신의 행동을 정당화하고 있음을 알 수 있다. 그들이 정당화의 근거로 삼은 논리가 곧 그들의 '윤리, 도덕, 법률'이다. 윤리, 도덕, 법률이 화자를 포함한 모든 인간의 존엄을 지키기 위한 목적으로 온전히 기능하고 있었다면 화자는 양식을 얻었을 것이고, 인격을 존중받았을 것이며, 자신을 지키기 위해 결사적으로 항거해야 할 까닭이 없었을 것이다. 그러나 윤리, 도덕, 법률이 이와 같이 기능하지 못하고 주인의 '황금'과 장군의 '칼'의 뒷배가 되어 이들을 떠받들고 있었기에 화자는 인간으로서 존중받을 수 없었다. 화자는 마침내 3연 4행에 와서야 짧은 감탄사와 함께 현실 사회의 '윤리, 도덕, 법률'이 사실상 가진 자들의 행위에 정당성을 부여하고, 그들의 카르텔을 더욱 공고히 하는 데 기여하고 있음을 깨닫게 된다. 이러한 사회구조는 쉽게 변화하지 않는다는 점에서 '나'가 가장 부정적으로 인식하는 현실 중 하나일 것이다.

▌동트기 전이 가장 어둡다

　현실에 대한 부정적 인식은 한편으로 불의에 대한 분노를, 다른 한편으로 무력감에 의한 슬픔을 가져온다. 부정적 현실을 바로잡을 수 있다고 보는 쪽은 분노에, 그럴 수 없다고 보는 쪽은 슬픔에 보다 많은 영향을 받을 것이다. 전자는 현실에 대한 적극적인 대응과, 후자는 현실에 대한 소극적인 부정과 긴밀하게 연결된다.

깨달음 이후에 화자는 세 가지 선택지를 두고 망설이는 모습을 보인다. 첫째, "영원의 사랑을 받을까"는 주로 종교, 특히 불교에 귀의하는 길로 해석되는 경우가 많다. '영원'과 '종교'를 연결시키고 한용운의 전기적 사실에 근거하여 '불교'를 덧씌우는 식인데, 설득력이 없는 것은 아니다. 다만 종교에 귀의한다는 것이 구체적으로 무엇을 의미하는지에 대해서는 이견이 있을 수 있다. 이를 긍정적인 의미에서 현실 초극, 또는 현실에서 겪는 고통의 승화라고 볼 수도 있겠으나, 단순히 현실에서 도피하려는 것으로 보는 것도 가능하다. 현실 도피와 연결 지을 경우에는 '종교' 외에 '죽음'도 가능한 해석이다. '종교'와 마찬가지로 '죽음' 역시 현실 도피적인 성향을 일정 부분 공유하며 '영원'과도 맞닿아 있다는 점에서 이 해석은 고려해 볼 만하다. 특히 이 작품의 화자에게는 어느 수준 이상의 '자기 부정'이 전제되어 있는데, 자기 부정의 가장 극단적인 형태가 죽음이라는 점에서 그러하다.

둘째, "인간역사의 첫 페이지에 잉크칠을 할까"에 대해서는 상반된 해석이 공존한다. 이 부분을 긍정적 의미로 해석하는 이들은 "빈 여백에 잉크로 무언가를 써 넣음으로써 의미 있는 창조 작업을 벌이는 것 (…) 현실에 참여하여 새로운 역사를 만드는 것"(이승원, 2008: 56-57)이라 풀어 쓴다. 반면 이 부분을 부정적 의미로 해석하는 이들은 "인류의 문명이니 역사니 하는 것들은 침 뱉어 마땅한 거짓 (…) 그것이 허위와 기만에 불과한 것이라고 부정하는 일"(김흥규, 2005: 281)이라 이해한다. 새로운 세계를 창조하는 행위인가, 기존의 세계를 부정하는 행위인가. 이 비유적 표현의 의미를 이해하기 위해서는 다른 부분과의 맥락을 적극적으로 고려해야 할 것이다.

마지막 "술을 마실까"는 다른 구절과는 달리, 이견 없이 현실 부정의 표현으로 읽히는 듯하다. 그렇다면 이제 이들을 두고 망설인다는 것이 무엇을 의미하는지 살펴야 할 차례이다. 앞선 논의들을 종합해 보면, 현실에 대한 화자의 대응은 크게 보아 화자가 적극적인 현실 변화의 의지를 가지고 있는지, 소극적인 현실 부정의 상태에 놓여 있는지로 나누어진다. 전자의 경우 세 가지 선택지의 의미는 각각 현실 초극, 새로운 세계의 창조, 현실 부정으로 읽히고, 후자의 경우는 현실 도피, (분노에 가까운) 현실 부정, (체념에 가까운) 현실 부정으로 읽힌다.

작품의 전체적인 맥락을 고려하면 이 중 후자가 좀 더 설득력 있게 느껴진다. 그 근거는 크게 세 가지이다. 우선 작품의 전반적인 내용이 화자의 슬픔을 형상화하는 것에 주력하고 있기 때문이다. 슬픔의 근거는 작품 안에 매우 구체적으로 드러나 있지만, 여기에서 벗어날 수 있는 희망의 근거는 모호하게만 느껴진다. '당신'을 보게 된 것이 이후의 현실에 어떠한 변화를 가져올지에 대해 독자가 판단할 수 있는 근거가 거의 없다. 끊임없이 위기로 내몰리며 슬픔으로 가득 찬 삶을 이어 가던 이가 깨달음 이후 갑자기 새로운 역사의 창조 의지를 표명했다고 읽는 것은 지나친 비약으로 보인다.

둘째, 망설임 이전에 있었던 '깨달음'의 성격 때문이다. 화자는 이 사회의 윤리, 도덕, 법률 등이 지배층에 정당성을 부여하고, 그들이 가진 권력에 영속성을 부여하는 방식으로 작용하고 있음을 비로소 알게 되었다. 이러한 깨달음이 그 자체로 화자의 대응을 결정짓는 것은 아니다. 화자가 어떠한 성향을 가지고 있는지에 따라 부조리한 세상에 대한 대응 방식은 달라질 수 있기 때문이다. 그런데 이 작품의 화자는 앞서 살펴보았던 것처럼, 세상에 적극적으로 맞서기보다는 자기 내면으로 침잠하는 쪽에 가까운 성향을 보인다. '항거' 등의 시어에 주목해 보아도 이는 자기를 지키기 위한 최소한의 저항이지, 세상을 바꾸어 놓겠다는 적극적인 의지를 보인 것이라 보기는 어렵다.

셋째, 화자가 망설임의 순간에 당신을 보았다는 진술 역시 또 하나의 근거가 된다. 앞에서 화자가 당신을 보았던 순간은 모두 화자가 슬픔을 느끼고 있던 순간이었다. 현실의 벽에 부딪혀 절대적인 무력감을 느끼게 된 그 순간이 바로 '나'에게 '당신'이 현현하는 순간이었던 것이다. 이 점을 고려한다면, 이 망설임의 순간에 화자에게 충만하였던 감정 역시 '슬픔'이었을 것이라 추론하는 것이 자연스럽다.

더 이상 내려갈 곳조차 없어 보이는 바닥에서의 슬픔을 말하면서도 이 작품의 분위기가 그렇게 절망스럽게 느껴지지만은 않는 것은, 오로지 당신의 존재감 때문일 것이다. 뚜렷하고 명확한 전망을 가질 수 없는 상황 속에서도 '희망'은 제 나름의 역할을 하면서 '절망'으로 기울지 않도록 삶을 지탱한다. 이 작품은 '당신'이라는 비어 있는 표상을 활용하여 나름의 방식으로 탈출구가 보이지 않는 현실 속에서의 희망을 말하려 한다. 부재와 결핍으로 정의되는 '당신'의 독특한 의미화 방식이 이러한 역설을 가능하게 한다. 작품에서 핍진하게 묘사하고 있는 슬픔의 크기가 크면 클수록 그것의 반대편에 자리하고 있는 '당신'의 의미와 가치 역시 크게 느껴진다.

이렇듯 '당신'에 비추어 간접적으로 희망의 존재를 말하는 경로를 택했을 때 얻을 수 있는 것은 슬픔을 견디는 지혜로운 방법이다. 흔히 타인의 슬픔을 위로하기 위해 그 감정을 부정하며 '아무것도 아니다. 별 게 아니다. 금방 지나갈 것이다. 이겨 낼 수 있다.' 등의 말들을 건네곤 한다. 이러한 말들이 당장의 슬픔이나 고통으로부터 눈을 돌려 망가진 삶을 추스르는 데 도움을 줄 수는 있다. 그러나 슬픔과 고통의 존재 자체를 부정하는 이러한 방식의 위로가 슬픔에 잠긴 사람에게는 오히려 독이 될 수도 있다. 그 말이 자칫 슬픔을 느끼고 있는 그 사람의 존재 자체를 부정하는 것처럼 들릴 수 있기 때문이다. 반면 〈당신을 보았습니다〉의 화자는 자신의 슬픔을 온전히 보존하면서, 그 슬픔을 처음부터 끝까지 받아 줄 수 있는 '당신'을 떠올리고 그에게 말을 건네고 있다. 신이건 연인이건 '당신'이 누구인지는 중요하지 않다. 슬픔의 밑바닥에서조차 바라보고 말을 건넬 대상이 있다는 것, 그 사실만으로도 사람은 절망에서 벗어나기에 충분한 가능성을 확보하게 된다. 이러한 읽기를 통해 독자는 한 사람의 나약함이나 그 내면에 차오르는 슬픔을 부정하지 않으면서도 희망을 말하는 방법을 발견할 수 있다. 동트기 전이 가장 어둡다는 금언과도 같이, 이 작품은 슬픔으로 가득 차 있는 순간이야말로 가장 간절히 희망을 갈구하게 되는 순간임을 역설적으로 말해 주고 있다.

| 이종원

....
참고문헌

김용직 주해(2009),《원본 한용운 시집》, 깊은샘.
김흥규(2005),『한국 현대시를 찾아서』, 푸른나무.
이숭원(2008),『교과서 시 정본 해설』, 휴먼앤북스.
Wardetzki, B. (2020),『따귀 맞은 영혼: 마음의 상처에서 벗어나는 방법』, 장현숙 역, 궁리(원서출판 2000).

알 수 없어요

한용운

바람도 없는 공중에 수직의 파문을 내이며 고요히 떨어지는 오동잎은 누구의 발자최입니까

지리한 장마 끝에 서풍에 몰려가는 무서운 검은 구름의 터진 틈으로 언뜻언뜻 보이는 푸른 하늘은 누구의 얼골입니까

꽃도 없는 깊은 나무에 푸른 이끼를 거처서 옛 탑塔 위의 고요한 하늘을 슬치는 알 수 없는 향기는 누구의 입김입니까

근원은 알지도 못할 곳에서 나서 돍부리를 울리고 가늘게 흐르는 적은 시내는 굽이굽이 누구의 노래입니까

연꽃 같은 발꿈치로 갓이없는 바다를 밟고 옥같은 손으로 끝없는 하늘을 만지면서 떨어지는 날을 곱게 단장하는 저녁놀은 누구의 시詩입니까

타고남은 재가 다시 기름이 됩니다 그칠 줄을 모르고 타는 나의 가슴은 누구의 밤을 지키는 약한 등ㅅ불입니까

출처 《원본 한용운 시집》(2009) **첫 발표** 《님의 침묵》(1926)

한용운 韓龍雲 (1879~1944)

시인이자 승려, 사상가로서 1926년에 89편의 작품을 담은 시집 《님의 침묵》을 출간하였다. 일제강점기 조국의 독립운동에 헌신하였으나 끝내 조국의 해방을 보지 못하고 입적하였다.

답이 없는
질문들

'알 수 없어요'라는 제목에는 목적어가 없다. 대뜸 알 수 없다니, 무엇을? 일단 독자의 관심을 끄는 데에는 효과적인 전략으로 보인다. 딱히 강박증이 있지 않더라도 무언가 있어야 할 것이 없으면 신경이 쓰이기 마련이다. 그런 면에서 '알 수 없어요'라는 제목은 독자로 하여금 그 이전에 던져졌을, 답하기 어려운 어떤 질문의 존재를 의식하게끔 한다.

마치 이 점을 겨냥하기라도 한 것처럼, 〈알 수 없어요〉는 독자에게 여러 질문을 연이어 던진다. 이 작품은 하나의 시행에 하나의 질문을 담아 총 여섯 행을 구성하였다. 이렇게 만들어진 여섯 개의 질문은 모두 '~은 누구의 -입니까?'라는 동일한 문형을 반복함으로써 작품 전체에 통일성과 리듬감을 부여한다. 동일한 문형이 여러 번 반복됨에도 읽는 과정이 그리 지루하지 않았다면, 아마도 주어 앞에 길게 놓인 섬세한 묘사 때문일 것이다. 예컨대 1행에서 독자가 마주하게 될 '오동잎'은 평범한 오동잎이 아니다. 그것은 "바람도 없는 공중에 수직의 파문을 내이며 고요히 떨어지는" 오동잎이다. 일상 언어를 사용하는 자리에서는 좀처럼 만나 보기 어려운 유려한 수식을 통해, '오동잎'이라는 시어는 보편적 의미에서 놓여나 고유한 이미지를 획득하게 된다. 의문문의 주어 자리에 놓인 '오동잎, 하늘, 향기, 시내, 저녁놀, 나의 가슴' 등이 모두 이러하다.

그런데 이 시어들을 나란히 늘어놓고 보니, 마지막에 놓인 것은 그 성격이 다소 이질적인 듯하다. 다른 것들은 모두 외적 세계에 속한 것인데, '나의 가슴'은 '나', 즉 화자 자신의 내적 세계에 속한 것이기 때문이다. 6행의 이질성은 형식적인 면에서도 확인된다. 같은 문형의 반복으로 형성된 안정적 리듬은 6행 전반부에 "타고남은 재가 다시 기름이 됩니다"라는 다른 문형의 진술이 끼어듦으로써 깨어진다. 의문문 하나로 완결되는 다른 행들과 달리, 마지막 행에서는 의문문 앞에 다른 문장을 결합시킴으로써 예외성을 부여한다. 이 이질성과 예외성의 의미를 밝히는 것이 이 작품의 전체적인 의미를 이해하기 위한 중요한 열쇠가 될 것이다.

당신은 '누구'십니까

6행의 이질성과 예외성을 염두에 두고 작품을 다시 처음부터 읽어 보면, 1~5행까지 동일하게 반복되는 문장 구조가 우선 눈길을 끈다. 이재복(2010: 217-218)은 문장에서의 기능에 주목하여 그 세부를 '수식어절 + 원관념(주지, tenor) + 보조관념(매체, vehicle) + 의문문 종결'의 구조로 분석하였다. 쉽게 말해 이는 문장 구조의 핵심을 주지와 매체의 결합 관계인 '비유'로 보자는 것이다. 이렇게 본다면 문면상으로는 의문문의 주어 자리에 놓인 '오동잎, 하늘, 향기, 시내, 저녁놀' 등이 원관념이 되고, 서술어 자리에 놓인 '발자최, 얼골, 입김, 노래, 시' 등이 각각의 보조관념이 되는 것으로 읽힌다. 매 행의 질문들이 두 범주의 시어들을 일대일로 대응시켜 비유 관계를 형성한다는 것인데, 이 분석을 좀 더 구체적으로 살펴보자.

"비유에 있어 중요한 것은 두 사물의 결합에서 일어나는 의미론적 변용"(김준오, 2005: 178)이다. 독자가 이 의미론적 변용의 양상을 구체적으로 확인하기 위해서는 먼저 두 사물의 결합을 가능하게 한 요소가 무엇인지를 알아볼 필요가 있다. 일반적으로 비유는 "양자가 공유하고 있는 의미의 어떤 유사성"(오세영, 2013: 228)에 근거하여 성립된다고 본다. 이에 따르면 비유를 이해하기 위해 우선적으로 해야 할 일은 원관념과 보조관념이 공유하고 있는 의미의 유사성이 무엇인지를 밝히는 것이다. 그런데 〈알 수 없어요〉의 경우 이러한 방식의 접근이 어렵다. 이 작품에서 사용된 비유는 결합 관계에 있는 두 시어 중 하나가 의미상 미확정의 상태로 제시된다는 점에서 특별하다. '발자최'는 그냥 발자최가 아니라 "누구의 발자최"이며, '얼골' 역시 "누구의 얼골"이다. 이어지는 '입김',

'노래', '시'도 마찬가지로 모두 '누구'의 것인데, 이 '누구'가 작품의 문면에서 특정되지 않음으로써 두 사물이 공유하고 있는 유사성을 파악하는 것 역시 어려워진다.

이러한 난관을 해결하기 위해서는 단순히 문면으로 드러나는 대응 관계 이면의 맥락을 살펴 시어의 관계를 재구성해 보아야 한다. 그러면 시상이 전개되는 과정에서 서로 다른 지점을 섬세하게 조명하게 되고, 이것들이 과연 누구의 것인지를 묻는 질문들이 차곡차곡 누적된다. 이러할 때, 독자들은 원관념, 혹은 보조관념 중 어느 하나가 아니라 이 모든 것들이 귀속되어 있는 어떤 존재로서 반복적으로 호명되는 '누구'를 강하게 의식하게 된다. 작품 속 질문은 기실 모두 '누구'를 향하고 있으며, 그에 대한 답은 작품의 마지막까지 명확하게 주어지지 않는다. 그 결과 '누구'는 단 한 번도 온전한 모습을 드러내지 않은 채 조각난 형태로 전체를 암시하는 양상을 보인다.

본문에서 질문이 아닌 것은 6행의 전반부에 놓인 평서문 하나뿐이다. "타고 남은 재가 다시 기름이 됩니다"라는 이 문장이 불교의 연기설(緣起說)에 발 딛고 있는 것임은 한용운이 시인이면서 또한 승려였다는 사실을 굳이 언급하지 않아도 맥락을 통해 납득 가능해 보인다. 이를 결정적 단서라 가정해 보면 시의 의미는 급격히 불교적 가르침의 영역으로 포섭된다. '옛 탑', '연꽃' 등의 시어는 이러한 가정을 소소하게 뒷받침하는 근거이다. 이상의 내용을 종합해 보면 6행은 빈자일등(貧者一燈)이라는 불교의 고사를 풀이한 것으로 넉넉히 읽힌다. 옛날, 부처가 방문한 나라에 난타라는 이름의 가난한 여인이 있었다. 가진 것이 없어 공양할 것도 없었던 이 여인은 온종일 구걸하여 얻은 돈 일전으로 기름 약간을 사서 소박한 등불을 밝혔다. 시간이 지나고 밤이 깊어 다른 이들이 공양한 등불들은 하나둘씩 꺼져 가는데, 난타가 밝힌 등불만은 오히려 밝기를 더했다고 한다. 부처의 제자가 손바람을 불고 옷자락을 흔들어 끄려 하였는데도 등불은 꺼지지 않았다. 이 모습을 본 부처가 "지금 그 등불은 너희 성문들로서 끌 수 없다. 비록 네가 네 바다의 물을 거기에 쏟거나 산바람으로 그것을 끄려 해도 그것은 끌 수 없다. 왜냐하면 그것은 일체 중생을 두루 건지려고 큰마음을 낸 사람이 보시한 물건이기 때문이니라."라고 말하며, 난타를 비구니로 받아들였다고 한다(몽산 관일 편역, 2008: 197-204). 〈알 수 없어요〉는 이 고사에 타고 남은 재가 다시 기름이 된다는 식의 순환론적 세계관을 덧씌웠다. 타고 남은 재가 다시 기름이 되는 것은 자연의 이치로는 있을 수 없는 일이다. 사람의 의지가 실현 불가능한 일을 가능하게 한 것이다.

가장 진한 어둠도
가장 흐린 빛에 사라진다

화자는 반복하여 '누구'를 호명하면서도 끝내 '누구'의 정체를 밝히지는 않는다. '부처'를 말하는 듯하면서도 결국 '부처'라고 말하지는 않았다. 만약 '부처'를 특정했다면 〈알 수 없어요〉의 의미는 삼라만상에 모두 부처의 흔적이 담겨 있다는 범신론적 세계관의 종교시로 수렴되었을 것이다. 이 경우, 작품에서 차용한 질문의 형식은 전달하고자 하는 메시지를 강조하기 위한 수사적 전략으로 이해된다. 쉽게 말해 이 질문들은 '~한 사람 누굽니까?'를 반복적으로 외쳐대는 선거철 정치인의 경망스러운 화법과 본질적으로 다르지 않은 것이 된다.

이를 피하기 위해 화자는 오직 질문할 뿐, 답하지 않는다. 답하는 순간 애초에 전달하고자 했던 의미들이 속된 전략적 화법의 차원으로 낙후될 것이기 때문이다. 따라서 〈알 수 없어요〉는 아예 제목에서부터 그것이 '알 수 없는' 것임을 분명히 해 두었다. 답을 알 수 없는 질문이기에, 답을 말할 수 없다. 그래서 화자는 답을 말하는 대신 또 다른 질문을 던진다. 주어 앞에 놓인 섬세한 수식의 표현들을 읽다 보면 화자는 답을 찾기보다는 질문을 정확히 던지는 일에 더욱 골몰하였던 것처럼 느껴진다. 이렇게 만들어진 다섯 개의 질문들은 '누구'를 매개로 삼아 하나의 맥락 안에 놓인다. 그리고 '알 수 없음'을 전제로 질문들을 이어 가는 방식으로 시상이 전개되면서, 작품 이해의 초점이 추적의 대상('누구')이 아닌 추적의 주체('나')에게로 옮겨진다. 이를 통해 이 시는 알 수 없는 것에 대해 끊임없이 질문을 던지는 삶의 태도를 형상화한다.

6행의 질문 역시 '누구'를 매개로 하여 다른 다섯 개의 질문과 연결되지만 그 세부는 크게 다르다. 앞선 다섯 행의 질문은 외적 세계에 대한 섬세한 관찰과 묘사를 통해 그 이면에 자리한 무언가의 존재를 내비치고자 한다. 반면 6행의 질문은 '나의 가슴', 즉 화자 자신의 내면을 화제로 삼아 그 가치가 무엇인지를 말하고자 한다. 1~5행에서 반복적으로 드러난 주체의 태도는 "그칠 줄을 모르고 타는 나의 가슴"이라는 표현에 함축되어 있다. 여기서 '나의 가슴'은 다시 "누구의 밤을 지키는 약한 등ㅅ불"이라는 표현에 빗대어짐으로써 특별한 가치를 부여받기에 이른다. 화자는 이를 '약한 등ㅅ불'이라 표현하였으나, 설령 그렇다 하더라도 이 역시 스스로의 의지로서 밝힌 것이기에 난타의 그것처럼 밤이 깊어도 꺼지지 않고 제 나름의 어둠을 밝힐 것이다. 가장 진한 어둠도 가장 흐린 빛에 사라지기 마련이다. 6행에서 느껴지는 이질성과 예외성은 이 역설적 진리를 설득하기 위한 문학적 장치이다.

이 시의 메시지는 종교, 국가, 민족 등 초월적이고 절대적인 존재가 아니라 약하고 보잘것없는 개별적 존재의 내면을 조명하여 현실 극복의 가능성을 말하고 있다는 점에서 보편적, 윤리적 가치를 확보한다. 따라서 이 시를 이해하는 데꼭 특정 시대의 상황을 덧씌울 필요는 없다. 그러나 덧씌웠을 때 더욱 깊어지는 의미를 굳이 외면할 까닭도 없을 것이다. 한용운이 살았던 시기를 겹쳐 보면, 이 시에서 말하는 '밤'의 이미지가 더욱더 가혹하고 암담한 것으로 이해된다. 한용운은 그 밤을 온전히 살아 내었으나 1944년에 입적하여 끝내 밤을 넘지 못했다. 그럼에도 불구하고 한용운에게는 가장 깊은 어둠 속에서도 그 너머에 무언가가 존재할 것이라는 확신과 의지가 있었다. 이 확신과 의지만이 끝없는 절망을 끝없는 희망으로 바꾸어 내는 동력이었을 것이다.

| 이종원

....
참고문헌

고은(2004), 『한용운 평전』, 향연.

김용직 주해(2009), 《원본 한용운 시집》, 깊은샘.

김종훈(2014), 「한용운의 시 〈알 수 없어요〉에 나타난 긴장의 양상」, 『어문논집』 70, 민족어문학회,
　　69-92.

김준오(2005), 『시론』(제4판), 삼지원.

몽산 관일 편역(2008), 『현우경 上』, 두배의느낌.

오세영(2013), 『시론』, 서정시학.

이재복(2010), 「한용운 시 〈알 수 없어요〉에 대한 일고찰」, 『한국언어문화』 41, 한국언어문화학회,
　　211-229.

빼앗긴 들에도 봄은 오는가

이상화

지금은 남의 땅―빼앗긴 들에도 봄은 오는가?

나는 온몸에 햇살을 받고
푸른 하늘 푸른 들이 맞붙은 곳으로
가르마 같은 논길을 따라 꿈 속을 가듯 걸어만 간다.

입술을 다문 하늘아 들아
내 맘에는 나 혼자 온 것 같지를 않구나
네가 끄을었느냐 누가 부르더냐 답답워라 말을 해다오.

바람은 내 귀에 속삭이며
한 자욱도 섰지 마라 옷자락을 흔들고
종다리는 울타리 너머 아가씨같이 구름 뒤에서 반갑다 웃네.

고맙게 잘 자란 보리밭아
간밤 자정이 넘어 내리던 고운 비로
너는 삼단 같은 머리를 감았구나 내 머리조차 가뿐하다.

혼자라도 갑부게나 가자

마른 논을 안고 도는 착한 도랑이

젖먹이 달래는 노래를 하고 제 혼자 어깨춤만 추고 가네.

나비 제비야 깝치지 마라.

맨드라미 들마꽃에도 인사를 해야지

아주까리 기름을 바른 이가 지심매던 그들이라 다 보고 싶다.

내 손에 호미를 쥐어다오

살찐 젖가슴 같은 부드러운 이 흙을

팔목이 시도록 매고 좋은 땀조차 흘리고 싶다.

강가에 나온 아이와 같이

짬도 모르고 끝도 없이 닫는 내 혼아

무엇을 찾느냐 어디로 가느냐 우스웁다 답을 하려무나.

나는 온몸에 풋내를 띠고

푸른 웃음 푸른 설움이 어우러진 사이로

다리를 절며 하루를 걷는다 아마도 봄 신령이 잡혔나보다.

그러나 지금은―들을 빼앗겨 봄조차 빼앗기겠네.

출처 《빼앗긴 들에도 봄은 오는가》(1998) **첫 발표** 《개벽》(1926. 6)

....

이상화 李相和 (1901~1943)

일제강점기의 시인이자 언론인, 교사로서 《백조》 동인 및 카프(KAPF)의 일원으로 활동하였다. 초기에는 프랑스 상징주의의 영향을 받아 병적 관능과 퇴폐적 경향이 도드라지는 작품을 주로 발표하였으나, 이후 민족 정서에 기반한 저항시 창작으로 시적 전환을 이루었다.

....

퇴폐와 저항,
현실 부정의 두 갈래 길

한국문학사에서 시인 이상화는 두 개의 서로 다른 세계에 자리한다. 하나는 퇴폐와 관능의 세계이다. 이 세계에 자리하고 있는 이상화의 대표작은 〈나의 침실로〉(1923)이다. "네 손이 내 목을 안아라, 우리도 이 밤과 함께 오랜 나라로 가고 말자." 혹여 날이 샐까 두려워하며 사랑하는 '마돈나'가 자신의 침실에 오기만을 초조하게 기다리는 화자의 달뜬 숨결엔 분명 관능의 흔적이 담겨 있다. 다른 하나는 이 시 〈빼앗긴 들에도 봄은 오는가〉에 담긴 투쟁과 저항의 세계이다. "지금은 남의 땅—빼앗긴 들에도 봄은 오는가?"라는, 마치 선문답과도 같은 느낌을 주는 첫 시행은 당시의 시대적 배경과 긴밀하게 조응함으로써 한 문장에 담기 어려운 묵직한 의미를 담아낸다.

등단 이후 《백조》 동인으로 시작활동을 활발하게 전개했던 이상화는 프랑스 상징주의 시인의 영향을, 그중에서도 특히 샤를 피에르 보들레르(Charles Pierre Baudelaire)의 영향을 강하게 받았던 것으로 알려져 있다(조영복, 1999: 144-150). 〈나의 침실로〉에 사용된 '마돈나'라는 호칭도, 1920년대에 유행했던 자유연애의 정사(情死) 모티프도, 이전의 한국문학사에서는 찾아보기 어려운 것이었다. 그런 맥락에서 화자가 '마돈나'에게 함께 가자 말했던 '오랜 나라'란 단순히 과거 특정 시점의 세계를 의미하는 것이 아니라 그 너머에 존재하는, 보다 원형에 가까운 어떤 세계일 것이다. 그가 처한 현실의 반대편에서만 성립하는 세계라고 설명하는 것이 보다 적절할 듯하다. 〈나의 침실로〉는 "가장 아름답고 오랜 것은 오직 꿈 속에만 있어라"라는 부제를 달고 있다. 여기서 말하는 '가장 아름답고 오랜 것'이 화자가 진정 가치 있다고 여기는 어떤 것이라면, '오직 꿈 속에만 있어라'라는 진술은 그것이 '현실'에는 존재하지 않는다는 잔혹한 진실을 상기시킨다. 한편으로 작품 속에서 여러 차례 확인되는 '오랜'이라는 관형어는 그것이 언젠가 이곳에 존재했었음을 함의한다. 과거에는 있었던 것이 지금은 없기에, 욕망은 더욱 절실해진다.

〈빼앗긴 들에도 봄은 오는가〉의 첫 시행에 담긴 "지금은 남의 땅"이라는 말역시 마찬가지 맥락에서 이해할 수 있다. '지금은' 남의 땅이라 하였으므로 한때는 나의 혹은 나를 포함한 우리 모두의 땅이었을 것이다. 어떠한 연유인지는알 수 없으나 남에게 빼앗겼기 때문에 이제 이 땅은 화자의 것일 수 없다. 그러나 이 공간에 귀속되어 있는 과거의 따스하고 행복한 기억들은 계속해서 화자를 매혹한다. 화자의 기억 속에서 이 땅 위의 모든 존재는 '나'를 중심에 두고온전한 조화를 이루는 것처럼 묘사된다. 이것은 한낱 과거의 환상일 뿐, 현실이아니다.

이처럼 이상화의 시세계에서 확인되는 '퇴폐'와 '저항'은 모두 현실에 대한강한 부정을 전제한다는 공통점이 있다. 따라서 이들을 완전히 분리된 대립적시세계로 인식하는 것은 두 세계의 관계를 도외시하는 것이다. '퇴폐'와 '저항'은 저 깊은 곳에서 서로 연결되어 있다.

현실과 환상, 그리고 현실

현실과 꿈으로 이분하여 전체적인 맥락을 살폈을 때 〈빼앗긴 들에도 봄은 오는가〉의 시상 전개는 고전 서사문학작품의 분석에서 주로 논의되었던 '현실-꿈(환상)-현실'의 환몽 구조를 연상시킨다. 다만 꿈(환상)에서의 강렬한 체험이현실에서 인물의 각성을 끌어내는 결정적 계기로 작용하는 환몽 구조와는 달리, 이 작품의 처음과 끝부분에서는 인식의 극적 전환이 확인되지 않는다.

작품의 구체적인 내용을 살펴보면 화자의 현실 인식을 직접적으로 드러내는 부분은 1연과 11연인데, 이 두 연을 문답 관계로 이해하는 것도 충분히 가능해 보인다. 여기에 주목할 경우 이 시는 처음과 끝이 대칭적인 관계를 형성하는 수미상관의 구조로 파악할 수 있다. 비단 1연과 11연뿐만 아니라 2연과 10연, 3연과 9연 역시 대칭 관계를 이룬다. 2연의 "나는 온몸에 햇살을 받고 / 푸른 하늘 푸른 들이 맞붙은 곳으로"와 10연의 "나는 온몸에 풋내를 띠고 / 푸른 웃음 푸른 설움이 어우러진 사이로"는 문장 성분까지 일대일로 대응하는 형식적 대칭이다. 3연의 "네가 끄을었느냐 누가 부르더냐 답답워라 말을 해 다오."와 9연의 "무엇을 찾느냐 어디로 가느냐 우스웁다 답을 하려무나."의 경우는 문장 성분까지 동일하지는 않으나, 이들이 대칭 관계임을 인식하기에 충분할 정도의 유사성을 보여 준다.

반면 4~8연에서는 이러한 대칭 관계가 성립되지 않는다. 여기에서 나열되는 '바람, 종다리, 보리밭, 도랑, 나비, 제비, 맨드라미, 들마꽃, 흙' 등은 모두 이 공간에서 화자와 마주하게 된 대상들인데, 이들은 살아 있는 것이든 살아 있지 않은 것이든 화자에게 더없이 친밀한 인격적 존재처럼 묘사되고 있다. '바람'은 옷자락을 흔들며 내 귀에 무언가를 속삭이고, '종다리'는 나를 보고 반갑게 웃고, '도랑'은 내 곁에서 노래하고 춤춘다. 한편으로 이들은 전통적인 여성상의 이미지를 나누어 가지고 있는데 그중 일부는 모성성, 즉 어머니의 이미지와도 긴밀하게 연결되는 것처럼 보인다. '울타리 너머 아씨같이, 삼단 같은 머리, 젖먹이 달래는 노래, 아주까리 기름을 바른 이, 살찐 젖가슴' 등의 비유적 형상이 중첩되어 자리하고 있는 가운데, 화자는 이들 사이를 부유하며 전체의 이미지를 구성해 나간다. 그것은 '들', 곧 화자가 발 딛고 있는 이 땅 전체이다.

▎ 저항의 길, 절망의 길

들판에서 마주친 존재들에게서 느껴지는 정서적 친밀감은, "지금은 남의 땅"이라는 현실 인식에서 직관적으로 확인 가능한 거리감과는 분명한 차이를 드러낸다. 화자가 봄 들판의 정경을 아름답게 묘사하면 할수록 그것을 잃어버린 현실에서 비롯되는 상실감도 커진다. 이런 맥락에서 보면 "푸른 웃음 푸른 설움이 어우러진 사이로"라는 구절은 상반된 감정이 대등하게 공존하고 있는 역설적 상황을 표현했다기보다는, 과거의 아름다운 기억이 구체화될수록 더욱 커져만 가는 절망과 슬픔에 초점이 맞추어져 있다고 이해하는 것이 적절해 보인다.

그런데 절망과 슬픔의 정서가 부각되고 있다는 이러한 해석은 이 시의 메시지를 일제에 대한 저항으로 보는 일반적인 시각에 비추어 보았을 때 다소 의문을 남긴다. '저항'이 지닌 적극적이고 능동적인 이미지에 '절망'과 '슬픔'이 지닌 소극적이고 수동적인 이미지가 겹쳐져 발생하는 위화감 때문이다. 이 점을 염두에 두고 다시 작품의 시상이 전개되는 과정을 면밀히 살펴보면 저항보다는 절망과 슬픔이 좀 더 설득력 있는 것처럼 느껴진다. 1연과 11연을 각각 문답의 관계로 파악하고 그 사이에 놓인 내용을 질문에 대한 답을 찾아가는 과정이라 인식한다면, 작품의 무게중심은 자연스럽게 화자가 어떠한 답을 찾았는지에 실리기 마련이다. "들을 빼앗겨 봄조차 빼앗기겠네."라는 화자의 진술에서 독자들은 빼앗긴 들에 봄은 오지 않는다는 비관적 전망을 어렵지 않게 끌어낼 수 있다. 이러한 화자의 인식과 태도를 '저항'과 연결시키는 것은 자연스럽지 않아 보인다.

이 시를 저항시로 보는 관점은 작가의 전기적 사실에 기대어 세워지는 경우가 많다. 시인 이상화는 또한 독립운동가 이상화이기도 하였다. 그는 사회주의 운동에 깊숙이 관여하였으며 여러 항일활동에 참여하였다. 이로 인해 「치안유지법」 위반 등의 죄목으로 구금되거나 심한 고문을 받기도 했다. 하지만 그렇다고 하여 이상화가 행한 모든 표현과 행동을 저항으로 의미화할 수는 없다. 저항에 상응하는 행위가 시에서 확인될 때 비로소 이 시를 저항시로 명명하는 것이 가능해진다. "이 시가 저항시라면, 작품 속의 말하는 이는 땅을 빼앗은 무리를 물리치고, 잃은 땅을 되찾자고 외쳐야 한다. 그러나 이 시에는 이런 외침이 없다. 땅을 빼앗긴 것을 숙명적으로 받아들이고, 절망할 뿐이다."(이대규, 1996: 522-523)라는 주장은 '저항'을 지나치게 좁은 의미에서 해석하고 있다는 느낌을 주기는 하지만, 작품의 문면을 근거로 삼아 나름의 설득력을 가진다.

작품 속에서 절망을 읽어 내는 논리는 오히려 명료하다. 이 시는 겨울의 한가운데에서 봄의 환상을 노래하고 있다. 봄은 과거에도 있었고 미래에도 있을 것이므로 화자는 과거의 기억들을 상기함으로써 아직 오지 않은 봄의 정경을 구체적으로 그려 낼 수 있다. 봄이 시작되면, 이 겨울은 끝날 것이다. 그러나 봄은 빼앗긴 들에는 오지 않을 것이기에, 혹은 오더라도 그마저 빼앗길 것이기에 결국 겨울은 끝나지 않을 것이다. 이러한 인식이 이 시의 주된 정서를 '절망'으로 파악하는 근거이다. 게다가 무엇을 찾는지, 어디로 가는지도 알지 못한 채 다리를 절며 하루를 걷는 것으로 묘사되는 화자의 이미지는 좀처럼 긍정적인 미래와는 연결되지 않는다.

그러나 한편으로 저항 아니면 절망이라는 이분법적인 구도 속에서 이 작품을 어느 하나로 귀결시키는 것이 적절한지를 고민해 볼 필요는 있다. 마지막 행의 의미를 다른 맥락에서도 이해할 수 있기 때문이다. 여기서 '빼앗기겠네.'라는 화자의 진술은 아직 봄을 빼앗긴 것은 아니며, 따라서 얼마든지 달라질 수 있음을 의미하기에 비관적 전망에서 벗어날 수 있는 여지를 가지게 된다. 이러한 맥락에서 본다면 '빼앗기겠네.'라는 결언은 이 공간 속에서 살아가는 사람들에게 일종의 경고, 즉 지금 무언가를 하지 않는다면 그토록 아름다웠던 봄조차 결국 빼앗기고 말 것이라는 메시지를 전달하려는 것으로도 이해할 수 있다. 화자가 암울한 현실에 끝내 절망한 것인지, 아니면 그 안에서 희망의 계기를 상상한 것인지, 이렇게 해석은 다시 두 갈래 길로 열린다.

| 이종원

············
참고문헌

권유성(2010), 「이상화의 〈빼앗긴 들에도 봄은 오는가〉 재고: 잡지 《개벽》을 중심으로」, 『어문학』
　　110, 한국어문학회, 249-271.
이대규(1996), 「이상화의 〈빼앗긴 들에도 봄은 오는가〉는 저항시인가」, 『선청어문』 24, 서울대학교
　　국어교육과, 515-524.
이상화(1998), 《빼앗긴 들에도 봄은 오는가: 이상화 전집》, 미래사.
조영복(1999), 「동인지 시대 시 해석에 대한 몇 가지 문제」, 『한국학보』 25(4), 일지사, 128-151.

우리 오빠와 화로

임화

사랑하는 우리 오빠 어저께 그만 그렇게 위하시던 오빠의 거북무늬 질화로가 깨어졌어요

언제나 오빠가 우리들의 '피오닐' 조그만 기수라 부르는 영남^{永男}이가

지구에 해가 비친 하루의 모든 시간을 담배의 독기 속에다

어린 몸을 잠그고 사온 그 거북무늬 화로가 깨어졌어요

그리하여 지금은 화젓가락만이 불쌍한 영남이하구 저하구처럼

똑 우리 사랑하는 오빠를 잃은 남매와 같이 외롭게 벽에 가 나란히 걸렸어요

오빠……

저는요 저는요 잘 알았어요

왜 그날 오빠가 우리 두 동생을 떠나 그리로 들어가실 그 날 밤에

연거푸 말는 권연^{卷煙}을 세 개씩이나 피우시고 계셨는지

저는요 잘 알았어요 오빠

언제나 철없는 제가 오빠가 공장에서 돌아와서 고단한 저녁을 잡수실 때 오빠 몸에서 신문지 냄새가 난다고 하면

오빠는 파란 얼굴에 피곤한 웃음을 웃으시며

……네 몸에선 누에 똥내가 나지 않니—하시던 세상에 위대하고 용감한 우리 오빠가 왜 그날만

　말 한마디 없이 담배 연기로 방 속을 메워버리시는 우리 우리 용감한 오빠의 마음을 저는 잘 알았어요

　천정을 향하야 기어 올라가던 외줄기 담배 연기 속에서—오빠의 강철 가슴 속에 박힌 위대한 결정과 성스러운 각오를 저는 분명히 보았어요

　그리하여 제가 영남이의 버선 하나도 채 못 기웠을 동안에

　문지방을 때리는 쇳소리 바루르 밟는 거치른 구두소리와 함께—가 버리지 않으셨어요

　그러면서도 사랑하는 우리 위대한 오빠는 불쌍한 저의 남매의 근심을 담배 연기에 싸두고 가지 않으셨어요

　오빠—그래서 저도 영남이도

　오빠와 또 가장 위대한 용감한 오빠 친구들의 이야기가 세상을 뒤집을 때

　저는 제사기製絲機를 떠나서 백장의 일전짜리 봉투에 손톱을 뚫어트리고

　영남이도 담배 냄새 구렁을 내쫓겨 봉투 꽁무니를 뭅니다

　지금—만국지도 같은 누더기 밑에서 코를 고을고 있습니다

　오빠—그러나 염려는 마세요

　저는 용감한 이 나라 청년인 우리 오빠와 핏줄을 같이한 계집애이고

　영남이도 오빠도 늘 칭찬하든 쇠같은 거북무늬 화로를 사온 오빠의 동생이 아니에요

　그리고 참 오빠 아까 그 젊은 나머지 오빠의 친구들이 왔다갔습니다

　눈물 나는 우리 오빠 동무의 소식을 전해주고 갔어요

　　사랑스런 용감한 청년들이었습니다

　　세상에 가장 위대한 청년들이었습니다

화로는 깨어져도 화젓갈은 깃대처럼 남지 않았어요
우리 오빠는 가셨어도 귀여운 '피오닐' 영남이가 있고
그리고 모든 어린 '피오닐'의 따뜻한 누이 품 제 가슴이 아직도 더웁습니다

그리고 오빠……
저뿐이 사랑하는 오빠를 잃고 영남이뿐이 굳세인 형님을 보낸 것이겠습니까
슬지도 않고 외롭지도 않습니다
세상에 고마운 청년 오빠의 무수한 위대한 친구가 있고 오빠와 형님을 잃은
수 없는 계집아이와 동생
저희들의 귀한 동무가 있습니다

그리하여 이 다음 일은 지금 섭섭한 분한 사건을 안고 있는 우리 동무 손에
서 싸워질 것입니다

오빠 오늘 밤을 새어 이만장을 붙이면 사흘 뒤엔 새 솜옷이 오빠의 떨리는
몸에 입혀질 것입니다

이렇게 세상의 누이동생과 아우는 건강히 오늘 날마다를 싸움에서 보냅니다

영남이는 여태 잡니다 밤이 늦었어요

—누이동생

출처 《임화문학예술전집 1: 시》(2009) **첫 발표** 《조선지광》(1929. 2)

임화 林和 (1908~1953)
시인이자 비평가로서 일제강점기 카프 서기장을 맡았고 해방 후 조선문학가동맹 결성을 주도하였
다. 이후 월북하여 북한에서 활동하였으며 한국전쟁 직후 남로당계 숙청 과정에서 처형되었다. 주요
시집으로 카프 해산 무렵의 좌절감과 낭만적 극복 의지를 노래한 《현해탄》(1938), 해방기의 정치의
식을 담은 《찬가》(1947) 등이 있다.

부조리한 현실에 대한 조직적 저항으로서의 시

흔히 시는 개인의 주관적인 내면을 표현하는 목소리로 여겨진다. 그러나 어떤 경우에는 사회 현실에 깊이 감응하고, 나아가 집단행동을 촉구하는 목소리가 될 때도 있다. 애초에 시가 정치·사회 영역과 분리되어 있지 않은 까닭이다. 일제강점기 카프의 시가 그러하다. 그리고 이 작품 〈우리 오빠와 화로〉는 그중에서도 전범(典範) 격이라는 평을 받아 왔다.

이 시가 발표된 1920년대 후반 한반도에서는 제조업의 규모가 확대되고 있었는데, 특히 경공업의 비중이 높았다. 시에서 삼남매의 직장으로 암시되는 인쇄 공장, 제사(製絲) 공장, 연초 공장은 이러한 시대적 배경과 연관된다. 그런데 당시 공장의 노동 현실은 더할 나위 없이 비참했다. 공장노동자는 고용이 불안정한 자유노동자에 비해 그나마 처지가 나았다고는 하지만, 많은 이들이 생계비의 절반에도 미치지 못하는 임금을 받고 하루 12시간 노동에 시달려야 했다 (강동진, 1980: 518-527). "지구에 해가 비친 하루의 모든 시간을" 공장에서 보냈다는 '영남'의 일상은 결코 과장이 아니다.

이런 상황에서 노동쟁의 역시 꾸준히 증가했다. 공업이 발전하고 공장노동자 수가 급증하면서 성장한 노동운동은 지역별·산업별 노동조합 연합체를 지향하고 있었다. 장기간에 걸친 대규모 파업이 전국 곳곳에서 일어나기도 했다.

일제의 탄압에도 노동운동이 결속력을 유지하기 위해서는 노동자의 주체적인 의식이 있어야 했다. 이에 따라 강습회, 순회강연, 잡지 회람 등이 의식 제고의 밑거름이 되었고, 사회주의 문학예술운동 단체 카프가 여기에 관여했다. 연극·영화·미술 등의 분야에서 노동계급의 각성을 도모하였으며 파업 현장에서는 카프 시인의 작품이 낭송되기도 했다. 카프 시는 시 창작이 부조리한 현실에 대한 조직적 저항을 추동할 수 있음을 보여 주었던 것이다.

카프 시의 양식적 전범

그러나 시가 현실 저항의 역할을 맡는 것이 말처럼 쉬운 일은 아니었다. 노동계급을 조직화하는 과정에서 생경한 이념적 어휘나 식상한 선동 문구가 작품 속에 남발되기 일쑤였다. 이에 대한 반성이 카프 내부에서 일어나던 차에 〈우리 오빠와 화로〉가 발표되었고, 평론가 김기진의 상찬을 받는다. 현실적이고 구체적인 묘사를 통해 소설처럼 생생한 사건을 전하고, 그러면서도 시의 압축성을 살리는 이른바 '단편 서사시' 양식의 가능성을 보여 주었다는 것이다(김기진, 1929). 비록 단편 서사시라는 명칭을 두고 논란이 분분하기는 했지만, 김기진이 지적한 작품의 면모는 지금까지도 대체로 인정받고 있다.

이 작품에는 노동자 남매의 이야기가 등장한다. 부모가 없는 집에서 오빠가 가장의 역할을 맡고 있는 듯한데, 어느 날 밤 그는 고뇌에 찬 모습으로 연거푸 담배를 피우고는 집에 들이닥친 누군가와 함께 떠나 버린다. 행선지는 화자가 있는 '세상'과 격리되어 있고 '떨리는 몸'으로 지내야 하는 감옥이다. 거칠게 들이닥친 자들은 아마도 형사나 경찰일 것이다. 한편 오빠와 그 친구들이 "세상을 뒤집"는 동안 그 일이 알려진 모양인지 동생들도 공장에서 쫓겨난다. 하지만 두 동생은 좌절하지 않는다. '오빠의 무수한 위대한 친구'가 있고, 지금의 섭섭하고 분한 일에 함께 싸워 줄 '우리 동무'들이 있기 때문이다. 이 이야기는 열심히 오빠의 옥바라지를 하는 화자의 모습으로 마무리된다.

비록 긴 소설처럼 아주 구체적이지는 않지만 한 편의 사건이 시 속에서 전개되고 있으며 몇몇 표현들은 시에 현실감과 생생함을 입힌다. "오빠 몸에서 신문지 냄새가 난다", "네 몸에선 누에 똥내가 나지 않니"와 같은 정겨우면서도 쓰라린 대화나 "만국지도 같은 누더기 밑"에서 코를 골며 자는 애틋한 동생의 이미지가 그러하다. 이에 더해 시가 편지 형식을 취하고 있다는 점도 현실의 사건을 진솔하게 전달하고 있다는 느낌을 준다. 당시 편지는 연간 발착 수가 인구의 30배에 이를 정도로(천정환, 2003: 157) 자신의 일상과 생각을 다른 사람들과 나누는 핵심 수단으로 기능했었기 때문이다.

이처럼 이 시는 평이한 언어로 현실의 사건을 그려 냄으로써 당대 노동자와 대중들에게 친숙하게 다가갈 수 있었다. 생경한 어휘나 식상한 구호 없이도 이러한 성취를 보일 수 있다는 것은 카프 시의 중요한 양식적 가능성으로 보였다. 또한 사건을 묘사하되 시어의 암시성과 압축성을 놓치지 않았다는 점은 문학성이 척박하다는 비판을 받고 있던 카프 문학의 입장에서 하나의 돌파구가 될 수 있었다. 오빠가 떠나고 두 동생만 남은 상황을 '거북무늬 화로'가 깨지고 '화젓가락'만 외롭게 남은 형상에 빗댄 것, 오빠가 떠나던 날의 급박한 사정을 '쇳소리', '거치른 구두소리'라는 청각적 심상으로 압축시킨 것이 그 예이다. 오빠를 수식하는 '사랑하는, 용감한, 위대한' 등의 표현이 과도하게 쓰이고 있기는 하지만, 선명한 관용구의 반복을 통해 청자의 의식을 고양하는 구어체 텍스트의 전통에서 보면 큰 흠결이라 할 수 없다.

▮ 가상 배역의 빛과 그림자

이 시에서 또 한 가지 눈여겨볼 점은 화자가 누이동생이라는 설정이다. 삼남매 이야기의 여러 배역 중 왜 하필 누이동생일까? 특히 투쟁의 전선(前線)에 서 있는 오빠를 화자로 내세웠더라면 저항의식이 더 직접적으로 표출되었을 것이라는 생각이 들 법도 하다. 이러한 설정은 당시 저항운동이 처해 있던 현실과 관련이 있다. 이 시기에 노동운동이 격렬하게 일어나기는 했지만 궁극적인 성공을 거두기는 힘들었고 주도자급의 희생 또한 피하기 어려웠다. 이미 일제가 1925년 「치안유지법」을 제정하여 반체제 운동을 혹독하게 탄압하는 한편, 관련 인사에 대한 감시망을 촘촘하게 구축해 놓았기 때문이다. 이런 상황에서 저항의 전위(前衛)에만 모든 희망을 걸 수는 없었으며, 그들을 지원하거나 계승하는 세력이 매우 중요했다.

〈우리 오빠와 화로〉의 누이동생 배역은 바로 이러한 점을 포착하여 선택되었다고 보아야 한다. 막강한 적의 탄압이 상시로 예견되는 상황에서, 성인 주동자의 패퇴가 곧 저항운동 전체의 패퇴는 아님을 분명히 할 필요가 있었다. 이러한 맥락에서 감옥 안에 있는 오빠와 동무들을 지원하고 훗날을 도모하는 감옥 밖의 누이동생이 부각된 것이다. 비슷한 시기 임화의 시 〈네거리의 순이〉(1929)에서 "내일을 위하여 저 골목으로 들어가"야 할 순이, 〈다시 네거리에서〉(1935)에서 "쓰린 앞길에 광영이 있으라"는 기대를 걸머진 새 세대가 모두 이러한 계열의 인물에 속한다. 아직 어리고 약하지만 "수 없는 계집아이와 동생"이 각자의 자리에서 "날마다를 싸움에서" 보내며 연대한다면 그것은 큰 희망이 된다. 출구가 보이지 않는 고통 속에서도 바로 이 땅 위에서 희망을 찾고자 했던 시인의 신념(임화, 1938)이 이처럼 그의 초기 시들을 관통하고 있는 것이다.

그럼에도 우리는 이 시의 화자인 누이동생의 말이 다분히 교조적이거나 순종적이라는 점도 지적하지 않을 수 없다. 우선 오빠를 잃은 어린 동생이 흔들림 없이 꿋꿋하게 살아가면서 성인 운동가의 신념을 고스란히 이어받는다는 대목이 그러하다. 또한 누이동생 스스로가 공장노동자로서 노동 현실의 부조리를 간파하고 성장해 가는 모습보다는, '오빠'를 주술처럼 반복하며 추앙하고 후계자로 지목된 남동생을 보육하는 모습만이 부각되어 있다. 이 점에서 누이동생이라는 가상의 배역은 남성 문학운동가인 시인의 욕망이 투사된 존재라는 혐의가 짙다. 실제로 시인 자신조차 이런 설정을 두고 "자기중심의 욕망에 포화"(임화, 1930)되었다며 무산계급의 진실된 감정을 노래하지 못했음을 스스로 비판한 바 있다.

시는 매우 다양한 존재를 화자로 삼을 수 있다. 하지만 어떤 경우든 그 화자가 자신의 진솔한 목소리를 낼 수 있어야 독자에게 깊은 울림을 준다. 누이동생이라는 이 시의 화자는 암울한 현실 속에서 꿋꿋이 희망을 발견하고 보듬어 가는 인물이지만, 그것이 주체적인 여성 노동자로서의 자각으로부터 비롯된 것인지는 불투명하다. 이 시의 배역 설정이 어느 정도로 성공적인가에 대한 판단은 이제 독자의 몫이다.

| 강민규

참고문헌

강동진(1980), 「일제하의 한국노동운동: 1920~1930년대를 중심으로」, 안병직·박성수 외, 『한국근대
　　민족운동사』, 돌베개.
김기진(1929), 「단편 서사시의 길로: 우리 시의 양식 문제에 대하여」, 오태호 편(2015), 『김기진 평론
　　선집』, 지식을만드는지식.
임화(1930), 〈시인이여! 일보 전진하자!: 시에 대한 자기비판 기타〉, 임화문학예술전집 편찬위원회 편
　　(2009), 《임화문학예술전집 4: 평론 1》, 소명출판.
임화(1938), 「언제나 지상은 아름답다: 고통의 은화를 환희의 금화로」, 『조선일보』.
임화문학예술전집 편찬위원회 편(2009), 《임화문학예술전집 1: 시》, 소명출판.
천정환(2003), 『근대의 책 읽기』, 푸른역사.

유리창 1

정지용

유리에 차고 슬픈것이 어린거린다.

열없이 붙어서서 입김을 흐리우니

길들은양 언날개를 파다거린다.

지우고 보고 지우고 보아도

새까만 밤이 밀려나가고 밀려와 부디치고,

물먹은 별이, 반짝, 보석처럼 백힌다.

밤에 홀로 유리를 닦는 것은

외로운 황홀한 심사이어니,

고운 폐혈관肺血管이 찢어진 채로

아아, 늬는 산새처럼 날러갔구나!

출처 《정지용 전집 1: 시》(1994)　첫 발표 《조선지광》(1930. 1)

정지용 鄭芝溶 (1902~1950)

충청북도 옥천 출생. 《학조》 창간호(1926)에 〈카페·프란스〉를 발표하면서 등단하였다. 1930년대에 가장 주목할 만한 모더니즘 시인으로서 언어의 감각미(感覺美)에 주력한 이미지즘 계열의 시를 주로 썼으며, 이후 일제강점기 말 암흑기에 정신주의(견인주의)적 태도를 보여 주는 시들을 발표하였다. 《정지용시집》(1935), 《백록담》(1941) 등 두 권의 시집과 《문학독본》(1948), 《산문》(1949) 등 두 권의 산문집이 있다.

새와 별의 이미지로 소환된 존재

〈유리창 1〉은 실제로 아들을 폐병으로 잃은 정지용의 개인적 경험이 직접적으로 드러난 시로서, 표현론적 관점에서 작품을 이해하고자 할 때 곧잘 인용되는 작품이다. 이 시에는 어린 자식을 잃은 아버지의 안타깝고 슬픈 정회가 섬세하게 직조되어 있다. 혈육과의 사별, 그것도 어린 자식과의 사별이라니 그 지극한 슬픔의 폭과 깊이를 쉬이 가늠하기 어렵다. 박완서의《한 말씀만 하소서》(2004)를 읽으며 아들의 죽음을 겪은 어머니의 감정을 간접적으로나마 짐작해 볼 따름인 독자의 입장에서, 이 시의 화자가 반복적으로 유리를 닦는 행위는 어린 자식을 먼저 보낸 아버지가, 일상을 견디기 위해 부르는 애달픈 비가(悲歌)로 보인다.

화자는 지금 유리창 앞에 서 있다. 시간대는 밤이다. 유리는 '차고' 유리창에 입김이 서리는 것을 '언날개'를 파닥거리는 형상에 빗댄 것으로 보아 계절은 겨울일 것이다. 화자는 왜 겨울밤에 '열없이'[•], 유리창 앞에 서서 '입김을 흐리우'고 있는가? 죽은 아이를 놓지 못해서이다. 아이를 잃은 화자에게 유리창은 그냥 유리가 아니라 "차고 슬픈것이 어린거"리는 대상이며, 그것은 시적 화자의 마음의 그늘이 투영된 것이다.

2, 3행의 시구 "입김을 흐리우니 / 길들은양 언날개를 파다거린다."는 마지막 시행인 "아아, 늬는 산새처럼 날러갔구나!"와 절묘하게 이어진다. 유리창에 서린 입김은 특정 형상을 만들어 내고는 이윽고 사라질 것이다. 시적 화자가 스스로 입김을 불어 유리에 만들어 낸 그 형상은 그가 그토록 애달프게 그리워하는 죽은 아이이며, 그것은 '날개를 파다거리'는 새의 형상을 하고 있다. 왜 하필 새인가? 죽은 자식은 더 이상 지상의 존재가 아닌, 환영으로나마 잠시 곁에 머물다가 곧 날아가 버릴 존재이기 때문이다. 시적 화자가 입김을 통해 소환한 죽

• '멍하니, 맥없이, 약간 부끄러운 듯이' 정도의 의미로 해석된다.

은 자식의 환영은 그래서 더욱 안타깝고 애처롭게 느껴진다. 온전한 날개가 아닌 언 날개를 파닥거리는 것처럼 보이는 어린 자식의 환영이 화자인 아버지의 마음을 때린다. 언 날개를 가진 새는 제대로 날 수 있을까? 너무 어린 나이에, 너무 일찍 부모의 곁을 떠난 자식의 모습은 이토록 서럽게 애처로울 수밖에 없을 것이다.

하지만 시적 화자는 유리창에 입김을 불었다가 유리가 맑아지면 다시 '입김을 흐리우'는 행위를 반복한다. "지우고 보고 지우고 보아도 / 새까만 밤이 밀려나가고 밀려와 부디치고,"에서 '~고'의 연속적인 표현은 이러한 행위의 반복을 보여 준다. 입김에 밤이 밀려 나갔을 때엔 비록 '언 날개를 파다'거릴지라도 새의 형상을 한 어린 자식의 모습을 잠깐이라도 만날 수 있기에 화자는 계속 입김을 부는 것이다.

그러다, 시적 화자는 유리창 밖의 어둠 속에 빛나는 존재인 '별'을 발견한다. '물 먹은 별'이라니, 먹먹해지는 표현이라 하지 않을 수 없다. 시적 화자는 소리 없이 눈물을 흘리고 있는 것이 아닌가. 눈물이 고인 눈에 비친 별은 '물 먹은 별'처럼 잔잔히 번져 보일 것이고, 시적 화자는 날아간 새가 밤하늘의 '별'이 된 것으로 위안을 삼는다. '반짝'이라는 시어의 앞뒤로 찍혀 있는 쉼표를 보라. 화자가 얼마나 반갑고 놀라운 마음으로 별을 발견한 것인지 알 수 있다. 그래서 이어지는 시어는 '보석처럼'이다. 반갑고, 소중하고, 아름다운 존재. 아버지의 이름으로 소환한 죽은 자식은 그렇게 보석처럼 빛나는 별이 된 것이다. 그런 식으로라도 아버지는 위안을 삼아야 하는 것이다.

▎유리창의 이중성과 "외로운 황홀한 심사"

이 시에서 유리창은 이중성을 띤다. 객관적으로 아이는 더 이상 이 세상에 존재하지 않으며 다시는 돌아올 수 없는 상황이다. 그러나 화자는 죽은 아이를 끊임없이 되새기고 그리워하며 일상으로 소환하고자 한다. 죽은 존재인 아이의 소환을 가능하게 하는 대상이 유리창이다. 하지만 그 소환은 유리창에 비친 환영(새의 이미지)과, 유리창 밖의 밤하늘에 존재하는 상상적 대상('별')을 통해서만 가능하다. 그러므로 유리창은 환상 혹은 상상과 현실을 매개해 주는 동시에, 환영과 상상으로부터 현실을 분리시키는 모순된 역할을 하는 이중적 소재이다. 부재와 존재, 죽음과 삶 사이의 경계에 유리창이 있는 것이다. 즉 화자는 유리창의 투명한 속성 덕에 아이의 환영인 '새' 혹은 아이의 상상적 현시인 '별'과 만날 수 있지만, 유리창의 단절적 속성 때문에 오히려 현실과의 차단이 두드러진다. 그러므로 아버지인 시적 화자가 할 수 있는 것이라고는 '밤에 홀로 유리를 닦는' 일밖에 없다.

유리창은 시적 화자의 감정의 절제를 가능하게 하는 기능적 장치로도 효과적인 역할을 하고 있다. 객관적 상황과 주관적 감정의 상호 조응 및 긴장 구조를 가능하게 하는 핵심적인 매개 역할을 하는 것이다. 주체의 감정을 대상으로 이월한 1행의 '차고 슬픈 것이 어른'거린다는 표현에서 출발하여, 8행에 이르러 '외로운 황홀한 심사이어니'라는 빛나는 표현에 다다르는 것을 가능하게 하는 것은 유리창이다. 유리를 닦으며 맞닥뜨린 '보석처럼 박힌' 별을 보는 시적 화자의 눈은 반가움과 아픔으로 먹먹하게 젖어 있다('물 먹은 별'). 외로운데 황홀한 것은 가능한가. 이 시에서는 외로움과 황홀함이 포개어진 상태가 아니라 각자의 영역을 지닌 채로 나란히 있는 상태라 볼 수 있다. 흔히 모순형용 혹은 역설로 설명되곤 하는 "외로운 황홀한 심사"라는 표현에는 죽은 자식의 상상적 현신인 '별'을 마주하는 아버지의 반갑고 기쁜 마음과, 그럼에도 현실에서는 여전히 자식의 부재를 감내해야 하는 고통과 그리움이 공존한다. 즉 상반된 두 가지의 정서가 빚어내는 시적 화자의 내면 풍경을 표현한 것이다.

❙ 작지만 깊은 읊조림과 감정 절제의 미학

슬픔에 온도가 있다면 어떠할까? 일반적으로 슬픔은 울음을 동반하며 울음은 열감을 띤다. 하지만 시적 화자는 '차고 슬픈것'이라는 감정의 대위를 통해 슬픈 감정을 차가운 감각과 결합하여 자식을 잃은 애절한 부성을 꾹꾹 눌러 놓는다. 뿐만 아니라 '슬픈'의 주체마저 화자인 자신으로 특정하지 않고 어떤 대상의 속성인 것처럼 표현하고 있다. 즉 슬프다고 직접 말하지 않고, 유리라는 객관적인 대상에 슬픔이라는 주관적 감정을 투영하여 "차고 슬픈것이 어린거린다."라고 표현한다. '유리에 찬 것이 어른거린다'라고 했다면 객관적인 상황을 제시한 것이 되지만, '차고 슬픈 것'이라는 표현은 대상을 슬픈 것으로 인식한 화자의 주관적 감정이 투영된 것으로 볼 수 있다. 따라서 "유리에 차고 슬픈것이 어린거린다."는 유리창의 차가움이라는 속성과 슬픔을 나란히 둠으로써 슬픔의 밀도를 대비적으로 강조한 표현으로 볼 수도 있겠지만, 감정의 과잉을 경계하는 시인의 시적 지향과도 관련된 것으로 이해할 수 있다.

이렇듯 정지용 시인은 이 시에서 감정을 극도로 절제하고 시적 정서를 감각적인 이미지로 대치하는 이미지즘 계열의 모더니즘 시인으로서의 면모를 적실하게 보여 준다. 슬픔의 극단에 서 있는 아버지의 발화임에도 감정이나 정서를 직접적으로 드러내는 형용어는 '슬픈'과 '외로운' 등으로 한정될 뿐이며, 심지어 '슬픈'은 화자의 감정이 아니라 다른 대상의 속성으로 쓰이고 있다. 또한 이 시의 시적 표현들을 문장 단위로 살펴보면 각각 '어린거린다.', '파다거린다.', '백힌다.', '날러갔구나!'라는 서술어를 지닌 네 개의 문장으로 나뉜다. 자식을 잃은 아버지의 슬픔을 이렇게 나지막하게, 이렇게 덤덤하게 읊조릴 수 있다니. 이러한 감정의 절제는 유리에 비치는 새의 형상, 밀려오고 밀려 나가는 밤의 이미지, 보석처럼 박히는 별이라는 선명한 이미지와 섬세하게 조응한다.

아마, 시인이 마지막에 "고운 폐혈관이 찢어진 채로 / 아아, 늬는 산새처럼 날러갔구나!"라고 딱 한 번 감정을 느낌표와 더불어 영탄적 어조로 터뜨리면서 시를 종결할 수밖에 없었던 까닭은, 이후 그 감정이 차고 넘쳐 통곡에 이르게 되었기 때문이 아니었을까? 시인은 시를 닫은 이후에야 김소월의 〈초혼〉(1925)에서 화자가 "산산이 부서진 이름이여!"라고 절규하던 그 어조로, 자식을 잃어 애달픈 아버지의 주체할 수 없이 슬픈 감정을 터뜨렸을지도 모를 일이다.

| 정정순

참고문헌

김학동 편(1994),《정지용 전집 1: 시》, 민음사.

그 먼 나라를 알으십니까

신석정

어머니
당신은 그 먼 나라를 알으십니까?

깊은 삼림대森林帶를 끼고 돌면
고요한 호수에 흰 물새 날고
좁은 들길에 야장미野薔薇 열매 붉어
멀리 노루새끼 마음 놓고 뛰어 다니는
아무도 살지않는 그 먼 나라를 알으십니까?

그 나라에 가실때에는 부디 잊지마서요
나와 가치 그 나라에 가서 비둘기를 키웁시다

어머니
당신은 그 먼 나라를 알으십니까?

산비탈 넌즈시 타고 나려오면
양지밭에 흰 염소 한가히 풀뜯고
길솟는 옥수수밭에 해는 저물어 저물어

먼 바다 물소리 구슬피 들려오는
아무도 살지않는 그 먼 나라를 알으십니까?

어머니 부디 잊지 마서요
그때 우리는 어린양을 몰고 돌아옵시다

어머니
당신은 그 먼 나라를 알으십니까?

오월 하늘에 비둘기 멀리 날고
오늘처럼 촘촘히 비가 나리면
꿩소리도 유난히 한가롭게 들리리다
서리가마귀 높이 날어 산국화 더욱 곱고
노란 은행잎 한들 한들 푸른 하늘에 날리는
가을이면 어머니! 그 나라에서

양지밭 과수원에 꿀벌이 잉잉거릴때
나와 함께 고 새빨간 능금을 또옥똑 따지않으렵니까?

출처 《촛불》(1939)   **첫 발표** 《삼천리》(1932. 5)

신석정 辛夕汀 (1907~1974)

1924년 4월 『조선일보』에 〈기우는 해〉를 발표하며 등단했으며 김영랑, 박용철, 정지용 등과 함께 《시
문학》 동인으로 활동하면서 본격적인 작품활동을 이어 갔다. 1939년 간행한 첫 시집 《촛불》에서는
목가적인 서정시의 세계를 보여 주었으나 《슬픈 목가》(1947) 이후에는 전원적 유토피아에서 현실로
눈을 돌리기도 했다. 《빙하》(1956)와 《산의 서곡》(1967)에 현실참여적인 목소리를 담아냈다면 마지막
시집인 《대바람 소리》(1970)에서는 자연 서정의 세계로 회귀하면서 시세계를 마무리했다.

1930년대의 순수시 운동과
신석정

1930년 3월 박용철은 김영랑, 정지용, 정인보, 이하윤 등과 함께 시 동인지 《시문학》을 창간했다. 1931년 10월 종간될 때까지 세 개 호밖에 발간되지 않았지만 《시문학》은 1930년대 순수시 운동의 중심이 되었다. 시문학파에 속한 시인들은 카프와 민족주의자들이 주도했던 문단의 흐름에 반하여, 문학의 순수성을 강조하고 시를 언어의 예술로 자각하면서 순수시에 대한 이론적 탐구와 창작적 실천을 수행했다. 신석정은 《시문학》 3호에 〈선물〉(1931)을 발표하면서 시문학파에 합류했다. 1930년대에 들어서서 인간의 내면적 서정을 표현하고 문학의 예술성과 독자성을 지향하는 시적 경향이 확대된 것은 일제의 침략전쟁이 본격화하고 사상 통제가 진행되던 당시의 시대적 분위기와도 무관하지 않다.

전원적 목가시를 주로 썼던 신석정은 전원파에 속했던 시인이기도 하다. 그는 1932년 어머니의 부음을 듣고 고향인 전라북도 부안으로 돌아와서는 "전원에 묻혀 망국민으로서의 막다른 골목을 견디어 문학의 길에나 전진"(신석정, 1972; 신석정전집 간행위원회, 2009: 511)하고자 했다. 그는 3년의 소작 생활 끝에 마련한 초가삼간에 '푸른 언덕 위의 정원'을 뜻하는 '청구원(靑丘園)'이라는 이름을 붙이고 그 정원에 은행나무, 벽오동, 목련, 산수유 등을 심어 꾸몄다. 이곳에서 그는 식민지 현실과의 접점을 모색하기보다는, 훼손되지 않은 자연의 세계로 눈을 돌리고 새로운 이상향을 꿈꾸는 것에서 암울한 식민 치하의 현실을 견뎌 낼 수 있는 정서적 힘을 얻었다. 1939년에 간행된 《촛불》에는 그러한 노력의 결실이 잘 담겨 있다.

아무도 살지 않는
그 먼 나라를 상상하다

〈그 먼 나라를 알으십니까〉는 무척 편하게 읽히는 작품이다. 난해한 시어도 없고 보편적으로 공감할 수 있는 정서를 담고 있을 뿐 아니라 청자로 설정된 '어머니'에게 조용히 말을 건네는 듯한 문체도 편안한 느낌을 주기 때문이다. 가끔 등장하는 낯설지 않은 사투리('알으십니까', '넌즈시', '마셔요', '날어', '고 새 빨간')도 '그 먼 나라'에 향토적 색채를 더하면서 친근한 느낌을 준다. 특별히 어려울 것 없이 마음에 와닿는 작품이지만, 다시 한번 읽으면서 시적 화자가 그려 보이는 상상 속의 세계에 조금 더 깊이 다가가 보기로 하자.

총 9연 28행으로 구성되어 있는 이 시는 크게 1~3연, 4~6연, 7~9연의 세 부분으로 나뉘며, 각 부분은 일정한 시적 표현과 구조를 반복하면서 리듬감과 통일감을 형성하고 있다. 1연, 4연, 7연은 첫 행에서 '어머니'를 부르고 다음 행에서 "당신은 그 먼 나라를 알으십니까?"라는 질문을 던지는 형식으로 이루어져 있다. 따라서 "어머니 / 당신은 그 먼 나라를 알으십니까?"라는 질문은 이 시에서 세 번 반복적으로 제시된다. 화자는 어머니를 향해 질문을 던지고 있지만 독자의 입장에서는 질문이 반복될수록 그에 대한 답을 찾아야 할 것 같은 느낌을 받게 된다.

이 대목에서 우리는 시적 화자가 질문을 던지는 대상이 왜 '어머니'여야 했는지, 자신이 꿈꾸는 유토피아를 왜 '그 먼 나라'라고 불렀는지 의문을 가져 볼 수 있다. 먼저 '어머니'는 어떤 이야기라도 솔직하게 털어놓을 수 있는 대상이자 모든 생명의 근원으로서, 화자가 꿈꾸는 모든 생명을 가진 것들이 본연의 모습을 지닌 채 평화롭게 살고 있는 '그 먼 나라'와 동일한 의미역을 지닌다. 따라서 '어머니'와 함께 "그 나라에 가"는 것은 유토피아를 완성하기 위한 필요조건이 된다. 그러나 '어머니'에게 같은 질문을 세 번 하는 동안 시적 화자는 유토피아와의 거리를 전혀 좁히지 못한 채 '그 먼 나라'라는 표현을 반복하고 있다. 이는 시적 화자가 꿈꾸는 유토피아가 쉽게 닿을 수 없는 곳임을 강조하고 있는 것이다. 또한 '그'라는 관형사는 우리말에서 화자보다는 청자에게 가까이 있거나 청자가 생각하고 있는 대상을 가리킬 때, 앞에서 이야기한 대상을 재차 가리킬 때, 확실하지 않거나 밝히고 싶지 않은 일을 가리킬 때 쓰인다. '그 먼 나라'에서 '그'는 언젠가 존재했었지만 지금은 잃어버린 대상을 가리키면서 '먼'을 강조하는 역할을 하고 있다.

1연, 4연, 7연에 이어지는 2연, 5연, 8연은 '그 먼 나라'에 대한 설명으로 채워져 있다. 화자가 어머니와 함께 가기를 꿈꾸는 그 나라는 "깊은 삼림대를 끼고 돌"아야 있는 곳, 사람들이 사는 세상과는 동떨어져 있으며 훼손되지 않은 자연의 원형이 그대로 보존되어 있는 곳이다. 화자는 "고요한 호수에 흰 물새 날고 / 좁은 들길에" 들장미 열매가 붉게 익어 있으며 "멀리 노루새끼 마음 놓고 뛰어 다니는" 그곳의 고요하고 평화로운 풍경에 생생한 색채감을 입혀 눈앞에 보이는 듯 묘사하고 있다. 우리나라에서는 들장미 열매가 10월에나 붉게 익기 때문에 그곳은 지금 가을을 맞이하고 있을 것이다. 이 계절감은 8연의 후반부와 9연에서도 다시 나타난다.

2연의 그 먼 나라에 대한 설명은 5연으로 이어지는데, 화자의 시선은 산비탈을 타고 넌지시 내려와 양지에서 한가롭게 풀을 뜯고 있는 '흰 염소'에게로 이동한다. 높이 자란 옥수수밭에 저녁이 찾아들면 먼 바다의 물소리까지 '구슬피 들려'올 정도로 조용한 전원의 풍경 속에는 인적이 없다. 마지막 행에서 우리는 시적 화자가 어머니와 함께 가고 싶은 그 먼 나라에는 "아무도 살지않는"다는 사실을 2연에 이어 재차 확인할 수 있다.

8연의 1~3행은 '오월', 4~6행은 '가을'이 지나가는 '그 나라'의 모습을 감각적으로 묘사하고 있다. '그 나라'에서는, 오월이면 하늘에 비둘기가 멀리 날고 비 온 뒤 꿩 소리가 "유난히 한가로이 들"릴 것이며, 가을이면 서리 까마귀가 날고 산국화가 곱게 피어 있는데 노란 은행잎이 "한들 한들 푸른 하늘에 날"릴 것이라고 화자는 말한다. 시각과 청각에 기대어 계절의 감각을 좇는 화자의 시선은 이따금씩 위아래로 움직이는 새나 빗방울의 움직임을 따라 이동하지만 이 움직임은 결코 격렬하지 않다. 정중동(靜中動)과 동중정(動中靜)을 오가는 그 차분하고 고요한 나라에서는 자연이 만들어 내는 사소한 움직임 하나, 소리 하나에도 눈길을 주고 귀를 기울일 수 있을 듯하다. 시적 화자는 이렇듯 자연을 이루는 모든 것들이 제 모습과 소리를 찾을 수 있는 곳에서의 삶을 소망하고 있다.

'그 먼 나라'의 존재를 알고 있는지 묻고 이상향의 구체적인 모습을 설명한 다음, 3연, 6연, 9연에서 화자는 그곳에서 어머니와 함께 하고 싶은 일들을 제안한다. 3연과 6연은 첫 행에서 "부디 잊지마"시라고 당부하고, 두 번째 행에서 잊지 말아야 할 일들을 언급하는 구조를 취하고 있다. 언젠가 그곳에서 함께 "비둘기를 키"우고 "어린 양을 몰고 돌아"오는 일을 하자고 어머니께 요청하는 것이다. 9연은 앞선 8연의 "어머니! 그 나라에서"와 하나의 문장으로 이어진다. 의문문으로 되어 있다는 차이는 있지만 "양지밭 과수원에 꿀벌이 잉잉거릴때" "고 새빨간 능금°을 또옥똑 따"는 일을 "나와 함께" 하자고 요청하는 내용을 담고 있다는 점에서 3연, 6연과 구조가 일치한다. 어머니의 대답을 기다리는 질문으로 읽히는 '~ 알으십니까?'와 달리 '~ 따지않으렵니까?'는 의미상으로 '키웁시다', '돌아옵시다'°°와 마찬가지로 요청의 의미를 지닌다. 따라서 이 시는 '어머니'께 '그 먼 나라'에 대해 질문하고(1연, 4연, 7연), 설명하고(2연, 5연, 8연), 그곳에서 어떤 일을 함께 하자고 청하는(3연, 5연, 9연) 구조를 세부 요소에 변주를 주면서 세 번에 걸쳐 반복하는 구성을 갖추게 된다.

지금까지 살펴본 것처럼 이 시에서 시적 화자가 꿈꾸는 "아무도 살지않는 그 먼 나라"는 나와 어머니의 현실적 삶과 동떨어져 있으며 시적 화자가 꿈꾸는 모

....

• 《촛불》 초판본에는 능금의 한자어인 '林檎(임금)'으로 표기되어 있다.
•• 《촛불》 초판본에는 '돌아옵니다'로 되어 있으나 '돌아옵시다'를 잘못 인쇄한 것으로 보인다. 《신석정 전집1》 (2009: 47-48)을 비롯해 대부분 '돌아옵시다'로 적고 있다.

든 것들이 이루어지는 말 그대로의 이상향이다. 이 이상향을 채우고 있는 다양한 자연물들의 색채감은 독자로 하여금 '그 먼 나라'를 생생하게 추체험할 수 있도록 돕는다. '삼림지대'와 '옥수수밭'의 초록색과 '호수'와 '바다', '하늘'의 푸른색은 물론이고 '산국화'와 '은행잎'의 노란색이 어우러지는 전원의 풍경이 독자의 머릿속에 아름답게 펼쳐지면서 독자는 시를 읽을수록 '그 먼 나라'에 가고자 하는 시적 화자의 희원에 공감하게 된다. 이 아름다운 풍경 속에서는 보통 부정적으로 인식되는 '서리가마귀'의 검은색조차 모든 것들이 자신의 타고난 모습 그대로 어우러지는 평화롭고 자유로운 세계를 완성하기 위해 필요한 색깔로 느껴진다. 그런데 이 천연색의 풍경에서 단연 두드러지는 두 개의 색깔이 있다. '흰 물새, 흰 염소, 비둘기, 어린 양'과 '야장미 열매, 고 새빨간 능금'을 통해 반복적으로 등장하는 흰색과 빨간색이다. 그리고 시적 화자가 '어머니'와 함께 '그 먼 나라'에서 하고 싶은 일이 '비둘기'와 '어린 양'을 키우고 '고 새빨간 능금'을 따는 일이라는 점에서 흰색과 붉은색은 관조가 아닌 소망의 대상과 연결되어 있다. 흰색이 순결과 평화, 희생의 이미지를 연상시키면서 '비둘기'와 '양'의 상징적 의미를 한층 강조한다면, 붉은색은 사랑과 생명을 연상시키면서 '열매'가 지닌 상징적 의미를 강화한다(오세영, 1998: 136-138). 순결하고 평화로운 자연의 생명력이 절정에서 만개한 '그 먼 나라'에 함께 가고 싶은 이가 생명의 근원인 '어머니'라는 것은 지극히 자연스러운 결합이다.

낭만적 유토피아에의 꿈?
또는 현실에의 저항?

〈그 먼 나라를 알으십니까〉는 분명 유토피아에 대한 시이다. 토머스 모어(Thomas More)의 책 제목이면서 그가 만든 단어이기도 한 '유토피아(utopia)'는 그리스어 '없는(ou-)'과 '좋은(eu-)'을 '장소(toppos)'와 결합한 것으로, 이 세상에 존재하지 않는 좋은 곳을 의미한다. 실재하지 않지만 우리가 바라는 이상을 투영할 수 있는 유토피아는 예술의 소재로 자주 등장한다. 그러나 꿈꾼다고 해서 도달할 수 있는 곳이 아니기에 유토피아에 대한 꿈은 자칫 허황된 망상으로 그칠 수도 있다. 이처럼 유토피아라는 개념이 양면성을 지니기에 예술작품에 담겨 있는 유토피아의 모습 자체에 초점을 맞추느냐, 그런 유토피아를 꿈꾸게 한 현실로 눈을 돌리느냐에 따라 시에 대한 해석은 달라질 수 있다. 이 시도 마찬가지이다.

이 시의 독자들은 아일랜드 시인 윌리엄 예이츠(William Yeats)의 대표작 중 하나인 〈호수의 섬 이니스프리(The Lake Isle of Innisfree)〉를 떠올릴지도 모른다. "내 이제 일어나 가리, 이니스프리로 돌아가리"라는 다짐이 반복되면서 이니스프리에 가고 싶은 시적 화자의 열망이 고조되는 구조나, "호숫가에 찰랑대는 잔 물결소리"가 들리고 "홍방울새 날개소리 가득한" 전원 풍경이 '그 먼 나라'와 상당히 유사하기 때문이다. 물론 '어머니'라는 존재의 있고 없음이나, '이니스프리'는 실제 지명이지만 '그 먼 나라'는 상상의 공간이라는 점과 같은 세부적인 차이들이 있다. 그러나 평화롭고 낭만적인 전원의 풍경과 지금은 멀리 있는 그곳으로 가고 싶은 간절한 소망에 초점을 맞춘다면 두 시의 지배적 정서는 서로 무척이나 닮아 있다. 이 외에 중국 시인 도연명(陶淵明)의 〈도화원기(桃花源記)〉의 영향이나 시인이 직접 언급한 인도 시인 라빈드라나트 타고르(Rabīndranāth Tagore)와의 유사성도 고려할 수 있지만 이 시를 이해하기 위해 살펴봐야 할 필수적인 요소는 아닌 듯하다. 낭만적 유토피아에 대한 꿈은 동서양을 막론하고 문학의 보편적인 소재였기 때문이다.

한편으로 현실에는 없는 이상향을 꿈꾸는 이 시의 주제 의식은 1930년대 우리 서정시에서 흔히 볼 수 있는 고향에 대한 상실감과 그리움을 연상시킨다(윤여탁, 2000: 50). 일제는 중국 대륙 침탈 이후 병참 기지화 정책을 본격화하였고, 일제의 정치적 탄압과 경제적 수탈이 심화되는 상황 속에서 고향상실 의식은 나라를 잃은 민족의 현실과 무관할 수 없었다. 예를 들어 1932년 발표된 정지용

의 시 〈고향〉에서 "고향에 고향에 돌아와도 / 그리던 고향은 아니"라는 탄식은
제 모습을 잃은 고향으로 인한 깊은 상실감을 나타내고 있다. 이 시기 시인들의
고향 상실이 국권의 상실에서 비롯되었다는 점에서 고향에 대한 그리움은 식민
지배 이전의 삶으로 돌아가고자 하는, 다시 말해 국권 회복에 대한 바람과 다름
없다. 같은 맥락에서 〈그 먼 나라를 알으십니까〉 역시 유토피아에 대한 희구를
통해 그 먼 나라로 가는 길을 가로막고 있는 현실을 부정하고, 마땅히 있어야
할 세계의 회복을 이야기하고 있는 것으로 볼 수 있다. 즉, 없지만 좋은 것을 소
망함으로써 있지만 나쁜 것에 에둘러 저항하고 있다는 것이다. '어머니'와 함께
'그 먼 나라'에 가고 싶은 나의 소망이 도피와 저항 중 과연 어느 쪽에 가까운지
에 대한 판단은 독자에게 맡긴다.

| 김미혜

....
참고문헌

신석정(1939), 《촛불》, 인문사.
신석정전집 간행위원회(2009), 《신석정 전집 4: 산문집 1》, 국학자료원.
오세영(1998), 『한국현대시 분석적 읽기』, 고려대학교출판부.
윤여탁(2000), 『신석정: 자연과 생활을 노래한 목가 시인』, 건국대학교출판부.
황동규 편역(1987), 《예이츠의 명시》, 한림출판사.

오감도 시 제1호

이상

13인의아해兒孩가도로로질주하오.
(길은막다른골목이적당하오.)

제1의아해가무섭다고그리오.
제2의아해도무섭다고그리오.
제3의아해도무섭다고그리오.
제4의아해도무섭다고그리오.
제5의아해도무섭다고그리오.
제6의아해도무섭다고그리오.
제7의아해도무섭다고그리오.
제8의아해도무섭다고그리오.
제9의아해도무섭다고그리오.
제10의아해도무섭다고그리오.

제11의아해가무섭다고그리오.
제12의아해도무섭다고그리오.
제13의아해도무섭다고그리오.
13인의아해는무서운아해와무서워하는아해와그렇게뿐이모였소.

(다른사정事情은없는것이차라리나았소.)

그중에1인의아해가무서운아해라도좋소.
그중에2인의아해가무서운아해라도좋소.
그중에2인의아해가무서워하는아해라도좋소.
그중에1인의아해가무서워하는아해라도좋소.

(길은뚫린골목이라도적당하오.)
13인의아해가도로로질주하지아니하여도좋소.

출처《이상전집 1 : 시》(2013)　**첫 발표**『조선중앙일보』(1934. 7)

....

이상 李箱 (1910~1937)
서울 출생. 본명은 김해경(金海卿)이다.〈이상한가역반응〉(1931),〈이런 시〉(1933) 등의 시,〈날개〉
(1936),〈지주회시〉(1936) 등의 단편소설,〈권태〉(1937) 등의 수필을 발표하였다.

....

❙ 이런 시는 이제 그만

　이상. 사직동(당시 공식 주소명은 통인동 154번지)에서 출생한 서울 토박이. 1929년 서울대학교 공과대학의 전신인 경성고등공업학교 건축과를 졸업하고 식민지 조선총독부 건축기사가 됨. 직업인으로 평범하게 또는 여기(餘技) 정도로 미술과 문학 활동을 하며 살았을 수도 있었던 존재. 1931년 일본어로〈이상한 가역반응〉이라는 텍스트를 쓰면서 어딘가 이상한 모습을 보이기 시작한, 본명이 김해경(金海卿)이던 인물. 1932년에는 익명으로〈지도의 암실〉이란 또 다른 이상한 텍스트를 발표. 급기야 이름뿐만 아니라 성씨(姓氏)마저 버리고 뜻 모를 가명(假

1934년 『조선중앙일보』에 처음 발표된 〈오감도〉 판면

名) 이상(李箱)이란 필명으로 〈건축무한육면각체〉라는 텍스트를 씀. 1933년 각혈(咯血). 건축기사직을 포기. 1934년 이제는 한국어로, '이게 무슨 개수작이냐? 대체 어쩌자는 시냐?'라는 소동을 일으킨 〈오감도(烏瞰圖)〉 연작을 『조선중앙일보』에 발표. 그리하여 조선 문단에 전대미문의 스캔들을 일으킨 존재. '너무나 답답하다'며 조선을 떠나야겠다고 반발. 드디어 1937년 일제의 수도 동경에 도착했으나 불행히도 '이유없이 방황하는 불령선인(不逞鮮人)'이라는 죄명으로 일본 경찰에 피검. 수감 생활을 하다 동경제국대학부속병원에서 1937년 4월 17일, 만 26년 7개월에 비명(非命)에 간 비극적인 식민지 지식인. 사후, '가장 우수한 최후의 모더니스트'라는 찬사를 받기 시작하더니 해방 이후에는 청년 지식인들의 아이콘으로 추앙받게 된 존재. 드디어는 한국 근현대문학사에서 불멸의 신화의 주인공이자 넘을 수 없는 거봉(巨峯)이 된 인물(임종국 편, 1966, '이상 약력' 재구성).

이러한 숱한 일화와 기행은 그저 단순한 가십거리가 아니다. 이는 이상 문학의 내용이자 형식을 이해하는 데 필수적이다. 이 점에 이상 문학의 특수성이 존재한다. 이를 무시하고는 이상 문학을 온전히 이해할 수 없다.

그런데 이상이 처음부터 이상(異常)한 시만을 쓰려 했던 것은 아니라고 볼 수 있다. 다음 두 개의 텍스트를 비교해 보자.

A.   내 그대를 생각함은 항상 그대가 앉아 있는 배경에서 해가 지고 바람이 부는 일처럼 사소한 일일 것이나 언젠가 그대가 한없이 괴로움 속을 헤매일 때에 오랫동안 전해오던 그 사소함으로 그대를 불러보리라.

B.   내가 그다지 사랑하던 그대여 내 한평생에 차마 그대를 잊을 수 없소

이다. 내 차례에 못 올 사랑인 줄은 알면서도 나 혼자는 꾸준히 생각하리다. 자 그러면 내내 어여쁘소서.

A와 B 모두 아름답고 울림이 있다. 또한 동일한 사람의 글 같기도 하다. 그러나 사실은 필자가 다르다. A는 황동규의 〈즐거운 편지〉(1957, 고등학교 재학 중 발표작)의 일부이고 B는 이상의 〈이런 시〉(1933)의 일부이다. 발췌한 부분을 보면 이상이 우리에게 익숙한 시를 쓸 수 없었던 것은 아님을 확인할 수 있다. 그러한 그가 왜 〈오감도〉와 같은 텍스트를 쓰게 된 것일까? 이를 알아보기 전에 우선 〈이런 시〉 전체를 다시 살펴보자.

역사를하노라고 땅을파다가 커다란돌을하나 끄집어내어놓고보니 도무지어디서인가 본듯한생각이들게 모양이생겼는데 목도들이 그것을메고나가더니 어디다갖다버리고온모양이길래 쫓아나가보니 위험하기짝이없는 큰길가더라.

그날밤에 한소나기하였으니 필시그돌이깨끗이씻겼을터인데 그이튿날가보니까 변괴로다 간데온데없더라. 어떤돌이와서 그돌을업어갔을까 나는참이런처량한생각에서아래와같은작문(作文)을지었도다.

「내가 그다지 사랑하던 그대여 내한평생에 차마 그대를 잊을수없소이다. 내 차례에 못올사랑인줄은 알면서도 나혼자는 꾸준히생각하리다. 자그러면 내내어여쁘소서」

어떤돌이 내얼굴을 물끄러미 치어다보는것만같아서 이런시(詩)는그만찢어버리고싶더라.

놀랍게도 〈이런 시〉의 전체 맥락에서 볼 때, 앞서 제시된 B는 아름답고 울림 있는 시가 아니라 '처량한 생각에서' 지은 작문에 불과하다. 그리고 또 '어떤 돌이 내 얼굴을 물끄러미 치어다보는 것만 같아서' '그만 찢어버리고 싶'은 작문이다. 〈이런 시〉를 '잃어버린 애인에 대한 그리움을 알레고리로 표현한 것'(이승훈 편, 1992: 189)이라 해석한다 할지라도, 이러한 정서는 이상에게 처량한 것일 뿐이었다. 이상은 이런 처량한 정서를 표현하고 싶지 않았다. 무언가 다른 것을 말하고 싶었다. 그렇다면 그가 말하고 싶어 했던 것은 무엇이었을까?

책으로서는 이상 문학 최초의 실체라고 할 수 있는 《이상선집》(1949)을 직접 편집, 출간해 준 존재. 이상이 대형(大兄)이라 부른 존재. 김기림은 구인회(九人會) 멤버 중에서도 이상이 유독 자신의 문학적 고백을 송두리째 하고 싶어 했던 대상이었다(김윤식, 2010, 157-193). 그가 「모더니즘의 역사적 위치」(1939)에서 했던 말을 살펴보자.

> 조선에서 '시에 있어서의 19세기'의 문학적 성격이 폭로되어 주로 문학적 입장에서 배격되기 시작한 것은 30년대에 들어선 뒤의 일이다. 모더니즘은 두 개의 부정을 준비했다. 하나는 로맨티시즘과 세기말 문학의 말류인 센티멘탈 로맨티시즘을 위해서고 다른 하나는 당시의 편내용주의의 경향을 위해서였다. (…) 조선에서는 모더니스트들에 이르러 비로소 '20세기의 문학'은 의식적으로 추구되었다고 나는 본다. (…) 그러나 모더니즘은 30년대의 중쯤에 와서 한 위기에 다닥쳤다. (…) 이에 시를 기교주의적 말초화에서 다시 끌어내고 또 문명에 대한 시적 감수(感受)에서 비판에로 태도를 바로잡아야 했다. (…) 그러나 그 길은 어려운 길이었다. 시인들은 그 길을 스스로 버렸고 또 버릴 밖에 없다. 가장 우수한 최후의 모더니스트 이상(李箱)은 모더니즘의 초극이라는 이 심각한 운명을 한몸에 구현한 비극의 담당자였다.　　　　　　　　　　　(김유중 편저, 1996: 119-122)

김기림의 고찰이 맞다면, 이상은 19세기에서 20세기로 탈출하려 했다. 그는 낡은 것, 처량한 것이 싫었다. 19세기의 낡고 처량한 것은 20세기에 어울리지 않는다고 생각했던 것이다. 처량한 〈이런 시〉도 마찬가지였다. 그가 19세기에 대해 얼마나 강한 거부감을 가지고 있었는지, 직접 그의 말을 통해 확인해 보자. 다음은 〈오감도〉를 30편 연작으로 계획했다가, 빗발치는 독자들의 항의에 연재를 중단한 직후 발표한 〈오감도 작자의 말〉(1934)의 일부이다.

> 왜 미쳤다고들 그러는지 대체 우리는 남보다 수십 년씩 떨어져도 마음 놓고
> 지낼 작정이냐. 모르는 것은 내 재주도 모자라겠지만 게을러빠지게 놀고만 지내
> 던 일도 좀 뉘우쳐 보아야 아니 하느냐. (김윤식 편, 1993: 353)

여기서 알 수 있듯 이상은 당시 조선 문단이 '남보다 수십 년'은 뒤떨어져
있음에도 그것을 깨닫지 못하고 있다고 보았다. 외려 그 후진성에서 벗어나 어
떻게든 세계적 수준을 따라가 보려는 자신을 비난할 줄만 아는 한심함을 지니
고 있는 것처럼 보였다. 조선은 세계를 의식하지 못하는 우물 안 개구리였다.
《시와 소설》(1936) 속표지 첫 장에 쓰인 이상의 유명한 아포리즘 "어느 시대에
도 그 현대인은 절망한다. 절망이 기교를 낳고 기교 때문에 또 절망한다."(김윤
식 편, 1993: 360)를 고려한다면 현대인은 절망에 의한 기교, 기교에 의한 절망
의 변증을 겪어야 했다. 그러나 이상이 보기에 당시 조선 문단은 절망에 기초한
기교를, 또는 기교를 넘어서려는 절망을 하지 않은 채 "게을러빠지게 놀고만 지
내"는 상태였다. 아직도 '이런 시'를 쓰고 있느냐는 따가운 시선을 의식하지 못
하는, '이런 시'를 과감히 찢어 버릴 줄 모르는, 게으름 속에 있다고 본 것이다.

이러한 이상의 판단이 옳았든 아니든 그는 조급증을 느끼고 있었다. 자신의
수명이 얼마 남지 않았음을 직감하고 있었기 때문이다. 그는 조선이 하루 빨리
후진성에서 탈피하여 세계성을 획득하길 바랐으며 스스로가 그 주역이 되고 싶
었다. 그러나 병세는 악화되었고, 그에게 글을 쓰는 일은 '공포(恐怖)의 기록'이
되고 말았다. 그리고 이 '공포의 기록'이라는 표제는 실상 〈오감도〉와 맞닿아
있었다(김윤식 편, 1991: 204).

불안한 청년 지식인의 아이콘

건축학도 김해경. 행인지 불행인지 그는 건축학을 전공하였다. 그에게 건축학이란 무엇이었을까? 근대 과학기술과 예술사조를 모두 접할 수 있는 융합 분야로서, 식민지 조선의 후진성과 근대화된 서구의 각종 첨단성을 동시에 접할 수 있는 영역이었을 것이다. 건축학은 가치중립적 관점 즉 과학기술의 관점에서는 조선의 후진성을 깨닫게 했으며, 오감(五感)의 관점 즉 미래파니 표현주의니 초현실주의니 하는 서구 근대예술의 관점에서는 조선인의 감각이 남루함을 깨닫게 했다. 그래서 그는 김해경이고 싶지 않았고 새로운 세계에서 새로운 자아로 살고 싶었을 것이다. 이러한 까닭으로 김해경은 이상(李箱)이 되었다. 실존적 인물인 건축학도 김해경과 이로부터 분열되어 나온 이상의 관계는 곧 조감도(鳥瞰圖)와 오감도(烏瞰圖)의 차이, 즉 '鳥'와 '烏'의 절묘한 한 획 차이를 낳았다(김백영, 2018).

이 후진성 콤플렉스는 이상으로 하여금 평범한 글쓰기를 거부하고 각종 숫자와 기호, 도식으로 구성된 텍스트를 작도하듯 쓰게 만들었다. 이 작도된 텍스트의 의미가 무엇이냐는 중요하지 않았음은 해방 직후 분단된 조국의 청년 지식인들에게 이상이 열광과 추앙의 대상이 되었다는 사실로도 알 수 있다. 해방 직후 이상의 문학에 대한 공식적 반응 중 첫머리에 놓일 수 있는 조연현의 〈근대정신의 해체: 고(故) 이상의 문학사적 의의〉(1949)를 보자.

이것(〈오감도 시 제1호〉)을 읽고 이 작품이 독자에게 전달하려는 혹은 이 작품이 표현하고 있는 의미와 내용이 무엇인가를 정확히 해득할 수 있는 사람은 아마 드물 것이다. 그러나 이런 투로만 쓰인 〈오감도〉라는 이름 아래 발표된 15편의 시가 1930년대의 조선 청년들에게는 기묘한 흥분과 호기심으로서 대환영을 받았던 것이다.

누구도 해득할 도리가 없는 기묘하고 난해한 이상의 이러한 시편이 1930년대의 조선 청년들에게 특이한 환영을 받게 된 이유는 바로 심리적인 원인에서였다. (…) 그들의 과거에의 경멸과 새로운 것에의 조급한 욕구 속에서 발생된 지적 '딜레마'가 이상의 시와 같은 정체를 파악할 길이 없는 일종의 관념의 도본(圖本)에 간신히 자위와 자독(自瀆)을 얻게 되었던 것이다. (…) 그러므로 이상의 해체된 주체의 분신들은 서구적인 의미에서의 근대정신이 이를 영도해 나아갈 민족적인 주체가 붕괴된 것을 말하는 것이며 이러한 붕괴는 우리의 근대정신의 최초의 해체를 의미하는 것이다. 이상이라는 하나의 완전한 시인도 작가도 못 되는 일개의 특이한 에세이스트가 가진 문학사적인 의의는 바로 이러한 곳에 있었던 것이다.

(김윤식 편저, 1995: 20-27)

조연현에 의하면 이상은 문학적 완성도 면에서 '일개의 특이한 에세이스트'에 불과할 뿐이다. 그러나 조연현이 말하는 '1930년대의 조선 청년들'에게 이상의 텍스트는 문학적 완성도로써 호소된 것이 아니었다. 그것은 근대정신의 민족적 주체의 붕괴와 분열을 상징하는 것이었고, 그 붕괴와 분열은 곧 '이미 식민지화된 조선에서' 태어난 청년 지식인들의 내면과 시대 환경 자체를 상징하는 것이었다. 해득할 수 없는 텍스트는 사실 이상의 텍스트가 아니라 '식민지 근대의 외형을 띤 조선'이라는 텍스트 그 자체였던 것이다. 그럼에도 이상의 텍스트를 향해 '이것도 시냐! 시는 장난이 아니다!'라고 퍼붓는 기성세대의 비난은 조선의 청년 지식인들에게 도리어 무책임한 소리, 즉 젊은 청년들에게 비극적 시대를 떠안겨 준 사태에 대한 무책임한 소리로만 들렸을지 모를 일이었다.

이 근대정신의 민족적 주체의 붕괴는 해방 전까지도 지속되었다. 해방 직후에야 '1930년대 식민지 조선 청년 지식인'들이 한국 문단에서 본격적으로 발언의 기회를 얻게 되면서, 이상만이 당시의 시대고(時代苦)를 잊게 할 '유일한 식민지 시대의 정신적 유산'으로 공식화된다. 해방 직후부터 전후시대까지 한국 문단에서 실존주의와 정신분석학이 흥성하면서는 이상 문학 연구가 더욱 활기를 띠게 된다(김주현, 2009). 1956년 임종국이 편찬한《이상전집》이 출판되자 이상이 발표한 문학작품 수보다도 더 많은 작가론이 발표되었음은 물론, 출판계에서는 각종 전집류 출판 붐이 일어났다(임종국 편, 1966: 4). 이런 현상은 비단 문학 연구나 출판 분야에만 국한하지 않았다. 《이상전집》 초판이 출판되기 직전, 전후 모더니스트 시인 박인환은 〈죽은 아포롱: 이상 그가 떠난 날에〉(1956)에서 이상에 대한 전후세대의 신격화 현상을 다음과 같이 표현했다.

> 당신은 나에게 / 환상과 흥분과 / 열병과 착각을 알려 주고 / 그 빈사의 구렁텅이에서 / 우리 문학에 / 따뜻한 손을 빌려 준 / 정신의 황제. // 무한한 수면(睡眠) / 반역과 영광 / 임종의 눈물을 흘리며 결코 / 당신은 하나의 증명을 갖고 있었다 / '이상(李箱)'이라고.
>
> (엄동섭·염철 편, 2015: 225)

이렇게 이상은 식민지 조선 청년에서부터 전후 청년 지식인들에게까지 열광과 흥분을 일으키는 아이콘이 되었으며, 이는 현재에도 그러하다. 앞으로도 이상은 새로이 등장할 청년들에게 열광과 흥분을 일으킬 정신적 상징물이 될 것이다.

난해(難解)? 난, 해! 청년을 위한 문학교육

〈오감도 시 제1호〉에 대한 해석과 감상에 앞서 새로울 것도 없는, 그러나 이상 문학을 이해하기 위해서는 반드시 알아야 할 이야기를 이렇게 짧지도 않게 진술한 까닭은 다음 명제의 정립 가능성 때문이다. 이상의 〈오감도 시 제1호〉로부터 도출되는 명제 즉, (그의 문학에 대해서는) 이런 해석도 적당하고 저런 해석도 적당할 수 있다는 명제. 이상의 텍스트는 어떤 고정적 의미를 통사적이고 정격적인 방식으로 표현하려던 텍스트가 아닐 수 있다. 오히려 '놀이적 언어 행위'라는 새로운 방식으로 의미를 암시하려던 텍스트일 수 있다. 이처럼 새로운 방식의 '놀이적 언어 행위'에 해당할 이상의 텍스트에 대해 고정적 의미를 발견하려 한다는 것은 그 접근 자체가 부적절할 수 있다. 그럼에도 불구하고 문학교육에서 이상의 텍스트는 수필 〈권태〉의 교재화 이후 〈거울〉, 〈가정〉 등 몇 편만을 선별적으로 소개(최현식, 2016)하면서도 정전화하여 왔다. 아울러, 특정한 해석의 틀을 고정화하는 경향을 보이고 있다.

하지만 이상의 텍스트는 원전 확정마저 미완성 상태이다(김주현·최유희, 2001; 김주현, 2019). 또한 고정적 해석도 불가하다. 그럼에도 불구하고 해석의 틀을 고정화하는 것이 과연 적절한가? 예를 들어, 〈오감도 시 제1호〉에서 '13인의 아해'에 대해서도 '최후의 만찬에 합석한 기독 이하 13인'이라는 해석에서부터 '기계문명 속에서 개성을 상실해 가는 현대인의 모습'이라는 해석 등 수없이 많은 해석들이 누적되어 왔다(김주현, 2019; 김현숙, 2009). 문학뿐만 아니라 미술 등 각종 분야에서도 다양한 해석들이 시도되어 왔다(이고은·김준교, 2012). 이처럼 수많은 시도들에도 불구하고 텍스트의 의미는 더욱 묘연할 따름이다. 그저 '불안과 공포, 자아분열'이라는 틀에서 맴돌 뿐이다. 이러한 틀에서 벗어나려는 최근의 새로운 시도로서 이상의 정치적 무의식을 규명하기 위해 역사적·정치적 관점의 접근이 시도되기도 한다. 하지만 이러한 접근은 오히려 실증적 차원을 무시한 채 또 다른 관점에서의 신화화를 낳는다는 비판(박현수, 2020)을 받기도 한다.

이처럼 이상 문학 텍스트에 대한 해석은 불확정적이며, 원전마저 불확정적이다. 이런 상황을 고려할 때, 이상 문학에 대한 교육은 엄숙하고 엄격한 관점에서 벗어날 필요가 있다. 오히려 난해의 장막을 벗겨 내겠다는 관점으로 보지 말고, 평범한 삶과 가정, 사회를 꿈꾸던 한 청년의 소박한 바람을 애써 표현한 스케치로 볼 필요가 있다. 이런 관점에서 볼 때, 〈오감도 시 제1호〉는 '아해'의 단순하고도 절실한 호소를 들어주려는 청자(聽者)의 존재 여부를 문제화하고 있는 텍스트라는 점에 주목할 필요가 있다. 지금껏 우리는 '아해'가 무엇을 의미하는지 파헤치려 하면서도 정작 〈오감도 시 제1호〉 전체를 구성하는 청자를 주목하지 않았다. "무섭다고그리오"라는 반복 표현은, 일차적으로 '아해'의 호소를 들어주고 있는 청자의 존재를 암시한다. 그러나 그 청자가 과연 '아해'의 공포와 불안을 해소시켜 주는, 만족할 만한 존재인지는 알 수 없다. '무섭다'는 말은 너무나 절실한 호소이다. 그것을 들어주고 그 공포로부터 해방시켜 주려는 사람이 없다면, 이 아해의 삶은 평탄할 수 없다. 중요한 것은 '아해'가 누구이며 무슨 의미의 기호인가가 아니라, 그 아해의 단순하고 절실한 호소를 들어주는 청자가 과연 우리 사회에 있느냐라는 문제이다. 〈오감도 시 제1호〉는 바로 이 문제를 당대의 관점에서 제기하는 텍스트라 하겠다. 즉, 1930년대의 공포와 불안에서 수많은 아해들을 해방시켜 줄 수 있는 존재가 있는가? 이 문제를 제기하고 있는 것이다.

〈오감도 시 제1호〉를 〈오감도 시 제2호〉와 연결 지어 보면 더욱 놀라운 점을 발견할 수 있다.

나의아버지가나의곁에서조을적에나는나의아버지가되고또나는나의아버지의아버지가되고그런데도나의아버지는나의아버지대로나의아버지인데어쩌자고나는자꾸나의아버지의아버지의아버지의……아버지가되느냐나는왜나의아버지를껑충뛰어넘어야하는지나는왜드디어나와나의아버지와나의아버지의아버지와나의아버지의아버지의아버지노릇을한꺼번에하면서살아야하는것이냐

이 텍스트를 '나'와 '조상' 간의 대립 또는 19세기적 봉건의식과 20세기적 근대의식 간의 대립 또는 김해경의 개인적 삶 중에서 큰아버지의 양자로 입양된 후의 삶과 연관 지어 해석(이승훈 편, 1992: 22)하곤 하였다. 그러나 이 '나'를, 〈오감도 시 제1호〉의 청자라고 생각해 보자. 다시 말해 '나'를, '아해'의 단순하고도 절실한 호소를 들어줄 뿐만 아니라 노쇠해져 버린 아버지의 호소마저 들어주려는 청자라고 생각해 보자. 그러하면 〈오감도 시 제1호〉에서, 길이 막혀

있든 뚫려 있든 고려하지 않고 도로를 질주하는 '아해'의 행동은, 자신의 불안과 공포를 해소해 줄 존재의 부재를 인식한 데에서 비롯된 행동이라 해석할 수 있다. 또한 '무서운아해라도좋'고 '무서워하는아해라도좋'다는 해탈은, 도저한 절망감에서 벗어날 수 있는 유일한 방법이란 〈오감도 시 제2호〉에서처럼 스스로 새로운 아버지가 되는 것뿐임을 인식한 데서 비롯된 태도라 해석할 수 있다. 요컨대 1930년대 조선에서는 '아해'의 호소를 들어줄 신뢰할 만한 존재가 부재하다는 이 도저한 절망감이, 스스로를 새로운 아버지로 만들어야겠다는 정신적 기교를 낳은 것이다. 이처럼 〈오감도 시 제1호〉를 비롯한 〈오감도〉 연작은 '아해'로 하여금 새로운 아버지가 되겠다는 결단을 강제하는 시대에 대한 풍자이자 해탈의 텍스트이다.

지금 이 시대의 청년들은 어떠한가? 세월의 풍파로 삭아진 부모를 보면서, 만만하지 않은 사회의 문턱을 보면서, 어떤 때는 어른스럽게도 〈오감도〉의 청자가 되었다가 또 어쩔 수 없이 스스로 '아해'가 되기도 할 것이다. 이 복잡미묘한 내면을 지닌 존재들이 이 시대의 청년들이지 않을까? 그들도 이 시대를 꿈 많은 건축가처럼 조감(鳥瞰)하지 못하고 이상처럼 오감(烏瞰)하고 있지 않을까?

따라서 〈오감도〉에 대한 문학교육은 학습자로 하여금 난해의 장막을 벗겨 내게끔 하는 과제를 줄 것이 아니다. 스스로의 불안과 공포를 어떤 식으로든 표현하게 해 주면서, 그들을 위로하고 그들의 호소를 들어줄 존재가 우리 시대에 존재함을 조금이라도 확신하게 하면서, '난 할 수 있어!'라는 자신감을 키울 기회를 주어야 한다. 이상의 수필 〈권태〉(1937)나 〈이 아해들에게 장난감을 주라〉(1936) 속 표현들, "아―조물주여 이들을 위하여 풍경과 완구를 주소서"(김윤식 편, 1993: 151) 또는 "오호라. 이 아해들에게 가지고 놀 것을 주라."(김윤식 편, 1993: 118)를 패러디하자면 "아―문학교사들이여 청년 학생들을 위하여 이상의 텍스트를 놀이적 언어로 주라." 그리하여 시대의 권태를 이겨낼 흥분과 열정을 느끼게 하라!

| 남민우

....
참고문헌

권영민 편(2013),《이상전집 1: 시》, 태학사.

김기림(1939),「모더니즘의 역사적 위치」, 김유중 편저(1996),『김기림』, 문학세계사.

김기림 편(1949),《이상선집》, 백양당. (복간본, 42 MEDIA CONTENTS, 2016)

김백영(2018),「〈오감도 시 제1호〉와 이상(李箱)이라는 페르소나의 이중성: 식민지 근대 시공간의 다차원적 조감도로서 이상 시 읽기」,『민족문학사연구』67, 민족문학사학회·민족문학사연구소, 133-169.

김윤식(2010),『기하학을 위해 죽은 이상의 글쓰기론』, 역락.

김윤식 편(1991),《이상문학전집 2: 소설》, 문학사상사.

김윤식 편(1993),《이상문학전집 3: 수필》, 문학사상사.

김윤식 편저(1995),《이상문학전집 4: 李箱 연구에 관한 대표적 논문 모음》, 문학사상사.

김주현(2009),「이상 문학 연구와 한국문학의 현대성」,『국제언어문학』19, 국제언어문학회, 41-59.

김주현(2019),「이상 '육필 원고'의 진위 여부 고증: 〈오감도〉를 중심으로」,『한국현대문학연구』58, 한국현대문학회, 267-294.

김주현·최유희(2001),「이상 문학의 원전 확정 및 주석 연구」,『우리말글』22, 우리말글학회, 275-306.

김현숙(2009),「이상 문학에 나타난 '아이' 연구: 〈오감도〉 중 〈시제일호〉를 중심으로」,『아동청소년문학연구』5, 한국아동청소년문학학회, 119-150.

박인환(1956),〈죽은 아포롱: 이상 그가 떠난 날에〉, 엄동섭·염철 편(2015),《박인환 문학전집 1》, 소명출판.

박현수(2020),「이상 문학의 역사·정치적 독법의 한계와 그 극복」,『한국시학연구』61, 한국시학회, 69-95.

이고은·김준교(2012),「이상 시에 나타난 불안, 공포 이미지의 표현주의적 성격: 오감도 '시 제1호'를 중심으로」,『한국디자인포럼』37, 한국디자인트렌드학회, 75-83.

이상(1933),〈이런 시〉, 권영민 편(2013),《이상전집 1: 시》, 태학사.

이상(1934),〈오감도 시 제2호〉, 권영민 편(2013),《이상전집 1: 시》, 태학사.

이상(1934),〈오감도 작자의 말〉, 김윤식 편(1993),《이상문학전집 3: 수필》, 문학사상사.

이승훈 편(1992),《이상문학전집 1: 시》(제3판), 문학사상사.

임종국 편(1966),《이상전집》(개정판), 문성사.

조연현(1949),〈근대정신의 해체: 고(故) 이상의 문학사적 의의〉, 김윤식 편(1993),《이상문학전집 4: 李箱 연구에 관한 대표적 논문 모음》, 문학사상사.

최현식(2016),「이상 문학의 정전화 과정에 대하여: 고등학교《국어》《문학》교과서의 경우」,『사이間 SAI』20, 국제한국문학문화학회, 211-265.

황동규(1998),〈즐거운 편지〉,《황동규 시전집 1》, 문학과지성사.

여우난골족

명절날 나는 엄매 아배 따라 우리집 개는 나를 따라 진할머니 진할아버지가 있는 큰집으로 가면

얼굴에 별자국이 솜솜 난 말수와 같이 눈도 껌벅거리는 하로에 베 한 필을 짠다는 벌 하나 건너 집엔 복숭아나무가 많은 신리新里 고무 고무의 딸 이녀李女 작은이녀李女

열여섯에 사십이 넘은 홀아비의 후처가 된 포족족하니 성이 잘 나는 살빛이 매감탕 같은 입술과 젖꼭지는 더 까만 예수쟁이 마을 가까이 사는 토산土山 고무 고무의 딸 승녀承女 아들 승承동이

육십리六十里라고 해서 파랗게 뵈이는 산을 넘어 있다는 해변에서 과부가 된 코끝이 빨간 언제나 흰옷이 정하든 말끝에 설게 눈물을 짤 때가 많은 큰골 고무 고무의 딸 홍녀洪女 아들 홍洪동이 작은홍洪동이

배나무접을 잘하는 주정을 하면 토방돌을 뽑는 오리치를 잘 놓는 먼섬에 반디젓 담그려 가기를 좋아하는 삼춘 삼춘엄매 사춘누이 사춘동생들

이 그득히들 할머니 할아버지가 있는 안간에들 모여서 방안에서는 새옷의 내음새가 나고

또 인절미 송구떡 콩가루차떡의 내음새도 나고 끼때의 두부와 콩나물과 뽂

은 잔디와 고사리와 도야지비계는 모두 선득선득하니 찬 것들이다

　저녁술을 놓은 아이들은 외양간섶 밭마당에 달린 배나무동산에서 쥐잡이를 하고 숨굴막질을 하고 꼬리잡이를 하고 가마 타고 시집가는 놀음 말 타고 장가 가는 놀음을 하고 이렇게 밤이 어둡도록 북적하니 논다

　밤이 깊어가는 집안엔 엄매는 엄매들끼리 아르간에서들 웃고 이야기하고 아이들은 아이들끼리 웃간 한 방을 잡고 조아질하고 쌈방이 굴리고 바리깨돌림하고 호박떼기하고 제비손이구손이하고 이렇게 화디의 사기방등에 심지를 멫 번이나 돋구고 홍게닭이 멫 번이나 울어서 졸음이 오면 아릇목싸움 자리싸움을 하며 히드득거리다 잠이 든다 그래서는 문창에 텅납새의 그림자가 치는 아츰 시누이 동세들이 욱적하니 흥성거리는 부엌으론 샛문틈으로 장지문틈으로 무이징게국을 끓이는 맛있는 내음새가 올라오도록 잔다

출처 《정본 백석 시집》(2007)　**첫 발표** 《조광》(1935. 12)

　　백석 白石 (1912~1996)
　　평안북도 정주 출생. 자신이 체험한 삶의 모습을 토속적으로 그려 낸 작가로 손꼽힌다. 여행하면서 겪고 느낀 바를 생생하게 표현한 기행시, 우리 공동체의 삶의 모습이 담긴 체험시, 민요적이면서도 서사적인 모더니즘시 등을 골고루 남겼다.

▎그 마을 그때 우리 집안사람들은

　백석의 일가친척이 모이는 여우난골. 〈여우난골족〉은 명절에 온 가족이 여우난골의 큰집에 모여 맛있는 음식도 해 먹고 재미있는 놀이도 하며 북적북적 지내는 모습을 표현한 작품이다. 백석 시의 특징이 선명하게 나타나는 이 작품

은 처음 읽었을 때 다소 난해하다는 느낌을 받는다. 숨바꼭질, 공기놀이 같은 익숙한 놀이 이름조차 '숨굴막질', '조아질'과 같은 낯선 이름으로 부르고 있고, '바리깨돌림', '호박떼기', '제비손이구손이'처럼 지금은 쉽게 찾아볼 수 없는 놀이들이 등장하며, '오리치', '텅납새'와 같은 익숙지 않은 문화의 흔적이 산재해 있기 때문이다. 게다가 서정 양식답지 않은 긴 호흡이 서사 양식과 닮아 있기도 하다.

서정 양식 속에 나타나는 이야기는 하나의 서사로서 특정 사건을 담고 있다. 그런데 같은 문학적 서사라고 하더라도 서정 양식과 서사 양식의 사건 진술 방식은 다르다. 서사 양식에서 사건은 인물, 배경과 함께 다양한 요소들이 결합되어 핵심적인 것으로 부각된다. 서정 양식에서도 사건을 파악하는 것은 중요하지만 인물이나 배경과 어우러져 갈등 양상이 나타나거나 시간의 전개 과정이 명백하게 드러나는 형태로 구체화되는 경우는 적다. 서정 양식 속 서사는 분위기나 정취를 형성하는 열거된 것들로 재현되기도 한다.

이 작품에는 친할머니, 친할아버지와 엄마, 아버지, 신리 고모, 토산 고모, 큰골 고모, 삼촌, 삼촌 엄마와 사촌들, 고모의 딸과 아들들까지, 인원을 헤아리기 어려울 정도의 대식구가 집안 곳곳에서 각각의 역할을 맡아 분주하게 움직인다. 우리 집 개를 데리고 큰집에 온 어린 화자에게 각 식구의 존재와 이름을 구별하는 것은 그다지 중요해 보이지 않는다. 고모의 아들, 딸들이 성씨와 성별로만 구별되어 호명되고 있는 것을 보면 그러한 사실을 알 수 있다. 고모나 삼촌 같은 인물들은 사는 곳이나 구체적인 특성으로 인지되긴 하지만, 그 또한 각자의 이름이 아니라 화자가 부르는 가족 호칭으로 구별될 뿐이다. 이는 그들이 집안 행사 때마다 일정하게 교류하고 있는 인물들이며 시적 화자와 혈연관계에 있는 주요 구성원들이라는 사실을 알 수 있게 해 준다. 이 시에서는 온 가족이 명절 때마다 며칠씩 함께 지내며 혈연적 유대관계를 다지고 가족공동체로서의 끈끈한 소속감을 형성해 가는 전통적 대가족제의 집안 분위기와 명절 모습이 감지된다.

이런 내용들을 감안하면 왜 시의 제목에 '가계'를 의미하는 '族'이 붙어 있는지 이해할 수 있게 된다. 즉, 이 시가 '여우난골에 모인 일족 이야기'라는 것을 제목에서 분명히 밝히고 있는 것이다. 이는 민족공동체뿐 아니라 마을공동체, 혈연공동체 등 공동체에 대한 인식이 남달랐던 백석의 시세계와 연결 지어 설명될 수 있다.

음식 냄새로 환기되는 공동체 의식

이 작품의 시공간적 배경과 등장인물들이 1, 2연의 주요 내용이라고 한다면, 3연부터는 가족공동체가 공유하는 음식, 놀이로 시선이 모아진다. 가족공동체에 속한 개개의 인물들은 아이들, 엄마들, 시누이 동서들처럼 집단으로써 그 행동과 역할이 규정된다. 이렇듯 개인이 집단화되는 과정의 매개체로 3연에서 등장하는 것이 다양한 음식의 '내음새'다. 인절미, 송구떡, 콩가루차떡과 같은 떡 냄새를 공유하고 긴 밤을 함께한 일족이 무이징게국의 맛있는 냄새에 아침잠을 떨치고 밥상머리에 둘러앉는다.

그런데 이 작품에 등장하는 이들은 모두 각자의 삶의 공간에서 생활하다가 명절이라는 특수한 시기에 같은 공간에 자리하게 된 인물들이다. 그들 각자에게는 나름의 현실적 어려움과 사정이 있을 테지만, 여우난골의 큰집이라는 공간에서 그런 부분은 문제가 되지 않는다. 다양한 음식을 나누어 먹고 놀이를 즐기며 이야기를 나누다 보면, 잠시나마 현실의 팍팍함을 이겨 내고 내일을 살아갈 힘을 얻게 된다. 바로 이러한 부분에 공동체에 대한 백석의 가치관과 기대가 담겨 있다. 한도 많고 사연도 많고 절망도 가득한 시기이지만, 공동체가 머리를 맞대고 음식을 나누어 먹으며 서로를 위로하다 보면 담담하게 절망을 떨어낼 수 있게 되리라는 시인의 기대가 읽히는 것이다.

그런데 시에 묘사된 풍경이 단지 여우난골에 있는 한 집안의 이야기로만 느껴지지 않는다는 데 주목할 필요가 있다. 백석이 자신이 먹었던 여러 음식을 소개하고 그 냄새를 환기하는 이유는 음식이야말로 그 당시 우리 민족이 먹고 살았던 공통적인 생활의 한 면을 드러내기 때문이다. 시인이 묘사한 명절의 모습은 우리 민족 모두가 공유하는 명절의 모습이다. 각자의 생활이 바쁘고 고향에 돌아가지 못하는 상황이어도 여건이 허락된다면 자신도 함께하고 싶은 명절의 단면인 것이다. 더 많은 일가친척이 모이는 경우도 있고 몇 사람 모이지 않는 경우도 있으며, 더 풍성하게 음식을 장만하는 집안도 있고 음식에 공들이지 않는 집안도 있을 것이다. 이렇듯 개인마다 집안마다 명절을 쇠는 방법은 다양하겠지만, 명절이라는 추상적 실체는 우리 민족 개개인에게 소망하는 시공간을 형성하며 그러한 부분이 우리 공동체만의 문화적 관습이 된다. 이 관습을 토대로 우리는 〈여우난골족〉을 읽으면서 다양한 정서와 메시지를 접하게 된다.

백석은 명절에 우리 민족이 먹는 다양한 음식을 열거함으로써 가족공동체를 넘어선 민족공동체 의식을 환기하고 있다. 만약 백석이 여러 인물이나 사건을 나열하기만 했다면 이 작품은 시인의 경험을 드러내는 데 그쳤을 것이다. 그러나 백석은 평안북도 북신 지방의 거칠지만 정갈하고 전통적인 냄새를 통해 우리 민족의 삶의 방식을 이야기하고 역사적·문화적 상황을 독자에게 재인시키는 데 성공했다. 인간이 지닌 가장 원초적이면서도 지속적인 감각이 후각임을 감안하면 백석의 이러한 전략은 매우 유효하다고 하겠다.

▌토속적 이야기의 공간, 여우난골

다음은 이 시 〈여우난골족〉과 유사한 제목의 〈여우난골〉(1935)이라는 시이다.

박을 삶는 집
할아버지와 손자가 오른 지붕 우에 한울빛이 진초록이다

우물의 물이 쓸 것만 같다

마을에서는 삼굿을 하는 날
건넌마을서 사람이 물에 빠져 죽었다는 소문이 왔다

노란 싸릿닢이 한불 깔린 토방에 햇츰방석을 깔고
나는 호박떡을 맛있게도 먹었다

어치라는 산새는 벌배 먹어 고읍다는 골에서 돌배 먹고 아픈 배를 아이들은
떨배* 먹고 나았다고 하였다

〈여우난골족〉이 백석 일가의 명절 모습을 그렸다면 〈여우난골〉에는 '여우가
나는 골짜기'라는 지명을 지닌 곳에 사는 사람들의 생활상이 간결하게 그려져
있다. 전자가 서사적 묘사에 비중을 두고 있는 데 비해, 후자에서는 서정적 정경
과 표현 기법이 좀 더 두드러진다. '여우난골'이라는 지명 자체가 설화적 속성
을 띠는 것처럼, 이 마을과 관련된 이야기는 왠지 신비롭고 흥미진진한 내용으
로 가득할 것 같다는 호기심과 기대를 자아낸다.

작품에 묘사된 마을의 풍경도 그러한 기대에 부응한다. 1연의 할아버지와
손자는 바가지를 만들기 위해 박을 따고 있다. 그 박을 파내 잘 삶으면 단단한
바가지가 되어 유용하게 쓰일 것이다. 푸르스름한 빛을 띠는 박과 가을 하늘빛
이 어우러져 지붕 위는 온통 진초록색이다. 그 풍경이 비친 우물물 또한 초록빛
이니 그 물을 마신다면 녹즙처럼 쓰디쓴 맛이 날 것 같다. 다음 2연에는 베를 만
들기 위해 삼을 쪄 내는 풍경이 제시되어 있다. 건넛마을에서는 흉흉한 소문이
들려오지만 시적 화자가 살고 있는 여우난골은 풍족하고 여유롭다. 그래서 3연

....

* 찔배. 산사나무 열매를 가리키며, 모양은 배와 비슷하나 아주 작고 맛이 시고 떫다. 한약재로도 쓰인다.

의 화자는 노란 싸리 잎이 두텁게 깔려 있는 토방에서 호박떡을 맛있게 먹고, 4연의 아이들은 '돌배 먹고 아픈 배, 띨배 먹고 나았지'와 같은 말놀이를 하며 즐거운 나날을 보낸다.

여우난골 바깥의 가난하고 힘들고 배고픈 삶은 이곳에서 찾아볼 수 없다. 사람들은 부지런히 생활용품을 만들고, 그해 새로 수확한 싸리 잎과 칡으로 집을 꾸미고, 호박으로 떡을 지어 먹는다. 이렇듯 여유로운 골짜기 마을의 풍경이 〈여우난골〉에 가득 담겨 있다. 백석은 명절이나 집안에 일이 있을 때 이 공간을 찾아가 다양한 음식을 먹고 여러 문화를 접하곤 했다. 그러므로 여우난골은 백석 시의 토속적 경향, 음식 문화와 관련된 서정적 기술에 일정한 영향을 미친 장소로 볼 수 있다.

〈여우난골〉의 이러한 속성을 이해하면 〈여우난골족〉에 숨겨진 의미도 추정해 낼 수 있다. 시끄럽고 복잡한 현실 속에서 가족공동체가 모여 음식을 나누어 먹으며 놀이를 즐길 수 있는 공간은 시인에게 휴식의 공간이었을 것이다. 현실에 대한 고민을 잠시 미루어 두고, 친숙한 공간과 눈에 익은 인물이 주는 여유로움과 편안함에 안주할 수 있었을 것이다.

그렇기 때문에 일제강점기에 쓰였음에도 백석의 시에서 현실에 대한 저항을 찾기란 쉽지 않다. 아니, 굳이 그런 잣대를 들이댈 필요가 느껴지지 않는다. 저항의식이 없으면 어떠하랴. 그 또한 시대적 굴곡 속에서 한 개인이 선택한 '작지만 소중하고도 확실한 행복'의 담담한 기술인 것을.

| 유영희

············
참고문헌

고형진 편(2007), 《정본 백석 시집》, 문학동네.

끝없는 강물이 흐르네

김영랑

내 마음의 어딘 듯 한편에 끝없는
　　강물이 흐르네
돋쳐 오르는 아침 날빛*이 빤질한*
　　은결을 도도네*
가슴엔 듯 눈엔 듯 또 핏줄엔 듯
마음이 도른도른* 숨어 있는 곳
내 마음의 어딘 듯 한편에 끝없는
　　강물이 흐르네

출처 《영랑 시집》(2004)　**첫 발표** 《시문학》(1930. 3)

* 날빛: 햇살에 비친 빛.
* 빤질한: 겉면이 윤이 나고 매끄러운.
* 도도네: 돋우네.
* 도른도른: 도란도란. (흐르는 물의 이미지와 어울려) 몽글몽글 잇따라 물이 흐르는 모습.

김영랑 金永郎 (1903~1950)

전라남도 강진 출생. 본명은 김윤식(金允植)으로 영랑(永郎)은 아호이다. 휘문의숙(지금의 휘문고등학교) 재학 시절 1년 선배인 홍사용, 1년 후배인 정지용 등과 영향을 주고받으며 문학에 관심을 갖게 되었다. 1920년 일본 유학 시절 박용철과 친교를 맺고 귀국 후에 그를 비롯한 몇몇과 《시문학》 동인을 결성하였다. 한국 순수시의 대표적 시인으로서 《시문학》(1930), 《문학》(1934) 등의 문예잡지를 통해 시
와 수필, 평문 등을 발표하였고, 《영랑시집》(1935)을 남겼다.

말하지 않아도 알아요

1989년 어느 날, TV 광고 하나가 인기를 끌기 시작했다. 이 무렵의 상업광고
들이 대개 그러했던 것처럼, 이 광고 역시 광고에 사용된 음악이 단순한 배경음
이 아닌 전면적 메시지를 이루었다. 여기서 사용된 노래 〈말하지 않아도 알아요
(情)〉(강원 작사·작곡)는 그 후 수십 년 동안 시청자들에게 가장 사랑받는 광고
음악 중 하나가 되었다.

> 말하지 않아도 알아요 눈빛만 보아도 알아
> 그냥 손 잡으면 음~ 마음속에 있다는 걸
> 몸짓만 봐도 알아요 미소만으로도 좋아
> 돌아 생각해보면 음~ 마음속에 있다는 걸

광고에서는 이 노래와 함께 특별한 대사나 설명 없이 기다림과 떠남을 보
여 주는 짧은 장면이 나온 뒤, 제품의 모습과 이름이 '정(情)'이라는 글자와 함
께 제시된다. 특별하지 않아 보이는 이 광고에는 소비자들의 구매욕을 끌어내
는 감성적인 지점들이 잘 포착되어 있다. 소비자들은 광고의 장면과 음악이 주
는 분위기를 통해 이 제품이 소중한 사람에게 진심을 전달하기 위한 간단한 선
물로 부족함이 없다는 것을 '느끼게' 된다. 일상에서 사랑과 감사와 관심을 표
현하는 수단에 적합하도록 '정(情)'이라는 메시지가 제품의 이름보다 강조되는
것이나, '눈빛', '손', '몸짓'에서 연상되는 유대감이 광고음악을 매개로 상품과
자연스럽게 연결되는 것도 같은 맥락에서 훌륭한 소구(訴求) 효과를 발휘한다.

마음과 마음이 직접적으로 이어져서 서로의 뜻이 통할 수 있다면야 이러한 방식의 광고가 불필요할 것이며, 심지어는 우리가 사용하는 언어 또한 그 효용 범위가 달라질 수 있다. 하지만 현실은 말하지 않아도 마음이 온전히 통하는 세상이 아니기에 사람들은 언어가 주는 정확성에 의존한다. 구체적인 대상이나 정보를 특정해 주는 언어의 효용적인 측면을 중시하고, 언어란 모호한 정서나 분위기가 아닌 우리의 경험 세계를 명확하게 전달해 주는 수단이라 생각한다. 그리고 시를 읽을 때에도 알게 모르게 이러한 생각이 작동한다. 이를테면 시 안의 말, 즉 시어 하나하나가 무언가를 정확히 지칭하거나 의미할 거라 생각하고 그렇지 않은 단어는 어떤 것도 표현하지 않는다고 여긴다. 이러한 생각에서는 짐작하기도 예측하기도 어려운 '말하지 않아도' 아는 시란 인정하기 어렵다. 그런데 만약 저 광고음악의 가사처럼 '말하지 않아도' 아는 시가 존재하고, 그런 시들을 쓰고 읽고 노래하고 들었던 사람들이 있었다면 어떨까. 그리고 의외로 그런 사람들이 많았다면?

문학에서는 이러한 시들을 순수 서정시라고 부른다. 서정을 노래한 시가 서정시라면 순수 서정시란 그 서정의 경험 내용이 순수한 내면에 있다는 뜻이다. 다시 말해 시적 대상이 시인의 마음에서 일어나는 서정이고, 그 서정이 세계의 어떤 것에 반응해서가 아니라 마음 자체의 순수한 작용과 변화에 의해서 생겨나는 정감적인 상태라는 것이다. 〈끝없는 강물이 흐르네〉는 이러한 의미에서 순수 서정시에 속하는 작품이다.

순수 서정시, 마음을 노래하는

우리가 일반적으로 대하는 시들에서 시어는 이 세계에 존재하는 사람이나 사물, 현상과 같은 특정한 대상을 가리킨다. 시어의 의미는 이 대상에 비추어 봄으로써 판단되며 이를 통해 의미의 정확성이나 풍부성, 혹은 변화 등을 짐작할 수 있다. 이렇게 만들어진 시어와 대상 사이의 관계에 대한 약속들에 기대어, 이번에는 거꾸로 시어로부터 대상을 추정하고 구체화하고 명확히 한다. 시에서 '나무'라고 말하면 우리는 경험 세계의 나무를 떠올리고, '나무가 팔을 뻗고 있다'고 말하면 우리는 그 나무에서 팔이라고 할 만한 부분이 무엇인지를 짐작하여 그 의미를 판단한다. 만약 시에서 '별나라'를 말한다면, 우리는 그래도 그곳이 상상 가능한 곳이라고 여기고 우리가 경험한 세계로부터 그 세계를 유추해 낸다.

〈끝없는 강물이 흐르네〉에서 시인이 말하는 대상은 '내 마음의 어딘 듯 한 편'이다. 아차! 이 대상은 우리가 '공통적으로' 경험하던 세계가 아니다. 그곳은 이 말을 꺼낸 시인만이 알 수 있다. 해서 우리는 시에서 말하는 그곳에 관한 정보를 찾아보려 한다. 같은 대상을 가리키는 시어들과 그들 간의 관계에 유의하며 시를 읽어 보자. '마음이 도른도른 숨어 있는 곳'이라는 표현이 등장한다. 어이쿠! 그곳이 마음 한구석쯤에 있을 거라고 생각했는데, 오히려 그곳에 마음이 숨어 있다고 한다. 이러면 마음 안에 마음이 있고 그 마음 안에 또 마음이 있는 '마트료시카 인형'이나 무의식 속에 무의식이 있고 그 무의식 속에 또 무의식이 있는 '림보'(영화 〈인셉션〉에 등장하는, 무의식이 포개져 있는 공간)를 떠올릴 수도 있겠다. 그러나 시를 읽을 때 각 시어의 의미와 시어 간의 관계들을 이런 식으로 논리화하려는 것은 곤란하다. 우리가 사용하는 언어가 대개 그러하듯 시에서도 '의미'에는 주어가 아니라 서술어가 관여한다. 그러므로 시의 의미를 이해하자면 서술어에 주목할 필요가 있다. 예컨대 '나의 마음은 황무지다'라는 시구가 있으면, '마음'을 붙들고 이리저리 궁리할 게 아니라 시인이 '황무지'에서 무엇을 발견했는지를 궁금해해야 한다.

말을 하지 않아도 알 수 있다면 굳이 말할 것도 없었겠지만, 사람이 말을 하고 손과 발을 움직여 어떤 행위를 하는 것은 그렇게 할 필요가 있어서이다. 시에서도 화자가 자신을 향해 독백 투의 말을 하고 있다면 이는 시인이 자기 자신의 내면에 대해서 무언가 말할 필요가 생겼다는 것이다. 그러므로 말한다는 것은 본디 마음이 모호하고 애매한 까닭에 언어를 통해 경계를 긋고 지시하고 정의 내리고 부연하고 상세화하고자 함이다. 이 모호하고 애매한 마음의 상태를 해소하는 방편으로 우리는 구태여 결심의 글을 쓰고 입장을 정리하는 말을 하지 않는가?

그런데 다음과 같은 경우는 어떠한가? 시인은 무엇에 관한 마음인지도, 어떤 종류의 마음인지도, 마음의 어떤 부분인지도 모른 채, 무엇이라 분명히 밝혀 말하기 어려운 이상한 정감의 상태에 놓여 있다. 마음의 어느 한편에, 자신도 그 정체를 모르는 마음이 숨어서 미묘한 움직임을 보이고 있는 것이다. 그렇게 해서 나온 표현이 "끝없는 / 강물이 흐르네"와 "아침 날빛이 빤질한 / 은결을 도도네"이다. 끝없이 흐르는 강물, 햇살을 받아 은빛으로 반짝이는 물결을 떠올리게 하는 이 두 발화는 공통적으로 '물'의 이미지를 보여 준다. 그러므로 물의 이미지는 시 해석의 중요한 단서가 된다. 물은 연속적이고 유동적이며 서로 뭉치려 한다. 이러한 속성으로부터 무엇인가 강렬하지는 않지만 끊임없이 일렁이는 감정의 동요가 마음속에 일어나고 있음을 시는 보여 준다. 또한 '돋쳐 오르는' 과 '빤질한 은결' 같은 시어로부터 물과 같은 시인의 내면에 비치는 밝고 빛나는 자극들이 있으며, 그리하여 물처럼 일렁이는 감정의 동요가 긍정적이고 설레는 방향으로 흘러가게 될 것을 짐작할 수 있다.

▎ 결정체 만들기, 저항하기, 깨지기 쉬운

박용철이 김영랑, 정지용, 정인보 등을 끌어들여 발간했던 《시문학》 창간호(1930)에 실린 이 작품은 〈동백잎에 빛나는 마음〉이라는 제목을 달고 있었다. 작품의 정확한 창작 시기는 알 수 없지만 《시문학》 창간을 앞두고 썼다고 가정한다면, 이른 봄날을 맞아 한창 물이 오르고 있는 동백나무 잎을 보며 마음속에 이는 정감의 상태를 그려 내는 시인의 모습을 상상할 수 있다. 일반적으로 'A에 빛나는 B'라는 표현에서 A는 원인이거나('솔질에 빛나는 구두') 자격이 된다('대상에 빛나는 가수'). 그러나 여기서는 A와 B가 유비적인 관계에 있다. 즉 '동백잎에 빛나는 마음'은 '동백잎에는 빛나는 마음이 있다.' 또는 '동백잎처럼 마음이 빛난다.'라는 뜻이다. 이때 마음이란 시인의 마음을 뜻하는 것일 테니 '이른 봄날 아직 날씨는 차지만 햇살을 받아 빛나는 동백잎을 보니 그 잎새에 수맥이 뛰는 듯한 느낌에 내 마음도 생동감을 얻는다' 같은 의미가 실현된 것이라고 해석할 수 있다.

이 작품은 순수시, 또는 순수 서정시로 불린다. 그 까닭은 박용철이 이 작품이 실린 문예잡지 《시문학》을 순수시 동인지라 부른 까닭도 있지만, 《시문학》의 중심인물이라 할 수 있는 김영랑의 작품들이 대개 이 작품에서처럼 '마음'을 시적 대상으로 삼고 있기 때문이다. 또한 〈동백잎에 빛나는 마음〉이 〈끝없는 강물이 흐르네〉로 불리게 된 사연도 순수를 지향하는 김영랑의 시적 태도를 보여 준다. 김영랑은 이후 《영랑시집》(1935)을 출간할 때 《시문학》에 투고했던 작품들을 재수록했는데, 〈동백잎에 빛나는 마음〉으로 실렸던 이 시의 제목을 빼 버렸다. 그뿐 아니라 다른 작품들의 제목도 모두 없애고 일련번호로만 배치했다. 김영랑이 자신의 시집에서 시의 제목들을 달지 않은 것은, 따라서 시집의 목차도 없게 된 것은, 그가 추구하던 순수시(순수 서정시)의 세계를 엿볼 수 있게 한다. 누군가에게 읽히기 위해 제목이라는 이름이 붙여지고 시집이라는 옷이 입혀져 출판이라는 경로로 전달되어 인상과 평판으로 인정받는 시가 되기를 거부하는 순수한 형태의 서정시. 이 시의 순수성은 겉치레 같은 형식을 배제함으로써 완결된 것이다. 심지어 시인조차 시의 주인으로 혹은 발언의 권리자로서 주장할 수 없어 온전한 존재가 된다. 거꾸로 시인은 그 시가 세상에 자신을 드러내는 데 소용되는 도구로서, 시의 사제이며 신녀로서 지위를 갖는다.

세상으로부터 고립되어 온전한 자기 모습을 지켜야 한다는 점에서 보면 순수 서정시는 현실 혹은 세속이라 불리는 세상에 대해 가장 저항적인 시이며 가장 위태한 시라고 할 수 있다. 일제강점기 말기에는 다수의 시인들이 전향하고

변절하고 친일의 목소리와 표정을 시에 담기 시작하였는데, 이때가 서정시에는 가장 고통스러운 시기였을 것이다. 태도는 꾸밀 수 있어도 목소리는 바꾸기 어렵기 때문이다. 그 시기에 순수 서정시는 스스로 입을 닫고 모습을 버림으로써 저항의 가장 극단을 보여 주었다. 김영랑은 1940년 〈춘향〉을 끝으로 해방이 될 때까지 절필했고 《시문학》 3호부터 동인으로 참가했던 신석정도 비슷한 시기에 절필했다. 정인보, 이하윤 등도 일제강점기 말기에 절필을 선택했다. 《시문학》 출간을 주도했던 박용철은 1938년 결핵으로 요절했다.　　　　| 최지현

....
참고문헌

김영랑(2004), 《영랑 시집》, 열린책들.
김학동 편저(1993), 《김영랑: 김영랑 전집·평전·연구자료》, 문학세계사.

하루가 일 년 같고 일 년이 하루 같은

모란이 피기까지는

김영랑

모란이 피기까지는

나는 아직 나의 봄을 기다리고 있을 테요

모란이 뚝뚝 떨어져 버린 날

나는 비로소 봄을 여읜* 설움에 잠길 테요

오월 어느 날 그 하루 무덥던 날

떨어져 누운 꽃잎마저 시들어 버리고는

천지에 모란은 자취도 없어지고

뻗쳐오르던 내 보람 서운케 무너졌느니

모란이 지고 말면 그뿐 내 한 해는 다 가고 말아

삼백예순 날 하냥 섭섭해 우웁내다

모란이 피기까지는

나는 아직 기다리고 있을 테요 찬란한 슬픔의 봄을

출처 《영랑 시집》(2004)　**첫 발표** 《문학》(1934. 4)

* 여읜: '여의다'의 관형형. '죽어서 이별하게 된'.

김영랑 金永郞 (1903~1950)
전라남도 강진 출생. 본명은 김윤식(金允植)으로 영랑(永郞)은 아호이다. 휘문의숙(지금의 휘문고등학교)

재학 시절 1년 선배인 홍사용, 1년 후배인 정지용 등과 영향을 주고받으며 문학에 관심을 갖게 되었다. 1920년 일본 유학 시절 박용철과 친교를 맺고 귀국 후에 그를 비롯한 몇몇과 《시문학》 동인을 결성하였다. 한국 순수시의 대표적 시인으로서 《시문학》(1930), 《문학》(1934) 등의 문예잡지를 통해 시와 수필, 평문 등을 발표하였고, 《영랑시집》(1935)을 남겼다.

▍경험 세계와 내면 서정

서정시는 시인의 서정이 시의 주제이자 내용이 되는 시의 한 갈래이다. 서정이라는 것은 본디 직관적인 느낌이나 수시로 변화하기 쉬운 감정으로 이루어져 있다. 이 막연하고 모호한 것을 시로 표현하기 위해서는 그에 빗대어 볼 만한 세상의 온갖 사상(事象)과 사물들의 이름을 가져다 쓰게 마련이다. 그렇기에 같은 이름을 갖는 사물을 언급하고 있는 경우라도 뜻하고자 하는 바는 시마다 다를 수 있다. 어떤 시는 사물 그 자체를 보이는 반면, 다른 시는 사물에 반응한 시인의 서정을 노래할 수도 있으며, 또 다른 시는 사물에 빗댄 시인의 내면 서정을 그릴 수 있는 것이다.

〈모란이 피기까지는〉은 1930년대 초중반 《시문학》 동인으로 활동하던 김영랑의 시적 경향을 잘 보여 주는 대표작으로서, 앞서 언급한 서정시 중에서도 시인의 내면 서정을 주제로 삼은 작품이다. 이 작품의 소재로 쓰인 '모란'은 붉은 잎의 꽃 또는 그 꽃을 피우는 관목으로, 부귀, 영화, 품위 등의 꽃말을 지닌다. 꽃말처럼 화려하고 품격 있게 생겨 사람들이 관상용으로 즐기는 식물이다. 시인의 생가가 있는 전라남도 강진에서는 5월이면 붉은 꽃을 피우는데 짧으면 2~3일, 길게는 일주일에서 열흘 정도 지속된다고 한다. 그러니 어쩌면 시인이 실제로 이 꽃을 몹시 사랑하여 그 아름다움을 노래하는 심정으로 이 시를 썼을 법도 하다.

그런데 시를 자세히 들여다보면 모란에 대해 말하고 있는 것이 거의 없다. 모란이 봄철 끝 무렵에 핀다는 것, 순식간에 피었다가 진다는 것, 화자에게 봄과 동격으로 여겨진다는 것 등이 시에서 언급된 전부인데, 정작 이들은 화자의 심정을 부각하는 기능을 한다. 따라서 이 작품은 모란에 대해 쓴 시라기보다 모란에 빗댄 그 무엇인가를 대하는 시인의 서정을 다룬 시라고 볼 만하다.

▌ '내 한 해'와 '삼백예순 날'

모란이 눈앞에 만개했다가 금세 사라져 버린 실물의 꽃이었든 아니었든 간에, 그것이 봄과 동격으로 여겨진다는 것은 이 작품을 읽는 데 매우 중요한 단서이다. 일반적인 꽃에 비해 짧은 시간 동안만 꽃을 피우는 모란의 특성을 고려하더라도, 모란이 피고 짐을 보는 화자의 심정은 극단적으로 나타나고 있다. "모란이 뚝뚝 떨어져" 버리면 "봄을 여읜" 것이고, 그러면 "내 한 해는 다 가고" 만다는 것이다. 게다가 이렇게 한 계절, 심지어 한 해의 무게에 달하는 모란이 지고 나면 화자는 '삼백예순 날'을 그저 섭섭해 운다고 말한다. 이 '삼백예순 날'은 일 년을 단순화한 표현이다. 분명 모란이 핀 시간, 봄이었던 시기가 있었을 텐데 왜 화자는 '한 해'가 가고 '삼백예순 날'을 섭섭해 운다고 표현했을까? 이는 '모란'이 한순간에 피고 져 버렸다는 화자의 주관적인 심리적 사태를 뜻한다. 의도한 것인지는 몰라도 '내 한 해'라는 시어에는 시간에 대한 화자의 주관적 인식이 담겨 있는 듯하다.

화자가 "내 보람", 즉 모란이 "뻗쳐오르던" 시간을 물리적인 시간보다 훨씬 짧게 감각하는 것은 그만큼 시인의 내면에 존재하는 상실감과 간절함이 큰 까닭일 것이다. '마음'이라는 주관성에 의해 시간이 상대적으로 인식되는 현상은 시인에서만 일어나는 일이 아니다. 보고 싶고 기대하는 대상을 기다릴 때는 그 시간이 무척 더디게 오는 듯하고, 반대로 피하고 싶은 대상과 만나야 하는 시간은 너무 빨리 다가오는 것처럼 느껴지기 마련이다. 이렇듯 시간은 자신의 내면의 상태에 따라 그 흐름이 다르게 느껴지곤 한다.

▌ '모란', 그리고 초원의 빛

그렇다면 화자에게 '모란'이 어떤 존재이길래 이처럼 만남의 시간은 빠르게 지나가고 재회의 때는 더디게 오는 것으로 표현했을까. '모란'이 품위 있는 자태를 지닌 곱고 아름다운 꽃임을 백번 인정하더라도, 어떤 사람의 인생이 오로지 그 꽃 하나에 매여 있다고 상상하기는 어렵다. 그러므로 이제 '모란'을 화자가 간절히 바라는, 화자에게 절대적인 가치를 지니는 어떤 대상을 대리하는 이름으로 삼아 보자. 시에서는 모란의 꽃 색깔, 꽃잎 모양, 향기 같은 것은 묘사하지 않으므로, 구체적인 모란의 상(像) 대신 간절한 무엇인가가 떠오를 것이다. 그런데 만약 이 작품이 '모란'의 이러저러한 모습을 여러 감각적 심상을 사용하여 구체적으로 표현했다면 어땠을까? 이렇게 표현된 모란은 더 이상 화자의 마음속 무언가를 대신하고 있다고 여겨지기 어렵게 된다. 왜냐하면 청자는 화자가 경험했던 어떤 모란꽃을 찾으려 하게 될 것이기 때문이다. 이는 마치 '너'라는 대명사에 '키가 큰'과 같은 구체적인 특징을 부여하면 대상이 한정되어 버리는 것과 같다. 이 작품은 '모란'이라는 이름 외에 꽃의 어떠한 구체적인 형상도 보여 주지 않음으로써 화자 내면의 어떤 간절한 열망의 대상을 성공적으로 포착한다.

그럼 다시, 모란이 지고 일 년을 잃었다는 화자의 서정을 이해하기 위해 시인의 시적 경향을 살펴보자. 시인 김영랑은 윌리엄 워즈워스(William Wordsworth)나 존 키츠(John Keats) 등 영국의 낭만주의 시에 많은 영향을 받은 것으로 알려져 있다. 계몽주의와 이성적 합리주의에 반대하며 개인의 감정이나 개성, 독창성 등을 강조하고 개인과 사회를 하나의 유기체로 보았던 낭만주의 정신에서는 세계의 모든 것이 조화로운 전체를 이루는 것을 이상적인 상태로 보았다. 이른바 일원론적 세계관에 바탕을 두고 있는 것이다. 그런데 만약 조화로운 하나로 있어야 할 것들이 서로 분리되는 사태가 발생한다면 어떻게 대처할 수 있을까? 다음, 워즈워스의 시 〈초원의 빛(Splendor in the Grass)〉에서 낭만주의 시가 상실에 대처하는 태도를 확인할 수 있다.

> 한때는 그리도 찬란한 빛이었건만
> 이제는 속절없이 사라진
> 다시는 돌아올 수 없는
> 초원의 빛이여, 꽃의 영광이여
> 우리는 슬퍼하지 않으리
> 오히려 강한 힘으로 남으리
> 존재의 영원함을
> 티없는 가슴으로 믿으리:
> 삶의 고통을 사색으로 어루만지고
> 죽음마저 꿰뚫는
> 명철한 믿음이라는 세월의 선물로

　상실로 인해 이상적인 조화가 깨진 그때에는 "속절없이 사라진 / 다시는 돌아올 수 없는" 것에 대한 슬픔 속에서도 "존재의 영원함", 곧 사라졌으나 사라진 것은 아니라는 초월적인 역설에 대한 믿음을 통해 그 슬픔을 이겨 내야 한다. 모란이 피었기로소니, 금세 지고 마는 슬픔보다는 모란을 잃은 슬픔을 한 해 내내 겪으면서도 모란이 다시 필 것을 한 해 내내 고대하는 믿음을 갖는 것이다.

| 최지현

참고문헌

김영랑(2004), 《영랑 시집》, 열린책들.
김학동 편저(1993), 《김영랑: 김영랑 전집·평전·연구자료》, 문학세계사.
박호영(2009), 「김영랑 시의 낭만주의적 특성 연구」, 『한국문예비평연구』, 한국현대문예비평학회.

산제비

박세영

남국南國에서 왔나,
북국北國에서 왔나,
산상山上에도 상상봉上上峰,
더 올를수 없는 곳에 깃드린 제비.

너이야 말로 자유의 화신 같구나,
너이 몸을 붓들 자 누구냐,
너이 몸에 아른체할 자 누구냐,
너이야 말로 하늘이 네것이요, 대지가 네것 같구나.

녹두綠豆만한 눈알로 천하를 내려다보고,
주먹만한 네몸으로 화살같이 하늘을 꾀여
마술사의 채쭉같이 가로 세로 휘도는 산꼭대기 제비야
너이는 장하고나.

하로아침 하로낮을 허덕이고 올라와
천하를 내려다보고 느끼는 나를 웃어다오,
나는 차라리 너이들같이 나래라도 펴보고 싶고나,

한숨에 내닷고 한숨에 솟치여
더날를 수없이 신비한 너이같이 돼보고 싶고나.

창槍들을 꽂은 듯 히디힌 바위에 아침 붉은 햇발이 비칠제
너이는 그꼭대기에 앉어 깃을 가다듬을것이요,
산의 정기가 뭉게뭉게 피여 올를 제,
너이는 마음껏 마시고, 마음껏 휘정거리며 씻을것이요,
원시림에서 흘러나오는 세상의 비밀을 모조리 들을것이다.

뫼돼지가 붉은 흙을 파 헤칠제
너이는 별에 날러볼 생각을 할것이요,
갈범이 배를 채우려 약한 짐승을 노리며 어슬렁거릴제,
너이는 인간의 서글픈 소식을 전하는,
이 나라에서 저 나라로 알려주는
천리조千里鳥일것이다.

산제비야 날러라,
화살같이 날러라,
구름을 휘정거리고 안개를 헤쳐라.

땅이 거북등같이 갈러졌다,
날러라 너이들은 날러라,
그리하여 가난한 농민을 위하여
구름을 모아는 못 올까,
날러라 빙빙 가로 세로 솟치고 내닫고,
구름을 꼬리에 달고 오라.

산제비야 날러라,

화살같이 날러라,

구름을 헷치고 안개를 헤쳐라.

출처 《박세영 시전집》(2012)　**발표** 《낭만》(1936. 11)

박세영 朴世永 (1902~1989)

사회주의 예술단체인 염군사(焰群社)와 카프 등에 참여했고 아동 잡지 《별나라》의 책임 편집을 맡기도 했다. 1927년 《문예시대》에 〈농부 아들의 탄식〉을 발표하면서 본격적인 창작활동을 시작한 후 시집 《산제비》(1938), 《햇불》(1946. 공저) 등을 발간했다. 1946년에 월북하고도 꾸준히 작품활동을 이어 갔으며 북한의 국가인 〈애국가〉를 작사한 시인으로도 잘 알려져 있다.

길이 보이지 않을 때

"일체의 전제 세력과 항쟁하고 예술을 무기로 하여 조선 민족의 계급적 해방을 목적으로 한다."는 강령을 내걸고 1925년 창설되었던 카프는 1931년 만주사변을 전후하여 일제의 탄압이 거세지면서 같은 해 6월 1차 검거 사건을 겪게 된다. 이어 1934년에는 카프 산하의 극단이던 신건설사(新建設社)에 대한 2차 검거가 이루어졌고, 카프의 핵심 인물들이 대거 체포되어 활동이 크게 위축되자 1935년 5월 지도부가 경찰 당국에 해산계를 제출하기에 이른다.

당시 카프 내부에서는 조직의 해체에 찬성하는 해소파와 이에 반대하는 비해소파가 첨예하게 대립했는데, 비해소파에 속했던 박세영은 카프의 해산 이후에도 사회주의 혁명을 향한 열정과 이상을 잃지 않았다. 박세영은 해소파와 전향자들을 향해 "인류를 사랑하자던 마음은 / 나만 알자로 되어버리고, / 사회를 위하여 이 몸을 바치자던 생각은 나의 향락만을 위하게 되어 / 너는 요술사와 같이 한 가닥 남은 양심조차 속이었다."(〈나에게 대답하라〉)라고 비판했고, "폐허가 된 어지러운 싸움터"(〈화문보로 가린 이층〉)에 남아 감옥에 간 동지들을 기다리겠다고 다짐했다. 어려운 현실 속에서도 이상을 지키기 위해 싸우다 죽음에 이르는 영웅의 모습을 그리면서(〈하랄의 용사〉, 〈최후에 온 소식: 어느 여인의 애사(哀史)〉 등) 끝까지 포기하지 않겠다는 의지를 다지기도 했다. 하지만 현실은 녹록치 않았다. 궁핍한 생활을 면할 길이 없었던 그는 충청북도 보은에 살던 친구에게 도움을 청하러 찾아가지만 막상 돈 이야기는 꺼내지도 못한 채 속리산 구경만 하고 다시 서울로 돌아가게 된다(심선옥, 2008: 205-207). 이처럼 한 치 앞조차 보이지 않는 암울한 현실 속에서 속리산에 들렀던 박세영은 그곳에서 영감을 얻어 〈산제비〉를 썼다. 박세영이 등단 후 처음으로 출간한 시집의 표제작이면서 그의 대표작이기도 하다.

▎마침내 맞을 자유와 희망을 꿈꾸며

이 시는 어떤 제약도 받지 않고 자유롭게 하늘을 나는 제비를 바라보는 시적 화자의 찬탄으로 채워져 있다. 산에서 가장 높이 솟은 봉우리, "더 올를수 없는 곳에 깃드린" 제비는 물리적으로만 높은 곳에 있는 것이 아니라 누구에게도 붙들리지 않는 "자유의 화신"으로 시적 화자에게 인식된다. 제비는 하늘과 대지, 세상의 모든 것을 제 것인 양 좌지우지할 수 있는 존재이며, '녹두만한' 눈으로 천하를 내려다 볼 수 있고 '주먹만한' 몸으로 화살처럼 거침없이 하늘을 가로지르는, 작지만 역동적인 에너지를 가진 존재로 그려진다. '허덕이'며 산에 올라 거기서 내려다보이는 것들에 감탄하기 급급한 화자에 비해 제비는 보다 더 높은 곳을 날면서 세상을 내려다본다. 즉, 제비는 시적 화자가 꿈꾸는 이상을 선취하고 모든 현실적인 장벽을 훌쩍 넘어서 있으면서 "원시림에서 흘러나오는 세상의 비밀을 모조리" 알고 있는 신비로운 존재인 것이다. 6연에서는 땅 위의 생명체들이 원초적인 욕구에 굴복해 "붉은 흙을 파 헤"치고 "약한 짐승을 노"릴

때, "별에 날러볼 생각을" 하고 "인간의 서글픈 소식을" "이 나라에서 저 나라로" 전해 주는 역할에 충실한 기상을 갖춘 제비는 시적 화자에게 찬양받아 마땅한 대상으로 인식되고 있다.

5연에 이르기까지 시적 화자가 처해 있는 현실과는 일정한 거리를 두고 하늘을 자유롭게 비행하는 동경의 대상이었던 산제비는 6연에 이르러 "인간의 서글픈 소식을 전하는" 전령으로 전환된다. 그러다 7연부터는 본격적으로 현실의 모순을 헤쳐 나가려는 화자의 염원이 투사된 대상으로 호명된다. 산꼭대기까지 오를 수 있을지언정 결코 땅을 벗어날 수 없는 인간과 대비되어 자유를 표상하던 자연적 존재인 산제비가 인간의 세계로 편입되면서 시상의 전환이 이루어지는 것이다. 그에 맞게 시의 어조도 변화한다. 감탄의 뜻이 수반되는 '~구나'로 끝을 맺던 문장의 서술부는 명령의 뜻을 나타내는 '~어라/~아라'가 대신하게 된다. 이제 화자는 산제비에게 "화살같이 날"라고, "구름을 휘정거리고 / 안개를 헤"치라고 소리 높여 외치면서 자신을 대신해 암울한 현실에 굴복하지 않고 맞서 싸우는 전사의 이미지를 부여한다. 식민 치하의 민중이 처해 있던 참담한 현실은 "땅이 거북이등같이 갈러"지는 가뭄에 비유된다. 가뭄은 대다수가 농민이었던 당대의 민중들을 극심한 굶주림으로 밀어 넣는 재해였기 때문이다. 화자는 산제비에게 가뭄으로 메마른 대지에 비를 뿌릴 "구름을 모아" 오라고 엄중하게 명령하고 있는 것이다. 7연과 9연에서 두 번에 걸쳐 반복되는 "산제비야 날러라, / 화살같이 날러라,"와 눈앞을 가린 '구름'과 '안개'를 헤치라는 단호한 명령은, 현실을 극복하고자 하는 의지와 바라는 미래가 오고야 말 것이라는 믿음을 강조하고 있다. 그런데 왜 하필 제비였을까? 지금은 보기 힘들지만 제비는 참새와 함께 우리나라 곳곳에서 가장 흔하게 볼 수 있던 새였고 봄의 전령이라고도 불렸다. 이러한 제비를 민중의 희망을 실현할 전사의 형상으로 빚어낸 데에서도 박세영의 역사관을 엿볼 수 있다.

소설가 이기영은 시집 《산제비》의 서문에 "현하의 정세에는 건실한 이상을 붙여 주는 것만도 우리는 값 높이 사지 않으면 안될 줄 안다."(이기영, 1938: 2-3)

라고 적었다. 시인이 〈산제비〉를 비롯한 여러 시편들을 통해 당대의 역사적 상황에서 자유와 해방에의 의지, 미래에 대한 낙관적 전망을 보여 준 것을 높게 평가한 것이다. 북한문학사에서는 이 시를 "산제비에 의탁하여 우리 인민의 자유와 행복에 대한 갈망을 상징적 수법으로 진실하게 노래한 작품"(박종원·류만, 1988; 이동순·박영식, 2012: 644 재인용)으로 평가하고 있다. 그러나 시의 마지막 세 연에서 서로 다른 "구름"의 이미지가 충돌한다는 점을 근거로 박세영이 〈산제비〉를 통해 보여 주고 있는 전망이 구체적이지 않다고 평가하는 견해도 있다(한만수, 2008: 68-71). 가뭄을 해소할 비를 내려 주므로 모아 오고 달고 와야 할 구름과 하늘을 가리고 세상을 어둡게 만들기에 헤쳐 가야 할 구름이라는 상반된 이미지가 연이 바뀔 때마다 교차되는 것이 혼란스러우며, 가뭄을 겪는 농민의 절박함을 안다면 비구름을 헤치라는 표현은 쓸 수 없다는 것이 비판의 핵심이다. 그러나 충돌하는 구름의 두 이미지가 새롭거나 낯설지 않기 때문에 독자의 입장에서 7~9연의 구름을 서로 다르게 인식하면서 구름을 헤치는 것도 구름을 모아 오는 것도 산제비에게 주어진 과업임을 조화롭게 받아들이는 데에 큰 어려움은 없을 것이다.

▎새들의 비행, 그 다양한 의미

하늘 높이 비상하는 새를 바라보며 자유를 꿈꾸는 것은 문학사에 드문 일이 아니며 대중가요에서도 자주 등장하는 모티프이다. 그러나 개별 작품 속에 담긴 새의 이미지는 닮은 듯 다르다. 박세영은 산제비를 하늘을 호령하는 자유의 화신이자 낙관적인 미래를 꿈꾸게 하는 전사로 형상화했지만, 김수영은 "푸른 하늘을 제압하는 / 노고지리가 자유로왔다고 / 부러워하던 / 어느 시인의 말은 수정되어야 한다"(〈푸른 하늘을〉)고 노래했다. 김수영은 얼핏 보이는 자유로운 모습 이면의 고뇌와 고독에까지 주목하면서 혁명과 자유의 본질적 의미를 통찰하려 했던 것이다.

하늘을 나는 새들이 인간은 누리지 못하는 자유를 향유하는 동경의 대상으로만 표상되었던 것도 아니다. 혹자는 임에 대한 간절한 그리움을 강조하기 위해 새를 한계를 지닌 존재로 그리기도 했다. 빠르고 강하게 하늘을 가로지르는 매조차 한 번에 넘지 못하는 험준한 고개라 하더라도 임을 만나기 위해서라면 단숨에 넘을 것이라는 결의를 노래한 사설시조가 그 예이다. 한편 시인들이 가장 좋아하는 노랫말* 1위에 선정되기도 했던 대중가요 〈봄날은 간다〉(손로원 작사·박시춘 작곡)에는 "연분홍 치마가 봄바람에 휘날"리는 봄의 정경 속을 경쾌하게 날고 있는 '산제비'가 등장한다. 1950년대 시골 마을의 조용한 풍경에 담긴 이 '산제비'와, 박세영이 노래한 거침없고 역동적인 이미지의 '산제비'를 비교해 봐도 좋겠다.

| 김미혜

....
참고문헌

심선옥(2008), 「박세영의 시 세계: 리얼리즘과 미적 근대성을 중심으로」, 한만수, 『그들의 문학과 생애 박세영』, 한길사.
오광수(2004), 〈시인들의 18번: 100명의 시인 설문 조사 분석〉, 《시인세계》.
이기영(1938), 〈서문에 대하여〉, 박세영, 《산제비》, 별나라사.
이동순·박영식 편(2012), 《박세영 시전집》, 소명출판.
한계전(2002), 『한계전의 명시 읽기』, 문학동네.
한만수(2008), 「불굴의 저항: 그날이 오면」, 『그들의 문학과 생애 박세영』, 한길사.

....

* 2004년 시 전문 계간지 《시인세계》는 현역 시인 100명을 대상으로 우리 대중가요에서 가장 좋은 노랫말을 세 편씩 꼽도록 한 설문 조사 결과를 공개했다. 당시 시인들의 압도적인 지지로 1위에 선정된 곡이 작사가 손로원이 쓴 가사에 박시춘이 곡을 붙인 〈봄날은 간다〉였다(오광수, 2004).

성씨보
오래인 관습—그것은 전통을 말함이다

오장환

내 성은 오씨. 어째서 오가인지 나는 모른다. 가급적으로 알리어주는 것은 해주로 이사온 일 청인一淸人이 조상이라는 가계보의 검은 먹글씨. 옛날은 대국 숭배를 유심히는 하고 싶어서, 우리 할아버니는 진실 이가였는지 상놈이었는지 알 수도 없다. 똑똑한 사람들은 항상 가계보를 창작하였고 매매하였다. 나는 역사를, 내 성을 믿지 않아도 좋다. 해변가로 밀려온 소라 속처럼 나도 껍데기가 무척은 무거웁고나. 수퉁하고나. 이기적인, 너무나 이기적인 애욕을 잊으려면은 나는 성씨보가 필요치 않다. 성씨보와 같은 관습이 필요치 않다.

출처 《오장환 전집》(2002) **첫 발표** 『조선일보』(1936. 10)

오장환 吳章煥 (1918~1951)
충청북도 보은 출생. 고등학교 시절 정지용에게 시를 배우고, 1933년 16세의 나이에 《조선문학》에 〈목욕간〉을 발표하면서 작품활동을 시작하였다. 1937년에 첫 시집인 《성벽》을 발간하였다. 해방 이후에는 해방의 감격 속에서도 현실에 대한 비판적 시선을 놓치지 않은 시집 《병든 서울》(1946)을 발간하였다. 다양한 기법을 활용하여 당대의 현실을 애정 어린 비판의 시선으로 바라본 작품들로 1930년대를 대표하는 시인 중 한 명으로 평가받고 있다.

▎ '민감人' 오장환

행의 구분 없이 산문체로 쓰인 시를 산문시라고 부를 수 있다면 오장환의 첫 시집《성벽》에 수록된 22편의 시 가운데 15편이 산문시였다. 이는 당시에 흔하지 않은 사례였다. 게다가 그의 산문시 대부분은 대상에 대한 거리 두기를 유지한 상태에서 비판적 시선이 깔린 묘사와 진술이 주를 이룬다. 첫 시집의 이러한 특징은 오장환의 초기 시세계를 모더니즘으로 규정하게도 한다.

〈성씨보〉도《성벽》에 수록된 산문시 중 하나인데, 다른 산문시에 비해 시인 스스로를 시적 대상으로 삼고 있다는 특징을 보인다. 이는 시인이 당대 사회를 비판적으로 바라보는 것을 넘어, 자신도 그러한 사회의 자장으로부터 자유롭지 못하다는 성찰로 이어진 결과라 볼 수 있다. 이러한 특징은 염상섭의 소설《만세전》(1924)에서 조선의 현실과 자신을 분리시키려 했던 인물 이인화와 대조를 이루는 것이기도 하다. 이렇듯 시인 본인을 문제의 소용돌이에서 분리시키지 않는〈성씨보〉의 특징을 통해, 세계를 민감하게 바라보고 거기서 발견된 문제의 원인을 끝까지 천착하려는 그의 태도를 엿볼 수 있다.

문학사에서는 오장환의 시세계를 둘로 나누어 후기(後期)를 리얼리즘의 시세계로 규정하지만, 그것이 오장환의 민감한 시선이 달라졌다는 의미는 아니다. 오히려 늘 전위(前衛, avant-garde)로서의 태도를 유지한다는 점에서 "리얼리즘과 모더니즘 대립 자체를 철저하게 허구화한 시인"(유성호, 2013: 71)이라는 평가가 타당해 보인다. 한국전쟁 직전 발간된《붉은 기》(1950)의 시편은 시인이 추구하던 이념적 이상향에 대한 열망에 경도된 경향이 있기는 하지만, 그보다 먼저 발간한《병든 서울》(1946)의 경우만 하더라도 사회 문제들을 바라보는 민감한 시선이 그대로 유지되고 있다.

'프로 불만러'의 방법적 회의

어린아이들이 언어를 습득하기 시작하면서 묻는 질문 중 하나가 명칭의 유래 혹은 명칭 부여의 원리에 대한 것이다. "창문은 왜 '창문'이야?"와 같은 질문을 예로 들 수 있을 것이다. 그러나 단어 형성법이나 어원에 대한 설명으로는 아이들의 호기심을 충족시켜 주기 어렵다. 그들이 궁금해 하는 것은 애당초 왜 그 이름으로 불리게 되었는가에 대한 것이기 때문이다. 오장환도 마치 아이처럼 자신이 왜 '오씨'인지 묻는다. 그의 민감한 시선이 본인에게 부여된 사회적 명명(命名)에까지 이른 것이다. 그래도 진짜 어린아이의 질문보다는 덜 까다롭다. 그나마 자신의 이름이 왜 '장환'이냐고 묻지는 않기 때문이다. 이 사회를 바라보는 민감한 시선에는 고유명사로서의 이름보다는 보통명사의 성격을 가지는 성씨가 먼저 포착되는 모양이다. 〈성씨보〉는 자신에게 부여된 사회적 명명과 관습에 대한 방법적 회의의 극단을 보여 주는 작품이라고 할 수 있다.

이 작품의 화자는 자신의 성씨를 먼저 밝힘으로써 자신에게 주어진 상황을 제시한다. 그러나 시인 자신이기도 한 화자의 시선에 이 상황은 문제적으로 포착된다. "어째서 오가인지 나는 모른다."와 같은 진술은 누구나 묻고 싶지만 묻지 않은, 혹은 물어봐야 신통한 대답이 돌아오지 않는다는 것을 경험적으로 체득한 이들이 마음 깊숙이 숨겨 두어서 본인조차 잊어버린 질문이다. 이런 점에서 오장환은 민감하기만 한 것이 아니라 용감하기까지 하다. 모르는 것을 모른다고 말하는 것, 필요 없는 것을 필요 없다고 말하는 것이 얼마나 큰 용기를 필요로 하는가. 특히 이 작품을 발표할 당시 오장환은 19세였다. 이러한 발화는 동화 〈벌거벗은 임금님〉에서 옷을 입지 않은 임금의 모습을 있는 그대로 보았던 아이의 시선을 떠올리게도 한다. 아이에게 임금의 권력 따위는 안중에도 없었을 것이다

질문을 띄운 화자는 "가계보의 검은 먹글씨"를 단서로 삼아 성씨의 연원을 추적해 가지만 그것이 불만을 시원하게 해결해 주지 못할 것이라는 예상은 적중한다. 오히려 가계보의 작동 방식이 성씨의 존재를 교환 가치로서 규정하는

것이라는 사실을 확인했을 뿐이다. 조상이 가계부에 성씨를 기록함으로써 얻고자 한 것은 '대국 숭배'를 통한 자존감 또는 '매매'를 통한 이윤이었다. 그러니 가계부를 본다 한들 자신이 왜 오 씨인지에 대한 답은 얻을 수 없다. 그렇기 때문에 오 씨의 할아버지가 이 씨인 것("우리 할아버니는 진실 이가였는지") 또한 질문의 사정권 밖에 놓이게 된다. 화자 자신이 "내 성을 믿지 않"으므로, 할아버지가 이 씨인 것 또한 전혀 문제될 것이 없기 때문이다.

▌'진상'과 불만 사이

그렇다고 해서 시적 화자가 무턱대고 성씨에 대한 부정(否定)만을 내세우는 것도 아니다. 상황을 제대로 파악하지 못한 채 발화와 행위를 외부로만 표출하는 것이 소위 말하는 진상의 특징이라면, 상황을 종합적으로 파악하면서 자신의 처지까지 고려하는 것은 불만이 건강한 비판으로 거듭나는 것이자 적절한 해결책을 모색하기 위한 첫걸음일 것이다. "나도 껍데기가 무척은 무거웁고나"와 같은 고백은 자신에게 지워진 부담에 대한 인식을 담고 있는 동시에, 그 부담의 원인 중 하나가 자신의 "이기적인 애욕"임을 간파하는 화자의 모습을 보여 준다. 영화 〈매트릭스〉의 주인공이 가상 세계의 허구성을 간파하고 진실을 향해 한 걸음 딛는 성취를 보여 주는 것으로도 비유할 수 있겠다.

그러나 영화에서의 가상 세계란 그저 코드에 불과했지만, 당시 시인이 처한 상황은 그리 간단하지 않았다. 파도에 의해 의도치 않게 "해변가로 밀려온 소라"처럼 갑작스레 근대라는 신세계로 올라온 당시 지식인에게, '성씨'라는 껍데기는 아직 자신의 일부인 동시에 부수고 나아가야 할 무거운 짐이기도 했다. 이런 맥락에서 "이기적인, 너무나 이기적인 애욕을 잊으려면은"이라는 구절은 봉건적 관습의 영향을 받고 있는 자신 역시 비판적 시선의 대상으로 삼는, 시인의 기세등등한 자기반성을 반영하는 것이기도 하다. 오장환의 시세계는 이러한 출발점을 가지기에 이후 '고향'을 다룬 다른 작품들에서도 현실에 대한 윤리적 책임 의식(남기혁, 2012)을 갖고 갈 수 있었다.

| 풀어지기 쉬운 긴장

핵심을 파악한 자는 이제 그것을 응용하고 다른 분야에도 적용할 수 있는 능력을 얻게 된다. 부제에서 예고한 것처럼 〈성씨보〉는 전통으로 대변되는 오래된 관습의 제유일 뿐이다. "내 성을 믿지 않아도 좋다."에서 '성(姓)'의 자리는 다른 어떤 관습으로 대체되어도 무방하다. 사실 우리는 명제적 지식보다 관습으로 형성된 실천적 행위 속에서 더 많이 배우기도 한다(Wenger, 1998/2007). 그러나 그 관습들에 '왜?'라는 질문을 제기하는 것은 이미 그 관습에 익숙해진 많은 이들을 적으로 만들 수 있다는 위험을 내포한다. 무거운 껍데기에 적응한 소라가 그 안에서 안락을 느끼듯이, 익숙해지기만 하면 관습만큼 편하고 안전한 것이 없기 때문이다. 한국전쟁 직전에 간행한 《붉은 기》에 수록된 작품들에서는 자신이 설정한 이념적 틀로부터 자유롭지 못했던 모습이 드러나기도 한다. 그러나 오장환이 작품활동을 했던 시간적 범위를 고려한다면 이는 사회의 관습 속에서 기세등등한 자기반성을 끝까지 유지하는 것이 얼마나 어려운 일인가를 방증하는 것으로도 볼 수 있을 것이다.

| 민재원

참고문헌

김재용 편(2002), 《오장환 전집》, 실천문학사.

남기혁(2012), 「오장환 시의 육체와 퇴폐, 그리고 모럴의 문제: 해방 이전의 시 창작을 중심으로」, 『한국문학이론과 비평』 54, 한국문학이론과 비평학회, 155-190.

유성호(2013), 「오장환 시의 흐름과 위상: 임화와의 관련성을 중심으로」, 『한국시학연구』 55, 한국시학회, 71-93.

Wenger, E. (2007), 『실천공동체: 지식창출의 사회생태학』, 손민호·배을규 역, 학지사(원서출판 1998).

깃발 변주곡

깃발

유치환

이것은 소리 없는 아우성.

저 푸른 해원海原을 향向하여 흔드는

영원永遠한 노스탈쟈의 손수건.

순정純情은 물결 같이 바람에 나부끼고

오로지 맑고 곧은 이념理念의 표標ㅅ대끝에

애수哀愁는 백로白鷺처럼 날개를 펴다.

아아 누구던가.

이렇게 슬프고도 애달픈 마음을

맨 처음 공중에 달 줄을 안 그는.

출처 《유치환시선》(1958)　　**첫 발표** 《조선문단》(1936)

....

유치환 柳致環 (1908~1967)

1931년 시 〈정적〉을 발표하며 문단에 등장하였다. 《청마시초》(1939), 《생명의 서》(1947), 《보병과 더불어》(1951)를 비롯한 많은 시집을 간행하고, 수상록과 단장(短章), 자작시 해설 《구름에 그린다》(1959) 등을 남겼다. 주로 단호하고 강인한 남성적 어조로 현실에 의연히 맞서며 생의 초월과 극복을 지향한 시를 쓴 시인이다.

....

깃발, 홀로 추는 서러운 춤

1936년 1월 《조선문단》에 처음 발표된 시 〈깃발〉은 청마 유치환의 첫 시집 《청마시초》에 수록되었으며, 그의 초기 시를 대표하는 작품으로 평가되어 왔다. 시에 제시되는 이미지를 그대로 따라가 보자. '깃발'이라는 상징적 이미지를 단적으로 표현하고 있는 1행에서는 바람의 방향에 따라 움직이는 깃발의 나부낌을 "소리 없는 아우성"이라고 표현하면서, 깃발의 동적인 상태에 주목하고 그것에 단순한 시적 제재 이상의 의미를 부여하여 시적 화자의 내면을 가시적으로 표출하기 위한 상징물로서 제시하고 있다. 다음 두 행에서 다시 깃발은 "푸른 해원"을 향해 흔드는 "노스탈쟈의 손수건"에 비유된다. 회귀라는 어원을 지닌 '노스탈쟈(nostalgia)'는 과거 또는 고향에 대한 그리움의 뜻을 담고 있지만, 동시에 "푸른 해원"이 표상하는 미래 또는 미지에 대한 동경으로서의 그리움이라는 양면적 의미를 함께 지닌다. 4~6행까지는 "맑고 곧은 이념의 표ㅅ대"를 축으로 하여 "순정은 물결 같이 바람에 나부끼고"와 "애수는 백로처럼 날개를 펴다"가 결합되어 있다. "이념의 표ㅅ대"로서의 깃대 끝에 '순정'이라는 깃발의 나부낌은 '백로'처럼 날개를 펼친 화자의 서글픈 마음을 드러내며 고정된 깃대에 의탁한 동적인 상태의 깃발의 모순성을 보여 준다. 7~9행에는 그러한 갈등과 모순에 대한 탄식이 드러난다. 그러면서 "아아 누구던가."라는 도치된 영탄법에 삶의 괴로움이 불러일으키는 갈등과 몸부림이 짙게 투영된다. 이어 "슬프고도 애달픈 마음을 / 맨 처음 공중에 달 줄을 안" 사람이 누구인지에 대한 물음을 통해 초월적 세계에 대한 향수와 좌절, 곧 서정적 조화가 이루어질 수 없다는 근원적 문제를 제기한다.

이 시에서 이념의 푯대 끝에서 휘날리는 깃발의 정점 내지는 그 근저에는 "슬프고도 애달픈 마음"이 놓여 있다. 이러한 애수의 심정은 깃발과 같은 시기의 작품인 〈이별〉(1939)에서는 "고독의 애상"으로, "공중의 깃발"(〈그리움〉)처럼 울고 있는 또 다른 시적 화자에게는 그리움이 되어 나타나는 시인의 숙명적 정서이기도 하다. 〈깃발〉에서는 깃발이 처한 공간을 축소하고 감정 표현을 심화하여 보다 복잡하고 다양한 의미망을 구축하고 있다. 시상이 전개됨에 따라 내면에 절제된 그리움은 '노스탤쟈'로, '순정'으로, '애수'로, 그리고 '슬프고도 애달픈 마음'으로 변화되는데, 이는 감정이 심화되는 과정을 반영한 것이라 볼 수 있다. 그러나 화자는 그의 감정 표출을 그저 확장하는 것만으로는 만족하지 않는다. 시의 마지막 부분에서 화자는 "이렇게 슬프고도 애달픈 마음을 / 맨 처음 공중에 달 줄을 안 그"가 누구인지 묻는데, 이는 화자의 이성적 혹은 자기 성찰적 태도를 드러낸 것이기 때문이다. 그러므로 이 시는 처음에는 절제된 감정에서 출발하여 농도 짙은 감정으로 표현을 심화시키다가, 그 정점에서 공허한 물음을 던져 다시 현실로 돌아오는 계기를 만드는 방식을 택했다고 할 수 있다. 다시 말해 〈깃발〉은 "현실과 이상의 대립을 있는 그대로 인정한 시인의, 그 대립을 뛰어넘으려는 외로운 싸움의 기록"(김현, 1999: 229-230)인 것이다.

'깃발'로 촉발된 상상의 세계는 그것을 움직이고 있는 '바람'의 이미지와 결합됨으로써 상황의 구체성을 획득한다. 바람의 의미를 유치환의 지사적 삶의 여정에 비추어 이해하려는 견해도 있지만, 그러한 직접적인 연결보다는 움직임에 대한 촉발의 의미로서 상정할 수 있을 것이다. '바람'은 이념의 푯대 끝에 매달린 깃발을 '나부끼'게 하는 움직임의 원동력이 되고 있기 때문이다. 또한 떠나고자 하는 것과 매어 놓고자 하는 것 사이의 팽팽한 긴장 관계는 이념의 푯대 끝에 매달린 깃발의 나부낌을 통해 성공적으로 형상화되고 있다. 이 시에서 깃발은 이상향에 대한 동경을 뜻한다. 이것은 "맑고 곧은 이념의 표ㅅ대끝"에서도 굳건하게 이상이나 이념을 실현하고자 하는 안타까운 심정과도 통한다. 또한, 바람의 동력에 의해 나부끼던 깃발이 애수의 이미지로 환치되는 마지막 부분에 이르러서는 "아아 누구던가. / 이렇게 슬프고도 애달픈 마음을 / 맨 처음 공중에 달 줄을 안 그는."이라고 말하며 "아우성"의 소리 없음과 "이념의 표ㅅ대끝"에서 움직이지 않는 움직임을 존재 일반의 질문으로 던져, 시적 화자의 "동경과 환멸을 변증법적으로 영원화"함으로써 "인간 존재의 모순성"을 보여 준다(김준오, 2002: 313). 〈깃발〉이 시인의 대표작처럼 알려지고 애송되는 것은 이러한 사유 지향이 서정성과 공존하고 있기 때문이고 공중에서 나부끼는 깃발에서 인간의 그리움과 애수의 대응물을 찾았기 때문일 것이다.

┃ 깃발이 향하는 곳

시인 유치환은 시를 통해 삶의 근원적 문제에 대한 실존적 탐색을 꾀하였다. 그는 순수 서정의 세계를 노래하기보다는 삶과 죽음에서 출발하는 형이상학적 의문을 통해서 존재의 문제를 탐색하였다. 이런 시적 탐색의 이면에는 그의 허무주의적 인생관이 자리 잡고 있다. 시집《생명의 서》서문에서 "시는 항상 불가피한 존재의 숙명에 있는 것"(유치환, 1947; 남송우 편, 2008: 85 재인용)이라고 말한 시인 유치환은 일체의 인간적 감정을 초극하고 냉혹하고 비정한 인간이 되겠다는 허무의 의지를 그의 시작에 있어 본질적 구심으로 삼았다. 그의 시는 흔히 "애련을 거부하는 비정의 철학"인 의지와 "애련에 젖은 그리움의 서정"인 감정이라는 두 가지 차원에서 논의된다(박철희, 1999: 13). 이 두 차원의 모순과 대립은 생명과 반생명, 그리고 이상과 현실의 양상으로 치환되곤 한다. 그의 시 속에서 보이는 서정적 긴장은 미완의 현실적 존재가 가질 수밖에 없는 근원적 고민으로부터 출발한다고 볼 수 있다. 〈깃발〉역시 이러한 존재론적 허무의 문제를 제기하고 있는데, 시인은 현실에 묶여 있는 존재의 내면을 "오로지 맑고 곧은 이념의 표ㅅ대" 위를 지향하면서 나부끼는 '깃발'로 나타낸다. 깃발은 비록 깃대에 매달려 있는 신세이지만, 설렘을 간직한 채 "저 푸른 해원을 향하여" 나부낌을, 해결할 수 없는 영원한 움직임을 멈추지 않는다. 이념의 세계를 지향하는 현실적 존재가 지닌 근원적 갈등을 보여 주는 지표로서의 깃발은 그의 다른 작품 〈기 없는 깃대〉(1947), 〈마지막 항구〉(1949), 〈기의 의미〉(1951), 〈단장 58〉(1960) 등의 여러 시편에서 때로는 사랑의 깃발, 때로는 정치적 의미를 지닌 깃발의 이미지로 변용되며 주요 소재로 기능하게 된다.

애련의 정서가 잠재된 시인의 강렬한 허무 의지는 〈생명의 서 1장〉(1939)에서 시적 화자가 추구하는 운명 이전의 상태, 생명의 본연의 자태를 회복하고자 하는 욕망과 관련된다. 〈깃발〉과 〈생명의 서 1장〉은 외연상 각각 애련과 비정의 서로 다른 세계를 노래하는 듯 보이지만, 내연상 현실과 바람 사이의 모순 양상을 노래하며 의지를 다진다는 점에서는 동일하기 때문이다. 〈생명의 서 1장〉에는 대낮의 태양이 이글거리고 "영겁의 허적"이 층층이 새겨진 적막한 "저 머나먼 아라비아의 사막"이라는 극한 상황 속에 스스로를 내몰고 "원시의 본연한 자태"를 배우고자 하는 의지를 강하게 표출하는 자아가 있다. 유치환 시에 나오는 저항과 의지, 그리고 애련의 감정은 결국 그가 "생명에 속한 것을 열애(熱愛)"(〈일월〉)하는 것과 무관하지 않다. 다시 말해, 현실과 이상 사이에서 갈등하고, 자발적 고행의 길을 선택해 본연적 자아를 탐색하는 것은 다름 아닌 삶에 대한 열렬한 사랑에서 비롯되는 것이라 할 수 있다. 애련의 시이든 의지의 시이든 간에 독자는 청마 유치환의 시를 통해 진정한 휴머니스트로서의 시인의 면모를 살필 수 있을 것이다. ┃손예희

....
참고문헌

김준오(2002), 『시론』, 삼지원.
김현(1999), 「〈기빨〉의 시학」, 박철희 편, 『유치환』, 서강대학교출판부.
남송우 편(2008), 《청마 유치환 전집 Ⅰ: 시전집 1》, 국학자료원.
박철희(1999), 「청마시, 다시 읽기」, 박철희 편, 『유치환』, 서강대학교출판부.
유치환(1958), 《유치환시선》, 정음사.

풀벌레 소리 가득 차 있었다

이용악

우리 집도 아니고
일갓집도 아닌 집
고향은 더욱 아닌 곳에서
아버지의 침상寢床 없는 최후最後 최후의 밤은
풀버렛 소리 가득 차 있었다

노령露領*을 다니면서까지
애써 자래운* 아들과 딸에게
한마디 남겨두는 말도 없었고
아무을만灣의 파선*도
설룽한* 니코리스크의 밤도 완전히 잊으셨다
목침을 반듯이 벤 채

다시 뜨시잖는 두 눈에
피지 못한 꿈의 꽃봉오리가 깔앉고
얼음장에 누우신 듯 손발은 식어갈 뿐
입술은 심장의 영원한 정지를 가리켰다
때늦은 의원醫員이 아모 말 없이 돌아간 뒤

이웃 늙은이 손으로
눈빛 미명은 고요히
낯을 덮었다

우리는 머리맡에 엎디어
있는 대로의 울음을 다아 울었고
아버지의 침상 없는 최후 최후의 밤은
풀버렛 소리 가득 차 있었다

출처《이용악 시전집》(2018)　**첫 발표**《분수령》(1937. 5)

* 노령: 러시아의 영토.
* 자래운: 길러 온.
* 파선: 풍파를 만나거나 암초 따위의 장애물에 부딪혀 배가 파괴됨. 또는 그 배.
* 설룽한: 썰렁한. 춥고 차가운.

이용악 李庸岳 (1914~1971)
함경북도 경성 출생. 1935년 3월 〈패배자의 소원〉을 발표하면서 작품활동을 시작했으며, 시집《분수령》(1937), 《낡은 집》(1938), 《오랑캐꽃》(1947)을 간행하였다. 집안 대대로 이어진 가난, 고학, 노동, 생활인으로서의 고달픈 삶 등 개인적 체험을 바탕으로 많은 시를 창작했다. 그러한 개인적 체험을 일제강점기 유이민의 참담한 삶으로 녹여 내어 보편성을 획득했다는 점에서 높이 평가받는다.

▎ 아버지의 갑작스러운 죽음

　먼 이국땅에서 아버지의 갑작스러운 죽음을 마주한 아들과 딸이 있다. 그들은 형언할 수 없는 고통과 슬픔을 느낄 것이다. 그럼에도 이 시의 화자는 슬픔을 직접 드러내기보다 담담한 어조로 아버지의 죽음을 맞이하는 상황을 묘사하고 있다. 비통함 속에서도 슬픔을 목 놓아 드러내지 않고 오히려 아버지의 죽음 그리고 그 죽음을 마주한 "우리"의 슬픔을 거리를 두고 객관화하여 표현하고 있는 것이다. 이는 독특한 시적 효과를 발휘한다. 화자가 처한 상황을 장면화하여 제시하는 듯한 효과를 주기 때문이다. 따라서 독자는 이 시를 읽으면서 화자의 감정에 몰입하기보다는, 어떤 장면을 보는 것처럼 거리를 두고 바라보게 된다.

▌낯선 이국땅에서의 삶과 죽음

1연에서 아버지가 죽음을 맞이한 장소를 알 수 있다. "우리 집도 아니고 / 일갓집도 아닌 집 / 고향은 더욱 아닌 곳에서" 더군다나 몸을 제대로 누일 수 있는 "침상"도 없는 곳에서 아버지는 최후를 맞이했다. '~ 아니고', '~ 아닌', '~ 더욱 아닌' 곳이라면 도대체 그곳은 어디인가. 시에서는 아버지가 최후의 밤을 맞은 장소를 '풀버렛 소리 가득 차' 있는 곳이라고 하였다. "최후 최후의 밤"이라는 표현에 드러난 '최후'의 반복은 마지막이라는 의미를 강조하는 동시에 죽음을 대하는 긴박감마저 전해 준다. 자식으로서 아버지의 죽음을 대면하는 순간은 너무도 고통스러울 것이다. 그 고통이 아버지가 죽음을 맞이한 장소와 밀접한 관련을 맺으면서 표현되고 있다. 고향을 떠나 타지에서 살아가는 사람들은 대부분 고향으로 돌아가 여생을 마치고 싶어 한다. 그러한 상황이 허락되지 않는다면 적어도 자신의 집에서 죽음을 맞이하고 싶은 것이 인간으로서 최소한의 여망일 것이다. 그런데 아버지는 낯설고 먼 이국땅에서, 일가 친척 집도 아니고, 고향은 더욱 아닌 곳에서, 심지어 몸을 누일 변변한 침상도 없는 곳에서 죽음을 맞이했다. 그곳에서 함께하는 것은 오로지 풀벌레 소리뿐이다. 가득 차 있는 풀벌레 소리는 단순한 소리가 아니라 아버지가 죽음을 맞이한 장소의 메타포(metaphor)다.

2연에서는 자식의 시선으로 바라본 아버지의 삶이 그려진다. 아버지는 고향을 떠나 낯선 러시아 땅에서 아들과 딸을 키우며 힘겹게 살았다. 그 고통스러운 삶을 함께한 피붙이들에게조차 유언 한 마디 남기지 못하고 세상을 떠났다. 그만큼 갑작스러운 죽음을 맞이한 것이다. "아무을만"이나 춥고 차가운 "니코리스크"는 아버지가 가족을 먹여 살리기 위해 신산한 삶을 살 수밖에 없었던 러시아의 어느 장소일 것이다. 그런 한 많은 삶의 여정을 "완전히 잊"고 "목침을 반듯이 벤" 채 아버지는 돌아가셨다.

3연에는 세상과 이별하는 아버지의 마지막 모습이 표현되어 있다. 아버지에게도 꿈이 있었다. 그런데 그 꿈은 피지도 못한 채 가라앉고, 생명을 다한 아버지의 몸은 "얼음장에 누우신 듯" 식어 가고 있다. 입술도 색을 잃었다. 의원이 오기는 했지만 이미 늦은 뒤다. 유종호(2002: 184)는 "눈빛 미명"이 '눈빛 무명'의 오식(誤植, 잘못된 글자나 틀린 글자를 인쇄함)이라고 본다. 《리용악 시선집》(1957)에는 '눈빛 무명'이라고 되어 있다는 것이다. '눈빛'을 '눈(雪)의 빛깔과 같은 흰빛'으로 본다면, 유종호의 의견대로 '눈빛 무명'은 이웃 늙은이가 돌아가신 아버지의 얼굴을 덮은 흰 무명천으로 볼 수 있다. 흰 무명천으로 얼굴을 덮으면서 이제 아버지의 죽음을 확인하는 형식적 절차가 끝났다.

마지막 4연에서는 아버지의 죽음을 확인한 아들과 딸이 아버지의 "머리맡에 엎디어 / 있는 대로의 울음을 다아 울"면서 통곡하고 있다. 3연까지 슬픔을 억제하고 담담한 어조로 아버지의 최후 모습을 묘사하던 화자는 4연에 와서야 깊이를 가늠하기 어려울 정도의 슬픔을 쏟아 낸다. 그런데 그 슬픔을 풀벌레 소리를 통해 표현하고 있다는 점에 주목할 필요가 있다. "아버지의 침상 없는 최후 최후의 밤은 / 풀버렛 소리 가득 차 있었다"라는 시행이 1연과 4연에서 반복되고 있다. 그런데 각 연에 따라 '풀버렛 소리'의 의미망이 달라지고 있다. 1연의 풀벌레 소리는 앞에서 보았듯 아버지가 돌아가신 장소(고향도 일갓집도 아닌, 몸을 누일 침상조차 없는 쓸쓸하고 비참한 곳)의 특성을 부각시킨다. 이에 비해 4연의 풀벌레 소리는 특히 자식들의 울음소리와 밀접한 관련이 있으며, 나아가 감정을 장면화하는 데 중요한 역할을 한다.

4연의 1~2행에서 자식들이 "있는 대로의 울음을 다아 울었"다고 했지만 곧이어 3~4행에서 풀벌레 소리가 가득 차 있었다고 한 표현을 보자. 표현대로라면 풀벌레 '소리'가 "가득 차" 있으니 자식들의 울음소리는 들리지 않을 것이다. 울고는 있지만 울음소리는 들리지 않고 풀벌레 소리만 들리는 것이다. 결국, 독자의 귀에 들리는 것은 자식들의 울음소리가 아니라, 아버지가 최후를 맞은 밤에 가득 차 있는 풀벌레 소리일 것이다. 이러한 4연의 풀벌레 소리는 우선, 아들과 딸의 울음소리를 대신하여 드러내는 것으로 볼 수 있다. 풀벌레 소리와 울음소리 모두 '소리'라는 공통점을 지니기에, 풀벌레 소리는 울음소리처럼 들린다. 가득 메운 풀벌레 소리는 아버지의 비극적인 죽음을 대면한 자식들의 터질 듯 가득한 슬픔을 드러내는 것이다.

마지막 연의 의미는 여기서 그치지 않는다. 다시 한번 "풀버렛 소리 가득 차 있었다"라는 표현에 주목해 보자. 화자는 자신의 관점에서 '풀버렛 소리가 들린다'라고 표현하지 않고 "풀버렛 소리 가득 차 있었다"라고 표현한다. 마치 어떤 장면을 거리를 두고 객관적인 태도로 보고 있는 듯하다. '풀버렛 소리가 가득 찼다'는 표현은 풀벌레 소리 이외의 다른 어떤 것도 들어설 틈 없이 가득 차 있는 공간의 모습을 그려 볼 수 있게 한다. 즉 청각적 이미지를 공간화하여 소리를 마치 눈으로 보는 것처럼 표현하고 있으며, 이는 감정을 장면화하는 것이다. 이러한 표현 방식은 독자가 화자의 감정에 몰입하는 것을 지연시키는 전략의 일종이기도 하다. 그동안 참았던 감정을 폭발시킴으로써 독자가 그 장면을 떠올리면서 시적 상황에 몰입하도록 하는 것이 아니라, 아버지의 비극적 생애와 그 가족의 슬픔을 거리를 두고 바라보도록 유도하는 역할을 하는 것이다.

울음소리는 들리지 않고 풀벌레 소리만 가득 찬 공간

앞에서 서술했듯 이 시는 풀벌레 소리를 통해 오히려 자식들의 울음소리를 더 효과적으로 표현하고 있다. 이는 드러내고자 하는 특정 대상을 다른 것으로 가림으로써 오히려 그 대상을 더욱 강조하는 표현 방식과 관련된다. 울음소리를 풀벌레 소리로 가림으로써 울음소리를 더 강조하는 방식 말이다. 1, 2, 3연을 거쳐 마지막 연에 이르면 독자는 자연스레 슬픔으로 가득 찬 자식들의 통곡소리를 기대할 것이다. 그런데 가득 차 있는 풀벌레 소리 때문에 통곡 소리를 들을 수 없다. 그렇다면 독자들은 가득 찬 풀벌레 소리 너머 자식들의 울음소리를 상상하려고 할 것이다. 모든 상상력을 동원하여 풀벌레 소리 너머 처절한 슬픔의 울음소리를 상상으로라도 듣기 위해 귀를 기울일 것이다. 하지만 그 상상 속에서도 울음소리는 들리지 않을 것이다. 이제 독자들은 귀로는 풀벌레 소리를 들으면서 눈으로는 통곡하고 있는 자식들의 모습을 장면화하여 상상해야 한다. 가득 차 있는, 공간화되어 있는 풀벌레 소리의 청각적 이미지는 자식들의 울음소리를 떠올리게 하면서 슬픔을 극대화하는 역할을 하고 있다. 다만, 슬픔에 몰입하도록 하는 것이 아니라 슬픔을 읽도록 하는 방식이다. 우리 시에서 청각적 이미지를 이토록 절묘하게 표현한 시가 또 있을까 싶다.

▎ 궁핍과 절망의 공간 '북방'

이 시는 이용악의 첫 시집 《분수령》에 수록된 시다. 《분수령》은 이용악이 일본 도쿄에서 공사판 막일꾼으로 일하며 고학하던 시기에 발간한 시집이다. 당대 평론가였던 최재서는 《분수령》의 특징을 "소박하고 침통한 생활의 노래"(1938: 196)라고 말하기도 했다. 그만큼 이 시집에는 이용악의 삶이 반영된 것으로 알려져 있으며, 특히 "그의 불우한 삶의 체험에서 촉발되는 북방의 비극적인 풍경이 애절하게 표출되어 있"(고형진, 2007: 282)다는 평가를 받고 있다.

이용악은 일제강점기에 "대규모적으로 발생한 국내외 유이민의 비극적 삶을 깊이 있게 통찰"(윤영천, 2018: 447)한 시인으로 알려져 있다. 함경북도 경성에 살았던 이용악의 집안은 궁핍한 생활을 했다고 한다. 이용악의 할아버지는 달구지에 소금을 싣고 러시아 영토를 넘나들며 장사를 했고 그러한 삶은 그의 아버지 대에도 계속되었다. 아버지는 그 일을 하다가 러시아에서 객사한 것으로 추측된다(윤영천, 2018: 451). 이렇듯 〈풀벌레 소리 가득 차 있었다〉는 그의 아버지의 죽음과 관련이 있는 시로 볼 수 있다. 이 시는 개인적 체험에서 출발하기는 했지만 개인적 체험의 테두리에서 벗어나 당대 민중적 삶의 보편성을 획득했다는 평가를 받고 있다. 일제강점기의 궁핍과 절망을 피해 선택한 먼 이국땅 '북방' 역시 또 다른 궁핍과 절망의 공간이었음을 당대 유이민의 비극적 삶을 통해 보여 주고 있는 것이다.

| 최미숙

참고문헌

고형진(2007), 〈이용악〉, 최동호·신범순·정과리·이광호 편, 《문학과지성사 한국문학선집 1900~2000: 시》, 문학과지성사.
유종호(2002), 「식민지 현실의 서정적 재현: 이용악」, 『다시 읽는 한국 시인』, 문학동네.
윤영천(2018), 〈민족시의 전진과 좌절〉, 윤영천 책임편집, 《이용악 시전집》, 문학과지성사.
윤영천 책임편집(2018), 《이용악 시전집》, 문학과지성사.
최재서(1938), 『문학과지성』, 인문사.

사슴

노천명

모가지가 길어서 슬픈 짐승이여
언제나 점잖은 편 말이 없구나
관이 향기로운 너는
무척 높은 족속이었나 보다

물 속의 제 그림자를 들여다보고
잃었던 전설을 생각해내곤
어찌할 수 없는 향수에
슬픈 모가지를 하고 먼데 산을 쳐다본다

출처 《사슴: 노천명 전집 1》(1997) **첫 발표** 《산호림》(1938)

노천명 盧天命 (1911~1957)

시인이자 수필가로서 모윤숙과 함께 1930년대에 활동한 여성 시인이다. 《시원》 창간호(1935)에 시 〈내 청춘의 배는〉을 발표하며 문단에 정식으로 데뷔한 이후, 첫 시집 《산호림》(1938)을 비롯해 세 권의 시집과 두 권의 수필집을 발표하였다. 일제강점기에 친일시를 발표하였고 한국전쟁과 해방기를 지나며 좌익분자 혐의로 실형을 선고받았으나 동료 문인들의 석방 운동으로 출옥한 뒤 투병 끝에 세상을 떠났다.

시단의 성숙과 함께 찾아온 자의식의 추구

'시의 르네상스' 시대로 불리기도 했던 1930년대는 이전 시기의 미숙성을 극복해 내고 한국 현대시사에서 특기할 만한 질적 발전을 이룬 시기였다. 개화기 이래로 일본을 거쳐 수용된 서구 문예이론이 초기의 시간적 편차나 유입 당시의 굴절을 극복하며 시단에 정착하였고, 그 결과 다양한 경향의 시 형식이 자리를 잡아 갔다. 모더니즘의 이입과 같이 서구 문단의 동향에 발을 맞출 문화적 토양이 마련된 것이다. 이처럼 시단에서는 "새로운 시적 가능성을 찾아서 상당히 폭넓게, 그리고 진지하게 실험을 계속"(김종철, 1978:10)해 갔다.

이러한 흐름은 시대정신의 요구나 계몽의 책임이 부과되었던 전대(前代)와는 달리, 시인들이 스스로를 한 명의 전문 문학인으로서 정립하는 특정한 경향으로 나타나기도 했다. 시인이 자의식을 직접 드러내어 내면을 토로하는 형식인 이른바 '자화상 시'가 출현한 것도 이와 같은 맥락이라 할 수 있다. 이상, 서정주, 윤동주 등 당대 활동한 여러 시인들이 '자화상'이라는 제목의 시를 발표하였는데, 이들은 '자화상'의 창작을 통해 자신을 관심 있게 살펴보고 깊이 탐색하였다. 그리고 앞으로 구축해 갈 시세계를 정립하고 자기 정체성을 밝히고자 하는 고뇌를 시에 담았다(신익호, 2009: 278).

노천명도 그중 한 명으로, 시인으로서의 정체성을 모색하는 전문 문학인의 초입 단계에서부터 자기 탐구를 관심사로 삼았다. 노천명의 첫 시집《산호림》(1938)은 〈자화상〉을 비롯해 〈반려(斑驢)〉, 〈사슴〉, 〈귀뚜라미〉 등 '자화상류 시편'이라 불리는 시들로 채워져 있다. 이 시집에서 시인은 거울을 보듯 얼굴 곳곳을 쪼개어 낱낱이 살피다가도 나귀에서 사슴, 귀뚜라미로 시선을 옮겨 가며 자기를 발견해 낸다. 즉, '맵찬 이름을 부여하는 명명 행위'(김현자, 1997: 306)를 통해 시인은 응시 대상의 이미지들로부터 자기를 형성해 갔던 것이다.

┃ 〈사슴〉과 자기 탐구의 문제

당시 최재서는 시집《산호림》에 대하여 절제된 언어 속에 정서를 담아냈다는 호평을 했다고 알려져 있다(이숭원, 2000). 앞에서 언급한 자기 탐구와 더불어, 절제된 감정과 그 언어적 표현의 차원은 노천명의 대표작 〈사슴〉에 집약되어 있다고 하겠다.

이러한 노천명의 시적 지향에 관해 이후 김윤식은 모더니즘적 방법론이 아닌 '기질의 내면화로 치닫기'(김윤식, 1999: 182-184)로 보기도 했다. 김윤식의 지적은 이후 연구사에서 시인이 어린 시절 부친의 명에 의해 남장을 했다는 일화나 유달리 자의식이 강하고 찬바람이 돈다는 주위의 평을 근거로 시인의 기질을 규정하고, 이를 시편의 해설에 적극적으로 활용하는 기반이 되었다. 그러나 삶의 입체성을 감안할 때, 삶의 단편과 시세계가 오롯이 일치한다고 보기는 어렵다. 그렇다고 시세계를 형성하는 근원인 시인의 자의식이 그의 삶과 유리되어 있다고 단언할 수도 없을 것이다. 다만 우리는 앞선 평론들이 〈사슴〉에 담긴 자기 탐구의 문제에 대해, 개별 시편의 차원만이 아니라 그 시가 담긴 시집《산호림》의 세계, 나아가 시인의 삶을 종합적으로 고려했다는 점에 주목해야 한다. 시와 시세계, 시인의 삶을 아울러 볼 때에야 비로소 절제된 언어에 밴 시인의 자의식에 가까이 다가갈 수 있기 때문이다. 이는 말 없는 '사슴'에게 투영된 시인의 '얼굴', 즉 '자화상'을 찾는 것에서부터 시작되어야 한다.

┃ 사슴이 들여다본 제 그림자,
┃ 텅 빈 기표로서의 〈자화상〉

〈자화상〉은《산호림》의 가장 앞에 실린 시이다. 제목에서 유추할 수 있듯 화자는 스스로를 시적 대상으로 타자화하는 양상을 보인다. 이 시에서 시인은 자신을 "부얼부얼한 맛은 전혀 / 잊어버린 얼굴"이라거나 "몹시 차 보여서 좀체로 가까이하기를 / 어려워"하는 모습으로 그려 내고, "꼭 다문 입은 괴로움을 내뿜기보다 / 흔히는 혼자 삼켜버리"고 "처신을 하는 데는 산도야지"처럼 대담하지 못하다고 설명한다. 시인이 자신을 묘사한 이 시구들의 면면을 조합해 보면, 그 무엇과도 쉽게 타협할 수 없다고 말하는 호락호락하지 않은 한 존재와 대면하게 된다.

그렇다면 〈자화상〉의 화자와 〈사슴〉의 화자는 같게 느껴지는가, 다르게 느껴지는가? 물론 〈사슴〉의 화자 역시 시인 자신이라는 전제는 여러 평론에서 당연하게 받아들여진다. 이 질문은 그 전제를 부정하기 위함이 아니라, 〈사슴〉에 등장하는 시인의 자의식을 온전히 바라보기 위함이다. 그러므로 시구를 맞춰 가며 그 '누구'가 노천명의 얼굴임을 확인하기보다는, 빈칸을 그대로 내버려 둔 채 시선을 조정할 때마다 드러나는 측면에 주목해 보고자 한다.

시인은 자기 자신을 대상으로 다룬, 그러나 한편으로는 자신에 대한 어떤 사회적 속성도 드러내지 않은 시 〈자화상〉을 《산호림》 초입에 배치하였다. 이는 시집을 통해 표상되는 자신의 모습을 좌표의 어느 한 곳, 어느 하나의 차원에 고정하지 않으려 한 것이며, 특히 자신에게 드리워지곤 하는 '여성'이라는 속성에 매여 있지 않으려는 것이었다. 따라서 〈자화상〉은 무언가를 표시하나 아무것도 의미하지 않는 텅 빈 기표와 같다. 그러니 누군가 시인을 식민지 시절 여성 엘리트 지식인으로서 떠올린다면 '하나밖에 없었던 여자로서의 최고학부'를 나와 신문사에서 '금방 데려간'(김윤식, 1997) 고고한 모습이, 내성적이며 자존심이 강한 성정을 떠올린다면 평생을 독신으로 지내며 친구도 많지 않았던 시인의 생이, 〈자화상〉이라는 비어 있는 기표에 대응되리라.

그렇기에 〈자화상〉 이후에 나오는 〈사슴〉을 읽으면서 화자에 겹쳐지는 이미지는 고고함일 수도, 외로움일 수도 있다. 또는 시집의 작명을 도운 동료 시인 김광섭이 선물했다는 '불란서에서도 보기 드문' 시화가 마리 로랑생(Marie Laurencin)의 〈눈물의 자화상〉(이숭원, 2000)을 바탕에 두면, 〈사슴〉의 화자는 그림

속 여인의 모습과도 겹쳐진다. '한국의 마리 로랑생'으로 불리며 '여류'로 표상되는 최상의 경지에 있었던, 즉 '향기로운 관'을 지닌 사슴 한 마리를 떠올릴 수 있는 것이다.

수많은 이미지들로 점철되는 〈사슴〉의 화자이지만, 정작 자기 스스로를 규정짓는 시원으로서의 〈자화상〉에서 화자가 여성성에 관한 표지를 언급하지 않고 있다는 점은 중요하다. 〈자화상〉에서 시인이 스스로를 타인과 변별하는 지표는 성별이나 식민지 지식인 등 외부에서 부여받은 속성이 아니다. 그것은 "조그마한 거리낌에도 / 밤잠을 못 자고 괴로워하는 성미"에서 오는, 지금 바로 이것에 만족할 수 없음의 상태를 추구하는 기질이다. 이러한 화자를 알고 나면 〈사슴〉이 들여다본 '물 속의 제 그림자'는 자기 탐닉에 젖은 나르시시스트에만 머물지 않으며, 그때의 '슬픔' 또한 여성으로 태어난 슬픔에만 국한되지 않는다. 텅 빈 기표로서의 〈자화상〉과 화자의 의미는 바로 여기에 있다.

▎ 슬픈 나를 만나는 시간, 〈고독〉

그러나 자기를 들여다본다 해서 언제든 자기를 만날 수 있는 것은 아니다. 〈반려〉에서 "내 마음을 받을 수 없는 / 슬픈 성격"에 "도무지 길들일 수 없는"데다 "밤이면 우는" 나귀의 모습을 보고 자신을 발견하듯, 대개는 자신과 닮아 있는 대상을 통해 자신과 만난다. 이렇듯 다른 대상에 비추어 자기를 만날 수도 있었을 텐데, 시인은 왜 '물 속의 제 그림자'를 쳐다보고(〈사슴〉) 자신을 상세하게 관찰하고 탐정의 눈으로 기질을 유추하는(〈자화상〉) 방식으로 자신을 탐구했을까. 시인에게 그 계기는 울음 끝에 만난 '고독'의 순간이었다.

시 〈고독〉에서 이야기하는 '고독'은 울고 난 다음 "고요한 사색의 호숫가"에 데려가 "얼굴을 비추어" 주는 "단 하나의 친구"이다. 뼈에 사무치듯 외로운 순간도, 다른 사람과 철저하게 고립된 느낌도, 절절하게 느껴지는 소외감도 '고독'의 한 종류이겠으나 번잡할 대로 번잡해져 이지러진 얼굴 뒤로 울음을 폭발시키고 나서야 찾아오는 경지 또한 고독의 여러 모습 중 하나다. 그런 점에서 보면 고독은 실컷 쏟아 낸 울음 뒤에 심사가 차분히 가라앉으며 느끼게 되는, 세계 속에서 살아가는 유일무이한 단독자로서의 나를 대면하는 순간이다. 일상의 감정들에 초연하여 오로지 자신에 몰두하는 고독의 경지란 곧 일상성의 탈피이기에, '먼데 산'을 쳐다보는 '사슴'에서 '일상성에 함몰하지 않은 인간의 한 전형'(오세영, 1998: 215-216)이 읽히기도 한다.

▮ 먼 데를 바라보는 사슴의 삶

그런데 일상성을 벗은 '사슴', 그러니까 시인이 있는 곳은 어디일까. 혹자는 당시의 혼란한 사회상과 민족의식을 외면한 가운데 피어오른 시인의 '고독'과 '향수'를 사춘기 소녀들이 갖는 감상성으로 국한하고, 그러한 현실의식의 피상성으로 인해 친일시에 이르게 되었다고 혹평하기도 한다(신경림, 1981). 과거에 고착된 채 현재를 보내는 시인이 주조해 낸 잊힌 고향은 그가 마주해 있는 현재를 온전히 담아낼 수 없기에 항상 고립과 상실의 시간(김승구, 2006)일 수밖에 없다. 시인은 이러한 불완전한 현실 인식으로 미래와 연계될 수 없어 단절된 시공간 속에서 무화된 현재를 살아 낸 것일지도 모른다. 현실을 외면한 것이거나 당대 현실에 대한 무지 혹은 감상적 반응의 결과일 수도 있지만, 근대 교육을 받고 문사(文士)로서 호명되면서도 생의 순간순간마다 마주할 수밖에 없었던 여성 또는 여성 문인으로서의 삶의 제약과 한계는 앞서 언급한 고향의 상실과 함께 시인이 자아의 분열을 겪고 모순된 상황으로 방황하게 되는 주요한 원인(김지윤, 2016)이 되었다. 눈앞에 놓인 몇 갈래의 길 중 하나를 온전히 선택하지 못하고 끝내 그 모순을 견디며 살아온 시인의 삶에서, 선택의 순간들은 언제나 자신의 길이 아닌 것처럼 여겨졌을 것이다.

이상으로 볼 때 그간 주목해 왔던 〈사슴〉의 화자가 누구인가의 질문에 더하여 '사슴'이 네 발을 딛고 선 위치가 어디인가, 또 그 시선이 닿는 곳이 어디인가라는 질문이 더해질 때 우리는 〈사슴〉의 화자에게 다가갈 하나의 길을 새롭게 마련하게 될 것이다.

| 진가연

....
참고문헌

김승구(2006), 「노천명 시와 향수의 문제」, 『국어국문학』 142, 국어국문학회, 295-322.
김윤식(1997), 〈송충이와 나비의 몸짓〉, 김윤식·김현자·김옥순 편, 《나비: 노천명전집 2》, 솔.
김윤식(1999), 『농경사회 상상력과 유랑민의 상상력』, 문학동네.
김윤식·김현자·김옥순 편(1997), 《사슴: 노천명전집 1》, 솔.
김종철(1978), 『시와 역사적 상상력』, 문학과지성사.
김지윤(2016), 「노천명 시와 번역 속에 나타난 분열과 봉합의 환상: '고향'과 '소녀' 이미지를 중심으로」, 『비평문학』 60, 한국비평문학회, 27-70.
김현자(1997), 〈식물적 상상력과 절제의 미감〉, 김윤식·김현자·김옥순 편, 《사슴: 노천명전집 1》, 솔.
신경림 편(1981), 『모가지가 길어서 슬픈 사슴은: 노천명 시와 생애』, 지문사.
신익호(2009), 「〈자화상〉에 나타난 자아인식의 시적 형상화」, 『한국언어문학』 68, 한국언어문학회, 277-308.
오세영(1998), 『한국현대시 분석적 읽기』, 고려대학교출판부.
이숭원(2000), 『노천명』, 건국대학교출판부.

외인촌

김광균

하이한 모색暮色 속에 피어 있는

산협촌山峽村의 고독한 그림 속으로

파-란 역등驛燈을 달은 마차가 한대 잠기어 가고

바다를 향한 산마룻길에

우두커니 서 있는 전신주 위엔

지나가던 구름이 하나 새빨간 노을에 젖어 있었다.

바람에 불리우는 작은 집들이 창을 내리고

갈대밭에 묻히인 돌다리 아래선

작은 시내가 물방울을 굴리고

안개 자욱-한 화원지花園地의 벤치 위엔

한낮에 소녀들이 남기고 간

가벼운 웃음과 시들은 꽃다발이 흩어져 있다.

외인묘지外人墓地의 어두운 수풀 뒤엔

밤새도록 가느란 별빛이 내리고.

공백^{空白}한 하늘에 걸려 있는 촌락의 시계가

여윈 손길을 저어 열시를 가리키면

날카로운 고탑^{古塔}같이 언덕 위에 솟아 있는

퇴색한 성교당^{聖教堂}의 지붕 위에선

분수처럼 흩어지는 푸른 종소리.

출처 《와사등: 김광균 시전집》(1977)   첫 발표 『조선중앙일보』(1935. 8)

김광균 金光均 (1914~1993)

대상을 회화적 이미지로 그려 내는 데 탁월한 재능을 발휘한 시인으로, 1930년대 모더니즘 시문학의 핵심 인물 중 한 사람이다. 감각적인 시어로 도시와 현대문명을 형상화하는 한편, 비애와 소외의식을 그 기저에 두었다. 한국전쟁 무렵에는 사업가로 변모하였다. 주요 시집으로 《와사등》(1939), 《기항지》(1947) 등이 있다.

▎음악성에서 회화성으로

시는 본디 음악과 가깝다. 원시종합예술부터 20세기 현대시에 이르기까지, 시가 음악과 결합하지 않은 시기는 없다. 지금도 기성 시인의 작품이 가요와 가곡으로 만들어져 불린다. 그런데 20세기 초에 여기에 반기를 든 흐름이 나타났다. 바야흐로 전 세계가 현대문명의 세례를 받기 시작하던 그때, 시 또한 그에 맞춰 변모해야 한다는 문학운동이 서양에서 일어난 것이다. 음악성을 중시하는 기존 시에서는 고저, 장단, 강약 등으로 리듬을 만들어 내는데, 이것으로는 현대사회의 복잡성과 속도감을 담아내기에 부족하며 시각적인 이미지가 훨씬 유용하다는 주장이었다. 또한 음악성과 결합한 19세기의 시 전통에서는 주관적인 내면을 토로하는 것이 하나의 미덕이었지만, 복잡다단한 현대사회와 현대인의 삶을 냉철하게 포착하기 위해서는 감정을 자제하고 건조한 이미지로 승부해야

한다는 주장도 그와 함께했다. 이로써 리듬보다 이미지(심상), 음악성보다 회화성이 시의 자질로 강조되기 시작했다.

이 운동은 현대시의 다양성을 증폭시켰다. 1930년대 우리나라에서도 고전시가가 쇠퇴한 자리에서 새로운 시 형식을 모색하던 시인들의 일부가 그러한 흐름에 동참했다. 정지용, 김기림, 그리고 김광균이 대표적이다. 작품 성향은 서로 달랐으나 이들은 대체로 음악성보다 회화성 또는 조형성에 무게를 두었고, 모더니즘의 기수(旗手) 격인 김기림의 시론이 그것을 뒷받침했다. 이 중 김광균은 특히 그림(회화) 같은 이미지 묘사를 특기로 하는 시인이었다. 고흐의 그림을 처음 보고 감동하여 급속히 회화의 세계에 빠져들었다는(김광균, 1982) 그는 "소리조차를 모양으로 번역하는"(김기림, 1939: 40) 기이한 재주를 가졌다고 평가받으며 당대 문단의 이목을 끌었다.

▌이미지들이 구성하는 공간과 이중적 정서

〈외인촌〉은 그러한 특성을 보여 주는 김광균의 대표작 중 하나이다. 중·고등학교 문학 시간에 공감각적 심상의 단골 사례로 등장하곤 했던 시구 "분수처럼 흩어지는 푸른 종소리"도 이 작품에서 나왔다. 바로 이 시구처럼 김광균의 시는 토막 단위로 독자의 머릿속에 남아 있는 경우가 많다. "차단-한 등불이 하나 비인 하늘에 걸려 있다"(〈와사등〉), "구름은 / 보랏빛 색지 우에 / 마구 칠한 한 다발 장미"(〈데생〉) 등이 그렇다. 그만큼 대상을 감각적인 시어로 응축하여 이미지화한 효과가 강렬하기 때문이다.

그런데 단어나 행 단위의 참신한 이미지에 주목하는 접근만으로는 시에 내포된 풍부한 감상의 가능성을 놓칠 수 있다. 한 편의 시에서 이미지들은 서로 치밀하게 연계되어 있기 마련이고, 따라서 독자는 그 이미지들이 얽혀 만들어 내는 패턴이나 질서를 파악함으로써 단편적인 감각성을 넘어서는 의미를 부여할 수 있다. 김광균의 시에서는 이미지들이 모여 형성하는 '공간'에 주목해 볼 만하다. 그의 시가 회화성을 띤다고 할 때, 회화란 결국 공간에 관한 예술이라는 점을 염두에 두지 않을 수 없다. 이러한 맥락에서 우리는 김광균의 시에서 이미지들이 어떤 공간을 어떻게 만들어 내고 있는지 살펴볼 필요가 있다. 예컨대 "분수처럼 흩어지는 푸른 종소리"는 외인촌이라는 시적 공간을 구성하는 이미지들 중 하나이며, 이것이 같은 5연의 "공백한 하늘", "퇴색한 성교당"에 나타나는 호젓함이나 쇠락한 느낌과 어우러져 이 공간의 주된 정서를 형성하고 있음을 보아야 하는 것이다.

이를 염두에 두고 〈외인촌〉을 살펴보자. 제목 그대로 시의 대상은 외국인들이 사는 이국풍 마을이다. 1연은 '외인촌'의 원경(遠景)으로서, 해 질 녘 산골짜기 마을이 시야에 들어온다. 이 마을은 마치 '그림'처럼 보이는데, 그 앞에는 '고독한'이라는 수식어가 붙어 있다. 하지만 이것이 어떤 사무치는 고독을 뜻하는 것 같지는 않다. 고독함 자체가 아니라 '고독한 그림'을 내세웠기 때문이다. 삶의 큰 비극이 영화로 만들어졌을 때 관객들이 그 비극을 고스란히 겪지는 않는 것처럼, 고독도 그림이 되는 순간 그렇게 된다. 또한 이 시구의 앞뒤로 나열된 말들도 그렇게 읽게 한다. 해 질 녘('모색')이되 어둡고 우울한 배경이 아니라 '하이한' 배경이고, 마을도 그 속에 암울하게 놓인 것이 아니라 '피어 있'다. 풍경을 함께 이루는 '마차'와 '노을'에 각각 입혀진 '파-란'과 '새빨간'이라는 알록달록한 색채, 바다를 향해 트여 있는 '산마룻길,' 평온히 노을에 젖어 있는 '구름' 또한 한적하고 어여쁜 풍경을 떠올리게 한다. 고독함이란 일종의 호젓함에 가까운 정서였던 셈이다. 그런데 인간의 정서인 '고독'이라는 용어가 굳이 풍경 속에 들어가 있다는 점이 예사롭지 않다. '고독'은 화자가 은폐되어 있는 이 시에서 유일하게 노출된 정서 용어이기에, 풍경에 전이된 화자의 심리를 보여 주는 단서로서 주목되어야 한다고 볼 수도 있다. 이러한 생각을 일단 넣어 두고 다음을 보자.

그림 같은 산협촌의 공간은 다음 연들에서 보다 구체적인 형상을 얻게 된다.

마치 카메라가 마을 내부로 진입하여 곳곳을 비추듯 비교적 근거리에서의 묘사가 이어진다. 먼저 2연에는 "바람에 불리우는 작은 집들"과 "갈대밭에 묻히인 돌다리"가 등장한다. 얼핏 자연에 압도된 모습처럼 보이기도 하지만, 집들은 언제든 "창을 내"려 안온함을 보존할 수 있고 돌다리 아래 시냇물은 앙증맞게 "물방울을 굴리"고 있다. 그러므로 자연과 어우러진 아늑한 공간이라는 인상이 더 짙다. 3연에서는 "화원지의 벤치"가 초점화된다. 이곳에 '소녀들'이 '웃음'과 '꽃다발'과 함께 다녀간 것으로 되어 있다. 생활의 여유나 안락함이 느껴진다는 점에서 2연과 유사한 인상을 주는 공간인 셈인데, 또 그것만이 전부는 아니다. 청각과 시각의 독특한 결합이면서 이질적인 시간들의 결합이기도 한 "한낮에 소녀들이 남기고 간 / 가벼운 웃음과 시들은 꽃다발이 흩어져 있다."가 그러하다. "가벼운 웃음"은 경쾌하지만 지나가 버린 과거의 것이다. 현재의 벤치 위에 여운처럼 남아 있지만 "시들은 꽃다발"과 함께 "흩어져 있"기에 마냥 경쾌하지만도 않다. 하지만 마을이 폐쇄되거나 소녀들이 마을을 떠나지 않는 이상 그 '웃음'은 언제든 다시 이 벤치 위를 찾아올 것이므로 짙은 쓸쓸함만이 남는 것도 아니다. 티 없는 명랑함과 우수에 찬 쓸쓸함, 둘 중 어느 한쪽으로만 기울지 않는 어디쯤의 정서가 이 공간에 스며들어 있다.

4연과 5연에서는 시간의 경과가 감지된다. 밤이 찾아오고, 시곗바늘이 움직인다. 언뜻 보기에는 이와 함께 공간의 주된 정조도 달라진 것 같지만 꼭 그런 것은 아니다. 비록 "묘지", "어두운 수풀", "퇴색한 성교당" 등에서 쇠락과 어둠의 이미지가 나타나기는 하나, 그곳은 밤새 '별빛'이 비치는 곳이다. "푸른 종소리"도 독자마다 받는 느낌이 다르겠지만 청량하거나 청아하다는 인상을 줄 수 있다. 별빛은 '가느'랗고 시계의 손길은 '여윈' 상태이지만, 이들은 어둡고 쇠락한 환경 속에서도 꿋꿋이 자신의 임무를 완수하고 있다. 마치 2연에서 "작은 집들"이 창을 내려 안온함을 유지했던 것처럼 말이다. 그리하여 여기에서도 마을은 쓸쓸하고 쇠락한 느낌으로 온전히 기울지는 않는다.

시적 화자가 드러나지 않은 채 대상이 되는 공간만이 오롯이 부각되고 있다는 점에서도 이 작품은 한 편의 그림 같다는 느낌을 준다. 화자의 정서가 스며들 곳이 있다면 아마도 여러 이미지에서 수식의 기능을 맡고 있는 형용사들일 것이다. 그런데 그러한 이미지들로 구성된 '외인촌'이라는 공간은 위에서 본 것처럼 정서의 결이 단일하지 않다. 이미지란 '심상(心象)'이라는 단어에서도 보듯 결국 마음속에 떠오르는 형상이기에, 독자가 어떤 형상을 떠올리는가에 따라 그에 결부된 정서도 달라지기 마련이다. 독자에 따라 이렇게도 느껴지고 저렇게도 느껴지는 공간, 그것이 이 그림의 매력이다.

기획된 공간의 연출 효과

그런데 이쯤에서 다음과 같은 물음을 던져 볼 법하다. 이 시에 그려진 '외인촌'은 어디인가? 1935년 발표 지면을 보면 이 작품이 함경도 주을(朱乙)온천 여행 경험과 관련이 있음을 알 수 있다(서준섭, 2017: 186). 김기림과 이효석 등 다른 문인들의 산문에도 등장한 바 있는 주을온천은 경관이 수려한 휴양지로서 인근에 러시아인을 위시한 외국인들의 거주지가 있었다. 이를 참고하여 시인의 여정을 따라가 보거나 외국인 마을의 사연을 탐사하여 작품의 풍경을 재음미하는 것도 감상의 한 방법일 수 있겠다. 그러나 이 시는 이후 다른 지면에 실리는 과정을 거치면서 실제 현실이나 구체적 체험과의 연관성이 의도적으로 탈색되어 간 작품이다. 주을온천이라는 단서도, 화자가 여행 중이라는 상황도 모두 떨어져 나갔다. 이 시의 이미지만으로 상상할 수 있는 그림 같은 공간이 남아 있을 뿐이다. 그렇다면 굳이 실제 현실의 구체적인 지명과 이 시의 연관성을 찾으려 애쓸 필요는 없을 것 같다. 아니, 오히려 그 반대편에서 다음과 같은 물음을 떠올려야 한다. 시인은 왜 실제 현실에 얽매이지 않은 채 이토록 선명한 이미지들의 정수(精髓)와도 같은 풍경을 그려 내려고 했을까?

이런 물음은 김광균의 시를 대할 때 특히 유의미하다. 시에서 그의 언어는 그때그때의 현실에 조응하여 만들어졌다기보다는 일정한 이미지를 표현하기 위해 철저하게 기획된 성격이 강하기 때문이다. 특정 이미지가 그의 다른 시들에서 동일하게 반복되는 사례가 많고, 심지어 관조적 성격을 띤 그의 수필에 등장한 표현이 시에 그대로 쓰이기도 한다. 이는 물론 시인들의 일반적인 시작 과정에 비추어 보면 그리 새삼스러운 일은 아니나, 김광균의 경우 그의 시가 '현실'보다 '의도된 기획'에 가깝다는 점을 뒷받침해 주기 때문에 중요하다. 예컨대 〈외인촌〉에 쓰인 '종소리가 분수처럼 퍼진다'는 표현은 시인의 고향인 개성의 풍경을 담은 수필에서도 동일하게 등장한다(김광균, 1937). 즉 정교하게 다듬어진 그의 풍경 시어는 대체로 현실의 고유한 대상을 지시하는 데 쓰이지 않는다. 애초에 구체적인 현실에 일대일로 대응하는 시어들을 생성하기보다는, 선명한 이미지의 시어들을 마치 공예처럼 지속적으로 기획해 두었다가 조합하는 방식이 더 우세하게 사용된 까닭이다.

김광균과 같은 시대에 활동했던 한 문학자는 훗날 이러한 시작에 대해 다음과 같이 평했다. "사실 김광균은 '아! 내 하나의 신뢰할 현실도'(〈공지(空地)〉) 없었기 때문에 동요불안정(動搖不安定)한 그 현실에서 형상에 고정된 하나의 단절 세계로 도피한 것이 그의 회화적인 문학태도가 되었다"(백철, 1989: 545). 시인이 살고 있는 현실은 불안정하고 신뢰할 수 없었기 때문에 안주할 수 있는 안정된 그림의 세계를 취했다는 것이다. 우리는 여기서 시인의 의도가 정확하게 무엇인지를 추론할 필요는 없다. 시인의 의도와 관계없이 '시가 기획된 회화 같다는 사실'은 그 자체로 독자에게 생각할 거리를 제공해 줄 수 있고, 그러한 생각의 한 예시를 이 비평이 보여 주고 있다고 받아들이면 된다. 이를 바탕으로 하면 다음과 같은 생각도 가능하다. 회화(그림)라는 예술 형식은 '그리는 자'가 소재와 구도를 마음대로 선택할 수 있고, 실제 현실의 구구한 소리와 냄새, 보기 싫은 영상은 소거해 버리거나 변형할 수 있다. 〈외인촌〉의 잘 정돈된 공간이 철저한 소거의 결과라고 본다면, 역으로 정돈되지 않은 현실이 이 시의 배후에 희끄무레하게 깔려 있음을 상상해 볼 수 있다. 혹은 앞서 살펴본 것처럼 이질적인 정서의 공존이 〈외인촌〉의 기획이라고 본다면, 현실에 존재하는 복잡한 정서들이 이 시와 같은 이미지 중심의 언어에 포섭될 가능성을 음미해 볼 수 있다.

또한 시가 기획된 그림과 같다는 사실은 '그리는 자'(주체)와 '풍경'(대상)의 분리를 내포하기도 한다. 풍경으로부터 거리를 두지 않은 채 그것을 그릴 수는 없는 노릇이다. 이 사실에 대한 주목은 〈외인촌〉에서 은폐된 듯한 화자의 문제를 해명하는 데 도움이 될 수 있다(강민규, 2015: 32-35). 주체는 대상을 자신의 시선 속에 넣어 소유하기 위해 분리라는 포즈를 취하는 것일까? 아니면, 대상의 바깥에 선 채로 자신의 입지를 위협받지 않으려는 것일까? 혹은 단순히 분리를 통해 객관적으로 대상을 인식하는 경지를 지향하는 것일까? 이 작품의 공간 기획에 대한 사유는 이런 상상을 통해 풍요로움을 더할 수 있을 것이다. | 강민규

....
참고문헌

강민규(2015), 「이미지즘 시의 공간 연출(演出)과 시 읽기 교육: 정지용과 김광균의 시를 중심으로」, 『문학교육학』 47, 한국문학교육학회, 9-47.
김광균(1937), 〈풍물일기〉, 오영식·유성호 편(2014), 《김광균 문학전집》, 소명출판.
김광균(1977), 《와사등: 김광균 시전집》, 근역서재.
김광균(1982), 「30년대의 화가와 시인들」, 『계간미술』 23, 중앙일보사, 91-94.
김기림(1939), 〈시단의 동태〉, 《인문평론》, 인문사, 36-44.
백철(1989), 『신문학사조사』, 신구문화사.
서준섭(2017), 『한국 모더니즘 문학 연구』(개정판), 역락.

자화상

서정주

애비는 종이었다. 밤이기퍼도 오지않었다.

파뿌리같이 늙은할머니와 대추꽃이 한주 서 있을뿐이었다.

어매는 달을두고 풋살구가 꼭하나만 먹고 싶다하였으나... 흙으로 바람벽한 호롱불밑에

손톱이 깜한 에미의아들.

갑오년甲午年이라든가 바다에 나가서는 도라오지 않는다하는 외外할아버지의 숯많은 머리털과

그 크다란눈이 나는 닮었다한다.

스믈세햇동안 나를 키운건 팔할八割이 바람이다.

세상은 가도가도 부끄럽기만하드라

어떤이는 내입에서 죄인罪人을 읽고가고

어떤이는 내입에서 천치天痴를 읽고가나

나는 아무것도 뉘우치진 않을란다.

찰란히 티워오는 어느아침에도

이마우에 언친 시詩의 이슬에는

멫방울의 피가 언제나 서꺼있어

볏이거나 그늘이거나 혓바닥 느러트린

병든 숫개만양 헐떡어리며 나는 왔다.

출처 《미당 서정주 시전집 1》(1983)　**첫 발표** 《시건설》(1939. 10)

서정주 徐廷柱 (1915~2000)

전라북도 고창 출생. 스물한 살인 1936년 『동아일보』 신춘문예에 시 〈벽〉이 당선되어 등단하였다. 같은 해 오장환, 함형수 등과 함께 《시인부락》(1936)을 발간하였고, 1941년 첫 시집 《화사집》(1941) 을 출간한 이후, 작고할 때까지 《귀촉도》(1948), 《신라초》(1961), 《질마재 신화》(1975) 등 총 열다섯 권의 시집과 천여 편의 시를 발표하였다. 일제강점기 말기에 친일행적이라는 오욕을 남긴 바 있으나, 60년이 넘는 오랜 시작 기간 동안 끊임없는 시적 갱신과 문학적 열정을 보여 줌으로써 한국 현대문 학사를 대표하는 시인으로 남아 있다.

▎ 내가 누구인지 말할 수 있는 자는 누구인가

우리나라에서 1990년대를 대표하는 소설의 제목으로 널리 알려진 '내가 누구인지 말할 수 있는 자는 누구인가'라는 문장의 출처는 윌리엄 셰익스피어 (William Shakespeare)의 비극 《리어왕(King Lear)》이다. 이 문장은 딸들의 감언 이설에 속아 권력을 물려준 후 처절하게 배신을 당하고 폭풍우 속으로 쫓겨나 서야 자신의 과오를 깨닫게 된 늙은 왕의 자책과 회한이 절절하게 담겨 있는 독 백이다. 인생의 말년에 이르러, 그것도 절대적으로 회복 불가능한 상태에 이르 러서야 비로소 자신이 얼마나 어리석고 납득 불가능한 존재인지를 깨닫게 되었 다는 것은 한 인간에게 있어 크나큰 비극이 아닐 수 없다.

그런데 우리 시사(詩史)에는 스물세 살의 어린 나이에 이미 내가 누구인지에 대해 치열하게 질문하고, 자신이 그 질문에 스스로 답할 수 있는 자임을 당차게 표방하며 세상에 나온 젊은 시인이 있다. 스물셋의 젊은 시인 서정주는 '나는 누구인가'라는 질문에 대해 "애비는 종이었다."라는 도발적인 문장으로 그 대답을 시작한다. 서정주의 시 〈자화상〉은 스스로를 납득하기 위한 노력의 결과물인 것이다.

여기서 두 가지 궁금한 점이 생긴다. 서정주에게는 왜 자신에 대한 납득이 필요했는지, 그리고 그 납득의 과정과 결과로 내가 누구인지 말하고자 할 때 그 말이 왜 시여야 했는지 하는 점이다. 전 생애에 걸쳐 한 번도 내가 누구인지 질문해 보지 않았던 리어왕의 비극은, 어떻게 보면 그가 평생 그 질문이 필요하지 않은 안온한 삶을 누려온 데서 비롯된 것일지도 모른다. 그러나 스물셋의 서정주에게는 그 질문이 절실했다. 그는 이미 비극적 운명을, 비극적 삶을 경험하고 있었기 때문에 스스로의 삶에 대해 납득이 필요했다. 왜 세상은 '가도 가도 부끄럽기만' 하는지, 왜 자신의 삶은 '죄인'과 '천치'의 그것이어야 하는지 스스로 질문해야 했고, 스스로 대답해야 했던 것이다.

그렇다면 그 대답은 왜 시로 말해져야 했던 것일까. 우선 1인칭 화자의 주관적 내면 고백이라는 장르적 속성으로 인해, 시는 어떤 장르보다도 자전(自傳)의 성격과 밀접하게 맞닿아 있다. 시와 시인을 동일시하는 오래된 관습을 거부한다 치더라도, 시에는 대개 발화의 주체인 1인칭 화자가 존재하며 그 발화는 적어도 화자 자신의 이야기라는 점이 전제되기 때문이다.

그러나 이보다 더 중요한 것은 자전적 텍스트가 지향하는 바와 관련이 있다. 자서전 연구자인 필립 르죈(Philippe Lejeune)의 설명에 따르면 자기 자신에 관한 이야기의 진정성을 판단할 때 중요한 기준이 되는 것은 정확성과 성실성으로, 정확성이 정보에 관계되는 것이라면 성실성은 의미에 관계되는 것이다 (Lejeune, 1975/1998: 55). 이를 참조해 볼 때 산문 형태로 발화된 자기 이야기의 경우에는 정보의 정확성을, 시의 형태로 발화된 자기 이야기의 경우에는 의미의 성실성을 지향하게 될 가능성이 높다(최현식, 2011: 416). 비극적 삶의 국면에서 스스로를 납득하려고 하는 시인 서정주에게 필요한 것은 정보의 정확성이 아닌, 의미의 성실성이었을 것이다.

내가 누구인지 납득하기 위해, 아니 결코 납득할 수 없는 자신의 삶에서 의미를 획득하기 위해 일찍이 몸부림쳤던 서정주였기에, 그리고 마침내 내가 누구인지 말할 수 있는 자가 될 수 있었기에 그는 리어왕과 달리 자신의 삶을 비극적 운명으로부터 구제해 낼 수 있었던 것은 아닐까. 긴 생애를 두고 전개된 그의 시작 과정이 지옥에서 열반으로 이르는 과정이었다고 평한 한 평론가의 통찰은 수사도 과장도 아닌 것이다(천이두, 1994: 46).

▌당당한 자기 고백의 실체

그렇다면 이 시를 통해 말해진 '나'는 누구이며, '나'에 대한 자전적 고백을 통해 획득하게 된 의미는 무엇일까. 텍스트의 제목을 중심으로 그 의미를 꼼꼼히 살펴보기 위해 이 시의 화자 '나'라는 인물에 집중해 보기로 한다.

다시 한번 말하지만 "애비는 종이었다."라는 발화로 시작된 자기 고백은 도발적이고, 그만큼 충격적이다. 자신의 태생적 불우함을 아무렇지도 않게 툭 발설해 버리는 화자의 이 당당한 어조는 자기 폭로에 가깝다. 파뿌리같이 늙은 할머니, 힘없이 서 있는 대추꽃 한 주의 이미지와 함께 우리가 상상할 수 있는 화자의 삶은 기댈 곳 없이 허약하고 위태로울 뿐인데도 그토록 당당할 수 있는 에너지의 원천은 무엇인지, 화자는 어떤 사람인지 몹시 궁금해진다. 이어지는 행에서는 임신 중인 어매가 풋살구 하나 먹을 수 없었던, 흙으로 겨우 바람벽을 세운 거처에서 지내야 했던 극도의 가난이 그려진다. 이렇듯 가난한 형편에서 누구의 돌봄도 받지 못한 채 외로이 버텨 내는 한 소년의 어두운 얼굴을 떠올리게 될 때만 해도 그 궁금증은 풀리지 않는다.

그러나 바다에 나가 돌아오지 않는다는 외할아버지가 등장하면서부터 다시 모종의 거친 기운이 감지된다. 결핍과 빈곤이라는 지상의 한계를 박차고 바다로 떠나는 사내의 강인한 모습이 떠오르고, 그 시점이 갑오년이었음에 생각이 이르면 분노와 혁명의 열기가 자연스럽게 연상된다. 이에 더해 결국 돌아오지 못한 사내의 비극적 삶을 상상할 때 우리에게 환기되는 기운은 분명 강하고 거칠다. 그리고 그 기운이 어린 외손자의 숱 많은 머리털, 커다란 눈으로 연결되면서 우리는 화자의 내면에서 꿈틀거리고 있는 반항과 방랑의 기질을 감지하게 되는 것이다.

아니나 다를까. 스물셋의 화자에게서 예의 그 당당한 어조가 다시 등장한다. 자신을 키운 것의 팔 할이 바람이었다는 선언은 반항과 방랑의 기질이야말로 자신이 처한 불우와 빈곤, 비극적 운명을 감당하게 한 힘의 원천이라는 선언에 다름 아니다. 이 선언은 다시 1연의 마지막 행에서 아무것도 뉘우치지 않겠다는 반항적 에너지의 분출로 이어진다. 세상이 가도 가도 부끄럽기만 하고 자신의 삶에는 비록 죄인과 천치의 낙인이 드리워져 있으나, 그 삶이야말로 자신에게 부여된 고유한 운명임을 납득한 자만이 취할 수 있는 반항과 도발의 자세인 것이다.

이러한 삶의 자세는 화자가 시인됨을 자신의 운명으로 받아들이는 지점에서 더욱 두드러진다. 아니 어쩌면 시인됨을 받아들임으로써 반항과 도발의 자세가 더욱 선명해지는 것일지도 모르겠다. 화자 자신이 보유하고 있던 저주의 운명을, 오히려 시의 표식을 가지고 있는 시인됨의 운명으로 일거에 전위시키는 바로 그 지점에, 자신이 고유하게 선택된 신성한 존재임을 입증하고자 하는 강한 욕망이 자리하고 있는 것으로 느껴지기 때문이다. 물론 이 존재 증명에 대한 강한 욕망은 자신의 존재 의의를 납득하고자 하는 강한 의지에서 비롯된 것일 터이다.

자신의 이마 위에 시의 이슬이 얹혀 있기에, 화자에게는 자신의 삶이 볕인지 그늘인지가 중요하지 않다. 그 이슬에는 몇 방울의 피가 섞여 있지만 그러한 운명적 한계 또한 그저 시인됨의 운명에 내포된 것으로 받아들일 뿐이다. 오히려 화자는 그 한계 자체가 자신의 고유한 삶의 동력이자 시의 원천임을 믿는다. 그리하여 스물셋의 화자는 어떤 삶에서든 "혓바닥 느러트린 / 병든 수캐만양 헐덕어리"며 올 수 있었고, 그럴 수 있는 삶이 당당할 따름이다.

합리화와 예언의 사이 어디쯤

이제 자신의 비극적 삶을 대하는 화자의 자세를 다시 시인 서정주의 그것으로 치환하여 생각해 볼 필요가 있을 것 같다. 이 시를 통해 말해진 '나'는 자신의 운명적 한계를 당당하게 인식하고 그것을 치열하게 극복해 가는 존재, 모든 삶의 제약들로부터 자유롭고자 하는 저돌적이고 반항적인 존재이다. 그리고 이 '나'는 저주받은 시인으로서의 자신이 오히려 얼마나 고유하면서도 신성한 존재인지 한껏 자각하고 온 세상에 천명하는, 도전적 시인으로서의 '나'라고 할 수 있다. 시인은 산문투에 가까운 시의 형식을 통해서도 전형적인 시적 언술의 관습에 얽매이지 않는 특별함이 자신에게 있음을 강하게 역설하고 있는 듯하다.

그렇다면 이토록 치열하고 당찬 자기 고백이 시인 자신에게 갖는 의미는 무엇일까. 일견 그것은 납득하지 않으면 견딜 수 없는 자신의 비극적인 운명을 기어이 납득하고 그 비극에서 자신을 건져내기 위한 자기 합리화의 산물일 수 있을 것이다. 그런가 하면 도전적 시인으로서의 자신의 행로를 일찌감치 꿰뚫어 본, 일종의 통찰력 있는 예언일 수도 있을 것이다. 아니 어쩌면 그 사이 어디쯤에서 자신이 바라는 자신의 모습을 가장 예술적인 형태로 빚어 가고 있는 의미화 과정 그 자체일 수도 있겠다.

| 김남희

....
참고문헌

서정주(1983), 《미당 서정주 시전집 1》, 민음사.
천이두(1994), 「지옥과 열반」, 김우창 편, 『미당 연구』, 민음사.
최현식(2011), 「시적 자서전과 서정주 시 교육의 문제」, 『국어교육연구』 48, 국어교육학회, 413-442.
Lejeune, P. (1998), 『자서전의 규약』, 윤진 역, 문학과지성사(원서출판 1975).

난초 4

이병기

빼어난 가는 닢새 굳은 듯 보드롭고
자짓빛 굵은 대공 하얀한 꽃이 벌고
이슬은 구슬이 되어 마디마디 달렸다.

본대 그 마음은 깨끗함을 즐겨 하여
정한 모래 틈에 뿌리를 서려 두고
미진微塵도 가까이 않고 우로雨露 받어 사느니라.

출처 《가람 이병기 전집 1: 시조》(2017) **첫 발표** 《문장》(1939. 3)

이병기 李秉岐 (1891~1968)

전라북도 익산 출생. 1912년 조선어강습원에서 주시경 선생으로부터 조선어문법을 배우고, 1921년 결성된 조선어연구회 간사를 맡으면서 국어연구에 헌신하였다. 1923년 《조선문단》을 통해 시조와 수필 등을 발표하며 등단한 후, 《가람시조집》(1939) 발간 등 현대시조의 발전에 기여하였다. 해방 직후에는 미군정청 학무국 편수관으로 취임하여 국어교재를 편찬하였다. 《국문학전사》(1957), 《국문학개론》(1961)을 비롯하여 국어국문학 연구에 큰 족적을 남겼다.

| 천성의 시인

가람 이병기는 가람학(嘉藍學) 정립의 필요성이 주창될 정도로(이경애, 2017), 국어국문학을 비롯한 다양한 국학 분야에 중요한 업적을 남긴 존재이다(최원식, 2012). 그는 1942년 조선어학회 사건으로 옥고를 치르면서도 그 의기를 꺾지 않았고, 해방 직후에는 미군정청 편수관을 역임하며 한글 및 국어교육의 초석을 닦았다. 또한 1920~1930년대 시조부흥운동의 주도적 인물로서 전통시조의 현대화 방향을 제시한 고전문학 이론가이자, 직접 현대적 시조를 창작하여 우리 시조의 수준을 드높인 천성(天成)의 시인이기도 하다. 가람 시조의 높은 미적 완성도는 감각파 모더니즘 시인 정지용마저 감탄할 정도였는데, 정지용은 "송강(松江) 이후에 가람이 솟아오른 것이 아닐가 한다", "마침내 시조(時調)들이 시인을 만나서 시인한테로 돌아오게 되었다. 비로서 감성의 섬세와 신경의 예리와 관조의 총혜(聰慧)를 갖춘 천성(天成)의 시인을 만나서 시조가 제 소리를 낳게 된 것이니"(정지용, 1939)와 같이 찬탄하기도 하였다. 잠시 가람의 〈별〉(1932)을 살펴보자.

> 바람이 서늘도 하여 뜰앞에 나섰더니
> 서산西山 머리에 하늘은 구름을 벗어나고
> 산듯한 초사흘 달이 별과 함께 나오드라
>
> 달은 넘어가고 별만 서로 반작인다.
> 저 별은 뉘 별이며 내 별 또한 어느 게오.
> 잠자코 호올로 서서 별을 헤어 보노라.

가곡으로도 불리는 이 시를 보면, "문 열자 선뜻! / 먼 산이 이마에 차라."로 시작하는 정지용의 〈춘설〉(1939)에서 느껴지는 신선하고 섬세한 감각적 표현을 발견할 수 있다. "하늘은 구름을 벗어나고" 등의 표현은 전통적인 시조에서는 접하기 어려운 현대적 감수성을 내포한 감각적 표현이기 때문이다. "저 별은 뉘 별이며 내 별 또한 어느 게오"와 같은 표현에서는 "어디서 무엇이 되어 / 다시 만나랴"라고 끝나는 김광섭의 〈저녁에〉(1969)만큼이나 정제된 서정적 풍경이 환기되기도 한다. 이처럼 가람의 시조는 현대시 이상으로 감각적 세련미와 서정적 절제미

이병기의 시조에 곡을 붙인 가곡 〈별〉의 악보

를 갖추고 있는, 오롯이 아름답기만 한 시의 세계를 완성하고 있다. 완성도 높은 그의 시세계는 별, 난초 등 동일한 소재를 형상화한 당대 모더니즘 작품과 비교해 보면 확연하게 느낄 수 있다. 따라서 가람의 시조는 시조라는 맥락 안에서만 감상하기보다는 당대의 모더니즘 작품과 비교하여 감상할 때 그 진면목을 맛볼 수 있을 것이다.

시조의 혁신

가람의 시조가 그의 시적 천품에 의해서만 가능했던 것은 아니다. 가람은 1920년대 중반부터 꾸준히 시조 개혁론을 제시하였는데 〈시조는 혁신하자〉(1932)가 그의 대표적인 시조론이다. 가람은 여기서 시조 창작의 여섯 가지 혁신 방안을 주장한다(김용직, 1996: 382-388; 정주아, 2019: 261-264). ① 실감실정을 표현하자, ② 취재의 범위를 확장하자, ③ 용어에서 구투(舊套)를 버리자, ④ 격조(格調)에 변화를 주자, ⑤ 형식이나 형태의 제한을 벗어나 연작을 쓰자, ⑥ 읽는 시조로 하자 등이 그것이다. 가람은 고시조가 개인적 생각이나 감정을

표현하기보다 관용적·관행적 생각이나 감정을 표현하는 데 머문 점을 비판하면서, 현대의 시조는 '제 마음속에 맺힌 절실한 생각이나 느낌'을 표현해야 하며, 그러한 개성적 시조 창작을 위해 구투의 탈피, 소재의 확대, 격조의 변화, 형식적 제약의 탈피를 지향해야 한다고 주장한다.

이러한 시조 개혁론에서 가람이 '부르는 시조'에서 '짓는 시조, 읽는 시조'로의 전환을 강조하였다는 점에 주목할 필요가 있다. 이러한 주장에는 시조를, 고시조처럼 음악의 틀 속에서 향유되고 창작되는 '시-가(詩-歌) 일체물'이 아니라 현대시처럼 '시-가(詩-歌) 분리물'로 전환함으로써 현대시와 같은 위상을 확보하자는 생각이 내포되어 있기 때문이다.

따라서 가람의 시조 개혁론의 궁극적 목표는 시조를 현대시와 대등한 존재로 격상시키는 데 있었다고 볼 수 있다. 가람은 새로운 시조를 고시조의 새로운 형태가 아니라 현대시와 대등한 존재, 최소한 현대시의 하위 장르 중 하나로 인식되기를 기도(企圖)했던 것이다. 가람이 시조 시인이었음에도 불구하고 현대문학가인 정지용, 이태준 등과 함께 자연스레, 또한 기꺼이 문장파(文章派)의 일원으로 참여하여 신진 문학가를 발굴하고자 한 것도 이에 연유한다.

▎ 난초, 독자적인 미적 세계의 의미

그러나 가람이 현대시와 시조 간의 완전한 동일성을 지향했던 것은 아니다. 시-가(詩-歌) 분리물로서는 현대시와 시조 간의 공통적 방향성을 추구했지만, 미적 태도 면에서는 시조의 독자적 세계를 지향하였다. 그것은 첫째, 3장 6구라는 시조의 기본 형식을 완전히 버리지는 않았다는 데에서도 알 수 있다. 3장 6구라는 형식의 유지는 복잡미묘한 내면을 지닌 서정적 자아를 내세우는 데 적합하다고 보기 어렵다. 그럼에도 불구하고 그는 3장 6구의 기본 형식은 유지하였다. 가람의 시조에서 복잡미묘한 자아를 내세우지 않은 점도 이러한 형식적 선

택에서 말미암는다. 둘째, 현대시는 모순적 세계에 대한 자아의 고뇌나 비판의
식을 담아내려는 경향성을 지닌다. 이러한 경향성 때문에 미적 태도의 측면에
서 현대시는 그로테스크한 특성마저 포괄할 정도이다. 그러나 가람의 시조는
모순적인 세계를 비판하는 주체를 내세우기보다 미적 완전체로서의 대상을 완
상하는 주체를 내세움으로써 현대시의 편향성을 보완하고자 하였다.

이러한 독자성을 보여 주는 대표작이 바로 〈난초〉(1939) 연작들이다. 〈난
초 4〉에서 시적 대상인 '난초'는 '빼어난, 굳은,* 보드롭'은 속성을 지니고 있다.
줄기는 신비한 자줏빛을 띠고 있고 꽃은 하얀 빛이어서 환상적인 빛의 대조미
를 낳는다. 범상한 '이슬'마저 난초와 만나 '구슬'이 된다. 이러한 완벽한 형상
을 지닐 수 있는 것은 난초가 본디부터 깨끗함, 정결함을 추구하는 존재이며 티
끌마저도 거부하는 순결한 존재이기 때문이다. 이렇듯 가람에게 난초는 완벽함
그 자체를 갖춘 대상이다. 그래서 가람은 난초를 통해 인간으로서의 완성을 지
향하는 삶을 표상하려 하였고, 그러한 삶에 대한 자신의 의지를 표상하고자 하
였다(김윤식, 1995; 유성호, 2012). 이러한 인식이 〈난초 2〉에서는 가람과 난초를
연인 관계에 놓여 있는 듯이 형상화한다.

새로 난 난초 닢을 바람이 휘젓는다.
깊이 잠이나 들어 모르면 모르려니와
눈 뜨고 꺾이는 양을 참아 어찌 보리아.

산듯한 아츰 볕이 발 틈에 비쳐 들고
난초 향긔는 물미듯 밀어 오다.
잠신들 이 곁을 두고 참아 어찌 뜨리아.

....

* 　발표 당시에는 '조는'이었으나, 《가람시조집》(1939)부터 '굳은'으로 바뀌었다.

가람은 난초의 곁을 '잠신들' 뜰 수 없고 한시라도 보지 않으면 안 되며, 다른 무엇으로부터도 상처받지 않도록 서로를 돌보고 위로하고자 한다. 난초와 일체적 관계를 맺고 있는 모습은 〈난초 3〉으로도 이어진다. 그런데 〈난초 3〉에서는 가람과 난초 사이에 '책'이 존재한다.

> 오날도 온종일 두고 비는 줄줄 나린다.
> 꽃이 지든 찬초 다시 한대 피어 나며
> 고적한 나의 마음을 저기 위로 하여라.
>
> 나도 저를 못 잊거니 저도 나를 따르는지
> 외로 돌아앉어 책을 앞에 놓아 두고
> 장장張張히 넘길 때마다 향을 또한 일어라.

책이란 무엇인가? 가람은 〈서권기〉(1939)에서 추사 김정희의 빼어난 예술적 성취가 서권기(書卷氣)로부터 가능했음을 설명하면서 책의 중요성을 강조한다. 즉 '서권기란 독서의 힘이요, 교양의 힘이다. 이것이 어찌 서도(書道)에뿐이리오. 문장에서도 없을 수 없다. 위대한 천재는 위대한 서권기를 흡수하여서 발휘'된다고 말한다. 이처럼 책의 중요성을 인식하고 있는 가람은 책을 읽으며 책장을 넘길 때마다 난초 향을 맡는다. 책에서 읽는 것은 글자가 아니라 난초의 향과 같은 무엇이다. 책을 읽는다는 행위는 난초를 닮아 가는 행위이다. 책을 읽음으로써 무엇인가 되어야 한다면 그것은 바로 난초여야 한다.

여기서 가람이 책을 넘어서는 모습을 발견할 수 있다. 책은 글자들의 연쇄물이 아니라 인류 기억의 구조물이고, 과거와 현재 그리고 미래가 공존하는 공간이며, 무엇보다 인간다움에 대한 방향성을 담고 있는 숭고한 존재물이다. 그러나 가람에게 책은 겨우 인간의 제작품에 불과하다. 그것은 자연이라는 완전체에 대한 복제품에 지나지 않는다. 책은 자연으로서의 난초를 만나는 길에 길잡이 역할을 할 뿐이다. 그러니 책을 지나 난초로 가야 한다. 이 일체의 정신주의적 지향 의식을 형상화하고 있는 작품이 바로 〈난초〉 연작들인 것이다. 〈난초〉 연작 첫머리에 놓인 〈난초 1〉을 살펴보자.

> 한 손에 책을 들고 조오다 선뜻 깨니
> 드든 볕 비껴 가고 서늘바람 일어 오고
> 난초는 두어 봉오리 바야흐로 벌어라.

가람이 책을 들고 잠들었다 비몽사몽간에 선뜻 깨어 처음 바라본 것이 두어 봉오리 난초 꽃의 개화인 것도 우연이 아니다. 이 황홀한 풍경은 그저 아름다운 풍경의 묘사가 아니라, 인간으로서의 완성을 지향하는 삶의 형상 그 자체인 것이다. 가람의 시조, 특히 〈난초〉 연작들이 이처럼 완벽함 그 자체에 대한 묘사, 그것에 대한 지향 의식으로 일관하고 있다는 점에서 복잡한 현대시와의 차별점이 확연하게 드러난다. 가람의 시조에서 세계의 복잡성과 모순성은 '미진도 가까이 않고'라는 표현에 의해 절연되어 있을 뿐이다.

언뜻 생각해 보면 이러한 단순한 완벽함 때문에 가람의 시조는 현대시가 아닌 듯하다. 그러나 복잡미묘한 내면의 존재들, 모순적이고 억압적인 세계에 억눌리거나 그것에 맞서려는 존재들로 가득한 현대시들이 놓치고 있는 미적 세계를 독자적으로 추구하고 있다는 점에서 가람의 시조는 또 다른 현대시라 볼 수 있다. 내면의 복잡성, 세계의 모순성을 보여 주는 현대시들은 독자들에게 순수한 아름다움을 맛볼 기회를 주지 못하는 경우가 많다. 이러한 편향성과 대비하여 볼 때 가람의 '난초'들은 아름다운 대상 그 자체에 대한 미적 완상의 기회를 온전히 마련해 준다. 바로 이 점에서 가람 시조의 독보적 가치를 평가하지 않을 수 없다.

| 남민우

....
참고문헌

가람 이병기 전집 간행위원회 편(2017), 《가람 이병기 전집 1: 시조》, 전북대학교출판문화원.

김용직(1996), 「서정의 주류화와 풍류의 미학: 가람 이병기」, 『한국근대시사 下』, 학연사.

김윤식(1995), 「난(蘭)과 예도(藝道)」, 『한국근대문학사상비판』, 일지사.

유성호(2012), 「가람, 시조, 문장」, 『비평문학』 45, 한국비평문학회, 369-392.

이경애(2017), 「《가람 이병기 전집》 간행을 위한 자료 정리 및 가람학 정립의 방향 연구」, 『국어문학』 64, 국어문학회, 243-279.

이병기(1932), 「시조는 혁신하자」, 『동아일보』, 1932. 1. 23.-1932. 2. 4.

이병기(1939), 〈서권기〉, 《문장》 1(11).

정주아(2019), 「한글의 텍스트성(textuality)과 '읽는 시조': 가람 이병기의 한글운동과 시조혁신운동」, 『어문연구』 47(4), 한국어문교육연구회, 251-274.

정지용(1939), 〈발(跋)〉, 《가람시조집》, 문장사.

최원식(2012), 「고전비평의 탄생: 가람 이병기의 문학사적·지성사적 위치」, 『민족문학사연구』 49, 민족문학사학회·민족문학사연구소, 66-81.

승무

조지훈

얇은 사紗 하이얀 고깔은
고이 접어서 나빌네라.

파르라니 깎은 머리
박사薄紗 고깔에 감추오고

두 볼에 흐르는 빛이
정작으로 고아서 서러워라.

빈 대臺에 황촉黃燭불이 말없이 녹는 밤에
오동잎 잎새마다 달이 지는데

소매는 길어서 하늘은 넓고
돌아설 듯 날아가며 사뿐이 접어올린 외씨보선이여.

까만 눈동자 살포시 들어
먼 하늘 한 개 별빛에 모도우고

복사꽃 고운 뺨에 아롱질 듯 두 방울이야

세사에 시달려도 번뇌는 별빛이라.

휘여져 감기우고 다시 접어 뻗는 손이

깊은 마음속 거룩한 합장合掌인양하고

이 밤사 귀또리도 지새는 삼경三更인데

얇은 사紗 하이얀 고깔은 고이 접어서 나빌네라.

출처 《조지훈전집》(1973)   **첫 발표** 《문장》(1939. 12)

....

조지훈 趙芝薰 (1920~1968)

명문 유가의 후예로 태어나 고고한 지사로서의 삶을 살았던 시인이자 논객이며 학인(學人)이었다. 종군 기자로 참전할 정도로 현실에 대한 참여의식이 있었으며 전통문화에도 관심을 두어 동양적 미를 구현해 내고자 노력하였다. 이러한 의식은 그의 작품 속에서 역사성, 서정성, 전통성 등의 다양한 양상으로 나타난다.

....

고아한 이미지, 넘치는 서정

현대시의 특성 중 하나는 시어의 반복이다. 단어 차원에서 반복하기도 하고 시구를 반복하기도 하며 연을 반복하기도 한다. 특히 시의 첫 연과 마지막 연에 같은 시어를 제시함으로써 독특한 의미를 구성해 내는 수미상관 형식을 자주 발견할 수 있다. 조지훈의 〈승무〉에서도 이러한 형식적 특성이 발견된다.

그런데 동일한 시구인 '얇은 사(紗) 하이얀 고깔은 고이 접어서 나빌네라.'는 1연과 마지막 9연에서 각각 다른 의미로 해석이 가능하다. 1연에서는 춤추려는 찰나의 고요한 모습을 나타내면서, 춤추는 이의 몸동작을 끌어내기 위해 관중의 시선이 응집되는 숨 막히는 순간이 형상화되어 있다. 그런데 마지막 연에서는 한밤중이라는 시간적 배경을 표현하는 데 기여한다. 이러한 해석이 가능한 이유는 시어의 배치와 관련이 있다. 1연의 시어는 뒤에 이어지는 연들의 춤사위와 밀접한 연관을 맺고 있고, 마지막 연의 시어는 "이밤사 귀또리도 지새는 삼경인데"라는 시간적 배경을 지칭하는 시어 바로 뒤에서 시 전체의 시상을 마무리하는 데 활용되고 있기 때문이다. 이러한 차이는 동일한 의미의 시어라도 어느 자리에 배치하느냐에 따라 의미 자질이 달라짐을 보여 준다. 이 외에도 반복적인 시어의 배치로 승무를 추는 이의 나비처럼 가벼운 춤사위가 강조되는 효과가 관찰된다.

한편, 몸의 움직임에 초점을 둔 이 시에는 시각적 이미지가 곳곳에 배치되어 있다. 그러나 이를 통해 역동적인 움직임을 표현하기보다는, 고아하고 정적인 이미지를 형상화함으로써 춤추는 이의 경건하고 우아한 자태를 그린다. 먼저 1연의 '하이얀 고깔'은 '나비'의 이미지와 함께 승무를 추는 이의 세속을 초월한 깨끗함을 그려 내고 있다. 그리고 2연의 파르스름한 머리와 3연의 상기된 볼을 통해서는 춤추는 이의 신비롭고 긴장된 모습을 표현한다. 인간 육체의 신비로운 아름다움을 드러내는 이 두 연은 세속적인 관능이 아닌 성스러운 관능을 묘사하는 데 성공했다 할 만하다. 4연의 촛불이 타는 모습과 잎새에 비친 달빛은 달이 뜬 밤이라는 시공간적 배경을 묘사한다. 춤추는 이의 구체적인 춤사위는 5연과 8연에 제시된다. 5연에서는 긴 소매와 외씨보선이 하늘 아래에서 선을 그리며 움직이는 모습을 통해 승무의 날아갈 듯한 동작을, 8연에서는 합장과 같은 성스러운 손의 움직임이 '까만 눈동자', '별빛' 등의 이미지와 결합하여 고요한 움직임과 움직일 듯 정지하는 순간의 이미지를 표현하고 있다.

조지훈은 이 시를 통해 단순히 춤추는 이의 모습을 그려 낼 뿐만 아니라 종교적이고 추상적인 관념인 '번뇌'를 구체적인 이미지를 통해 그려 내고 있다. 시인은 인간의 진실성을 상징하는 '까만 눈동자'와 그것의 성스러운 지향, 끊임없는 구도(求道)를 의미하는 하늘, 그리고 그 속에서 반짝이는 '별빛'이라는 이미지와 함께, 순진무구한 정신을 표상하는 '고운 뺨'과 그 위에 흐르는 '두 방울의 눈물', 또 그 눈물 속에 담긴 '별빛'의 이미지를 조합하여 '별빛 = 번뇌'라는 의미를 완성해 내고 있다. 여러 시적 대상들이 지닌 각각의 이미지를 탁월하게 결합하여 작품 속에서 일정한 의미를 부여한 것이다. 〈승무〉의 이러한 표현 방식으로 인해 우리는 이 작품을 읽으면서 다양한 정서적 감응을 느끼게 된다. 정확하게 무어라 규정할 수 없는 서정이 작품 안에서 여러 이미지와 함께 넘쳐흐르는 것이다.

민속 제재의 시화, 조국애의 표출

이 작품이 쓰인 시기가 일제강점기였다는 사실을 감안하여 민족성과 역사주의의 관점에서 〈승무〉를 해석하는 경우도 종종 있다. 낭만적 아이러니라는 전문적인 용어를 구태여 결합하지 않더라도, 고고한 성품과 선비적 기질을 지녔던 조지훈이 역사 앞에서 우아한 흥취를 드러내는 데만 집중하지는 않았으리라는 시각과 연결되는 해석이기도 하다.

이러한 관점에서 시를 읽으면 앞의 설명과는 다른 차원에서 시어를 해석할 수 있다. 우선 시의 중심적인 제재인 '승무'부터가 민족적이고 전통적인 우리 문화의 일부이다. 소재 선택 자체가 의미심장하다는 것이다. "정작으로 고아서 서러워라"에서 볼 수 있듯 시에 흐르는 정서가 서러움으로 표상되는 것도 일제강점기 우리 민족의 정서를 대변하는 것으로 볼 수 있다. 또한 민속 춤의 아름다움을 묘사하는 것 같지만, 언뜻언뜻 보이는 "세사에 시달려도", "깊은 마음속 거룩한 합장"과 같은 고백에서는 당대를 살아가고 있는 지식인의 진심을 읽어 낼 수 있다.

조지훈이 어떤 인물인가. 부정부패가 만연하고 폭력이 난무하던 자유당 말기에 지조론을 주장하고, 살아 있는 사람의 송시는 쓰지 않겠다며 이승만의 대통령 취임 송시를 거부했던 인물 아닌가. 그런 올곧은 성품이 이 시의 고고한 아름다움 속에도 면면히 흐르고 있을 것이다. 표현론과 반영론이라는 두 관점을 모두 투영하여 이 작품을 읽으면 표층적 차원만이 아닌 다양한 시각에서 작품을 해석하는 것이 가능하다.

어느 한 편에 서서 자신의 주장을 관철하는 데 집중하지 않고 선비적 기질로 공명정대한 세상과 인간성이 우선시되는 세상을 꿈꾸었던 조지훈. 그라면 일제강점기에 쓴 이 시에도 나라를 걱정하고 사랑하는 마음을 충만하게 반영했을 것이다. 그런 관점에서 보면 승무를 추는 이의 아름답고 애처로운 모습은 위기에 처한 조국의 현실을 슬퍼하는 시적 인물의 모습에 비견될 수 있다. 그리고 귀뚜라미가 우는 깊은 밤에 승무를 추며 별빛 아래에서 거룩한 합장을 하는 것 역시 조국의 해방을 기원하는 화자의 간절한 염원을 표현한 것으로 읽을 수 있다.

▌ 그림과 시의 콜라보, 〈승무〉

조지훈은 「시 '승무(僧舞)'의 시작 과정」(1996)이라는 산문에서 창작과 관련된 일화를 소개하고 있다. 그는 자신의 시가 "구상한 지 열한 달, 집필한 지 일곱 달 만에 겨우 이루어졌다"고 밝혔다. 용주사에서의 춤과 김은호의 〈승무도〉라는 그림을 본 뒤 두 이미지를 조합하여 시를 써 보려 했다는 것이다. 마음먹은 대로 써지지 않다가 작품을 완성할 수 있게 된 것은 구왕궁(舊王宮) 아악부에서 〈영산회상(靈山會上)〉의 한 가락을 듣고 난 다음이었다고 한다. 즉, 춤과 그림을 본 후 음악에서 영감을 얻어 세 가지 예술 장르의 이미지를 조합해 한 편의 작품을 완성한 것이다.

용주사의 춤과 김은호의 그림만으로는 시를 완성하지 못했다고 조지훈은 고백하고 있지만, 김은호의 〈승무도〉는 조지훈의 작품을 이해하는 데 많은 도움을

김은호의 〈미인승무도〉

준다. 그림 속 이미지와 시 텍스트 속 이미지가 상관관계를 지니고 있기 때문이다. 그러므로 예술의 상호텍스트적 성격에 주목하며 김은호의 그림에 나타난 이미지와 조지훈의 이 시에 나타난 이미지를 비교하면서 작품에 대한 이해를 확장해 보고자 한다.

조지훈이 작품의 창작 배경으로 지목한 김은호의 〈승무도〉가 어떤 작품인지 명확하게 파악하기란 어렵다. 다만 1939년 이전에 그려진 승무 관련 작품에서 그 흔적을 유추해 볼 수 있다. 1922년 조선총독부가 주최한 제1회 조선미술전람회에 김은호는 〈미인승무도〉라는 작품을 출품했다. 전람회 도록에도 실렸던 이 작품은 한동안 행방이 묘연했다가 한 미국인이 플로리다대학에 기증하였다고 한다. 이 그림에는 각각 흰 장삼과 검은 장삼을 입은 두 여승이 머리에 고깔을 쓰고 나무 아래에서 양팔을 움직이며 춤을 추는 모습이 담겨 있다. 그림 속의 춤사위는 길고 겹겹이 늘어지는 장삼 자락에서 알수 있듯이 느리고 정적이다. 두 여승은 동양적 정취가 물씬 풍겨 나오는 공간적 배경 속에서 넓게 펼쳐진 장삼 자락이 감싼 팔의 동작, 정결하고 맵시 있는 외씨보선 속의 발동작을 통해 승무의 유려한 춤 선을 빚어내고 있다.

그렇다면 조지훈은 승무의 어떤 이미지에 주목하였을까. 조지훈은 사흘 동안 퇴고에 퇴고를 거듭하고 나서야 겨우 시를 완성했다고 하는데, 이때 그가 유의한 사항은 다음과 같다.

먼저 초고에 있는 서두의 무대 묘사를 뒤로 미루고 직접적으로 춤추려는 찰나의 모습을 그릴 것. 그다음, 무대를 약간 보이고 다시 이어서 휘도는 춤의 곡절로 들어갈 것. 그다음, 움직이는 듯 정지하는 찰나의 명상의 정서를 그릴 것, 관능의 샘솟는 노출을 정화시킬 것. 그다음, 유장한 취타(吹打)에 따르는 의상의 선을 그리고, 마지막으로 춤과 음악이 그친 뒤 교교한 달빛과 동터오는 빛으로써 끝막을 것.

이 사항들이 작품에 모두 그대로 형상화된 것은 아니지만, 시인의 설명을 참고해 보면 시적 화자가 그려 내는 승무의 춤사위를 보다 쉽게 이해할 수 있다. '춤추려는 찰나의 모습', '다시 이어서 휘도는 춤', '찰나의 명상의 정서', '관능의 정화', '의상의 선', '교교한 달빛' 등의 이미지가 시에 잘 표현되어 있기 때문이다.

이처럼 시어 하나하나의 비유적 표현 외에도 그 시어를 선택하는 과정에 관여했던 그림의 이미지, 시인의 생각 등을 들여다보면 시에 대한 이해의 폭을 넓힐 수 있다. "파르라니 깎은 머리", "복사꽃 고운 뺨"이 여인의 관능적 아름다움이 아닌 신비롭고 종교적인 성스러움을 지니는 것으로 읽히는 이유도 바로 이러한 배경지식의 영향이 아닐는지.

| 유영희

참고문헌

조지훈(1996), 「시 '승무'의 시작 과정」, 『시의 원리』, 나남.
조지훈전집편찬위원회 편(1973), 《조지훈전집》, 일지사.

바다와 나비

김기림

아모도 그에게 수심水深을 일러 준 일이 없기에
힌 나비는 도모지 바다가 무섭지 않다.

청靑무우밭인가 해서 나려 갔다가는
어린 날개가 물결에 저러서
공주公主처럼 지쳐서 도라온다.

삼월달 바다가 꽃이 피지 않어서 서거푼
나비 허리에 새파란 초생달이 시리다.

출처《김기림 전집 1 : 시》(1988)　**첫 발표**《여성》(1939. 4)

김기림 金起林 (1908 ~)
함경북도 학성 출생. 니혼(日本)대학 졸업 후 귀국하여 조선일보 기자 생활을 하면서 작품 활동을 시작했다. 1933년에 구인회 멤버로서 당대 모더니즘의 대표 주자로 활동했다. 해방 후 조선문학가동맹에 가담하였으며, 한국전쟁 당시 납북된 것으로 알려져 있다. 시인이자 비평가, 문학이론가로 활동했으며, 시집으로 《기상도》(1936), 《태양의 풍속》(1939), 《바다와 나비》(1946), 수필집으로 《바다와 육체》(1948), 비평 및 이론서로 《문학개론》(1946), 《시론》(1947), 《시의 이해》(1950) 등이 있다.

┃ '바다'를 '청무우밭'으로 생각한 흰나비

푸른 바다 위를 흰나비 한 마리가 날고 있다. 그런데 이런 장면을 일상생활에서는 마주하기 어려울 것이다. 꽃을 좋아하는 나비는 주로 꽃잎에 앉아 꿀을 먹거나 풀밭이나 들판 이곳저곳을 날아다니며 먹이를 찾는다. 그런데 꽃 한 송이 피지 않은 광대한 바다에 흰나비가 등장했다. 흰나비의 관점에서 보면 이제까지 보지 못했던 새로운 세상이 펼쳐진 것이다. 하지만 나비는 두려워하지 않는다. 푸른 바다가 자신이 자주 보았던 '청무우밭'과 비슷하다고 생각했기 때문이다. 아무도 나비에게 바다가 어떤 곳인지, 얼마나 깊은지 알려 준 적이 없기에 나비는 '청무우밭'이려니 하면서 용감하게 바다로 돌진한다. 그런데, 아차! '청무우밭'이 아니었다. 하지만 이미 때는 늦었다. 몸은 벌써 바닷물을 스쳤고, 얇고 가냘픈 날개는 짠 바닷물에 닿고 말았다. 바다를 향해 돌진하던 에너지는 소진되고 바닷물에 절은 날개를 끌고 지친 모습으로 돌아가는 나비의 좌절이 클로즈업된다. 바닷물에 '젖었다'는 표현보다 '절었다'("물결에 저려서")는 표현에서 바다의 짠 소금물이 배어들어 날개가 축 늘어진 나비의 모습이 더 애처롭게 느껴진다.

┃ 초승달이 뜬 서쪽 하늘을 낮게 날아오르는 흰나비

3월이면 아직은 추운 날씨다. 저녁 즈음 바닷물을 스치듯 막 빠져나온 흰나비가 초승달이 뜬 서쪽 하늘로 낮게 날아오르고 있다. 나비가 좋아하는 꽃이라도 피어 있었으면 지친 몸을 잠시라도 쉴 수 있으련만, 드넓은 바다 어디에도 나비가 쉴 곳은 없다. 초승달은 음력 초사흗날 저녁 서쪽 하늘에 낮게 뜨는 눈썹 모양의 달이다. 밝고 환하고 둥근 보름달이었다면 공주처럼 지쳐 돌아오는 흰나비를 따뜻하게 보듬어 주었을지도 모른다. 그러나 새파란 초승달이 작고 가녀린 흰

나비의 허리에 걸쳐진 것처럼 보인다. 새파란 초승달이 떴을 리는 없다. 눈썹 모양의 초승달이 어두워져 가는 저녁 바다 위로 낮게 떠 있어, 그 바다 색깔에 동화된 듯 보였을 것이다. 또한 추운 날씨에 바라본 저녁 하늘의 날카로운 초승달에서 쉽게 서늘한 냉기를 느꼈을 것이다. 나비가 느꼈을 서늘한 냉기가 독자에게도 그대로 전해지는 순간이다. 바닷물에 날개가 절어서 지쳐 돌아오는 나비의 허리에 새파란 초승달이 걸쳐진 것은, 온기 하나 없는 냉혹한 현실에 흰나비가 내던져졌음을 의미한다. 나비의 흰색 이미지가 바다와 초승달의 파란색 이미지와 선명하게 대조되면서 나비의 좌절과 절망이 더욱 강렬하게 다가온다.

푸른 바다를 만난 흰 나비의 좌절

이 시에는 부연이 없다. 마치 화자가 방금 눈앞에서 본 장면을 그대로 말하는 듯한 느낌이 들 정도로 바다와 나비의 이미지가 선명하게 부각되고 있다. 수다스럽지도 않다. 나비의 좌절과 절망이 시리게 저며 오지만 힘들다고, 고통스럽다고 외치지 않는다. 흰나비가 바다로 돌진하는 장면, 바닷물에 절은 날개로 가까스로 날아오르는 장면, 흰나비 허리에 새파란 초승달이 걸쳐진 장면만이 이미지화되어 있다. 마치 한 폭의 그림 같다. 푸른 바다와 흰나비의 선명한 대조는 푸른색과 흰색의 시각적 대비를 부각할 뿐만 아니라, 광대한 낯선 세계로 돌진하는 가냘픈 주체가 필연적으로 마주하게 될 절망과 좌절을 선명하게 각인시키는 역할을 한다.

흰나비와 연관되는 '어린 날개', '공주처럼 지쳐서', '서거픈(서글픈)' 등의 표현은 나비가 세상 물정을 잘 모르는 순진하면서도 여린 존재임을 나타낸다. 이에 비해 푸르고 시린 바다는 이제까지 나비가 만나 보지 못한 새로운 세계인 동시에, 순진하면서도 여린 나비를 품어 주기에는 너무나도 냉혹한 세계이다. 흰나비는 바다를 열망한다. 비록 '청무우밭'으로 잘못 알기는 했지만 바다는 흰

나비가 가 보고 싶고 앉아 보고 싶은 세계였다. 그런데 그 열망을 향한 도전이 시작되자, 열망은 좌절로 바뀌어 버렸다. 이 시는 새로운 세계에 대한 열망과 도전, 그리고 그 도전이 실패하는 데서 오는 좌절과 절망을 그린 것으로 읽을 수 있다. "새로운 세계를 추구하는 자가 필연적으로 마주치게 되는 운명적 절망감"(이숭원, 2008: 199)을 감각적으로 표현하고 있다는 해석이 가능한 것이다.

▌〈바다와 나비〉에 대한 또 다른 시각

이 시를 일제강점기에 현해탄을 건너 일본 유학을 다녀왔던 지식인들의 좌절을 그린 작품으로 해석하기도 한다. 바다를 향해 돌진했지만 지쳐 돌아올 수밖에 없었던 흰나비를 일제강점기 지식인으로 보는 해석을 들 수 있다. 일제강점기의 상황을 바다로, 냉혹한 현실에 맞서는 시적 자아를 나비로 파악하는 것이다(윤여탁, 2008: 339).

한편, 김기림의 개인사와 밀접하게 관련지어 해석하기도 한다. 니혼(日本)대학 문학예술과를 졸업한 후 『조선일보』 기자로 활동하던 김기림은 1936년 그의 나이 29세에 본격적인 문학 연구를 위해 다시 일본으로 유학을 떠난다. 이후 일본의 도호쿠(東北)제국대학 영문과를 졸업하고 1939년 3월에 귀국했는데, 바로 같은 해 4월에 〈바다와 나비〉를 발표했다. 이숭원(2008: 95-98)은 유학을 마치고 현해탄을 건너 돌아오는 김기림의 눈에 초승달이 비쳤을 것이고, 거기서 새파란 초승달 아래 바다를 날아가는 나비의 애처로운 모습이 연상되었을 것이라고 보았다. 문학을 더 공부하고 싶어 재차 일본 유학을 감행했지만 소기 목적한 바를 이루기보다는 자신의 한계를 느끼면서 귀국길에 올랐을 것이며, 그러한 심정이 〈바다와 나비〉에 표현되었다고 본 것이다. 그리하여 "작품 속의 나비는 실제의 나비가 아니라 김기림 자신을 비유한 것"이며, "바다와 나비의 관계를 통하여 새로운 세계에 뛰어들었던 자신의 모습을 나타내고자 한 것"(이숭원,

2008: 96)으로 이 시를 해석한다.

┃ '힌 나비'를 위하여

바다와 나비의 관계를 부정적으로만 읽을 필요는 없을 듯하다. 흰나비는 세상을 잘 모르는 어리고 순진한 존재이지만 오히려 그렇기에 드넓은 세상에 쉽게 도전할 수 있는 주체이기도 하다. 수심을 잘 모르기에, 광활한 바다를 '청무우밭'으로 생각했기에, 바다로 뛰어드는 도전이 가능했을 것이다. 바다를 '청무우밭'으로 생각한 것은 나비의 착각일 수도 있지만 바다에 대한 나비의 새로운 해석이자 나비의 지평(관점)에 따른 해석의 결과이기도 하다. 우리는 때때로 익숙한 세계가 아닌 새롭고 낯선 세계와 만난다. 그리고 그 세계를 회피할 것인가 아니면 도전할 것인가를 결정해야 하는 과제에 필연적으로 맞닥뜨린다. 나비는 낯선 세계를 피하지 않고 자신의 지평을 바탕으로 낯선 세계와 교류하고자 했다. 물론 교류의 결과는 좌절로 끝났고, 열망의 크기만큼 좌절도 컸을 것이다. 세상은 냉혹하다. 그 결과가 가져온 삶의 무게는 오롯이 자기 혼자 짊어져야 한다. 자신의 허리에 시리게 저며 오는 새파란 초승달의 무게를 견뎌 내야 하는 것이다. 그래도 나비가 바닷물에 날개를 적시고도 곧바로 날아오를 수 있었으니 천만다행이다. 바닷물에 몸이 완전히 빠지지 않은 채 빠져나올 수 있었으니. 열망을 뒤덮은 좌절을 어떻게 자신의 몫으로 만들며 성장할 것인가, 그것은 온전히 흰나비의 몫이다.　　┃ 최미숙

참고문헌

김학동·김세환 편(1988), 《김기림 전집 1: 시》, 심설당.
윤여탁(2008), 「김기림」, 근대문학 100년 연구총서 편찬위원회, 『약전으로 읽는 문학사 1: 해방 전』, 소명출판.
이숭원(2008), 『김기림』, 한길사.

전라도 가시내

이용악

알룩조개에 입 맞추며 자랐나
눈이 바다처럼 푸를 뿐더러 까무스레한 네 얼굴
가시내*야
나는 발을 얼구며*
무쇠 다리를 건너온 함경도 사내

바람소리도 호개*도 인전 무섭지 않다만
어두운 등불 밑 안개처럼 자욱한 시름을 달게 마시련다만
어디서 흉참한 기별이 뛰어들 것만 같애
두터운 벽도 이웃도 못 미더운 북간도 술막

온갖 방자의 말을 품고 왔다
눈포래*를 뚫고 왔다
가시내야
너의 가슴 그늘진 숲속을 기어간 오솔길을 나는 헤매이자
술을 부어 남실남실 술을 따르어
가난한 이야기에 고히 잠거다오

네 두만강을 건너왔다는 석 달 전이면

단풍이 물들어 천 리 천 리 또 천 리 산마다 불탔을 겐데

그래도 외로워서 슬퍼서 초마*폭으로 얼굴을 가렸더냐

두 낮 두 밤을 두루미처럼 울어 울어

불술기* 구름 속을 달리는 양 유리창이 흐리더냐

차알삭 부서지는 파도소리에 취한 듯

때로 싸늘한 웃음이 소리 없이 새기는 보조개

가시내야

울 듯 울 듯 울지 않는 전라도 가시내야

두어 마디 너의 사투리로 때아닌 봄을 불러줄게

손때 수집은 분홍 댕기 휘휘 날리며

잠깐 너의 나라로 돌아가거라

이윽고 얼음길이 밝으면

나는 눈포래 휘감아 치는 벌판에 우줄우줄* 나설 게다

노래도 없이 사라질 게다

자욱도 없이 사라질 게다

출처 《이용악 시전집》(2018)　**첫 발표** 《시학》(1939. 8)

* 가시내: '계집아이'의 방언.　　*얼구며: '얼리며'의 방언.
* 호개: '호랑이'의 방언.　　*눈포래: '눈보라'의 방언.
* 초마: '치마'의 방언.　　*불술기: '기차'의 방언.
* 우줄우줄: 몸이 큰 사람이나 짐승이 가볍게 율동적으로 자꾸 움직이는 모양.

이용악 李庸岳 (1914~1971)

함경북도 경성 출생. 1935년 3월 〈패배자의 소원〉을 발표하면서 작품활동을 시작했으며, 시집 《분
수령》(1937), 《낡은 집》(1938), 《오랑캐꽃》(1947)을 간행하였다. 집안 대대로 이어진 가난, 고학, 노동,
생활인으로서의 고달픈 삶 등 개인적 체험을 바탕으로 많은 시를 창작했다. 그러한 개인적 체험을 일
제강점기 유이민의 참담한 삶으로 녹여 내어 보편성을 획득했다는 점에서 높이 평가받는다.

▎ 북간도에서 만난 전라도 가시내와 함경도 사내

이용악 시인은 우리나라 최북단 북방 지역에 뿌리를 두고 살아가는 민중
의 삶을 주로 노래했다. 함경북도 경성에서 태어난 그는 북방 지역 민중의 삶,
만주와 러시아를 떠돌며 살아야 했던 일제강점기 유이민의 삶과 정서를 누구
보다 가까이서 노래한 시인이다. 〈전라도 가시내〉도 이러한 맥락에서 읽을 수
있다.

1연에서 화자인 '나'는 얼룩조개에 입을 맞추며 자라 눈이 바다처럼 푸르고
얼굴은 까무스레한 전라도 가시내에게 말을 건네고 있다. '나'는 함경도에서 살
다가 추위에 동상을 입은 발을 끌고 압록강 철교('무쇠다리')를 건너 먼 이국땅
북간도에 온 사내이다. 함경도 사내인 '나'가, 전라도 가시내인 '너'를 청자로 삼
아 말을 건네고 있다. 한반도의 남쪽 끝과 북쪽 끝, 평생 한 번 가 보기 어려울
정도로 멀리 떨어진 전라도와 함경도의 가시내와 사내가 어떤 연유로 만나 대
화를 나누게 되었을까.

2연에서 전라도 가시내와 함경도 사내가 만난 곳은 북간도의 어느 술막이
다. 술막이란 밥과 술을 파는 곳으로, 먼 길 가던 나그네가 하룻밤 잠을 청할 수
있는 곳이기도 하다. 하룻밤 묵기 위해 들른 술막에서 함경도 사내가 전라도 가
시내를 만난 것이다. 그런데 이 술막은 불길하면서도 두려운 공간이다. 북간도
에서 살아가는 화자에게 살을 엘 듯 추운 바람 소리나 호랑이도 이제는 무섭지

않다. 어두운 등불 밑 안개처럼 자욱하게 깔린 시름도 이제는 기꺼이 받아들일 수 있다. 고향을 떠나 낯선 이국땅에서 살기 위해서는 그 정도 시름은 견뎌야 한다는 것을 알고 있다. 하지만 낯선 사람들이 오가며 묵는 북간도 술막은 어디선가 불시에 흉악하고 참혹한 소식이 들려올 것만 같은 공간이다. 벽을 두껍게 해도 미덥지 않으며 이웃조차도 믿을 수 없는 곳이다. 밥과 술과 잠을 청할 수 있는 곳이지만, 동시에 정체를 숨긴 낯선 이들과도 부대껴야 하는 공간이기 때문이다. 이런 술막에서 함경도 사내 '나'가 전라도 가시내 '너'를 만났다.

가난한 민중에 대한 연민과 연대감

3연과 4연에서 전라도 가시내의 사연을 들을 수 있다. '사내'는 어려워하거나 조심스러워 하기보다 "온갖 방자의 말을 품고" 세찬 눈보라를 이겨 내면서 여기까지 왔다. 그리고 '가시내'는 북간도 술막에서 "술을 부어 남실남실 술을 따르"는 일을 하고 있다. 화자는 먼 이국땅에서 고국의 동포를 만났기에 무척 반가웠을 것이다. 그들은 함께 술을 마시며 가난한 고향 이야기를 나눈다. 가난했던 그녀는 석 달 전 전라도에서 두만강을 건너 이곳 북간도로 왔다. 석 달 전이면 우리나라 삼천리("천 리 천 리 또 천 리") 강산이 가을 단풍으로 불타올랐을 때이다. 그러나 '가시내'는 외로움과 슬픔에 싸여 치마폭으로 얼굴을 가리느라 그 단풍도 제대로 보지도 못한 채 고향을 떠났을 것이다. 또 마치 기차가 구름 속을 달리는 듯 유리창 밖이 흐리게 보일 정도로 "두 낮 두 밤을 두루미처럼" 울며 울며 이곳으로 왔을 것이다.

전라도 가시내가 북간도에서 낯설고 두렵고 외롭고 서러운 삶을 살고 있다는 것은 5연에서 알 수 있다. 때로 얼굴에 싸늘한 웃음을 짓기도 하지만 "울 듯 울 듯 울지 않는"다. 힘들지만 그 고통을 어떻게든 이겨 내겠다는 의지의 표현이다. '너'가 어떤 슬픈 사연을 갖고 북간도 술막까지 왔는지는 모르지만, 함경도 사내는 그 사연 또한 자신이 국경을 넘을 수밖에 없었던 이유와 크게 다르지 않을 것이라고 생각했을 것이다. '나'는 같은 민족으로서 고향을 떠나 먼 이국땅에서 힘들게 살아가는 '너'에게서 동병상련을 느낀다. 그런 마음은 "너의 가슴 그늘진 숲속을 기어간 오솔길을 나는 헤매이자", "두어 마디 너의 사투리로 때 아닌 봄을 불러줄게"라는 표현에 잘 드러나 있다. 그것은 단순한 동정이나 슬픔의 표현이 아니다. 고향을 떠나 타국에서 살아가는 이에게 들려주는 "너의 사투리"는 고향을 느낄 수 있게 해 주는 중요한 매개이다. 이 추운 겨울을 이겨 내고 맞이하게 될 따뜻한 봄의 노래를 "너의 사투리"로 불러 줄 테니 잠깐이나마 너의 나라로 돌아가라는 것은 '너'에 대한 연민과 연대감의 표현이다.

▌ 눈보라 세차게 휘감아 치는 벌판으로 나서다

5연까지 전라도 가시내에게 화자의 시선이 머물고 있었다면 6연에서는 "나는"이라는 주어와 '-ㄹ 게다'라는 표현을 통해 화자 자신의 의지를 드러내고 있다. 술막에서 하룻밤을 묵은 화자는 해가 뜨면 그곳을 떠나야 한다. "이윽고 얼음길이 밝으면" 화자는 눈보라가 세차게 휘감아 치는 '벌판'으로 나설 것이라고 한다. 날이 밝아도 '나'가 가야 할 길은 여전히 '얼음길,' 눈보라 세차게 휘감아 치는 '벌판'이다. 운명공동체로서 진한 연민과 연대감을 느꼈던 전라도 가시내와도 이별해야 한다. 이것은 단순한 이별을 말하는 것이 아니라, 동병상련과 연민이라는 감정에만 머물지 않겠다는 의지의 또 다른 표현이다. 노래에도 자국에도 연연하지 않고 사라지겠다는 표현에서 이를 알 수 있다. 그 '벌판'은 '너'에 대한 개인적인 감정을 넘어 나서야 하는 곳, 나아가 한 차원 높은 연대를 위한 시련과 고난이 기다리는 곳일 것이다.

과연 '나'가 무엇을 위하여 떠나는지 시에는 드러나 있지 않다. 다만, '얼음길', '눈포래 휘감아 치는 벌판'에 나서겠다는 표현에서 다가올 시련과 고난을 이미 알고 있지만 그것에 굴하지 않고 세찬 눈보라 속을 걸어가겠다는 '나'의 결연한 의지를 읽을 수 있다. '벌판'으로 나서는 행위는 자신이 불러 온 노래도, 이제까지 살아온 삶의 자국도 모두 사라질 것임을 전제로 하는 강한 의지의 표현이다. 이 점에서 "눈포래 휘감아 치는 벌판"은 이육사의 〈절정〉(1940)에 나온 "서릿발 칼날 진 그 위"와 비견되는 표현이다. 〈절정〉의 화자가 "서릿발 칼날 진 그 위"에 섰다면, 〈전라도 가시내〉의 화자는 '눈보라가 세차게 휘감아 치는 벌판'으로 나서고 있다. 지금 내딛는 걸음의 끝에서 무엇을 만날지는 아무도 모르며, 알 수도 없다. 하지만 화자는 감당하기 어려운 세찬 눈보라와 그것이 휘감아 치는 벌판을 피하는 것이 아니라 그 속으로 조금씩, 조금씩 '우줄우줄' 몸을 움직여 앞으로 나아가겠다고 한다.

마지막 연은 시 전편에서 매우 중요한 역할을 한다. 이 시를 사내가 가시내에게 품은 연정을 의미하는 것으로 읽기 어려운 이유가 바로 마지막 연에 있다. 마지막 연을 통해 '전라도 가시내'와 '함경도 사내'는 개별적인 유이민에 그치지 않고 일제강점기에 비극적인 삶을 살아가던 우리 민중을 대표하는 인물로 확장된다. 유이민들이 느꼈을 감정을 외로움과 슬픔에 머물지 않도록 하는 이유, 전라도 가시내를 바라보는 화자의 시선이 감상주의에 빠지지 않고 힘을 얻고 있는 이유가 바로 여기에 있다. "냉철한 현실주의자로 변모"한, "격동하는 역사적 현장의 한복판으로 결연히 내닫는"(윤영천, 2018: 487-488) 화자의 모습을 발견할 수 있기 때문이다.

▍왜 '전라도 가시내', '함경도 사내'일까

앞서 언급했듯 이 시는 전라도 가시내와 함경도 사내의 만남과 헤어짐이라는 단순한 의미 구조로 보기 어렵다. 그 이유는 화자인 '나'와 청자인 '너'의 인물 설정에 있다. '전라도 가시내'와 '함경도 사내'는 일제강점기의 가난과 굶주림에 지쳐 국경을 넘어 먼 이국땅에서 고단한 삶을 살아갔던 당대 우리 민중을 대표하는 인물이다. '나'와 '너'를 개별적인 이름이 아니라 가시내와 사내 앞에 각각 '전라도'와 '함경도'라는 지역명을 붙여 칭한 것, 그것도 한반도의 남쪽 끝과 북쪽 끝 지역을 택한 것은 그들이 당대 우리 민중의 삶을 대변하는 보편성을 띤 인물임을 드러내기 위한 장치로 볼 수 있다. 전라도 가시내와 함경도 사내를 통해 보여 준 고통스러운 삶은 전라도에서 함경도까지 한반도 전체를 아우르는 민중의 삶이었던 것이다. 그럼으로써 이 시를 통해 당대 "뿌리 뽑힌 식민지 고향 상실자들의 삶"(유종호, 2002: 219-220)의 표상을 볼 수 있으며, 또 바로 이런 점 때문에 "카프 계열의 시인들이 꾸준히 시도했으나 이렇다 할 문학적 성취로 이어지지 못했던 모티프가 이용악 시에 와서 성공적으로 구상화"(유종호, 2002: 220)되었다는 평가가 가능해진다.

| 최미숙

참고문헌

유종호(2002), 「식민지 현실의 서정적 재현: 이용악」, 『다시 읽는 한국 시인』, 문학동네.
윤영천(2018), 「민족시의 전진과 좌절」, 윤영천 책임편집, 《이용악 시전집》, 문학과지성사.
윤영천 책임편집(2018), 《이용악 시전집》, 문학과지성사.

추일서정

김광균

낙엽은 폴-란드 망명정부의 지폐

포화砲火에 이즈러진

도룬시市의 가을 하늘을 생각케 한다.

길은 한줄기 구겨진 넥타이처럼 풀어져

일광日光의 폭포 속으로 사라지고

조그만 담배 연기를 내어뿜으며

새로 두시의 급행차가 들을 달린다.

포플라나무의 근골筋骨 사이로

공장의 지붕은 흰 이빨을 들어내인채

한가닥 꾸부러진 철책이 바람에 나부끼고

그 우에 세로팡지紙로 만든 구름이 하나.

자욱-한 풀버레 소리 발길로 차며

호을로 황량한 생각 버릴 곳 없어

허공에 띄우는 돌팔매 하나.

기울어진 풍경의 장막帳幕 저쪽에

고독한 반원半圓을 긋고 잠기여 간다.

출처 《와사등: 김광균 시전집》(1977) **첫 발표** 《인문평론》(1940. 7)

김광균 金光均 (1914~1993)

대상을 회화적 이미지로 그려 내는 데 탁월한 재능을 발휘한 시인으로, 1930년대 모더니즘 시문학의 핵심 인물 중 한 사람이다. 감각적인 시어로 도시와 현대문명을 형상화하는 한편, 비애와 소외의식을 그 기저에 두었다. 한국전쟁 무렵에는 사업가로 변모하였다. 주요 시집으로 《와사등》(1939), 《기항지》(1947) 등이 있다.

▎현대의 서정

이 작품의 제목은 '가을날의 서정(抒情)'이다. 시에서 서정이란 무엇일까? 한마디로 답하기는 어렵지만 대체로 다음과 같은 대답들이 통용되어 왔다. 우선 그 한자를 살펴보면 '서정'은 감정, 정서 등을 풀어놓는다는 뜻을 가진다. 일반적으로 시는 독백의 형식을 띠기 때문에 시에 표현된 정서는 시를 말하는 주체(자아)의 주관적인 내면에서 비롯한다. 그런데 시에는 말하는 주체뿐 아니라 시적 대상도 있기 마련이다. 전통적으로 '서정적'이라는 것은 이 대상(세계)과 주체가 서로 조응하거나 합치되는 양상을 가리킨다. 예컨대 시적 대상인 '모란꽃'이 떨어지면 주체인 '나'의 세월도 모두 가 버리고 슬픔에 잠긴다는 식이다. 시론(詩論)에서 서정시를 설명할 때 주체와 객체 사이에 간격이 없음을 거론하는 것(Staiger, 1946/1978: 96)도 이와 관련된다.

그러나 현대시에는 이러한 설명이 잘 들어맞지 않는 경우가 많다. 주지하다시피 현대사회는 도시화와 산업화, 공동체 붕괴를 겪었고, 그로 인해 개인의 소외감과 불안도 커졌다. 이러한 상황에서 주체와 세계가 조응·합치되어 있다고 믿는 것은 다분히 순진한 발상이다. 세계는 더 이상 개인의 주관적인 내면과 동일시할 수 없을 만큼 거대하고 복잡한 상태가 되어 버렸고, 개인의 희망이나 신념과는 무관하게 굴러가기도 한다. 그래서 자아와 세계의 관계는 오히려 대립·갈등의 관계에 가까우며, 이를 인위적으로 극복하고 합일을 도모하는 것이 현대시의 서정이라고 보기도 한다(김준오, 2002: 39).

이 작품이 발표되었을 당시 우리 현대시의 역사는 그리 길지 않았지만 많은 문학사조들이 섭렵되고 있었다. '서정'에 있어 위와 같은 생각 정도는 문단에서 이미 통용되고 있었음은 물론이다. 특히 모더니스트 그룹에서 활동했던 김광균은 이 문제에 예민했다. 모더니즘 문학은 철저히 현대적인 사유와 정서를 담아내고자 하였는데, 그런 입장에서 보면 주체와 세계가 쉽사리 합일된다고 믿는 것은 앞서 언급한 것처럼 너무 순진하다. 곧 살펴보겠지만, 김광균의 시에서 빈번하게 형상화되는 도시 풍경에 시적 화자가 흡수·동화되지 못하고 비애나 소외감을 느끼는 것도 이러한 맥락으로 볼 수 있다.

한편 전통적인 서정 관념에 입각한 시는 자연물을 시적 대상으로 삼아 주체의 내면을 투사하는 경우가 많다. 이는 우리 고전시가에서도 자주 볼 수 있는 모습이다. 모더니스트들에게는 이 역시 비판의 대상이 된다. 김광균이 보기에 현대의 시는 그 대상부터가 과거와 다르다. 옛날에야 종달새의 노래에 기대어 한가롭게 소박한 정서를 읊을 수 있었겠지만 지금은 그 노래가 현대의 온갖 기계 소리와 소음에 묻혀 버렸고, 따라서 시인은 차라리 포화에 날아간 폴란드 도시로부터 자극을 받아야 한다는 것이다(김광균, 1940: 73-75).

위에서 살펴본 것처럼 현대적인 세계에 부합하는 사상과 정서를 현대적인 언어로 표현해야 한다는 것이 모더니스트 김광균의 생각이었다. 이때 현대적인 언어란 그에게 있어서는 〈외인촌〉(1935)에서와 같은 이미지 중심의 언어이다. 이 점에서도 주관적 내면의 토로를 중시하는 과거의 서정시와는 다른 셈이다. 이러한 현대적인 서정, 혹은 모더니즘 식의 서정이 구체적으로 어떤 것인지를 〈추일서정〉에서 살펴보자.

스산한 현대 문명의 풍경,
그리고 그와 융화될 수 없는 주체

좋은 시가 으레 그러하듯 이 시도 첫 행부터 모종의 충격을 몰고 온다. '낙엽'을 다른 것에 빗대는 비유는 시에서 흔하다. 그런데 빗대는 대상이 "폴-란드 망명정부의 지폐"가 되는 순간 이 비유는 상당히 낯설어진다. 전통적인 서정시였다면 아마도 '낙엽'은 자아의 내면과 관련되는 무언가에 빗대어졌을 것이다. 하지만 여기서는 매우 구체적이고 현실적인, 그러면서도 어떤 역사적 함의를 품고 있는 사물이 등장했다. 비유의 양식부터가 낯선 것이다. 앞선 논의의 맥락에서 보면 이 낯섦은 현대적인 것을 시적 대상으로 삼고자 하는 시 정신과 관련된다. '낙엽'이라는 자연물을 대하더라도 주관적인 내면을 소박하게 읊조리기보다는, 이내 그것을 현대 문명의 중대사를 담은 사물로 치환시키고 있는 것이다.

그렇다면 이 행은 현대의 어떤 역사와 관련이 있을까? '낙엽'을 보고 연상되는 내용을 담은 3행까지가 하나의 의미 단위로 묶인다. '폴-란드', '도룬시'와 같은 구체적인 지명을 연달아 거론하고 있으니 그 지역에 대한 배경지식을 불러와도 좋겠다. 이 작품이 발표되기 직전 해인 1939년 가을, 나치 독일은 폴란드를 침공했다. 폴란드는 항전하였으나 약 한 달 만에 독일과 소련에 점령되었고, 이후 망명 정부가 국외로 자리를 옮겨 다녔다. 기약 없는 망명을 이어 가던 정부였으니 그곳에서 발행된 화폐가 얼마나 무가치할지는 짐작하기 어렵지 않다. '도룬'은 폴란드 중부의 도시 이름인 '토룬(Toruń)'을 뜻하므로 같은 전쟁을 연상하면 된다.

그런데 이 구절들이 단순히 패전국에 대해 느껴지는 상실감이나 애잔함만을 상기시키는 것은 아니다. 독일의 폴란드 침공은 제2차 세계대전의 도화선이 되었고, 이후 6년간 세계 각지는 말 그대로 "포화에 이즈러"지게 된다. 당시로서는 미래의 역사였겠지만 예측할 수 없었던 일은 아니다. 1930년대 대공황의 타개책을 모색하는 과정에서 가속화된 일부 국가의 파시즘과 군국주의는 군사적 충돌의 가능성을 높여 가고 있었다. 이 작품이 나온 한반도도 예외가 아니었다. 그러한 국제 정세가 신문과 잡지를 통해 연일 보도되었고, 심지어 식민지 종주국인 일본은 그러한 맥락의 전쟁을 이미 1937년부터 중국에서 벌이고 있었다. 따라서 한반도 문인들의 눈에도 독일의 폴란드 침공은 단순히 일회적인 사건일 수 없었다.

유럽의 포화를 연상하던 화자는 다음 행에서 돌연 눈앞의 '길', '급행차'로 시선을 돌린다. 이 갑작스런 장면 변화의 의미가 궁금한데, 이는 작품을 더 읽어야 해명될 것 같다. 먼저, 난데없이 등장한 '길'은 '구겨진 넥타이'의 모습을 하고 있다. 시원스럽게 뻗은 것도 아니고, 윤동주의 〈새로운 길〉(1938)에서처럼 희망이 깃들어 있는 것도 아니다. '길'이란 출발지와 목적지를 잇는 명확한 이동 경로여야 할 텐데, 그것이 넥타이가 구겨지듯 '풀어져' 있는 것이다. 그리고 그것은 이내 햇빛 아래로 사라져 버린다. 이렇게 되면 길 위에 선 존재는 어디로 가야 할지 갈피를 잡을 수 없게 된다.

이어서 연기를 내뿜으며 달리는 급행열차가 등장한다. 만약 앞뒤 문맥이 없었더라면 "조그만 담배 연기를 내어뿜으며"에서 앙증맞음을, "새로 두시"에서 활력과 신선함을 느낄 수도 있었을 것이다. 그러나 앞의 시행들이 그와는 거리가 멀었고, 이어지는 시행들도 음산한 느낌을 준다. 이 이질성은 계획된 것이다. 마치 검은색 사각형들 사이에 있는 흰색 선들의 교차점이 다른 색으로 보이는 헤르만 격자(Hermann Grid) 착시처럼, 이 급행열차 장면은 앞뒤의 시행들 때문에 새로운 인상을 획득한다. 즉, '길'이 사라져 버리고 '공장'과 '철책'이 황량함을 빚어내는 풍경에서 홀로 연기를 뿜으며 들판을 질주하는 급행열차는 곱게 보이기 어렵다. 급행열차란 고도로 발달한 근대 문명의 산물이라는 점 정도를 일단 상기해도 좋겠다.

다음에는 '포플라나무', '공장', '철책', '구름'이 차례로 보인다. '공장'은 각종 공산품들을 생산해 내는 곳인데, 그 지붕이 굳이 야수성을 머금은 '이빨'이라는 용어로 서늘하게 형상화되어 있다. 또한 공간을 인위적으로 분리할 수 있는 금속성 사물인 '철책'은 일부가 망가진 채 바람에 나부끼고 있다. 이들이 문명의 스산한 풍경이라면 '포플라나무'와 '구름'은 모처럼 자연물을 초점화한 풍경이다. 그런데 이는 전통적인 서정시의 아름다운 자연과 다르다. '포플라나무'는 풍성한 잎이라든가 우뚝 선 자태가 아니라, '근골(筋骨)'이라는 의학 언어로 싸늘하게 그려져 있다. '구름'은 좀 더 노골적으로 셀로판(cellophane)지라는 인공물로 묘사되어 자연조차 조잡한 문명으로 치환되어 있음을 보여 주고 있다.

여기까지의 장면들을 정리해 보자. 일견 뚜렷한 관련이 없어 보이는 장면들의 나열처럼 보인다. 하지만 몽타주(montage) 기법의 영화를 볼 때 그러하듯, 시의 이질적인 장면들 사이에도 유사성을 부여할 수 있다. 더구나 김광균은 앞서 본 것처럼 철저히 기획된 이미지들을 배치하는 시인이 아니었던가. 먼저 4행 이후의 장면들에서 어떤 유사성을 생각해 볼 수 있을 것 같다. "공장의 지붕", "꾸부러진 철책", "세로팡지로 만든 구름" 등이 황량하고 스산한 문명의 풍경을 함께 이루고 있다는 점은 비교적 선명하게 보인다. 또한 이 때문에 문명의 산물인 '급행차'도 긍정적인 느낌을 주지 못한다. 이 급행열차는 바로 앞의 해체되고 소멸되는 '길'과 연관 지어 읽을 수 있겠다. 그 '길' 위에 설 존재가 현대의 인간이라고 본다면, 그의 허무나 방황과는 관계없이 질주하는 급행열차의 냉혈(冷血)을 떠올릴 수 있다. 혹은 '길' 위에 놓일 것이 문명의 각종 교통수단이라고 본다면, 급행열차의 선로 역시 '길'의 일종으로서 그것과 같은 운명을 맞고 말 것임을 읽을 수 있다. 결국 4행 이후의 풍경은 이 세계의 많은 부분이 인공적인 문명의 산물로 인식되고, 또 그것이 황량하고 스산한 분위기를 형성하고 있음을 주로 보이는 것이다.

그렇다면 이 시행들과 3행 이전의 폴란드 이미지 사이에는 어떤 연관성이 있을까? 서구 주도의 현대문명을 하나의 유력한 답으로 생각해 볼 수 있겠다. 도입부의 폴란드 침공은 앞서 언급한 것처럼 일회적이고 우연적인 성격을 띠지 않는다. 서구 산업혁명으로부터 출발하여 전 지구를 뒤덮은 자본주의 문명의 성장은 원료 및 노동력 공급처와 해외시장을 확보하려는 제국주의 세력의 다툼으로 귀결되었다. 19세기 이후 제2차 세계대전까지의 역사가 이를 증명한다. 파시즘과 군국주의의 주요 원인 중 하나였던 세계대공황 역시 현대 자본주의 문명에서 발생하는 위기 현상이다. 결국 무력을 앞세운 폴란드 침공은 화려한 현대문명의 한 이면이라는 점에서 "구부러진 철책이 바람에 나부끼"는 4행 이하의 풍경과 연결 고리를 가지는 셈이다. 김광균이 말한 시의 현대적인 소재와 자극이란 바로 이런 것을 가리킨다.

이제 "자욱-한 풀버레 소리"로 시작하는 종결부로 가 보자. 〈외인촌〉과는 달리 이번에는 시적 화자가 풍경 속으로 들어와 있다. 그러나 이 화자, 즉 주체는 풍경의 세계에 좀처럼 융화되지 못한다. 이는 이미 앞에서 예견 가능했다. 누가 이 폭력적이고 스산한 문명의 풍경과 하나가 되고 싶겠는가. 화자가 조응·합치라는 전통적인 서정의 반대편에 서는 것은 자연스러운 일이다. 그리고 화자의 곁에는 앞서의 풍경과는 결이 다른 '풀버레' 소리가 자욱하지만 이미 전 세계를 덮은 현대문명 앞에서 그런 것들에 기댈 수는 없는 노릇이다. 결국 화자는 그런 소리를 "발길로 차"고 '돌팔매'나 던져 볼 뿐이다. 분명하게 "기울어진 풍경"에 대한 반발, 그러나 뚜렷한 반향은 없다. 화자와 그 풍경 사이에는 엄연한 '장막'이 가로놓여 있고 화자의 돌은 파문을 일으키지 못한 채 "고독한 반원을 긋고 잠기여" 갈 따름이다. 결국 이 시대에 합일의 서정이란 끝내 불가능하다는 느낌만이 이 모더니스트의 서정으로 덩그러니 남은 셈이다.

1940년의 좁은 선택지 위에서

김광균 시의 이미지즘은 서구의 그것과는 차이가 있다. 고도로 정제된 이미지를 주조로 하면서도 비애, 허무, 소외의 감정이 도처에서 표출된다는 점에서 그러하다. 그의 시론처럼 현대적인 대상을 이미지 중심의 현대적인 언어로 표현하되, 자아의 주관적인 내면 또한 그 틈을 비집고 나온 격이다. 그런데 '서정'이 주관적인 내면 정서의 표출을 기본 의미로 가진다는 점을 상기해 보면, 바로 그 '틈을 비집고 나온' 내면이야말로 서정적인 것과 가깝다고 할 수 있다. 물론 이는 합일의 서정과는 반대편에 있다. 그렇기에 비애, 허무, 소외라는 부정(否定)의 정서들이 그의 시에서 주류를 이루게 된 것이다.

그리고 이 시에서 우리는 그러한 정서가 황량하면서도 공고한 현대문명과 관계가 있음을 보았다. 다만 김광균의 모든 시가 그러한 것은 아니다(가족과의 사별 등 다른 모티프들도 있다). 그러나 모더니스트라는 선입견을 떼어 놓고 보더라도, 이 시기 김광균의 시에서는 유독 현대 도시문명과 함께 부정적인 정서가 표출되는 경우가 많다. 그의 다른 대표작 〈와사등〉(1938)의 다음 시구처럼 말이다. "긴— 여름해 황망히 나래를 접고 / 늘어선 고층 창백한 묘석(墓石)같이 황혼에 젖어 / 찬란한 야경 무성한 잡초인양 헝클어진채 / 사념(思念) 벙어리되어 입을 다물다."

이러한 시 정신을 폄하하는 시선도 적지 않다. 어째서 그의 화자들은 비애, 허무, 소외의식으로 무기력한 태도를 보이고 있는가 하는 것이다. 이 비난은 '서정'의 용어로 다음과 같이 바꾸어 말해 볼 수 있다. '주체와 세계의 불화를 당장은 타개하지 못하더라도, 윤리적인 방향의 변혁을 통해 둘의 합일을 도모해야 하지 않는가?' 그러나 이 물음이 1940년 파시즘 국가의 식민지라는 시의 창작 배경을 제쳐 놓은 채로는 성립될 수 없다는 것도 사실이다. 부조리한 세계가 곧 주체의 유일한 삶의 터전이요, 변화를 도모할 언어조차 모조리 그 세계의 통제 아래 놓인 것이 당시의 상황이었다. 따라서 명확한 변혁의 태도 여부만이 평가 준거가 되기는 어렵다. 주어진 조건에서 그 시의 발화가 어떤 의의를 가질 수 있는지 좀 더 면밀히 살필 필요가 있는 것이다.

이 작품이 수록된《인문평론》이라는 잡지 자체가 바로 '주어진 조건'의 축소판이다. 일제강점기 말인 1939년 창간되어 1년 반 동안 간행된 이 문예지는 파시즘 체제하에서 문인들에게 발표가 허용된 몇 안 되는 정기간행물 중 하나였다(1940년 8월 민간 신문들은 폐간된다). 머리말에서 일제의 체제에 협력하는 논조가 나타난 이 잡지에서 문인들의 작품이나 비평은 다소간 모호한 태도를 보였다. 문인들은 현대문명의 방향을 군국주의로 몰고 가는 역사에 수긍할 수 없었으나, 그렇다고 해서 이 지면에 적극적인 비판의식을 표명할 수도 없었다. 당대 모더니스트들이 이 잡지에 수록한 시들도 그 묘한 입지를 보여 준다. 인생에 대한 회한을 담는 가운데 역사인식을 슬쩍 내비치거나(김기림, 〈공동묘지〉), 문명의 풍경에 애수(哀愁)를 입히는(김광균의 〈도심지대〉, 〈추일서정〉) 식의 제스처를 취했던 것이다(강민규, 2021).

현대문명에 대한 예민한 인식에서 출발했던 모더니스트들이었기에, 그 문명이 파국으로 치닫는 상황에서 이처럼 애도를 표하는 것은 자연스럽다. 물론 〈추일서정〉과 같은 호에 실린 이육사의 시(〈교목〉)가 현실 부정과 함께 자기 단련의 의지까지 보여 준 것과는 여전히 비교된다. 하지만 어쨌든 김광균이 직시한 문명의 파국은 그저 먼 곳의 이야기가 아니라 그가 몸담아 살고 있던 현실 세계의 이야기였다. 풍경 속에 굳이 화자가 들어가서 '돌팔매'질을 해야 했던 것도 그 때문이다. 비록 사태 극복의 정도(正道)를 묘파하지 못하고 겉도는 모습이지만 그 진정성은 인정할 수 있다. 세계를 진실하게 인식하는 언어 자체가 제약을 받고 있을 때, 이 시는 나름대로 세계의 진실을 보이려 한 것이다. 함축적인 이미지 중심의 언어는 이 점에서 오히려 강점을 가진다. 그리고 주체와 타협될 가망 없이 "기울어진 풍경"이 된 세계를 적나라하게 드러내면서 이를 '서정'이라 이름 붙인 것도 결국 그러한 진정성과 무관하지 않다. 기울어진 세계로부터 황량함과 소외감을 느낀다는 것은, 뒤집어 말하면 주체가 그 세계는 언젠가는 바로잡혀야 한다고 보고 있음을 암시한다. 합일의 서정이 불가능하다는 표면적인 메시지는 그만큼 그것에 대한 갈망이 적지 않다는 것으로 다시 읽혀야 한다.

| 강민규

....
참고문헌

강민규(2021), 「《인문평론》의 시 수록 기획 연구」, 『한국현대문학연구』 64, 한국현대문학회.

김광균(1940), 〈서정시의 문제〉, 《인문평론》, 인문사, 73-77.

김광균(1977), 《와사등: 김광균 시전집》, 근역서제.

김준오(2002), 『시론』(4판), 삼지원.

Staiger, E. (1978), 『시학의 근본개념』, 이유영·오현일 역, 삼중당(원서출판 1946).

절정

이육사

매운 계절의 챗죽에 갈겨
마츰내 북방北方으로 휩쓸려오다

하늘도 그만 지쳐 끝난 고원高原
서리빨 칼날진 그우에서다

어데다 무릎을 꾸러야하나?
한발 재겨디딜 곳조차 없다

이러매 눈 깜아 생각해볼밖에
겨울은 강철로된 무지갠가보다.

출처 《이육사 전집 1: 이육사의 문학》(2017)   **첫 발표** 《문장》(1940. 1)

이육사 李陸史 (1904~1944)

이육사는 시인이자 독립운동가로 일제강점기 시대의 저항문학을 대표하는 작가 중의 한 명이다. 본명은 이원록(李源綠)으로, '이육사'라는 필명은 일제에 의해 투옥되었을 당시 자신의 수인 번호인 '264'에서 유래되었다. 시로써 일제의 탄압에 항거하기도 하였으나, 의열단 단원으로서 독립운동에 실제 가담하여 지사(志士)로서의 면모를 보여 주었다. 1933년 〈황혼〉으로 등단하였다. 그의 시 〈절정〉(1940)과 〈광야〉(1945)는 항일 저항시의 전형으로 평가받고 있다.

육사의 시대를 읽다

짧은 생애이기도 하였으나, 주변 사물을 분별하기 시작한 이후부터 숨을 거두기 전까지 이육사는 일제강점기만을 살다 간 시인이다. 이 때문에 그의 시를 이해하기 위해서는 시인이 살았던 시대의 이야기를 하지 않을 수 없다. 1910년 한일병합조약에 의해 한국은 일제의 식민 지배하에 놓인다. 일본의 압력으로 늑약이 발효됨과 동시에 당시 대한제국은 피지배 국가로서의 역사를 쓰게 된다.

〈절정〉이 발표된 1940년 전후는 일제의 횡포가 극에 달하던 시기였다. 일본의 수탈은 물론이거니와 '황국신민화(皇國臣民化)'라는 구호로써 창씨개명과 신사 참배를 강요하며 소위 민족말살정책을 강화하였다. 식민지의 물질적 토대를 붕괴하는 동시에 정신적 근간을 흩어 놓으려는 제국주의의 야심이 노골적으로 표출된 것이다. 당시 국내에서는 이에 항거하는 민족 운동이 이어지고 있었으나, 이 또한 거의 실패로 끝나면서 물질적으로도 정신적으로도 피폐해진 채 전망을 잃어 가고 있었다. 그나마 국외에서는 임시정부를 중심으로 일본을 상대로 한 민족무장투쟁이 그 맥을 이어 가고 있었다.

이 같은 시대를 살아가야 했던 이육사는 자신을 포함한 민족의 미래에 위기감을 느꼈다. 그리고 자신과 국가, 민족의 실존을 고민하며 이 상황을 어떻게 타개할지와 관련하여 누구보다 몸과 마음을 다하여 힘썼다. 그러므로 이 시를 이해할 때는 특히 창작 당시의 사회적 배경을 고려해야 한다.

일제강점기, 생존을 구하다

〈절정〉은 대표적인 항일시(抗日詩) 중 하나이다. 이 시에는 일제강점기라는 극한 상황에서도 현실에 굴하지 않고 강인한 정신으로 항거하는 화자의 항일 정신이 형상화되어 있다. 또한 마지막 행인 "겨울은 강철로된 무지갠가보다."는 그 해석을 두고 연구자들 사이에서 논쟁이 일어났을 정도로, 예술적 측면에서 문학 수용자들에게 풍부한 영감을 안겨 준 시이다.

이렇듯 일제강점기 현실을 시라는 형식으로 형상화한 작품 중에서도 문학사적으로 손꼽힐 만큼 그 가치를 인정받는 〈절정〉은, 물적으로나 심적으로나 처참했던 시대상을 하나의 극한 상황 안에 시적으로 그려 냄으로써 '지금, 여기'의 현실에 대한 작가의 문제의식을 담았다. 시의 1연에 전개된 '북방'이 그 첫 번째 극한을 보여 준다. 화자는 "매운 계절의 챗죽"으로 형상화된 일제의 잔혹행위에 떠밀려 '북방'에 이르게 된다. 이는 사방으로 난 여러 길 가운데서도 북방으로 휩쓸리어 춥고 황량한 곳으로 몰리게 된 상황을 암시한다. 더욱이 자신의 의지와 무관하게 선택의 여지없이 몰리어 온 이 '북방'은 더 이상 앞으로 내디딜 곳이 없는 극한 지점이다. '북방'이라는 수평적 대지의 끝에서 화자는 다시금 호되게 후려치는 일제의 억압을 뼈저리게 직면하고 있다.

일제강점기 현실이 극한의 공간으로 그려지는 또 다른 양상은 2연에서도 이어진다. 앞서 1연에서는 수평적으로 펼쳐진 대지의 끝에서 '북방'이라는 현실의 극한점을 경험했다면, 2연에서는 높은 산지에 펼쳐진 '고원'에서 또 다른 극한점을 보게 된다. 이 '고원'은 "하늘도 그만 지쳐 끝난" 곳이다. 그럼에도 불구하고 그 위에 설 수밖에 없는 화자의 현실은 말 그대로 선택의 여지가 없는 상황 그 자체라고 할 수 있다.

3~4연에 이르러 화자는 이와 같은 극한 상황을 "한발 재겨디딜" 곳 없는 정점(頂點)에 선 것으로 형상화하고, 바로 그곳에서 자신을 포함한 민족의 구원을 희구해 본다. 우선, 3연에서 화자는 순간 무릎을 꿇어서라도 이 고통의 극한에서 살아남고자 하는 실존적 열망을 드러낸다. 그러나 그 또한 가능해 보이지 않는다. 이 곳은 두 무릎을 대고 소원하기는커녕 한 발 끝도 댈 수 없는 곳이기 때문이다.

그러니 화자는 4연에서 다시금 현재의 상황을 들여다볼 수밖에 없다. 눈을 감고, 육체의 눈이 아닌 마음의 눈으로 생각해 본다. 처참한 현실은 잠시 시야에서 사라졌으나 더 깊은 영혼의 눈이 현실을 응시하게 된다. 수평적 세계의 최전방인 북방으로 떠밀리고 수직적 세계의 정점인 고원에 이르러, 발 디딜 곳조차 없는 이 현실에 화자는 절망하지 않을 수 없다. 그러나 화자는 잠시 숨을 고르며 자신이 처한 가혹한 상황을 말없이 바라보는 이 순간에도 꿈꾸는 일을 멈출 수는 없다. 민족의 해방은, 일제의 강점을 깨고 일어남은, 인간으로서 실존의 한계점에 다다르더라도 절대 포기할 수 없기 때문이다. 그럼에도 여전히 그 꿈은 저 멀리 잡을 수 없는 앙망의 대상이다. 마치 무지개처럼 눈앞에 걸려 있으나 손에 잡히지 않아 바라만 보게 되는 희망으로 빛난다. 화자에게는 광복이 그러하다. 깨고 나와 일제의 짓누름에서 벗어나고자 하나 억압의 굴레가 강철과 같다. 현실의 극한점에서 구원의 손길을 기대해 보기도 하였다. 그러나 식민지라는 주물(鑄物)을 떨쳐 내는 일은 외부에 존재하는 절대자에게 무릎을 꿇는다 한들 얻을 수 없다는 것을 이미 깨달은 화자이다. 오직 안으로부터의 힘, 민족의 자강(自强)만이 나를, 우리를, 이 가혹한 주물에서 구원해 줄 따름이다. 이러한 까닭에서 민족의 해방을 의미하는 '무지개'와 일제의 억압을 상징하는 '강철'은 분리되어 있지 않다. 민족 스스로의 힘으로 이 강철 주물을 뚫고 나올 때만이 공기 중에 쏟아져 부서지는 색색의 빛에 안겨 볼 수 있다. 이 시의 화자는 그 가능성을 믿는다. 강철 주물을 깨고 나와 무지갯빛의 희망을 볼 수 있으리라고, 절정의 극한 상황에서도 되뇌어 본다. 그래서 '지금, 여기'의 겨울과 같은 현실은 부서져야 할 강철로 뒤덮여 있을 뿐, 그 본질은 무지개일 것이라고 어렴풋하게나마, 그러나 간절히 생각해 본다.

생존의 방식, 절망 속 희망

화자가 인식하는 현실은 "강철로된 무지개"이다. 단단하고 차가운 이미지의 강철과 유연하고 화사한 이미지의 무지개가 역설적으로 결합되어 있다. 강철과 무지개, 이질적인 두 대상이 한데 엮여 현실에 대한 화자의 인식을 선명하게 드러낸다. 화자에게 현실은 강철 무지개와 같아서, 차디찬 철 옷을 입은 현실은 좀처럼 그 전망을 보여 주지 않는다. 그러나 이 철 옷은 벗겨내야 할 장애에 지나지 않는다. 화자는 그 옷을 떨쳐 내고자 한다. 강철로 덮여 있을 뿐, 본질은 무지개와 같을 것이라는 믿음을 담아 추측해 본다.

"강철로된 무지개", 이는 화자에게 겨울의 극한에서도 꿈꿀 수밖에 없는, 나아가 나의 생존을 걸고 대항해야만 하는 운명적인 현실이다. 이 현실을 어떻게 살아 낼지에 따라 나와 조국의 실존이 결정된다. 그렇기에 나의 자유의지로 이 현실 속에서 어떠한 선택을 하며, 어떻게 그 선택에 책임지는 삶을 살 것인지가 실존의 방식을 평가하게 된다. 어쩌다 마주친 무지개에서 간절했던 기다림을 느낄 수 있겠는가. 우연히 보게 된 무지갯빛이, 온몸 짓눌려 가며 강철을 깨고 나와 마침내 안게 되는 무지갯빛의 부서짐만큼 절실하겠는가.

〈절정〉에서는 나라를 빼앗긴 국민으로서 이 세계의 극한으로까지 몰린 화자를 볼 수 있다. 벼랑 끝에 놓인 그의 절박함도 느낄 수 있다. 그리고 이러한 상황에서도 조국의 독립을 갈망하며 인간으로서 온전한 자유와 존엄을 누리기를 포기하지 않는 화자의 생존 방식이 내비친다. 이처럼 〈절정〉은 현실의 극한 지점에서도 고귀한 인간으로서의 생존 방식을 포기하지 않는 한 존재를 그리고 있기에 숙연해질 수밖에 없다.

현실의 존재는 다른 것으로 대체될 수 없다. '지금, 여기'를 사는 화자는 현실의 '자기 자신'으로서 독자적인 존재이다. 그러한 존재가 직시하는 현재의 상황이 절망으로 뒤덮여 있다. 그러나 그 상황 속에서도 어떠한 존재로서 실존할 것인가는 선택의 몫이다. 강철로 뒤덮인 현실이 나의 눈을 가리고 있을 뿐, 눈을 감고 보면 이 세계는 달라질 수 있다. 보이는 것에 절망하지 않고 보이지 않는 것에 생각이 머물면, 현실에 잠재된 가능성에 다다르기도 한다. 그 가능성의 빛을 가두고 있는 강철 주물을 꿰뚫어 볼 수 있는 것은 육체의 눈이 아니다. 존엄한 인간으로서 실존하고자 하는 이의 이상과 신념이 담긴 마음의 눈일 것이다. 그러하기에 현실은 "강철로된 무지개"라고, 걷혀야 할 절망으로 감싸인 희망이라고 전하는 화자의 낮은 목소리에서, 그가 이 세계에서 어떠한 방식으로 실존하고자 하는지를 엿볼 수 있다.

│ 무지개의 약속

이 시는 제목보다 마지막 행인 "겨울은 강철로된 무지갠가보다"로 더 유명하다. 이 구절을 읽으면 왜 하필이면 무지개일까, 하는 궁금증이 생긴다. 물론 무지개는 이 세상에 드러나는 것만으로도 그 존재감을 다한다. 그만큼 무지개가 환기하는 의미는 각별하다.

이 시에서 '무지개'는 범박하게 조국의 해방에 대한 소망과 의지를 표상한다. 그런데 조국의 해방을 소망하는 일은 소위 정상 상태에서는 좀처럼 일어나지 않는다. 한 국가가 무력으로써 다른 국가를 식민지로 삼는 상황에서 일어난다. 이 식민지 시기와 같은 비정상적인 상황에서 인간은 근본적인 생존 기반이 흔들리게 된다. 그리고 이는 개개인으로 하여금 자신의 처지를 더욱 날카롭게 인식하게 만든다. 국가의 권위가 부정당하고, 해당 국가의 구성원으로서 주권이 박탈될 뿐만 아니라, 개인의 가능성마저 부인당하는 상황에서, 한 인간은 극도의 정신적 곤궁을 느끼지 않을 수 없다. 즉 '지금, 여기'가 인간으로서 견딜 수 있는 한계 상황임을 직감하게 된다.

그래서 화자에게는 '무지개'가 떠오르지 않을 수 없다. 일제에 쫓겨 땅끝의 '절정'에까지 이르렀으나 발 디딜 곳조차 허락되지 않는 상황에 처하면, 유한한 인간의 처지에서 찾게 되는 것은 유한함을 뛰어넘는 신이나 대자연과 같은 절대적인 존재들일 것이다. 그러므로 화자는 '무지개'를 통해 현재의 한계 상황을 깨고 나아가는 일이 그 정도의 절대적 힘과 당위성이 요구되는 일임을 역설하고 있는 셈이다. 그러나 이는 대자연의 일부인 '무지개'와 같은 절대적 존재에 의지하기 위함이 아니다. 그만큼 조국의 광복은 유한한 인간의 능력으로는 성취하기 힘들며 절대적 힘이 필요하다는 것을 상기하기 위함이다. 억압과 탄압에 의한 쫓김이 지속되는 상황에서 어느 것도 확정되지 않고 기약되지 않는 것이 현실이다. 그러나 이와 같은 현존 조건 속에서도 조국의 광복만은 반드시 현전해야 하는 자연법칙과도 같은 당위성을 가짐을 강조하기 위함이다.

나라를 잃어버려 세상의 "서리빨 칼날진" 위에 비틀거리며 선 채 살아가야 하는 화자는 인간으로서 유한성을 절감한다. 현재 그의 처지는 실존하는 자기의 전부를 동요하게 하는 상황이다. 이 한계 상황에서 "어데다 무릎을 꿇어야 하"는지조차 보이지 않는다. 이 순간 화자는 한 인간으로서 어떻게 살아가야 할지 생각해야만 하는 절체절명의 시점에 와 있음을 깨닫는다. 화자에게 한 인간으로서 온전히 존재할 수 있는 방법은 하나이다. 해방을 맞는 일. 이는 신이나 대자연과 같은 절대적 힘이 요구된다. 그렇다고 물러설 틈은 없다. 왜냐하면 조국의 광복은 신이나 대자연과 같은 절대적 당위성을 지니는 일이기도 하기 때문이다. 국권회복을 향한 화자의 절절한 소망과 쉼 없는 결기가 이 '무지개'에 담겨 있다.

우연의 일치인지는 모르겠으나, 성경 속 한 장면을 떠올려 보면 '무지개'는 이미 삼천 년도 전에 인류에게 미래에 대한 전망을 기약해 주었다. 어느 누구도, 아무것도 살아 나올 수 없었던 40일 동안의 홍수가 지나간 뒤 신은 노아에게 다시는 이 세계를 파괴하지 않을 것이라고 말했다("the waters shall never again become a flood to destroy all flesh", Genesis 9:15). 이때 무지개는 그 약속에 대한 신의 징표였다. 무지개의 약속 안에서, 그 순간부터 그곳은 더 이상 두려움에 떨지 않아도 되는 안전함이 함께하였다.

| 구영산

....

참고문헌

이육사·손병희 편저(2017), 《이육사 전집 1: 이육사의 문학》, 이육사문학관.

십자가

윤동주

쫓아오던 햇빛인데
지금 교회당 꼭대기
십자가에 걸리었습니다.

첨탑이 저렇게도 높은데
어떻게 올라갈 수 있을까요.

종소리도 들려오지 않는데
휘파람이나 불며 서성거리다가,

괴로웠던 사나이,
행복한 예수 그리스도에게
처럼
십자가가 허락된다면

모가지를 드리우고
꽃처럼 피어나는 피를
어두워 가는 하늘 밑에

조용히 흘리겠습니다.

출처 《하늘과 바람과 별과 시》(2004)　**첫 발표** 《하늘과 바람과 별과 시》(1948)

···

윤동주 尹東柱 (1917~1945)
연희전문학교 문과를 마치고 일본 유학 중 「치안유지법」 위반 혐의로 옥고를 치르다 순국하였다. 사
후 친지와 유족들이 시집 《하늘과 바람과 별과 시》(1948)를 출간하였다. 자신에 대한 깊은 성찰에 바
탕을 둔 맑고 높은 정신세계를 금지된 언어인 조선어로 일관되게 형상화하여, 한국인의 대표적 애송
시인 중 한 명으로 평가받고 있다.

···

┃ 괴로워야 행복해지는 길을 따르다

태양은 교회당 꼭대기 첨탑 위 십자가에 걸려 있다. 이 십자가는 까마득히
높은 곳에 있는 '숭고'의 십자가이다. 시적 화자는 그 경지에 도달하고 싶은 듯
하지만, 그 높은 곳에 올라갈 엄두를 내지 못하고 방법도 알지 못한다. 직접 올
라가는 대신 높은 곳에 있는 신성한 십자가로부터 위로를 건네거나 축복해 주
는 신의 목소리가 울려오기를 바라지만, 불행히도 그런 소리는 들리지 않는다.
신의 목소리까지는 바라지 않는다 해도 교회당 꼭대기에서 신성한 '종소리'쯤
은 들려올 법도 한데, 그런 은혜조차 주어지지 않는다.

왠지 불안한 화자는 그가 쉽게 낼 수 있는 소리, 은혜로운 구원의 소리와는
대비되는 인간의 소리, 다소 불경스러워 보이는 휘파람 소리나 내며 서성거린
다. 이 서성거림은 마음이 평온한 사람의 것일 수 없다. 뭔가 불안한 사람, 두려
움 속에서 결단을 내려야 하는 때가 임박한 사람의 서성거림이다.

이 서성거림 끝에 시적 화자는 알 수 없는 이야기를, 묘한 행 구별을 통해 이
야기한다. 알 수 없는 이야기란 '괴로웠으나 행복한' 상태이고, 묘한 행 구별은
굳이 '처럼'이라는 조사를 독립된 한 행으로 분리한 것을 말한다.

이어 "십자가가 허락된다면"이라고 말하는 것을 보니 화자는 십자가를 지게 될 운명인 듯하다. 그 운명을 받아들일 것인가, 피할 것인가 고민하는 것이다. 손과 발에 못이 박힌 채 십자가에 매달려 죽다니, 생각만 해도 끔찍한 고통에 치가 떨린다. 그러한 운명을 누군들 쉽게 받아들일 수 있을까. 그런데 이 고민은 시인 윤동주가 처음 하는 것은 아니다. 신의 아들이었던 '예수 그리스도' 역시 십자가를 지고 죽어야 하는 자신의 운명을 망설임 없이 선뜻 받아들이지 못했다. 전지전능한 신의 아들인데도 말이다. 십자가에 매달려 죽기 전, 예수는 겟세마네 동산에 올라 유명한 기도를 한다.

> 내 아버지여 만일 할 만하시거든 이 잔을 내게서 지나가게 하옵소서 그러나 나의 원대로 마시옵고 아버지의 원대로 하옵소서. (마태복음 26장 39절)

신의 아들임에도 불구하고 인간의 몸으로 태어나 인간의 육체가 겪는 고통을 똑같이 느껴야 하는 예수이기에, 십자가에 매달려 피 흘리며 고통스럽게 죽어 갈 것을 생각하면 두렵다. 그래서 할 수만 있다면 죽음의 잔을 피하고 싶다고 솔직하게 아버지인 신에게 기도하였다. 그러나 자신의 본분과 사명, 즉 신의 아들로서 스스로의 죄는 없으나 인류의 모든 죄를 대신 짊어지고 죽어야만 인간을 구원할 수 있다는 그 사명을 잊지 않았기에, 곧바로 "나의 원대로 마시옵고 아버지의 원대로 하옵소서"라고 기도를 맺는다. 결국 십자가에 매달려 인간으로서의 삶을 마감하면서 예수는 "다 이루었다"(요한복음 19장 30절)고 말한다. 자신에게 주어진 사명, 인간의 죄를 짊어지고 대신 죽어야만 비로소 완성되는 자신의 사명을.

윤동주가 "괴로웠던 사나이 / 행복한 예수 그리스도"라고 한 것은 바로 이러한 모순을 이야기한 것이라고 생각된다. 예수는 인간의 육신으로 태어나 모든 인류의 죄를 짊어지고 대신 죽어야 했다. 그 일은 너무나도 고통스럽고 괴로운 일이다. 그렇지만 그가 행복해지려면 그 운명을 피하지 않고 받아들여 죽어야만 한다. 그렇게 자신의 사명을 완수해야만 비로소 행복해질 수 있기 때문이다. 고통을 겪어야만 주어지는 행복, 이 모순은 희생을 통해서만 무언가를 이룰 수 있는 이들의 결단이 얼마나 고통스러울지를 어렴풋하게나마 짐작하게 한다.

▎겸손 혹은 번민을 나타내는 한 행의 무게

여기까지 생각하면, 우리 시에서 좀처럼 보기 드물게 '처럼'이라는 조사 하나만으로 독립된 한 행을 구성한 시인의 의도도 헤아려 봄직하다. 시인 김남조(1995: 44)는 이 부분의 의미를 다음과 같이 적절하게 살핀 바 있다.

'처럼'을 별행으로 처리하는 배려는 아마도 겸허에서 온 게 아닐까 싶다. "예수 그리스도에게 / 처럼"은 분명 의식적으로 행을 가르는 경우라 여겨지며 운율적 배려로 보이진 않는다. 예수와 동렬에서 자신의 원망(願望)을 드러내는 일에의 조심스러움으로 여겨지며, 이 시인으로서 능히 이러한 섬세와 겸손이 있어졌을 줄 헤아려진다.

겸손한 시인 윤동주가 감히 '예수'와 같은 행에 자신을 놓으려 하지 않았을 것이라는 의미이다. 행 구별 없이 '예수 그리스도에게처럼 (나에게) 십자가가 허락된다면'이라고 예수와 나를 한 행에 나란히 쓸 수도 있었겠지만, 굳이 "예수 그리스도에게 / 처럼 / 십자가가 허락된다면"이라고 분리함으로써 신적인 존재에 대한 경외감과 자신을 낮추는 겸손함을 보이고 있다는 것이다.

이 낮춤에 더하여 '처럼'의 행 분절은 화자의 번민과 갈등, 즉 죽음을 무릅써야 하는 희생 앞에서 누구나 가질 수 있는 망설임과 멈칫거림을 나타낸 것으로도 볼 수 있다. 만약 '처럼' 부분에서 행을 바꾸지 않고 이어서 썼다면, 예수가 걸은 고난의 길, 희생의 길을 화자가 한 치의 망설임도 없이 기꺼이 뒤따르겠다고 결의하는 것으로 읽힐 수 있었을 것이다. 그러나 그 길은 앞에서 본 것처럼 신의 아들인 예수조차도 두려워 피하고자 했던 괴로운 길이기에, 행과 행 사이만큼의 시간, 고민하고 갈등하는 시간이 필요했던 것이다.

〈십자가〉를 소리 내어 읽어 보라. 낭독 과정에서 의도적으로 시행을 구별하여 읽는다 해도, 사실 "예수 그리스도에게 / 처럼 / 십자가가 허락된다면"에서 행과 행의 사이, "처럼"의 앞뒤에 자리하는 휴지(休止)는 정말 짧은 순간이다. 그렇지만 그 절묘한 행 분절이 만들어 낸 시간은 '괴로워서 행복한 죽음'과 '무탈하여 치욕적인 삶'의 갈림길에 선 화자의 인간적인 번민과 망설임의 깊이를 그대로 담고 있다. 그리고 그러한 고민과 머뭇거림을 거친 후에 내린 신중하고 즉흥적이지 않은 결정이기에, 화자가 받아들인 '십자가'의 운명은 행 바꿈이 없었을 경우에 비해 훨씬 더 단호하고 단단해 보이기까지 한다.

▍가장 낮은 곳을 향한 십자가

〈십자가〉의 부분 부분을 꼼꼼하게 살펴보느라 이야기가 길어졌지만, 이 시의 절정은 아직 이야기하지 않았다. 시의 마지막 연은 십자가를 지고 있는 화자의 모습, 그리고 그가 죽음을 맞이하고 있는 비장한 순간이다. "모가지를 드리우고 / 꽃처럼 피어나는 피를 / 어두워 가는 하늘 밑에 / 조용히 흘리겠습니다."는 십자가에 매달려 피를 흘리는 모습일 수도 있고, 십자가를 지고 언덕을 오르다 지쳐 무릎을 꿇고 죽음을 맞이하고 있는 모습일 수도 있겠다. 더 자세한 이야기가 이어지지는 않지만, 죽음을 마다하지 않는 이 결의를 보면서 우리는 예수가 십자가에 못 박혀 숨을 거둘 때 "다 이루었다"고 얘기했던 것을 떠올려 볼 필요가 있다. 그 '다 이룸'이야말로 예수의 죽음이 '행복한 죽음'이었던 이유이며, 이 시의 화자가 죽음을 받아들인 것 역시 무엇인가를 이루기 위함이었다고 생각할 수 있기 때문이다.

우리가 익히 알고 있는 〈서시〉에서 윤동주는 "모든 죽어가는 것을 사랑해야지"라고 다짐한다. 그 '사랑'은 어떻게 실현될 것인가? 〈십자가〉는 그 사랑을 실현하는 구체적인 방법을 보여 준다. 〈십자가〉에서 윤동주는 '모든 죽어가는 것'을 그저 사랑하는 데 그치는 것이 아니라, 다시 살려 내고자 한다. 자신의 피로 조용히 대지를 적시어 모든 죽어가는 것에 생명을 불어넣고자 한다. "꽃처럼 피어나는 피"라는 구절은 피 흘리는 개체의 죽음이 다른 존재의 생명으로 새로이 피어날 것임을 의미한다. '꽃처럼 떨어지는 피'의 '낙화'가 아닌 '꽃처럼 피어나는 피'의 '개화', 윤동주의 꽃은 이렇게 사랑과 생명, 그리고 희생과 죽음이 교차하는 곳에서 피어난다.

또한 이 장면을 보는 우리의 시점을 이동시켜, 신과 같이 높은 하늘 위에서 "어두워 가는 하늘 밑에"선 십자가를 내려다보고 있다고 상상해 보자. 십자가를 지고, 모가지를 드리운 젊은이가 흘리는 피가 한 방울 한 방울 땅에 떨어져 대지를 적시다 보면, 그 붉게 물든 흙은 십자가를 중심으로 원을 이루듯 서서히 커질 것이다. 십자가를 진 한 청년이 흘리는 피가 마치 붉은 꽃을 피우듯 서서히 둥그렇게 대지를 붉게 적시며 퍼져 나간다. 우리 문학사에 이보다 더 처절하면서도 아름다운 꽃이 있을 수 있을까? 고뇌하던 청년의 순결한 피는 고통스럽게 대지를 적시지만, 그 피는 땅 위에 있는 '모든 죽어가는 것'들을 살려 낼 것이다. 고통을 감내한 이의 사랑이 온 생명을 살려 내는 꿈을 품고, 황홀하기까지 한 붉은 꽃을 만들어 내고 있다. 그리고 그 꽃의 한가운데에, 피 흘리기를 자청한 한 청년이 짊어진 십자가가 있다. 조용히 예수의 뒤를 따르기로 결심한 이 청년의 십자가는 아마도 이 세상에서 가장 낮은 곳에 위치한 십자가일 것이다.

그때에 예수께서는 제자들에게 말씀하셨다. "누구든지 나를 따라오려거든, 자기를 부인하고, 제 십자가를 지고, 나를 따라 오너라."　(마태복음 16장 24절)

| 김정우

....
참고문헌

김남조(1995),「윤동주 연구: 자아 인식의 변모 과정을 중심으로」, 권영민 편,『윤동주 연구』, 문학사
　　상사.
윤동주(2004),《하늘과 바람과 별과 시: 원본 대조 윤동주 전집》, 연세대학교 대학출판문화원.

백록담

정지용

1

절정에 가까울수록 뻑국채 꽃키가 점점 소모된다. 한마루 오르면 허리가 슬어지고 다시 한마루 우에서 목아지가 없고 나종에는 얼골만 갸옷 내다본다. 화문花紋처럼 판版박힌다. 바람이 차기가 함경도끝과 맞서는 데서 뻑국채 키는 아조 없어지고도 팔월 한철엔 흘어진 성진星辰*처럼 난만爛漫하다. 산그림자 어둑어둑하면 그러지 않어도 뻑국채 꽃밭에서 별들이 켜든다. 제자리에서 별이 옮긴다. 나는 여긔서 기진했다.

2

암고란巖古蘭, 환약丸藥 같이 어여쁜 열매로 목을 축이고 살어 일어섰다.

3

백화白樺 옆에서 백화가 촉루髑髏*가 되기까지 산다. 내가 죽어 백화처럼 흴 것이 숭없지 않다.*

4

귀신도 쓸쓸하여 살지 않는 한모롱이, 도체비*꽃이 낮에도 혼자 무서워 파랗게 질린다.

5

바야흐로 해발海拔 육천척六千呎 우에서 마소가 사람을 대수롭게 아니 녀기고 산다. 말이 말끼리 소가 소끼리, 망아지가 어미소를 송아지가 어미말을 따르다가 이내 헤여진다.

6

첫새끼를 낳노라고 암소가 몹시 혼이 났다. 얼결에 산길 백리百里를 돌아 서귀포로 달어났다. 물도 마르기 전에 어미를 여읜 송아지는 움매- 움매- 울었다. 말을 보고도 등산객을 보고도 마고 매여달렸다. 우리 새끼들도 모색毛色이 다른 어미한틔 맡길것을 나는 울었다.

7

풍란風蘭이 풍기는 향기, 꾀꼬리 서로 부르는 소리, 제주濟州회파람새 회파람 부는 소리, 돌에 물이 따로 굴으는 소리, 먼 데서 바다가 구길때 솨-솨- 솔소리, 물푸레 동백 떡갈나무속에서 나는 길을 잘못 들었다가 다시 측년출 긔여간 흰돌바기 고부랑길로 나섰다. 문득 마조친 아롱점말이 피하지 않는다.

8

고비 고사리 더덕순 도라지꽃 취 삭갓나물 대풀 석이石茸 별과 같은 방울을 달은 고산식물을 색이며 취醉하며 자며 한다. 백록담 조찰한 물을 그리여 산맥 우에서 짓는 행렬이 구름보다 장엄하다. 소나기 놋낫* 맞으며 무지개에 말리우며 궁둥이에 꽃물 익여 붙인채로 살이 붓는다.

9

가재도 긔지 않는 백록담 푸른 물에 하늘이 돈다. 불구에 가깝도록 고단한 나의 다리를 돌아 소가 갔다. 좇겨온 실구름 일말一抹에도 백록담은 흐리운다. 나의 얼골에 한나절 포긴 백록담은 쓸쓸하다. 나는 깨다 졸다 기도^{祈禱}조차 잊었더니라.

출처 《정지용 전집 1: 시》(1994)　**첫 발표** 《문장》(1939. 4)

* 성진: 별.　　　* 촉루: 해골.　　　* 숭없지 않다: 흉하지 않다.
* 도체비: 도깨비.　* 놋낫: 노끈처럼 굵은 비.

정지용 鄭芝溶 (1902~1950)

충청북도 옥천 출생. 《학조》 창간호(1926)에 〈카페·프란스〉를 발표하면서 등단하였다. 1930년대에 가장 주목할 만한 모더니즘 시인으로서 언어의 감각미(感覺美)에 주력한 이미지즘 계열의 시를 주로 썼으며, 이후 일제강점기 말 암흑기에 정신주의(견인주의)적 태도를 보여 주는 시들을 발표하였다. 《정지용시집》(1935), 《백록담》(1941) 등 두 권의 시집과 《문학독본》(1948), 《산문》(1949) 등 두 권의 산문집이 있다.

▌한라산의 생태와 국토에 대한 애정

정지용의 첫 시집 《정지용시집》이 주로 바다의 이미지를 그렸다면, 《백록담》(1941)에는 산의 이미지가 드러난다. 이처럼 바다의 열린 공간에서 산의 닫힌 공간으로 관심이 변해 간 것은 그의 시세계와 밀접하게 관련되어 있다. 바다의 이미지가 서구적 이미지즘의 영향 하에 재기발랄하게 그려졌다면, 산의 이미지는 동양적 은일(隱逸)의 세계를 함축하고 있다. 이 시 〈백록담〉에서도 산의 세계에 합일하는 시적 화자의 정신적 교감과 인고의 정신이 잘 드러난다.

백록담은 제주도 한라산 정상에 있는 연못이다. 그러니까 이 시는 한라산 산행기, 즉 정상에 있는 백록담에 이르기까지의 일종의 여정기이다. 1부터 9까지 번호를 붙여 연 구분을 하고 있는데, 이는 이 시가 산문적 형태를 띠고 있는 데다 산행의 과정에 따른 장면의 전환을 구분하여 기록하려는 시인의 의도 때문인 것으로 보인다. 이 시는 그러므로 시라기보다 기록에 가깝다. 그 기록은 잉여적인 표현을 허락하지 않는 고도의 압축과 절제에 기반하고 있다.

백록담까지의 짧지 않은 여정을 한 페이지 정도의 기행문으로 쓴다고 생각해 보라. 특히 그 시기가 일제강점기 말이고 내가 밟는 땅이, 오르는 산이, 빼앗긴 땅이고 빼앗긴 산이라고 생각해 보라. 어찌 산에서 마주치는 식물 하나하나가 애틋하게 아름답지 않을 수 있겠으며, 마주치는 동물들 모두가 기특하게 사랑스럽지 않을 수 있겠는가. 그걸 산문으로 옮긴다면 산행의 여정에서 마주치는 풍광들, 그리고 그 풍광들마다 스쳐 갈 감상이 더해져 꽤 긴 글이 되어야 할 것이다. 그것을 시인은, 각각이 짧은 산문처럼 보이는 아홉 토막의 글을 아홉 개의 연으로 표현하여 〈백록담〉이라는 시 한 편으로 묶었다.

산 정상에 가까워질수록 식물들의 서식 환경은 나빠진다. 고도가 높아질수록 공기는 희박해지고 "바람이 차기가 함경도끝과 맞"설 정도로 기온은 낮아지기 때문이다. 시인은 그것을 "절정에 가까울수록 뻑국채 꽃키가 점점 소모된다."라고 표현하고 있다. 우리는 여기서 마치 식물 생태에 대한 다큐멘터리의 한 장면을 보는 듯한 표현을 만나게 된다. 시인은 정상에 가까워질수록 점점 키가 작아지는 뻐꾹채의 모습을 점층적인 시각적 이미지로 포착한다. "한 마루 오르면 허리가 슬어지고 다시 한 마루 우에서 목아지가 없고 나종에는 얼골만 갸옷 내다본다." 그리고 마침내 꽃만 남아 "화문처럼 판 박힌"다. 정상으로의 등반 과정에서 보이는 식생의 변화를 뻐꾹채 꽃키의 변화로 압축적으로 표현한 것이다.

이는 객관적인 외부 장면의 묘사이지만, 시적 화자는 마침내 뻐꾹채 꽃키가 아주 없어진 곳, 즉 꽃이 흙바닥에 붙어 피어난 곳에서 별들('성진')을 만난다. 이는 꽃들이 별들로 화(化)한다는 의미이며, 따라서 시인은 "여긔서 긔진"할 수밖에 없다. 뻐꾹채 꽃키가 소모된 만큼 산행으로 지쳤던 심신이 표현된 것이라 할 수도 있지만, 마침내 '판 박힌' 꽃들을 보며 "꽃밭에서 별들이 켜든" 것처럼 느끼며 일종의 황홀경에 이른 것이다.

하지만 시인은 뻐꾹채 꽃만 바라보고 산을 오르고 있는 것이 아니다. 시인은 산행에서 마주치는 모든 꽃과 나무들을 호명하고 기록하며 기억한다. 뻐꾹채 꽃키가 아주 없어진 곳에서 기진하였으나 '암고란의 열매로 목을 축이고 살아 일어섰다.'고 짐짓 과장하여 생색을 내며 암고란에게 고마워한다. 애정 표현이다. 백화(자작나무)는 또 어떤가. 죽은 자작나무를 흰 해골('촉루')에 빗대면서도 화자 자신 또한 죽어서 흰 자작나무처럼 될 것을 자연의 이치로 받아들인다('슝없지 않다'). '도체비꽃'도 흘려 보지 않는다. '도체비꽃'은 산수국의 제주 방언으로, 실제 사진을 찾아보면 청명하게 새파란 빛을 띤 꽃의 모습을 볼 수 있을 것이다. 시인은 그 꽃을 보면서 '도체비', 즉 도깨비라는 이름과 연관 지어 "낮에도 혼자 무서워 파랗게 질린다."라고 쓰고 있다. 식물 하나하나를 그냥 스쳐 가는 것이 아니라 눈도 맞추고 쓰다듬고 이름도 각별히 떠올리며 그 의미를 새기는 것이다. 이 외에도 산에는 풍란, 물푸레, 동백, 떡갈나무, 칡넝쿨 그리고 고비, 고사리, 더덕순, 도라지꽃, 취, 삿갓나물, 대풀, 석이 등 수많은 고산 식물들이 제각기 의연하게 자리를 지키고 있으며, 시인은 이들을 하나하나 호명하며 눈을 맞추고 기록한다.

말과 소, 꾀꼬리와 휘파람새는 또한 어떠한가? "바야흐로 해발 육천척 우에서" 말과 소('마소')가 사람을 대수롭게 아니 여기고, "망아지가 어미소를 송아지가 어미말을 따르다가 이내 헤여진다." 지상의 질서와 다른, 한라산에 속한 생물들의 자연스러운 모습이다. "첫새끼를 낳노라고 몹시 혼이 난" 암소도, "물도 마르기 전에 어미를 여힌 송아지"도 화자는 한라산에 속한 자연의 일부로서 깊은 애정으로 바라보고 있으며, 길을 잃었다가 "문득 마조친 아롱점말"도 놓치지 않고 모두 따뜻하게 품어 안듯이 시안으로 들여 와 기록한다.

그러므로 산행에서 들리는 여러 소리들 또한 단지 배경음으로 물러나 있지 않는다. 꾀꼬리 소리, 휘파람새의 휘파람 부는 소리, 돌에 물이 구르는 소리, 소나무에 바람이 스치는 소리는, 길을 잃는 와중에도 화자의 청각에 청명하게 들어박힌다.

그리하여 마침내 시인은 산 정상에 도달하고, 백록담과 마주 서게 된다. 9연은 시상이 완결되는 부분으로 백록담 정상의 풍경이 그려지고 있다. "가재도 긔지 않는 백록담 푸른 물"의 청명함에 하늘이 비친다. 일말의 구름에도 흐려질 정도로 물은 맑다. 그런데 구름에 백록담이 '흐리운다'고 인식하는 것은 화자의 내면이 투영된 결과이다. 실구름 약간에도 흐려질 만큼 시적 화자의 내면에 그늘이 있는 것이다. "나의 얼골에 한나절 포긴 백록담"은 그래서 "쓸쓸하다."

'모색이 다른 어미한틔 맡길것을 나는 울었다'의 감동

산행 과정에서 마주하는 객관적 정물에 대한 묘사가 시 내용의 대부분을 차지하지만, 몇 개 연의 말미에 무심한 듯 툭 던져져 있는 시적 화자의 내면적 토로에도 주의를 기울일 필요가 있다. 화자의 주관적인 내면이 어느 정도 반영된, 혹은 직접적으로 토로된 것으로 보이는 시구를 찾아보자면, 3연의 "내가 죽어 백화처럼 흴 것이 숭없지 않다.", 6연의 "우리 새끼들도 모색이 다른 어미한틔 맡길것을 나는 울었다.", 9연의 "나의 얼골에 한나절 포긴 백록담은 쓸쓸하다. 나는 깨다 졸다 기도조차 잊었더니라."이다.

여기서 특히 독자의 눈을 잡아끄는 표현은 "우리 새끼들도 모색이 다른 어미한테 맡길 것을 나는 울었다."이다. 첫 새끼를 낳느라고 몹시 혼이 난 암소가 달아나자, 어미를 여읜 송아지는 '움매- 움매- 울었'다. 어린 송아지의 가련한 모습은 '움매- 움매-'라는 의성어를 통해 직접적으로 환기된다. 어미를 잃은 송아지는 말이든 등산객이든 보이기만 하면 매달린다. 이 모습을 보고 시인이 떠올린 것은 우리 민족이 처한 상황, 즉 이산(離散)에 대한 공포이다. 자신을 보살펴 줄 보호자를 잃는다는 것의 공포는 흔히 고아 의식으로 표현되기도 한다. 우리 민족을 지켜 줄 나라가 존재하지 않는다는 것, 그래서 일본이라는 '모색(毛

色)이 다른 어미'한테 맡겨질 것에 대해 시적 화자는 '나는 울었다.'라고만 아주 간결하게 표현하고 있지만, 그 감정의 깊이는 짐작하기 어렵다. 이 시 전체에서 시적 화자가 얼마나 감정 표현을 절제하고 있는지 알고 있기에 더욱 그러하다.

그러므로 시적 화자는 백록담에 당도하여 정상의 맑은 물에 얼굴을 포개지만 "좇겨온 실구름 일말에도" 백록담이 흐려지는 것처럼 보이며, 그래서 쓸쓸할 수밖에 없다. 현실을 시에 담지 않았으되, 현실은 계속 시에 그늘을 드리운다. 명징한 이미지들 속에 수심(愁心)이 묵직하게 읽히는 것은 시인의 탁월한 성취이다.

'다리가 불구에 가깝도록 고단한' 산행의 의미

이 시가 발표된 시기인 1939년에는 시인의 고유한 내면 공간을 표현하는 것조차 허용되지 않을 만큼 문학적 환경이 악화되었다. 식민지 지식인으로서 시인이 할 수 있는 선택은 일본에 동조하거나 붓을 꺾는 것이었다. 이러한 상황에서 깊은 산속으로 간다는 것의 의미는 무엇이겠는가. 백록담에 당도하기까지 시인의 험난한 산행 과정은 여기서 두 가지 의미를 지니고 있다고 볼 수 있다.

시인은 산정(山頂)에 이르기까지 마주치는 모든 식물과 동물들을 하나하나 따뜻한 시선으로 바라보고 있으며, 들려오는 작은 소리들도 놓치지 않고 함께 느끼며 기꺼이 그들에 동화된다. 내 나라였으되 지금은 내 나라가 아닌, 우리 국토에 대한 슬픔에 젖어 있는 애정인 것이다. 따라서 이러한 섬세한 관찰과 표현 행위는 자기 위로의 행위로서의 의미를 지닌다고 볼 수 있겠다.

하지만 이러한 자기 위로는 한편으로 자기 기만이 될 수도 있다. 자연 속에서의 합일 혹은 은일을 통한 내면적 화해는, 식민지 지식인으로서 느끼는 무력감의 이면이기도 하기 때문이다. 그렇기 때문에 시인에게는 인고(忍苦)의 의식이 필요하다. 스스로 힘듦을 감내하는 과정을 통해 정신적인 무력감을 상쇄해야 할 것이기 때문이다.

이 시에서 한라산 정상인 백록담에 당도하기까지의 산행이 그러한 인고의 과정인 것으로 이해할 수 있게 하는 표현은 "나는 여긔서 기진했다."(1연)와 "불구에 가깝도록 고단한 나의 다리"(9연)라는 시구일 것이다. 특히 산행이 완료된 시점, 즉 백록담과 마주 선 상황에서 화자가 느끼는 몸의 피로도에 해당하는 "불구에 가깝도록 고단"하다는 표현은, 산행의 강도를 짐작케 하는 동시에 산행의 과정을 기꺼이 인내한 시인의 모습을 떠올리게 한다. 장시간 산행을 하거나 하루 내내 몸을 쓰는 일을 해 본 독자라면 "불구에 가깝도록 고단한" 상태가 어떤 정도인지 짐작할 수 있을 것이다. 내 의지대로 몸이 움직여지지 않을 정도의 신체 상태. 이 육체의 힘듦은 육체의 감각에만 집중하게 하여 오히려 정신을 백지 상태로 만들 수 있게 한다. 고단함이 가져다 준 정신적인 여백 속에서 시인은 자신의 번다한 마음을 잠시나마 내려놓을 수 있었을 것이다.

정지용은 그의 다른 시 〈인동차〉(1941)에서 "노주인의 장벽에 / 무시로 인동 삼긴 물이 나린다."라고 하였다. 인동차를 마시며 그 시절을 견뎌야 했을 시인의 내면에 깊이 동조할 때, 불구에 가까울 정도의 육체적 고단함은 일종의 자발적 인고 의식 같은 것으로 이해할 수 있을 것이다. | 정정순

....
참고문헌

권영민 편(1994),《정지용 전집 1: 시》, 민음사.

쉽게 씌어진 시

윤동주

창밖에 밤비가 속살거려
육첩방은 남의 나라,

시인이란 슬픈 천명인 줄 알면서도
한 줄 시를 적어볼까,

땀내와 사랑내 포근히 품긴
보내주신 학비 봉투를 받아

대학 노―트를 끼고
늙은 교수의 강의 들으러 간다.

생각해보면 어린 때 동무들
하나, 둘, 죄다 잃어버리고

나는 무얼 바라
나는 다만, 홀로 침전하는 것일까?

인생은 살기 어렵다는데
시가 이렇게 쉽게 씌어지는 것은
부끄러운 일이다.

육첩방은 남의 나라.
창밖에 밤비가 속살거리는데,

등불을 밝혀 어둠을 조금 내몰고,
시대처럼 올 아침을 기다리는 최후의 나,

나는 나에게 적은 손을 내밀어
눈물과 위안으로 잡는 최초의 악수.

출처 《하늘과 바람과 별과 시》(2004)   **첫 발표** 《하늘과 바람과 별과 시》(1948)

윤동주 尹東柱 (1917~1945)

연희전문학교 문과를 마치고 일본 유학 중 「치안유지법」 위반 혐의로 옥고를 치르다 순국하였다. 사후 친지와 유족들이 시집 《하늘과 바람과 별과 시》(1948)를 출간하였다. 자신에 대한 깊은 성찰에 바탕을 둔 맑고 높은 정신세계를 금지된 언어인 조선어로 일관되게 형상화하여, 한국인의 대표적 애송 시인 중 한 명으로 평가받고 있다.

21세기 《문학》 교과서가 가장 사랑하는 시

1947년 2월 13일 『경향신문』 4면에는 당시 주간(主幹)이었던 시인 정지용의 소개글과 함께 한 편의 시가 소개된다. 시인의 이름은 고(故) 윤동주, 시의 제목은 '쉽게 씌워진 詩'. 정지용은 문단에 발을 내딛기도 전에 이른 죽음을 맞은 후배 시인을 애통해하며 다음과 같이 시와 시인을 소개하였고, 세상은 이렇게 비로소 '윤동주'라는 이름을 매체를 통해 만나게 되었다.

> 간도 명동촌 출생. 연전 문과 졸업. 교토 도시샤(同志社)대학 영문학과 재학 중 일본 헌병에게 잡히어 무조건하고 2개년 언도. 후쿠오카 형무소에서 복역 중 음학(陰虐)한 주사 한 대를 맞고 원통하고 아까운 나이 29세로 갔다. 일황 항복하던 해 2월 26일*에 일제 최후 발악기에 '불령선인(不逞鮮人)'이라는 명목으로 꽃과 같은 시인을 암살하고 저이도 망했다. 시인 윤동주의 유골은 용정 동산 묘지에 묻히고 그의 비통한 시 십여 편은 내게 있다. 지면이 있는 대로 연달아 발표하기에 윤군보다도 내가 자랑스럽다. ─ 지용

이로부터 70년이 지나 윤동주 탄생 100주년을 맞은 2017년에 교육부의 검정을 통과하고, 2018년부터 고등학교에 적용된《문학》교과서 10종 중 7종은 윤동주의 〈쉽게 씌어진 시〉를 제재로 선정하였다. "원통하고 아까운 나이"의 이른 죽음이 다소의 신화를 더하기도 하였겠으나, 이 시대의 교과서 집필진들 상당수가 일제강점기를 대표하는 한국시로 〈쉽게 씌어진 시〉를 선택한 까닭은 아마도 맑은 영혼을 가진 시인의 깊은 성찰이 주는 감동과 아름다움, 그리고 그 위에서 단호히 발화된 시인의 선언 때문이었을 것이다.

▌'남의 나라'라는 불온한 선언

1941년 연희전문학교를 마친 윤동주는 고민을 거듭하다가 일본 유학을 결

....
* 윤동주는 2월 16일에 사망하였으므로 이는 오기(誤記)로 보인다.

심한다. 치욕적인 창씨개명을 감내하고 이듬해 현해탄을 건너 일본의 수도 도쿄의 북서부에 위치한 릿쿄(立教)대학에 입학한 시인은 자신의 현재 위치, 그리고 자신이 걸어온 길과 앞으로 가야 할 길에 대해 생각하고 또 생각하였다.

윤동주가 연희전문학교에 입학하기 한 해 전인 1937년부터 일본은 이른바 내선일체(內鮮一體)라는 구호를 외치고 있었다. 안쪽을 뜻하는 '내(內)'는 일본 본토를, '선(鮮)'은 조선을 뜻하는 이 말은 언뜻 보면 조선 사람들을 일본 사람들과 차별 없이 똑같이 대우해 주겠다는 말로 들리기도 한다. 그러나 그것은 허울 좋은 말일 뿐, 실제로는 대륙 침공의 전초 기지로 조선을 이용하면서 일본이 조선의 모든 것을 마음대로 해도 된다고 선언하기 위한 거짓 명분에 지나지 않았다. 안과 밖은 결코 같지 않지만, 필요할 때만 우리는 하나라고 달래고 속였던 기만의 구호, '내(內)'와 '선(鮮)'이 하나라는 억지 구호의 시절에 '내(內)' 가운데에서도 심장부인 도쿄에 들어와 있던 것이 1942년의 윤동주였다. 낯설기만 한 도쿄의 '흐르는 거리'에서 옛 친구들과 함께 있던 그리운 시절에 대한 기억을 '사랑스런 추억'으로 정리한 다음, 냉정하게 현실을 직시하면서 정면으로 마주한 것이 바로 '나는 지금 어디에 있는가'라는 질문이었던 것이다. 그리고 그는 이렇게 답한다. "내선일체? 아니, 이곳은 남의 나라."

1942년 4월 릿쿄대학에 입학하여 두 달을 지내고 윤동주가 완성한 이 시의 첫 구절은, 자신이 지금 있는 이 여섯 첩의 다다미(일본의 전통식 바닥재, 돗짚자리)방, 그리고 이 일본 땅은 결코 '나' 또는 '우리'의 나라일 수 없다는 선언이었다. 당대의 분위기를 고려한다면, 이 구절은 발견되는 즉시 일본 경찰에게 체포될 법한 위험한 말이 아닐 수 없다. 그럼에도 불구하고 그는 금지된 언어인 조선어로 이 불온한 발언을 쓴다. 윤동주라고 일본 경찰에 끌려가 고초를 겪을 일이 두렵지 않았을 리 없다. 그런데 이 시의 첫 구절은 왜 꼭 이래야만 했을까?

천명을 받들어 '시인'으로 살겠다는
또 하나의 선언

우리의 의문에 윤동주는 2연에서 바로 답한다. "시인이란 슬픈 천명인 줄 알면서도 / 한 줄 시를 적어볼까". 다른 이유가 아니고 그저 그가 시인이기에, 그는 그 위험한 말을 마음속에 감추고만 살지 않고 이렇게 시로 썼다. '시인'의 길이 '천명(天命)', 즉 하늘이 내린 거역할 수 없는 운명이라고 그는 시를 통해 고백하고 있는 것이다.

그렇다면 '시인'이란 어떤 사람인가. 시인은 사람들이 흔히 추구하는 물질적 행복 같은 것을 누릴 가능성이 거의 없으며, 그렇다고 특별히 무슨 권력이 있는 존재도 아니다. 오히려 그와는 반대로 당대의 작고 소외된 것들의 소리에 귀 기울이지 않고는 못 배기는 어떤 병을 앓고 있는 사람과도 같다. 잘 들리지도 않는 희미한 신호 같은 소리를 포착하여 인간의 언어로 번역을 하고, 고통에 찬 신음소리에 깊이 공감하면서 그만큼의 깊이를 가진 위로의 언어를 찾으려 애쓰는 사람. 그러는 가운데 바닥에 파편으로 흩어진 절망의 조각들을 모아 다시 새로운 희망의 언어를 빚어내기 위한 시도를 멈추지 않는 사람. 그런 이들을 일러 시인이라 할 수 있을 것이다. 또한 시인은 익숙하고 진부한 말 대신 그 언어에 새로운 생기를 불어넣는 말, 아름답고 진실한 말을 찾아 몇 날 며칠을 고민하는 사람들이다. 그런 시인들 덕분에 우리는 세상을 새롭게 보게 된다. 그리고 그런 시를 많이 가지고 있는 민족일수록 그 민족어의 사전은 그만큼 더 풍요로워진다.

여기에 더하여 윤동주가 생각하는 시인이란 밤마다 자신의 거울을 닦기도 하고(〈참회록〉), 우물에 비친 자신을 미워하거나 가엾어하기도 하는 성찰의 존재(〈자화상〉)이기도 하다. 이 성찰을 게을리하지 않을 때서야 시인의 정신은 시대의 첨단에, 혹은 절정에 서 있게 될 것이다. 운명적 시인의 과업은 이처럼 결코 간단하지 않으며 매우 힘들고 고통스러운 일임에 틀림없다. 그러나 윤동주는 그 어려움을 과장하는 대신, 당대 수많은 인생들의 힘듦을 앞에 두고 그에 비해 상대적으로 시 쓰는 일이 쉬움을 인정하고 고백하며 부끄러워한다. 그가 생전 엮어 내려 했으나 뜻을 이루지 못했던 시집의 〈서시〉에서 이미 "모든 죽어 가는 것을 사랑"하겠다고 다짐한 시인이었지만, 그는 다시 한번 자신을 돌아보며 시로써 어둠을 내몰 등불을 밝힐 수 있을지 시로써 점검하였다.

윤동주는 자신이 할 수 있는 일을 과장하지 않는다. 밤비가 속살거리는 도쿄의 육첩방에서 부끄러워하며 시를 쓰는 일로 세상이 쉽게 바뀌지 않을 것이라는 사실을 그 자신도 잘 알고 있다. 그렇지만 어릴 적의 친구들과 떨어져서 홀로 끝없이 침전하는 상황에서도 천명을 거부하지 않고, 살기 어려운 인생들을 담아내는 시를 계속해서 썼다. 시를 중단 없이 써서 뒤틀린 세상을 견디어 내며 그 언어를 버리지 않는다면 언젠가 모든 것들이 하나둘씩 제자리를 찾는 때가 올 것을 그는 믿었다. 또한 그는 다른 모든 이들이 더 이상 고통을 견디지 못하고 이 자리를 떠나더라도 자신만은 끝까지 남아 있으리라 다짐한다. 마침내 오직 혼자 남아 "최후의 나"가 될 때까지, 그리하여 새로운 시대의 새 아침을 볼 때까지 그는 시 쓰기를, 그리고 시 쓰기에 대한 반성을 멈추지 않는 것이다. 그러므로 "육첩방은 남의 나라"라는 개인의 독립 선언 같아 보였던 이 시는 결국, '최후'까지 시인으로 살겠다는 한 젊은 시인의 단호한 자기 증명으로서의 선언이기도 했던 것이다.

시인과 마주하는 독자들의 악수

불행히도 〈쉽게 씌어진 시〉는 마치 예언처럼 현재 남아 있는 윤동주의 마지막 시가 되었고, 그렇게 시의 화자는 '최후의 나'로 남았다. 시인이라는 천명을 회피하지 않고 받아들이겠다는 결심을 한 또 다른 자신에게 눈물과 위안을 건네며 '최초의 악수'를 하였기에 이후 그가 펼칠 시세계가 자못 기대되는 상황이었으나, 원통하고 아쉽게도 그의 시는 더 이상 씌어지지 못하였다.

윤동주는 광복을 겨우 6개월 앞두고 원통하게 눈을 감았다. 이듬해 가족들은 그의 육신 위에 순결하고도 고귀한 영혼이 그토록 듣고 싶어 했던 칭호를 붙여 비석을 세웠다. "시인 윤동주의 묘." 살아서 단 한 권의 시집도 내지 못한 아들의 이름 앞에 '시인'이라는 칭호를 묘비로밖에 새길 수 없었던 부모의 마음은 어떠했을 것인가. 이렇게 하여 윤동주에게 '시인'이란 정말 영원한 천명이 되었다.

최후까지 아침을 기다렸던 그가 우리에게 건네는 손을 이제 우리나라는 물론 일본과 중국, 그리고 세계 곳곳에서 뜨겁게 맞잡고 있다. 매년 2월 중순이면 그의 기일을 맞아 서울에서, 연변에서, 그리고 도쿄, 교토, 후쿠오카에서 윤동주를 추모하고 그의 시를 읽는 행사가 열리고 있다. 윤동주가 남긴 눈물과 위안을 국경 없이 하나의 목소리로 읽을 때, 〈쉽게 씌어진 시〉는 역사상 최초로 한중일을 잇는 평화의 선언으로 자리매김하게 될 것이다. 그리고 그것이 윤동주로 하여금 "시대처럼 올 아침"을 예비하는 시인의 길을 걷게 한 하늘의 뜻일 터이다.

| 김정우

참고문헌

윤동주(2004), 《하늘과 바람과 별과 시: 원본 대조 윤동주 전집》, 연세대학교대학출판문화원.

광야

이육사

까마득한 날에
하늘이 처음 열리고
어데 닭 우는 소리 들렷스랴

모든 산맥들이
바다를 연모해 휘달릴때도
참아 이곧을 범犯하든 못하였으리라

끈임없는 광음光陰을
부지런한 계절이 피여선 지고
큰 강물이 비로소 길을 열엇다

지금 눈 나리고
매화향기 홀로 아득하니
내 여기 가난한 노래의 씨를 뿌려라

다시 천고의 뒤에
백마타고 오는 초인이 있어

이 광야에서 목노아 부르게하리라

출처 《이육사 전집 1: 이육사의 문학》(2017) **첫 발표** 『자유신문』(1945. 12)

....

이육사 **李陸史** (1904~1944)
이육사는 시인이자 독립운동가로 일제강점기 시대의 저항문학을 대표하는 작가 중의 한 명이다. 본
명은 이원록(李源綠)으로, '이육사'라는 필명은 일제에 의해 투옥되었을 당시 자신의 수인 번호인
'264'에서 유래되었다. 시로써 일제의 탄압에 항거하기도 하였으나, 의열단 단원으로서 독립운동에
실제 가담하여 지사(志士)로서의 면모를 보여 주었다. 1933년 〈황혼〉으로 등단하였다. 그의 시 〈절
정〉(1940)과 〈광야〉(1945)는 항일 저항시의 전형으로 평가받고 있다.

....

▌'광야'에 흐르는 시대정신

이육사는 단순히 시인이 아니었다. 여러 차례에 걸친 검거와 투옥을 겪었을
만큼, 자기 삶의 뜻을 세운 뒤로는 마지막 숨을 내쉴 때까지 그 뜻에 따라 실천
하고 행동하였다. 이는 일제강점기 아래에서 고수하기 매우 어려운 삶의 방식
이자 태도였으나, 시인은 그것을 자신의 삶 안에서 온전히 펼쳐 보였다. 이육
사의 또 다른 시 〈절정〉(1940)에서 보였던 칼날 같은 그의 시대정신은 〈광야〉
(1945)에도 그대로 흐르고 있다.

1연에서 화자는 '광야'의 존재를 알리고자 한다. 지구상에 문명이 시작되기
도 전, 처음 하늘이 열리고 땅이 그 하늘빛을 받기 시작할 때부터 '광야'가 존재
해 왔음을 말한다. 웅대하면서도 장엄하게 강한 원시성을 환기하며 화자는 '광
야'의 시작을 고한다.

이 '광야'는 화자에게 단지 텅 빈, 아득히 넓기만 한 들이 아니다. 2연에 형
상화된 바와 같이 어떠한 존재도 범하지 못했던 곳이다. 그만큼 '광야'는 절대
적인 곳이다. 육지 위의 모든 산맥도 비켜 갈 만큼 불가침의 영역인 셈이다.

3연에 이르면 바로 그곳에 드디어 인간의 숨결이 불기 시작한다. '광야'는 태곳적부터의 시간을 기억한다. 빛과 어둠의 교대, 사계절의 자리바꿈이 이 '광야' 위에서 끊임없이 반복되어 왔다. 그토록 오랜 시간이 흘러 다다른 곳에서 비로소 문명의 대하(大河)와 마주친다. 큰 강물을 긴 '광야'에는 인간의 역사와 정신이 심어지게 된다.

그 '광야'에 지금 눈이 내리고 있다. 불가침의 땅에 혹한이 몰려와 얼음이 땅을 뒤덮고 있다. 4연에서 화자는 일제강점기의 혹독한 현실을 눈이 내리는 고난의 현실로 표현하고 있다. 화자는 그 순간에, 자신에게 명령한다. "내 여기 가난한 노래의 씨를 뿌려라." 겨울의 수난이 시작되었지만, 화자의 시대정신은 겨울보다 앞서 나가 매화 향을 피워 낸다. 물론 이 수난에서 언제 벗어날 수 있을지는 아득하기만 하다. 그러나 지금, 여기에서 부르는 나의 노래가 그 날을 피워 낼 씨앗이 될 것임을 화자는 믿어 의심하지 않는다.

그리하여 인간의 한계 능력 안에서 상상할 수 있는 가장 오랜 시간을 앞으로 견뎌 내야 할지라도, 결국에는 자신이 바라는 그 순간을 일궈 낼 이가 있을 것임을 다시 한번 다짐한다. 마지막 5연에서 화자가 '광야'를 또 다시 환기하는 것 또한 이 때문이다. 그는 바로 "이 광야"에서 모든 이들이 조국의 해방을 보게 할 것이라는 미래에 대한 의지를 절규하고 있다.

▎ '광야', 시공의 최대치를 꿈꾸다

일제강점기를 살아가며 조국의 해방을 꿈꾸는 일은 정도의 차이가 있을지언정 당시의 시인들이 해 봄직했을 일이다. 그런데 어떠한 상상력으로 그 꿈을 그려 내는지에 서로 차이가 있다. 일제강점기를 소재로 한 시들이 대중에게 매우 익숙해서 전혀 새롭지 않게 여겨지는 현상이 안타깝지만, 그러한 이유에서라도 그 친숙한 시들을 낯설게 보려는 시도가 필요하다. 이 시의 경우 상대적으로 결코 크지 않은 영토에 살고 있는 화자가 어떻게 '광야'를 운운할 수 있는지에 대한 의문이 낯설게 보기의 한 예일 수 있다. 공간뿐만이 아니다. 5연 15행으로 이루어진 길지 않은 이 시에서 화자는 태고의 시점으로부터 달려와 현재를 지나 천고의 뒤를 바라본다. 시간의 연속은 누구에게나 열려 있지만, 그 연속 안에서 긴긴 상상력을 끌고 가는 것은 절대 평범한 일이 아니다.

다시 보고 새로이 보면, 이 시가 펼쳐 보이는 시간과 공간의 자장이 범상치 않음을 알 수 있다. 그 폭과 깊이를 헤아리기조차 어렵다. 화자에게 조국은 그러한 곳인 셈이다. 내가 태어나기 전부터, 아니 천지가 열리기도 전부터, 나의 나라는 이미 그곳에 있었다. 그만큼 조국은 절대적이다. 시인은 그 절대적 존재를 형상화하는 데에 자신의 상상력의 최대치를 펼치고 있다.

이 시는 시간의 흐름에 따라 1연의 '까마득한 날'로부터 4연의 '지금'을 거쳐 5연의 '천고의 뒤'로 이어진다. 그 시간 동안 1연에서 하늘이 열리고, 2연에서 땅이 꿈틀대며, 3연에서 인간 역사의 시원이 전개된다. 이로써 '광야'라는 우리 민족의 공간이 탄생한다. 시간의 측면에서 볼 때 원시에 닿아 있으며, 공간의 측면에서 볼 때 자연의 광활함을 닮은 곳이다. 바로 이곳이 현재는 억압에 처한 땅이 되었음을 4연에서 고한다. 그러나 화자는 지금, 여기에서 '가난한 노래의 씨'를 뿌리기를 다짐한다. 그 힘이 미약할지라도 자신의 희생을 더하여 미래를 기약할 수 있게 되기를 바란다. 그럼으로써 5연에서는 미래의 역사적 시공간으로서 광야에 '노래의 씨'가 마침내 노래가 되어 불릴 것을 예언하고 확신한다.

과거-현재-미래를 넘나드는 광폭의 시간성, 하늘-땅-바다를 아우르는 광활한 공간성 위에 '광야'는 놓여 있다. 이 역사적 지평 위에서 화자는 절대적 존재로서 주권 국가의 귀환을 목 놓아 부르고 있다. 인간의 상상력이 확보 가능한 최대치의 시공간에 '광야', 즉 조국의 영토를 그려 넣음으로써 절대적 존재의 지위를 부여함과 동시에, 그 절대성을 수호하기 위하여 오늘도 화자는 '노래의 씨'를 뿌리며 언젠가는 찾아들 '초인'의 희망을 조국의 미래에 남겨 둔다.

처음부터 끝까지 조국이었던 시인

피식민지 처지의 국가나 민족에게는 저항문학이라는 문화의 역사가 존재한다. 이는 무력적인 지배에 항거하여 조국의 해방을 위해 싸우는 입장에 선 문학이다. 그러므로 저항문학은 근본적으로 억압자에 대한 투쟁의 몸짓이다. 물론 이 투쟁은 비폭력 투쟁이다. 가시적인 힘이 감지되지는 않는다. 그래서 이육사는 조국에 대한 자신의 헌신과 희생을 '가난한 노래'라고 명명했는지도 모른다. 그럼에도 불구하고 시인은 그 노래에 '씨'가 있음을 환기한다. '노래의 씨'가 지금은 미미하여 바람에도 흩어지나 그것이 국토에 흩뿌려져 방방곡곡 뿌리를 내린 후 잎사귀를 내고 줄기를 밀어 올려 꽃과 열매로 맺어지는 순간, 전 국토가 일어나 조국의 해방을 "목노아 부르게 되리라"고 예언한다. 이 예언의 말이 쌓이고 쌓여 우리의 정신을 지배할 때 '가난한 노래'는 더 이상 곤궁하지 않으며, 그것이 사람들의 귀로 마음으로 스며들어 힘을 발휘하게 된다.

저항문학은 고매한 정신을 대변한다. 그리고 그 정신은 언어의 힘으로 현현한다. 피식민(被植民)으로서 절체절명의 순간에 놓인 입장이라면 누구라도 항거의 말 한 마디, 항거의 글 한 줄이라도 보탤 법하다. 그런데 현실을 곰곰이 돌이켜 보면 저항문학 작가로 불리는 이들이 매우 많지는 않음을 깨닫게 된다. 일제 강점기에도 상당수의 문인이 존재했을 것이다. 그러나 기대만큼 여러 목소리의 '가난한 노래'가 들리지는 않는다. '광야'의 노래가 강한 절규로 다가오면서, 동시에 홀로 아득한 매화향기처럼 고독한 외침으로 들리는 이유이다.

그래서 소위 저항시는 어떠한 마음으로 쓰이는지가 궁금해진다. 이육사는 자신의 시 〈노정기〉(1937)에서 다음과 같이 고백한다. "목숨이란 마ー치 깨어진 뱃조각 / 여기저기 흩어져 마을이 한구죽죽한 어촌보다 어설프고 / 삶의 티끌만 오래 묵은 포범(布帆)처럼 달아 매었다. // 남들은 기뻤다는 젊은 날이었건만 / 밤마다 내 꿈은 서해를 밀항하는 정크와 같아 / 소금에 쩔고 조수(潮水)에 부풀어 올랐다. // 항상 흐렷한 밤 암초를 벗어나면 태풍과 싸워가고 / 전설에 읽어본 산호도(珊瑚島)는 구경도 못 하는 / 그곳은 남십자성이 빈저주도 않았다."
이 시에서 화자는 세계에 대해 비극적인 태도를 보인다. 자신의 목숨이 '깨어진
뱃조각'과 같다거나 자기 의지가 담긴 소망이 '밀항하는 정크'와 같이 떠돌고
있다는 인식이 그러하다. 투쟁의 정신으로 점철된 그의 삶과 문학활동에 비추
어 볼 때 이와 같은 시인의 내면 풍경은 황폐하기 그지없다. 어떻게 보면 이육
사도 다른 이들과 같은 조건에서 그의 삶을 살아 냈음을 우리가 잠시 망각한 것
일 수도 있다.

중요한 사실은, 이육사마저도 일제강점기라는 그의 시대를 절망적으로 인식
하고 있었다는 점이다. 현실 세계는 자신이 소망하는 세계와 크나큰 간극이 있
었다. 그럼에도 불구하고 시인은 소망하기를 멈추지 않았으며, 행동하기를 주
저하지 않았다. 그의 수필 〈계절의 오행〉(1938)에는 다음과 같은 결기가 서려
있다.

내가 들개에게 길을 비켜줄 수 있는 겸양을 보는 사람이 없다고 해도 정면으
로 달려드는 표범을 겁내서는 한 발자국이라도 물러서지 않으려는 내 길을 사랑
할 뿐이오. 그렇소이다. 내 길을 사랑하는 마음, 그것은 나 자신에 희생을 요구
하는 노력이오. 이래서 나는 내 기백(氣魄)을 키우고 길러서 금강심(金剛心)에서
나오는 내 시를 쓸지언정 유언은 쓰지 않겠소. (…) 그래서 나는 이 가을에도 아
예 유언을 쓰려고는 하지 않소. 다만 나에게는 행동의 연속만이 있을 따름이오."

│ '광야', 행동의 공간

의열단 단원으로 활동하면서 빈번한 옥고를 치른 그이지만, 시를 쓰는 일 또
한 그에게는 일제에 저항하는 강력한 행동 중의 하나였다. "행동은 말이 아니
고, 나에게는 시를 생각한다는 것도 행동이 되는 까닭이오. 그런데 이 행동이

란 것이 있기 위해서는 나에게 무한히 너른 공간이 필요로 되어야 하련마는 숫
벼룩이 꿇어앉을 만한 땅도 가지지 못한 나라, 그런 화려한 팔자를 가지지 못한
덕에 나는 방안에서 혼자 곰처럼 뒹굴어 보는 것이오."(〈계절의 오행〉) 시인의 몸
과 마음은 '방 안'에 수그러들어 있다. 그러면서 '무한히 너른 공간'을 꿈꾼다.
시인이 〈광야〉를 노래한 까닭도 이와 무관하지 않다. 이때의 공간은 단순히 몸
과 마음에 여유를 주는 빈 곳만을 의미하지 않는다. 보다 근본적으로 한 인간의
"행동이란 것이 있기 위해서는" 존재해야만 하는 삶의 일차적인 조건이다. 따라
서 시인은 그것이 부재하는 시대를 살면서 '공간'을 꿈꾸지 않을 수 없었고, 이
를 보기 위하여 투쟁의 삶을 살았다.

비극적인 세계 인식이 그의 곁에도 머물렀다. 그러한 의미에서 이육사 또한
근본적으로는 미약한 한 개인에 지나지 않았다. 그러나 시인은 자신을 '방 안'
에 가두고 있지만은 않았다. 그의 다른 시 〈꽃〉(1945)에서 시인은 "동방은 하늘
도 다 끝나고 / 비 한 방울 나리잖는 그 땅", 다시 말해 미래가 불투명한 현실 속
에서도 "오히려 꽃은 빨갛게 피지 않는가"라고 반문하며 "오늘 내 여기서 너를
불러" 본다. 민족의 '공간'마저 주어지지 않았던 척박한 시대에 '무한히 너른
공간'을 꿈꾸는 〈광야〉의 화자는 이 같은 자기 신념과 의지의 토대 위에 서 있
었다. '광야'의 상상력은 "다만 나에게는 행동의 연속만이 있을 따름이오."라고
시를 쓰는, 몸소 실천하는 이에게 허용되었던 정신의 자유 공간을 보여 준다.

| 구영산

....
참고문헌

손병희 편저(2017),《이육사 전집 1: 이육사의 문학》, 이육사문학관.
이육사(2017),《계절의 오행》, 문학공감대.

윤사월

박목월

송화松花가루 날리는
외딴 봉오리

윤사월 해 길다
꾀꼬리 울면

산직이 외딴 집
눈 먼 처녀사

문설주에 귀 대이고
엿듣고 있다.

출처 《박목월 시전집》(2012)　**첫 발표** 《상아탑》(1946. 4)

박목월 朴木月 (1915~1978)

경상북도 경주 출생. 10대 후반부터 잡지에 동시를 발표해 왔고 1940년 《문장》에 정지용의 추천을
받아 등단하였다. 동시를 발표할 때에는 '박영종'이라는 이름을 사용하였고 '목월'은 《문장》으로 등
단한 이후부터 사용하였다. 당시 정지용은 박목월의 시적 성취를 김소월에 견주기도 하였다. 조지
훈, 박두진과 함께 출간한 《청록집》(1946) 외에도 《산도화》(1955), 《난·기타》(1959), 《청담》(1964),

《경상도의 가랑잎》(1968), 《무순》(1976) 등의 시집을 출간하였으며, 유고시집으로 《크고 부드러운 손》(2003)이 출간되었다.

자연 시인 박목월

해방 이후 조지훈, 박두진과 함께 펴낸 《청록집》은 사회적 현실에 거리를 두면서 자연을 통한 서정적 미학의 성취를 추구한 결과물이라고 할 수 있다(유성호, 2016). 이와 같이 나타나는 작품 세계는 영원이나 근원으로서의 자연을 반영하고 있는 것으로 해석되거나 식민지 현실의 변용적 반영으로 해석되기도 한다(송기한, 2016).

〈윤사월〉(1946)은 〈청노루〉(1946)나 〈산도화〉(1955)에 나타나는 자연처럼 인간이 살아가는 사회와는 유리된 공간을 배경으로 하여 윤달이 낀 음력 4월의 정경을 그려 내고 있는 작품이다. 한 행의 길이나 전체 작품의 길이가 그렇게 길지는 않은 단형 서정시의 형식에 소위 7·5조라 부르는 리듬의 형태를 취하고 있다. 이렇듯 단조롭게 보이는 외형적 특성은 김소월 이후 형성된 형식적 전통의 한 축을 계승하고 있는 것으로 보이기도 한다. 정지용의 〈비〉(1941)가 압축된 형식을 취함으로써 인간의 자취를 감추고자 했던 것으로 읽힐 수 있는 만큼, 〈윤사월〉에 나타나는 짧고 압축된 시형 또한 자연으로 향했던 시인의 태도를 반영한 것으로 읽을 수 있다.

자연 시인 박목월?

그러나 4연 8행, 총 50음절에 미처 이르지 못하는, 어떻게 보면 한 문장으로 이루어진 이 작품 안에는 하나하나 자세하게 살필 요소들이 적지 않게 포함되어 있다. 박목월의 주된 작품 세계가 자연을 대상으로 하고 있다 하더라도 이 작품은 자연 속의 고독한 풍경이나 인간과는 분리된 이상적·자족적 공간의 풍경으로만 환원되지 않는다. 그러므로 '윤사월 외딴 봉오리에 있는 외딴 집에 사는 눈 먼 처녀가 꾀꼬리 소리를 듣고 있다.'와 같은 문장으로 이 작품을 요약해 내는 것은, 직업을 소개하는 책자의 목차만 보고 그 직업을 다 알았다고 하는 것과 크게 다를 바 없을 것이다.

특히 앞에서 언급했던 〈청노루〉나 〈산도화〉와 달리 작품 속에 구체적인 인간이 등장한다는 점도 특이하게 바라볼 수 있는 지점이다. 여기에 등장하는 인간은 그저 현실과 유리된 자연 속의 한 대상으로만, 즉 자연화된 인간으로만 축소하여 이해하기에는 그 역할이 적지 않아 보인다. 제목부터가 '윤사월'이다. 자연에 시간의 개념을 부여하고 그것을 조정하기 위해 도입된 '윤달'이라는 개념이 이미 세계를 바라보는 인간의 시선을 포함하고 있기도 하다.

이 작품에 등장한 인간의 역할을 이해하기 위해서는 우선 작품이 제시하고 있는 이미지들의 풍요로움을 즐겨 볼 필요가 있다. 1연에서는 동적인 식물, 2연에서는 동적인 동물, 3연에서는 정적인 위치로서의 인간, 4연에서는 동적인 행위로서의 인간이 제시되고 있다. 그렇다고 해서 1연의 동적인 이미지와 2연의 동적인 이미지가 동일한 결을 가지고 있는 것은 아니다. 1연에서는 희미한 청각을 수반하는 시각적 이미지가 주를 이룬다면, 2연에서는 희미한 시각을 전제로 한 청각적 이미지가 주를 이루고 있다. 1연의 '송화가루' 날리는 장면은 바람 소리를 함께 떠올리게 하고, 2연의 꾀꼬리가 우는 장면은 꾀꼬리의 노란 빛깔과 '해 길다'에서 그려지는 해 질 녘의 색채를 연상시킨다. 즉, 작품의 전반부는 노란색('송화가루', '꾀꼬리')을 공통분모로 가지면서도 감각의 입체성을 구현함으로써 정적이지만은 않은 자연의 모습을 제시한다. 이를 통해 원경(遠景)임에도 화자와 단절된 공간처럼 느껴지지 않는 표현의 묘미를 감상할 수 있다.

3연과 4연에 등장하는 인간의 모습 또한 동일한 결을 가지고 있다고 보기 어렵다. 우선 3연은 주어부로, 4연은 서술부로 구성되어 있다. 그리고 3연에 등장하는 인간은 그 존재만이 제시되기에, 동시에 그 존재가 '외딴 집'에 있기에 고립되고 정적인 특징을 보여 주는 반면, 4연에서는 인간의 행위가 제시되고 있다. 이 4연으로 인해 '외딴 집'과 그 안에 있는 '눈 먼 처녀'는 움직임을 함축하고 있는 존재로 탈바꿈하게 된다.

이 작품이 더 풍요롭게 다가오는 순간은 작품의 전반부와 후반부가 이어지면서 긴장이 생겨나는 지점을 발견하는 순간이다. 우선 '눈 먼 처녀'가 '엿듣'는 행위를 하는 것(3·4연)은 자연의 움직임(1·2연)에 대한 호응이라고 볼 수 있다. 그러나 그 호응이 직접적 혹은 적극적으로 이루어지지는 않고 있다는 점에서 묘한 긴장감이 발생한다. 전반부에서 그려지는 자연의 모습은 방대하거나 그 움직임에 한계가 없는 것처럼 보인다. 1연에 제시되는 풍경이 원경의 모습을 띠고 있기 때문이기도 하겠지만, '외딴 봉오리'에 날리는 '송화가루'는 끝도 없이 멀리 퍼져 나갈 것만 같다. '해 길다'고 우는 꾀꼬리의 울음 또한 긴 해만큼이나 지평선 너머까지 퍼질 것 같다. 이에 비해 '눈 먼 처녀'의 움직임은 매우 제한적이다. '산직이 외딴 집'은 그리 커 보이지도 않고 이 작품이 발표될 당시에 시각 장애인의 이동이 수월하지도 않았을 것이다. 이렇듯 이 작품의 후반부에 등장하는 '눈 먼 처녀'의 행동반경은 전반부에 나오는 '송화가루'나 '꾀꼬리'에 비해 지극히 제한되어 있다.

이제 작품은 단순한 풍경의 제시로 끝나지 않는다. 완전체로서의 합일을 이루고 있는 이상적·근원적 세계로서의 자연은 이 작품의 화자가 주목하는 자연이 아니다. 자연은 끊임없이 움직이며 변화를 만들어 내는 존재이고(이재복, 2018) 인간은 그에 화답하려 하나 한없이 미약하기만 하다. 그리고 이 작품의 시상 전개는 그렇게 미약한 한 인간의 미미한 움직임을 포착하는 데에서 마무리된다.

┃ '눈 먼' 인간들의 귀 기울이기

그러나 끝없이 변화하는 자연에 대비되는 행동의 제약이 '눈 먼 처녀'에게 아이러니로 작용하지는 않는다. 이 작품에서 아이러니가 발생한다면 제한된 공간에서 시각을 잃은 자가 자연의 생동하는 모습에 오히려 더욱 민감하게 반응할 수 있다는 점일 것이다. 이제 '눈 먼 처녀'는 보편성을 획득한다. 우리가 살아가면서 받게 되는 물리적·사회적 제약들이 '처녀'의 시각장애와 공명하게 되기 때문이다. 그리고 인간은 그러한 제약들을 넘어 저마다의 꽃을 피우기 위해 작은 틈에도 민감히 귀를 기울이며 역사를 이어 왔다. 여기까지 생각이 미치면 1연의 '봉오리'를 산봉우리가 아닌 꽃봉오리로 읽고 싶은 욕심이 생기기도 한다. 늘 찾아오는 사월이 아닌, 윤사월이라는 비일상의 틈을 통해 산봉우리에서 귀를 기울이는 '눈 먼 처녀'를, 인간이라는 신비가 담긴 꽃봉오리로 보고 싶은 것이다.

┃ 민재원

참고문헌

송기한(2016), 「박목월 시에서 자연의 의미 변이 과정」, 『한국시학연구』 45, 한국시학회, 145-165.
유성호(2016), 「박목월 문학과 문학장(場)」, 『한국근대문학연구』 32, 한국근대문학회, 7-31.
이남호 편(2012), 《박목월 시전집》, 민음사.
이재복(2018), 「시와 정체공능(整體功能)의 미학: 박목월의 〈나그네〉와 〈윤사월〉을 중심으로」, 『비교한국학』 26(3), 국제비교한국학회, 241-272.

해

박두진

해야 솟아라. 해야 솟아라. 맑앟게 씻은 얼굴 고운 해야 솟아라. 산 넘어 산 넘어서 어둠을 살라먹고, 산넘어서 밤 새 도록 어둠을 살라먹고, 이글 이글 애띈 얼굴 고은 해야 솟아라.

달밤이 싫여, 달밤이 싫여, 눈물같은 골짜기에 달밤이 싫여, 아무도 없는 뜰에 달밤이 나는 싫여……,

해야, 고운 해야. 늬가 오면 늬가사 오면, 나는 나는 청산이 좋아라. 훨훨훨 깃을 치는 청산이 좋아라. 청산이 있으면 홀로래도 좋아라.

사슴을 딿아, 사슴을 딿아, 양지로 양지로 사슴을 딿아 사슴을 만나면 사슴과 놀고,
칡범을 딿아 칡범을 딿아 칡범을 만나면 칡범과 놀고,……

해야, 고운 해야. 해야 솟아라. 꿈이 아니래도 너를 만나면, 꽃도 새도 짐승도 한자리 앉아, 워어이 워어이 모두 불러 한자리 앉아 애띠고 고은 날을 누려 보리라.

출처 《박두진 전집》(1982) 첫 발표 《상아탑》(1946. 5)

박두진 朴斗鎭 (1916~1998)

1939년 6월 시인 정지용의 추천으로 《문장》 1권 5호에 시 〈향현〉, 〈묘지송〉을 발표하며 등단하였다. 초기에는 자연 자체를 탐구하고, 광복 후에는 구도자적 갈망과 사회 부조리에 대한 비판을 담아내며 자연, 인간, 신이 다층적으로 얽혀 있는 시를 쓴 시인이다. 대표 시집으로는 조지훈, 박목월과의 공동 시집 《청록집》(1946)과 개인 시집 《해》(1949), 《거미와 성좌》(1961), 《인간밀림》(1963), 《수석열전》(1973), 《포옹무한》(1981) 등이 있다.

자연 표상의 시집, 《해》

광복 이듬해인 1946년 발표한 〈해〉는 새 역사의 장에서 평화와 광명을 소망하는 시인의 마음을 표현한 작품으로, 1949년 발행된 박두진의 첫 개인 시집 《해》의 표제작이기도 하다. 시집 《해》에는 〈해〉 이외에도 〈묘지송〉, 〈청산도〉, 〈향현〉, 〈도봉〉, 〈하늘〉 등 31편의 시가 수록되어 있다. 이 작품들은 광복 후의 혼탁한 시대상을 부정적·비관적으로 인식하면서도 '산', '하늘', '바다' 등의 소재를 통해 낙원 회복의 꿈과 밝은 미래에 대한 기다림을 함께 표현하고 있다. 이러한 자연은 박두진의 시세계에 있어 "마르지 않는 수원(水源)이자, 제일의 소재 권역이었고, 궁극적 거처"(유성호, 2009: 98)라고 할 수 있다.

빛과 어둠이 공존하는 공간으로서의 자연

이 시는 한국 근대시사에서 보기 힘든 밝고 희망적인 목소리가 담겨 있는데, 특히 마지막 연의 다짐과 희망의 목소리는 질곡의 역사를 이겨 내면서 지상의 유토피아를 열망하는 시적 화자의 초월과 갈망의 의식이 강하게 착색되어 있다. 시적 화자는 '해'가 솟아오르기를 간절히 바라고 있다. 시적 화자의 소망은 같은 빛의 속성을 지닌 개체이면서 상반되는 시어인 '달밤'을 통해, 즉 빛과 어둠이라는 명암의 대립적 이미지를 통해 더욱 간절해진다. 해가 솟으면 '청산'이 "훨훨훨 깃을 치"고 '사슴'과 '칡범', "꽃도 새도 짐승도" 모두 함께 어울리며 조화롭게 살아갈 수 있다. 그러한 "애뙤고 고은 날"은 갈등이나 대립에서 벗어날 수 있는 날로, 결국 자연과 인간이 합일되는 조화로운 세계를 의미한다.

시적 화자의 환희에 찬 감정은 반복 형태와 호격, 생략부호 등의 적절한 구사를 통해서도 나타난다. 이러한 표현 방법은 시에 경쾌한 활력을 가져다주며 해가 솟아오르기를 간절히 염원하는 시적 화자의 정서를 역동적으로 보여 준다. 이 시는 연마다 시의 진술이 길게 늘어져 있는데, 그 산문적인 진술은 반복 구문의 의성어와 의태어가 적절히 활용되어 시의 율동을 한층 생기 있게 만든다. 감각어의 활용이 포함된 반복 구문은 소리 자질의 미감까지 발휘되고 있어 운과 율이 함께 작동하는 풍부한 리듬감을 제공하고 있다. 산문시 형태이면서도 리듬감 있는 언어를 구사하는 시적 태도는 시인 박두진이 초기 시부터 견지했던 중요한 특징 가운데 하나이다.

또한 이 시는 '해'로 상징되는 세계와 '달밤'으로 상징되는 세계를 이분법적으로 대비시켜 주제를 형상화하는데, 특정 어구의 반복과 어조가 그러한 대비 효과에 기여한다. 1연에서는 "해야 솟아라"를 반복함으로써 평화와 광명의 세계를 맞이하고픈 소망을 부름과 명령으로 강하게 표출한다. 특히 "해야 솟아라"의 반복 구조에 해를 수식하는 어구가 추가되면서 해의 의미가 확장되고 강화된다. 반대로 2연에서는 "달밤이 싫여"를 반복함으로써 어둡고 슬픈 세계를 배척하고자 하는 거부감을 직접적인 감정어로 표현하고 있다. 마찬가지로 달밤을 수식하는 어구가 추가되면서 달밤의 의미가 확장, 강화된다. 3연에서는 다시 해를 부르면서 "청산이 좋아라"를 반복하여 화자가 지향하는 미래 세계를 노래한다. 4연과 5연에서는 "사슴을 딿아"와 "칡범을 딿아"를 반복하여 약자와 강자가 평화롭게 공존하는 세상을 그려 낸다.

이러한 이분법적 구조와 특정 어구의 반복은 식민 지배의 어둠에서 벗어나 광복의 날을 맞이하고자 하는 강렬한 소망을 효과적으로 전달한다. 밝은 해의 이미지는 어두운 달밤과 대립되고 청산과 호응한다. 청산은 온갖 생명체들이 조화를 이루는 평화와 안식의 공간이다. "훨훨훨 깃을 치는 청산"이라는 말에는 모든 생명체들이 자신의 안식처를 마련하는 드넓은 포용의 공간이 곧 산이라는 의미가 담겨 있다. 그곳은 순한 사슴과 사나운 칡범이 제각기 자신의 생명력을 드러내면서 공존하는 공간이다. 화자는 "사슴을 만나면 사슴과 놀고", "칡범을 만나면 칡범과 놀고"라는 말을 통해 모든 생명과 차별 없이 어울리고 싶다는 평화주의와 박애 사상을 드러낸다. "청산이 있으면 홀로래도 좋아라"라는 말은 평화와 사랑을 실천하는 삶 속에는 인간의 고독도 자리 잡지 못하여 화해의 기쁨만 넘칠 뿐이라는 사실을 나타낸다.

모든 동식물이 '한자리'에 모여 화해의 장을 이루는 꿈의 공간을 노래하면서 그것을 "꿈이 아니래도 너를 만나면"이라고 말한 것 또한 주목해 볼 수 있다. 여기에는 자신의 소망이 단순한 꿈이 아니라 현실에서 반드시 이루어져야 한다는 강한 의지가 담겨 있다. 모든 존재가 차별 없이 하나로 화합하는 이상적 세계를 "애뙤고 고은 날"이라고 표현하며 희망하고 있는 것이다.

▎ 자연과 시대, 그리고 종교

이 시는 대개 두 가지의 해석법을 제공한다. 첫 번째 이해 방식은 식민지 체제와 관련시키는 것이다. 이 시가 처음 발표된 1946년이라는 시기를 떠올려 볼때 해방의 감격 속에서 당대 독자들은 이 작품을 통해 새로운 세계에 대한 희망을 꿈꾸었을 것이다. 해가 솟은 산이 어둠에 싸인 산과 다른 모습을 보여 주듯이 압박이 종식된 세상도 제 손으로 스스로 이룩해야 할 새로운 모습으로 세상에 나타난다. 발표 시기와 달리 이 시가 쓰인 연대를 식민지 말기로 추정한다고 하더라도, 당대 현실에 대한 대안의 의미로 이 시의 세계가 제시되었다고 볼 수 있다. 이 시를 읽는 독자라면 누구나 순수와 광명과 사상이 충만한 시인의 인생관과 쉽게 만날 수 있다.

두 번째는 시인의 종교관인 기독교적 원리의 표상으로 그의 작품을 이해하는 방식이다. 기독교 신앙은 박두진의 작품 전체에 흐르는 빛 모티프를 이루고 있으며, 이에 비추어 볼 때 그의 시는 "어둠에서 빛으로 향하는 기독교의 근본적인 사상을 전함으로써, 비합리적인 굴레에서 질서를 회복한다는 기독교 정신"(최규창, 1984: 57)의 표현이라고 할 수 있다. 사자와 소와 어린아이가 함께 노는 《구약성서》의 〈이사야〉 11장과 연관되어 있는 시 〈해〉에는 시인이 희망하는 세상의 모습이 드러난다. 그것은 악의 무리와 선의 무리가 함께 즐겁게 뛰노는 에덴동산의 아름답고 평화로운 자연이다. 에덴동산은 선과 악이 대립하고 갈등을 일으키는 곳이 아니라 선의 너그러움으로 악을 포용하여 비로소 천상계에 이를 수 있는 곳으로, 성서에 나타나는 화해 공동체적 이상주의를 표상한다고 할 수 있다. 이러한 두 가지 해석법은 이 시의 해석을 조국 해방의 기쁨이라는 시대적 차원을 넘어 초월적 이상향의 추구로까지 연계, 발전할 수 있는 여지를 남겨준다.

또한 시 속에 주요하게 사용되고 있는 빛의 이미지를 통해서도 해석의 폭을 확장해 볼 수 있다. 빛의 이미지는 시인 자신이 "내 사상하는 바의 집약적인 중심체"(박두진, 1970: 46)라고 했을 정도로 박두진의 초기 시부터 후기 시까지 전 시기를 지배하는 중요한 역동적 이미지로 기능하고 있다. 그의 빛 이미지가 갖는 특징에 대해 김응교(2004: 140)는 "어둠을 몰아내는 구원이자 정화 및 순진무구의 상징"이라고 하였으며, 그 빛을 불의 이미지와 연결하여 설명하고 그것이 일반적인 원형적 상징으로 이어진다고 정리한 바 있다. 이러한 빛의 이미지를 대표하는 시어가 '해'이다. 해는 박두진의 시 속에서 다양하게 살아 움직인다. 때로는 "새로 날 뜰 해"(〈달과 말〉)로 표현되며 정적이지 않고 생동감 있고 역동적인 모습을 지닌다. 또 해는 "무덤 속 화안히 비춰 줄"(〈묘지송〉) 구원의 상징이 되고, 밤을 몰아내는 "승리로운 아침"(〈아침에〉)이 되게 하고, "빛 새로 밝아 오면 온 산이 너훌에라"(〈들려오는 노래 있어〉)처럼 생명력 넘치는 자연을 만들거나, "수런수런 빛을 받"(〈해의 품으로〉)아 온 산이 기지개 켜게 한다. 이렇게 해의 에너지, 빛의 힘은 우주의 온갖 사물에 동적인 역동성을 주며, 그의 시에서 개인적 상징을 넘어 시대적이고 민족적인 어둠을 몰아내는 초월의 상징으로 살필 수 있다.

아울러 유사한 태양 사모 모티프를 가지고 있는 김기림의 시 〈태양의 풍속〉(1939)을 통해 박두진의 〈해〉를 새롭게 살필 수도 있다. '태양아'라는 호격으로 시작하는 김기림의 시 〈태양의 풍속〉에서 '태양'은 '해'와 달리 일상에서는 별로 사용하지 않는 일종의 과학 용어이다. 박두진 시편이 되풀이를 통한 리듬감 조성에 애쓴 반면, 김기림 시편은 보다 산문적이다. 또한 김기림 시편에는 '궁전, 풍속, 잔디밭, 방천, 요람, 시, 병실'과 같은 인공물이 동원되는 반면, 박두진 시편에는 '산, 달밤, 골짜기, 청산, 사슴, 칡범, 양지'와 같은 자연물이 되풀이하여 동원된다. 인공의 이미지에 대해 원초적 자연의 이미지가 펼쳐지고 있는 박두진 시편이 독자들의 무의식 심층부에 호소한다면, 김기림 시편은 한결 논리적인 호소라 할 수 있고 축축한 감상주의를 배격하는 자세가 한결 지적이라 할 수 있다. 두 작품을 통해 원초적·육체적 광명 숭상과 관념적 태양 숭상의 현격한 차이를 비교해 볼 수도 있을 것이다.

| 손예희

참고문헌

김응교(2004), 『박두진의 상상력 연구』, 박이정.
박두진(1970), 『한국현대시론』, 일조각.
박두진(1982), 《박두진 전집》, 범조사.
유성호(2009), 「윤리와 실존으로서의 종교 의식」, 『현대문학의 연구』 37, 한국문학연구학회, 97-122.
최규창(1984), 『한국기독교시인론』, 대한기독교서회.

꽃덤불

신석정

태양을 의논하는 거룩한 이야기는
항상 태양을 등진 곳에서만 비롯하였다.

달빛이 흡사 비오듯 쏟아지는 밤에도
우리는 헐어진 성터를 헤매이면서
언제 참으로 그 언제 우리 하늘에
오롯한 태양을 모시겠느냐고
가슴을 쥐어 뜯으며 이야기하며 이야기하며
가슴을 쥐어 뜯지 않았느냐?

그러는 동안에 영영 잃어버린 벗도 있다.
그러는 동안에 멀리 떠나버린 벗도 있다.
그러는 동안에 몸을 팔아버린 벗도 있다.
그러는 동안에 맘을 팔아버린 벗도 있다.

그러는 동안에 드디어 서른 여섯해가 지내갔다.

다시 우러러 보는 이 하늘에

겨울밤 달이 아직도 차거니

오는 봄엔 분수처럼 쏟아지는 태양을 안고

그 어늬 언덕 꽃덤풀에 아늑히 안겨 보리라.

출처 《빙하》(1956)　　**첫 발표** 《신문학》(1946. 6)

....

신석정 辛夕汀 (1907~1974)

1924년 4월 『조선일보』에 〈기우는 해〉를 발표하며 등단했으며 김영랑, 박용철, 정지용 등과 함께 《시문학》 동인으로 활동하면서 본격적인 작품 활동을 이어 갔다. 1939년 간행한 첫 시집 《촛불》에서는 목가적인 서정시의 세계를 보여 주었으나, 《슬픈 목가》(1947) 이후에는 전원적 유토피아에서 현실로 눈을 돌리기도 했다. 《빙하》(1956)와 《산의 서곡》(1967)에서 현실참여적인 목소리를 담아냈다면 마지막 시집인 《대바람 소리》(1970)에서는 자연 서정의 세계로 회귀하면서 시세계를 마무리했다.

....

| 목가시인이라는 평가에 대하여

한 시인의 삶과 그의 시적 지향을 타당하게 연결하는 접점을 찾기란 쉬운 일이 아니다. 이를 반영하듯 시인과 그의 작품을 관련지어 해석할 때는 특정한 기점을 설정해 시 정신의 변천 과정을 살펴보곤 한다. 그런데 정세가 격동하던 시기에 온 생을 보냈던 시인이라면, 개인의 삶의 궤적뿐만 아니라 당시 역사의 어느 지점들이 그 시인의 시세계를 경유하는 변곡점으로 설정되기도 할 것이다.

20세기가 막 시작한 1907년에 태어난 신석정 또한 예외는 아니다. 시인의 이름 앞에는 전원시인 또는 목가시인, 서정시인이라는 칭호가 붙어 왔다. 이러한 평은 시문학파의 일원으로 서정시를 꾸준히 발표하던 시인의 작품에 대하여, 마치 목신(牧神)이 조는 듯한 행복한 고향으로서의 안식소를 현대인의 영혼에 제공한다고 본 당대 비평가 김기림으로부터 비롯한 것(김학동·김세환 편, 1988)이다. 그러나 신석정의 시세계는 그러한 평을 들었던 1930년대의 목가적

시풍에만 머물러 있지 않았다. 고향을 기억하는 자의 회상만으로는 참아 내기 어려운 암흑기와 해방의 격동기, 한국전쟁과 현대 정치사의 질곡을 지나오는 동안 그만큼의 내적 갈등을 겪어 낸 결과를 시로 내어 놓으며 '시인'으로서의 이력을 쌓아 온(김윤식, 1981: 251) 까닭이다.

그러나 사실 목가시인, 전원시인이라는 호칭의 기저에도 시인이 한 편의 인상적인 그림을 형성하는 신선한 심상을 사용했던 점, 언어에 대한 명징한 감각을 바탕으로 하는 모더니즘적 면모를 드러냈던 점, 동양적 이상 세계 같은 전통적인 시상을 추구했던 점 등 시 작업에 대한 여러 차원들이 복합적으로 얽혀 있다. 특히 두 권의 시집을 발표한 후 얼마간 시 발표를 중단했던 1950년대를 지나 1970년대에 이른 시인은 '목가시인'에 어울리지 않는 모습을 보인다. 그는 작가의 현실참여가 작품활동을 통해 이루어질 수 있으며, 그 한계는 서정시에만 매여 있지 않다(신석정, 1974)고 말하며 현실에 밀착한 시들을 발표한다. 그리고 이는 시를 통해 역사와 현실을 조명하는 결의에 찬 시선(허소라, 1983)으로 읽히기도 한다. 이처럼 한 시인의 시세계는 조명하는 지점에 따라 여러 차원에서 파악될 수 있다는 점에서, 매끈한 표면이라기보다는 군데군데 요철이 있는 입체적인 것일 수밖에 없다.

한 명의 시인은 자신을 둘러싼 개인적·사회적·역사적 환경에 영향을 받고 이를 변화시키기도 하는 한 명의 생동하는 인간이기에 시인의 시세계를 이름 앞에 붙는 어떤 한정사만으로 규정하기는 힘들다. 신석정의 〈꽃덤불〉은 1941년부터 해방 때까지 절필했던 시기를 지나, 일제강점기의 전원시인이라는 칭호를 벗고 '현실에 육박하는 서정'을 보여 주었다는 점에서 주목해야 하는 작품 중 하나이다. 목가시인의 작품에서 으레 기대하게 되는 전원의 풍광이나 자연을 대하는 태도가 표면에 드러나지 않는 이 시에 대해 현실주의적 관점을 적용할 수도 있을 것이다. 그러나 시인의 시세계를 어느 하나로 칭하는 것의 무용함을 떠올릴 때, 시에 접근하기 위해 특정한 관점만을 앞세우기보다는 섣불리 규정 짓지 않고 시를 온전히 읽어 내는 것이 보다 적절한 길일 것이다. 우선 〈꽃덤불〉이 노래하는 시간을 되짚어 따라가는 것에서부터 시작해 보자.

〈꽃덤불〉에 담긴 여러 겹의 시간

〈꽃덤불〉에는 여러 겹의 시간이 흐른다. 먼저 1연에서 등장하는, 떠오른 태양을 품었던 시원(始原)의 순간으로서의 과거가 있다. 그러나 이미 '거룩한 이야기'가 되어 버린 그 시간은 "헐어진 성터를 헤매" 봐도, "가슴을 쥐어 뜯으며 이야기"해도 '우리'의 기억에 머문 어느 때일 뿐이다. 우리 앞에 놓인 시간은 '오롯한 태양'이 놓여 있었던 과거의 시간이 아니라 "달빛이 흡사 비오듯 쏟아지는 밤"(2연)이며, "겨울밤 달이 아직도 차거니"(5연) 한, 그때의 태양을 등진 현재를 의미한다. 현재의 시간은 기억 속에 항상 정지해 있으면서 심지어 미화되기도 하는 과거의 시간에 비해 항상 무력하다.

한편, 3연에서 반복되는 '그러는 동안'이라는 시간에 대하여 시인은 두 번째 시집인 《슬픈 목가》(1947)의 〈방(房)〉에서 이미 다룬 바 있다. 〈방〉의 화자는 "세상이 뒤집어졌었다는 그리고 뒤집어지리라는" 열망에 대하여 마치 누군가에게 들은 이야기를 전하듯 시를 시작한다. '젊은 인사로푸*들은 어딘지 모를 "모지락스럽게 고적한 좁은 방"에서 "새로운 세대가 오리라는" 막막한 이야기를 "동백꽃보다 붉게 피"워 낸다. 시는 천 년, 만 년의 시간이 끝내 '좁은 방'을 넘어서지 못하고 침잠해 가는 것으로 마무리된다.

투르게네프가 그려 낸 바 있는 '혁명을 꿈꾸는 나약한 지식인의 자화상'을 담아냈다(윤여탁, 2000:78-79)고 알려진 이 시에서 화자는 세월에 무력해질 수밖에 없는 현재의 시간을 '이야기'로 칭한다. 그리고 기약 없이 '새로운 세대'를

....

* '인사로푸'는 이반 투르게네프(Ivan Turgenev)의 장편소설 《그 전날 밤》(1860)에 나오는 인물로, 터키에 침략당한 조국 불가리아의 해방에 헌신하는 청년 혁명가이다.

기다리는 무력한 '젊은 인사로푸들'에 자신을 동일시하기보다 이야기를 전하는 사람으로 자신을 위치시킨다. 〈방〉이 발표된 시기가 1939년 9월임을 감안하면 당대의 비극이 언제까지 이어질지 모르는 상황에서 계속 헤매며 살아가야 하는 시인의 처지는 '젊은 인사로푸'에도, 언젠간 오리라는 '새로운 세대'에도 동일시할 수 없던 화자의 그것과 닮아 있다. 그래서 화자가 전하는 '이야기'는 혼잣말이나 답이 결정되어 무의미해져 버린 말처럼 허공을 떠돈다.

〈방〉에서 현재의 시간은 끝내 언제까지라고 기약할 수 없는 무력함과 막막함의 시간이었다. 그러나 〈꽃덤불〉에 이르면 이미 끝난 서른여섯 해만큼의 시간이 해방이라는 현재의 기점과 함께 분할된다. 과거를 언급한 1연과 그 이후의 시간은 '태양'을 등진 연속된 나날이다. 2연에서 4연 사이에는 현재의 시간이 무력할 수밖에 없는 원인들이 켜켜이 쌓여 있는데, 특히 3연에서 화자는 '그러는 동안'을 반복하며 그 일들을 손가락 꼽듯 하나하나 써 내려 간다. 벗을 영영 잃어 버리고 벗이 멀리 떠나 버리고, 벗이 몸과 맘을 팔아 버리는 '동안'의 시간은 3연에 묶여 얼기설기해진다. 그 시간은 "드디어 서른 여섯해"를 세어 내는 화자에 의해 터지듯 4연으로 돌출되어 나오면서 구획될 만한 기점으로, 현재에 대한 두 겹의 시간으로 나타난다.

또한 주목해 볼 만한 것은 이름난 청년의 이야기를 전하던 〈방〉의 화자와 달리, 〈꽃덤불〉의 화자는 함께 이야기하고 벗을 떠나보내기도 하는 '우리'에 자신을 위치시키고 있다는 점이다. 〈꽃덤불〉에서는 멀찍이 떨어져 좁은 방 속 청년들의 이야기를 전달하기만 하는 것이 아니라, 화자 자신이 '우리'가 되어 끝내 이어져 온 그 '이야기'를 계속하고야 만다. 물론 그 이야기는 때로 이미 '헐어진 성터'를 헤매면서, 가늠하기도 힘든 '언제', '참으로 그 언제'를 거듭 부르는 이야기이고 사라진 벗들을 하나하나 세는 시간들이지만, "다시 우러러 보는 이 하늘에" 이제 다른 이야기를 시작할 수 있다. 빛('태양')과 어둠('밤')의 이분법에서는 포착할 수 없던 달빛의 시간은 이렇게 설명의 말을 얻는다. '우리'의 이름으로 쌓인 시간들이 있기에 화자는 "겨울밤 달이 아직도" 차갑다는 사실을 알고 있으면서도 그 어느 언덕에선가 서로 얽혀 꽃을 피워 내고 있을 '꽃덤풀'을 떠올리며 다가올 봄을 기약하는 것이다.

꽃덤불에는 가시가 있다

시인이 청구원에서 지내며 그곳에 묻히기까지 수많은 작품을 발표해 온 것은 자연을 가까이 두고자 했던 그의 성정을 반영한다. 앞뜰을 나무와 꽃으로 채우고 무시로 바라보았을 시인에게 꽃덤불은 어떤 이미지였을까. 덤불이란 '어수선하게 엉클어진 수풀'을 이르는 말로, 흔히 '가시덤불'이나 '나무 덤불'처럼 쓰인다. 덤불에서 가장 먼저 연상되는 것은 이리저리 얽힌 줄기의 따가운 감각이다. 시인은 이 '덤불'에 '꽃'을 붙였다. 보드라운 잔디밭이나 잘게 흩어진 꽃밭이 아니라, 덩굴이 엉켜 있고 때론 가시가 붙어 있기도 한 꽃덤불이라니. 게다가 이 꽃덤불에서 '아늑함'을 기대하는 시인의 심사를 어떻게 이해해야 할까. "오는 봄 분수처럼 쏟아지는 태양을 안고" "꽃덤풀에 아늑히 안겨" 보기를 기대하는 화자의 감격 어린 어조는 어느 비평가의 말처럼 '너무나 순진하고 또 시대 감각에 뒤떨어진 것'(김윤식, 1981)일 수 있다. 또는 정치적 무관심에 기반하여 생성된 '환멸적 낭만주의'(최명표, 2012)의 소산일지도 모른다. 아니면 김기림의 회고처럼 '현대 문명의 잡담을 피한 곳에 한 개의 유토피아를 흠모하는' 시인의 시세계(김경복, 2001)가 이어진 것일 수도 있다. 이렇듯 다양한 해석이 있기에 시인이 왜 꽃덤불에 주목했는가에 대한 의문은 더욱 깊어진다.

이 시의 마지막 행은 "분수처럼 쏟아지는 태양"의 눈부신 밝음과 그로 인해 현실의 질곡들이 마치 존재하지 않았던 것처럼 사라지는 것으로 끝을 맺음으로써 여러 평론가에게 아쉬움을 남겼다. 그런데 이 마지막 행에 대하여 민정기 화백의 〈꽃 덤풀〉(1996)은 다른 풍광을 제시한다. 고결한 장미나 백합보다 '들꽃들의 덤불'에 주목하여 소외된 현대인을 그려 내고자 했다는 민정기의 이 작품은, 앞서 제기한 의문에 접근하기 위한 단서를 제공한다. 태양을 기다리기는 하지만 아직 달빛이 비칠 뿐인 겨울밤은 이 그림의 채도 낮은 배경처럼 어두울 것이다. 그 가운데 핀 꽃덤불은 벗들과 쌓아 온 이야기들처럼 굵고 짧은 줄기들이 얼기설기 투박하게 연결되어 있을 것만 같다. 여기까지는 시와 그림의 이미지가 유사하나, 그림에서는 동그란 꽃이 유독 빛을 발하

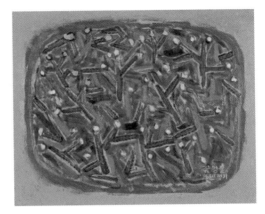

민정기의 〈꽃 덤풀〉

며 피어있으며, 이 꽃으로부터 발그레한 기쁨의 조각들이 읽힌다. 뒤엉킨 수풀 속에서 말갛게 핀 꽃. 시인에게, "가슴을 쥐어 뜯으며" 해방을 기다리던 '우리'에게, 오는 봄 피어날 꽃은 꽃밭이 아닌 억센 가시와 엉긴 덤불 속 꽃이다. 즉, 이 꽃덤불은 기약 없는 헤맴을 겪어 내면서도 아직 포기하지 않은 자의 꿈을 보여 준다. 설사 그것이 '징글징글'한 삶의 끝에 무산되거나(〈흑석고개로 보내는 시―정주에게〉) 심지어 봉홧불로 타 버려 돌아오지 못한다 해도(〈봉화(烽火)〉), 그 꿈의 시도 자체가 폄하되어서는 안 될 것이다.

| 진가연

....
참고문헌

김경복(2001), 「신석정 시의 유토피아 의식 연구」, 『한국문학논총』 28, 한국문학회, 243-260.
김윤식(1981), 『(속)한국근대작가논고』, 일지사.
김학동·김세환 편(1988), 《김기림 전집 2: 시론》, 심설당.
신석정(1956), 《빙하》, 정음사.
신석정(1974), 《난초잎에 어둠이 내리면》, 지식산업사.
윤여탁(2000), 『신석정』, 건국대학교 출판부.
최명표(2012), 「해방기 신석정의 방황과 시적 편력」, 『한국시학연구』 33, 한국시학회, 93-120.
허소라(1983), 『한국현대작가연구』, 유림사.

남신의주 유동 박시봉방

백석

어느 사이에 나는 아내도 없고, 또,

아내와 같이 살던 집도 없어지고,

그리고 살뜰한 부모며 동생들과도 멀리 떨어져서,

그 어느 바람 세인 쓸쓸한 거리 끝에 헤매이었다.

바로 날도 저물어서,

바람은 더욱 세게 불고, 추위는 점점 더해 오는데,

나는 어느 목수木手네 집 헌 삿을 깐,

한 방에 들어서 쥔을 붙이었다.

이리하여 나는 이 습내 나는 춥고, 누긋한 방에서,

낮이나 밤이나 나는 나 혼자도 너무 많은 것 같이 생각하며,

딜옹배기에 북덕불이라도 담겨 오면,

이것을 안고 손을 쬐며 재 우에 뜻없이 글자를 쓰기도 하며,

또 문밖에 나가디두 않구 자리에 누워서,

머리에 손깍지벼개를 하고 굴기도 하면서,

나는 내 슬픔이며 어리석음이며를 소처럼 연하여 쌔김질하는 것이었다.

내 가슴이 꽉 메어 올 적이며,

내 눈에 뜨거운 것이 핑 괴일 적이며,

또 내 스스로 화끈 낯이 붉도록 부끄러울 적이며,

나는 내 슬픔과 어리석음에 눌리어 죽을 수밖에 없는 것을 느끼는 것이었다.

그러나 잠시 뒤에 나는 고개를 들어,

허연 문창을 바라보든가 또 눈을 떠서 높은 턴정을 쳐다보는 것인데,

이때 나는 내 뜻이며 힘으로, 나를 이끌어 가는 것이 힘든 일인 것을 생각하고,

이것들보다 더 크고, 높은 것이 있어서, 나를 마음대로 굴려 가는 것을 생각하는 것인데,

이렇게 하여 여러 날이 지나는 동안에,

내 어지러운 마음에는 슬픔이며, 한탄이며, 가라앉을 것은 차츰 앙금이 되어 가라앉고,

외로운 생각만이 드는 때쯤 해서는,

더러 나줏손에 쌀랑쌀랑 싸락눈이 와서 문창을 치기도 하는 때도 있는데,

나는 이런 저녁에는 화로를 더욱 다가 끼며, 무릎을 꿇어 보며,

어느 먼 산 뒷옆에 바우섶에 따로 외로이 서서,

어두워 오는데 하이야니 눈을 맞을, 그 마른 잎새에는,

쌀랑쌀랑 소리도 나며 눈을 맞을,

그 드물다는 굳고 정한 갈매나무라는 나무를 생각하는 것이었다.

출처 《정본 백석 시집》(2007) **첫 발표** 《학풍》(1948. 10)

백석 白石 (1912~1996)
평안북도 정주 출생. 자신이 체험한 삶의 모습을 토속적으로 그려 낸 작가로 손꼽힌다. 여행하면서 겪고 느낀 바를 잘 표현하고 있는 기행 시, 우리 공동체의 삶의 모습이 담긴 체험시, 민요적이면서도 서사적인 모더니즘시 등을 골고루 남기고 있다.

쓸쓸하고 진솔한 내면 고백,
그 속에 담긴 의지

잘 알려진 바와 같이 이 시의 제목은 편지에 적는 발신인의 주소에 해당한다. "남신의주(南新義州, 북한 신의주 남쪽) 유동(柳洞)에 사는 박시봉(朴時逢) 집(方)에서"라는 의미이다. 주소 형식의 제목이기 때문에 공간을 지칭하는 것 외에 특별한 의미를 지니고 있지 않다고 여길 수도 있지만, 사실 이 제목이 시사하는 바는 크다. 백석이라는 시인에 대해 어느 정도의 배경지식을 갖고 있다면 그가 고향을 떠나 낯선 곳에 머무르고 있다는 것, 주인이 따로 있는 집에 세 들어 살고 있다는 것 등을 유추할 수 있기 때문이다. 이런 상황을 이해한 후에 작품의 내용을 한 구절씩 읽어 나가면 시적 화자의 고백이 어느 지점을 향하고 있는지 파악하기가 용이하다.

백석은 전통적으로 서정 시인으로 분류되지만, 식민지 시대 지식인의 삶에서 결코 자유로울 수 없는 주체였다. 당대의 분위기가 백석에게 일정한 영향을 끼쳤음을 여러 작품에서 확인할 수 있거니와 이 시에서도 그러한 면을 감지할 수 있다. 개인적인 이유도 있었겠지만, 시적 화자는 가족과 집을 멀리 떠나 "바람 세인 쓸쓸한 거리 끝"을 헤매고 다녔다. 일제강점기 지식인의 일반적인 현실 체험과 관련된 '헤매고 다님'의 모티프는 이 시대에 쓰인 다른 여러 작품 속에도 형상화되어 있다.

이 '헤매고 다님'은 개별적이고 구체적인 생활 체험과 결부되며 더욱 적나라하게 드러난다. 목수네 집에 세 들어 살고 있다는 점, 그 방이 "습내 나는 춥고, 누긋한 방"이라는 점, 시적 화자가 생각을 곱씹고 되새김질하는 혼자만의 쓸쓸한 공간이라는 점 등도 당대의 우울하고 비관적인 정서를 떠올리게 한다.

시인이 처한 세계의 분위기와 시적 정서는 일정한 관련을 맺을 수밖에 없다. 이 작품에는 시적 화자의 다양한 정서가 곳곳에 나타나 있다. 작품 전반부에 나타나는 쓸쓸함, 뒤를 이어 언급되는 슬픔과 어리석음, 그 이후에 나타나는 운명적 체념과 외로움, 그것을 뛰어넘는 고고함과 굳고 정한 의지에 이르기까지 시전편에 화자의 정서가 노출되어 있다. 작품의 메시지에 연결되는 핵심 정서는 이러한 다양한 정서의 혼합과 배열 방식에 의해 결정된다. 그러나 이 작품에서는 다양한 정서 중 어떤 것이 시인이 초점을 둔 핵심 정서인지 파악하기 쉽지 않다.

자신의 상황과 현실에 대한 담담한 고백이 담겨 있는 이 작품에는 특별히 어렵게 느껴지는 말이나 사상 같은 것이 담겨 있지 않다. 1980년대에 백석의 시를 처음 접할 때 느꼈던 토속적인 시어의 낯섦과 난해함이 어느 정도 해소되었기 때문이기도 하지만, 이 작품은 서간체나 일기체에 가까운 자기 고백적인 시여서 백석의 다른 작품들에 비해 시어가 쉽다고 느껴질 수도 있다.

시적 상황과 시어에 대한 이해가 마무리된 시점에서 이 작품의 메시지와 정서를 이해할 때 부딪히는 어려움은 마지막 4행의 시구와 관련된다. "어느 먼 산 뒷옆에 바우섶에 따로 외로이 서서, / 어두워 오는데 하이야니 눈을 맞을, 그 마른 잎새에는, / 쌀랑쌀랑 소리도 나며 눈을 맞을, / 그 드물다는 굳고 정한 갈매나무라는 나무를 생각하는 것이었다."와 같은 시구를 어떻게 풀어내느냐에 따라 메시지와 정서의 결이 달라지기 때문이다. 외롭고 슬프고 쓸쓸한 시적 화자에게 굳은 의지와 각오를 다지게 해 주는 갈매나무는, 정결하고 강인하며 고고한 정신적 이미지를 통해 화자의 의지를 부각하는 매개체로 기능한다. 비록 갈매나무의 생태를 정확히 알지 못하고 시인에게 그 나무가 어떻게 인식되는지 명확하게 이해할 수는 없더라도, 시적 상황과 정서를 유추하는 과정에서 갈매나무의 의미를 가늠해 볼 수 있다.

가난하고 외롭고 높고 쓸쓸한, 사랑과 슬픔의 삶

1941년《문장》에 발표된 백석의 〈흰 바람벽이 있어〉는 앞의 작품과 유사한 내면 고백이 나타나 있어 두 작품을 연관 지어 읽으면 작품에 대한 이해를 높일 수 있다. 백석은 1939년에 만주로 떠나 광복이 될 때까지 그곳 세관 등에서 근무했으며 해방 후 고향인 정주로 돌아왔다. 시기적으로 보았을 때 〈흰 바람벽이 있어〉는 이때의 방랑 경험이 반영된 작품으로 볼 수 있다. 시 전문은 다음과 같다.

> 오늘 저녁 이 좁다란 방의 흰 바람벽에
> 어쩐지 쓸쓸한 것만이 오고 간다
> 이 흰 바람벽에
> 희미한 십오촉 전등이 지치운 불빛을 내어던지고
> 때글은 다 낡은 무명샤쯔가 어두운 그림자를 쉬이고
> 그리고 또 달디단 따끈한 감주나 한잔 먹고 싶다고 생각하는 내 가지가지 외로운 생각이 헤매인다
> 그런데 이것은 또 어인 일인가
> 이 흰 바람벽에
> 내 가난한 늙은 어머니가 있다
> 내 가난한 늙은 어머니가
> 이렇게 시퍼러둥둥하니 추운 날인데 차디찬 물에 손은 담그고 무이며 배추를 씻고 있다
> 또 내 사랑하는 사람이 있다
> 내 사랑하는 어여쁜 사람이
> 어늬 먼 앞대 조용한 개포가의 나즈막한 집에서
> 그의 지아비와 마조 앉어 대구국을 끓여놓고 저녁을 먹는다
> 벌써 어린것도 생겨서 옆에 끼고 저녁을 먹는다
> 그런데 또 이즈막하야 어느 사이엔가
> 이 흰 바람벽엔
> 내 쓸쓸한 얼골을 쳐다보며

이러한 글자들이 지나간다

─나는 이 세상에서 가난하고 외롭고 높고 쓸쓸하니 살어가도록 태어났다

　　그리고 이 세상을 살어가는데

　　내 가슴은 너무도 많이 뜨거운 것으로 호젓한 것으로 사랑으로 슬픔으로

　가득찬다

　그리고 이번에는 나를 위로하는 듯이 나를 울력하는 듯이

　눈질을 하며 주먹질을 하며 이런 글자들이 지나간다

─하눌이 이 세상을 내일 적에 그가 가장 귀해하고 사랑하는 것들은 모두

　　가난하고 외롭고 높고 쓸쓸하니 그리고 언제나 넘치는 사랑과 슬픔 속에

　살도록 만드신 것이다

　　초생달과 바구지꽃과 짝새와 당나귀가 그러하듯이

　　그리고 또 '프랑시쓰 쨈'과 도연명과 '라이넬 마리아 릴케'가 그러하듯이

　　백석의 시를 이야기할 때 자주 인용되는 "가난하고 외롭고 높고 쓸쓸하니"라는 시구가 담겨 있는 작품이다. 시적 상황이나 시공간, 발표된 시점 등은 다르지만 작품을 읽는 순간 〈남신의주 유동 박시봉방〉과 긴밀한 상관성을 지니고 있음을 확인할 수 있다. 〈남신의주 유동 박시봉방〉의 내적 고백보다 〈흰 바람벽이 있어〉의 내적 고백이 좀 더 설명적이고 구체적이어서, 두 텍스트를 함께 보면 추상적 시어나 시적 화자의 태도 등을 상호 보완적으로 이해하는 데 도움이 된다.

　　〈남신의주 유동 박시봉방〉의 갈매나무는 화자의 메시지가 응축된 대상이다. 세상이 외롭고 쓸쓸하고 마음대로 되지 않더라도 갈매나무처럼 고고하게 살아내겠다는 기상을 담고 있다. 그렇다면 시인이 생각하는 삶의 모습은 어떤 것일까. 이는 〈흰 바람벽이 있어〉에서 벽에 지나가는 "가난하고 외롭고 높고 쓸쓸하니 그리고 언제나 넘치는 사랑과 슬픔 속에 살도록 만드신 것"이라는 '글자들'에서 그 구체적인 모습을 확인할 수 있다. 이 시구에 나타난 가난과 외로움과 쓸쓸함은 대다수의 민초들이 경험했던 그것과는 성격이 다르다. '높고'와 '넘치

는 사랑'이라는, 상반된 성질을 지닌 시어가 일차원적인 현실의 절박과 궁핍을 걸어 내고 있기 때문이다. 오히려 이런 어려움은 높고 이상적인 것을 성취하기 위한 시련의 성격을 띠고 있는 것으로 판단된다.

앞서 언급했던 것처럼 이 시를 쓸 무렵 백석은 만주에서 방랑하고 있었다. 그래서인지 작품 속 화자는 문학을 하는 것도, 사랑을 하는 것도 여의치 않은 스스로의 삶에 자조적인 태도를 보인다. 자식을 먹여 살리려 찬물에 무와 배추를 씻던 '가난한 늙은 어머니'와 한때 서로 사랑했으나 이제는 자신의 곁을 떠나 다른 남자와 가정을 꾸리고 아이도 생겼을 '어여쁜 사람'이 화자에게 가난과 외로움과 쓸쓸함의 표상이라면, 프랑시스 잠(Francis Jammes)이나 도연명(陶淵明), 라이너 마리아 릴케(Rainer Maria Rilke)와 같은 시인들은 높음의 표상이라고 할 수 있다. 어느 것 하나도 포기할 수 없는 삶이기에 그의 삶은 "가난하고 외롭고 높고 쓸쓸하니 그리고 언제나 넘치는 사랑과 슬픔" 속에 있는 삶이될 수밖에 없다. 이 구체적인 삶이 집약되어 있는 대상이 〈남신의주 유동 박시봉방〉의 '갈매나무'이다. 해방 이후 현실적인 시공간은 많이 달라졌지만 시인을 둘러싸고 있는 삶의 조건들은 그다지 달라지지 않았다. 그렇기 때문에 시인은 〈흰 바람벽이 있어〉를 쓰며 견지했던 삶의 자세와 의지를 다시 한번 재인하지 않을 수 없었던 것이다.

인간으로서, 그리고 시인으로서 가지게 되는 쓸쓸함과 외로움과 슬픔과 어리석음을 재확인하고 운명적인 삶의 문제를 어떻게든 희망과 결부시키는 것, 그것이 격변기를 살아가면서 충만한 사랑을 꿈꾸었던 시인 백석의 내면의 외침에 담긴 진정한 삶의 자세가 아니었을까.

| 유영희

참고문헌

고형진 편(2007), 《정본 백석 시집》, 문학동네.
고형진 편(2007), 〈흰 바람벽이 있어〉, 《정본 백석 시집》, 문학동네.

2부

자본주의 시대와
현대시의 다양화

자본주의 시대와 현대시의 다양화

　　제2차 세계대전이 끝난 지 불과 몇 년이 안 된 시점에 발발했던 한국전쟁은 지역에서 벌어진 세계대전이라 할 만큼 많은 국가가 참전한 가운데 남과 북 모두를 초토화하는 파괴적인 결과를 낳았다. 전쟁 속에서 사람들은 생활은 고사하고 생존을 걱정해야 하는 삶을 살아야 했고, 그런 가운데 문화와 역사는 황폐해져 버렸다. 국토와 함께 민족이 단절되자 사회의 주요한 모순들은 모두 분단 이데올로기 뒤편으로 숨겨졌다. 당연히도 전쟁 이후 20세기의 후반 전체를 한국 현대사는 이 질곡에서 벗어나는 것을 근본 과제로 삼게 되었다. 물론 이 전쟁으로 일제가 그들의 억압적 체제를 공고히 하기 위해 유지시켰던 봉건적 사회 질서와 의식들까지 흔들리게 되었고, 이로 인해 한국 사회가 한동안 정체되어 있던 근대사회로의 전환과 발전을 전후 복구 과정에서 급격히 시도할 수 있게 된 것은 아이러니한 부수 효과였다.

　　폐허가 되어 버린 전쟁터에서 살아남게 된 시인들은 삶과 죽음의 경계 속에서 실존적 문제들을 고뇌했고, 파괴된 문화와 생활의 질서 위에서 새로운 전통과 윤리의식을 찾았다. 역사와 전통을 어떻게 다시 잇고 비로소 발견된 시민의식과 민주주의를 어떻게 지켜 낼지 모색하는 의무감도 가져야 했다. 자유로운 시민들의 사회를 꿈꾸던 1960년대에, 신체와 사상과 언론의 자유를 꿈꾸던 1970년대에, 노동자와 민중과 여성의 해방을 이야기하던 1980년대에 시인들은 현실의 무게감을 이겨 낼 수 있는 시 형식의 윤리성을 구축하고자 했다. 그것은 관(冠)의 무게를 이겨야 하는 일이었다. 후일담의 서정을 담은 작품이 많았던 것도 이 시기가 '진지한 현대시'의 시대였던 것과 관련이 있다.

이 시기는 한국 현대시에서 현대성에 관한 동시대적 감수성의 중심을 이루고 있다. 현재를 살아가는 한국인의 다수가 이 시기를 몸소 경험하며 살아왔던 세대이며, 이 시기의 작품들에서 자기 삶의 문제 상황을 재발견하고 시인이 가졌던 주제 의식에 공감하기 때문이다.

존재의 본질을 찾아서

꽃

김춘수

내가 그의 이름을 불러 주기 전에는
그는 다만
하나의 몸짓에 지나지 않았다.

내가 그의 이름을 불러 주었을 때
그는 나에게로 와서
꽃이 되었다.

내가 그의 이름을 불러 준 것처럼
나의 이 빛깔과 향기에 알맞는
누가 나의 이름을 불러다오.
그에게로 가서 나도
그의 꽃이 되고 싶다.

우리들은 모두
무엇이 되고 싶다.
너는 나에게 나는 너에게
잊혀지지 않는 하나의 눈짓이 되고 싶다.

출처 《김춘수 시전집》(2004) 첫 발표 《시와시론》(1952. 12)

김춘수 金春洙 (1922~2004)

경상남도 통영 출생. 1945년 유치환, 윤이상, 김상옥, 전혁림 등과 통영문화협회를 결성하며 본격적인 문학활동을 시작하였고, 1948년 첫 시집 《구름과 장미》를 출간하였다. 이후 《꽃의 소묘》(1959), 《타령조·기타》(1969), 《처용단장》(1991) 등 다수의 시집을 발표하며 존재와 언어, 의미의 관계를 탐구하는 시를 주로 쓴 시인이다.

▎ 꽃의 의미

〈꽃〉은 〈꽃을 위한 서시〉(1959)와 더불어 김춘수 초기 시를 대표하는 주요 작품이다. 그의 초기 시는 존재 혹은 본질을 향한 존재론적 탐구의 경향을 보인다. 어떤 대상이 우리 주변에 무심하게 있을 때, 그것은 인간 주체에게 단순한 도구로서 파악될 뿐이다. 그러나 그 대상을 인식하는 순간, 대상은 충만한 존재의 상태로 드러나 새로운 의미를 가져다준다. 〈꽃을 위한 서시〉에서의 화자가 좀처럼 드러나지 않는 존재의 발견에 대한 절망을 토로했다면, 〈꽃〉의 화자는 존재를 인식하고 의미와 가치를 부여하며 존재의 본질을 밝히고자 하는 희망을 말한다.

총 4연으로 구성된 이 시를 자세히 들여다보자. 우선 1연과 2연에서는 '나'에게 "하나의 몸짓"에 지나지 않던 대상이 '꽃'으로 변한 순간을 이야기하고 있다. 그 계기는 "내가 그의 이름을 불러 주"는 행위의 유무와 관련된다. 이름을 불러 주는 행위를 통해 나와 관계를 맺고 있지 않던 대상이 '꽃'이 되어 자신의 고유한 존재를 드러내게 되었다는 것이다. 이렇듯 명명 행위를 통한 관계의 형성에 주목한 시적 화자는 3연에서 이제 자신도 누군가에 의해 "빛깔과 향기에 알맞는" 이름으로 불리기를 바라 본다. 이름은 나의 본질을 밝혀 주며, 그 본질이 '나'를 '꽃'으로 만드는 것이다. 4연에서는 그것이 '나'의 소망만이 아니라 '우리들' 모두의 소망임을 말하며 존재와의 만남에 대한 기다림의 갈망을 표현하고 있다. 이와 같이 이 시는 인간이 다른 존재와의 의미 있는 관계를 지향함을 보여 준다.

조남현(1982: 331)은 "이 시에서 가장 기본이 되면서 흥미로운 명제는 바로 나와 너와의 관계이다. 나와 너 사이에 의미 있는 관계가 형성되었을 때 그때 비로소 꽃을 볼 수 있음을 암시하고 있다."라고 말한다. 나와 너가 일단 꽃이라는 의미 있는 형태로 만날 수 있기 위해서는 우선 대상에게 알맞은 이름을 불러 주어야 한다는 것이다. 우리가 누군가를 인식하고 관계를 형성한다는 것은 그를 기억하고 그의 이름을 불러 준다는 것이다. 물론 여기서 '이름'과 '이름을 부른다'는 것은 상징적인 표현이다. 실제로 이름을 부르는 상황만을 지칭하는 것이 아니라 내가 관심을 갖고 그에게 다가가는 상황 일반을 뜻한다. 그런 의미에서 내가 이름을 알지 못하는, 다시 말해 관계를 위해 아무런 관심과 노력도 기울이지 않는 누군가의 말과 행동은 내게 무의미한 것에 불과하다. 화자는 이를 '몸짓'이라고 표현한다. 그러나 서로 간에 이름을 불러 주는 과정에서 서로의 존재가 "잊혀지지 않는" 방식으로 인식되는 "하나의 눈짓"으로 의미가 부여될 수 있다. 다만 나는 내가 갖고 있는 "빛깔과 향기"를 알아본 사람이 없었기 때문에 무의미한 존재였던 것이다. 내가 너를 알아보고 네가 나를 알아보면, 그래서 서로 이름을 불러 주면, 우리는 서로에게 소중한 존재가 될 수 있다. 이를 통해 애초에는 무의미한 '몸짓'에 불과했던 타인은 소중한 '눈짓'이 된다. 이러한 존재 탐구의 대상이 된 '꽃'은 이후에도 김춘수의 초기 시를 이해하는 주요한 제재로서 등장하게 된다.

꽃에 대한 존재론적 조명

김춘수의 시 〈꽃〉은 몇 번의 수정 과정을 거쳤다. 〈꽃〉은 1959년에 출판된 두 시집 《꽃의 소묘》와 《부다페스트에서의 소녀의 죽음》에 모두 수록된 작품이다.《꽃의 소묘》에 실렸을 때는 시의 3연에 있는 "누가 나의 이름을 불러 다오." 다음에 연 구분이 이루어져 총 5연의 시였으나,《부다페스트에서의 소녀의 죽음》에 재수록하면서 한 연으로 합쳐져 지금의 4연으로 구성된 시가 되었다. 그 이후 다른 선시집이나 사화집에서도 계속 동일한 형태로 실려 오던 이 시를 1982년 문장사가 간행한《김춘수전집》에서 시인은 마지막 행의 한 단어를 수정한다. 첫 발표 지면과 추후 작품이 수록된 두 시집《꽃의 소묘》및《부다페스트에서의 소녀의 죽음》에서 이 시의 마지막 행은 "잊혀지지 않는 하나의 의미가되고 싶다"였는데,《김춘수전집》에서는 마지막 행의 '의미'라는 시어를 '눈짓'으로 수정한 것이다. 시인이 추상어인 '의미'를 후기에 발행한 시집에서 구상어인 '눈짓'으로 수정하면서 〈꽃〉이라는 작품은 그가 주창한 말하는 시가 아닌 보여 주는 시로서의 무의미시론과도 자연스럽게 연결된다. '눈짓'이라는 은유 역시 여전히 '의미'라는 뜻을 표상하고 있다는 점에서 시인이 '의미'라는 시어를 '눈짓'으로 고친 것이 이 시의 주제를 근본적으로 바꾸어 놓았다고 볼 수는 없다. 다만 이 시의 주제를 문장 표면이라는 공개적 위치에서 문장 내면으로 은폐하는 효과를 주며 그의 후기 시론과 자연스럽게 이어지는 접점을 형성했다는 점에서 주목해 볼 수 있는 부분이다.

김춘수는 꽃의 시인이라고 불릴 정도로, 초기 시에는 〈꽃〉을 비롯하여 〈꽃Ⅰ〉, 〈꽃 Ⅱ〉, 〈꽃의 소묘〉, 〈꽃을 위한 서시〉 등 꽃을 소재로 한 시들이 많다. 사물의 존재 의미를 밝히기 위해 "순수한 사물 존재의 완전(完全)으로서의 꽃"(이재선, 1982: 110)이 자주 등장하는 릴케의 시처럼 그 역시 꽃을 빌려 내밀하고 추상적인 의식 세계를 표현한다. 김춘수 시의 '꽃' 연작은 실재하는 꽃의 의미를 넘어서며, "현상의 발견에서 존재의 탐구로 연결되는 자연발생적인 질문"(문혜원, 2017: 68)을 시로 풀어내고 있다. 주체가 대상의 존재 내지는 본질에 다가가는 과정이 '꽃' 연작시들을 통해 나타나고 있는 것이다. 따라서 〈꽃〉이라는 시를 보다 정확하게 이해하려면 〈꽃의 소묘〉나 〈꽃을 위한 서시〉 같은 작품에 대한 올바른 파악이 앞서야 할 것이며, 최소한 〈꽃〉에 대한 이해 작용과 〈꽃의 소묘〉, 〈꽃을 위한 서시〉에 대한 파악의 시도가 병행되어야 한다.

시에 있어서 '꽃'은 시인들이 즐겨 다루는 대상의 하나이며 동시에 시인의 심정을 잘 나타내 주는 매체이기도 하다. 꽃을 소재로 한 시들에서는 꽃을 찬미의 대상으로 보거나 시적 화자의 정서적 상관물로 바라보는 경향이 있었다. 김춘수의 시 〈꽃〉은 이러한 일반적 경향을 벗어나 새로운 시도를 하고 있다. 그는 '꽃'을 문자 그대로 관찰하면서도 꽃을 형이상학자의 눈길로 바라보려 했다. 그는 꽃을 존재론적 관점에서 바라본다. 김춘수는 꽃을 노래한 다른 시에서도 공통적으로 '나'를 설정하고 있다. 〈꽃〉과 〈꽃 Ⅰ〉, 〈꽃 Ⅱ〉, 〈꽃의 소묘〉, 〈꽃을 위한 서시〉에서는 꽃과 '나'의 긴장 관계를 거의 공통적으로 그리고 있다. 그러나 존재의 본질을 인식하려는 주체의 노력은 번번이 실패로 돌아가고 만다. 즉 '꽃'은 "얼굴을 가리운 나의 신부"(〈꽃을 위한 서시〉)가 되어 자신의 존재를 은폐하며, "「꽃이여!」"라고 부르며 주체가 적극적으로 다가서면 꽃은 "내 손바닥에서 어디론지 까마득히 떨어져 간다."(〈꽃 Ⅱ〉). 이렇듯 시인은 꽃을 노래한 시들을 통해 타자와의 의미 있는 관계에 대한 성찰을 보여 주며, 존재의 집으로서의 언어에 대한 탐구를 이어 나간다.

"관념은 시의 형상을 통해서만 표시될 수 있다."(김춘수, 1982)라고 말하며, 형이상학적 관념들을 언어로 보여 주던 시인 김춘수는 이후 관념의 세계를 일단 접어둔 상태에서 언어로부터의 자유로움을 갈망하게 되었고, 그것이 시집 《타령조·기타》로 집약된다. 시집 《타령조·기타》가 간행되었을 때 많은 독자들이 시인의 변신에 의아해 했지만, 그는 구체화된 사물과 언어들 사이에서 대상의 재구성을 시도하기 시작한다. 그 결과 그는 관념의 탐구에 이은 감각의 실험을 거쳐 그의 시세계를 크게 장악하고 있는 무의미의 시에 도달하게 된다.

| 손예희

....

참고문헌

김춘수(1982), 〈의미와 무의미〉, 《김춘수전집 2: 시론》, 문장.

김춘수(2004), 《김춘수 시전집》, 현대문학.

문혜원(2017), 『존재와 현상』, 소명출판.

이재선(1982), 「한국현대시와 R. M. 릴케」, 김춘수연구간행위원회 편, 『김춘수연구』, 학문사.

조남현(1982), 「김춘수의 〈꽃〉」, 김춘수연구간행위원회 편, 『김춘수연구』, 학문사.

플라타너스

김현승

꿈을 아느냐 네게 물으면,
푸라타나스,
너의 머리는 어느덧 파아란 하늘에 젖어 있다.

너는 사모할 줄을 모르나,
푸라타나스,
너는 네게 있는 것으로 그늘을 늘인다.

먼 길에 올 제,
홀로 되어 외로울 제,
푸라타나스,
너는 그 길을 나와 같이 걸었다.

이제 너의 뿌리 깊이
나의 영혼을 불어넣고 가도 좋으련만,
푸라타나스,
나는 너와 함께 신神이 아니다!

수고론 우리의 길이 다하는 어느 날,

푸라타나스,

너를 맞아 줄 검은 흙이 먼 곳에 따로이 있느냐?

나는 오직 너를 지켜 네 이웃이 되고 싶을 뿐,

그곳은 아름다운 별과 나의 사랑하는 창窓이 열린 길이다.

출처 《김현승시전집》(1974)   **첫 발표** 《문예》(1953. 6)

김현승 金顯承 (1913~1975)

1934년 〈쓸쓸한 겨울 저녁이 올 때 당신들은〉과 〈어린 새벽은 우리를 찾아온다 합니다〉라는 두 편의 시가 스승인 양주동의 소개로 『동아일보』에 실리며 작품활동을 시작하였다. 그러나 해방 이전까지 사실상 절필을 하게 되었고, 이후 1957년에 첫 시집인 《김현승 시초》가 발간된다. 이후 《옹호자의 노래》(1963), 《견고한 고독》(1968), 《절대 고독》(1970)에 이르기까지 기독교 세계관에 터하여 인간과 삶에 대한 지속적인 성찰을 보여 주었다.

┃ 홀로 외로운 나와 함께

김현승 연구자들은 그의 시세계를 일반적으로 4기로 나누어 살핀다. 1기는 1934년부터 1945년 해방 이전까지로, 이 시기의 작품들에는 자연에 대한 동경과 지향이 나타나며 그 안에서 일제강점기의 현실이 형상화된다. 2기는 해방 후부터 《김현승 시초》(1957)와 《옹호자의 노래》(1963)가 발간된 때까지로, 김현승의 대표작으로 꼽히는 시들이 이때 창작되었다. 이 시기에는 인간적 번뇌와 고독의 본질에 대한 천착이 이루어진 3기, 와병 후 절대자인 신에 귀의했던 4기에 비해 신앙을 지닌 한 생활인으로서의 자기반성적 고백과 내면의 문제가 주로 다루어지고 있다. 〈플라타너스〉는 2기에 쓰인 시이다. 김현승은 자신의 시를 내용에 따라 분류하면 〈플라타너스〉는 "불행이나 인고(忍苦)나 우울의 진실을 소재로 한 것"(다형김현승시인기념사업회 편, 2012: 615)에 해당하며, 이러한 시에 애착이 간다고 밝힌 바 있다. 불행, 인고, 우울의 진실은 삶의 본질의 다른 표현이기도 하다. 하루하루 소멸을 향해 가는 유한자의 삶은 근본적인 고독과 우울 위에 놓여 있기 때문이다. 그러나 이 시는 유한자가 느끼는 불안, 인고, 우울을 직설적으로 토해 내지 않는다. 치열한 성찰에서 비롯된 사유를 플라타너스라는 소재를 통해 간접적으로 드러내는 형식을 취한다. 화자는 전체 연에 걸쳐 "푸라타너스"를 반복적으로 호명하며 다정한 벗인 '너'에게 말을 건넨다. 각 연에서 화자가 플라타너스에게 건네는 말을 이어 보면 너그럽고 싱그러운 플라타너스의 모습이 떠오른다.

우선 플라타너스는 꿈을 지닌 존재이다. 플라타너스는 언제나 하늘을 향해 있다. 날씨 등 바깥의 조건이 어떠하든 플라타너스의 머리에는 언제나 하늘이 있고, 그 파란빛은 거칠 것 없이 탁 펼쳐진 하늘을 가득 채울 수 있을 만큼 큰 꿈을 꾸게 한다. 또한 플라타너스는 사랑을 나눌 줄 아는 존재이다. 화자는 플라타너스가 사모할 줄 모른다고 했지만, 그늘을 늘인 플라타너스의 모습은 화자의 말이 오히려 플라타너스가 사랑을 품은 존재라는 점을 강조하기 위한 것이었음을 보여 준다.

플라타너스가 마련한 그늘은 생명이 자라기 어려운 응달을 의미하는 것이 아니다. 자신이 가진 넓은 잎으로 지친 누구든 쉴 수 있게 내어 주는 휴식의 자리이다. 사람이든 동물이든 그 아래에서는 작열하는 태양으로부터 한숨 돌릴 수 있고 잠시 비도 피할 수 있다. 편견 없이 그 자리에 위치하는 것만으로도 타자를 위하는 플라타너스의 사랑이 드러나는 부분이다. 단지 존재함으로써 이러한 그늘을 마련해 주는 플라타너스는 이미 사모의 마음을 실천하고 있다. 먼 길을 홀로 가느라 외롭고 막막한 화자 역시 플라타너스의 곁에서 위안을 얻는다. 꿈과 사랑을 지닌 플라타너스는 그렇게 나와 길을 걷는 동반자이다.

| 언젠가가 아닌 지금, 여기에서

나의 고독한 여정이 지속될 수 있도록 함께 꿈을 꾸고 힘을 주는 플라타너스는 나에게 무엇과도 바꿀 수 없는 소중한 대상이다. 화자는 그런 플라타너스에게 나의 영혼을 불어넣으려고 하나, 이는 좌절에 부딪힌다. 화자도 플라타너스도 모두 신이 아니기 때문이다. 인간으로서의 한계에 부딪힌 화자는 신이 아닌 플라타너스와 이웃이 되어 아름다운 별과 사랑하는 창이 열린 길을 가고자 한다. 큰 흐름에서 보면 1~3연에서는 화자와 플라타너스의 동반자로서의 관계가 유지되지만, 4연과 5연에서 둘의 관계는 보다 입체적으로 그려진다. 4연에서 플라타너스는 영혼이 없다는 점에서 화자와 구분된다. 동시에 신이 아니라는 점에서는 화자와 동일하다. 전자에 초점을 맞출 경우 플라타너스는 화자와 동반자이기는 하지만 동일성을 형성하지는 못하기에 자아와 합일되기 어려운 자연으로 형상화된다고 볼 수 있다(금동철, 2007: 207-208). 반면 후자에 초점을 맞추는 경우에는 화자와 플라타너스 모두 신이 만든 피조물로서 유한자라는 근원적 한계를 공유하는 관계로 거듭난다(김재홍, 1996; 윤여탁, 1995; 조태일, 1998).

너 역시 나처럼 '영원'에 영원히 도달할 수 없는 존재라는 지점까지 상대를 이해(理解)한다는 것은 의도적인 노력이 필요한 일이다. 이는 현실적 이해(利害)를 따져 가며 나에게 영향을 미칠 상대의 표면적 부분만을 발췌하여 읽지 않고, 그를 서문에서부터 읽어 내려가는 행위이다. 이런 수고를 기꺼이 감수할 만큼 소중한 존재라는 점을 상기하면, 4연은 플라타너스가 나와 구분되는 다른 존재라기보다는 같은 운명 선상에 놓여 있는 존재임을 강조하는 것으로 보인다. 김현승이 그의 다른 시편 〈나무와 먼 길〉에서 "나무, 어찌하여 신께선 너에게 영혼을 주시지 않았는지 / 나는 미루어 알 수도 없지만, / 언제나 빈 곳을 향해 두르는 희망의 척도 – 너의 머리는 / 내 영혼이 못 박힌 발부리보다 아름답구나!"(김현승, 1974: 56)라고 말했듯, 영혼의 유무는 그 차이를 부각하거나 우열을 가르기 위한 조건이 아니다.

플라타너스와 영원히 함께할 수는 없다는 인식은 유한자의 삶이라는 한정된 시간 속에서 그와 함께하고 있다는 사실을 더욱 귀하게 만든다. "수고론 우리의 길이 다하는 어느 날"이란 3연에서 '길'을 홀로 가야 할 우리의 인생에 비유한 것을 생각하면 죽음의 날을 뜻할 것이다. 무덤을 만드는 것도 인간과 나무가 썩어서 돌아가는 것도 흙이기에, '검은 흙'은 죽음의 순간에 마주치게 될 대상이 된다. 화자는 플라타너스에게 너를 맞아 줄 검은 흙이 '먼 곳에', '따로이' 있는지 묻는다. '먼 곳에'와 '따로이'는 '어느 날'과 연결되며 거리감을 나타내는 표현으로, 지금 여기의 플라타너스 곁에 '검은 흙'이 부재한다는 것을 알려 준다. 그리고 화자는 너와 내가 살아 있는 지금으로 이동하여 플라타너스에게 너를 지켜 이웃이 되고 싶을 뿐이라고 말한다. 어느 날 맞아 줄 검은 흙이 먼 곳에 따로 있는지에 대한 답은 중요하지 않다. 길은 언젠가 다하겠지만 언제가 될지 모르기에, 나와 플라타너스가 살아 있는 현재 서로의 이웃이 되어 지금을 사는 것만이 분명한 오늘의 몫이 된다. 그런 자세로 오늘을 너와 같이 살아갈 때, 삶의 자리에는 아름다운 별과 사랑하는 창이 열리는 것이다.

사는 대로 사랑하며

이 시의 제목은 〈플라타너스〉이지만 시 속에 플라타너스의 목소리는 없다. 하늘을 향해 가지를 뻗고, 잎으로 그늘을 만들고, 뿌리를 뻗어 한 자리에 머무르는 나무의 속성에 의미를 부여하는 것은 사람의 일이다. 꿈과 사모의 마음은 사람의 뜻대로 되지 않으며 예측할 수 없는 요인들로 인해 언제든 변할 수 있다. 이러한 불확실성 속에서 스스로도 확신이 들지 않아 괴로울 때, 플라타너스를 보고 꿈과 사모의 마음을 느끼는 것은 플라타너스를 찾은 인간의 마음이 투영된 것이다. 단단한 뿌리를 내리고 같은 자리를 지키는 플라타너스이기에 외로울 때마다 그를 찾으며 친구인 듯 다정하게 그를 부르게 된다.

이러한 사람의 마음과는 별개로 자연물인 플라타너스의 면면은 '의도'와 거리가 멀다. 플라타너스의 입장에서 사건은 언제나 나무인 그의 외부에서 일어나며 감정도 그의 몫이 아니다. 그런데 사람이 투영하는 모든 감정과 무관한 나무의 무심함은 차갑지 않다. 자연물의 무심함은 이 세상의 수많은 관계와 감정이라는 소음에서 우리를 구한다. 그래서 그의 의지와 무관하게 우리는 플라타너스를 나의 벗으로 여기게 된다. 적어도 나의 일생 동안 뿌리를 단단히 내리고 이전에도, 지금도, 앞으로도 나를 지켜 줄 것이라는 든든함은 나무만이 줄 수 있는 것이다. 나무의 입장에서는 생겨난 대로 사는 것이겠지만 그 모양은 우리에게 위안이 된다. 그것이 무심한 존재가 주는 진정한 위안일 것이다.

울창한 플라타너스 잎사귀 사이마다 부서져 내리는 햇살은 종종 청춘 그 자체로 상징되곤 한다. 20대에는 부서지는 햇빛이 투명한 구슬처럼 청명했다면, 세월이 흐른 뒤의 햇빛은 실크처럼 느린 속도로 긴 꼬리를 잇는다. 우주에서는 찰나일 뿐이지만 나에게는 언제 끝날지 기약 없이 긴 시간인 인생의 모순. 그 시간을 홀로 가야 한다는 고독감에 지칠 때 회복을 위해 찾는 자리는 무심한 대상의 곁이다. 햇빛은 플라타너스가 고심해서 조정한 질감으로 내 얼굴에 와 닿는다. 그 빛이 지나갈 때까지 눈을 감고 있어도 변하지 않을 '너'이기에, 인간은 너의 의사와 무관하게 너를 사랑할 수밖에 없다.

| 이상아

....
참고문헌

금동철(2007), 「김현승 시에서 자연의 의미」, 『우리말글』 40, 우리말글학회, 201-228.
김재홍(1996), 「다형 김현승: 가을정신 또는 고독의 사상」, 숭실어문학회 편, 『다형 김현승 연구』, 보고사, 183-212.
김현승(1974), 《김현승시전집》, 관동출판사.
다형김현승시인기념사업회 편(2012), 《다형 김현승 전집: 운문편·산문편》, 다형김현승시인기념사업회.
윤여탁(1995), 「신이 될 수 없는 인간의 고독」, 『한국언어문화』 13, 한국언어문화학회, 131-149.
조태일(1998), 『김현승 시정신 연구』, 태학사.

무등을 보며

서정주

가난이야 한낱 남루^{襤褸}에 지내지않는다

저 눈부신 햇빛속에 갈매빛의 등성이를 드러내고 서있는

여름 산^山같은

우리들의 타고난 살결 타고난 마음씨까지야 다 가릴수 있으랴

청산^{靑山}이 그 무릎아래 지란^{芝蘭}을 기르듯

우리는 우리 새끼들을 기를수밖엔 없다

목숨이 가다 가다 농울쳐 휘여드는

오후^{午後}의때가 오거든

내외^{內外}들이여 그대들도

더러는 앉고

더러는 차라리 그 곁에 누어라

지어미는 지애비를 물끄럼히 우러러보고

지애비는 지어미의 이마라도 짚어라

어느 가시덤풀 쑥굴헝에 뇌일지라도

우리는 늘 옥^玉돌같이 호젓이 무쳤다고 생각할일이요

청태靑苔라도 자욱이 끼일일인것이다.

출처 《미당 서정주 시전집 1》(1983)　**첫 발표** 《현대공론》(1954. 8)

....

서정주 徐廷柱 (1915~2000)

전라북도 고창 출생. 스물한 살인 1936년 『동아일보』 신춘문예에 시 〈벽〉이 당선되어 등단하였다. 같은 해 오장환, 함형수 등과 함께 《시인부락》(1936)을 발간하였고, 1941년 첫 시집 《화사집》(1941) 을 출간한 이후, 작고할 때까지 《귀촉도》(1948), 《신라초》(1961), 《질마재 신화》(1975) 등 총 열다섯 권의 시집과 천여 편의 시를 발표하였다. 일제강점기 말기에 친일행적이라는 오욕을 남긴 바 있으나, 60년이 넘는 오랜 시작 기간 동안 끊임없는 시적 갱신과 문학적 열정을 보여 줌으로써 한국 현대문 학사를 대표하는 시인으로 남아 있다.

....

▎ 타고난 살결 타고난 마음씨

"애비는 종이었다"라는 강렬한 문장으로 시작했던 초기 시 〈자화상〉(1939) 에서 그러하였듯이, 서정주는 이 시 역시 오래도록 뇌리에 남을 선명하고 인상 적인 문장 하나로 시작한다. "가난이야 한낱 남루에 지내지않는다"라는 문장은 삶의 진리를 예리하게 담아내는 하나의 경구처럼, 시를 읽는 우리의 시선을 단 박에 사로잡는다. 그러나 사실 이 시에서 우리가 더 주목해야 할 것은 가난의 속성 자체가 아니라, 그 가난으로도 어찌하지 못하는 인간다움이다. 주어진 삶 의 여건이 어떠하든 간에 무엇으로도 가려지지 않는 것은 "우리들의 타고난 살 결 타고난 마음씨"라는 것, 인간은 본래 여름 산의 갈맷빛 등성이, 그것도 눈부 신 햇빛 속에 드러난 그것과도 같이 빛나고 늠름한 본성을 가진 존재라는 인식 이다.

광주를 대표하는 산인 무등산은 높이가 1,187미터나 되는 완경사의 토산으 로, 산세가 둥그스름하게 부드러우면서도 웅대하게 우뚝 솟아 있어 그 생김 자체가 덕스럽고 기품이 있다. 한국전쟁이 한창이던 1952년 무렵 서정주는 광주에 있는 조선대학교의 교수로 지내면서 무등산의 늠름한 자태를 보며 집과 학교를 오가는 생활을 한 바 있다. 그때 서정주에게 다가온 무등산의 모습은 그로 하여금 생의 본질적 가치, 삶에 대한 긍정적 자세 등을 마음속에 새기게 하는 계기가 되었던 듯하다(박호영, 2003: 65). 인간이 본래적으로 가지고 있는 품성은 전쟁 중의 빈한함 따위가 훼손할 수 없는 고귀한 것이기에, 자식을 정성껏 기르고 부부 간에 서로 의지하며 도탑게 사는 삶이 가장 인간다운 삶이며, 비록 그 삶의 가운데 견디기 어려운 시련의 상황이 생기더라도 정신의 고결함을 견지하는 것이 가장 인간다운 품격이라는 사유가 내면화된 것이다.

이 시에서는 이러한 사유가 마치 어른이 아랫사람에게 하는 자애로운 충고나 훈계와 같은 어조로 발화되고 있어, 자칫 읽는 사람에게 거부감을 유발할 법도 하다. 그러나 이 시는 무등산의 심상을 정성스럽고도 아름답게 형상화하여 인간의 본성과 겹쳐 놓음으로써, 동일한 사유를 독자에게 일방적으로 강제하기보다는 독자가 구체적으로 느끼고 미적으로 경험할 수 있게 해 준다. 갈맷빛 등성이의 여름 산, 무릎 아래 지란을 기르는 청산, 높은 봉과 낮은 봉이 보기 좋게 어우러진 산세, 자욱하게 청태가 낀 옥돌 등의 이미지를 마음속으로 재현하면서 독자는 늠름한 덕성, 지극한 정성, 도타운 신뢰, 정신적 고결함 등의 가치를 감각적으로 경험하게 된다. 그리고 그 과정에서 인간다움과 인간의 품격에 대해 사유하고 인간과 삶에 대해 긍정하게 된다면, 그것이 바로 이 시를 가장 시답게 향유하는 방법일 것이다.

▎ 체념의 길, 혹은 달관의 길

이 시는 1956년 정음사에서 간행된 서정주의 세 번째 시집《서정주시선》에 수록되어 있다. 그런데 1941년 발간된 첫 시집《화사집》의 권두시 〈자화상〉에서 볼 수 있었던 스물셋 청년의 강렬한 반항과 도발의 자세를 떠올려 보면, 인간의 품격과 삶을 긍정하는 시인의 자세는 낯설기만 하다. 시집이 발간된 시점을 기준으로 보면 두 작품 사이에는 15년의 시차가 있는 셈인데, 그 시차만으로는 충분히 설명되지 않는 심대하고 본질적인 변모가 서정주의 시세계에 나타난 것이다.

사실 변모의 징후는 1948년 간행된 두 번째 시집 《귀촉도》에서부터 나타나기 시작한다. 이 시집에는 해방 전에 쓰인 작품들과 해방 후에 쓰인 작품들이 혼재되어 있어, 한편으로는 《화사집》과의 연속성을 유지하면서도 다른 한편으로는 시적 갱신의 면모가 뚜렷하게 나타난다. 표제시인 〈귀촉도〉의 경우 세계를 비관적으로 인식하는 모습은 여전하나 자신에게 드리워진 운명적 한계를 극복하기 위해 몸부림쳤던 젊은 시인의 반항과 열정 대신, 동양적 감수성을 바탕으로 세계의 비극성을 초월하고자 하는 정신적 경지가 엿보인다.

이러한 변화는 그 시기 결혼과 득남 이후 맡게 된 가장으로서의 삶과 무관하지 않을 수 있다. 그런가 하면 젊은 나이에 이미 문단의 인정을 받고 어엿한 시인으로 공인되면서 확보된 생의 안정감도 영향이 없지 않을 것이다. 어떻게 보면 적어도 자신의 태생과 운명적 한계에 관하여서는 더 이상 치열하게 고뇌하지 않아도 되는 삶의 여건이 마련된 셈이기 때문이다(김인환, 1994: 106).

그러나 개인사적으로는 젊은 날의 격정을 다스리며 주어진 생에 순응해 가는 시적 변모가 가능했을지 몰라도, 그를 둘러싼 역사적 현실은 어느 때보다도 격렬하게 요동치는 상황이었다는 점이 간과될 수 없을 것이다. 특히 《서정주시선》에 수록된 시들이 쓰인 기간에 우리 사회는 극렬한 좌우익의 대립, 그리고 한국전쟁이라는 참혹한 전란을 거치고 있었다. 그럼에도 그는 외부의 현실에 대해 일절 언급하지 않을 정도로 역사적·사회적 문제에 관심이 없거나 초연한 모습을 보였다. 대신 현실의 질곡을 초월해 존재하는 인간의 본성에 대해 천착하였는데, 그것도 대개는 이 시처럼 절대화된 자연의 존재를 매개로 그 깊이를 탐구하려는 자세로 나타났다.

이러한 서정주의 시적 변모에 대해, 그의 시세계가 이후 《신라초》(1961)와 《동천》(1968)에서 보이는 동양적 달관의 경지로 이어졌다는 점에서 현대시의 정상에 위치한 시인으로 원숙해 가는 과정이라고 높이 평가하는 견해가 있다. 그런가 하면 반(反)역사주의에 경도된 체념의 한 모습이라고 비판하는 견해도 존재한다. 특히 후자의 견해를 가진 평자들은 그가 일제강점기 말에 친일작품을 발표했다거나 해방 후 특정인의 전기를 집필했던 사실과 결부하여 그의 시가 가지고 있는 근본적인 한계를 신랄하게 비판하는 입장을 취한다(김재홍, 1994: 164).

▎ 무등을 본다는 것, 인간과 세계를 인식한다는 것

시인 서정주에 대한 엇갈리는 평가에도 불구하고, 그가 이 시를 통해 보여 준 인간의 품격에 대한 통찰은 오래도록 많은 독자들에게 깊이 있는 감동의 경험을 제공해 온 것이 사실이다. 다만 자연을 매개로 인간 삶의 본질을 사유함에 있어, 그가 놓치고 있는 것은 없는지 생각해 볼 필요도 있을 것이다.

서정주는 '무등'을 두고 가난 따위의 삶의 질곡은 한갓 남루에 지나지 않는다고, 품격 있는 인간은 늠름한 산의 모습을 닮아 있다고, 인간의 가치는 정신의 높이를 통해 획득되는 것이라고 우리를 설득한다. 그런데 시인 황지우가 〈무등〉(1985)에서 그려 낸 '무등'은 이와 사뭇 다르다. 그에게 '무등'은 "절망의 산, / (…) / 꿈꾸는산, 꿈의산, 그러나 현실의산, 피의산, / (…) / 희망의산, 모두모두절정을이루는평등의산, 평등한산"이다. 시인은 그 늠름한 산이 품고 있는 뼈아픈 역사, 절망에서 포용으로 이어지는 민중의 드라마를 시적으로 재현해 내면서 평등의 세상을 꿈꾸게 한다. 동일한 시적 대상이라도 시인이 어떤 눈으로 보는가에 따라 시를 통해 꿈꿀 수 있는 세상의 모습이 이토록 달라지는 것이다. 시인의 눈으로 세상을 본다는 것, 인간과 세계를 시적으로 인식한다는 것이 우

리에게 어떤 의미를 갖는지, 궁극적으로 인간에게 시란 무엇인지를 생각해 보
게 하는 대목이 아닐 수 없다. | 김남희

참고문헌

김인환(1994), 「서정주의 시적 여정」, 김우창 편, 『미당 연구』, 민음사.
김재홍(1994), 「미당 서정주」, 김우창 편, 『미당 연구』, 민음사.
박호영(2003), 『서정주』, 건국대학교출판부.
서정주(1983), 《미당 서정주 시전집 1》, 민음사.

초토의 시 1

구상

판잣집 유리딱지에
아이들 얼굴이
불타는 해바라기마냥 걸려 있다.

내려 쪼이던 햇발이 눈부시어 돌아선다.
나도 돌아선다.
울상이 된 그림자 나의 뒤를 따른다.

어느 접어든 골목에서 걸음을 멈춘다.
잿더미가 소복한 울타리에
개나리가 망울졌다.

저기 언덕을 내려 달리는
소녀의 미소엔 앞니가 빠져
죄 하나도 없다.

나는 술 취한 듯 흥그러워진다.
그림자 웃으며 앞장을 선다.

출처 《구상시전집》(1986) **첫 발표** 《초토의 시》(1956)

구상 具常 (1919~2004)

함경남도 출생. 1946년 원산문학가동맹이 발간한 《응향》에 〈길〉 등의 시를 발표한 것을 계기로 북조
선문학총동맹에 의해 반동 시인으로 몰려 1947년 월남하였다. 서울에 정착한 후 한국전쟁 동안 육
군 종군 작가단에 참여하면서 본격적인 문학활동을 이어 갔다. 시인은 전쟁을 소재로 한 시로 많은
이들에게 기억되며, 자신과 타인 그리고 인류의 문제 등에 대한 폭넓은 관심을 보였다.

┃ 한국전쟁을 담은 연작시

〈초토의 시 1〉은 《초토의 시》(1956)에 실린 총 15편의 연작시 중 첫 번째 작
품이다. 이 시집에 실린 시들은 시집 발간 후에도 계속 개작되어 왔다. 여기에
서 제시한 작품은 〈초토의 시 1〉의 마지막 개작 결과이다. 시집 후기에서 시인
은 이 일련의 시들이 "초토가 된 강토의 황폐한 정신의 문둥이 상태에서"(구상,
1956: 47) 쓰였음을 밝힌 바 있다. 그러므로 〈초토의 시 1〉은 내용상 한국전쟁이
라는 역사적 사건과 깊은 관련이 있다.

또한 이 시가 연작시의 일부라는 점에 주목해야 한다. 시인은 다른 지면에서
연작시를 창작하게 된 배경에 대해 설명했는데, 그에 따르면 '사물의 존재'와
'존재의 무한한 다면성이나 복합성'을 조명하기 위해서는 한 제재를 거듭 응시
할 필요가 있다(구상, 1990: 161). 이와 같이 한 사물이나 존재에 모든 주의를 집
중하여 봄으로써 대상에 대한 일종의 '투시력'을 획득할 수 있다. 구상은 이러
한 관점을 시 창작에 적용하여 일련의 연작시들을 생산해 내었다. 그러므로 〈초
토의 시 1〉은 시인이 시적 대상을 투철하게 응시함으로써 그것의 존재를 일차
적으로 인식한 후, 각 존재의 복잡다단한 속성을 밝혀 보는 데에 그 의도를 둔
것이라고 할 수 있다.

초토의 발견과 초토의 재건

이 시는 '초토'라는 시적 대상, 그 존재의 발견으로부터 시작된다. 초토는 사전적으로 '불에 타서 검게 그을린 땅'을 뜻한다. 창작 당시의 시대적 배경을 고려할 때 초토는 한국전쟁 직후의 상황을 암시한다고 할 수 있다. 시인은 전란 후의 비극적 현실을 모든 것이 불타 폐허가 된 땅으로 비유하고 있는 것이다.

한국전쟁은 한반도에 막대한 손상을 입혔다. 인명 피해와 재산 손실은 물론이고, 지역의 전통과 향토적 관습이 유실되었다. 동시에 그 과정에서 생겨난 이산가족, 고아 등은 공동체의 해체와 그에 따른 유대관계의 균열을 초래하였다.

이 시는 이처럼 정신적으로도, 물질적으로도 초토화된 현실을 직시하는 화자의 시선으로부터 시작된다. 1연에 등장하는 '판잣집'이 그 시선이 머무는 첫 번째 대상이다. 판잣집은 널빤지로 사방을 이어 둘러서 벽을 만든 허술한 집이다. 이는 전란 후 피폐해진 삶의 한 단면을 함의한다고 볼 수 있다. 그런데 이 시가 개작되기 전에는 '판잣집' 대신 '하꼬방'이라는 시어가 쓰였다. 하꼬방은 일본어로 '상자'를 의미하는 'はこ'와 '방'을 합성하여 만들어진 단어이다. 당시 하꼬방은 땅을 파서 터를 잡고 미군의 야전 식량 상자인 '하꼬'를 주재료로 벽을 세운 뒤 돌멩이로 대충 눌러 지붕을 잇고 문에 가마니를 걸쳐 주거하던 곳이다. 부연 설명이 필요 없을 만큼 이 또한 전쟁 후의 처참한 사회상을 드러낸다고 할 수 있다. '하꼬방'과 '판잣집' 사이에 어감의 차이는 다소 있으나, 이 두 시어 모두 당시의 황폐한 시대 상황에 대한 화자의 인식을 보여 주고 있다.

이 판잣집의 볼품없는 유리딱지로 아이들의 얼굴이 비친다. 어른들의 싸움 통에 제대로 잘 곳도 쉴 곳도 없이 커 가고 있는 아이들이다. 그럼에도 불구하고 이들의 얼굴은 '해바라기' 같다. 전란 후 폐허 속에서도 아이들의 얼굴에는 '불타는' 생기가 감돈다. 그런데 이 생동감을 머금은 얼굴들이 판잣집의 유리딱지에 걸려 있음으로써 둘 사이에 상충이 일어난다. 판잣집 유리딱지의 피폐함에 갇힌 아이들의 얼굴이 천진해 보이면서도 참혹하지 않을 수 없기 때문이다.

2연에서는 1연에서의 비극적 현실이 연이어 전개된다. 화자는 전란 후 처참한 현실 속에서 해맑기만 한 아이들의 얼굴을 보면서 아무것도 해 주지 못하는 자신을 발견한다. 해를 바라는 아이들의 얼굴은 눈부시기 그지없으나 이 얼굴들을 뒤로 한 채 햇발마저도 돌아서는 현실이 펼쳐진다. 이와 같은 처참한 현실 앞에서 '나'는 그림자마저도 울 듯한 표정이 된 채 어두운 발자취를 남기며 무거운 걸음을 끈다. 그림자는 그 사람의 분신과도 같기에, '울상이 된 그림자'의 모습은 화자의 마음을 반영한다고 볼 수 있다.

그런데 3연에 이르러 화자가 현실을 대하는 태도에 변화가 생긴다. "어느 접어든 골목에서 걸음을 멈춘다."라는 첫 행은 마치 정언명법과도 같은 목소리이다. 초토화된 이곳에서 자라는 아이들의 해맑은 얼굴을 마주하며 무기력감을 느끼던 화자이다. 그런 화자에게 현실을 타개할 방도가 갑작스럽게 생겨나진 않았을 것이다. 그럼에도 불구하고 수단의 여부와 상관없이 그것이 마치 삶의 준칙인 양 화자는 이 무기력감을 끌고 가기를 멈춘다. 이와 같은 변화는 이어지는 행들에서 보다 감각적으로 형상화된다. 초토의 또 다른 이름, "잿더미가 소복한 울타리"에서 화자는 꽃을 피우려는 '개나리'를 발견한다. '개나리'는 아직 꽃망울을 터트리기 전이지만 '잿더미' 속에서도 자신의 본분을 다하려 작은 몸 안에 동그랗게 희망의 덩어리를 품고 있다. 아직 미미하며, 오직 피어나려는 의지만으로 엉겨 굳은 채 망울져 있으나, 그 존재 자체만으로도 화자는 이 초토에서 생기를 꿈꿔 볼 수 있게 된다.

4연에서는 '소녀의 미소'를 통해 화자가 꿈꾸는 생동감 있는 미래가 강화된다. 앞니가 빠진 것에도 아랑곳없이 활짝 웃는 소녀에게서 화자는 보다 진전된 희망을 본다. 전란 후의 암울함이 짙게 드리운 이 초토에서, 천진무구한 얼굴로 자라나는 아이들을 보면서 화자 또한 인간의 본연적 생명력을 마주한다.

그렇게 마지막 행에서는 울상이 되어 돌아섰던 화자의 그림자도 "마치 술 취한 듯 홍그러워진다." 전쟁 이후 조국의 미래를 낙관하기 힘들던 화자의 마음에도 여유가 도는 것이다. 어른들의 이념 싸움이 계속되는 동안에도 아이들은 자라고 있고, 그 때문에 현재의 초토 위에 세워질 미래가 그려진다. 나의 무거운 발걸음에 끌려가기만 하던 어두운 그림자가 뒤를 박차고 나와 앞장을 서게 되는 것도 바로 이 희망을 보았기 때문이다.

┃ 현실을 직시하며 미래를 전망함

이 시는 '초토'로 비유되는 전란 후의 처참한 현실 속 '아이들 얼굴, 해바라기, 개나리, 소녀의 미소'와 같은 대상에서 감지되는 천진무구함, 밝음, 생동감 등과 같은 즉물적인 이미지에 기대어 희망을 구하려는 내용을 담고 있다. 전쟁을 소재로 한 시이지만 전란 후의 허무적 감상에 갇히거나 반공 이데올로기에 함몰되지 않은 채, 한국전쟁이라는 비극적 체험 공간에서도 생명력을 유지하며 희망의 미래를 열어 가야 함을 노래하고 있다.

이 희망의 노래가 의미 있는 이유는 현실에 발을 딛고 전쟁 후의 참상을 직시하는 가운데 빚어낸 것이기 때문이다. 총 5연으로 이루어진 이 시는 크게 두 부분으로 나누어 볼 수 있다. 1~3연에는 화자의 시선이 떠나지 못하는 참혹한 현실이 형상화된다. '판잣집 유리딱지, 돌아선 햇발, 울상이 된 그림자, 잿더미' 등이 만들어 내는 비극적 현실의 이미지가 그것이다. 그런데 3연 마지막 행의 '개나리'를 기점으로, 4~5연에는 폐허의 땅에서 가졌던 참담함을 딛고 새 삶에 대한 희망을 품는 화자가 보인다. 초토 위에서도 천진무구하게 웃고 자라는 아이들, 그 생동감 넘치는 모습에서 화자는 조국의 미래에 대한 낙관을 가져 본다.

이처럼 현실에 대한 화자의 태도는 시의 전반부와 후반부로 상이하게 나뉜다. 그러나 이 단절이 시 안에서 불연속적으로 다가오지 않는 이유는 희망이라는 전망의 속성 때문이다. 진정한 의미의 희망은 단순히 무언가를 바라고 원한다고 해서 얻어지는 것이 아니다. 내가 희구하는 것이 현실화되는 데 장애가 되는 문제를 인식하고 그것을 해결하려는 의지를 가질 때 희망은 찾아든다. 다시 말해 희망은 명료한 현실 인식 위에서만 뿌리내릴 수 있다. 어른의 눈으로 전쟁의 폐허를 바라보면 마음에 암울함이 드리우는 것을 지울 길이 없다. 그러나 그 폐허 위에서 아이들은 해바라기의 얼굴을 하고 어떠한 상처도 입지 않은 양 천진무구하게 자라나고 있다. 이 같은 현실 인식 위에서 화자는 어른과 아이, 어둠과 밝음, 현재와 미래의 간극을 넘어 다시 살아 보려는 희망을 품고자 한다. 그리고 그렇게 생성된 희망은 현실이라는 단단한 지반 위에서 미래를 꿈꾸게 한다. 그러한 의미에서 이 시의 전반부와 후반부는 초토 위에서 희망을 세우기 위해 거쳐 가는 연속적인 흐름의 순간들이라고 할 수 있다.

▎전쟁 시인을 넘어서

'초토의 시'로 불리는 일련의 연작시들은 시인 구상이 직접 체험한 한국전쟁을 시적 기반으로 삼고 있다. 이 연작시에서 시인은 〈초토의 시 1〉과 마찬가지로, 대다수의 전후 시에서 보이는 절망이나 허무가 아닌 희망과 구원을 노래하고자 한다. 전란 후 모든 생명이 불타 버린 공간에서 화자는 어떻게 인간 본연의 삶을 회복하고 파괴의 시간에서 벗어날 수 있을지를 꿈꾼다.

시인의 이와 같은 희구는 화가 이중섭이 작업한 《초토의 시》 표지화에 선명하게 그려진다. 아이들, 물고기, 꽃 등이 등장하는 이 표지화에서는 얼굴만 한 꽃을 두 팔로 이어 꽃그늘을 만든 채 하늘을 향해 평온히 눈감고 있는 아이도 볼 수 있고, 물고기 떼와 한데 어우러져 뒹구는 아이들도 볼 수 있다. 폐허의 땅에도 꽃그늘은 드리운다. 물고기와 사투를 벌이는 아

《초토의 시》 초판본 표지화

이들의 활기는 이 초토를 적시고도 남는다.

거창하게 인류사를 펴 보지 않더라도 어느 민족이나 국가, 심지어 한 개인의 역사에도 '초토'의 순간이 있을 것이다. 그 잿더미 위에서 무엇을 보고, 무엇을 생각할 것인지는 그 당시의 시대 의식과 그 시대를 살아가는 개개인의 가치관이 결정한다. 구상은 전후시대에 들어서며 모든 것이 불탄 참상을 직시하면서도, 그 가운데 있어야만 한다고 믿는 현재의 회복과 미래의 의지를 소망한다. "땅이 꺼지는 이 요란 속에서도 / 언제나 당신의 속사귐에 / 귀기울이게 하옵소서. // 내 눈을 스쳐가는 헛개비와 무지개가 / 당신 빛으로 스러지게 하옵소서."(〈초토의 시 12〉) 즉, 화자는 '이 요란 속에서도' 진실한 '속사귐'에 귀를 기울임으로써, '당신 빛' 안에서 헛된 것에 현혹되지 않고자 한다. 내일을 기약할 수는 없지만 그럼에도 불구하고 "운명과는 저울할 수도 없는 / 목숨의 큰 바램"에 따라 "알알의 목숨의 꽃씨를 / 즐거히 정성드려 뿌리자."(〈초토의 시 9〉)고 호소한다. 이 부분과 관련하여 일부 연구자들은 구상의 시가 기독교 신앙의 토대 위에 있음을 언급하기도 하나, 그 여부를 불문하고 시의 화자는 전쟁에서 살아남은 이로서 초토를 딛고 일어나려는 의지를 되새기고 있음을 볼 수 있다.

구상은 〈초토의 시 1〉에서 전쟁이라는 역사적 참사 후의 현장을 바라보고 있다. 폐허가 된 현실을 직시하면서도 인간에 대한 보편적 믿음을 바탕으로 현재의 상황에서 추구해야 할 가치를 생생한 언어로 형상화하였다. 이 시가 단순한 전쟁시를 넘어서는 이유이다.

| 구영산

참고문헌

구상(1956), 《초토의 시》, 청구출판사.
구상(1986), 《구상시전집》, 서문당.
구상(1990), 『시와 삶의 노트』, 자유문학사.

휴전선

박봉우

산과 산이 마주 향하고 믿음이 없는 얼굴과 얼굴이 마주 향한 항시 어두움 속에서 꼭 한 번은 천동 같은 화산이 일어날 것을 알면서 요런 자세로 꽃이 되어야 쓰는가.

저어 서로 응시하는 쌀쌀한 풍경. 아름다운 풍토는 이미 고구려 같은 정신도 신라 같은 이야기도 없는가. 별들이 차지한 하늘은 끝끝내 하나인데…… 우리 무엇에 불안한 얼굴의 의미는 여기에 있었던가.

모든 유혈流血은 꿈같이 가고 지금도 나무 하나 안심하고 서 있지 못할 광장. 아직도 정맥은 끊어진 채 휴식인가 야위어가는 이야기뿐인가.

언제 한 번은 불고야 말 독사의 혀같이 징그러운 바람이여. 너도 이미 아는 모진 겨우살이를 또 한 번 겪으라는가 아무런 죄도 없이 피어난 꽃은 시방의 자리에서 얼마를 더 살아야 하는가 아름다운 길은 이뿐인가.

산과 산이 마주 향하고 믿음이 없는 얼굴과 얼굴이 마주 향한 항시 어두움 속에서 꼭 한 번은 천동 같은 화산이 일어날 것을 알면서 요런 자세로 꽃이 되어야 쓰는가.

출처 《박봉우 시전집》(2009) 첫 발표 『조선일보』(1956. 1)

한국전쟁 이후의 시단

같은 민족끼리 총부리를 겨누었던 한국전쟁은 당대를 살았던 이들에게 지워지지 않는 상흔을 남겼다. 전쟁의 와중에 남과 북의 문인들 중에는 스스로 상대 진영으로 향한 이들이 있었고, 남에서 북으로 강제로 끌려간 이들도 있었으며, 목숨을 잃은 이들도 있었다. 3여 년에 걸친 전쟁 끝에 포화는 멈추었으나 분단이 고착화되면서 우리 사회 전체의 질서가 새로 수립되고 재편되었다. 이는 문단도 예외일 수 없었다. 1950년대 후반, 박봉우를 비롯해 신경림, 신동엽, 황동규 등 전후(戰後)세대 시인들이 등장하고 무려 100여 권의 시집이 발간되는 등 시단은 새로운 질서를 맞이하게 된다(김재홍, 1991: 376-379).

전후 시기 시인들의 현실 인식과 시적 대응은 다양하게 나타났다. 당시 시단에서는 전쟁 체험을 바탕으로 반공 이데올로기와 애국의식을 고취하고자 하는 전쟁시가 창작되기도 했다. 또한 도시와 현대 문명에서 소재를 찾고 물질문명과 자본주의를 비판하는 목소리를 시적 언어에 담으려 했던 '후반기' 동인들의 모더니즘시 운동이 전개되기도 했다. 그런가 하면 전쟁의 폐허로부터 눈을 돌려 서정적인 것을 회복하려는 경향성이 나타나기도 했고, 현실의 부조리와 모순을 직시하면서 참여적 성격의 시적 경향을 보여 준 신진 시인들도 있었다. 박봉우의

• "한 포기 꽃이 제대로 피어나는 통일"은 박봉우의 시 〈신세대〉(1957)의 한 구절이다(임동확 편, 2009: 55 재인용).

〈휴전선〉은 남북 분단의 현실을 극복해야 한다는 인식을 선명하게 드러내면서 1960년대 들어 본격화되는 참여시의 시사적 흐름과 그 맥을 같이하고 있다.

▌남북 분단을 정면으로 응시하다

1950년 발발한 한국전쟁은 1953년 7월 27일, 어느 한쪽의 일방적인 승리가 아닌 휴전 협정이 체결되면서 끝을 맺었다. 그러나 남과 북은 기존의 38선을 대신해 한반도의 가운데를 가로지르는 휴전선을 경계로 대립하게 되었다. 어렵사리 전쟁은 끝났지만 남북의 분단이 고착화되는 상황을 맞게 된 것이다. 전쟁의 포연이 채 가시지 않은 1956년 벽두에 『조선일보』에 발표된 〈휴전선〉은 박봉우 시세계의 시작점이면서 대표작이기도 하다. 이 시는 1연이 시의 마지막 연에서 그대로 반복되는 수미상관의 구조를 취하고 있다. 시의 첫머리에 제시된 "산과 산이 마주 향하고 믿음이 없는 얼굴과 얼굴이 마주 향"하고 있는 상태는 남과 북이 휴전선을 사이에 두고 대치하고 있는 현실을 가감 없이 보여 주며, '어두움'이라는 시어를 통해서는 분단 상황에 대한 시적 화자의 부정적인 인식을 확인할 수 있다.

〈휴전선〉은 "꼭 한 번은 천동 같은 화산이 일어날 것"만 같은 팽팽한 긴장감으로 가득 차 있다. 그 불안한 공간에도 '꽃'이 피어 있는 것을 보면서 시적 화자는 "요런 자세로 꽃이 되어야 쓰는가"라고 묻는다. 꽃은 일반적으로 아름답고 긍정적인 의미를 지니며, 전쟁이 할퀴고 지나간 자리에 꽃이 피어 있다는 것은 연약하기는 하지만 생명이 자라고 있음을 말해 준다. 그러나 남과 북이 적대적으로 대치하고 있는 현실에서 피어난 꽃은 완전하지 못하다. 언제 다시 전쟁이 일어날지 모르는 불안감이 남아 있는 상황에서는 꽃이 원래 있어야 할 모습으로 피어나는 것이 쉽지 않기 때문이다. 따라서 "요런 자세로 꽃이 되어야 쓰는가"라는 설의적 표현은 바르지 못한 상태에서 꽃이 피도록 두어서는 안 된다는 부정의 의미를 내포한다. 이처럼 시인은 남북 분단의 현실이 극복되어야 한다는 주제 의식을 1연에서부터 드러내고 있으며, 이를 시의 끝부분에서 반복함으로써 남북의 화해와 통일에 대한 강력한 의지를 표명하고 있다.

시의 나머지 부분은 이러한 주제 의식을 뒷받침한다. 2연에서 시적 화자는 남북이 "믿음이 없는" 채로 마주 향하고 있는 "쌀쌀한 풍경"을 응시하면서, 우리 역사에서 가장 넓은 영토를 차지했던 고구려의 웅혼한 기상이나 한반도 최초의 통일 국가를 이루어 낸 신라의 위업도 그저 과거의 이야기일 뿐이라고 개탄한다. 또한 국토는 나뉘어 있지만 "별들이 차지한 하늘은 끝끝내 하나"임을 강조함으로써 통일의 당위성을 역설한다.

이어 3연에서는 우리 민족이 하나가 되지 못한다면 전쟁의 불안과 공포로부터 벗어나지 못할 것임을 아프게 인식하고 있다. 휴전으로 당장의 유혈은 끝났을지 모르지만 "나무 하나 안심하고 서 있지 못할 광장"에서의 휴식이란 정맥이 끊어진 상태처럼 위태로운 것이며, 분단 상태에서 우리의 역사는 그저 "야위어가는 이야기"에 불과할 것이다. 나아가 4연에서 시적 화자는 전쟁이 끝난 것처럼 보이지만 남북이 팽팽하게 대치하고 있는 상황에서라면 "언제 한 번은" "독사의 혀같이 징그러운 바람"이 불고야 말 것이고, 그렇게 된다면 "이미 아는 모진 겨우살이를 또 한 번 겪"어야 한다고 그런 일은 없어야 하지 않겠냐고 경고하고 있다. 그리고 "아무런 죄도 없이 피어난 꽃"이 지금처럼 위험한 상황이 아니라 "금빛 찬란한 해방기"를 맞아 "희망과 꽃밭의 대열"(〈사미인곡〉) 속에서 제대로 피어나는 날이 하루빨리 오기를 간절히 바라고 있다(정영진, 2016: 246-247). 요컨대 시인은 이 시 〈휴전선〉에서 분단 상황에 대한 치열한 고민과 함께 극복 의지를 나타내고 있다.

끝으로 형식적인 면에서는 앞서 살펴본 수미상관의 구조 외에 산문적인 진술을 사용한 점, 또 의문형 종결 어미를 사용해 의미를 강조하는 설의적 표현을 일관되게 구사하고 있는 점이 이 시의 특징이다. 시인 자신의 현실 인식을 일방적으로 들려 주기보다는 의문문의 형식을 사용해 독자가 스스로 판단할 수 있는 여지를 열어 둠으로써 시의 주제를 더 선명하게 이해할 수 있도록 유도하고 있는 것이다.

언젠가 다가올 통일을 염원하며

반공 이데올로기가 사회를 지배하던 1950년대 중반에는 남북 분단의 책임을 공산주의와 북한 정권에 돌리지 않고 중립적인 입장에서 분단 현실을 비판하면서 민족의 화해와 통일에 대한 염원을 담은 작품이 흔하지 않았다. 그런 점에서 남과 북 어느 한쪽이 다른 한쪽을 흡수하는 방식이 아니라 서로에 대한 적대를 극복하는 방식으로 "끝끝내 하나"가 되어야 한다고 역설하는 〈휴전선〉이 신춘문예에 당선된 것은 특이한 일이었다. 박봉우는 〈나비와 철조망〉(1957)을 비롯한 다수의 작품을 통해서 분단 현실의 극복이라는 주제에 천착했다. 1960년대에도 진정한 봄은 "제주에서 두만까지 / 우리가 디딘 / 아름다운 논밭에서 움튼다."고 노래한 신동엽의 〈봄은〉(1968) 같은 작품이 있기는 했지만, 민족의 현실을 왜곡하는 분단 상황을 비판하면서 통일을 염원하는 시는 1970~1980년대에 들어서야 활발하게 창작되었다.

분단과 통일을 본격적으로 다루되, 시대적 분위기에 구애받지 않고 창작된 작품들은 대개 갈 수 없는 고향과 헤어진 가족에 대한 그리움을 노래한다. 특히 1948년 가족을 북에 두고 월남한 이후로 고향에 돌아가지 못한 채 2011년 작고한 김규동 시인은 "어머니 / 돌아가시면 안 됩니다. / 돌아가셔선 안 됩니다."로 끝을 맺는 〈열차를 기다려서〉(1955)를 비롯해 〈어머님 전 상서〉(1976), 〈느릅나무에게〉(2005) 등의 작품을 통해 어머니를 향한 사무치는 그리움과 분단으로 인한 이산의 아픔을 절절하게 노래했다. 이 밖에도 문병란의 〈직녀에게〉(1976), 김용택의 〈우리 땅의 사랑 노래〉(1986) 등 민족애에 기반을 두고 남과 북이 하나가 되어야 함을 당위적으로 주장하는 작품들이 있으며, 김남주의 〈삼팔선은 삼팔선에만 있는 것이 아니다〉(1988)와 〈조국은 하나다〉(1988) 등 남북 통일을 민족의 자주와 연결시켰던 작품들도 있다.

　한반도는 아직도 종전 상태가 아니라 전쟁을 벌이던 당사자들이 전투행위를 일시적으로 중단한 휴전 상태이고, 박봉우가 마주했던 휴전선은 여전히 한반도의 중앙을 가로지르고 있다. 2018년 남북 정상이 판문점에서 만나 한국전쟁의 종전을 연내에 추진하기로 합의했지만 실제로 종전이 이루어지지는 않았다. 휴전의 불안은 하루빨리 해소되어야 할 과제로 남아 있고 여전히 통일은 우리의 소원이다.

| 김미혜

참고문헌

김재홍(1991), 「해방 40년 남북한시의 한 변모」, 김용직 외, 『한국 현대시사의 쟁점』, 시와시학사.
임동확 편(2009), 《박봉우 시전집》, 현대문학.
정영진(2016), 「중립의 감각·생명·자유: 1950·1960년대 박봉우 시의 변화를 중심으로」, 『한국문학연구』 50, 한국문학연구소, 239-276.

새 1

박남수

1

하늘에 깔아 논
바람의 여울터에서나
속삭이듯 서걱이는
나무의 그늘에서나, 새는
노래한다. 그것이 노래인 줄도 모르면서
새는 그것이 사랑인 줄도 모르면서
두 놈이 부리를
서로의 쭉지에 파묻고
다스한 체온體溫을 나누어 가진다.

2

새는 울어
뜻을 만들지 않고,
지어서 교태로
사랑을 가식假飾하지 않는다.

3
─포수는 한 덩이 납으로
그 순수純粹를 겨냥하지만,
매양 쏘는 것은
피에 젖은 한 마리 상傷한 새에 지나지 않는다.

출처 《박남수 전집1 : 시》(1998)   **첫 발표** 《신태양》(1959. 3)

박남수 朴南秀 (1918~1994)
평양 출생. 일본 유학 시절 김종한, 이용악 등과 교류하면서 그들의 권유로 《문장》에 투고하여 1939
년 정지용의 추천으로 등단하였다. 1957년에는 유치환, 박목월, 조지훈 등과 함께 한국시인협회
를 창립하였다. 대표작은 '새'를 소재로 한 연작시들로 모더니즘 계열, 특히 주지적 이미지스트로 평
가되고 있다. 〈새 1〉은 〈새〉 연작시 중 하나로, 《신태양》(1959)에 처음 발표된 후 《신(神)의 쓰레기》
(1964)에 수록된 대표 작품이다.

▌ 새, 순수의 상징

박남수는 1930년대 후반부터 본격적으로 창작을 시작한 이래로 1994년 작
고할 때까지 총 여덟 권의 시집과 두 권의 시선집, 그리고 한 권의 공동 시집을
펴냈다. 전 생애에 걸쳐 총 350여 편의 시를 선보이며 활발히 시작활동을 한 만
큼, 시인 박남수에 대한 연구 성과 또한 상당히 축적되어 있다. 특히 연구자들이
박남수의 시에서 주목한 부분은 시인의 분신과도 같았던 '새'라는 시적 대상이
다. 그리고 다른 하나는 그의 시를 기억하게 하는 시의 선명한 이미지이다.

〈새 1〉 또한 이 같은 맥락에 놓여 있다. 1연에 등장하는 '새'는 사랑에 빠져
있다. 그런데 사랑에 빠진 두 마리의 새는 그것이 사랑임을 모른다. 아니, 굳이
그것이 사랑임을 의식하지 않는다. 대신 자기의 부리를 상대의 죽지에 파묻은

채 서로의 체온을 나눈다. 이로써 그들은 자신의 사랑을 다한다. 그리고 이 사랑은 거센 바람이 지나가는 어느 하늘의 길목에서도, 나뭇가지들의 서걱거림이 포근히 감싸는 어느 나무 그늘 아래서도 늘 여전하다.

2연에서 '새'는 굳이 소리를 내어 이러한 자기 행위에 의도를 담지 않는다. 마찬가지로 어떤 행동을 지어내어 마음을 꾸미지도 않는다. 이를 통해 화자는 새들의 순수함, 나아가 화자 자신을 포함한 많은 이들이 갈망하는 순수의 상징을 보다 명징하게 드러내고자 한다.

그런데 순수에 대한 사람들의 열망이 큰 만큼 순수의 상징은 언제나, 어디에서나 위태로움에 처한다. 3연에 등장하는 포수가 바로 그 위협의 존재를 함축한다. 포수는 총과 같은 인위적인 수단으로 순수를 포획하려 한다. 그럼으로써 포수, 즉 인간은 순수를 자기의 것으로 만들려는 의도를 실행한다.

4연에서 화자는 그러한 의도의 실행이 어떠한 결과와 의미로 이어지는지를 선명하게 드러낸다. 너무나 갈망하기에 인간은 순수를 소유하고자 한다. '새'를 쏘아 떨어뜨려서라도 내 손에 넣기를 원한다. 표면적으로는 포획의 의도가 성공한 것처럼도 보인다. 그러나 그것은 이미 '상한 새', 즉 훼손된 것일 뿐이다. 순수는 손에 쥘 수 있는 대상이 아니다. 사사로운 욕심 없이 모든 의도를 내려 놓고 바라볼 때 순수의 가치는 손상 없이 우리 주변에 머물 수 있다. 무목적적으로 희구하는 순수만이 내 곁에 보다 가까이 있게 된다.

┃ 〈새 1〉에 투영된 순수

순수를 시적으로 형상화하는 방법은 다양하며, 그에 따라 독자가 보고 느끼게 되는 순수의 모습도 달라진다. 〈새 1〉에서 보여 주는 순수의 첫 번째 속성은 의식적인 모든 것을 거부한다는 점이다. 시에서 묘사된 '새'는 자신의 행위 의도를 자각한 상태에서 무엇인가를 도모하지 않는다. 이는 자연 자체의 무위(無

爲), 생명체 본연의 무구(無垢)로서의 순수를 드러낸다. 두 번째로 나타나는 순수의 속성은 일체의 의미 부여를 멈춘다는 점이다. 예를 들어 "부리를 서로의 죽지에 파묻고 / 다스한 체온을 나누어 가진다."는 구절에는 사실 외에 어떠한 부가적인 설명도 덧붙어 있지 않다. 순수란 의미 부여 이전에 존재하는 행위 그 자체로서 족하기 때문이다. 마지막으로 이 시에서 드러나는 순수의 속성은 의도적으로 무엇인가를 만들어 꾸미지 않는다는 점이다. 순수는 자연의 실재 세계 그대로이다. 인위적인 장식은 순수가 아니다. 이로써 자연스럽지 않고 작위적인 모든 것은 순수의 영역 밖으로 밀려난다.

이렇듯 〈새 1〉에 투영된 순수는 행위에 대한 의식적인 자각, 의미 부여, 의도성이나 장식성과는 거리를 둔다. 특히 이와 같은 순수의 속성은 '새'와 '포수'로 각각 대비되는 이미지의 대립 구도를 통해 보다 선명해진다. '새'로 대변되는 자연과 '포수'로 대변되는 문명의 구도 안에서, '포수'는 자연의 순수 가치인 '새'를 총이라는 문명의 인위적인 힘으로써 소유하고자 한다. 이 시의 '포수'처럼 순수를 갈망하는 인간은 그 갈망을 해소하기 위하여 순수와 거리가 먼, 지극히 인간적인 수단을 남용하곤 한다. 그러나 그러한 무분별한 욕망, 우매한 의도가 깃든 행위는 결과적으로 갈망의 대상을 훼손하게 된다. '포수'가 '하늘'과 '나무'를 가로지르는 '새'를 쏘아 떨어뜨리는 순간, 그것은 이미 '새'가 아닌 '피에 젖은 한 마리 상한 새'에 지나지 않는다. 겨냥의 의미가 없는 새, 왜곡된 욕망에 의하여 파괴된 가치, 추락한 순수일 따름이다. 이와 같이 '새'와 '포수'의 대립 구도 안에서 상승과 하강, 생명과 죽음, 순수와 훼손된 순수 등의 이미지 대립이 생성되면서 순수에 대한 왜곡된 욕망을 비판하는 이 시의 주제 의식이 부각된다. 〈새 1〉은 '새'로 형상화되는 순수의 세계가 '포수'의 무분별한 관심과 왜곡된 방법으로 훼손되는 것을 이미지의 대립으로써 선명하게 그려 내고 있는 것이다.

내 안의 '새', 실재하는 순수의 가치

〈새 1〉에서 보이는 화자의 날선 비판의식을 따라가다 보면, '새'는 문명화된 인간으로부터 떨어진 '바람의 여울터'나 '나무의 그늘'에서만 존재할 수 있을 것만 같다. 박남수의 시에 나타난 순수는 인간의 무분별한 욕망에 의해 언제나 위협받지만 결국 인간이 소유하거나 파괴할 수 없는 것임을 드러내기 때문이다. 그러나 이 점이 순수라는 가치가 인간의 삶과 분리되어 존재한다는 것을 의미하지는 않는다. 오히려 시인은 순수의 상징인 '새'가 화자의 내부에도 살고 있다고 여긴다. 〈새〉 연작시의 다른 시편인 〈새 3〉의 화자는 "나의 내부(內部)에도 / 몇 마리의 새가 산다. / 음유(陰喩)의 새가 아니라, / 기왓골을 쫑, / 쫑, / 쫑, / 옮아 앉는 / 실재(實在)의 새가 살고 있다."라며 자기 안에 '새'가 살고 있음을 강조한다.

그런데 그 새의 속성을 특정한 점이 흥미롭다. "음유의 새가 아니라 (…) 실재의 새가 살고 있다."는 부분이 그것이다. 〈새 1〉에서 보았듯이 〈새 3〉에서도 화자는 '새'로 상징되는 순수의 가치를 감각적 이미지로 표현한다. '새'는 실재하는 존재로서 "뜰로 나리어 / 모이를 좇든가, / 나뭇가지에 앉든가, / 하늘로 / 날 / 든가,"하는 모양새를 펼친다. 이로써 화자는 인간이 인위적으로 억압의 수단을 동원하여 순수를 소유할 수는 없으나 "새의 의사(意思)를 / 죽이지 않으면 새는 / 나의 내부에서도 / 족히 산다."고 말한다. '새'가 '나의 내부'에 살게 됨으로써 순수의 가치 또한 우리 모두의 삶에 깃들어 실재하는 가치가 됨을 호소하는 것이다.

문학, '순수'를 선택한 삶

우리에게 '새의 시인'으로 기억될 만큼 한국 문학사에서 고유한 자리를 점하고 있는 박남수이지만, 사실 그는 시인의 삶을 선택하기 전에 사회적으로도 경제적으로도 괜찮은 삶을 살고 있었다. 일본 유학 후 1945년 한국식산은행에 입사하여 평양지점장까지 역임한 그는 1948년에 사임한 후 1951년 1·4 후퇴 때 월남한다. 이렇듯 안정된 지위에 있던 그가 자기 자리를 버린 데에는 여러 이유가 있었겠으나, 그중 하나는 문학에 대한 열정과 신념이었다. 시인의 삶을 선택을 한 후 박남수는 남북 분단으로 인해 평생을 실향민으로 살아야 했으며 넉넉하지 않은 살림을 꾸리며 작품활동을 하다가 1975년 미국으로 이민을 가 그곳에서 사망하였다. 거칠게나마 그려 본 시인의 삶의 궤적을 되짚어 볼 때 박남수에게 문학은 어떠한 의미였을까. 달리 말해, 박남수에게 '새'는 왜 필요했을까.

다행인지 불행인지 우리 주변에는 다양한 모습의 새가 있다. 도심에서 흔히 볼 수 있는 새도 있고, 청정구역에 가야만 관찰할 수 있는 새도 있다. 어떤 새든 간에, '새'라고 불리는 것들은 모두 훨훨 날 수 있다. 지상에 발을 붙이고 사는 인간에게 자신의 힘으로 몸 안의 부력을 일으켜 나는 행위는 상상에서나 가능하다. 그러나 '새'는 자기 힘이 닿는 한 어느 곳이든 훨훨 날아갈 수 있다. 그럼으로써 지극히 인간적인 투쟁이 일어나는 지면 위의 공기로부터 언제든지 벗어날 수 있다. 이것만으로도 '새'는 시인이 동경하기에 충분한 대상이 된다.

더욱이 시인의 시선과 마음이 특히 '새'에게 머무는 이유는, '새'가 노래인 줄도 모른 채 노래하고, 사랑인 줄도 모른 채 사랑하는 모습에 있다. '새'는 이 세상의 인위적인 모든 것을 부정한 채, 자신의 현존재에 빠져 있다. 그리고 자신이 할 수 있는 것들로 순간을 채울 뿐이다. 그러므로 노래에도 사랑에도 어떠한 의미 부여를 하지 않는다. 다만 노래하기에 노래하는 새로서 존재하고, 사랑하기에 사랑하는 새로서 존재한다. 스스로 고귀하나 그 사실을 의식하지 않는다. 의도를 배제한 채 단순히 행함으로써 스스로의 고귀함, '순수'를 증명한다.

누구도 소유할 수 없기에 아무도 파괴할 수 없는 가치라는 것이 우리 삶에

존재한다. 순수는 그러한 가치 중 하나이다. '새'는 스스로 아름다운 줄도 모른
채 아름다움이 되고, 어떠한 의도도 없이 존재하는 사이 누군가에게는 하나의
의미가 됨으로써 순수를 재현한다.

| 구영산

참고문헌

박남수(1998),《박남수 전집 1: 시》, 한양대학교 출판원.

진정한 자유가 요구하는 것

푸른 하늘을

김수영

푸른 하늘을 제압하는
노고지리가 자유로웠다고
부러워하던
어느 시인의 말은 수정되어야 한다

자유를 위해서
비상하여 본 일이 있는
사람이면 알지
노고지리가
무엇을 보고
노래하는가를
어째서 자유에는
피의 냄새가 섞여 있는가를
혁명은
왜 고독한 것인가를

혁명은
왜 고독해야 하는 것인가를

출처 《김수영 전집 1: 시》(2018)   첫 발표 『동아일보』(1960. 7)

김수영 金洙暎 (1921~1968)

서울 출생. 1945년 《예술부락》에 〈묘정의 노래〉를 발표하며 등단하였다. 《신시론》 동인의 일원으로 전후 모더니즘 운동에 참여하면서 《새로운 도시와 시민들의 합창》(1949)을 발간한다. 1957년 12월 제1회 한국시인협회상을 수상하고, 1959년에는 첫 시집 《달나라의 장난》을 발간한다. 4·19 혁명 이후에는 참여시 운동의 대표적 시인으로 활동하면서, 순수시와 참여시 간의 변증적 발전에 기여하였다.

| 붉은 혁명의 실상

〈푸른 하늘을〉은 그 표현과 의미가 상대적으로 분명한 편이다. 김수영의 다른 작품들에 비해 난해하지 않다. 그래서 이 작품을 단독으로 다룬 글은 많지 않다. 그렇다고 해서 이 작품의 표현과 의미가 결코 단순하다고는 할 수 없다. 이 작품은 김수영이 건너온 삶의 역경을 배경으로 하고 있기 때문이다. 따라서 혁명과 자유에 대한 김수영의 체험, 그리고 생각의 변화를 살펴볼 필요가 있다.

김수영은 해방 직전까지 연극에 심취해 있었다. 해방 직후에도 연극인과의 교류가 지속되었다. 이 과정에서 좌익 문학계의 거두였던 임화(林和, 1908~1953)를 알게 된다. 김수영은 그에게 매료되었을 뿐만 아니라 그의 붉은 혁명을 주창하는 시에도 빠져들었다. "임화의 시는 우리 시가 휘감고 있는 감상을 과감히 떨쳐버리고 혁명의 한가운데로 나아가고 있는 것 같았다. 이때의 '혁명'은, 김수영에게는 세계의 새로움이었으며 자유였다."고 해석될 정도였다. 김수영은 임화에게 빠져들면서 문학가동맹 사무실에도 드나들었는데 어느 날부터는 '정치 냄새가 너무 물씬하다'고 생각하여 발길을 돌린다(최하림, 2001: 91-92).

그 즈음 김수영은 연극에서 문학으로의 전향이 뚜렷해진다. 그리고 시인 박인환(朴寅煥, 1926~1956)이 운영하던 서점 '마리서사'에 드나들며 문학인들과 교류를 넓혀 가기 시작한다. 김수영은 《예술부락》에 〈묘정의 노래〉(1945)를 발표하기도 했으나, 이는 박인환 등 모더니스트 시인들에게 낡은 시로 치부 당한다. 이러한 심적 갈등에도 불구하고 1947년 박인환, 김경린, 김병욱 등이 주도한 《신시론(新詩論)》 동인에 참여하면서, 전후 모더니즘 운동의 효시가 된 신시론 동인지 《새로운 도시와 시민들의 합창》(1949)에 〈공자의 생활난〉(1945), 〈아메리카 타임지〉(1947)를 발표한다. 이로써 시인의 길에 들어섰음이 분명해진다. 그런데 한국전쟁이 발발한다. 의용군으로 끌려간다. 탈출한다. 전쟁포로가 되어 부산 거제리에 수용된다. 잠시 거제도에 수용되었다가 다시 부산 거제리에 수용된다. 자유를 상실한다. 1952년 11월 28일 민간인 억류자 중 한 명으로 석방된다(최하림, 2001; 이영준, 2018).

이 과정에서 김수영은 혁명과 자유에 대해 다시 생각할 기회를 얻는다. 혁명과 자유에 대한 생각의 변화를 암시하는 두 글을 살펴보자. 먼저, 다음은 미완성 장편소설 《의용군》(1953)의 일부이다.

지긋지긋한 공포와 조직과 억압의 도시 연천을 떠난 것은 오후 세 시도 훨씬 넘어서였다. 일동이 탄 것은 객차내부를 보니 그것도 옛날에 일본 사람들이 남기고 간 그대로다.

순오는 대체 사회주의 사회의 발달이란 어떤 곳에서 제일 잘 나타나 있는지 아직 모르지만 기차 안 구조로 보아 이것이 사회주의 사회의 진보의 진상이라면 침을 뱉고 싶었다.

이 작품은 한국전쟁 이전에 남한에서 상상하던 사회주의 혁명의 실상을 북한에서 직접 보고는 큰 실망과 분노를 느끼는 인물을 제시하고 있다. 이어서 1953년 5월에 완성하였으나 발표하지 못했던 작품인 〈조국에 돌아오신 상병포로 동지들에게〉의 일부를 살펴보자.

진실을 찾기 위하여 진실을 잊어버려야 하는
내일의 역설 모양으로

나는 자유를 찾아서 포로수용소에 온 것이고

자유를 찾기 위하여 유자철망(有刺鐵網)을 탈출하려는 어리석은 동물이 되고
말았다

"여보세요 내 가슴을 헤치고 보세요 여기 장 발장이 숨기고 있던 낙인보다
더 크고 검은

호소가 있지요

길을 잊어버린 호소예요"

이 작품에서는 의용군에서 탈출하여 포로로 붙잡힘은 역설적으로 '자유를
찾아서'였으며 종국에는 자유에 대한 길을 잃어버린 상황에 처했음을, 끝내 가
슴속에 맺힌 것은 '검은 호소'임을 고백하고 있다.

이 두 글을 종합해 보면 김수영은 붉은 혁명에 대한 환멸감과 자유에 대한
확신의 상실감을 절실하게 겪었고, 지금 여기에 존재하지 않는 진정한 자유에
대한 간절함만 절망적으로 마주하였음을 알 수 있다. 이러한 체험들에 비추어
보면 "푸른 하늘을 제압하는 / 노고지리가 자유로웠다고 / 부러워하던 / 어느
시인의 말"은 잘못된 것일 수밖에 없다. 진정한 자유는 환상 속에, 허공 속에 있
을 수 없기 때문이다. 그것은 유자철망을 뚫고 탈출할 때처럼 기본적으로 피를
요구한다. '부러워할 대상'이 아니라 '나의 피'를 요구하는 잔혹함을 지닌 것이
다. 자유는 젊은 시절, 하고 싶어서 선택한 '연극' 같은 것이 아니었던 것이다.

│ 자유와 시 쓰기

포로수용소에서 석방되었다고, 한국전쟁이 끝났다고 자유가 얻어진 것도 아
니었다. 피를 흘렸음에도 곧바로 자유로워지지 않았다. 김수영은 자유에 이르
는 길이 한 번의 '피의 요구'로 끝나지 않음을 또다시 깨닫는다. 이승만이 하야

한 4·26 이후 〈푸른 하늘을〉을 쓰기 직전에 발표한 산문 〈책형대(磔刑臺)에 걸린 시〉를 살펴보자.

4·26 전까지 (…) 더구나 나처럼 6·25 때에 포로 생활까지 하고 나온 사람은 (…) 자유가 도저히 없었다. 감정의 자유 역시 그렇다. (…) 이러한 환경 속에서 나올 수 있는 작품이 무슨 신통한 것이 있겠는가. 저주가 아니면 비명이 아니면 죽음의 시가 고작이 아니었던가. (…)

4·26이 전취(戰取)한 자유는 나의 두 손 아름을 채우고도 남는다. 나는 정말이 벅찬 자유를 어떻게 처리해야 할지 모르겠다. (…) 내가 여기서 말하고 싶은 것은 (…) 극언(極言)하건대 이번 4·26사태를 정확하게 파악하고 통찰하지 못하는 사람은 미안하지만 시인의 자격이 없다 (…) 4·26 후 나의 성품이 사뭇 고약해져 가는 것을 알면서도 어찌할 도리가 없다. (…) 마음이 정 고약해져서 시를 쓰지 못할 만큼 거칠어진다 해도 할 수 없는 일이다. 시대의 윤리의 명령은 시 이상이라고 생각하기 때문에 이 거센 혁명의 마멸(磨滅) 속에서 나는 나의 시를 다시 한 번 책형대 위에 걸어 놓았다.

여기서 김수영은 자유가 상실된 시기와 자유가 넘치는 시기의 차이를 비교하고 있다. 자유 상실의 시기에 겨우 쓴 시란 "비명이 아니면 죽음의 시가 고작"이었다. 이를 증명하는 대표적인 시로 〈헬리콥터〉(1955)를 들 수 있다.

사람이란 사람이 모두 고민하고 있는
어두운 대지를 차고 이륙하는 것이
이다지도 힘이 들지 않는다는 것을 처음 깨달은 것은
우매한 나라의 어린 시인들이었다
헬리콥터가 풍선보다도 가볍게 상승하는 것을 보고
놀랄 수 있는 사람은 설움을 아는 사람이지만

또한 이것을 보고 놀라지 않는 것도 설움을 아는 사람일 것이다
그들은 너무나 오랫동안 자기의 말을 잊고
남의 말을 하여 왔으며
그것도 간신히 더듬는 목소리로밖에는 못해 왔기 때문이다

이 작품에서 '자유의 정신의 아름다운 원형'으로 비유되는 헬리콥터는 어두운 대지에 사는 사람에게 설움을 느끼게 한다. 자유가 없어서 서러운 것이 아니다. "이다지도 힘이 들지 않는" 자유로의 이행을, 너는 어찌 못하는가를 깨닫게 하기 때문이다. 자유는 조롱한다. "남의 말"이나 하는, 그것도 "간신히 더듬는 목소리로밖에" 하지 못하는 너를 서럽게 한다. 부끄럽고도 부끄럽다. 이처럼 자유는 '피의 요구'와 함께 부끄러움을 요구한다.

다시 앞의 〈책형대에 걸린 시〉를 보자. 김수영은 자유의 요구가 여기서 끝나지 않음을 말한다. 넘치고 벅찬 자유가 주어질 때, 그 자유는 무한을 요구한다. 혁명이 안겨 준 자유는 명령한다. 성품이 고약해질 것을 요구한다. 시를 쓰는 시인에게 시가 전부가 아님을 인식하라고 요구한다. 그 거센 혁명만큼 자유는 거세게 "시를 다시 한 번 책형대 위에 걸어 놓"으라고 요구한다. 이렇게 보면 자유는 쉽사리 추구할 만한 대상이 아니다. 무한한 요구를 하기 때문이다. 그러므로 "자유를 위해서 / 비상하여 본 일이 있는 / 사람"만이 자유의 실체를 알 수 있을 뿐이다. 자유의 실체란 무엇인가? 그것은 "푸른 하늘을 제압하는 노고지리"의 모습으로 쉽사리 표현될 것이 아니다. 노고지리는 푸른 하늘과 온몸으로 사투하고 있음을, 저 멀리 하늘에 있어서 정확히 들리지 않을 노고지리의 노래는 단순한 노래가 아니라 핏빛 외침임을, 그것을 모르는 존재들이 많기에 노고지리는 고독함을, 오늘도 노고지리는 처음처럼 혁명처럼 무서움을 품고 푸른 하늘에 도전하고 있음을 투시해야만 알 수 있는 그 무엇이다. 이처럼 김수영은 자유에 대한 피상적 인식을 전복하기 위해, "어느 시인의 말"을 부정하면서 '노고지리'의 생생한 증언을 〈푸른 하늘을〉에서 앞세우고 있는 것이다.

이처럼 〈푸른 하늘을〉이 말하고자 하는 메시지는 간단하지 않다. 진정으로 "자유를 위해서 / 비상하여 본 일이" 없는 사람이라면 알 수 없는 것, 즉 자유는 머리로 알게 되는 것이 아니고 말로 표현될 수 있는 것도 아니라는 것. 이것이 어떻게 간단할 수 있을까? 이 간단하지 않음으로 하여 〈푸른 하늘을〉은 김수영의 대표적 시론 〈시여, 침을 뱉어라〉(1968)의 다음 구절과 통한다.

> 시작(詩作)은 '머리'로 하는 것이 아니고 '심장'으로 하는 것도 아니고 '몸'으로 하는 것이다. '온몸'으로 밀고 나가는 것이다. 정확하게 말하자면, 온몸으로 동시에 밀고 나가는 것이다.

온몸으로 동시에 밀고 나가는 것이 시 쓰기라는 인식. 이것은 시 쓰기가 자유처럼 모든 것을 요구하는 것임을 의미한다. 따라서 김수영의 시 쓰기는 자유가 무한하고도 가혹하게 요구한 것을 이행하기 위한 몸부림이었음을 말해 준다.

요컨대 〈시여, 침을 뱉어라〉가 김수영의 시 정신을 대표하는 산문이라면, 〈푸른 하늘을〉은 그의 시 정신을 대표하는 시라 하겠다. | 남민우

....

참고문헌

이영준 편(2018), 《김수영 전집 1: 시》(제3판), 민음사.
이영준 편(2018), 《김수영 전집 2: 산문》(제3판), 민음사.
이영준 편(2018), 〈시여, 침을 뱉어라〉, 《김수영 전집 2: 산문》(제3판), 민음사.
이영준 편(2018), 〈의용군〉, 《김수영 전집 2: 산문》(제3판), 민음사.
이영준 편(2018), 〈조국에 돌아오신 상병포로 동지들에게〉, 《김수영 전집 1: 시》(제3판), 민음사.
이영준 편(2018), 〈책형대에 걸린 시〉, 《김수영 전집 2: 산문》(제3판), 민음사.
이영준 편(2018), 〈헬리콥터〉, 《김수영 전집 1: 시》(제3판), 민음사.
최하림(2001), 『김수영 평전』(재판), 실천문학사.

하여지향 1

송욱

솜덩이 같은 몸뚱아리에

쇳덩이처럼 무거운 집을

달팽이처럼 지고,

먼동이 아니라 가까운 밤을

밤이 아니라 트는 싹을 기다리며,

아닌 것과 아닌 것 그 사이에서,

줄타기하듯 모순이 꿈틀대는

뱀을 밟고 섰다.

눈 앞에서 또렷한 아기가 웃고,

뒤통수가 온통 피 먹은 백정이라,

아우성치는 자궁에서 씨가 웃으면

망종亡種이 펼쳐 가는 만물상이여!

아아 구슬을 굴리어라 유리방에서—

윤전기輪轉機에 말리는 신문지처럼

내장內臟에 인쇄되는 나날을 읽었지만,

그 방에서는 배만 있는 남자들이

그 방에서는 목이 없는 여자들이

허깨비처럼 천장에 붙어 있고,

거미가 내려와서

계집과 술 사이를

돈처럼 뱅그르르

돌며 살라고 한다.

이렇게 자꾸만 좁아들다간

내가 길이 아니면 길이 없겠고,

안개 같은 지평선 뿐이리라.

창살 같은 갈비뼈를 뚫고 나와서

연꽃처럼 달처럼 아주 지기 전에,

염통이여! 네가 두르고 나온 탯줄에 꿰서,

마주치는 빛처럼

슬픔을 얼싸안는 슬픔을 따라,

비렁뱅이 봇짐 속에

더럽힌 신방 속에,

싸우다 제사하고

성묘하다 죽이다가

염념念念을 염주念珠처럼 묻어 놓아라.

「어서 갑시다」

매달린 명태들이 노발대발하여도,

목숨도 아닌 죽음도 아닌

두통과 복통 사일 오락가락하면서

귀머거리 운전수―

해마저 어느 새

검댕이 되었기로

구들장 밑이지만

꼼짝하면 자살이다.

얼굴이 수수께끼처럼 굳어 가는데,

눈초리가 야속하게 빛나고 있다며는

솜덩이 같은

쇳덩이 같은

이 몸뚱아리며

게딱지 같은 집을

사람이 될터이니

사람 살려라.

모두가 죄를 먹고 시치미를 떼는데,

개처럼 살아가니

사람 살려라.

허울이 좋고 붉은 두 볼로

철면피를 탈피하고

새살 같은 마음으로,

세상이 들창처럼 떨어져 닫히며는,

땅군처럼 뱀을 감고

내일이 등극한다.

출처 《하여지향》(1961) **첫 발표** 《사상계》(1956. 12)

송욱 宋稶 (1925~1980)
1950년 《문예》 3월호에 서정주의 추천으로 시 〈장미〉를 발표하며 작품 활동을 시작하였다. 이후 시집 《유혹》(1954), 《하여지향》(1961), 《월정가》(1971)를 발표하였고, 유고시집 《시신(詩神)의 주소》 (1981)가 간행되었다. 또한 《시학평전》(1963)을 비롯한 평론집을 발표한 문학비평가이자 영문학자이기도 하였다. 그는 역사와 시대 의식을 담은 모더니즘을 추구하였으며, 시의 음악성에도 각별한 관심을 기울였다.

"사람 살려라"는 외침

시인이자 평론가, 영문학자였던 송욱의 시는 근대에 대한 진지한 사유를 보여 준다. 전후 혼란기라는 현실이 지닌 사상적 모순을 포착하고 이를 극복하고자 한 그의 시도는 말과 언어에 대한 성찰로 이어진다. 〈하여지향〉 연작에서 발견되는 각운들과 언어유희에서 이를 살펴볼 수 있다. 그에게 시는 지적인 작업의 산물이었고 철학적 고민의 터전이었다.

〈하여지향 1〉은 시집《하여지향》 7부에 수록된 〈하여지향〉 연작시 12편 중 첫 번째 작품이다. 이 시집은 한국전쟁의 경험을 바탕으로 쓴 시들을 모아 출판한 것이라는 시인의 진술에서 알 수 있듯이(전영태, 1983: 437), 〈하여지향 1〉 역시 전쟁의 체험이나 1950년대의 사회적 혼란과 관련이 있으리라고 추론할 수 있다. 시는 내내 충격적인 이미지를 던지며 "사람 살려라."라고 절규하고 있지만 해석의 난해함은 이를 간접화하고 있다. 이 시는 선조적 읽기로는 전체적인 의미를 파악하기 힘들기 때문에 논리적 유기성보다는 언어와 이미지가 환기하는 느낌의 조합을 중심으로 이해될 필요가 있다.

1~8행까지는 화자가 처한 상황의 대강이 제시된다. "솜덩이 같은 몸"을 지닌 연약한 존재인 화자는 "쇳덩이처럼 무거운 집"을 진 달팽이를 자신과 동일시하고 있다. 그가 기다리는 것은 반복되는 '아니라' 속에서 흐릿해져 간다. '먼 동', '가까운 밤', '트는 싹' 사이를 '아니라'로 충돌하던 화자는 그 사이에서 "줄타기하듯 모순이 꿈틀대는 / 뱀을 밟고 섰다." 이 뱀은 시의 마지막까지 살아서, 땅꾼도 죽이지 못한 채 그저 감은 채로 내일을 맞이하게 되는 대상이다. 그만큼 이 세계의 모순은 호락호락하게 해결되지 않는다.

9~22행까지는 세상의 속성이 그려진다. 쉽게 해결되지 않는 모순을 담지한 세계는 그러한 세계에 걸맞은 개인들로 채워져 있다. 웃고 있는 아기는 씨였을 적부터 "아우성치는 자궁" 속에서 웃었다. 앞은 웃지만 뒤통수에는 도살(屠殺)의 기색을 간직한 그의 탄생은 세상을 망종의 만물상으로 만든다. 유리방에서

굴리는 구슬처럼 투명함 속의 투명함은 이런 모순적 존재들로 구성된 세상을 여과 없이 비추고 있다. 그 방 안에는 탐욕의 상징인 "배만 있는 남자들"과, 머리라는 이성(理性)과 단절된 "목이 없는 여자들"만이 천장에 붙어 있다. 거미는 내려와 계집, 술, 돈이라는 환락으로 살라고 말한다. 방(房)에서 방(房)으로 연결되는 이 공간의 모습은, 신문지를 내장에 인쇄하는 것으로는 세상의 모순을 극복할 수 없다는 사실을 알려 준다. 이미 부패한 육체와 내장에 누군가에 의해 뉴스로 선택되어 편집된 신문지의 세상을 새겨 봤자 현실을 아는 데는 별 도움이 되지 않는다.

23~35행까지는 화자의 깨달음이 나타난다. 화자는 세속적인 즐거움으로 현실을 망각하며 살면 결국 나선형으로 돌며 점차 좁아지는 그 끝에서 길이 사라질 것임을 예감한다. "내가 길이 아니면 길이 없"기에 그는 속세에 더럽혀지지 않는 '연꽃'과 어둠을 물리치는 '달'이 지기 전까지 염통이 나의 육체를 뚫고 나와서 모든 업을 소멸하기 위한 여정을 떠나야 한다고 말한다. '비렁뱅이 봇짐'에서 '더럽힌 신방'까지 가지각색의 세상 속에서 갖은 일을 겪으면서도 염통이 잊지 말아야 하는 것은 "슬픔을 얼싸안는 빛을 따라"가야 한다는 것이다. "아닌 것과 아닌 것 그 사이"(6행)에서 일어나는 회전 운동은 화자를 쉼 없이 채근하고 있기에 빛을 따라가기 위해 몸을 똑바로 세우는 일은 힘겹기만 하다. 빙빙 돌아가는 혼란 속에서 발을 내딛으려 시도라도 할 수 있는 시간은 찰나뿐이어서 화자는 "염념을 염주처럼 묻"을 수밖에 없고, 그렇게 번뇌를 소멸하는 것이 화자가 길이 되는 방법이다. 염통, 염념, 염주에서 반복되는 '염'은 이렇게 세 가지 대상을 꿰어 준다.

36~55행까지는 험난한 여정이 펼쳐진다. 뱅그르르 돌며 좁아지는 세상에서 길을 만들기 위해 화자는 "어서 갑시다"라고 말한다. 부조리한 세상에서 적당히 살고 있는 다른 이들은 줄줄이 꿰인 '명태'가 되어 노발대발하지만, 화자는 이 상황을 타개하려는 시도를 멈추지 않는다. 그러나 화자가 속한 세상은 여전히 모순의 뱀이 지배하고 있다. '아닌'과 '사이'를 오락가락하는 묘사들은 시의 앞

부분들과 연결된다. 해마저 검댕이 된 밤에 화자는 4행과 5행에서처럼 "먼동이 아니라 가까운 밤을 / 밤이 아니라 트는 싹을 기다리"며 희망을 품었지만, 자신이 줄타기하듯 뱀을 밟고 섰다는 것을 깨닫는다. 구들장 밑으로 파고들어도 달팽이인 그는 아래에 깔린 뱀으로 인해 꼼짝없이 죽을 수밖에 없다. 뱀에게 먹혀서일 수도 있고 스스로 목숨을 내려놓아서일 수도 있다. 절박한 상황에서 화자는 굳은 얼굴로 눈초리를 빛내며 1행과 2행에서 달팽이였던 자신이 "사람이 될 터이니" 살려 달라고 말한다. 이는 연약한 몸으로 부조리한 세상을 감당하기 어려워 껍질 안에 숨고 그 안에 죄책감을 켜켜이 밀어 넣은 채 달팽이인 듯 살았던 삶을 그만두겠다는 선언이기도 하다. 벗어나려 했던 시도가 다시 뱀에게 가로막혀 죽음에 이를 것이라면 차라리 그 각오로 사람의 모습으로 살아서 뚫고 나가보려는 것이다. 이어서 죄를 짓고도 사람이면서 개처럼 살아가는 이들도 자기 안의 사람을 살려야 한다는 진술이 뒤따른다. '달팽이', '명태', '개'가 아닌 '사람'이어야 '뱀'과 '거미'가 만든 혼돈을 제거할 수 있기 때문이다.

56~61행에서는 현실적인 희망의 단서가 발견된다. 사람이 된 나를 살리라고, 개처럼 살아가는 모두에게서 지워져 가는 사람을 살리라고 외침으로써 자신의 의지를 보여 준 화자는 "철면피를 탈피하고 / 새살 같은 마음"을 가질 때 "내일이 등극"하리라 말한다. 그런 마음이 생겨날 때 극단과 모순으로 점철된 이 세상이 닫히고 새 세상이 시작될 수 있다. 물론 단숨에 모든 문제가 해결되지는 않는다. "땅꾼처럼 뱀을 감"았다는 것은 발아래에서 언제고 화자를 콱 물어 버릴 수 있는 뱀의 위협이 완전히 제거되지 않은 상태임을 의미한다. 그래도 환락에 빠져 어느 편에도 들지 못하고 죄책감의 껍질 속에 웅크렸을 때는 생각하지도 못했던 내일이 등극했다. 그렇게 뱀이 되살아나지 않도록 애쓰는 것에서부터 어제의 내일이던 오늘이 시작된다.

| '사람'으로 살기 위하여

연작시 〈하여지향〉은 한국전쟁 이후 한국 사회의 정치, 경제, 사회적 혼란을 그려 낸 것으로(박몽구, 2004: 320), 한자를 이용한 언어유희, 파편화된 육체 기호의 활용, 의미적으로 연결되지 않는 행의 제시와 같은 기법들이 의도적으로 사용되었다. 특히 의미적으로 연결되지 않는 행의 제시는 의미 확정을 지연시키며 '아니라'와 '사이'에서 진동하는 불안한 자아의 형상화를 돕고 있다. 시의 각 행들이 전체 의미 안에 포섭되어 가며 하나의 의미를 구성해 나가는 보편적인 방식과 달리, 이 시에서는 의미 사이를 부유하는 행을 던지며 시 제목처럼 "어찌의 마을", "이런들 어떠하고 저런들 어떠하리의 마을"이라는 항변, 혹은 체념과 풍자(전영태, 1983: 436)를 전달하고 있는 것이다.

〈하여지향〉에 그려지는 혼란은 개인이 해결할 수 없는 체제 자체라는 점에서 비극적이다. 해결이 요원한 극한의 고통은 스스로에게 겨누는 칼이 될 때가 있다. 여기 존재하는 '나'는 분명 불안에 시달리고 있는데 이를 해소할 방안이 없다면, '그렇게 느끼는' 자신을 없애서 상황을 종결짓고자 하는 것이다. '나'라는 존재가 세상에서 사라지거나, 산산조각 났으면 좋겠다는 등의 해체의 욕망은, 고통과 통합된 주체인 '나'가 사라진다면 이 고통이 끝날 것이라는 자의적 합리의 소산이다.

송욱의 시에서 육체의 주도권은 통합된 유일한 육체가 아니라 육체의 각 부분에 있다. 그들은 아무렇지 않게 제자리에서 벗어난다. 어떻게든 고통을 감경하려는 처절한 시도이다. 어떤 종류의 고통이 사람을 이렇게 만드는 것일까. 내 힘으로 꿈쩍도 하지 않을 '사회'라는 거대하고 촘촘한 대상이 주는 공포이다. "눈 감아요, 이제 곧 무서운 시간이 와요. / 창자나 골수 같은 건 모두 쏟아 버려요./ 토해 버려요, 한 시대의 썩은 음식물들을,"(최승자, 〈무제 2〉)이라고 말한 최승자의 시에서도 화자는 세계에 대한 공포 앞에서 사라져 버리는 것을 택한다. 사회가 주는 불안과 공포는 이처럼 압력을 주어 사람을 터뜨려 버린다. 그러나

"배만 있는 남자"와 "목이 없는 여자"가 "죄를 먹고 시치미를 떼는" 오늘에 갇힌 채 영원히 모순과 긴장 사이를 부유하며 평생을 보낼 순 없다. 그러기 위해서는 이 끔찍한 고통에 스스로를 놓지 않고 길을 찾아야 한다. '몸뚱아리가 아닌 사람으로 살아 보려 하니 사람 살리라'는 목소리가 들리는 방향으로, 슬픔을 얼싸안는 슬픔을 따라.

| 이상아

......
참고문헌

박몽구(2004), 「송욱 시와 상징의 언어: 시집 《하여지향》을 중심으로」, 『어문연구』 46, 어문연구학회, 303-332.
송욱(1961), 〈하여지향〉, 《하여지향》, 일조각.
전영태(1983), 「비판적 지성과 풍자의 시」, 정한모·김재홍 편, 『한국대표시평설』, 문학세계사.
최승자(2016), 〈무제 2〉, 《즐거운 일기》, 문학과지성사.

고향과 어머니로 표상되는 한의 형상화

추억에서

박재삼

진주 장터 생어물전에는
바닷밑이 깔리는 해다진 어스름을,

울엄매의 장사 끝에 남은 고기 몇 마리의
빛 발發하는 눈깔들이 속절없이
은전銀錢만큼 손 안 닿는 한恨이던가
울엄매야 울엄매.

별밭은 또 그리 멀리
우리 오누이의 머리 맞댄 골방 안 되어
손 시리게 떨던가 손 시리게 떨던가.

진주 남강 맑다 해도
오명 가명
신새벽이나 밤빛에 보는 것을,
울엄매의 마음은 어떠했을꼬.
달빛 받은 옹기전의 옹기들같이
말없이 글썽이고 반짝이던 것인가.

출처 《박재삼 시전집》(1988) **첫 발표** 《춘향이 마음》(1962)

박재삼 朴在森 (1933~1997)
경상남도 삼천포 출생. 첫 시집 《춘향이 마음》(1962)에서 시작해 열다섯 번째 시집 《다시 그리움으로》(1996)에 이르기까지 병마와 싸우면서 전통적인 가락과 토속적인 시어 등을 통해 서정적인 한을 형상화하였다.

처연한 아름다움, 추억 속의 어머니

박재삼의 시에서 고향과 어머니는 매우 중요한 소재이다. 박재삼은 특히 어머니에 대한 회상과 애정을 여러 작품에서 형상화하고 있다. 그의 산문 〈한(恨)의 표상〉(1986)에서는 어머니에 대해 다음과 같이 회고한다.

어머니는 지금 와서 말한다면 억척이요, 실한 일꾼이라고 하겠다. 그러면서 당신이 한 일은 으레 해야 하는 의무 비슷한 것으로 쳐왔다. '비단 옷 입고 밤길 걷기'에나 비유할 수 있을까. 이런 것이 이제 와 내 시에 있는 한(恨)의 정감을 키워 준 것이 아닌가 생각한다. (…) 겉으로 보기에는 부지런한 것, 속으로 보기에는 간장이 녹듯이 슬픈 것, 이 두 가지는 언밸런스인 것 같으나 그러나 어머니는 고루 갖추고 있었다고 생각되고, 나는 이 두 가지를 무슨 유산처럼 물려받은 것이 아닌지 모르겠다.

시인의 어머니로서의 삶을 뛰어넘어 이 땅의 어머니들이 가지고 있던 한스러운 의무, 그것이 어머니에 대한 기억이면서 자신의 시적 토대가 된 것임을 밝히고 있다. 박재삼은 지고지순함과 억척스러움이라는 양면성을 지닌 인물로 어머니를 인지하고 있다. 이러한 인지 방식은 그의 시에 그대로 표현되어 있다. '생어물전, 남은 고기 몇 마리의 눈깔, 오누이의 머리 맞댄 골방' 등의 시적 대상은 어머니가 살아 내야 했던 고단한 삶의 표상들이다. 난방도 제대로 되지 않는 방에 오누이를 두고 생선 장사를 하며 생계를 꾸려 나갔던 어머니. 삼천포에서 진주 장터를 오가며 신새벽, 늦은 밤 터벅터벅 걸어 다닐 수밖에 없었던 한 여인의 애처롭고도 척박한 삶의 모습. 시적 화자는 그런 어머니의 삶을 묵묵히 지켜볼 수밖에 없었던 어린 시절의 삶을 회상하고 있다. 화자 스스로도 춥고 가난했다고 느꼈던 이때의 삶은 골방 안에서 시린 손을 비비며 오누이가 머리를 맞대고 웅크린 이미지에 응축되어 있다.

이 작품에서 이미지는 또 다른 양상으로도 나타난다. '빛 발하는 눈깔, 은전, 별밭, 밤빛, 달빛 받은 옹기전' 등의 '반짝이던 것'들이 별개의 이미지를 형성하고 있는 것이다. 춥고 가난하고 한스러운 생활의 일면에 일렁이던 빛들. 이곳저곳에 산재해 있는 빛의 무리가 고단한 삶의 이면에 내재해 있음을 확인할 수 있다. 그런데 이 빛은 한의 정서와 연결되기도 한다. 가난하고 고달팠던 삶의 이면에 존재하는 빛이기에 이 빛은 처연하며 결코 밝고 희망찰 수는 없다. 이러한 맥락에서 고기 몇 마리의 빛나는 눈깔들은 손이 닿지 않는 은전으로 연결되고, 별밭은 오누이가 부르르 떨던 골방에 현현하며, 맑은 진주 남강은 신새벽이나 밤빛과 함께하고, 달빛 받은 옹기전은 어머니의 눈물로 반짝이게 된다. 화자의 노력으로도 어머니의 노력으로도 극복하기 어려운 빈한한 삶은 그야말로 '한'의 형태로 운명처럼 일상을 지배하고 있는 것이다.

어머니의 '한'은 시의 시간적 배경과도 조우한다. '해다진 어스름'부터 '신새벽이나 밤빛'에 이르기까지 이 작품의 시간적 배경은 밤으로 한정된다. 활발하게 돌아다니며 여러 사람들과 이야기를 나누고 만남을 이어 가는 낮 시간이 아니라, 제대로 된 수확을 거두지 못한 채 하루를 마감하며 피곤과 걱정으로 지친 발걸음을 옮겨 집으로 돌아가는 삶을 되풀이해야 하는 어머니의 밤 시간이 주 무대가 되고 있다. 어머니에게도 희망과 만남과 기쁨이 있겠지만, 생선 장사를 하며 생계를 이어 가야 하는 시적 인물에게 자신을 돌아볼 수 있는 시간은 어두운 밤의 시간뿐이었을 것이다. 그러나 그 밤의 시간에도 미약하게나마 빛나는 희망의 풍경을 즐길 여유는 없다. 추위와 배고픔에 떨고 있을 어린 자식들 때문이다. 이렇듯 경제적 어려움으로 인해 낮도, 밤도 바쁘기만 한 삶은 눈물과 한으로 귀결된다.

이제 추억이 되어 버린 어머니의 삶은 어른이 된 시적 화자에게 그저 아름답기만 한 것일 수 없다. 어른의 삶을 이해할 수 있게 된 화자는 마지막 연에서 그 당시 어머니가 바라보았을 주변 풍경을 떠올리며 그 "말없이 글썽이고 반짝이던" 눈물과 한의 마음을 짐작한다. 이처럼 이 작품은 시적 인물의 생활을 연관되는 이미지들과 담담한 묘사로 그려 냄으로써 극복하기 어려운 가난을 시적으로 형상화하였다. 〈추억에서〉를 읽고 1960년대를 살아 내야 했던 뭇 어머니들의 한스러운 삶을 추억해 내고, 그들의 들리지 않는 울음소리와 보이지 않는 눈물방울을 가슴속에 간직해 보자.

▎ 한의 내면화, 체념과 위로

일본에서 태어나 스무 살 무렵까지 삼천포에 살았던 박재삼은 줄곧 어려운 환경 속에서 스스로 학비를 벌어 가며 공부했다. 이런 가난은 그의 다른 작품 곳곳에 나타나 있다. 다음 〈어떤 귀로〉(1976)를 살펴보자.

새벽 서릿길을 밟으며
어머니는 장사를 나가셨다가
촉촉한 밤이슬에 젖으며
우리들 머리맡으로 돌아오셨다.

선반엔 꿀단지가 채워져 있기는커녕
먼지만 부옇게 쌓여 있는데,
빚으로도 못 갚는 땟국물 같은 어린것들이

방안에 제멋대로 뒹굴어져 자는데,

보는 이 없는 것,
알아주는 이 없는 것,
이마 위에 이고 온
별빛을 풀어놓는다.
소매에 묻히고 온
달빛을 털어놓는다.

　이 작품은 박재삼의 이중적·양면적 사랑의 면모를 보여 준다. 비극적이고도 아름다우며, 채워져 있으면서도 비워져 있고, 소박하면서도 격정적인 사랑의 다양한 면이 시 속에 차곡차곡 쌓여 있다. 이는 박재삼이 채택한 과거와 현재 공간 속의 시적 화자와 결합하여 더욱 빛을 발한다. 어린 화자의 시각과 성인이 된 화자의 시각, 고된 삶을 살아가는 어머니의 시각이 다양하게 결합되어 있는 이 작품에서는 "빚으로도 못 갚는 땟국물 같은 어린것들"과 대비되어 힘든 삶 속에서도 자식들을 위해 이마 위에 '별빛'을 이고 소매에 '달빛'을 묻힌 채 돌아오는 어머니에 대한 화자의 사랑을 읽을 수 있다. 자식에 대한 어머니의 사랑이라는 진부한 주제 대신, 고단한 삶을 살아가는 어머니를 따뜻한 시선으로 바라보는 어린 자식의 마음을 화자의 입을 빌려 담담하게 그려 내고 있는 것이다. 그래서 이 시에 나타나는 사랑의 정서는 단순하거나 단일하지 않다. 그리움, 애잔함, 서글픔, 따뜻함, 외로움, 처절함 등 다층적인 정서가 시 곳곳에서 표출된다.
　'한'으로 요약되는 극복할 수 없는 삶이기도 하고, 이미 과거지사가 되어 버린 추억 속의 삶이기도 하기 때문이겠지만, 〈추억에서〉와 십여 년 이상의 시차를 두고 쓰인 이 작품에서는 어머니의 삶이 보다 아름다운 것으로 채색되어 있다. 새벽에 나가 밤늦게 돌아오는 어머니의 고단한 장사에는 눈물 대신 '별빛'과 '달빛'이 함께한다. 물론 그 노고를 보는 이도 알아주는 이도 없지만, 어린것들은 가난 속에서 뒹굴며 잠들어 있다. 아이들이 기다리는 집으로 돌아온 어머니, 어머니를 기다리다 지쳐 잠들긴 하였지만 어머니가 지켜 주고 있어 잠들 수 있는 아이들. 이러한 이미지들이 가난과 빚을 고통과 절망만이 아닌 추억과 그리움으로 전환시키고 있다. 그러므로 마지막 연에서 시적 인물인 어머니는 이마 위에 인 별빛을, 소매에 묻힌 달빛을 집안에 털어 놓을 수 있다.

절망적 현실에 대한 낭만적 인식은 시적 화자로 화한 시인의 인식과 맞닿아 있다. 유사한 시적 상황과 시상 전개, 이미지로 구성된 〈추억에서〉와 〈어떤 귀로〉를 비교해 보면 그 인식을 보다 분명하게 감지할 수 있다. 이렇듯 고향과 어머니에 관한 박재삼의 시들은 세세한 부분에서는 어느 정도 차이가 있지만, 공통적으로 한이 내면화되어 있다. 그의 작품에 나타나는 인물은 바뀔 수 없는 삶에 체념하여 현실을 그저 인내하면서 하루하루를 살아간다. 불평하지도 도망가지도 않으며, 거부하지도 않은 채로 주어진 운명을 묵묵히 살아가는 인물, 그 속에서 작은 위안과 희망을 빚어 가는 인물. 박재삼의 시적 인물로 형상화된 어머니는 그런 어머니이다.

그래서일까. 시인의 삶의 자세는 어머니의 삶의 자세와 닮아 있다. 시인은 자신을 평생 따라다니며 생과 사의 문제를 생각하게 했던 병마, 그로 인한 외로움과 생활고 등에 대해 어머니의 삶에 부여했던 것과 같은 여러 정서가 담긴 작품을 창작하였다. 극복하기 어려운 문제가 상존해 있지만 여전히 살아 내지 않을 수 없다는 체념과 인내의 삶, 그 삶이 형상화된 작품 속에서 우리는 내면화된 시인의 한의 정서를 조심스럽게 구축해 낼 수 있다.

| 유영희

참고문헌

박재삼(1986), 〈한의 표상〉, 《아름다운 삶의 무늬》, 어문각.
박재삼(1988), 『박재삼 시전집』, 민음사.

어느 날 고궁을 나오면서

김수영

왜 나는 조그마한 일에만 분개하는가
저 왕궁王宮 대신에 왕궁의 음탕 대신에
50원짜리 갈비가 기름 덩어리만 나왔다고 분개하고
옹졸하게 분개하고 설렁탕집 돼지 같은 주인년한테 욕을 하고
옹졸하게 욕을 하고

한번 정정당당하게
붙잡혀 간 소설가를 위해서
언론의 자유를 요구하고 월남越南 파병에 반대하는
자유를 이행하지 못하고
20원을 받으러 세 번씩 네 번씩
찾아오는 야경꾼들만 증오하고 있는가

옹졸한 나의 전통은 유구하고 이제 내 앞에 정서情緖로
가로놓여 있다
이를테면 이런 일이 있었다
부산에 포로수용소의 제14야전병원에 있을 때
정보원이 너스들과 스펀지를 만들고 거즈를
개키고 있는 나를 보고 포로경찰이 되지 않는다고

남자가 뭐 이런 일을 하고 있느냐고 놀린 일이 있었다
너스들 옆에서

지금도 내가 반항하고 있는 것은 이 스펀지 만들기와
거즈 접고 있는 일과 조금도 다름없다
개의 울음소리를 듣고 그 비명에 지고
머리에 피도 안 마른 애놈의 투정에 진다
떨어지는 은행나무잎도 내가 밟고 가는 가시밭

아무래도 나는 비켜서 있다 절정 위에는 서 있지
않고 암만해도 조금쯤 옆으로 비켜서 있다
그리고 조금쯤 옆에 서 있는 것이 조금쯤
비겁한 것이라고 알고 있다!

그러니까 이렇게 옹졸하게 반항한다
이발쟁이에게
땅주인에게는 못하고 이발쟁이에게
구청 직원에게는 못하고 동회 직원에게도 못하고
야경꾼에게 20원 때문에 10원 때문에 1원 때문에
우습지 않으냐 1원 때문에

모래야 나는 얼마큼 적으냐
바람아 먼지야 풀아 나는 얼마큼 적으냐
정말 얼마큼 적으냐……

출처《김수영 전집 1: 시》(2018)　**첫 발표**《문학춘추》(1965. 12)

김수영 金洙暎 (1921~1968)
서울 출생. 1945년 《예술부락》에 〈묘정의 노래〉를 발표하며 등단하였다. 《신시론》 동인의 일원으로
전후 모더니즘 운동에 참여하면서 《새로운 도시와 시민들의 합창》(1949)을 발간한다. 1957년 12월
제1회 한국시인협회상을 수상하고, 1959년에는 첫 시집 《달나라의 장난》을 발간한다. 4·19 혁명 이
후에는 참여시 운동의 대표적 시인으로 활동하면서, 순수시와 참여시 간의 변증적 발전에 기여하였다.

▌ '그 방'의 어둠 속에 버리고 나온 것들

김수영은 1961년 5·16 군사정변이 발생하기 전부터 혁명의 실패를 예감
한다. 불행히도 너무나 일찍 예감한다. "혁명이란 / 방법부터가 혁명적이어야
할 터인데 / 이게 도대체 무슨 개수작이냐"(〈육법전서와 혁명〉)나 "귀에 걸면 귀
걸이 코에 걸면 코걸이가 / 제2공화국 이후의 정치의 철칙이 아니라고 하는
가"(〈만시지탄은 있지만〉) 등은 이 예감의 근거를 잘 형상화하고 있다.

이병규(2010: 232-234)에 따르면 4·19 혁명 직후 이루어진 개헌 작업은 이
승만 정권의 자유당 의원이 3분의 2 이상을 차지하고 있던 기존 국회에서 이루
어져 그 정당성에 심각한 문제가 있었다. 물론 자유당 의원들의 자유로운 의사
표현이 제약되었지만, 그 역시 자유를 억압한 것이라는 측면에서 문제적이었다.
또한 개헌 과정에서 국민의 참여가 요식적으로만 이루어지고, 충분한 숙고 없
이 단기간에 개헌안이 통과되었다는 점에서 졸속 개헌이라는 평가를 피하기 어
려웠다. 장현규(2005: 115), 정일준(2020: 13)에 따르면 4·19 혁명 이후 들어선
민주당 장면 정권은 내부가 극심하게 분열되고 당시의 사회적 과제들을 해결하
는 데 무능하여 사회적 혼란이 심화되기만 하였다. 김수영은 〈육법전서와 혁명〉
과 〈만시지탄은 있지만〉을 통해 이러한 반혁명적 방식과 정치적 야합, '귀에 걸
면 귀걸이 코에 걸면 코걸이' 식의 무원칙이 만연하는 세태를 신랄하게 풍자하
고 야유한다. 이렇듯 김수영은 혁명의 실패에 대한 불길한 예감과 절망감을 풍

자와 야유로 표출하면서, 자신의 감정 밑바닥에 남게 된 것이 무엇인지 살펴보고 또 절망한다.

혁명은 안 되고 나는 방만 바꾸어 버렸다 / 그 방의 벽에는 싸우라 싸우라 싸우라는 말이 / 헛소리처럼 아직도 어둠을 지키고 있을 것이다 // (…) // 혁명은 안 되고 나는 방만 바꾸어 버렸다 / 나는 인제 녹슬은 펜과 뼈와 광기— / 실망의 가벼움을 재산으로 삼을 줄 안다 / 이 가벼움 혹시나 역사일지도 모르는 / 이 가벼움을 나는 나의 재산으로 삼았다

이처럼 김수영은 〈그 방을 생각하며〉(1960)를 통해 혁명의 실패로 쌓게 된 재산이 "녹슬은 펜과 뼈와 광기"임을 고백한다. 혁명이 실패한 상태에서 그는 "싸우라 싸우라 싸우라"는 의지를 버려둔 채 방만 바꾸어 버리고 말았다. 이 슬픈 반어로 김수영은 역사가 후퇴하고 있음을, 자신마저 기진(氣盡)하고 있음을 밝히고 있다.

| '제임스 띵'의 세상, 그리고 모멸감

그렇게 역사가 후퇴함을 예감하면서 기진해 가던 김수영은 절망감보다 더욱 더 부정적인 감정에 사로잡히게 된다. 그것은 독재정권이 개인들에게 주는 모멸감이었다. 그 모멸감의 극단을 표현한 작품이 바로 〈어느 날 고궁을 나오면서〉이다. 그러나 모멸감의 극단에 다다르기 전에, 김수영은 마지막 반항으로 몸부림쳐 본다.

신문 배달 아이들이 사무를 인계하는 날 / 제임스 띵같이 생긴 책임자가 두 아이를 / 데리고 찾아온 풍경이 / 눈[雪]에 너무 비참하게 보였던지 / 나는 마구 짜증

을 냈다 // (…) // 제임스 땅의 위협감은, 이상한 지방색 공포감은 / 자유당 때
와 민주당 때와 지금의 악정(惡政)의 구별을 말살하고 / 정적(靜寂)을 빼앗긴, 마
지막 정적을 빼앗긴 / 나를 몰아세운다 어서 돈을 내라고 / 그러니까 그들이 요
구하는 것은 신문값이 아니다 // 또 내가 주어야 할 것도 신문값만이 아니다 /
수도세, 야경비, 땅세, 벌금, 전기세 이외에 / 내가 주어야 할 것은 신문값만이 아
니다 / 마지막에 침묵까지 빼앗긴 내가 치러야 할 / 혈세―화가 있다

〈제임스 땅〉(1965)에 표현된 것처럼, 독재 권력이 특정한 공간에만 자리 잡
고 있는 것은 아니었다. 김수영이 보기에 세상은 어느새 '제임스 땅' 같은 존재
들이 판을 치는 세상이 되어 버렸다. 비참, 짜증, 화와 같은 일말의 반항심마저
세금 징수하듯 거두어 가는 세상이 되어 버렸다. 이보다 더한 세상이 어디 있을
까? 개개인에게 모멸감을 주는 세상.

그리하여 김수영은 모멸감으로 옹졸해지는 개개인들의 고통을 '어느 날 고
궁을 나오고 있다'는 가정(假定)의 상황을 극적(劇的)으로 설정하여 고백하면서,
마지막 반항마저 못하게 징수해 가는 세상에 대한 풍자를 알레고리적 기법으
로 드러낸다. "저 왕궁"의 주인은 자유민주주의 사회여야 할 이 시대에 떡하니
왕조시대의 고궁 같은 '왕궁'을 지어 놓고, 제임스 땅 같은 존재들을 끝없이 풀
어 내어 개개인을 억압하고 모멸감을 주고 있다. 이러한 세상에 정면으로 반항
하지는 못하고, 되레 주변의 애꿎은 설렁탕집 주인을 "돼지 같은 주인년"이라고
욕만 하는, 겨우 20원, 10원, 1원 때문에 '야경꾼'에게나 반항하는 우리는 얼마
나 무력하고 보잘것없는 존재들인가?

특히 이 시는 이러한 옹졸함이 유구하며, 심지어 일시적인 기분이 아니라 전
통으로 자리 잡은 정서가 되어 버렸다고 고백하는 화자("옹졸한 나의 전통은 유
구하고 이제 내 앞에 정서로 / 가로놓여 있다")를 등장시킨다는 점에 주목할 필요가
있다. 화자가 고백한 '유구한 옹졸함'의 범위가 한국전쟁 시절부터 현재까지를
포함하고 있기 때문이다. 김수영에게는 이 10여 년에 이르는 기간 전체가 개인

에게 모멸감을 주는 부정의 시대였다. 역사는 발전하지 않고 있었던 것이다.

이처럼 전후시대 전체의 부정성을 비판하고 있는 〈어느 날 고궁을 나오면서〉의 고백적, 알레고리적 표현들이 더욱 극적인 효과를 거두는 까닭은 이 작품이 마치 '양심의 거울'처럼 작용하고 있기 때문이다. 〈어느 날 고궁을 나오면서〉는 "옹졸하게 반항"할 뿐인 우리들이 얼마나 소인배인지 한 번이라도 자신의 얼굴을 거울에 비추어 보라고 요구한다. 제발, 한 번만이라도 거울 앞에 서 보라고! 역사가 발전하지 못함에 개개인의 책임은 없는지 반성해 보라고!

‘풀’, 역사 발전의 주체 발견

그런데 〈어느 날 고궁을 나오면서〉가 김수영의 작품 전체에서 차지하는 의미는 풍자와 알레고리적 표현을 통해 사회적 비판의식을 드러냈다는 점에서만 찾을 수 있는 것은 아니다. 이는 김수영의 마지막 작품인 〈풀〉(1968)과의 연계성을 파악할 때 드러난다. 이명찬(2005: 13-17)이 지적하였듯이 〈어느 날 고궁을 나오면서〉는 '소시민의 자기 분노와 연민, 반성'의 관점에서 해석되어 오곤 했으나, 반드시 그렇게 해석할 수만은 없다. 전반적으로 이 작품은 옹졸함에 대한 자기비판에 해당하지만 마지막 연에서는 다른 연들과 달리 단순한 좌절, 자탄, 자조 이상의 것이 느껴지기 때문이다(정남영, 2005: 18).

'설움, 비애, 옹졸함' 등을 나무라는 의식은 '영웅적 자의식에 갇힌' 존재의 시선이다(정남영, 2005: 26). 왜 거대한 것에 맞서 투쟁하지 못하느냐고 지적하는 시선은 자신을 영웅시하는 존재의 시선이라 볼 수 있다. 생각해 보면 〈육법전서와 혁명〉을 비롯해 김수영의 많은 작품들은 이러한 시선으로 바라보는 존재가 암암리에 전제되어 있다. 그런데 이것이 정치적으로든 인식론적으로든 과연 옳은가에 대한 재고가 필요하다. 영웅과 다수의 개인을 분리하여 바라보는 시선은 민주적이지 않고, 인식론적으로도 오류에 해당할 수 있기 때문이다. 그러나 〈어느 날 고궁을 나오면서〉는 김수영이 이러한 영웅적 자의식에서 조금씩 벗어나고 있음을 암시한다. 마지막 연에서 그는 '모래, 바람, 먼지, 풀'을 판단의 주체로서 호명한다. 이러한 표현들은 '나'를 작고 하찮은 소인배에 빗대기 위해 소환된 것이 아니다. 즉 '그것들처럼 나는 작다'라는 비유의 보조관념이 아닌, '나는 얼마나 적으냐'라는 질문에 답을 내려 줄 판단의 주체로 호명된 것이다. 바로 이 전환이 김수영에게 영웅적 자의식에서 벗어나 '작은 것들에 대한 사랑'으로 나아가는 길을 열어 준다. 그리고 이 길은 혁명에 대한 재해석의 단계를 거쳐, 작은 것들의 힘에 대한 재인식으로 발전해 간다.

> 욕망이여 입을 열어라 그 속에서 / 사랑을 발견하겠다 도시의 끝에 / 사그라져 가는 라디오의 재잘거리는 소리가 / 사랑처럼 들리고 그 소리가 지워지는 / 강이 흐르고 그 강 건너에 사랑하는 / 암흑이 있고 삼월을 바라보는 마른 나무들이 / 사랑의 봉오리를 준비하고 그 봉오리의 / 속삭임이 안개처럼 이는 저쪽에 쪽빛 / 산이 // (…) // 그리고 이 사랑을 만드는 기술을 안다 / 눈을 떴다 감는 기술―불란서 혁명의 기술 / 최근 우리들이 4·19에서 배운 기술

이 〈사랑의 변주곡〉(1967)은 사랑의 의미에 대한 발견이자 4·19 혁명에 대한 재해석의 관점을 드러내는 작품으로 볼 수 있다. 4·19 혁명 직후에 김수영은 〈우선 그놈의 사진을 떼어서 밑씻개로 하자〉(1960) 등의 격문 같은 시도 과감하게 썼다. 이 시들은 혁명의 흥분과 영웅적 감정의 표현이라 할 수 있다. 거기서 '사랑'의 의미에 대한 발견은 찾을 수 없다. 그런데 〈사랑의 변주곡〉에서는 부정적 존재에 대한 재인식의 시도가 발견된다. '욕망'과 같은 부정적 대상에 대해서처럼 말이다. 그리하여 이러한 재인식의 시도는 '사랑하는 암흑'이라는 표현을 낳게 하고, '저쪽에 쪽빛 산'이라는 환상을 발견하는 기쁨을 느끼게도 한다. 4·19 혁명에 대한 이러한 인식의 전환은 〈풀〉(1968)에 이르러, '풀'과 같은 존재의 힘을 재발견하게 했다는 점에서 큰 의미가 있다.

날이 흐리고 풀이 눕는다 / 발목까지 / 발밑까지 눕는다 / 바람보다 늦게 누워도 / 바람보다 먼저 일어나고 / 바람보다 늦게 울어도 / 바람보다 먼저 웃는다 / 날이 흐리고 풀뿌리가 눕는다

'풀'은 날이 흐리고 바람이 불어 쓰러진다 하더라도 결코 끝까지 쓰러지지는 않는다는 인식! 따라서 김수영은 '어느 날 고궁을 나오면서', '그 방'에 대한 생각에서도 벗어나고 '제임스 떵'의 위협감에서도 벗어나 역사는 끝내 '풀'과 같은 존재에 의해 진보할 것임을, 그들이 역사의 주체임을 인식하기에 이른다. 이 인식이 〈어느 날 고궁을 나오면서〉에서 비롯하였다는 점에서 이 작품의 중요성을 평가해야 할 것이다.

| 남민우

....
참고문헌

이명찬(2005), 「김수영의 〈어느 날 고궁을 나오면서〉 다시 읽기」, 『문학교육학』 17, 한국문학교육학회, 11-35.

이병규(2010), 「제2공화국 헌법상의 의원내각제」, 『공법학연구』 11(2), 한국비교공법학회, 219-257.

이영준 편(2018), 〈그 방을 생각하며〉, 《김수영 전집 1: 시》(제3판), 민음사.

이영준 편(2018), 《김수영 전집 1: 시》(제3판), 민음사.

이영준 편(2018), 《김수영 전집 2: 산문》(제3판), 민음사.

이영준 편(2018), 〈사랑의 변주곡〉, 《김수영 전집 1: 시》(제3판), 민음사.

이영준 편(2018), 〈제임스 떵〉, 《김수영 전집 1: 시》(제3판), 민음사.

이영준 편(2018), 〈풀〉, 《김수영 전집 1: 시》(제3판), 민음사.

장현규(2005), 「한국 민주주의의 위기와 발전: 1960년 4.19부터 1987년 민주화까지」, 『한국학』 28(4), 한국학중앙연구원, 111-135.

정남영(2005), 「바꾸는 일, 바뀌는 일 그리고 김수영의 시」, 김명인·임홍배 편, 『살아있는 김수영』, 창비.

정일준(2020), 「제2공화국 민주당 정권의 성립과 붕괴: 한미관계, 국가–시민사회관계, 그리고 민군관계를 중심으로」, 『공공사회연구』 10(3), 한국공공사회학회, 5-46.

최하림(2001), 『김수영 평전』(재판), 실천문학사.

종로5가

신동엽

이슬비 오는 날,
종로 5가 서시오판 옆에서
낯선 소년이 나를 붙들고 동대문을 물었다.

밤 열한시 반,
통금에 쫓기는 군상 속에서 죄 없이
크고 맑기만 한 그 소년의 눈동자와
내 도시락 보자기가 비에 젖고 있었다.

국민학교를 갓 나왔을까.
새로 사 신은 운동환 벗어 품고
그 소년의 등허리선 먼 길 떠나 온 고구마가
흙묻은 얼굴들을 맞부비며 저희끼리 비에 젖고 있었다.

충청북도 보은 속리산, 아니면
전라남도 해남땅 어촌 말씨였을까.
나는 가로수 하나를 걷다 되돌아섰다.
그러나 노동자의 홍수 속에 묻혀 그 소년은 보이지 않았다.

그렇지.

눈녹이 바람이 부는 질척질척한 겨울날,

종묘 담을 끼고 돌다가 나는 보았어.

그의 누나였을까.

부은 한쪽 눈의 창녀가 양지쪽 기대 앉아

속내의 바람으로, 때 묻은 긴 편지 읽고 있었지.

그리고 언젠가 보았어.

세종로 고층건물 공사장,

자갈지게 등짐하던 노동자 하나이

허리를 다쳐 쓰러져 있었지.

그 소년의 아버지였을까.

반도의 하늘 높이서 태양이 쏟아지고,

싸늘한 땀방울 뿜어 낸 이마엔 세 줄기 강물.

대륙의 섬나라의

그리고 또 오늘 저 새로운 은행국의

물결이 딩굴고 있었다.

남은 것이 없었다.

나날이 허물어져 가는 그나마 토방 한 칸.

봄이면 쑥, 여름이면 나무뿌리, 가을이면 타작마당을 휩쓰는 빈 바람.

변한 것은 없었다.

이조 오백년은 끝나지 않았다.

옛날 같으면 북간도라도 갔지.

기껏해야 뻐스길 삼백리 서울로 왔지.

고층건물 침대 속 누워 비료광고만 뿌리는 그머리 마을,

또 무슨 넉살 꾸미기 위해 짓는지도 모를 빌딩 공사장,

도시락 차고 왔지.

이슬비 오는 날,

낯선 소년이 나를 붙들고 동대문을 물었다.

그 소년의 죄 없이 크고 맑기만한 눈동자엔 밤이 내리고

노동으로 지친 내 가슴에선 도시락 보자기가

비에 젖고 있었다.

출처 《신동엽 전집》(1980) **첫 발표** 《동서춘추》(1967. 6)

신동엽 申東曄 (1930~1969)

1959년 『조선일보』 신춘문예에 〈이야기하는 쟁기꾼의 대지〉가 당선되면서 본격적으로 시작활동을 시작했다. 첫 시집인 《아사녀》(1963)를 비롯해 장편 서사시 〈금강〉(1967) 등의 대표작을 통해 민족의 자주성과 주체성 회복을 꿈꾸었다. 시극 〈그 입술에 파인 그늘〉(1966), 오페레타 〈석가탑〉(1968) 등을 통해 시의 무대화를 시도하기도 했다.

| 1960년대 서울, 종로5가

"말은 나면 제주도로 보내고 사람은 나면 서울로 보내라."라는 속담이 있다. 1394년 조선의 새 도읍이 된 이래로 서울은 줄곧 한반도의 중심지였고, 입신양명의 길이 서울로 통한다는 사회적 통념 역시 지금까지 유지되고 있다. "서울은 눈 뜨면 코 베어 가는 곳"이라고들 하면서도, 청운의 꿈을 지닌 사람들의 서울을 향한 발걸음은 끊이지 않는다. 그렇다면 1960년대의 서울은 어땠을까? 해방이 되던 해에 90만 명에 불과했던 서울의 인구는 20년이 채 지나지 않아 3배

이상이 늘었고, 1962년에는 300만 명에 육박할 정도였다고 한다(최동녕, 2019). 1960년대에 경제개발계획이 추진되면서 도시화와 산업화가 급속하게 진행되었고, 일자리를 찾아 농촌을 떠난 많은 이들이 서울로 모여들었던 것이다.

그 시절 종로5가에는 봉제 노동자를 구하는 인력 시장이 있었기에 농촌에서 상경해 일자리를 찾는 사람들로 붐볐다. 인근의 다동이나 무교동은 서울의 대표적인 유흥가였고, 종로2가와 종로3가 뒷골목에도 술집들이 많았다. 또한 종로5가는 청량리역이나 마장동 시외버스 정류장과도 그리 멀지 않아서, 막 상경한 소년이 퇴근길의 노동자에게 길을 묻는 일이 얼마든지 일어날 수 있는 장소였다. 시인이 1960년대 한국 사회의 변화와 산업화 과정에서 빚어진 사회문제를 압축적으로 보여 주는 장소로 종로5가를 선택한 것은 우연이 아니었던 것이다(김응교, 2011: 117).

소년도, 나도……
많은 이들이 "비에 젖고 있었다"

마치 영화의 한 장면 같은 이 시의 도입부는 "이슬비 오는 날"의 을씨년스러운 분위기로 시작된다. 자정이 되면 통행금지를 알리는 사이렌이 울리던 시절, 밤 열한 시 반 퇴근길의 사람들은 정신없이 걸음을 옮기고 있다. 비까지 내리고 있어 낯선 사람이 길을 묻는 일을 달가워 할 사람은 없어 보인다. 그런데 바쁘게 움직이는 군상들 속에 시적 화자와 지금 막 시골에서 올라온 "죄 없이 / 크고 맑기만 한" 눈동자를 가진 소년만이 멈춰 서 있다. 주변의 모든 소리가 잦아들고, 길을 묻는 소년과 아마도 딱한 마음에 동대문으로 가는 길을 차분히 알려 주었을 '나'의 대사는 생략되어 들리지 않는다. 대신 "소년의 눈동자"와 "내 도시락 보자기"가 비에 젖고 있는 모습이 클로즈업된다. 초등학교를 갓 졸업한 듯 앳된 얼굴의 소년은, 짐작건대 어린 나이에 일자리를 찾아 서울로 가는 자식이 안쓰러워 집에서 어렵사리 장만해 주었을 운동화를 벗어 젖지 않게 가슴에 품고 서 있다. 그리고 소년의 등허리에 묶인 보자기에는 "먼 길 떠나 온 고구마가 / 흙묻은 얼굴들을 맞부비며 저희끼리 비에 젖고 있"다. 종로5가 한복판에서 길을 묻고 또 길을 알려 주는 일은 특별할 것 없는 일상적인 사건이지만, 소년의 "먼 길 떠나 온 고구마"와 "내 도시락 보자기"가 비에 젖는 모습이 교차되면서 소년과 시적 화자는 정서적으로 연결된다. 이 절묘한 연출 덕분에 독자 역시 시적 상황 속으로 강렬하게 빠져들게 된다.

소년과 헤어져 다시 걸음을 옮기던 화자는 잠시 "가로수 하나를 걷다 되돌아"서지만 "노동자의 홍수 속에 묻혀 그 소년은 보이지 않"는다. 그리고 소년은 "흙묻은 얼굴들을 맞부비며 저희끼리", "노동자의 홍수"와 같은 표현을 통해 1960년대 산업화의 소용돌이 속에서 농촌을 떠나 도시로 몰려든 어린 노동자의 전형으로 변화한다. 그는 "충청북도 보은 속리산"에서 왔을 수도 있고 "전라남도 해남땅 어촌"에서 왔을 수도 있다. 종로에는 전국 각지에서 올라온 사람들이 넘쳐 났고, 그중에는 창녀도 노동자도 있었을 것이다. 소년을 놓친 화자의 생각은 문득 "질척질척한 겨울날"에 "종묘 담을 끼고 돌다가" 보았던 "부은 눈의 창녀"가 어쩌면 그의 누나였을 수도, "세종로 고층건물 공사장"에서 "자갈지게 등짐"을 하다가 "허리를 다쳐 쓰러져 있었"던 노동자가 어쩌면 소년의 아버지였을 수도 있겠다는 데까지 이어진다. 빈곤에서 벗어나기 위해 고향을 떠났지만 여전히 몸서리치게 가난한 이들을 한자리에 불러들이면서 그들 모두에 대한 연민의 감정을 고조하는 것이다. 그리고 그들이 "반도의 하늘 높이서" 쏟아지는 태양을 고스란히 견디며 고통받는 것이 '대륙', '섬나라', '새로운 은행국'과 같은 외세의 영향으로부터 벗어나지 못했기 때문이라고 역설한다.

당대의 현실에 대한 화자의 부정적인 인식은 "이조 오백년은 끝나지 않았다."라는 단언을 통해서도 가감 없이 드러난다. 해방을 맞은 지 20년이 지났으나, 농촌은 여전히 열심히 땅을 일구어도 "남은 것이 없"고 "나날이 허물어져 가는 그나마 토방 한 칸"에서 온 가족이 일 년 내내 배를 주려야 하는 절박한 상황이라는 것이 시적 화자, 나아가 시인의 생각이다. 그러한 현실이기에 기층 민중에게 고통을 강요했던 과거의 역사를 아직도 극복하지 못했음을 인정하지 않을 수 없다. 게다가 일제강점기에는 '북간도'라는 선택지가 있었지만 이제 "기껏해야 뻐스길 삼백리" 서울로 가는 것밖에는 달리 방법도 없다. 그래서 '소년'도 '창녀'도 '노동자'도, 거머리처럼 사람들의 희생을 빨아들이며 위로만 솟은 고층 건물들이 즐비한 서울, 그중에서도 종로5가에서 살아가고 있는 것이다.

시의 마지막 연에서는 1~2연의 장면으로 되돌아가되, 시어를 단순하게 반복하는 것이 아니라 변주함으로써 시적 정서를 심화시켜 독자에게 진한 여운을 남긴다. "소년의 죄 없이 크고 맑기만한 눈동자엔" 이제 비가 아니라 "밤이 내리고", 나의 도시락 보자기는 "노동으로 지친 내 가슴"에서 "비에 젖고 있"다. 막 서울에 온 소년의 눈동자에 "밤이 내"린다는 표현은 그의 앞날이 그리 밝지 않을 것임을 암시한다. 그리고, 밤늦게까지 이어진 노동으로 지친 화자의 도시락 보자기가 '가슴'에서 "비에 젖고 있었다"는 표현은 시적 화자가 소년에게 느끼는 연민이 강한 동질감에서 비롯된 것임을 짐작하게 한다.

이 시를 발표하고 2년 후, 신동엽은 〈서울〉(1969)에서 고층 건물로 가득 차있고 스스로 땅을 일굴 줄도 몰라서 "내일이라도 한강 다리만 끊어 놓으면 / 열흘도 못가 굶어죽을 / 특별시민들"이 모여 사는 서울은 "조국이 아니"라고 했다가 "그러나 나는 서울을 사랑한다"고 적었다. 그 이유로 "지금쯤 어디에선가, 고향을 잃은 / 누군가의 누나가, 19세기적인 사랑을 생각하면서 // 그 포도송이같은 눈동자로, 고무신 공장에 / 다니고 있을 것이기 때문"이라고 덧붙였다. 노동자와 빈민에게 특히 가혹한 서울이지만, 바로 그들이 살고 있는 곳이기에 서울은 시인에게 애증의 대상이었다. 시인이 〈종로5가〉에서 화자가 만난 낯선 소년, 소년의 누나였을 수도 있는 창녀, 혹은 소년의 아버지였을지도 모를 노동자를 연결하면서 당대의 사회 현실을 생생하게 포착해 낼 수 있었던 것은 필연적인 결과였던 것이다.

참고로 〈종로5가〉의 1연에 등장하는 '서시오판'은 '서시오'라고 쓰여 있는 간판을 뜻하는데, 일반적으로 이를 신호등이라고 해석하지만 버스 정류장 간판을 의미한다고 보는 견해도 있다(김응교, 2011: 117). 서시오판을 신호등으로 해석하는 근거는 당시의 신호등이 빨간불과 파란불이 아닌 '가시오'와 '서시오'가 적힌 표지판으로 차량과 사람의 통행 여부를 표시했다는 사실이다. 이 시가 처음 〈금강〉의 '후화(後話)'에 삽입되어 있었을 때에는 "밤 열한시 반 / 종로 5가 네거리 / 부슬비가 내리고 있었다."로 1연이 시작되었고 "통금에 / 쫓기면서 대폿잔에 / 하루의 노동을 위로한 잡담 속 / 가시오 판 옆"으로 2연이 이어졌다. 이를 고려하면 '서시오판'을 신호등으로, 신호등이 있는 네거리에서 방향을 잃고 헤매던 소년이 '나'에게 길을 물은 것으로 보는 해석이 설득력을 얻는다.

그날 종로5가에 내리던 비는 이제 그쳤을까

도시락을 싸는 보자기도, 통금도 없어진 21세기의 종로5가는 어떻게 바뀌었을까? 1957년에 처음 문을 연 보령약국을 비롯해 30~40년 이상의 역사를 지닌 가게들이 지금도 자리를 지키며 사람들의 향수를 자극한다. 광장시장은 외국인들에게도 인기 있는 관광 코스로 손꼽히고, 종로5가는 여전히 사람들로 북적거린다. 물론 바뀐 것들도 있다. 종로거리를 걷다가 운동화를 가슴에 품은 소년을 만나거나 "속내의 바람으로, / 때 묻은 긴 편지를 읽고 있"는 창녀를 보기는 힘들 것이다. "봄이면 쑥, 여름이면 나무뿌리"를 캐서 배고픔을 달래야 했던 처절한 가난도 옛날 일로 치부된다. 그렇다면 비가 제법 내리던 그날 밤, "노동자의 홍수 속에 묻혀" 사라졌던 그 소년은 어떻게 되었을까?

1960~1970년대 그 시절 고향을 떠나와 서울에서 일자리를 구했던 사람들은 이제 서울 곳곳에 뿌리를 내리고 살고 있다. 송경동의 〈가두의 시〉(2009)에 등장하는 "손님 없는 틈에 / 무뎌진 손톱을 가죽 자르는 쪽가위로 자르고 있는"

사내나 "방 한 칸이 부업방이고 집이고 놀이터인" 가게에서 "노란 단무지 조각"에 저녁을 먹는 "종로5가 봉제골목"의 미싱사 가족은 어쩌면 그날 종로5가에서 비를 맞으며 걸음을 재촉했던 사람들의 아들이나 딸, 혹은 손자나 손녀일지 모른다. 거리의 풍경은 많이 바뀌었고 그 풍경 이면의 사회 현실에도 변화가 있었지만, 신동엽이 떠난 자리는 기층 민중의 삶에 관심을 갖고 사회 문제를 날카롭게 포착해 시로 풀어내는 또 다른 시인들이 이어서 지키고 있다. 하여, 종로5가에 내리던 비가 완전히 그치지는 않았다 하더라도 누군가 홀로 비를 맞으며 걸어가는 일은 없을 것이다.

| 김미혜

···········

참고문헌

김응교(2011), 「신동엽 시 〈종로5가〉·〈껍데기는 가라〉와 일본어역」, 김응교 편, 『신동엽: 사랑과 혁명의 시인』, 글누림.

송경동(2009), 《사소한 물음들에 답함》, 창비.

신동엽(1980), 《신동엽 전집》(증보판), 창작과비평사.

최동녕(2019), 「1960년대 서울의 확장과 시영버스의 등장」, 『서울과 역사』 101, 서울역사편찬원, 305-344.

껍데기는 가라

신동엽

껍데기는 가라.
사월도 알맹이만 남고
껍데기는 가라.

껍데기는 가라.
동학년東學年 곰나루의, 그 아우성만 살고
껍데기는 가라.

그리하여, 다시
껍데기는 가라.
이곳에선, 두 가슴과 그곳까지 내논
아사달 아사녀가
중립中立의 초례청 앞에 서서
부끄럼 빛내며
맞절할지니

껍데기는 가라.
한라에서 백두까지

향그러운 흙가슴만 남고

그, 모오든 쇠붙이는 가라.

출처 《신동엽 전집》(1980) **첫 발표** 《52인 시집》(1967. 1)

신동엽 申東曄 (1930~1969)

1959년 『조선일보』 신춘문예에 〈이야기하는 쟁기꾼의 대지〉가 당선되면서 본격적인 시작활동을 시작했다. 첫 시집인 《아사녀》(1963)를 비롯해 장편 서사시 〈금강〉(1967) 등의 대표작을 통해 민족의 자주성과 주체성 회복을 꿈꾸었다. 시극 〈그 입술에 파인 그늘〉(1966), 오페레타 〈석가탑〉(1968) 등을 통해 시의 무대화를 시도하기도 했다.

교과서가 사랑한, 1960년대 참여시의 대표작

〈껍데기는 가라〉는 국어과 교과서에 자주 수록되는 작품 중 한 편으로, 7차 교육과정기에는 총 18종의 《문학》 교과서 중 11종에 실리기도 했다. 이 시는 신동엽의 역사의식과 민족의식을 상징적인 시어와 반복 및 변주에 기반한 기승전결의 구조 속에 잘 녹여 낸, 시인의 대표작으로 평가받는다. 동시에 당대의 부조리한 정치 현실과 사회 상황에 적극적으로 대응하고 사회문제를 해결하는 데 기여하고자 했던 1960년대 참여시를 대표하는 작품이기도 하다. 이 시는 1967년 신구문화사가 간행한 《현대문학전집》 제18권 《52인 시집》에 처음 실렸으며, 이 시집에는 신동엽 외에도 김수영, 김춘수, 박인환, 박재삼, 황동규 등의 작품이 수록되어 있다.

▌시공간을 초월한 역사적 상상력과 시인의 이상

이 시에서는 "껍데기는 가라."가 제목까지 포함하여 무려 일곱 번 반복된다. 특히 마지막 행에서 "쇠붙이는 가라."라고 변주까지 하면서 강조되기 때문에, 시인이 이 작품을 통해 독자에게 전달하고자 하는 메시지가 "껍데기는 가라."라는 것을 쉽게 포착할 수 있다. 그리고 '가라.'라는 단호한 명령의 대상인 '껍데기, 쇠붙이'와, 남고 살아 있기를 바라는 소망의 대상인 '사월, 알맹이, 동학년 곰나루의 아우성, 아사달 아사녀, 중립의 초례청, 향그러운 흙가슴' 등의 시어들이 선명하게 대립하고 있다. 그러므로 부정적인 시어와 긍정적인 시어를 나누고 각각의 의미를 새겨보는 것이 시를 해석하는 데 도움이 된다.

다만 이 시어들의 사전적 의미만 고려해서는 시의 진짜 의미까지 읽어 내기에 부족하다. 신동엽은 원시농경사회의 원형이 남아 있던 시절 "두 가슴과 그곳까지 내논 / 아사달 아사녀"처럼 온전히 순수했던 민중이 이 땅의 주인이었던 원형적인 삶의 모습을 상상적으로 복원해 낸다. 그리고 1960년의 '사월'과 1894년 '동학년'을 잇고 아사달과 아사녀를 '중립의 초례청' 앞에 세움으로써, 분단된 조국의 현실을 훌쩍 뛰어넘어 "한라에서 백두까지" 이르는 길을 다시 잇는다. 이와 같은 역사적 상상력을 마주했을 때 비로소 독자는 '껍데기'를 몰아낸 자리에 남아 있기를 바라는 세계의 모습을 짐작할 수 있다. 4연 17행에 불과한 이 짧은 시는 시적 상징을 활용하여 반외세 반봉건을 외쳤던 동학농민혁명과 반독재 민주화를 열망했던 4월혁명을 관통하는 역사의식, 그리고 한반도 중립화 통일론까지 녹여 내고 있다. 이러한 맥락을 고려해야만 우리는 "껍데기는 가라."에 담긴 진짜 메시지에 가닿을 수 있다.

〈금강〉을 비롯한 여러 편의 시작(詩作)을 통해 신동엽은 자신이 가장 중요하게 생각하는 역사적 사건이 4월혁명과 동학농민혁명임을 강조했다. '쇠붙이'와 '껍데기'는 단순히 '무기'만을 의미하는 것이 아니라 모든 비본질적인 것, 외세를 비롯해 민족의 삶을 왜곡하고 억압하는 모든 거짓된 것들을 상징한다. "아사달 아사녀"로 대표되는 우리 민족은 이미 '사월'과 '동학년'을 통해 모든 거짓된 것들을 거부한다고 반복해서 외쳐 왔다. 그러나 '껍데기'와 '쇠붙이'는 사라지지 않고 현실에 여전히 자리를 잡고 있다. 1960년 4월 민중의 힘으로 부정한 권력을 단죄했던 기억이 채 가시기도 전에 민주주의에 대한 열망을 배신한 군사정권이 들어섰던 것이다. 이는 시인으로 하여금 더 절실한 목소리로 '사월'과 '동학년'의 '알맹이'와 '아우성'이 남아 있기를 간절히 열망하게 하였다.

시인은 여기에서 그치지 않고, '껍데기'가 사라진 자리에 등장해야 할 세계의 모습에 대해 이야기한다. 흥미로운 것은 "그리하여, 다시"에서 볼 수 있듯 미래가 아닌, 이미 존재한 적 있었던 우리 민족의 과거로부터 이상향을 되찾고자 한다는 점이다. "두 가슴과 그곳까지 내논"은 가식이나 허위를 모두 벗어던지고 순수 그 자체만 남은 본원적인 세계의 모습을 가리킨다. '아사달'과 '아사녀'는 설화 속 인물을 나타내는 고유명사가 아니라 거짓과 위선에 물들지 않은 순수한 민중에 대한 제유(提喩)로 읽는 것이 옳다. 그런데 시인은 이 아사달과 아사녀가 초례, 다시 말해 혼례를 올리는 곳이 '중립(中立)'의 공간이라 한다. 이때 중립은 어떤 외세와도 손잡지 않는 정치적 중립으로 해석할 수도 있으나, 그보다 더 근원적인 의미로도 풀이할 수 있다. 예를 들어 백낙청은 이 '중립'을 "중도, 중용 등 어떤 궁극적인 덕성과 진리의 길"을 뜻하는 것으로 이해했으며, 조태일은 "핵심, 정상, 근원, 집중, 순수 등의 여러 의미가 뭉뚱그려진" 용어로 영원한 민중적인 힘을 뜻한다고 보았다(권혁웅, 2011: 76 재인용). '껍데기'가 사라진 후의 세계라면 응당 가장 근원적이면서도 순수한 정신으로 채워진 곳이어야 한다. 그러한 '중립'의 공간에서 아사달과 아사녀는 어떤 거짓도 없는 깨끗한 모습으로 '맞절'을 하게 될 것이다. 과거형이 아니라 마땅히 그러할 것임을 의미하는 '-ㄹ지니'라는 어미를 사용함으로써 시인은 두 사람의 결합이 당위적임을 강조하고 있다. 경사로운 초례를 치르는 자리에서 맞절하는 두 사람이 느끼는 '부끄럼'은 기대와 설렘을 동반한 수줍음이다. 여기에 이어지는 '빛내며'라는 서술어는, 꾸밈없고 순결한 모습으로 서로를 향해 서 있는 두 사람의 결합에 대한 찬탄의 의미를 담고 있다. 덧붙여 "중립의 초례청"에서 아사달과 아사녀가 맞절을 나누는 행위는 이념적 대립을 넘어선 남과 북의 통일을 상징하는 것으로 해석될 수 있다.

모든 거짓된 것들과 단절한 후의 세계가 어떤 새로운 모습으로 채워질지 보여 주었으니 이제 시를 마무리해도 좋을 것이나, 신동엽은 첫 연의 시행을 가지고 와 변주함으로써 수미상관의 구조를 완성하였다. '사월' 대신 민족의 삶이 영위 되어 온 한반도를 상징하는 "한라에서 백두까지"로, '알맹이' 대신 "향그러운 흙가슴"으로 변화를 줌으로써 역사적 상상력을 공간적 이미지와 공감각적 이미 지로 구체화한 것이다. 또한 마지막 행에서 '껍데기'는 "그, 모오든 쇠붙이"로 변주되는데, 이는 '껍데기'에 대한 거부를 극대화하는 효과를 준다. '그'라는 수 식어를 덧붙이고 '모든'을 '모오든'으로 늘려 쓴 것, '쇠붙이'가 갖는 차가운 이 미지를 덧댄 것은 모두 '껍데기'의 부정적 가치를 강조하고 있다. '쇠붙이'가 무 기를 직접적으로 연상시키기 때문에 "쇠붙이는 가라."를 전쟁의 위협이 없는 평 화에 대한 염원으로 읽기도 하지만, '쇠붙이'의 의미를 무기로 제한할 필요는 없다. '쇠붙이'는 돈 또는 왜곡된 인간의 욕망으로도 해석될 수 있으며, '껍데기' 와 마찬가지로 '알맹이'와 '곰나루의 아우성'을 위협하는 것이라면 모두 부정되 어야 할 '쇠붙이'에 해당한다고 할 수 있을 것이다. 그런 점에서 '껍데기'를 "내 면의 진정성을 상실한 근대적 인간상"으로 해석하기도 한다(남기택, 2011: 204).

▎ 민중의 원형, 아사달과 아사녀

신동엽은 〈껍데기는 가라〉 외에도 시 〈아사녀〉(1960)와 오페레타 〈석가탑〉 을 비롯한 다수의 작품에서 아사달과 아사녀를 소재로 삼았으며, 생전 유일하 게 엮었던 시집의 제목도 《아사녀》(1963)였다. 아사달과 아사녀는 영지설화라 고도 불리는 우리 설화에 등장하는 주인공으로, 역사 속에 실존했던 인물은 아니다. 그렇지만 둘의 이야기는 신동엽 외에도 여러 예술가들의 영감을 자극해, 소설가 현진건에 의해《무영탑》(1939)이라는 제목의 장편소설로 재탄생한 바 있으며 1957년과 1970년에는 각각 신상옥 감독과 김수용 감독에 의해 영화로도 제작되었다.

설화에 따르면 아사달은 신라에서 석가탑을 건설할 때 참여했던 백제의 석공이었으며 아사녀는 그의 아내라고 한다. 신라 경덕왕 때의 재상 김대성이 불국사에 다보탑과 석가탑을 세우면서 석탑을 만드는 기술이 뛰어난 백제의 석공을 불렀고, 그렇게 불려온 석공이 아사달이었다는 것이다. 석탑을 만드는 일이 여러 해 동안 이어지면서 아사달이 돌아오지 않자, 아사녀가 남편을 만나기 위해 신라로 찾아갔지만 두 사람은 만날 수가 없었다. 당시에는 석탑을 만드는 성스러운 작업을 하는 동안 여자를 만나면 부정을 탄다고 여겼기 때문이다. 하지만 아사녀는 불국사를 떠나지 못하고 탑이 완성되기를 기다리면서 근처 연못가에서 날이면 날마다 남편을 기다렸다. 아사녀는 탑이 다 세워지면 연못에 그 그림자가 비칠 거라 생각했지만 아무리 기다려도 그림자가 나타나지 않자 남편에 대한 그리움과 절망감을 견디지 못하고 연못에 몸을 던지고 말았다고 한다. 이후 석가탑을 완성한 아사달이 아사녀를 수소문했으나 결국 아내를 찾을 수 없었고 홀로 백제로 돌아갔다는 것이 이 이야기의 결말이다. 이러한 사연으로 인해 아사녀가 석탑의 그림자가 비치기를 기다렸던 연못은 '그림자 영(影)' 자를 써서 '영지(影池)'라 불리게 되었으며, 석가탑은 그림자가 없는 탑이라 하여 '무영탑(無影塔)'으로 불리게 되었다고 한다. 남편을 향한 절절한 그리움을 견디지 못해 스스로 목숨을 던진 아사녀의 사랑이 보여 주는 비장미. 이것이 아마도 영지설화가 오랜 시간 동안 이어지며 새로운 예술 작품들로 재탄생되었던 이유일 것이다.

〈껍데기는 가라〉에 등장하는 '아사달'과 '아사녀'는 분명 영지설화에 등장하는 인물들을 연상시킨다. 그러나 오페레타 〈석가탑〉에서 "아사달? 우리 겨레의 아득한 옛날 조상들 이름 같구료. 그때 사내들은 아사달, 여인들은 아사녀로 불렀다 하오."라는 왕의 대사를 통해 신동엽이 '아사달'과 '아사녀'를 비극적인 설화의 주인공 이상의 존재로 인식하고 있었음을 확인할 수 있다. 시인은 동학 농민혁명과 3·1 운동, 4월혁명의 역사를 이끈 주인공이자 우리 민족의 남성과 여성을 상징하는 인물로 '아사달'과 '아사녀'를 인식했던 것이다. 그리고 '껍데기'와 '쇠붙이'가 사라진 자리에 복원되어야 할 민족공동체의 주체는 다름 아닌 민중들 자신이 되어야 함을 지속적으로 강조했다.

다만 "두 가슴과 그곳까지 내논" '아사달'과 '아사녀'의 삶의 공간이 환기하는, 원시공동체가 살아 있었던 고대의 농경사회에 대한 신동엽의 선망에 대해서는 여러 해석이 존재한다. 구체적인 민중의 삶에 대한 이해 없이 고대의 역사를 미화했다는 비판도 있고, 산업사회로의 이행이 지니는 의미를 충분히 인식하지 못했다는 지적도 있다. 그런 한편 신동엽이 꿈꾼 세계는 인간다운 삶과 나눔의 공동체였으며 그 구체적인 상은 〈산문시 1〉(1968)에서 확인할 수 있다는 반론도 존재한다. 기왕에 시인이 〈껍데기는 가라〉에서 시공간의 경계를 과감하게 넘나들며 '껍데기'가 사라진 세계를 꿈꾸었으니, 독자의 입장에서도 아사달과 아사녀가 새롭게 열어 갈 세계를 구태여 과거에서 찾을 필요는 없을 것이다. 시야를 넓혀, 탄광에서 일하는 광부들도 퇴근 후에는 하이데거와 헤밍웨이를 읽고, 국무총리도 삼등열차 표를 구하기 위해 뙤약볕 아래서 줄을 서는, "대통령 이름은 잘 몰라도 새 이름 꽃 이름 지휘자 이름 극작가 이름은 훤"한 나라의 모습(〈산문시 1〉)에서 시인이 꿈꾸었던 '알맹이'와 '향그러운 흙가슴만' 남은 세계의 모습을 찾아봐도 좋을 것 같다.

| 김미혜

참고문헌

국립민속박물관 편(2012),『한국민속문학사전: 설화 2』, 국립민속박물관.
권혁웅(2011),「신동엽 시의 환유와 제유」, 김응교 편,『신동엽: 사랑과 혁명의 시인』, 글누림.
남기택(2011),「신동엽 시의 '지역'과 '저항'」, 김응교 편,『신동엽: 사랑과 혁명의 시인』, 글누림.
신동엽(1980),《신동엽 전집》(증보판), 창작과비평사.

내가 바라보는 그것은 나의 내면이다

기항지 1

황동규

걸어서 항구에 도착했다.

길게 부는 한지寒地*의 바람

바다 앞의 집들을 흔들고

긴 눈 내릴 듯

낮게 낮게 비치는 불빛

지전紙錢*에 그려진 반듯한 그림을

주머니에 구겨 넣고

반쯤 탄 담배를 그림자처럼 꺼버리고

조용한 마음으로

배 있는 데로 내려간다.

정박중의 어두운 용골龍骨*들이

모두 고개를 들고

항구의 안을 들여다보고 있었다.

어두운 하늘에는 수삼개數三個*의 눈송이

하늘의 새들이 따르고 있었다.

출처 《삼남에 내리는 눈》(1975)　**첫 발표** 《현대문학》(1967. 6)

* 한지: 차가운 땅. 계절적 배경이 겨울임을 암시함.
* 지전: 종이 돈, 즉 지폐.
* 용골: 배의 구조를 지탱하는 중앙의 길고 큰 목재.

황동규 黃東奎(1938 ~)

평안남도 숙천 출생. 소설가 황순원의 아들로, 시인이자 교수이다. 고등학교 3학년이던 1958년에 서
정주에 의해 〈즐거운 편지〉 등이 《현대문학》에 추천되어 등단하였으며, 전통적인 서정시와는 다른
감수성과 시적 기법 위에서 새로운 서정의 세계를 형상화한 것으로 평가되고 있다. 《어떤 개인 날》
(1961), 《삼남에 내리는 눈》(1975), 《나는 바퀴를 보면 굴리고 싶어진다》(1994), 《풍장》(1999) 등의 시
집을 발표하였다.

제목 뒤에 공간이 있어요

기항지(寄港地)는 항해 중인 배가 잠시 머무는 항구를 뜻한다. 그래서 '기항
지'로 불리는 항구가 따로 있는 것이 아니라 목적지에 따라 기항지인지 아닌지
가 결정된다. 기항지에 정박한 배는 그곳이 목적지인 승객을 내려 주거나 화물
을 하역하거나 연료 보급 또는 수리를 마치고 나면 다시 항구를 나선다. 보통
기항지의 밤은 배들로 가득 차고, 새벽이나 아침이 되면 배들은 분주히 항구를
떠난다. 그렇기에 기항지의 배와 사람들은 잠시 머물다 떠날 존재로 여겨진다.
작품 속 화자가 도착한 항구도 그런 기항지였을까?

제목은 대개 함축적인 의미를 갖는 법이어서, 'A'를 말한다고 해서 그것이
반드시 우리가 일반적으로 경험하는 'A'를 뜻하는 것은 아니다. 이 작품은 화자
가 항구에 도착하는 장면으로 시작하는데, 화자는 배를 타고서가 아니라 '걸어
서' 이곳에 도착한다. 그렇다면 기항지에 기항하는 배는 이 작품의 중심이 아니
며, 여기에 이 시의 가장 중요한 비밀이 있는 셈이다. 이 비밀을 알아내기 위해
화자에 눈에 비친 풍경을 중심으로 작품을 계속 읽어 보자.

화자가 도착한 곳은 냉랭한 겨울바람이 부는 한밤중의 항구 마을이다. 집들은 바람에 흔들리고, 금방이라도 눈이 내릴 듯 저기압의 습한 기운에 불빛들까지 낮게 깔린 이곳은 낯설고 불안한 표정을 하고 있다. 이것은 화자의 심리가 그러하다는 것을 암시한다. 하지만 화자가 이 항구에 와서 낯설고 불안해졌다기보다는, 그러한 심리를 가지고 있었기에 이 항구에 온 것처럼 보인다. 항구는 뭍의 사람들에게는 떠나는 장소이므로 화자가 굳이 자의로 '걸어서' 항구에 도착한 것은 떠나고자 하는 내면이 바탕에 있었기 때문이리라. 지전을 구겨 주머니에 넣고 담배를 꾹 눌러 꺼 버리고 결심한 듯이 '조용한 마음'으로 배 있는 데로 내려간다.

거기서 화자는 항해 도중 잠시 머물고 있는 여러 척의 배들을 발견한다. 화자와 마찬가지로 저 배들도 지치고 힘겨운 항해의 과정을 거쳐 왔을 것이다. 그러나 화자와는 반대로 저 배들은 바다가 아닌 육지를 향해 고개를 들고 있다. 이렇게 볼 때, 제목의 '기항지'는 일시적으로 정박 중인 배들에도, 이 배들을 바라보는 화자에게도 연결된다. 그것은 이 시에서 '기항지'가 중의적인 의미로 사용되었기 때문일 것이다. 이 시의 '기항지'는 배들이 목적지를 향해 항해하는 과정에서 잠시 정박하는 항구라는 의미와, 인간이 살아가는 항로에서 어느 한때 존재하는 변화나 성찰의 계기라는 의미를 포함한다. 그리고 이 중의성을 위해 화자와 정박 중인 배들은 서로 겹쳐진 짝의 모습과도 같은 데칼코마니의 관계를 갖는다.

정박 중인 배들 앞에 그는 서 있다

배에서 용골은 사람의 척추와도 같은 기능을 하는 구조체이다. 사람을 직립할 수 있게 하는 척추처럼, 배의 용골도 선체를 받치는 중요한 기능을 한다. 그런데 이 작품에서 '용골'은 배의 척추라기보다는 배 자체를 나타내는 말로 사용되고 있다. 이렇듯 대상의 일부를 통해 전체를 빗대어 표현하는 것을 환유(換喩)라고 하는데, 이 '용골'의 비유는 단지 배를 대신하기 위함이 아니다. 배를 지탱하는 '용골'의 기능을 강조함으로써 배에 의지를 부여하려는 목적에서 사용된 것이다. 흥미롭게도 이 용골은 "항구의 안을 들여다보고 있"기까지 한다. 다시 말해 '용골'은 일차적으로는 배를 비유했으나 나아가 의인화를 통해 사람까지 비유하고 있다. 이로써 정박 중인 용골들은 실상 화자의 내면을 뜻하는 것이 된다. 그리하여 배를 바라보는 화자는 마치 항구의 끝에서 거울을 보는 듯한 상황에 놓이게 된다.

이 작품의 공간적 구도 역시 대비적이고 모방적이다. 육지와 바다는 해안선을 기준으로 구분되는데 육지에서 바다로는 내려가는 길을, 바다에서 육지로는 올라가는 길을 가지고 있다. 또한 육지는 단단한 지반을 가진 안정적인 곳이고 바다는 파도가 일렁이는 유동적인 곳이다. 실제로는 육지에서도 머묾과 떠남의 상황이 벌어지지만, 작품 속에서는 이 둘의 대비적인 성격을 강조하여 육지에는 정착하는 곳으로서 그리고 바다에는 떠나는 곳으로서의 의미를 부여한다.

그러하기에 화자는 작품 속에서 포구를 향해 내려온 것이고 정박 중인 용골들은 모두 고개를 들었던 것이리라. 이 마주 섬의 공간에서 화자는 항구로 내려감으로써 육지로부터 벗어나고자 하는 심리를 드러내고, 배들은 거꾸로 육지를 들여다봄으로써 정착하고자 하는 욕망을 내보인다. 이렇게 본다면 기항지는 잠시 머무는 곳이라는 본래의 의미에 더해, 지나온 과정을 점검하는 계기라는 새로운 함축적 의미를 얻게 된다고 할 수 있다. 왜냐하면 화자가 떠날 결심으로 항구의 끝에 도달했을 때, 그는 그 떠나고자 하는 마음이 실은 정착하고 싶은 욕구임을 자신의 내면으로부터 발견하게 되기 때문이다. 즉, "용골들이 / (…) / 항구의 안을 들여다보고 있었다"에서 '항구의 안'이란 결국 화자 자신의 내면을 뜻하는 것이다.

수삼개의 눈송이는
어디를 향할까

이 작품은 마치 김광균의 시 〈외인촌〉의 항구 버전을 읽는 것 같은 시각적 상상을 하게 만든다. 파란 역등을 단 마차가 언덕길을 내려가 마을에 도달할 때 어느덧 땅거미가 지고 집들은 창을 내린다. 이런 장면을 〈기항지 1〉에서는 화자가 걸어서 재연하는 것 같다. 〈외인촌〉에서 낯선 마을에 들어선 화자는 자신이 이방인임에도 불구하고 오히려 마을 자체가 외인들이 모여 사는 곳처럼 여기고 있고, 〈기항지 1〉에서 화자는 어두운 밤중 항구에 홀로 서 있다. 이 '마을'과 '항구'는 각 시의 화자에게는 머물고 싶어도 머물 수 없고, 떠나고 싶어도 떠날 수 없는 이중적이며 이질적인 공간이다. 아마도 이것이 〈기항지 1〉의 화자로 하여금 현실로부터 떠나고 싶은 심정을 갖게 했을는지 모른다.

지금으로부터 40여 년 전 김광균이 이러한 공간 묘사를 통해 근대적 도회인으로서의 소외의식이 생길 수밖에 없는 상황성을 보여 주려 했다면, 황동규는 그 도회인의 내면 심리 자체를 보여 주려 했다고 할 만하다. 이처럼 낯설고 소외감을 갖게 하는 상황과 내면은 두 작품 모두에서 시각적 이미지들을 통해 형상화되고 있으며, 특히 객관적 상관물을 통해 내면 정서를 객관화하여 표현하고 있다. 〈기항지 1〉 속 화자와 용골들이 서로의 내면을 들여다보고 있는 지점, 달리 말하면 화자가 자신의 내면을 들여다보는 바로 그 지점에 하늘에서는 '수삼개의 눈송이'가 떨어진다. 다른 시에서라면 몇 개의 눈송이는 앞으로 일어날 일에 대한 예고나 징후로 이해될 수 있을 것이다. 이 시에서는 '눈송이'가 구체적으로 무엇을 뜻하는지는 알 수 없으나, 비약하여 상상하자면 우울과 고독, 소외감일 수도 있고 탈출에 대한 욕구나 안정에 대한 희구일 수도 있다. 아니면 화자가 내적 갈등과 소외의식을 갖게 해 왔던 원인을 해소시킬 정화된 내면, 혹은 깨달음일지도 모른다. 다만 '눈송이'를 덧없거나 황량한 무언가로 간주하는 것은 적절하지 않을 듯한데, 이는 내면 정서의 객관적 상관물인 '하늘의 새'가

눈송이를 좇고 있기 때문이다. '눈송이'의 의미가 명확하지는 않지만 적어도 화자는 그 징후가 이끌어 올 미래에 의지하기로 한 것처럼 보인다. | 최지현

참고문헌

황동규(1975),《삼남에 내리는 눈》, 민음사.

연약한 인간 강인한 (혹은 잔인한) 각성

이별가

박목월

뭐락카노, 저 편 강기슭에서
니 뭐락카노, 바람에 불려서

이승 아니믄 저승으로 떠나는 뱃머리에서
나의 목소리도 바람에 날려서

뭐락카노 뭐락카노
썩어서 동아밧줄은 삭아내리는데

하직을 말자 하직 말자
인연은 갈밭을 건너는 바람

뭐락카노 뭐락카노 뭐락카노
니 흰 옷자라기만 펄럭거리고……

오냐. 오냐. 오냐.
이승 아니믄 저승에서라도……

이승 아니믄 저승에서라도

인연은 갈밭을 건너는 바람

뭐락카노, 저 편 강기슭에서

니 음성은 바람에 불려서

오냐. 오냐. 오냐.

나의 목소리도 바람에 날려서.

출처 《박목월 시전집》(2012)   **첫 발표** 《예술원보》(1967. 12)

박목월 朴木月 (1916~1978)

경상북도 경주 출생. 10대 후반부터 잡지에 동시를 발표해 왔고 1940년 《문장》에 정지용의 추천을 받아 등단하였다. 동시를 발표할 때에는 '박영종'이라는 이름을 사용하였고 '목월'은 《문장》으로 등단한 이후부터 사용하였다. 당시 정지용은 박목월의 시적 성취를 김소월에 견주기도 하였다. 조지훈, 박두진과 함께 출간한 《청록집》(1946) 외에도 《산도화》(1955), 《난·기타》(1959), 《청담》(1964), 《경상도의 가랑잎》(1968), 《무순》(1976) 등의 시집을 출간하였으며, 유고시집으로 《크고 부드러운 손》(2003)이 출간되었다.

❘ 자연에서 인간으로, 영원에서 죽음으로

무언가로부터 멀어지거나 다시는 만나지 못하게 되는 상황은 좋은 일일 수도 나쁜 일일 수도 있다. 그러나 그 상황이 죽음으로 인해 어쩔 수 없이 맞게 된 것이라면, 그리고 인간인 이상 막을 수도 되돌릴 수도 없는 것이라면, 긍정적인 의미를 담은 단어를 떠올리기란 쉽지 않다. 아마도 가장 먼저 떠오르는 단어 중 하나는 '이별'일 것이다.

박목월은 그의 시작활동의 전반기를 자연에 대한 탐구에 집중했다면, 50대에 들어선 후반기에는 인간에 대한 고찰을 담기 시작했다. 시집《경상도의 가랑잎》에 수록된 〈이별가〉는 인간의 근원적인 한계라고 할 수 있는 죽음과 그로 인해 겪게 되는 이별의 상황을 다루고 있다. '이별'이 어려운 뜻을 지닌 단어는 아니지만, 그것을 겪는 사람의 심정은 결코 쉽지 않다. 많은 시들이 이별과 죽음을 다루는 것도 이별을 겪는 자의 "부서지기 쉬운 / 그래서 부서지기도 했을 마음"을 '더듬어' 보고자 하는(정현종, 〈방문객〉), 끊임없는 '귀 기울이기'(〈윤사월〉)의 실천일지도 모른다. 이처럼 이별의 슬픔이 '슬프다'라는 진술에만 그치지 않고 계속해서 새로운 작품들로 형상화되어 온 것은 그만큼 이별 앞에 선 우리 마음의 깊이와 폭을 쉽게 가늠하기 어렵다는 사실을 방증한다. 그렇다면 이 작품은 이별 중에서도 사별을 경험하는 자의 마음을 어떻게 더듬고 있을까.

▎누구나 경험하는 죽음

〈이별가〉는 '뭐락카노'로 나타나는 절규와 '오냐'로 나타나는 체념적 승인의 대비가 인상적으로 다가오는 작품이다. 이러한 대비가 한 인간의 마음속에 공존하는 것은 "죽은 자에 대한 이별을 쉬이 받아들일 수 없는 화자의 인간적인 면모"(김종태, 2018: 18)이기도 할 것이다.

또한 제목에 '이별'이라는 단어가 포함되어 있고, 첫 행에서부터 '저 편 강기슭'이 제시되고 있다. 굳이 〈공무도하가〉를 떠올리지 않더라도 '강'이 삶과 죽음의 세계를 가르는 경계로 흔히 사용된다는 점을 고려한다면, '저 편'과 화자 사이의 거리가 얼마나 멀지 이루 짐작하기 어렵다. 게다가 강 위로 부는 바람은 '저 편'에 있는 '니'의 목소리와 뱃머리에 있는 '나'의 목소리를 애초의 목적지와는 다른 곳으로 날려 보낸다. '니'와 '나'를 연결해 주던, 아니면 〈하관〉(1959)에서처럼 관을 내릴 때 쓰였을 수도 있는 '동아밧줄'도 썩어서 삭아

내린다.

이러한 상황에서 4연의 화자는 '하직'을 부정하는 발언을 반복하면서 상대의 죽음을 쉽게 받아들이지 못하는 동시에, 인연이라는 것이 "갈밭을 건너는 바람"임을 인정하기도 한다. 그러나 5연에 이르면 상대의 목소리를 들을 수 없는 상황에서 비롯된 답답함과 절박함이 더욱 강하게 드러난다. '뭐락카노' 뒤에 쉼표가 하나씩 있어 숨을 고르는 화자의 모습이 연상되는 1연과 달리, 3연에서는 '뭐락카노'가 쉼표 없이 두 번 연달아 반복되다가 5연에 이르러 쉼표 하나 없이 세 번 반복되는 것이다. 이와 같은 절박함은 바람에 펄럭거리는 '흰 옷자라기'로 표현되는, 희미해져 가는 상대의 이미지를 통해 심화된다.

이와 같은 〈이별가〉의 절규와 절박함은 김소월의 〈초혼〉(1925)을 떠올리게 한다. 실제로 박목월은 〈초혼〉을 높게 평가한 바 있다. 그러나 감정 과잉을 경계한 박목월은(손진은, 2019) 5연에 말줄임표를 배치한다. 말줄임표의 시간을 거친 화자는 6연에서 '오냐.'를 반복하며 '뭐락카노'로 짙어졌던 절박감을 누그러뜨리고자 한다. 그렇다면 박목월은 작품을 어떤 방식으로 전개하여 〈초혼〉의 "부르다가 내가 죽을 이름이여"라는 절규와는 다른 결론에 도달할 수 있었을까?

▮ 갈대는 흔들려도 언제나 혼자다

이 질문에 대한 답은 '오냐.'에서 나타나는 수긍의 자세를 통해 표면적으로 드러난다. 수긍함으로써 절규를 분출하지 않을 수 있었던 것이다. 그러나 그것이 무엇에 대한 수긍이자 화답인지는 더 살펴볼 필요가 있다. 이에 대한 단서는 그 후에 등장하는 '이승 아니믄 저승에서라도'의 반복에서 찾을 수 있다. 우선 6연에 처음 나타난 '이승 아니믄 저승에서라도'에는 말줄임표가 붙어 있다. 여기까지만 읽었을 때 가장 먼저 떠올릴 수 있는 화자의 의중은 〈제망매가〉 등에서 보이는 종교적 승화의 자세일 것이다. 즉, 이승이 아니라면 저승에서라도 다시 만나자는 식의 다짐이 말줄임표를 통해 생략된 것으로 유추해 볼 수 있다.

그러나 7연에서 다시 반복되는 '이승 아니믄 저승에서라도' 뒤에는 말줄임표가 없다. 대신 행을 바꾸어 '인연은 갈밭을 건너는 바람'이라는 진술이 이어질 뿐이다. 이 진술은 앞서 4연에서도 제시되었으나, 그때는 이승과 저승의 거리를 극복할 수 없는 인연의 나약함이 강조되는 맥락이었다. 이에 비해 7연의 '인연은 갈밭을 건너는 바람'은 '이승 아니믄 저승에서라도'의 수식을 받으면서 인연의 나약함이란 이승과 저승의 분리에 의해 발생하는 것이 아님을 드러낸다. 다시 말해 이승은 물론 저승에서조차 인연은 나약한 것에 불과하다. 인연이라는 것은 분명 갈대밭을 지나가며 갈대들이 서로 스치게 해 준다. 그러나 인연은 이처럼 스치는 것일 뿐, 각각의 갈대들은 개별적인 개체이기에 끝내 합일을 이룰 수는 없다. 인간 역시 이러한 근원적 한계 안에 머문다. 이것은 살아서든 죽어서든 마찬가지이다. 작품의 진술 내용을 이렇게 이해하고 나면 6연의 "이승 아니믄 저승에서라도"는 '이승 아니믄 ∨ 저승에서라도'로 7연의 것은 '이승 ∨ 아니믄 저승에서라도'로 낭송하는 것도 가능해 보인다. 전자와 같이 낭송하는 것은 이승과 저승의 무게를 동일하게 형성함으로써 이승에서의 만남이 저승에서도 이어지기를 바라는 마음을 나타낼 수 있다. 이에 비해 후자와 같이 낭송하는 것은 저승의 무게를 조금 더 강화함으로써 인간의 근원적 한계가 저승에서도 지속됨에 대한 각성을 드러낼 수 있다.

물론 이와 같은 진술이 화자의 마음속에 있던 모든 고뇌들을 일거에 날려 보내지는 못한다. 1연, 3연, 5연에서 나타났던 '뭐락카노'가 이번에는 두 연을 건너뛰어 8연에서 다시 등장한다. 진술 내용만 놓고 본다면 8연과 1연은 큰 차이가 없어 보인다. 다만 이미 수긍한 후이기에 흔들리는 화자의 마음을 나타내는 8연의 '뭐락카노'는 이전과 달리 한 번 짧게 내뱉는 것에서 그친다.

갈대가 흔들리는 것처럼 인간인 화자의 마음도 언제나 흔들릴 수밖에 없다. 박목월의 후기 시들이 "모든 일상을 내면의 반추 대상으로 삼는" 특징을 가지고 있다면(이남호, 2015), 그 대상에는 흔들릴 수밖에 없는 인간의 마음도 포함되어 있는 것이다. 나아가 흔들리는 마음이기에 모든 것에 대한 반추가 가능하다고 볼 수도 있다. 8연에 '뭐락카노'가 한 번 더 나오는 것, 그다음 연이 다시 '오냐.'로 시작하는 것은 이와 같은 자신의 마음에 대한 긍정이기도 할 것이다.

▌슈뢰딩거의 이승과 저승

이승에서도 저승에서도 본연적으로 혼자일 수밖에 없는 인간의 숙명을 중심으로 이 작품을 읽고 나면 또 다른 질문이 생기게 된다. 바로 2연의 '이승 아니믄 저승으로 떠나는 뱃머리에서'를 어떻게 이해해야 하는가이다. 화자는 이승에, 상대는 저승에 있다고 보는 것이 자연스럽겠지만 왜 화자는 '이승 아니믄 저승으로 떠나는'이라는 표현을 통해 그 경계를 흐리고 있는 것일까. 이는 곧 어차피 본연적인 고독 앞에서 이승과 저승을 구분하는 것이 의미가 없기 때문은 아닐까. 어쩌면 화자는 이승의 인물이 아닌 저승의 인물이라고 보는 것도 가능하지 않을까. 이미 우리 삶에서 이승과 저승의 가능성은 늘 공존하고 있는 것일지도 모른다.

| 민재원

⋯⋯⋯⋯⋯
참고문헌

김종태(2018), 「박목월의 시에 나타난 고뇌와 죽음」, 『한국문예비평연구』 58, 한국현대문예비평학회, 9-31.

손진은(2019), 「박목월 시의 김소월 시 수용 양상과 자기화 과정」, 『어문론총』 79, 한국문학언어학회, 231-254.

이남호(2015), 「박목월의 후기시 연구: 일상에 대한 내면적 성찰이 드러난 작품을 중심으로」, 『한국언어문화』 57, 한국언어문화학회, 21-40.

이남호 편(2012), 《박목월 시전집》, 민음사.

터전을 박탈당한 자들을 위한 애사(哀詞)

성북동 비둘기

김광섭

성북동 산에 번지가 새로 생기면서

본래 살던 성북동 비둘기만이 번지가 없어졌다

새벽부터 돌깨는 산울림에 떨다가

가슴에 금이 갔다

그래도 성북동 비둘기는

하느님의 광장 같은 새파란 아침하늘에

성북동 주민에게 축복의 메시지나 전하듯

성북동 하늘을 한바퀴 휘 돈다

성북동 메마른 골짜기에는

조용히 앉아 콩알 하나 찍어먹을

널찍한 마당은커녕 가는 데마다

채석장 포성이 메아리쳐서

피난하듯 지붕에 올라앉아

아침 구공탄 굴뚝 연기에서 향수를 느끼다가

산 1번지 채석장에 도루 가서

금방 따낸 돌 온기에 입을 닦는다

예전에는 사람을 성자처럼 보고

사람 가까이

사람과 같이 사랑하고

사람과 같이 평화를 즐기던

사랑과 평화의 새 비둘기는

이제 산도 잃고 사람도 잃고

사랑과 평화의 사상까지

낳지 못하는 쫓기는 새가 되었다

출처 《성북동 비둘기》(2003)   **첫 발표** 《월간 문학》(1968. 11)

김광섭 金珖燮 (1904~1977)
함경북도 경성 출생. 1927년 창간된 《해외문학》과 1931년 창간된 《문예월간》 동인으로 문학활동
을 시작하였다. 초기에는 고독, 불안 등의 정조에 기반을 둔 허무의식을 노래하였고, 이후 인간에 대
한 애정을 바탕으로 생활적인 소재들을 다루었다. 시집으로 《동경》(1938), 《해바라기》(1957), 《성북
동 비둘기》(1969), 《김광섭 시선집》(1974) 등이 있다. 특히 《성북동 비둘기》는 고혈압으로 졸도한 이
후 병석에서 쓴 시들을 묶은 것으로, 만년의 원숙경을 잘 보여 준다는 평가를 받는다.

| 시에서 문제 삼고 있는 현실

이 시는 첫 연의 1~2행에서 문제 상황이 간결하고도 선명하게 제시된다.
"성북동 산에 번지가 새로 생기면서 / 본래 살던 성북동 비둘기만이 번지가 없
어졌다." 그렇다면 산에 번지가 생기는 것이 왜 문제적인가? '번지'는 인간이
생활하는 공간에 구획을 나누어 번호를 붙이던 주소 표기 방식이다. 개발이라
는 미명 하에 성북동 산까지 인간의 영역을 확장함으로써 원래 살던 비둘기가
삶의 터전을 잃게 된 것이다. 그러나 비둘기는 성북동 산을 떠나지 못하고 있다.

비둘기는 "새벽부터 돌깨는" 채석장의 소리에 몸을 떨며, "가슴에 금"이 가는 마음의 상처를 입었다. 여기서 문제적 현실이 정확하게 포착된다. 인간이 '본래' 성북동 산에 살던 비둘기를 내쫓고 인간의 공간 구획 방식으로 번호('산 1번지')를 매겼다. 그 후 그곳에 돌을 깨는 채석장이 들어섰으며, 비둘기는 새로운 삶의 터전을 찾지 못해 상심한 채로 빼앗긴 산 주변을 배회한다. 이제 비둘기에게는 "조용히 앉아 콩알 하나 찍어먹을" 마당조차 없다. 생존을 위한 최소한의 조건마저 박탈당한 상황이다. 이러한 열악한 상황에서 심지어 "채석장 포성이 메아리"치고 있다. 포성은 무엇인가? 공사용 석재를 캐내기 위해 사용하는 포탄 때문에 발생하는 굉음을 의미한다. 비둘기는 그가 누리던 일상적 삶의 공간을 박탈당한 데 더해, '조용히 앉아' 누리던 평화마저 유린당하고 있다.

시적 화자는 시적 대상인 비둘기에 이입하는 대신, 일정한 거리를 두고 담담한 어조로 이러한 상황을 전한다. 화자가 바라보고 있는 풍경 속의 비둘기는 어떠한가? 비둘기 또한 분노하거나 절망하고 있지는 않다. "이제 산도 잃고 사람도 잃고 / 사랑과 평화의 사상까지 / 낳지 못하는 쫓기는 새"가 되었을 뿐이다. 비둘기는 그렇게 변방의 이방인으로 조용히 전락하고 말았다. 이렇듯 평화의 상징이었던 비둘기가 도심 속 천덕꾸러기 신세가 된 데는 인간의 책임이 크다. 비둘기가 인간의 공간을 침범한 것이 아니라, 인간이 비둘기의 터전을 빼앗고 훼손한 것임을 이 시는 보여 주고 있다. 자신의 터전에서 비로소 온전한 존재성을 발현할 수 있었던 평화의 새 비둘기. 그 터에서 쫓겨난 존재에게 왜 더는 평화의 상징이 아니냐고 물어서는 안 될 것이다.

그래도 비둘기는 비둘기다움을 잃지 않는다

이 시에서 주목해야 할 것은 삶의 터전도, 그곳에서 누리던 평온함도 모두 빼앗긴 존재인 비둘기가 취하는 태도와 자세이다. "그래도 성북동 비둘기는 /

하느님의 광장 같은 새파란 아침하늘에 / 성북동 주민에게 축복의 메시지나 전하듯 / 성북동 하늘을 한 바퀴 휘 돈다"고 한다. 비둘기는 "떨다가 가슴에 금이 갔다"는, 즉 동정이나 연민을 자아낼 수밖에 없는 대상임에도 오히려 인간을 위해 "축복의 메시지나 전하듯" 하늘을 비행한다. "가는 데마다 채석장 포성이 메아리"치는 상황에서도 성북동 주민이 살고 있는 집의 지붕에 올라앉아 "향수를 느끼"고, "채석장에 도루 가서 / 금방 따낸 돌 온기에 입을 닦"으며 산을 맴돈다. 여기에서 비둘기는 아직 인간을 포기하지 않았고, 인간에 대한 믿음을 버리지 않았으며, 채석장이 들어서기 이전에 공존했던 인간의 모습에 대한 그리움을 간직하고 있음을 읽어 낼 수 있다. 특히 "축복의 메시지나 전하듯" 성북동 하늘을 한 바퀴 돌아보는 모습은 내몰린 존재임에도 불구하고 초라해지지 않는 어떤 위엄을 느끼게 한다. 비둘기는 현재의 상황에 상심하고 과거를 그리워할지언정, 열악한 삶의 조건과 변화를 탓하며 스스로 추해지지 않는다. 그렇기 때문에 이 시는 독자로 하여금 안타까움과 연민을 넘어 연대의 마음까지 갖게 하는지도 모르겠다.

삶의 터전을 박탈당한 원주민으로서의 비둘기

비둘기의 의미를 인간과 대립되는 자연이나 평화의 상징으로 한정한다면 이 시는 다소 상투적으로 읽힐 수 있다. 하지만 "산도 잃고 / 사람도 잃고" 그렇게 '쫓기는' 존재로 전락한 비둘기를 삶의 터전을 강제로 박탈당한 사회적 존재로 확장하여 이해하면 이 시의 울림이 보다 깊어질 것이다. 이러한 맥락에서 〈성북동 비둘기〉는 본디부터 살고 있던 원주민과 새로 들어온 정복자 사이의 대립 구도 혹은 언제든지 집을 빼앗길 수 있는 사회적 약자와 자본을 앞세운 개발자 등의 대립 구도로 읽는 것도 가능하다. 원주민 혹은 사회적 약자 역시 이 시의 비둘기처럼, 오랜 삶의 터전으로부터 강제로 내쫓기면서 그곳에서 누리던 평화를 잃곤 한다.

  원래 살고 있던 존재의 주체성이 힘과 자본을 앞세운 새로운 존재에 의해 완전히 객체화되고 피동적인 존재로 전락하여 자신의 거주 공간에서 추방당하는 서사는 인류의 역사에서 보편적으로 발견된다. 아메리카 대륙의 원주민들이 그러했고, 강제 철거되는 '쪽방촌' 사람들이 그러하다. 어디 이들뿐이겠는가? 그렇게 보면 이 시 〈성북동 비둘기〉는 약자, 내쫓긴 자, 추방당한 자, 거주지를 박탈당한 자들을 위한 애사(哀詞)로 읽힌다. '성북동 비둘기' 같은 존재들이 생겨나지 않는 세상을 염원하는 시적 화자의 조용한 듯 강력한 메시지에 귀 기울여야 하는 이유가 여기에 있다.

| 정정순

....

참고문헌

김광섭(2003), 《성북동 비둘기》, 시인생각.

민간인

김종삼

1947년^年 봄

심야^{深夜}

황해도^{黃海道} 해주^{海州}의 바다

이남^{以南}과 이북^{以北}의 경계선^{境界線} 용당포^浦

사공은 조심 조심 노를 저어가고 있었다.

울음을 터뜨린 한 영아^{嬰兒}*를 삼킨 곳.

스무 몇 해나 지나서도 누구나 그 수심^{水深}을 모른다.

출처 《북치는 소년》(1985) **첫 발표** 《현대시학》(1971)

* 영아: 젖먹이 아기.

....

김종삼 金宗三 (1921~1984)

황해도 은율 출생. 해방 무렵 영화, 연극 분야에서 일을 하다가 한국전쟁 때부터 시를 발표하기 시작하였다. 전후에는 언론, 방송 분야에서 일하면서 가난, 고통, 죽음 같은 절망스러운 현대인의 삶의 조건과 어린아이 같은 순결한 세계를 시로 표현하였다. 대표적인 시집으로 《시인학교》(1977), 《북치는 소년》(1979), 《누군가 나에게 물었다》(1982) 등을 남겼다.

....

| 목격자는 방관자

1964년 미국 뉴욕주 퀸즈의 한 주택가. 거리는 인적이 없고 집들은 불을 끈 채 창문을 내리고 있다. 새벽녘 한 여성의 고통스러운 비명이 동네에 울리기 시작했다. 주변의 집들에서 불이 켜졌다. 강도로 보이는 한 남성이 그녀를 흉기로 찌르고 있었고 그녀는 상처를 입은 채 저항하고 있었다. 더 많은 집들에서 불이 켜졌다. 여성은 약 35분에 걸쳐 공격을 받으면서 계속해서 큰 목소리와 비명으로 도움을 요청했다. 하지만 나와 보는 사람은 없었다. 한참 후에야 경찰이 출동했다. 그녀가 사망한 지 20분이 지난 시점에서였다. 죽은 그녀의 이름은 캐서린 제노비스(Catherine Genovese). 이후 이 사건은 그녀의 이름을 따서 '키티 제노비스 사건'으로 불리게 되었다.

수많은 목격자들이 거기에 있었다. 그들은 사건이 발생한 것을 인지했으나 흔히 있는 주정꾼들의 해프닝쯤으로 여겼다. 이런저런 방식으로 사건에 개입한 사람들도 있었지만 적극적인 도움은 아니었다. 경찰의 도움이 있기까지 너무나 긴 시간이 흘렀다. 이 사건의 상징성 때문에 '38명의 목격자'를 내건 선정적인 언론 기사들이 나오기도 했다.

키티 제노비스 사건은 주위에 사람이 많을수록 도움이 필요한 사태에 덜 개입하게 되는 '방관자 효과'를 보여 주는 대표적인 사건이다. 이 용어를 제안한 심리학자 존 달리(John Darley)와 비브 라타네(Bibb Latané)는 키티 제노비스 사건을 참조하여 집단 실험에 참가한 피실험자들이 사전에 설계된 비의도적 사고를 목격했을 때 어떤 반응을 보이는지 살펴보았다. 그리고 참여자 수가 많아질수록 상대적으로 덜 개입하는 경향이 있음을 확인했다. 왜 목격했는데도 방관했을까? 두 학자는 이에 대해 사건을 목격한 사람이 많을수록 개인이 느끼는 책임감이 감소되는 책임감 분산 효과가 생기기 때문이라고 설명했다.

다수의 목격자는 침묵한다

불문학도이자 고전음악 애호가, 자유로운 영혼의 소유자이며 가진 것 없이 무능력한 생활인이었던 김종삼. 그는 1950년대 후반 전후(戰後) 시인으로서 그의 삶을 시작할 때부터 비약과 함축과 여백의 미를 특징으로 하는 순수시의 세계를 모색했다. 아직 전쟁의 참혹함을 직시하고 그것에 대해 말하기 어려웠던 시기, 어떤 시인들은 실존주의를 주창하고 어떤 시인들은 모더니즘을 추구했다. 그러나 김종삼은 〈북치는 소년〉이라는 자신의 작품에 사용한 구절과도 같이 "내용 없는 아름다움"을 가지고 있을 뿐인 시(문학)와 그러한 "아름다운 크리스마스 카드"만으로는 배고픔을 해소할 수 없는 현실 사이의 긴장에 주목하였다. 그렇게 해서 만들어진 시가 〈민간인〉이다.

'1947년 봄'이라는 시간적 배경과 '황해도 해주의 바다'라는 공간적 배경은 문학과 현실 모두에서 문제적 장면을 만들고 있다. 현실적으로는 남북이 각각 단독정부 건설을 꾀하고 38선이라는 일시적 경계선이 완전한 단절의 분단선으로 기능하기 시작한 바로 그 무렵을 소환하였다. 그리고 문학적으로는 그러한 현실이 한밤중 용당포 앞바다의 작은 목선 위로 초점화되며 어둠과 침묵을 동반하는 긴장과 갈등의 무대가 펼쳐진다. 그리고 하나의 사건이 발생한다.

침묵은 이 배에 탄 사람들을 어둠 속에 숨겨 주는 유일한 방어책이다. 그들은 오직 침묵을 통해서만 군사적 긴장이 팽팽한 분단선을 안전하게 넘어갈 수 있다. 그때 젖먹이 아기가 울기 시작한다. 이대로 계속 침묵이 지켜지지 않으면 그들은 모두 죽게 될 수 있다. 하지만 아무도 아기 엄마를 재촉하거나 다그치지 않는다. 배에 타고 있는 '민간인'들은 침묵으로 아기 엄마를 대할 뿐이다. 이 침묵은 무언의 압박이 된다. 아기 엄마는 아기를 달래어 울음을 그치게 하려 애쓰지만, 노 젓기에도 조심스러운 한밤중 침묵의 바다 위에서는 가능하지 않다. 아기 엄마는 어쩔 줄 모른다. 침묵이라는 압박은 다시 침묵이라는 결과를 낳는다. 배에 함께 타고 있던 사람들은 아무 죄가 없다. 그들은 그저 가만히 있었다. 그들은 침묵함으로써 사건에 개입하지 않은 것이 된다.

어둠과 바다가 "영아를 삼"켰다는 말은 영어에서나 사용되는 표현이다. 이 말의 본뜻은 누군가 영아를 바다에 던져 죽였다는 것이다. 하지만 아무도 그런 말을 하지 않는다. 아무도 말을 하지 않고, 아무도 어떤 일이 있었는지 모른다. 이 시에서는 '바다'만이 유일한 행위자이자 주관자로서 등장한다. 사람들은, '민간인'은 다만 그 사건의 진면을 모르는 무지하고 무기력한 존재로 그려진다. 그러므로 '바다'는 배에 타고 있던 사람들에게 운명과도 같은 거대한 힘을 은유한다고 할 수 있을 것이다.

목격자의 침묵

이 시에는 작품 내에서는 언급되지 않은 채 제목으로만 그 존재를 짐작할 수 있는 '민간인'들이 있다. 이 '민간인'들이 시의 문제적 존재들이다. 그들은 분단의 피해자이고, 몇 년 후 한국전쟁이 발발하면 그 전쟁의 피해자가 될 것이다. 그들은 단지 가만히 있었을 뿐이다. 아무도 어떤 반인륜적 행위를 강제하지 않았다. '민간인'은 그들이 책임 없는 존재임을 증명해 주는 이름이다.

그런데 다들 침묵을 지켰으므로 분명 그들만 알고 있었을 이 사건은 그중 누군가에 의해, 스무 몇 해가 지난 지금에서야 고백되고 있다. 이상의 〈오감도 시 제1호〉의 방식으로 말하자면 이 사건을 말한 사람은 한 명일 수도 있고 그 배에 탔던 모두일 수도 있을 것이다. 그러나 분명한 것은 지금 말하고 있는 사람은 바로 나, 화자라는 사실이다. 그리하여 '그때 한 아기가 죽었고 나는 그 일이 일어나게 하지 않았다'는, 목격은 하였지만 그것은 단지 목격일 뿐이었다는 이 시의 진술은 '자기변명'이 된다. 화자는 그 사건이 발생한 지 "스무 몇 해나 지나서" 비로소 고백하면서도, 사건의 책임이 누구에게도 없는 듯 지금도 그 용당포 앞바다의 수심을 알 수 없다고 말한다. 단지 바다가 아기를 삼킨 것이라고 말한다.

그러나 아무도 어떤 말도 하지 않았다고 합리화하며 괜히 바다에 책임을 미루어도, 아기가 죽게 된 것이 그 깊이를 알 수 없는 용당포 바다 때문이 아님을 누구나 안다. 원래 해주 앞바다는 조수간만차가 크고 수심도 얕은 곳이라고 한다. 게다가 한밤중에 남한으로 사람들을 옮겨 준 수단이 노 젓는 배였으니 해안을 따라 이동했을 것이다. 그러니 수심이 깊다는 말은 의도된 거짓말이다.

이 시에서 자신의 죄를 자백하는 이는 없다. 그러나 옛이야기 하듯 들려주는 목격담 그 자체가 실제로는 고통스러운 자백인 셈이다. 이는 예수를 십자가 형에 처하고는 '너희들이 원했던 것 아니었는가'라며 유대인들에게 책임을 돌렸던 로마 총독 빌라도의 변명과도 비슷하다. 자신의 죄 없음을 나타내려고 손을 씻었던 행위는 오히려 자신의 죄 있음을 자백하는 의미를 갖는다. 이와 마찬가지로 영아 살해의 현장을 목격한 그 누군가는 누가 그 일을 했는지를 밝히는 대신 바다의 수심을 알 수 없다는 말로 침묵의 원인을 변명한다. 하지만 수심을 알 수 없다는 말은 그 죄가, 그 죄책감이 크고 깊다는 고백이 되어 버리고 만다.

이 모든 이야기가 성립하게 된 것은 침묵한 자신은 단지 목격자일 뿐이라고 합리화했기 때문이다. 그런데 상기해야 할 것은 '키티 제노비스 사건'에서였든, 아니면 '1947년 봄 어느 밤 용담포 앞바다 사건'에서였든 목격자는 증언의 의무를 지기 이전에 개입의 운명을 가진다는 점이다. 그 운명은 목격자가 결코 제삼자에 머물 수 없게 만든다. 목격자는 자신이 목격한 일로 인해 이미 사건의 당사자 중 하나가 되었기 때문이다.

| 최지현

....
참고문헌

김종삼(1985), 《북치는 소년》, 민음사.
유성호(2020), 『김종삼 시 읽기』, 국학자료원.
조혜진(2013), 「김종삼 시의 전쟁 체험과 타자성의 의미」, 『한국현대문예비평학회』, 39-73.

가난하고 소외된 자들의 굿거리

농무

신경림

징이 울린다 막이 내렸다
오동나무에 전등이 매어달린 가설 무대
구경꾼이 돌아가고 난 텅빈 운동장
우리는 분이 얼룩진 얼굴로
학교 앞 소줏집에 몰려 술을 마신다
답답하고 고달프게 사는 것이 원통하다
꽹과리를 앞장세워 장거리로 나서면
따라붙어 악을 쓰는 건 쪼무래기들뿐
처녀애들은 기름집 담벽에 붙어 서서
철없이 킬킬대는구나
보름달은 밝아 어떤 녀석은
꺽정이처럼 울부짖고 또 어떤 녀석은
서림이처럼 해해대지만 이까짓
산구석에 처박혀 발버둥친들 무엇하랴
비료값도 안 나오는 농사 따위야
아예 여편네에게나 맡겨 두고
쇠전을 거쳐 도수장 앞에 와 돌 때
우리는 점점 신명이 난다

한 다리를 들고 날라리를 불꺼나

고갯짓을 하고 어깨를 흔들거나

출처 《여름날》(1991)　　**첫 발표** 《창작과비평》(1971. 9)

신경림 申庚林 (1935 ~)

1956년 《문학예술》에 〈갈대〉, 〈묘비〉 등이 추천되어 등단한 후 10여 년간 침묵을 지키다가, 1973년 대표작이자 첫 시집인 《농무》로 작품활동을 시작하였다. 특유의 전통적인 서정성과 토속적이고 민요적인 정서를 바탕으로 민중시의 단초를 연 시인이다.

〈농무〉, 민중시의 서막을 열다

　이 시는 1973년에 발간된 신경림의 첫 시집《농무》에 수록된 그의 대표작이다. 1956년 등단한 신경림은 이후 10여 년간 시작활동을 하지 않았다. 그 공백을 깨고 1971년 계간《창작과비평》가을호에 발표한 시가 〈농무〉이다. 현실에 대한 비판적 인식과 자신의 체험을 바탕으로 한 초기 작품들 가운데서도 특히 〈농무〉는 1920년대의 노동시, 1960년대의 참여시의 계보를 이어 1970년대 문단을 휩쓴 민중시의 단초가 되었으며, 신경림이라는 시인을 소위 민중시인으로 알린 작품이기도 하다.

　한국 사회는 1960~1970년대를 거치면서 산업화를 겪었다. 〈농무〉는 농업 중심의 경제체제가 공업 중심으로 급속하게 바뀌면서 피폐해진 농촌의 현실과 농민의 삶을 소재로 하였다는 점에서 농촌을 자연주의적, 전원적으로 바라보던 기존의 시와는 다른 현실참여적 성격을 띤다. 하지만 그의 시는 이전의 참여시나 이후의 여타 민중시 계열의 시들과도 구분된다. 신경림의 시에는 격렬한 어조로 사회 현실과 반민중적 세력을 공격하거나 신랄하게 비판하는 강한 저항의 태도가 드러나지 않는다. 〈농무〉 역시 진취적인 행동 의지를 직접적으로 표출하기보다, 전통적 서정성과 휴머니즘을 바탕으로 소외된 서민으로 대표되는 농민들의 현실과 정서를 그리고 있다. 시인은 자신이 태어나고 자란 고향인 충청북도 충주시 노은면 연하리라는 농촌 마을을 떠올리며 담담하고 절제된 어조로 마을 사람들의 고된 삶과 애환, 농민의 공동체적 동질감을 시에 담아내었다. 굳이 이 시를 근대화 과정에서 나타난 사회구조적 모순을 고발하는 농민들의 저항과 투쟁의 시로 읽지 않아도 되는 까닭이 바로 여기에 있다.

보름달 밝은 쓸쓸한 밤에
우리는 왜 농무를 추었나?

〈농무〉는 산업화 시대의 한 농촌 읍내를 배경 삼아 '농무'를 소재로 농민의 생생한 삶의 현장을 묘사하고 있다. 시적 공간의 이동을 중심으로 시가 전개되며, 화자의 감정 역시 점차 고조되다가 마지막에 이르러 절정에 도달한다. 시적 주체인 '우리'는 '텅빈 운동장'에서 시작하여 '학교 앞 소줏집 → 장거리 → 쇠전 → 도수장'으로 이동하며, 그에 따라 '우리'의 감정 또한 상실감에서 답답함, 고달픔, 원통함, 비애, 절망, 자조로 이어지는 것이다.

여기서 '장터'는 농촌에서 태어나고 유년기를 보낸 시인이 자주 가던 일상적인 공간이자, 처음으로 다양한 사람들을 만나면서 사회를 경험한 공간이었을 것이다. 이 기억이 시인에게 시의 공간적 모티프를 제공했다고 볼 수 있다. 그러나 본디 '장터'는 삶의 활기와 생명력으로 충만한 공간이지만, 이 작품 속 '장터'는 시인에게 있어 사회 현실의 문제적 공간으로 그려지고 있다. 다시 말해 시인은 단순히 유년의 기억 속 '장터'를 배경으로 시를 쓴 것이 아니라, 이를 명징한 시적 상징의 공간으로 설정한 것이다.

〈농무〉는 "답답하고 고달프게 사는 것이 원통하다"와 같이 시적 주체의 감정을 직접적으로 표출하는 한편, 다양한 이미지를 통해 정서를 형상화한다. 시의 곳곳에 '징이 울린다, 꽹과리(를 치다), 악을 쓰다, 킬킬대다, 울부짖다, 해해 대다'에서 오는 청각적 이미지, '막이 내렸다, 가설 무대, 텅빈 운동장, 얼룩진 얼굴, 산구석' 등의 시각적 이미지, '술(소주)을 마신다, 날라리를 불다, 고갯짓을 하다, 어깨를 흔들다'와 같은 동적 이미지들을 배치하여 '우리'에게 응어리진 비애와 좌절을 감각적으로 재현하고 있다.

시적 주제는 '울리다/내리다[상황 종결 또는 몰락] → 돌아가다/텅 비다[허망] → 얼룩지다[혼돈] → 원통하다[억울함] → 울부짖다/해해대다[불안] → 춤사위 (날나리를 불다/고갯짓을 하다/어깨를 흔들다)[한풀이]'의 점층적 전개에 따라 극적으로 발전하고 있다. 이와 함께 시의 후반부에 불러들인 '꺽정'과 '서림'은 일종의 알레고리로 작용한다. 농민 무장대의 우두머리인 '꺽정'과 모사인 '서림'에게 정서적 동질감을 가져 보지만 '산구석'이라는 현실을 벗어날 수 없음을 알고 있다. 결국 무기력한 '우리'에게 남은 것은 자족적인 패배의식뿐이다.

한편, 이 시의 소재이자 시적 대상인 '농무'는 일반적인 농악놀이라고 보기 어렵다. 물론 이 시에서 농무는 군중놀이로서 농민들의 집단적 목소리를 드러내고, 소외 받고 억울한 농민들의 연대를 통해 공동체적 유대감을 구축하면서 공감대를 끌어내는 중요한 장치이다. 하지만 동시에 '농무'는 응어리를 풀어내려는 의식으로서 일종의 굿과 같은 행위이기도 하다. '농무'는 시의 마지막 연에서 '신명'으로 포장되어 형상화되고 있지만, 실상 '도수장'이라는 죽음의 공간에 들어서면서 비참한 현실 앞에 자포자기한 시적 주체의 마지막 몸부림이자 한풀이로 작용한다. 여기에서 나타나는 시인의 세계관은 〈씻김굿〉(1987)에서 군사독재의 폭력에 의해 희생된 원혼의 원한을 해소하는 것과도 맥이 닿아 있다고 볼 수 있다.

지금 어디선가 고된 하루를 마치고
집으로 돌아가는 당신에게……

신경림은 자신의 삶의 경험을 토대로 소외된 자들이 주축이 되는 민중의 공간과 현실에 주목한다. 〈농무〉에서 당대 농촌의 현실과 농민들의 심정을 대변한 것에서 나아가, 그의 다른 작품 〈원격지〉(1970), 〈파장〉(1970), 〈동면〉(1972), 〈가난한 사랑 노래〉(1988)를 통해 광산 노동자, 부랑 노동자, 도시 빈민과 같이 가난하고 소외된 자들의 현실과 애환을 나누고자 한다. 이렇듯 그의 작품들은 신분적 특권도 없고 경제적으로도 넉넉지 못한 서민과 약자들의 공동체적 유대감을 드러내면서 공감대를 형성한다.

신경림의 시에 묻어나는 공동체 의식, 정서적 연대감은 시인의 휴머니즘에 토대를 두고 있다. '휴머니즘'이라는 용어는 로마시대에 이방인을 '야만적인 인간(homo barbarus)'이라 하고 이와 구별하여 로마인을 '인간다운 인간(homo humanus)'이라 한 데서 비롯되었다. 근대 이후 휴머니즘은 주류인과 주변인, 권력을 가진 자와 소외된 자를 구분하지 않는다. 그럼에도 불구하고 주변인과 소외된 자는 여전히 존재하며 이에 따른 계층 갈등의 문제 또한 계속되고 있다. 그렇기에 〈농무〉를 위시한 작품들 속 신경림 시인의 정신이 더욱 가깝게 다가온다. 매일 고된 일상을 마주하는 현재의 우리도 이 시가 소외된 이웃에게 보내는 따뜻한 시선과 연민, 배려의 마음에 이입됨과 동시에 카타르시스를 느끼게 되는 것이다. 시인의 말처럼 "못난 놈들은 서로 얼굴만 봐도 흥겹다"는데, 우리도 이 시 속에서 함께 농무를 추면서 서로를 위로할 수 있지 않겠는가. | 오지혜

참고문헌

신경림(1991),《여름날》, 미래사.

목계장터

신경림

하늘은 날더러 구름이 되라 하고
땅은 날더러 바람이 되라 하네
청룡 흑룡 흩어져 비 개인 나루
잡초나 일깨우는 잔바람이 되라네
뱃길이라 서울 사흘 목계 나루에
아흐레 나흘 찾아 박가분 파는
가을볕도 서러운 방물장수 되라네
산은 날더러 들꽃이 되라 하고
강은 날더러 잔돌이 되라 하네
산서리 맵차거든 풀 속에 얼굴 묻고
물여울 모질거든 바위 뒤에 붙으라네
민물새우 끓어넘는 토방 툇마루
석삼년에 한 이레쯤 천치로 변해
짐 부리고 앉아 쉬는 떠돌이가 되라네
하늘은 날더러 바람이 되라 하고
산은 날더러 잔돌이 되라 하네

출처 《신경림 시전집 1》(2004)   **첫 발표** 《엘레강스》(1976)

신경림 申庚林 (1936 ~)
1956년 《문학예술》에 〈갈대〉, 〈묘비〉 등이 추천되어 등단한 후 10여 년간 침묵을 지키다가, 1973년 대표작이자 첫 시집인 《농무》로 작품활동을 시작하였다. 특유의 전통적인 서정성과 토속적이고 민요적인 정서를 바탕으로 민중시의 단초를 연 시인이다.

길 위의 시인,
목계장터에서 인생의 갈림길에 서다

여기 '길 위의 시인'이 있다. 신경림은 엄혹한 유신시대에 정착하지 못하고 유랑의 길을 떠날 수밖에 없었던 삶의 경험을 토대로 〈목계장터〉(1976)를 발표하였다. 두 번째 시집 《새재》(1979)에 실린 이 시는 현실참여적 민중 시인으로 불리는 신경림이 사회 현실이 아닌 인간 실존의 문제를 다루었다는 점에서 주목할 만하다. 시인은 10여 년간 고향 인근의 여기저기를 떠돌며 광부와 농사꾼, 공사장 인부와 학원 강사, 아편 장수, 길잡이 등 다양한 인간군을 마주친 삶의 체험을 통해 존재론적 의미와 진실을 포착하고 있다. 〈목계장터〉는 1970년대의 정치권력과 계급 갈등에 대해 비판적·투쟁적 목소리를 낸 시들과 달리, 향토적 세계를 바탕으로 존재의 의미와 인생론적 진실 등을 탐구하고자 한 작품이라는 점에서 의미가 있다.

인간은 본질적으로 모순적인 존재이며 이러한 인간들이 살아가는 세상은 비합리와 부조리에 의해 돌아간다. 이 속에서의 삶은 궁극적으로 무의미하고 허무할 수밖에 없다. 그러므로 근원적인 실존과 정체성의 문제는 모든 인간의 숙명적 과제인 것이다. 〈목계장터〉는 고독과 불안의 정서를 바탕으로 이러한 인간 존재의 의미를 탐구한 시라 할 수 있다.

신경림의 시작(詩作)이 자기 존재에 대한 인식을 그린 첫 발표작 〈갈대〉(1956)에서 출발했다는 점을 떠올려 보면, 그의 시 정신이 실존주의에 토대를 두고 있음을 알 수 있다. 〈갈대〉에서 보여 준 자기 존재와 삶에 대한 고독과 불안의 의식은 〈목계장터〉 전반에 걸쳐 깔려 있는 정서이자 시상이다. 다만 〈목계장터〉는 여기에 민요적 전통을 끌어와 특유의 민중적 시각에서 자신의 내면에 천착하고 있다. 한마디로 이 시는 유랑으로 점철된 '길 위의 시인'이 겪은 삶의 경험을 토속적인 소재, 실존주의적 인생관과 서정적으로 융합한 시라 할 수 있을 것이다.

이곳은 유랑의 공간인가, 기억 속 삶의 터전인가

〈목계장터〉는 시인이 자기 존재와 정체성에 대한 고민을 본격적으로 드러낸 첫 번째 시이다. 〈갈대〉가 보편적이고 근원적인 존재론적 문제를 다루었다면, 〈목계장터〉는 방랑벽이 있는 시인이 유랑을 시작한 공간이자 기억 속에서는 여전히 삶의 터전인 '목계장터'를 배경으로 인생론적 진실을 사유한 작품이다. 신경림의 호(號) '목계(牧溪)'가 고향의 '목계장터'에서 따온 것임을 생각한다면 이 시의 소재인 '목계장터'는 시인의 정체성을 탐구하는 데 중요한 상징적 공간이라 할 수 있다. "나는 사람 사는 일을 이 목계장터의 이미지에 얹어 한 편의 시 속에 담으려고 시도해 본 일 있는데, 그것이 〈목계장터〉이다."(신경림, 1988: 193)라는 시인의 고백은 이를 이해하는 데 실마리가 된다. 그래서인지 이 시에서 화자는 시인이 유년기 때 집에서 장터로 가는 길목과 장터에서 보았을 유랑민이며, 이는 시에서 '방물장수'와 '떠돌이'로 표현된다. 시인은 존재적 근원인 '목계장터'에 뿌리를 내리지 못하는 자신을 한 곳에 정착하지 못하는 유랑민에 대입시켜 독백조로 시상을 풀어간다.

이 시에서 화자는 유랑민과 정착민으로서의 삶 사이에서 고뇌하고 있다. 이는 각각 '구름, 바람'과 '들꽃, 잔돌'의 대비를 통해 비유적으로 형상화되고 있다. 이러한 상반된 이미지의 대립은 독자가 화자의 내면적인 갈등에 공감하게 한다. '하늘, 땅, 산, 강'으로 환치된 자연은 시인을 둘러싸고 있는 현실이다. 이 세상과 우주는 시적 화자에게 때로는 떠날 것을, 때로는 남을 것을 명령한다. 그리고 이러한 시적 상황은 1970년대의 암울한 시대를 살아가며 삶의 소명에 대해 고민했을 시인의 상황에 투영된다. 그렇게 보면 이 시는 시인이 어지럽고 비참한 세속을 떠나 관망하는 삶을 살지, 아니면 부조리한 사회 현실을 바꾸기 위한 노력에 참여할지 선택의 기로 앞에서 망설이는 것으로 해석할 수 있다.

〈목계장터〉의 시상은 시적 진술의 반복과 변용을 통해 전개된다. 시의 전반부(1~7행)와 후반부(8~14행)는 반복적 대비 구조를 이루며, 마지막 두 행인 15행과 16행에 이르면 전반부의 진술("하늘은 날더러 구름이 되라 하고 / 땅은 날더러 바람이 되라 하네")과 후반부의 진술("산은 날더러 들꽃이 되라 하고 / 강은 날더러 잔돌이 되라 하네")이 "하늘은 날더러 바람이 되라 하고 / 산은 날더러 잔돌이 되라 하네"와 같이 교차적으로 조직되어 나타난다. 이러한 반복과 변용의 기법은 시대적 부름 앞에서 더 이상 유랑("잡초나 일깨우는 잔바람이 되라네")할 수도 없고, 그렇다고 운명을 거슬러 정착("물여울 모질거든 바위 뒤에 붙으라네")할 수도 없는 존재론적 갈등에 직면한 화자의 처지를 효과적으로 보여 준다.

또한 시인의 목소리는 민요조의 가락과 반복되는 통사 구문의 형식을 통해 보다 선명하게 전달된다. "하늘은 ∨ 날더러 ∨ 구름이 ∨ 되라 하고"나 "산서리 ∨ 맵차거든 ∨ 풀 속에 ∨ 얼굴 묻고"와 같이 4음보의 민요조를 연상시키는 주된 율격은 비애와 구슬픔을 자아낸다. 특히 2행, 4행, 7행, 9행, 11행, 14행, 16행에서는 '-라 하네'로 끝나는 행의 형식을 사용함으로써 세상과 우주의 명령이자 요청에 적극적이고 분명하게 임하지 못하는 시인의 태도를 보여 준다. 또한 이러한 민요조의 율격과 어미의 반복은 이 시에 민족적 정한과 민중의 정서를 부여하는 장치이기도 하다.

방랑자들이여, 어디로 가고 있는가

〈목계장터〉는 제목처럼 구체적인 장소, 즉 시인의 유랑을 상징하는 공간을 시적 대상으로 삼고 있다. 하지만 좀 더 깊게 들어가 보면 작품 속에서 시적 화자가 현재 발 딛고 서 있는 공간, 그리고 앞으로 머무를 공간은 반어적으로 '무장소성'을 지닌다. 아마도 시적 화자로 대변되는 시인과 시인이 정서적 동질감을 갖는 '민중'은 사회적, 경제적, 문화적으로 장소성을 상실한 존재들일 것이다. 그러나 〈목계장터〉가 당대 사회 현실의 모순과 부조리라는 시대적 문제의식을 토대로 하고는 있지만, 여타 민중시 계열의 작품들과 다르게 내면세계로 눈을 돌리고 있다는 점에 주목해 보면 다른 해석도 가능하다.

개인에게 소속감과 정체성을 부여하는 장소성은 곧 실존의 문제와 맞닿아 있다. 그래서 이 시가 지닌 '무장소성'은 실존주의적 사상으로 이어진다. 시인은 이 시를 통해 삶을 시작한 근원적 공간은 있으나 살아갈 공간을 상실한 시적 화자이자 자신에게 장소에 구애받지 않는 '주체적 존재성'을 요구하고 있는 것일 수 있다. 하지만 이 시의 끝부분에서 보듯 시적 화자인 시인은 자신의 비실존성을 인식하고 자각하기는 하지만, 주체적으로 존재한다는 실존의 의미를 성찰하는 데까지는 이르지 못하고 있다.

이런 맥락에서 신경림의 〈목계장터〉와 〈갈대〉는 닮아 있다. 〈목계장터〉가 〈갈대〉의 시세계 위에 민요적 전통을 얹어 특유의 '민중적 정서'를 담고 있다는 점이 다를 뿐, 〈갈대〉에서 보여 준 자기 존재에 대한 인식, 삶에 대한 고독과 불안 의식은 〈목계장터〉 텍스트 전반에 걸쳐 깔려 있는 정서이자 세계관이라고 할 수 있다.

삶이란 본질적으로 인간에게 끝없는 불안을 안겨 주며 이러한 연유로 시인은 인간 실존의 문제와 사회 현실의 문제를 넘나들며 이후 《길》(1990), 《뿔》(2002), 《낙타》(2008) 등의 시집을 통해 자기 내면 탐구의 작업을 꾸준히 이어

가고 있다. '실존주의는 휴머니즘'이라는 사르트르의 말을 떠올리면, 시인이 이 시에서 실존적 존재의 고뇌와 방황을 그려 낸 밑바탕에는 방랑자로 형상화된 우리 인간에 대한 휴머니즘의 정신이 깔려 있는 것이 아닐까 한다. | 오지혜

....

참고문헌

신경림(1988), 「남한강의 삶과 문학」, 『진실의 말, 자유의 말』, 문학세계사.
신경림(2004), 《신경림 시전집 1》, 창비.

벼

이성부

벼는 서로 어우러져
기대고 산다.
햇살 따가와질수록
깊이 익어 스스로를 아끼고
이웃들에게 저를 맡긴다.

서로가 서로의 몸을 묶어
더 튼튼해진 백성들을 보아라.
죄도 없이 죄지어서 더욱 불타는
마음들을 보아라. 벼가 춤출 때,
벼는 소리없이 떠나간다.

벼는 가을 하늘에도
서러운 눈 씻어 맑게 다스릴 줄 알고
바람 한 점에도
제 몸의 노여움을 덮는다.
저의 가슴도 더운 줄을 안다.

벼가 떠나가며 바치는

이 넓디 넓은 사랑,

쓰러지고 쓰러지고 다시 일어서서 드리는

이 피묻은 그리움,

이 넉넉한 힘…….

출처 《우리들의 양식》(1974)

이성부 李盛夫 (1942~2012)

전라남도 광주 출생. 시인이자 언론인으로, 초기에는 〈벼〉, 〈봄〉 등 민중의 슬픔과 염원을 형상화한 작품들을 다수 발표하였으며, 진보적 문인 단체인 자유실천문인협의회(한국작가회의의 전신)의 창립에 기여하였다. 광주민주화운동의 충격으로 다년간 절필하였으며, 이후 자기 성찰에 기반한 산행시 창작에 주력하였다.

┃ 함께 견디는 삶을 위한 노래

《우리들의 양식》은 1974년 발간된 이성부 시인의 두 번째 시집이다. 이 시집의 첫머리에 자리한 〈벼〉는 시집 전체가 전달하고자 하는 메시지를 함축하고 있는 작품으로 자주 언급된다. 예를 들어 고종석(2006: 80-81)은 《우리들의 양식》을 소개하는 글에 〈벼〉의 전문을 수록하고 "유창하게 표출된 어려운 사람들끼리의 연대와 투쟁의 다짐은 시집 전체에 출렁인다."고 서술한 바 있다. 이처럼 〈벼〉의 문학적 가치는 개별적 작품으로서보다는 해당 시집, 나아가 이성부의 시세계 전반을 아우르는 대표작으로서 설명되는 경우가 많다. 이는 〈벼〉가 형식적으로도, 내용적으로도 일정 수준 이상의 문학적 가치를 담보하고 있음을 전제한다.

먼저 형식적인 측면에 초점을 맞추어 보았을 때, 〈벼〉에서 도드라지는 것은 일종의 안정감이다. 앞서 고종석의 평에서도 언급된 것처럼 〈벼〉는 막힘없이 유창하게 읽히는데, 그 이유를 우선 시어의 선택과 시행의 배열에서 찾아볼 수 있다. 시인은 뜻풀이가 따로 필요하지 않을 만큼 이해하기 쉬운 단어들로 작품을 채웠다. 또한 4연 20행으로 구성된 이 시에서 각각의 연은 모두 균일하게 다섯 행으로 되어 있고, 지나치게 길지도 짧지도 않게 나누어진 행과 사이사이에 배치된 구두점들이 독자의 호흡을 적절하게 거든다. 의미 맥락에서 보면 2연 3~5행 "죄도 없이 죄지어서 더욱 불타는 / 마음들을 보아라. 벼가 춤출 때, / 벼는 소리없이 떠나간다."의 행 구분은 행간 걸침의 기교적인 느낌을 주지만, 이 역시 전후로 이어지는 리듬을 크게 해치는 것은 아니다.

내용적인 측면에서 〈벼〉는 '벼-농민-민중'으로 이어지는 익숙한 환유의 연쇄 속에서 특정한 삶의 태도를 형상화하고 있는데, 그 구체적인 양상은 다분히 윤리적인 것으로 보인다. 예컨대 '벼'의 술어로 쓰인 "서로 어우러져 / 기대고 산다.", "햇살 따가와질수록 / 깊이 익어 스스로를 아끼고", "가을 하늘에도 / 서러운 눈 씻어 맑게 다스릴 줄 알고" 등은 선량함, 인내, 공동체의 연대의식 등 전통적인 윤리의 덕목들을 실천하는 인간 삶의 단편적인 모습들을 묘사하고 있다. '벼'를 매개로 사회적 약자인 '농민-민중'과 몇 가지 윤리적 덕목을 긴밀하게 연결 지음으로써, 이 시는 민중의 이상적 이미지를 형상화한다. 김종철이 이 시집의 해설에서 "이성부에게 있어 시작의 근본 동기는 윤리적인 것"(김종철, 1974: 114)이라고 단언했던 것이나, 이성부의 초기 작품들이 민중시로서 논의되었던 것 역시 이 때문이다.

│ 민중시 〈벼〉의 내포와 외연

1970년대 이후의 한국 현대문학사를 서술하는 과정에서 '민중'이라는 개념의 위상을 정립하는 것은 피해갈 수 없는 과제이다. 민중이라는 집단적 주체를 역사적·사회적 발전의 동력으로 새롭게 설정하면서 민중에 대한, 그리고 민중에 의한 문학의 가능성들이 폭넓게 타진되었다. 그러나 이러한 관심이 오래 지속되지는 못했다. 1990년대 초반 현실사회주의의 몰락과 함께 민중과 민중문학에 대한 관심은 급격히 줄어들었다. "'민중문학'은 잊혀진 역사적 과거가 되었고, '민중문학'이라는 말 자체가 사어가 되다시피 했다."(천정환, 2011: 226)라는 한 연구자의 진술은, 소위 탈이념 시대에 가속화되어 가는 이러한 경향을 선언적으로 잘 보여 준다.

민중, 그리고 민중문학에 대한 논의가 급격히 사그라든 것은 앞서 언급한 외적 요인의 탓이 가장 컸겠지만, 내적으로 민중이라는 개념의 의미가 모호했던 것 또한 영향을 미쳤다. 민중 문학에서 민중이 문학 창작과 수용의 대상이 되어야 하는지(민중에 대한), 또는 주체가 되어야 하는지(민중에 의한)에 대해서도 명확한 합의점이 만들어지지 않은 채 "민중의 생활 감정에 뿌리박은 문학, 민중의 감정 및 사상을 집약·승화함에 기여하는 문학"(신경림, 1984: 34)이라는 식의 추상적이고 당위적인 문장들이 민중문학을 설명하는 데에 동원되는 경우가 많았다. 이것은 문인 또는 연구자가 속한 집단의 정파적 의도가 개입된 것이기도 하겠으나, 이에 앞서 민중이라는 개념 자체가 "학문적 필요에 의한 분석적 개념이라기보다 이념적 합의가 담긴 실천적 개념이라는 점, 그리고 구체적인 실천적 관심이 앞서고 이론화 작업이 뒤따랐다는 사정"(유재천, 1984)과 관련되었다 보는 것이 적절하다. 다른 많은 개념어들과 마찬가지로 민중이라는 개념은 그것이 사용되는 역사적인 맥락 속에서 그 의미를 달리하게 된다. 따라서 민중시라는 범주 안에서 〈벼〉를 해석하려면, 먼저 '민중'의 내포적 의미와 그 외연을 당대의 역사적 맥락 속에서 파악해 볼 필요가 있다.

한국 사회에서 1970년대는 일반적으로 산업화 시대로 정의된다. 1960년대부터 국가가 주도한 산업화 정책은 그 이면에 농촌 사회의 몰락이라는 현상을 감추고 있었다. 당시 국가는 산업화에 필수적인 저임금 노동력을 확보하기 위해 다양한 수단과 방법을 사용하여 이농·탈농을 유도하였다. 1963년부터 본격화된 잉여 농산물의 수입, 농산물 저가 정책은 농민들의 생활을 더욱 비참하게 만든 원인이었다. 농산물 저가 정책은 한편으로 도시 노동자의 저임금 정책을 지탱하기 위한 방편이기도 하였는데, 그로 인한 경제적 손실은 농촌 사회에 차곡차곡 축적되어 갔다. 이를 견디지 못하고 자의로 혹은 타의로 대도시를 향한 농민들 상당수는 저임금에 시달리는 도시 노동자나 빈민으로 전락하여 어려운 삶을 살아갔다(허상수, 1992: 282-283). 이러한 역사적 맥락을 고려하였을 때 "햇살 따가와질수록"이라는 한 행에는 수년, 혹은 수십 년에 걸쳐 집요하게 자행되었던 국가적 차원의 폭력이 농축되어 있음을 알 수 있다.

이를 이겨 내기 위한 농민들의 전략은 연대였다. "벼는 서로 어우러져 / 기대고 산다.", "이웃들에게 저를 맡긴다.", "서로가 서로의 몸을 묶어 / 더 튼튼해진 백성들을 보아라."와 같은 연대의 이미지는 시 전반부에 반복적으로 등장한다. 이는 1970년대 초반부터 다양하게 전개되었던 농민·민중 운동의 양상을 떠올리게 한다. 혼자서는 견딜 수 없었던 고통을 비슷한 이들과의 연대로 이겨 내려는 것이다. 그로 인해 이 땅의 수많은 벼들은 "서러운 눈 씻어 / 맑게 다스릴 줄 알고", "쓰러지고 쓰러지고 다시 일어서서 드리는" '인내'의 태도를 유지할 수 있게 된다. 작품 전반적으로 시행의 길이가 균일하게 유지되고 있는 가운데, 이 두 행만 길이가 유독 길다는 점에서 〈벼〉의 주제 의식이 '인내'에 방점을 찍고 있는 것은 아닌가 하는 인상을 받게 된다.

덧붙여 시상을 전개하는 과정에서 '햇빛, 가을 하늘, 바람' 등의 서정적 시어들이 이 시에서는 유독 외적 폭력과 억압의 상징으로 기능하고 있다는 점이 인상적이다. 이는 얼핏 보아 서정적으로 느껴질 수 있는 풍경에 사회적 함의를 담아내어 깊이를 확보하는 전략으로 유효하다. 시상을 마무리하는 마지막 연에서 폭력의 흔적이 감각적으로 드러나 있는 "피묻은"이 "그리움"이라는 정서를 수식하였을 때 느껴지는 위화감은, 앞서 언급한 의미의 깊이를 이해할 때 그럴듯한 것으로 받아들여질 수 있다.

바람이 불길이 될 수는 없었을까

그러나 이성부의 〈벼〉를 끝까지 읽은 후에는, 이 작품이 그리고 있는 민중의 상이 지나치게 온순하고 수동적이라는 인상을 지울 수 없다. 이를 긍정적으로 평가한다면 "벼로 표상되는 민중들의 삶을 분노라는 부정적 차원에서만 바라보지 않는다."(김흥규, 2005: 371)는 점에 가치를 부여할 수도 있겠으나, 정당한 분노까지 부정적인 것으로 간주하는 이러한 해석은 지나치게 체제 순응적인 태도로 귀결되는 것은 아닌가 하는 의문이 뒤따른다. "죄도 없이 죄지어서 더욱 불타는 / 마음들을 보아라."에서 짐작할 수 있듯, 이들의 분노는 죄 없는 사람에게 죄를 묻는, 혹은 죄를 지을 리 없던 사람이 죄를 짓게 만드는 사회구조에 대한 정당한 분노이다. 그러나 이 분노 또는 노여움은 "바람 한 점에도 / 제 몸의 노여움을 덮는다."라는 시행에서, 알 수 없는 까닭으로 맥없이 수그러들고 만다. 체제 순응적인 태도가 강조될 때, 고통받는 사람들에게 남는 길은 인내뿐이다. 이러한 '인내'가 민중의 입장에서 온전히 정당화될 수 있는 것인지 의문스럽다. 〈벼〉의 세계에서 민중에 대한 국가 폭력의 잔인성은 서정적인 풍경 속에 지워지고, 그 과정에서 민중들이 흘린 피는 작은 흔적으로만 증언한다. 햇빛은 고작 벼를 익힐 만큼만 따가울 뿐이고, 바람은 금세 다시 일어설 수 있을 정도로만 살랑대는 것에 불과하다. 이러한 '서정적' 가공이 당대의 폭압적인 현실을 민중의 입장에서 조명한 결과라 하기는 어려워 보인다.

1970년대 이후, 유신 정권에서 국가권력의 폭압은 더욱 거세졌고 민중운동 역시 그 강도를 더해 갔다. 민중운동이 온전한 승리를 거두지 못한 것 역시 사실이나, 또한 그 영향으로 보다 나은 사회가 가능해졌음을 부정하기는 어렵다. 이러한 역사적 맥락에서 '불타는' 민중의 노여움이 '바람'으로 인해 더 거세졌다는, 혹은 거세질 것이라는 전망을 담아 노래할 수는 없었을까. 물론 실제 시인의 행보를 보았을 때 이 안에 어떤 다른 의도가 있었을 것이라 보는 것은 지나치다. 이는 순수하게, 보다 나은 세상을 바라보고자 하였던 시인의 선한 의지에서 비롯된 결과라 보는 것이 타당하다. 광주민주화운동의 충격 이후 더 이상 세상을 선한 눈으로만 바라볼 수 없게 된 시인이 절필하게 된 것은, 그리고 그 이후에 반성과 성찰의 산행 시편으로 시단에 복귀하게 된 것은 어쩌면 자연스러운 일이었는지도 모른다.

| 이종원

참고문헌

고종석(2006), 『모국어의 속살』, 마음산책.
김종철(1974), 〈이성부의 시세계〉, 이성부, 《우리들의 양식》, 민음사.
김흥규(2005), 『한국 현대시를 찾아서』, 푸른나무.
신경림(1984), 「문학과 민중」, 성민엽 편, 『민중문학론』, 문학과지성사.
유재천(1984), 『민중』, 문학과지성사.
이성부(1974), 《우리들의 양식》, 민음사.
천정환(2011), 「서발턴은 쓸 수 있는가: 1970~1980년대 민중의 자기재현과 "민중문학"의 재평가를 위한 일고」, 『민족문학사연구』 47, 민족문학사학회·민족문학사연구소, 224-254.
허상수(1992), 「사회 계급 구조의 변화와 민족 민주 운동」, 박현채 편, 『청년을 위한 한국 현대사』, 소나무.
홍성식(2008), 「1980년대 민족·민중문학 논쟁 연구」, 『새국어교육』 78, 한국국어교육학회, 465-486.

타는 목마름으로

김지하

신새벽 뒷골목에
네 이름을 쓴다 민주주의여
내 머리는 너를 잊은 지 오래
내 발길은 너를 잊은 지 너무도 너무도 오래
오직 한가닥 있어
타는 가슴 속 목마름의 기억이
네 이름을 남 몰래 쓴다 민주주의여

아직 동 트지 않은 뒷골목의 어딘가
발자욱소리 호르락소리 문 두드리는 소리
외마디 길고 긴 누군가의 비명소리
신음소리 통곡소리 탄식소리 그 속에 내 가슴팍 속에
깊이깊이 새겨지는 네 이름 위에
네 이름의 외로운 눈부심 위에
살아오는 삶의 아픔
살아오는 저 푸르른 자유의 추억
되살아오는 끌려가던 벗들의 피묻은 얼굴

떨리는 손 떨리는 가슴
떨리는 치떨리는 노여움으로 나무판자에
백묵으로 서툰 솜씨로
쓴다.

숨죽여 흐느끼며
네 이름을 남 몰래 쓴다.
타는 목마름으로
타는 목마름으로
민주주의여 만세

출처 · 첫 발표 《타는 목마름으로》(1982)

김지하 金芝河 (1941 ~)
1969년 〈황톳길〉로 등단하였고 1970년 담시 〈오적〉, 1975년 〈타는 목마름으로〉 등을 발표하면서 독재정권에 저항하는 문인의 상징이 되었다. 민청학련 사건으로 사형 선고를 받고 투옥 중에 '생명사상'에 이끌려, 이후에는 이에 근거한 작품 활동을 이어 나갔다.

목마른 사슴이 우물을 찾듯이

1980~1990년대까지만 해도 버스나 지하철을 타고 가다 보면, 낯선 사람들 앞에서 온정의 손길을 요청하는 이들이 있었다. 처음 보는 사람들에게 도움을 부탁하는 것이 쉬운 일은 아니었을 것이다. 그 어려운 일을 시작하는 순간, 그들은 마치 어디서 단체로 교육이라도 받은 듯 똑같은 말을 꺼내어 놓곤 했다. "목마른 사슴이 우물을 찾듯이." 아마 그만치 간절하고 절박하다는 의미를 담은 비유일 텐데, 곰곰이 생각해 보아도 어디서 유래한 말인지 가늠하기 어렵다. 이 말

은 언제부터 어떻게 쓰이게 된 것일까.

성경 시편 42장 1절에서 이와 유사한 표현을 찾아볼 수 있다. "하나님이여 사슴이 시냇물을 찾기에 갈급함 같이 내 영혼이 주를 찾기에 갈급하니이다." '시냇물'과 '우물'의 차이는 있지만, 그 의미와 맥락을 살펴보면 같은 말이라 하기에 부족함이 없다. 한때 이 말에는 세상의 다른 어떤 것으로도 대체될 수 없는, 절대자를 향한 간구가 담겨 있었던 것이다. 여기서 갈급함, 곧 '목마름'은 단순히 물을 먹고 싶다는 일상적인 욕구 이상의 절실함을 품고 있다. 물 없이 살아갈 수 있는 생명은 없다. 이러한 사실을 앞세운다면 '목마름'은 곧 삶과 죽음의 경계를 가르는 조건으로 의미화될 수 있다. 간단히 말해 시냇물을 찾으면 사슴은 살고, 찾지 못하면 죽는 것이다. 그러한 정도의 절박함만이 '목마름'이라는 익숙한 표현에 생명력을 불어넣을 수 있다.

김지하의 〈타는 목마름으로〉 역시 이러한 절박함에 닿아 있는 작품이다. '목마름'을 제목에 넣는 것만으로는 모자라 '타는'이라는 수식을 덧붙였다. 물기가 없어 바싹 마른 목마름. 물 한 방울이 절실한 극한의 상황을 가정하였을 때 이 시의 '목마름'은 생명력을 얻고, 다른 시어들도 덩달아 힘을 얻는다. 이 시의 시어들은 단순하다. 절박한 이에게 군말이 있을 수 있겠는가. 절박한 이는 에둘러 말하지 않는다. 바라는 것은 오직 '너', '민주주의'뿐이다.

단순한 말들을 반복하여 직접적으로 전달하기 때문에 이 시에는 수수께끼라 할 만한 것이 적다. 오히려 대부분의 시어는 해석이 굳이 필요할까 싶을 만큼 일상적인 언어에 가깝다. "외로운 눈부심" 정도가 나름 멋을 부린 표현이라 할 수 있겠으나 '외로운 황홀한'(정지용, 〈유리창 1〉)과 견주었을 때 느껴지는 문학사적 기시감에서 벗어나기 어려운 까닭에, 어떤 면에서는 "타는 목마름"이라는 표현보다도 진부하다. 그럼에도 불구하고 이 시가 시일 수 있는 까닭은 각 시어가 지닌 의미의 강도와 밀도, 그 안에 농축되어 있는 삶의 무게 등에 있다. 이를 이해하기 위해서는 표면적으로라도 김지하의 삶을, 그리고 1970~1980년대 한국 사회의 주요한 장면들을 시의 문면에 겹쳐 보아야 한다.

내가 미쳤든지, 세월이 미쳤든지

시인 김지하가 본격적으로 세상에 알려지게 된 것은 29세의 나이로 《사상계》 1970년 5월호에 담시 〈오적〉을 발표하면서부터였다. 재벌, 국회의원, 고급 공무원, 장성, 장·차관 등을 다섯 '도둑'이라 싸잡아 '오적'이었다. '오적'이라는 말을 '을사오적'에서 따온 것은 여러모로 분명했고, 세상은 발칵 뒤집혔다. 시인은 물론 이 시를 실어 준 《사상계》의 편집진이 줄줄이 감옥으로 끌려갔으며, 《사상계》는 1970년 9월, 반공법 위반으로 폐간되었다.

김지하는 곧 풀려났으나 자신의 신념을 굽히진 않았다. 그는 〈오적〉에서 선보인 특유의 문체를 휘둘러 권력자들을 신랄하게 비판하는 작품들을 연달아 발표하였다. 이를 두고 볼 일이 아니라고 판단한 정권은 긴급조치 위반, 국가보안법 위반, 내란선동 등을 명목으로 김지하를 다시 잡아 가두었으며, 1974년 7월 9일 군사법정에서 그에게 법정 최고형인 사형을 선고하였다. 이 과정에서 정권이 간과했던 것은, 무리한 탄압이 국경을 넘어 널리 알려지면서 한 젊은 시인이 저항문학의 세계적 상징으로 자리 잡게 되었다는 점이다. 시몬 드 보부아르(Simone de Beauvoir), 위르겐 하버마스(Jürgen Habermas), 수전 손태그(Susan Sontag), 에이브럼 놈 촘스키(Avram Noam Chomsky), 장 폴 사르트르(Jean-Paul Sartre)를 비롯하여 수많은 지식인들이 김지하를 살리기 위한 탄원서에 기꺼이 이름을 빌려주었다. 결국 1975년 2월 15일, 김지하는 형 집행정지로 풀려나게 되었다. 소위 '국민 총화'를 명분으로 일괄 석방의 형식을 취한 것인데, 사형을 선고해야만 했던 중범죄자를 애써 잡아 가둔 지 10개월도 채 되지 않아 방면한 꼴이니 그 모습이 옹색하기 짝이 없었다. 김지하는 교도소 앞에 모인 기자들에게 다음과 같은 말을 남겼다. "내가 미쳤든지, 세월이 미쳤든지, 둘 다 미쳤든지 하여간 알 수 없다. 사형에 무기징역을 선고하고 10개월 만에 석방하는 건 미쳤다고밖에 볼 수 없다. 누군가? 미친 쪽은. 이제부터 서서히 어둠 속에 갇혔던 잔혹한 사실들이 모두 다 터져 나올 것이다. 그 터져 나오는 순서에 따라 현 정권도 서서히 붕괴해 가기 시작할 것이다."(허문명, 2013: 330) 그러나 김지하가 자신 있게 예언하였던 정권의 붕괴는 1980년이 다 되어서야 이루어졌고, 김지하는 석방된 지 채 한 달이 안 되어 다시 수감되었으며, 1970년대의 남은 모든 시간을 온전히 감옥 안에서 보내야만 했다.

〈타는 목마름으로〉는 1970년대 초반에 쓰였고 사람들 사이에서 암암리에 퍼져 나갔다. 김지하는 회고록에서 이 작품의 창작 맥락을 다음과 같이 설명하였다. 1972년 10월 17일 유신헌법이 기습적으로 통과된 직후, 김지하는 신변의 위협을 느끼고 원주로 도피하려던 중이었다. 남들의 눈을 피해 새벽 골목길에 들어서는데 갑자기 누군가가 커다랗게 남겨 놓은 "민주주의 만세"라는 글자가 눈에 들어와 박혔다. "어젯밤 한 작은 밤길의 곁에 있는 벽에 분필로 휘갈겨 쓴 낙서 한 구절이 기억에 생생하게 눈앞을 떠나지 않았다. 그리 신통한 내용도 아닌 그 낙서가 아직까지 잊히지 않는, 한 사회의 길고 긴 비명소리라는 것을 깨닫고 있었다."(김지하, 2003: 246) 그때 그는 시인의 예민한 감각으로 "민주주의 만세"라는 외침에 겹쳐진 다양한 소리들을 함께 들었던 것 같다. 독자들 역시 2연에서 몇 행에 걸쳐 길게 이어지는 "발자욱소리 호르락소리 문 두드리는 소리 / 외마디 길고 긴 누군가의 비명소리 / 신음소리 통곡소리 탄식소리" 등을 연이어 읽어 가다 보면 어느새 그가 기록해 놓은 당시의 체험 한가운데 자리하게 된다. 이 소리로부터 생생하게 떠오르는 몇 개의 장면들이 독자의 머릿속에서 꼬리를 물고 이어지면서, 시대의 고통을 증언하는 '이야기'가 만들어진다. 도망치고, 쫓기고, 잡히고, 끌려가고, 피 흘리며 고통 받는 사람들의 모습들이 마치 영상매체의 화면처럼 재생된다. 그 모습은 아마도 김지하 자신이 겪었던 일들과 크게 다르지 않을 것이다. "그리 신통한 내용도 아닌 그 낙서"를 도무지 잊을 수 없어 끝끝내 시로 써야만 했던 까닭은, 그 투박하고 짤막한 문구가 당시 자신의 상황과 신념을 온전히 드러내는 것이었기 때문이다.

타는 목마름으로, '쓰기'

여러 사람들이 지적하였던 것처럼 이 시의 핵심은 "쓴다"라는 실천적 행위에 담긴 "문자적 상상력"(이강하, 2018: 164)에 있다. "쓴다"는 이 작품에서 종결 서술어로 사용된 유일한 어휘로, 작품에 담긴 다른 표현들이 모두 이 행위를 구체화하는 것으로 기능하고 있다는 점에서 특별한 위상에 놓인다. "기억 속에 막연하게 남아 있던 민주주의는 그것을 가시적인 물질의 형태로 만드는 '쓰기'의 행위를 통해 비로소 그 이름이 거느리고 있던 고통, 기억, 이미지를 시적 주체에게 생생하게 소환시켜 준다."(강민규, 2017: 276) 이처럼 기능적 측면에 초점을 맞추어 보았을 때, '쓰기'는 추상적 가치를 물질적 형상으로 전환하는 수단이자 과거를 현재화하는 수단으로 의미화될 수 있다.

"쓴다"의 의미를 이해하는 과정에서 그 기능 외에 또 하나 살펴야 할 것은 작품의 문면에 드러나 있는 '쓰기'의 이면에 과거의 또 다른 '쓰기'가 자리 잡고 있다는 점이다. '쓰기'를 매개로 과거의 행위 주체, 즉 "민주주의 만세"를 쓴 누군가가 소환되어 현재의 행위 주체, 즉 〈타는 목마름으로〉를 쓰는 시인과 관계 맺는다. 이렇듯 서로 다른 주체의 '쓰는' 행위를 중첩시켜 제시함으로써 이 작품은 의미의 깊이를 확보한다. 〈타는 목마름으로〉에서 "쓴다"라는 행위가 과거와 현재를 폭넓게 아우르며 의미화될 수 있는 까닭은 이들의 행위가 '민주주의'라는 신념과 지향을 공유하면서 이어지고 있기 때문이다. 이와 같은 맥락에서 〈타는 목마름으로〉의 '쓰기'는 '민주주의'의 도래를 목적으로 하는 실천 행위이자 공동체적 가치를 강하게 함축하는 것으로 이해될 수 있다.

이상의 내용을 고려하였을 때, 〈타는 목마름으로〉를 읽은 후에 독자의 의식 속에 떠오르는 시적 주체는 개별적이고 개인적인 주체가 아니라, 관계적이고 집단적인 주체'들'임을 알 수 있다. 이 점에서 〈타는 목마름으로〉는 개인의 정서가 아니라 집단의 정서를 형상화한 것이며, 앞선 존재의 정서에 공명함으로써 보다 강렬하게 고조되어 가는 정서를 끌어내려 한 것이라 볼 수 있다. "잊은

지 오래 (…) 잊은 지 너무도 너무도 오래", "살아오는 (…) 살아오는 (…) 되살아오는", "떨리는 (…) 떨리는 (…) 치떨리는" 등 작품의 곳곳에 자리 잡고 있는 반복과 점층의 표현 역시 이러한 관점에서 이해된다.

〈타는 목마름으로〉의 시적 주체가 개인이 아니라 집단이어야 했던 것은 민주주의의 실현을 지연시키고 있는 권력이, 어느 한 개인으로서는 도무지 감당할 수 없는 거대한 억압으로 현존하고 있었기 때문이다. 이러한 억압에 굴복하지 않기 위해서 개인들은 잊지 않아야만 했고, 잊지 않기 위해서 남몰래 쓰고, 숨죽여 다시 써야 했다. 작품 내에서 선명하게 확인되었던 반복과 점층의 의미 구조는 작품 밖 세계에서 다른 양상으로 확산되었다. 1980년대 초, 당시 대학생이었던 이성현이 이 시에 곡을 붙여 동명의 노래가 만들어졌다. 이 노래를 김광석이, 안치환이, 노무현이, 이름이 미처 알려지지 않은 수많은 사람들이 지하 골방에서, 술집에서, 거리에서 저마다의 노여움과 흐느낌을 담아 이어 부르며 아직 오지 않은 민주주의의 온전한 실현을 꿈꿨다. 이런 의미에서 〈타는 목마름으로〉를 읽고, 쓰고, 노래하는 것은 "민주주의 만세"라는 투박하고 짤막한 문구를 오랜 시간 이어 써 왔던 많은 사람들의 염원에 동참하는 것으로서의 의미를 지닌다.

│ 〈자유〉와 〈타는 목마름으로〉

〈타는 목마름으로〉를 논할 때 표절의 문제를 비켜 갈 수는 없다. 이 시가 폴 엘뤼아르(Paul Éluard)의 〈자유(Liberté)〉를 표절한 것이라는 지적이 여러 차례 있었으며, 아예 '대놓고 베낀 것'이라고까지 폄하하는 사람들도 있었기 때문이다. "국민학교 시절 노트 위에 / 나의 책상과 나무 위에 / 모래 위에 눈 위에 / 나는 너의 이름을 쓴다"로 이어지는 첫 부분과 "그 한마디 말의 힘으로 / 나는 내 삶을 다시 시작한다. / 나는 태어났다 너를 알기 위해서 / 너의 이름을 부르기 위해서 / 자유여."로 끝맺는 마지막 부분만을 살펴보아도, 〈타는 목마름으로〉의 시행들이 자연스럽게 연상되는 것을 부인하기는 어렵다(Éluard, 1994/2002: 36-47). 표절 추문이 문단을 휩쓸던 2015년 6월, "그 시가 폴 엘뤼아르의 시 〈자유〉를 표절했다고 생각했던 사람들도 민주화의 대의를 위해 입을 다물었다."(황현산, 2018: 131)라는 문학평론가 황현산의 자기반성적 진술은, 그 자신뿐만 아니라 이 시의 수많은 독자들을 일순간에 파렴치한 표절 행위의 '공범'으로 전락시켰다.

이에 대해 시인 이시영은 〈자유〉에서 '시적 착상'을 빌린 것은 분명하나, 〈타는 목마름으로〉는 '전혀 다른' 시적 성취를 이룬 작품이라 주장하며 강하게 반발하였다. 실제로 이 두 편의 작품을 나란히 놓고 보았을 때 적지 않은 차이가 확인된다. 아이러니하게도 이 차이, 즉 〈타는 목마름으로〉의 시적 성취에 대해 알기 쉽게 설명한 이는 이시영이 아니라 황현산이다. "엘뤼아르의 〈자유〉가 길고 반복적인 성찰로 자유를 내면화하는 데 비해 민주주의를 절규하는 목소리로 '호소'하는 김지하의 〈타는 목마름으로〉는 그 감동이 그만큼 더 직접적이기에 더 훌륭한 시로 여겨지기도 했으며, 그것이 표절을 말하려는 사람들의 입을 다물게 만들기도 하였다."(황현산, 2018: 131)라는 것이다. 이렇게 볼 경우, 〈타는 목마름으로〉의 시적 성취는 '절규', '호소', '직접적' 등에서 찾아야 하며, 이는 앞서 언급한 강도와 밀도, 그리고 삶의 무게의 문제와 멀리 있지 않다.

얼핏 상반되는 주장처럼 보이지만 이 가운데 어느 하나만이 온전한 진실이고, 다른 하나는 온전한 거짓이라 결론 내리는 것은 적절치 않아 보인다. 표절이라 주장하는 쪽도 〈타는 목마름으로〉의 문학적 가치를 모두 부정하지 않고, 표절이 아니라 주장하는 쪽도 〈자유〉에서 '시적 착상'을 빌려 온 것을 완전히 부정하지 않기에 그러하다. 어떤 면에서 이들의 인식은 상당 부분 근접해 있으며, 어느 것에 보다 높은 가치를 부여할 것인지에 대해서만 의견이 나뉘고 있는 것처럼 보인다. 이렇게 본다면 〈타는 목마름으로〉와 관련한 표절의 문제는 사실 판단보다는 가치 판단에 가까운 것처럼 느껴진다. 그리고 이 가치 판단은 민주주의에 대한, 민주주의의 실현 여부에 대한 개개인의 생각과도 긴밀하게 연동되어 있을 것이다.

| 이종원

....

참고문헌

강민규(2017),「현실 참여 시 교육 연구 시론(試論): 현실 대응 발화의 구성적 이해를 중심으로」,『새 국어교육』112, 한국국어교육학회, 245-287.

김지하(1982),《타는 목마름으로》, 창작과비평사.

김지하(2003),『흰 그늘의 길』2, 학고재.

이강하(2018),「김지하의 시〈타는 목마름으로〉에 나타난 "쓴다"의 의미: 시 장르의 문자적 상상력의 관점에서」,『비평문학』68, 한국비평문학회, 162-188.

허문명(2013),『김지하와 그의 시대』, 블루엘리펀트.

황현산(2018),『황현산의 사소한 부탁』, 난다.

Éluard, P. (2002),『이곳에 살기 위하여』, 오생근 역, 민음사(원서출판 1994).

누군가의, 그러나 누구나의 실존적 고독

월훈

박용래

첩첩산중에도 없는 마을이 여긴 있습니다. 잎 진 사잇길 저 모랫둑, 그 너머 강기슭에서도 보이진 않습니다. 허방다리 들어내면 보이는 마을.

갱坑 속 같은 마을. 꼴깍, 해가, 노루꼬리 해가 지면 집집마다 봉당에 불을 켜지요. 콩깍지, 콩깍지처럼 후미진 외딴집, 외딴집에도 불빛은 앉아 이슥토록 창문은 모과木瓜빛입니다.

기인 밤입니다. 외딴집 노인老人은 홀로 잠이 깨어 출출한 나머지 무우를 깎기도 하고 고구마를 깎다, 문득 바람도 없는데 시나브로 풀려 풀려 내리는 짚단, 짚오라기의 설레임을 듣습니다. 귀를 모으고 듣지요. 후루룩 후루룩 처마깃에 나래 묻는 이름 모를 새, 새들의 온기溫氣를 생각합니다. 숨을 죽이고 생각하지요.

참 오래오래, 노인老人의 자리맡에 발은 기침 소리도 없을 양이면 벽 속에서 겨울 귀뚜라미는 울지요. 떼를 지어 웁니다, 벽이 무너지라고 웁니다.

어느덧 밖에는 눈발이라도 치는지, 펄펄 함박눈이라도 흩날리는지, 창호지 문살에 돋는 월훈月暈.

출처 《먼 바다》(1991) **첫 발표** 《문학사상》(1976. 3)

박용래 朴龍來 (1925~1980)

충청남도 논산 출생. 1955년 박두진의 추천으로 월간 《현대문학》에 〈가을의 노래〉 외 2편의 작품을 발표하며 등단하였다. 한국적인 자연과 토속적인 정취, 한의 정서와 리듬을 지닌 향토적 서정 시인으로 잘 알려져 있으며, 집중과 절제를 통한 섬세한 언어 조율을 바탕으로 그만의 언어 미학을 성취한 시인으로 평가되고 있다. 24년의 활동 기간 동안 170여 편의 시를 남겼다. 《싸락눈》(1969), 《강아지풀》(1975), 《백발의 꽃대궁》(1979)을 출간하였으며, 1984년에 유고시집 《먼 바다》가 발간되었다.

누군가가 조곤조곤 들려주는 것 같은 이야기

박용래 시인이 짧고 간결한 시들을 주로 쓴 것을 고려하면 〈월훈〉은 그의 시편들 중 드물게 산문시에 해당한다. 특히 이 시에서는 문장의 종결 부분이 '있습니다, 않습니다, 켜지요, 빛입니다, 듣습니다, 생각하지요, 웁니다'처럼 구어체와 경어체로 되어 있는 점이 눈에 띈다. 이러한 문체는 이 시가 누군가에게 이야기를 들려주는 듯한 느낌을 준다. 시적 청자가 구체적으로 드러나지는 않지만, 시적 화자는 이야기를 들을 누군가를 전제하고 발화한다. 이는 옛날이야기를 들려주던 이야기꾼의 모습을 떠올리게 한다. "첩첩산중에도 없는 마을이 여긴 있습니다."에서 청자의 호기심을 잡아끄는 대목은 '여긴'이다. 더군다나 '여긴'은 "허방다리 들어내면 보이는" "갱 속 같은 마을"로, 이상한 나라의 앨리스가 빠져 들어간 곳 같은 구멍 속 상상의 마을이 아닌가.

일단 첫 문장으로 독자의 흥미를 끄는 데 성공한 화자는 시어 혹은 문장의 적절한 반복을 통해 청자의 관심을 효과적으로 유지시키고 있다. "해가, 노루꼬리 해가", "콩깍지, 콩깍지처럼 후미진 외딴집, 외딴집에도 불빛은 앉아", "풀려 풀려 내리는 짚단, 짚오라기의", "이름 모를 새, 새들의 온기를 생각합니다. 숨을 죽이고 생각하지요.", "귀뚜라미는 울지요. 떼를 지어 웁니다, 벽이 무너지라고 웁니다." 같은 표현들이 그러하다. 화자는 시어를 그대로 반복하거나 보충 또는 변형을 통해 반복함으로써 산문적 진술에 리듬감을 효과적으로 부여하고 있다. 동시에 이러한 반복은 이야기꾼으로서의 화자가 청자를 의식하여 보충하거나 강조하는 것으로도 볼 수 있다. 반복은 이야기꾼이 화제나 소재에 대한 청자의 관심을 지속적으로 환기하면서 내용에 효과적으로 집중하도록 유도하는 구술적 장치이기도 하기 때문이다. 그렇기에 이 시에서 반복되는 시어나 문장은 마치 시적 화자가 눈앞에서 이야기를 구연하고 있는 듯한 생생한 현장감을 느끼게 해 준다. 또한 반복이 이루어지는 부분에서 지속적으로 쉼표가 사용되는 것에도 주목할 필요가 있다. 시를 낭송해 보면 쉼표가 있는 부분에서 의도적으로 휴지를 두게 된다. 밑줄로 표시한 부분에 유의하여 다음 행을 소리 내어 읽고 비교해 보라.

갱 속 같은 마을. 꼴깍, <u>해가</u>, 노루꼬리 해가 지면 집집마다 봉당에 불을 켜지요. 콩깍지, 콩깍지처럼 후미진 <u>외딴집</u>, 외딴집에도 불빛은 앉아 이슥토록 창문은 모과빛입니다.

갱 속 같은 마을. 꼴깍, <u>노루꼬리 해가</u> 지면 집집마다 봉당을 켜지요. <u>콩깍지처럼</u> 후미진 <u>외딴집에도</u> 불빛은 앉아 이슥토록 창문은 모과빛입니다.

쉼표가 있는 곳에서 휴지(休止)를 두고 반복함으로써 해당 화제에 대한 관심이 환기됨을 알 수 있다. 즉, 이 시는 다양한 반복 기법을 통해 화자가 들려주는 이야기 내용에 청자가 더 집중하게 하는 효과를 구현하고 있다.

▎실존적 고독과 마주하다

이 시의 화자는 한 노인의 모습을 관찰자적 시선과 담담한 어조로 묘사하여 전달하고 있다. 특히 현재형 어미를 사용하여 마치 카메라의 시선으로 노인의 모습을 실시간으로 보고 있는 듯한 느낌을 준다. 처음에는 원경으로 마을을 잡았다가, 해가 지고 밤이 되면 줌을 당겨서 외딴집 노인의 모습을 클로즈업하는 것이다.

'기인 밤'에 "외딴집 노인은 홀로 잠이 깨어 출출"하다. 그래서 출출함을 달래기 위해 홀로 "무를 깎기도 하고 고구마를 깎"기도 한다. 그런데 이어지는 노인의 행동이 우리의 시선을 잡아끈다. "시나브로 풀려 풀려 내리는 짚단, 짚오라기의 설레임"을 "귀를 모으고 듣"고 있을 뿐만 아니라, "후루룩 후루룩 처마 깃에 나래 묻는 이름 모를 새, 새들의 온기"를 "숨을 죽이고 생각하"는 것이다. 여기서 우리가 주목해야 할 것은 노인의 온 감각이 향하고 있는 대상과, 그것을 대하는 노인의 태도이다. 노인은 단순히 흘러내리는 지푸라기의 소리를 듣는 것이 아니라 지푸라기의 '설레임'을 귀를 모아 들으며, 처마 깃의 새들을 생각하는 것이 아니라 새들의 '온기'를 숨죽이고 생각한다.

섬세한 듯 간결한 이 시행의 행간에는 얼마나 깊고 다양한 의미들과 파토스가 숨어 있는 것일까. 설렘과 온기는 생명의 '살아 있음'을 증명하는 마음과 몸의 상태이다. 눈에 띄지 않고 깊이 숨어 있는 마을, 그 마을에서도 외딴집에 사는 노인. 이때 노인은 깊어 가는 실존적 고독과 마주 선 한 인간이며, 그 고독을 타개하는 방법이 '설레임'과 '온기'라는 것을 알고 있다. 그러므로 그 설렘과 온기를 대하는 노인의 태도는 경건한 집중 같은 것일 수밖에 없다. 즉, '귀를 모으고' 혼신의 힘을 다해 설렘을 듣는 것, '숨을 죽이고' 집중하여 온기를 생각하는 것이 노인이 현재 마주한 고독을 타개할 수 있는 유일한 방법이다. 여기서 노인의 듣는 행위와 숨을 죽이는 행위는 독자로 하여금 인간의 근원적 고독과 그리움에 대해 숙고하게 하며, 나아가 삶의 실존적 조건을 탐색하고 사유하게 한다.

노인에게는 결국 "자리맡에 밭은 기침 소리도 없"어지는 상황, 곧 임종을 맞이하는 순간이 올 것이다. 비록 그 임종을 "겨울 귀뚜라미"가 '떼를 지어', '벽이 무너지라고' 울며 지킬 테지만, 창호지 문살에 돋는 '월훈'을 배경으로 우리는 이를 슬프지만 담담하게 받아들여야 하는 것이다. 그것이 노인만의 실존적 고독은 아닐 것이므로.

┃ 신비롭고 아름답지만 슬픈 이야기

이 시에서 다루고 있는 이야기는 비현실적이다. 우선 현실에 존재하지 않는 마을이라는 점에서 그러하다. "첩첩산중에도 없는 마을"이라는 표현은 첩첩산중까지 다 뒤져도 찾기 어려운, 인간이 지각할 수 있는 세계에 존재하지 않는 어떤 공간임을 암시한다. 그 마을은 "잎 진 사잇길, 저 모랫둑, 그 너머 강기슭에서도 보이진 않"으며 "허방다리 들어내면 보이는 마을"이다. 허방다리는 짐승 따위를 잡기 위해 땅을 파고 그 위에 약한 나뭇가지들을 올려 위장한 구덩이를 의미한다. 이 함정 같은 구덩이를 들어내야 보이는 마을이라니. 그러니 "갱 속 같은 마을"일 수밖에 없다. 화자는 이러한 가상의 공간을 배경으로, 그곳에 사는 한 노인에 대한 이야기를 들려준다.

화자의 관심과 시선은 실재하지 않는 마을, 허방다리 들어내면 보이는 이 꼭꼭 숨어 있는 마을 안에서도 또 '콩깍지처럼 후미진 외딴집'에 사는 고독한 '노인'에게 머물러 있다. 물론 이 노인이 삶을 대하는 자세는 삶의 철리를 깨달은 시인의 겸손한 자화상 같은 아우라를 풍기기도 한다. 그런 점에서 이 "외딴집에도 불빛은 앉아 이슥토록 창문은 모과빛"이어서 참 다행이다. 모과빛이 만들어내는 따스한 분위기와 정조로 인해, 노인이 맞이할 지상에서의 최후의 순간이 슬플지언정 비극으로는 달려가지 않을 것이라 독자는 안도할 수 있게 되기 때문이다.

이는 '월훈'이라는 이 시의 제목과도 유기적으로 어우러진다. '월훈'은 달 언저리에 둥그렇게 생기는 구름 같은 허연 테를 가리키는 것으로, 모과빛과 절묘하게 어우러져 환상적이면서도 따뜻한 분위기를 지속적으로 환기하고 있다. 하지만 "어느덧 밖에는 눈발이라도 치는지, 펄펄 함박눈이라도 흩날리는지"라는 표현을 고려해 보면 사실상 월훈은 자연의 이치로는 불가능하다. 눈이 내리는 하늘에 달이 보이겠는가. 그러므로 이 시는 슬프고 아름다우면서도 신비로워서, 인간의 실존적 삶의 조건이라는 지극히 현실적인 문제에 대한 깊은 정서적 울림을 동반한다.

여기서 박용래의 시세계의 핵심을 생각해 보게 된다. 시인은, 보통 사람들이 일말의 관심조차 두지 않는 변방의 작고 외롭고 소슬한 존재들을 향해 지속적으로 관심을 가졌고, 그 지극히 작고 소소한 존재들 속에서 보편을 확보한 깊은 서정적 울림을 길어 올렸다. 다시 말해 그의 고유한 서정은 존재하지만 보이지 않는 것들, 정확히는 우리 주변에 존재하지만 우리가 보지 않거나 보지 못하는 것들에 대한 관심으로부터 비롯된 것이다. "자신을 비우는, 대상과의 일체화 또는 대상이나 정서적 실재에의 집중이야말로 박용래가 궁극까지 밀고 나가려 했던 서정시의 구체화 방법"(최동호, 1991)이라는 점을 이 시에서도 확인할 수 있다.

| 정정순

....
참고문헌

박용래(1991),《먼 바다》, 창작과비평사.
최동호(1991),「한국적 서정의 좁힘과 비움」,『평정의 시학을 위하여』, 민음사.

저문 강에 삽을 씻고

정희성

흐르는 것이 물뿐이랴
우리가 저와 같아서
강변에 나가 삽을 씻으며
거기 슬픔도 퍼다 버린다
일이 끝나 저물어
스스로 깊어가는 강을 보며
쭈그려 앉아 담배나 피우고
나는 돌아갈 뿐이다
삽자루에 맡긴 한 생애가
이렇게 저물고, 저물어서
샛강바닥 썩은 물에
달이 뜨는구나
우리가 저와 같아서
흐르는 물에 삽을 씻고
먹을 것 없는 사람들의 마을로
다시 어두워 돌아가야 한다

출처 《저문 강에 삽을 씻고》(1978) **첫 발표** 《문학사상》(1978. 2)

정희성 鄭喜成 (1945 ~)

경상남도 창원 출생. 서울대학교 국문과를 졸업하고 군복무 중이던 1970년 『동아일보』 신춘문예에
시 〈변신〉이 당선되어 등단하였다. 1972년부터 2007년까지 35년간 숭문고 교사로 재직하면서 《답
청》(1974), 《저문 강에 삽을 씻고》(1978) 등 네 권의 시집을, 퇴임 후에는 《돌아다보면 문득》(2008) 등
세 권의 시집을 펴냈다. 특히 첫 두 시집에서 보여 준 시대와 사회의 모순에 대한 시적 통찰은 민중시
의 대표적인 성과로 1970년대 문학사에 기록되고 있다.

고달픈 민중의 구체적 실존

이 시는 정희성 시인의 두 번째 시집이자 대표 시집인 《저문 강에 삽을 씻
고》의 표제작으로, 그를 1970년대를 대표하는 민중 시인이자 현실참여적 민중
시의 차원을 한 단계 높인 시인으로 평가받을 수 있게 한 대표작이다. 시인은
첫 시집 《답청》에서부터 현실에 대한 관심과 민중적 삶에 대한 애착을 일관되
게 나타냈다. 다만 《답청》의 경우 지식인의 입장에서 현실의 모순을 준엄하게
비판하는 경향이 상대적으로 강했다면, 두 번째 시집인 《저문 강에 삽을 씻고》
에서는 민중의 삶이 더 구체적이고 생생한 모습으로 전면화되어 나타난다.

이 시의 경우에도 '삽자루'에 생애를 맡긴, 즉 삽을 가지고 일하는 노동자의
고된 삶의 질감이 강변에 나가 삽을 씻는 모습, 저물어 가는 강을 바라보며 쭈
그려 앉아 담배를 피우는 모습을 통해 구체적이고 생생하게 재현된다. 하루의
노동을 끝낸 화자의 내면은 "슬픔도 퍼다 버린다"는 독백, 그리고 담배'나' 피
우고 돌아갈 '뿐'이라는 다소 자학적인 어투를 통해 충분히 짐작된다. 또한 이
시에서 중요한 것은 고달픈 노동자의 애환이 저물녘 강물의 이미지와 조응하면
서 전체적으로 암울한 분위기를 강화한다는 점이다. 하루의 노동이 끝나는 시
간인 저물녘은 화자의 인생도 저물어 가고 있음을 연상시킨다. 그리고 저물어
가는 인생은 흐르는 강물처럼 당연하고도 운명적인 것이기에 강물에 삽을 씻는

행위, 즉 슬픔을 퍼다 버리는 행위에서 적극적 극복이나 근원적 정화의 가능성을 기대하기는 어렵다. 오히려 그것은 하루치의 고됨과 애환을 시간의 흐름에 맡겨 버리는 체념적 삶의 태도에 가깝다. 2행의 "우리가 저와 같아서"라는 표현은 뒤바꿀 수 없는 삶의 흐름 속에서 하루하루를 살아 내는 노동자 화자의 현실적인 자기 인식에 다름 아닌 것이다.

그런데 시의 전체적 흐름 속에서 이 자기 인식에 주목해 보면 미세한 변화가 감지된다. 이 시는 전체적으로 네 행이 한 단락으로 묶여 총 네 개의 단락으로 전개되는데, 노동하는 삶의 고달픔과 암울한 자기 인식을 환기하는 시적 분위기가 세 번째 단락에 등장하는 '달'의 이미지로 인해 약간의 변화를 보이게 된다. 화자는 나아질 가능성 없이 저물어 가는 소외된 노동자의 인생을 표상하는 '샛강바닥 썩은 물'에서 '달'이 뜨는 모습을 발견한다. 절망적인 현실 가운데에서도 '달'로 표상되는 작은 희망의 가능성을 포착하는 것이다. 그러므로 시의 네 번째 단락에서 다시 한번 등장하는 "우리가 저와 같아서"라는 표현은, 비록 썩은 물이기는 하지만 저녁이면 어김없이 떠오르는 '달'처럼 절망 속에서도 놓칠 수 없는 희망이 존재함을 믿고자 하는 화자 내면의 깊숙한 목소리를 대변한다.

바로 이런 점에서 이 시는 시인 정희성이 견지하고 있던 민중적 삶에 대한 애착과 신뢰가 가장 선명하게 드러나는 작품이라고 할 수 있다(권영민, 1989: 683). 이 시가 성취해 낸 민중시로서의 미덕은 민중의 고통스러운 삶의 현장을 충실히 재현하면서도 그 삶을 강인하게 지탱해 내는 민중적 삶의 태도까지 균형 있게 형상화했다는 데 있다.

▎노동자-선비의 품격 있는 목소리

사실 이 시의 '달'이 내포하는 의미에 대해서는 이견이 적지 않다. 달의 이미지로부터 "절망 속에서도 마침내 희망을 투시해 내려는 시적 자아의 건강한 모습"(윤영천, 2002: 278)을 연상하거나, "민중의 일상적인 삶에 내재해 있는 건강한 생명력"(권영민, 1989: 683)을 읽어 내는 긍정적 해석들이 있는가 하면, "강렬한 희망의 언어라기보다는 우울한 자위"(이동하, 1990: 638) 혹은 "달은 떠 무엇하겠는가라는 탄식이 그 속에 배어있는 것"(한계전, 2014: 313)이라고 부정적으로 읽는 평자들도 존재한다. 전자의 해석에 의하면 이 시는 건강한 민중성을 형상화한 시로, 후자에 의하면 비관적 현실비판의 시로 이해될 가능성이 높다.

그런데 많은 평자들이 공통적으로 주목하는 지점은 이 시의 어조가 차분하고 진지하다는 점이다. 중년 노동자의 연륜과 그 과정에서 체득된 지혜와 품격이 차분하고 진지한 어조로 나타나기에, 이를 단아하고 절제된, 지조 있는 선비의 목소리와 통한다고 보기도 한다(이동하, 1990: 637). 이처럼 화자인 노동자의 목소리가 지닌 특별한 품격에 주목한다면 이 시에서 현실에 절망하고 체념하거나 무력감에 빠진 자조적이고 우울한 인물을 상상하는 것은 어딘가 부자연스러운 측면이 있다. 그런가 하면 많은 현대시의 지적인 화자들이 그러하듯이 현실의 모순에 대해 냉소적으로 비판하면서 현실과 불화하는 인물을 화자로 상상하는 것 역시 자연스럽지 않다. 절망적 현실의 실체를 인식하고 차분하게 수용하면서도 꼿꼿하게 자신을 지키려는 의지와 인생의 진리에 대한 믿음을 내면 깊숙이 간직하고 있는 선비 같은 중년 노동자를 상상하며 시를 읽을 때, 이 시의 어조가 주는 울림은 한결 깊어진다. '스스로 깊어가는 강', '샛강바닥 썩은 물'에 뜨는 '달'이 우리 삶의 어떤 진리와 닿아 있는지 애써 역설하지 않으면서도, 차분한 공감의 체험을 가능하게 하는 것이다.

이와 같은 목소리의 겹침과 관련하여, 삽일을 하는 노동자에게 시인의 인격이 투영되어 있다는 해석도 가능하다. 그럴 경우, 정희성 시인의 시에 빈번히 나타나는 '삽'이 시인의 펜과 상상적 유사성을 갖는다는 느낌이 전제될 수 있다(김현, 1983: 34). 시인은 '삽'의 이미지를 통해 실존하는 노동자의 삶을 구체적이고 생생하게 형상화하면서도, 시를 통해 시대의 모순에 대해 통찰하고 새로운 인식을 감행해야 하는 '펜'의 소명을 놓치지 않으려 했던 것일지도 모른다. 그리고 이 두 갈래의 지향은 적어도 이 시에서는 균형 있는 시적 긴장으로 이어진 것으로 보인다.

▌시와 현실의 관계에 대한 고민의 행방

〈저문 강에 삽을 씻고〉에서 느껴지는 선비의 목소리는 사실 정희성의 첫 번째 시집《답청》에서 더 두드러지게 나타난다.《답청》에서 시인이 보여 주는 역사와 현실에 대한 관심은 주로 지식인 화자의 목소리를 통해 형상화된다. 시적 관심의 초점이 민중적 삶에 대한 애착과 연민에 놓여 있었던 것은 사실이나, 시적 메시지는 대체로 지식인 화자의 곧고 깐깐한 어조를 통해 전해졌다. 이는 시인의 정신적 지향이 옛 선비들의 지조나 엄격함에 있음을 알게 해 준다. 상대적으로 절제되고 긴장된 언어, 단아하고 견고한 형식은《답청》의 시세계에서 고전의 품격과 아취를 느끼게 할 정도이다.

두 시집의 차이와 관련하여 시인은《저문 강에 삽을 씻고》의 후기에서《답청》의 시세계를 부정하고 싶었음을 피력한 바 있다. "시대의 모순과 그 속에서 핍박받는 사람들의 슬픔에 관해 써왔지만, 그것이 진정한 신념과 희망과 용기를 주는 데 이르지 못했음을 부끄럽게 여긴다."라는 고백과 함께《저문 강에 삽을 씻고》의 민중 지향성을 분명히 하고자 한 것이다. 그러나 실제로 시집《답청》에 수록된 37편의 작품 중 14편이《저문 강에 삽을 씻고》에 재수록되었을 정도로, 두 시집은 현실참여적 성격을 일관되게 공유하고 있다. 이후 간행된 시집들이 보여 준 시적 편력과 비교해 볼 때도, 1970년대에 펴낸 이 두 시집이 보여 주는 리얼리즘 지향은 정희성의 문학적 성과가 어디에 있는지를 분명하게 알 수 있게 해 준다.

시인은 오히려 역사적 격랑의 시대라고 할 수 있는 1980년대에는 시집을 한 권도 출간하지 않다가,《저문 강에 삽을 씻고》이후 13년 만인 1991년에 세 번째 시집《한 그리움이 다른 그리움에게》를 출간한다. 흥미로운 것은 세 번째 시집에 수록된 시편들 중에 추모시 형식의 시가 상당히 많다는 점이다. 정희성은 시대가 요구했던 강한 현실참여적 목소리를 내는 대신 시대의 불의와 맞서 싸우다 죽은 영혼들을 추모하는 방식으로 시대와 현실에 대한 관심을 간접화하는 모습을 보인 것이다. 이후 다시 10년 만에 출간한 네 번째 시집 《시를 찾아서》에서 시인은 아예 "이제 내 시에 쓰인 / 봄이니 겨울이니 하는 말로 / 시대 상황을 연상치 마라."(〈봄소식〉)라고 하면서 시에 작용하는 강고한 현실 맥락을 거부하기도 한다. 이후 약 5~6년 간격으로 간행한 최근 시집들에서는 일상적 삶에 대한 성찰이 주조를 이루고 있으며, 1970년대의 정희성이 보여 주었던 시대와 현실에 대한 준엄한 목소리는 한층 잦아들었다.

시대가 바뀌고, 인간의 삶과 현실을 대하는 시인의 태도가 변하고, 시적 대응에 변화가 생기는 것은 어찌 보면 자연스러운 일일 것이나, 〈저문 강에 삽을 씻고〉를 읽으며 경험할 수 있었던 품격 있는 민중시의 서정적 울림을 더 이상 기대하기 어려울 수 있겠다는 예감이 달갑지만은 않다. 그러나 시대 상황과의 맥락화를 거부하는 시에서조차 시인은 "세상은 망해가는데 / 나는 사랑을 시작했네 / 저 산에도 봄이 오려는지 / 아아, 수런대는 소리"(〈봄소식〉)라고 말하며 개인의 삶에 깃들어 있는 현실의 그림자를 감지하고 있다. 그러는 동시에 개인의 내면이 가닿을 수 있는 새로운 세계를 고요하게 더듬어 가는 모습에서, 남아 있는 시인의 시적 여정이 우리로 하여금 전에 경험하지 못했던 또 다른 시적 울림을 가능하게 하지는 않을까 기대해 보게 된다.

| 김남희

....

참고문헌

권영민(1989), 「정희성론: 자기 인식에서 일상성의 회복까지」, 김용직 외, 『한국현대시연구』, 민음사.
김현(1983), 『문학과 유토피아』, 문학과지성사.
윤영천(2002), 「리얼리즘의 시적 성취」, 『서정적 진실과 시의 힘』, 창작과비평사.
이동하(1990), 「노동자와 선비의 두 목소리」, 정한모 편, 『한국대표시평설』, 문학세계사.
정희성(1978), 《저문 강에 삽을 씻고》, 창작과비평사.
한계전(2014), 『한계전의 명시 읽기』, 문학동네.

귀천

—주일

천상병

나 하늘로 돌아가리라
새벽빛 와 닿으면 스러지는
이슬 더불어 손에 손을 잡고,

나 하늘로 돌아가리라.
노을빛 함께 단둘이서
기슭에서 놀다가 구름 손짓하며는,

나 하늘로 돌아가리라.
아름다운 이 세상 소풍 끝내는 날,
가서, 아름다웠더라고 말하리라……

출처《천상병 전집: 시》(1996) **첫 발표**《창작과비평》(1970. 6)

천상병 千祥炳 (1930~1993)

1952년 시인으로 등단하였으며, 조연현의 추천을 받아 1953년《문예》를 통해 평론활동도 시작하였다. 1967년 동백림 사건으로 체포되어 6개월의 옥고를 치렀을 뿐만 아니라, 1971년에는 고문 후유증과 영양실조로 쓰러져 행려병자로 간주되어 서울시립정신병원에 옮겨지기도 하였다. 이렇듯 한 개인으로서 그의 일생이 평탄했다고 보기는 힘들다. 그럼에도 특히 후기 시에는 천진한 어린아이의 눈과 마음으로 세상을 바라보는 시인의 삶의 태도가 드러난다. 대표 시집으로 《새》(1971), 《괜찮다 괜찮다 다 괜찮다》(1990) 등이 있으며, 1993년 유고시집 《나 하늘로 돌아가네》(1993)가 발간되었다.

....

▎시인의 '귀천' 길

첫 경험은 중요하다. 인생에서 특정 대상을 처음 어떻게 겪었는지가 그 대상에 대한 시각이나 관점을 좌우할 수 있기 때문이다. 누구에게나 이 시를 처음 접했던 순간이 존재할 것이다. 그리고 추측건대 많은 이들이 "나 하늘로 돌아가리라. / 아름다운 이 세상 소풍 끝내는 날, / 가서, 아름다웠더라고 말하리라……"에서 순간 말문이 막히는 경험을 해 보았을 것이다. 그러나 시인이 말하려는 바는 직관적으로 감지된다. 이런 측면에서 이 시는 사실, 긴 설명을 필요로하지 않을 수도 있다.

〈귀천〉은 화자가 하늘로 열린 죽음의 길을 스스로 가겠노라고 다짐하는 말로부터 시작된다. 죽음은 누구나 두렵고 피하고 싶은 대상인데, 화자는 그곳으로 가고자 하는 의지를 밝힌다. 또한 지금 여기는 잠시 머무는 곳일 뿐이며 그곳이야말로 자신이 돌아가야 할 근원인 것처럼 "하늘로 돌아가리라"라고 표현한다. 가는 길에 화자는 '이슬'을 동행으로 삼는다. 일정한 환경에서만 짧게 존재하는 이슬의 속성을 생각해 보면, 이슬과 함께하겠다는 표현에서 새벽녘에 잠시 살다 떠나는 이슬의 모습이 우리의 삶과 같다는 화자의 인식을 엿볼 수 있다. 동시에 이 표현은 삶이란 이슬처럼 짧지만 바로 그렇기에 고귀한 것임을 환기한다. 2연에서도 화자는 "나 하늘로 돌아가리라."고 거듭 되뇌면서 이번에는 '노을빛'과 동행하겠노라 말한다. 1연의 '이슬'과 마찬가지로 2연의 '노을빛'도 아름답지만 지상에 잠깐 머물다 사라지는 존재이다. 그러므로 '이슬'과 '노을빛'은, 화자가 인간의 삶을 고귀하고 아름답지만 자연의 섭리에 따라 소멸하는 것으로 바라보고 있음을 보여 준다.

1~2연에서 드러난 삶에 대한 화자의 일관된 관점에 입각하여 3연을 살펴보면, 화자가 이 삶을 왜 '소풍'이라 부르는지 이해할 수 있다. 소풍은 기대와 설렘을 불러일으키는 일이면서, 언젠가는 끝내고 제자리로 돌아와야 하는 한시적인 외유(外遊)이다. 이러한 점에서 화자에게 생은 소풍으로 다가온다. 생명력으로 가득 찬 이 생에 대한 기대와 설렘은 오직 이곳에 머무는 동안에만 존속된다. 삶에는 끝이 있으므로, 모두가 이 세상에 왔다가 돌아갈 뿐이다. 이 자연의 섭리를 화자는 직시하고 있다. 그런데 이를 비관적으로 받아들이지 않는다. 언젠가는 끝내야 하는 생임에도 아름다웠다고, 아름답다고 말한다.

죽음과의 첫 마주침, 서러움

　　이 시의 모든 연은 세 행으로 구성되어 있다. 또한 각 연의 첫 행은 "나 하늘로 돌아가리라."로 시작한다. 이 같은 문장의 반복은 운율감을 주는 한편, 시 전체에 형식적인 안정감을 부여한다. 무엇보다 이 통일된 시형은 해당 의미가 강조되는 효과를 발휘한다. 〈귀천〉을 읽다 보면 "나 하늘로 돌아가리라."라는 말이 귓가를 맴도는 듯하고, 이를 통해 죽음에 이르는 여정을 자신이 있었던 곳으로 돌아가는 일로 받아들이는 화자의 태도가 환기된다.

　　천상병은 청소년기부터 죽음에 관심을 갖고 이를 시적으로 형상화하였다. 그가 어린 시절을 회고하면서 쓴 수필 〈들꽃처럼 산 이순의 어린왕자〉를 보면 〈귀천〉에서 화자가 죽음을 자연의 일부로 순순히 받아들이게 된 배경을 조금이나마 이해해 볼 수 있다. "마산중학교에 다니던 어느 날 뒷산에 올라갔다가 사람들이 무덤 앞에서 우는 모습을 보았다. 그때 나는 '사람은 죽게 마련이구나'라는 생각에 사로잡혔다. 그래서 덧없는 인생을 그린 〈강물〉이라는 시를 썼다." 그리고 〈강물〉에서 화자는 다음과 같이 말한다. "강물이 모두 바다로 흐르는 그 까닭은 / 언덕에 서서 / 내가 / 온종일 울었다는 그 까닭만은 아니다." 화자는 죽음을 두고 종일 울었다고 한다. 이뿐만이 아니다. "언덕에 서서 / 내가 / 짐승처럼 서러움에 울고 있는 그 까닭은 / 강물이 모두 바다로만 흐르는 그 까닭만은 아니다." 화자는 누구나 죽음을 향해 흘러가게 되는 것이 순리임을 알고 있지만, 그 앞에서 '짐승처럼 서러움에 울고' 있다. 화자에게도 죽음은 마주하기 어려운 일이다.

그러므로 〈귀천〉에서 화자가 "나 하늘로 돌아가리라"고 거듭 되풀이하는 심리의 저변에는, 누구라도 예외 없이 나와 타인의 죽음을 맞이해야만 하는 인간으로서의 비애가 깔려 있을지도 모른다.

▎죽음을 바라보는 방식

"나 하늘로 돌아가리라. / 아름다운 이 세상 소풍 끝내는 날, / 가서, 아름다웠더라고 말하리라……"에서 죽음에 대한 화자의 수용적 태도를 읽어 내기란 어렵지 않다. 그러나 독자들은 화자의 이 유언과도 같은 마지막 말을 처음 읽을 때 말문이 막히는 경험을 한다. 죽음을 순순히 받아들이며 아름다운 소풍을 끝냈다고 해 버리는 화자의 모습에서 독자들은 왜 할 말을 잃게 될까? 이를 곰곰이 헤아려 보면 이 시에는 아이만큼 천진한 화자라도 절대 비껴갈 수 없는 죽음의 무게가 놓여 있음을 알게 된다.

이 시의 바탕에는 죽음이 내려앉아 있다. 이는 모든 삶에 전제되어 있는 사실이다. 죽음은 모든 살아 있는 존재에게 적용되는 자연의 법칙 가운데 하나이다. 그렇다고 하더라고 죽음에 대한 두려움이 경감되지는 않는다. 그러한 이유에서라도 삶의 연장선에서 죽음이 어떻게 받아들여지는지에 대해서 생각해 볼 필요가 있다. 천상병은 한 시에서 "가난은 내 직업"이라고 썼을 정도로 생활인으로서는 늘 곤궁했다. 시인이라는 직업은 충분한 생계의 수단이 되어 주지 못했다. 그러나 이 점이 시인의 정신세계를 완전히 지배한 것은 아니었다. 〈나의 가난은〉에 나오는 "오늘 아침을 다소 행복하다고 생각하는 것은, / 한 잔 커피와 갑속의 두둑한 담배, / 해장을 하고도 버스값이 남았다는 것"과 같은 구절을 보더라도, 궁핍한 생활 가운데 소소하게 누리는 일상을 행복과 연결 짓는 화자의 의식을 읽어 낼 수 있다.

그런데 사람마다 삶의 방식과 가치관이 다를 수 있음에도 불구하고, 소위 '보편적'이라 말하는 사회의 기준은 삶에 대한 인식에 영향을 미친다. 시인의 경우도 마찬가지다. 천상병의 〈새〉를 살펴보자. "외롭게 살다 외롭게 죽을 / 내 영혼의 빈터에 새날이 와 새가 울고 꽃잎 필 때는, / 내가 죽는 날 / 그 다음날. // 산다는 것과 / 아름다운 것과 / 사랑한다는 것과의 노래가 / 한창인 때에 / 나는 도랑과 나뭇가지에 앉은 / 한 마리 새. // (…) // 살아서 / 좋은 일도 있었다고 / 나쁜 일도 있었다고 / 그렇게 우는 한 마리 새." 이 시에서 화자에게 이 승에서의 삶은 외로움으로 점철되어 있다. "외롭게 살다 외롭게 죽을" 운명에서도, "산다는 것과 아름다운 것과 사랑한다는 것과의 노래가 한창인" 시절이 있었으나, 그러한 장면에서 화자는 '한 마리 새'이다. 생명력으로 가득 찬 노래가 세상에 울리는 때에도 그저 앉아 "좋은 일도 있었다고 나쁜 일도 있었다고" 우는 새이다. 그래서 시인이 〈행복〉에서 "나는 세계에서 / 제일 행복한 사나이다" 라며 자신은 걱정도 불평도 없이 편안하다고 말할 때에도 그의 말이 곧이곧대로 들리지 않는다.

불행했던 삶은 아니더라도, 고단했던 삶이었을 것이다. 좋은 일도 있었고 나쁜 일도 있었으나 날지 못한 새로 살았다. 그럼에도 시인은 죽음을 맞이하는 날을 "아름다운 이 세상 소풍 끝내는 날"이라고 일컬으며 자기 삶을 바라보는 아름다운 눈을 거두지 않는다. 죽는다는 것은 단지 내가 원래 있던 곳으로 돌아가는 일이다. 내 삶이 시작된 원천이 어디인지는 알 수 없으나 그곳으로부터 걸어 나와 이 세상에서 흘렀으며, 그 흐름이 다해 다시 원점으로 되돌아가는 길일 뿐이다.

"아름다운 이 세상 소풍 끝내는 날, / 가서, 아름다웠더라고 말하리라……"

라는 화자의 모습에서 많은 이들이 미적 충격을 받는 이유는 크고 작은 고달픔을 겪고 도달한 삶의 생소한 끝자락일진대, 이를 '아름다운 이 세상 소풍 끝내는 날'로 인식하는 점일 것이다. 그리고 이와 같은 인식의 밑자락에는 누구에게나 그렇듯이 인생의 고달픔이 있건만 시인에게 이 세상은 어떻게 아름답기만 하였는지, 그리고 어떻게 죽음을 앞에 두고 단순히 소풍을 끝낸 것이라며 그 아름다운 세상으로부터 돌아설 수 있는지에 대한 의문이다.

시인에게만 이 세상이 아름다울 수는 없다. 시인의 삶도 힘겹고 고단했다. 시인은 다만, 이 세상을 아름답게 바라보았을 따름이다. 즉, 아름다움 자체가 아니라 "아름답게 보는 일"이 중요한 것이다. 생을 그렇게 바라보았기에 이 시의 화자는 죽음 또한 소풍을 끝내고 집에 가듯이 삶의 과정에서 내가 있었던 곳으로 돌아가는 일일 뿐이라고 이야기할 수 있었던 것이다.

▎ '서러움'과 "아름다운 이 세상 소풍 끝내는 날" 사이에서

'죽음'을 처음 목도한 시인은 인간이라면 누구나 죽는다는 사실에 서러워했다. 그러나 수년 뒤 '귀천'을 노래할 때 '서러움'이 적어도 표면에 드러나지는 않았다. 대신 그 자리에는 이 세상 소풍이 아름다웠다고 말하는 화자가 있다. 이를 두고 혹자는 죽음에 대한 달관이라고 하기도 하고, 어린아이의 천진한 마음이라고 평하기도 한다. 어느 쪽이든 간에 주목해야 할 점은 시간의 강을 건너면서 삶을 바라보는 시인의 시각이 바뀌었다는 점이다. 죽음에 대한 시인의 두 시각 사이에서 내 '귀천' 길은 어떻게 닦아야 할지를 생각해 보게 된다. 어느 누구도 살다가, 살다가, 그 시간에 임박하여 자신의 삶과 죽음의 의미를 정돈하고 싶지는 않을 것이다. 물론 어떤 이들은 생(生)과 사(死)가 갈라지는 대자연의 법칙 앞에서 특별한 말이 필요하지 않다고 여길 수도 있다. 그러나 인간사에 유언이라는 행위가 구태여 존재하는 이유는 나의 가장 소중한 사람에게 한마디 위로를 안겨 주고 가기 위함일 것이다.

　천상병의 시, 〈귀천〉은 그런 의미에서 많은 이들에게 사랑받는 '유언'이라고 할 수 있다. '귀천' 길에는 삼라만상이 놓여 있다. 여기에는 그 순간까지 함께했던 희로애락 또한 녹아 있다. 시인이 남긴 유언 같은 시를 읽으며, 나라면 그 길에서 어떠한 말로써 소중한 이들에게 위로를 건넬지 생각해 볼 일이다.

| 구영산

참고문헌

천상병(1996),《천상병 전집: 시》, 평민사.

희미한 옛사랑의 그림자

김광규

4·19가 나던 해 세밑
우리는 오후 다섯시에 만나
반갑게 악수를 나누고
불도 없이 차가운 방에 앉아
하얀 입김 뿜으며
열띤 토론을 벌였다
어리석게도 우리는 무엇인가를
정치와는 전혀 관계없는 무엇인가를
위해서 살리라 믿었던 것이다
결론 없는 모임을 끝낸 밤
혜화동 로터리에서 대포를 마시며
사랑과 아르바이트와 병역 문제 때문에
우리는 때묻지 않은 고민을 했고
아무도 귀기울이지 않는 노래를
누구도 흉내낼 수 없는 노래를
저마다 목청껏 불렀다
돈을 받지 않고 부르는 노래는
겨울밤 하늘로 올라가

별똥별이 되어 떨어졌다

그로부터 18년 오랜만에

우리는 모두 무엇인가 되어

혁명이 두려운 기성 세대가 되어

넥타이를 매고 다시 모였다

회비를 만 원씩 걷고

처자식들의 안부를 나누고

월급이 얼마인가 서로 물었다

치솟는 물가를 걱정하며

즐겁게 세상을 개탄하고

익숙하게 목소리를 낮추어

떠도는 이야기를 주고받았다

모두가 살기 위해 살고 있었다

아무도 이젠 노래를 부르지 않았다

적잖은 술과 비싼 안주를 남긴 채

우리는 달라진 전화번호를 적고 헤어졌다

몇이서는 포커를 하러 갔고

몇이서는 춤을 추러 갔고

몇이서는 허전하게 동숭동 길을 걸었다

돌돌 말은 달력을 소중하게 옆에 끼고

오랜 방황 끝에 되돌아온 곳

우리의 옛사랑이 피 흘린 곳에

낯선 건물들 수상하게 들어섰고

플라타너스 가로수들은 여전히 제자리에 서서

아직도 남아 있는 몇 개의 마른 잎 흔들며

우리의 고개를 떨구게 했다

부끄럽지 않은가

부끄럽지 않은가

바람의 속삭임 귓전으로 흘리며

우리는 짐짓 중년기의 건강을 이야기했고

또 한 발짝 깊숙이 늪으로 발을 옮겼다

출처 《우리를 적시는 마지막 꿈》(1979) **첫 발표** 《창작과비평》(1979. 9)

김광규 金光圭 (1941~)

서울 출생. 서울대학교 독문과와 동대학원을 졸업하였고 1975년 《문학과지성》에 〈시론〉, 〈영산〉 등 4편의 시를 발표하며 등단하였다. 1979년 첫 시집 《우리를 적시는 마지막 꿈》을 출간한 이래 2016년 《오른손이 아픈 날》에 이르기까지 총 열한 권의 시집을 통해 평이하면서도 지적인 언어로 인간과 사회의 이면에 대한 날카로운 통찰을 보여 주었다.

중년의 소시민, 옛사랑이 피 흘린 곳에 서다

이 시는 전체 49행에 이르는 긴 시지만, 평이한 언어로 진술되어 있을 뿐 아니라 일상의 세부를 이야기처럼 보여 주고 있어 쉽게 읽힌다. 시에 제시된 일상의 장면은 크게 두 부분으로 나뉜다. 1~19행까지는 "사랑과 아르바이트와 병역 문제 때문에" 고민하는, 아마도 대학생으로 짐작되는 젊은 청년들의 어느 겨울날 오후 다섯 시 이후의 시간들을 담백하고도 아름답게 그려 내고 있다. 안락함과는 거리가 먼, 하얀 입김이 뿜어져 나올 정도로 차가운 방이었지만 그곳에서 그들은 열띤 토론을 벌였고, 비록 결론은 없었어도 뜨거운 열정으로 가득 차 있었다. 대포를 마시며 쏟아 낸 고민들은 때 묻지 않아 순수했고, 목청껏 부른 노래는 누구도 흉내 낼 수 없는 저마다의 것이었기에 고귀했다. 그들의 열정과 순수, 고귀함은 19행에 이르러 '별똥별'의 이미지로 집약되어 아름답게 빛난다.

그로부터 18년 후, 아마도 마흔을 갓 넘겨 기성세대가 되었을 그들이 만난 또 다른 겨울 저녁의 모습이 20행부터 그려진다. 나이가 든 그들의 일상은 18년 전과 뚜렷하게 대조된다. 넥타이를 맨 중년인 그들은 젊은 날의 빈 주머니에 어울리는 대포가 아닌 술과 비싼 안주를 나누며, 때 묻지 않은 고민이 아닌 지극히 자본주의적인 이야기를 주고받는다. 지배와 통제에 길들여진 방식으로, "목소리를 낮추어". 그리고 길거리에서 목청껏 노래를 부르는 대신 포커를 하거나 춤을 추러 간다. 이 시는 이렇듯 속물화된 일상의 민낯을 냉소적으로 보여 준다. 그나마 일행 몇몇은 포커나 춤 대신 젊은 시절의 추억이 깃든 거리를 걷는 것을 선택하지만, 그 모습조차 구차에 가깝다. 그들의 걸음은 허전했고 소중하게 옆에 낀 것은 고작 달력이었기에, 화자에게는 자조의 대상일 뿐이다.

속물적 삶에 대한 화자의 자조적 인식은 시의 후반부 중에서도 39행 이후에서야 표 나게 드러난다. 화자는 지금까지 비교적 객관적으로 과거와 현재의 일상을 제시하였으나, 여기서부터는 내면의 부끄러움을 고백하는 주관적 자세를 취한다. 별다른 회오나 성찰 없이 포커판이나 춤판으로 갔을 일행들과 달리, 화자는 그간 자신의 삶이 '오랜 방황'이었음을, 지금 이곳이 '옛사랑이 피 흘린 곳'임을 인식하고 있기 때문이다. 그 인식이 화자로 하여금 귓가를 스치는 바람의 소리를 "부끄럽지 않은가 / 부끄럽지 않은가"라며 성찰을 촉구하는 속삭임으로 들을 수 있게 하였을 것이다. 그러나 화자는 결국 그 속삭임을 외면하고 '늪'의 삶을 선택하기에, 그 고백은 참담하기 그지없다.

4·19 혁명에 대한 만가

이 시에서는 젊은 날의 아름다운 일상의 장면과 중년의 부끄러운 일상의 장면이 대조된다. 둘 사이의 간극은 이들이 4·19 세대라는 점을 고려할 때 더욱 선명하게 드러난다. 20대 젊은 청년들의 순수하고도 아름다웠던 어느 겨울날은 다름 아닌 4·19가 나던 해 연말의 어느 날이었고, 그들의 일상이 보여 준 순수함과 열정은 4·19 혁명의 그것과 고스란히 겹친다. 아무것도 셈하지 않고 오직 다른 세상을, 이상을 꿈꾸었기에 그들에게 4·19는 첫사랑과도 같은 경험인 것이다.

김광규 시인은 본인의 4·19 체험이 자신과 같은 세대들에게 첫사랑이나 마찬가지로 잊지 못할 상처임을 직접 고백한 바 있다. 4·19가 나던 해에 대학에 입학한 그는 4월 19일 오전, 동료 학생들과 교문을 나서 이 시의 시적 공간이기도 한 대학로로 몰려 나가 시위대에 합류하였다. 그때 첫 데모의 경험을 겪은 이후 4·19 체험은 그의 삶과 문학 곳곳에서 '희미한 옛사랑의 그림자'가 되어 출몰해 왔다(김광규·성민엽, 2001: 37).

시 후반부의 시간적 배경인, 4·19 혁명으로부터 18년의 세월이 지난 시점은 시인에게 있어 그 희미한 그림자가 선명한 피 흘림의 기억으로 전면화되는 시점이기도 하다. 이른바 유신시대 말기에 해당하는 그때의 상황은 사실 18년 전과 크게 다를 바 없었기 때문이다. 실제로 당시 김광규는 교수의 신분으로 학생들의 저항운동이 끊이지 않는 억압적 시대 상황을 착잡하게 바라보고 있었다. 그리고 그 모습으로부터 "바로 저런 모습으로 데모의 앞장을 섰다가 경찰의 곤봉 세례를 받았고, 몇몇 친구들은 적선동 근처에서 총탄을 맞고 쓰러졌"던 1960년 4월 19일의 기억을 떠올린다(김광규, 2001: 300).

그렇다. 4·19 세대의 첫사랑은 피 흘림의 기억에 다름 아니다. 그러니 그 피흘림의 공간에 서서 속물로 변해 버린 현재의 모습을 자각할 수밖에 없는 소시민의 고백은, 그 절제되고 차분한 어조와 달리, 자조와 절망의 울림이 스며 나오는 참담한 고백이 될 수밖에 없는 것이다. 그리하여 지금까지도 그 고백은 아픔으로 남은 첫사랑, 4·19에 대한 사무치는 만가(挽歌)로 기억된다.

소박하고 단순한 고백이 시가 되는 순간

이 시가 발표된 1970년대 한국 시단에서는 난해한 시들이 하나의 흐름을 형성하고 있었기에, 당대의 독자들은 소박하고 평이한 언어로 일상에 대한 인식을 직조하고 있는 김광규의 첫 시집 《우리를 적시는 마지막 꿈》을 접하며 모종의 신선감을 경험하게 된다(조남현, 2001: 185). 많은 평자들이 '단순성', '정직성', '명징성', '일상적 평범함' 등의 표현으로 김광규의 시를 설명했던 것도 그의 시세계가 통상의 시들이 지향하는 시 고유의 문법과 확연히 구분되는 특성을 가지고 있었기 때문이다.

김광규 시세계의 이러한 특성을 가장 빼어나게 보여 주고 있는 작품이 〈희미한 옛사랑의 그림자〉라고 할 수 있다. 누구나 이해할 수 있는 평이한 언어, 단순하고 정직한 고백의 어조, 평범한 일상의 순간에 대한 산문적 서술은 이 시를 읽는 독자들을 무장해제 시킨다. 뿐만 아니라 과거와 현재가 선명하게 대비되는 구조, 일종의 이야기로 일상의 세부를 풀어내는 어법은 49행이나 되는 긴 시를 쉽게 읽히게끔 한다. 물론 쉽게 읽힌다는 것이 시가 지녀야 할 절대적인 미덕은 아닐 것이다. 그러나 이 시가 시와 독자 사이의 거리를 좁힘으로써 당대뿐 아니라 현재까지도 우리 시단에서 중요하고 영향력 있는 시로 남을 수 있게 되었음을 부인할 수는 없다.

더 중요한 것은 이처럼 평이하게 진술된 소박하고 단순한 고백이 그 어느 시보다도 깊은 시적 울림을 갖는다는 점이다. 그 울림의 근원에는 단순성의 외피를 입은 내면적 복합성이 자리하고 있다. 가령 시 전반부의 '어리석게도'나 후반부의 '즐겁게'라는 부사에 주목해 보면, 화자의 발화가 단순히 단어의 축어적 의미를 지시하는 것이 아님을 알 수 있다. 20대 젊은이들의 믿음은 결코 어리석지 않다는 것을, 중년의 소시민들이 세상을 개탄하는 모습은 결코 즐겁지 않다는 것을 알기 때문이다. 이렇게 의미의 이중화가 발생하는 지점을 출발점으로 삼는다면 '결론 없는 모임'과 '때묻지 않은 고민', '아무도 귀기울이지 않는 노래'들이 얼마나 고귀한 것인지를 새삼 느끼게 된다. 그리고 그 고귀함을 잃어가며 소시민의 삶으로 편입해 온 화자의 삶이 '오랜 방황'이었을 뿐이며, 옛사랑의 그림자가 희미해지는 과정이었음을 쓸쓸하게 확인하게 된다.

이러한 쓸쓸한 내면의 울림이 가장 증폭되는 지점은 시의 마지막 두 행이다. 여기에서 화자가 끝내 선택하는 길이 '늪'의 길이라는 점과, 그리하여 결국은 비루한 소시민의 삶을 벗어날 수 없다는 인식이 우리로 하여금 도저한 절망을 경험하게 한다. 그런데 그 삶은 '짐짓' 선택된 것이기에, 도저한 절망은 냉소의 서늘함과 겹쳐진다. 그로 인해 어떤 이들은 부산 동래의 하숙방에서 쓰인 이 참담한 고백에 대해 4·19 세대의 패배주의일 뿐이라고 지탄하기도 하였다(김광규, 2001: 308). 그렇지만 많은 독자들은 이 시가 보여 주는 소박하고 단순한 고백을 통해 여러 겹의 마음을 마주함으로써 시 읽기에서만 가능한 깊이 있는 울림을 경험할 수 있게 되었다.

┃ 부끄러움에로의 초대

'우리'라는 집단 화자의 설정은 이 시가 독자를 시적 울림의 공간으로 불러들이는 강력한 장치 중 하나이다. 시인은 4·19 세대의 세대적 동질성을 분명히 하기 위해 '우리'라는 공동의 화자를 설정했을 수 있다. 그러나 독자들은 이 시를 읽으면서 무의식중에 '나'는 '우리'인가 아닌가를 자문하게 된다. 구태여 4·19와 결부시키지 않더라도 우리에게는 낭만과 순수, 이상과 열정의 에너지에 몸을 맡기고 살던 빛나던 한 시절이 있게 마련이기 때문이다. 이 시의 전반부가 그 시절을 강력하게 환기하면 할수록 청자인 우리는 이 시의 화자인 '우리'로 자연스럽게 흡수되어 지금, 여기의 삶을 돌아보게 되는 측면이 있다. 그리고 과거에 대한 우리의 회상이 빛나면 빛날수록 회한은 더 깊어진다.

그런가 하면, 마땅히 순수와 열정의 삶을 살고 있어야 할 젊은 독자들에게 이 시는 지금, 여기에서의 삶이 어떠한지 돌아보게 하기도 한다. 나의 고민은 과연 때 묻지 않은 것인지, 나의 삶이 누구도 흉내 낼 수 없는 고귀한 노래를 부르는 삶인지, 그리고 비록 별똥별처럼 하늘로부터 떨어질 운명에 처하게 되더라도 지금, 여기에서의 삶은 별만큼 빛나고 있는지 되묻게 되는 것이다. 나아가 18년 후의 자신의 삶이 어떤 모습일지 상상하며 두려운 예감을 애써 밀어내게 될지도 모를 일이다.

이처럼 우리 모두를 시 속의 '우리'로 불러들이며, 화자의 반성과 성찰을 자신의 것으로 경험하게 하는 힘이 이 시에는 있다. 그리고 이 시가 그 제목을 빌려 온 라틴 음악의 고전 〈희미한 옛사랑의 그림자〉(원제는 '보름달'이라는 의미의 'Luna Llena')보다 더 널리 알려지고, 더 오래 기억되는 것도 바로 그 이유에서일 것이다.

| 김남희

....
참고문헌

김광규(1979),《우리를 적시는 마지막 꿈》, 문학과지성사.
김광규(2001), 「늙은 4·19 세대의 자화상」, 성민엽 편, 『김광규 깊이 읽기』, 문학과지성사.
김광규·성민엽(2001), 「대담: 단순한 소리, 깊은 울림」, 성민엽 편, 『김광규 깊이 읽기』, 문학과지성사.
조남현(2001), 「평범과 비범의 표리」, 성민엽 편, 『김광규 깊이 읽기』, 문학과지성사.

맹인 부부 가수

정호승

눈 내려 어두워서 길을 잃었네

갈 길은 멀고 길을 잃었네

눈사람도 없는 겨울밤 이 거리를

찾아오는 사람 없어 노래 부르니

눈 맞으며 세상 밖을 돌아가는 사람들뿐

등에 업은 아기의 울음소리를 달래며

갈 길은 먼데 함박눈은 내리는데

사랑할 수 없는 것을 사랑하기 위하여

용서받을 수 없는 것을 용서하기 위하여

눈사람을 기다리며 노랠 부르네

세상 모든 기다림의 노랠 부르네

눈 맞으며 어둠 속을 떨며 가는 사람들을

노래가 길이 되어 앞질러 가고

돌아올 길 없는 눈길 앞질러 가고

아름다움이 이 세상을 건질 때까지

절망에서 즐거움이 찾아올 때까지

함박눈은 내리는데 갈 길은 먼데

무관심을 사랑하는 노랠 부르며

눈사람을 기다리는 노랠 부르며

이 겨울 밤거리의 눈사람이 되었네

봄이 와도 녹지 않을 눈사람이 되었네

출처 《슬픔이 기쁨에게》(1979)　**첫 발표** 《반시》(1978)

정호승 鄭浩承 (1950~)

경상북도 대구 출생. 1976년 《반시》 동인을 결성하여 문학 활동을 하였다. 소외받은 민중, 고통스럽고 힘겹게 살아가는 이들의 삶에 대한 연민과 위안의 언어를 보여 주고 있으며, 인간의 존재론적 성찰에까지 나아간 작품 세계를 보여 준다. 따뜻한 위안의 어조, 부드러우면서도 편안한 리듬, 정결한 화법 등으로 폭넓은 독자층을 확보하고 있다. 시집으로 《슬픔이 기쁨에게》(1979), 《서울의 예수》(1982), 《새벽편지》(1987), 《사랑하다가 죽어버려라》(1997), 《수선화에게》(2015) 등이 있다.

눈 내리는 겨울 밤거리,
노래 부르는 맹인 부부

　1970년대 즈음 사람들이 많이 지나다니는 곳에 가면 가끔 노래 부르는 맹인* 부부를 만날 수 있었다. 그들이 낡은 앰프 스피커에 연결된 유선 마이크를 손에 꼭 쥐고 서서 고즈넉이 노래를 부르면, 지나가던 사람들은 걸음을 멈추고 서거나 앉아서 노래를 듣곤 했다. 노래 부르는 맹인 부부 앞에는 늘 동전 바구니가 놓여 있었고, 사람들이 이따금씩 노래 값으로 동전이나 지폐를 바구니에 넣어 주곤 했다. 1970년대 전후만 해도 앞을 볼 수 없는 사람들이 취업할 수 있는 곳은 별로 없었고 장애인을 위한 사회복지 제도 또한 제대로 구비되어 있지 않았다. 그래서 상당수의 시각장애인들은 어쩔 수 없이 사람이 많은 장소를 이곳저곳 찾아다니며 노래

....
* 　'시각장애인'을 이르는 말. 이 글에서는 작품에 사용된 원래 시어를 살려 '맹인'으로 표기하였다.

를 부르곤 했다. 이 시에 등장하는 맹인 부부 또한 거리에서 노래를 부르며 생계를 이어 갈 수밖에 없었을 것이다. 이제 시 속으로 들어가서 그들의 노래를 들어 보자. 단, 맹인 부부를 바라보는 화자의 시선을 함께 유지하면서 읽는 것이 중요하다.

추운 겨울, 거리를 나선 맹인 부부가 있다. 어두워지기 전에 멀리 있는 집으로 돌아가야 하건만, 어느새 날은 어두워져 밤이 되었고 맹인 부부는 그만 길을 잃고 말았다. 게다가 함박눈까지 내리고 있다. 어두워진 데다 함박눈까지 내리니 맹인 부부가 길을 찾기는 더 어려울 것이다. 밤이 더 깊어지기 전에 집으로 가는 발걸음을 서둘러야 할 것 같다. 그런데 그날따라 동전 바구니가 계속 비어 있었던 것일까. 맹인 부부는 집으로 돌아가지 않고 그 어두운 밤거리에서 노래를 부르기 시작한다. 눈사람이라도 있으면 위로를 받으련만, "눈사람도 없는 겨울밤 이 거리"는 그들에게 너무도 춥고 냉정하기만 하다. 부부의 노래를 들으러 오는 사람도 없다. 추운 밤거리에 퍼지는 맹인 부부의 노래에 아무도 관심을 주지 않는다. 사람들은 마치 세상 밖 다른 곳에 존재하는 듯 멀리 돌아가기만 할 뿐, 다들 무관심한 채로 자기 갈 길을 재촉할 뿐이다. 등에 업힌 아기는 자꾸 울고 집으로 돌아갈 길은 멀어 아득하기만 한데, 함박눈은 계속 내리고 있다. 눈 내리는 추운 밤거리, 집으로 돌아가지도 못하고 노래를 불러야만 하는 맹인 부부에게서 삶의 무게와 연민이 느껴진다.

맹인 부부가 부르는 사랑과 용서의 노래

아무도 노래를 들으러 오지 않으니 맹인 부부가 절망을 느낄 법도 하다. 하지만 그들은 '왜 우리 노래를 듣지 않느냐'고 원망하거나 채근하지 않는다. 내 노래를 들어달라고, 앞에 있는 바구니에 동전을 넣어달라고 요구하지도 않는다. 오히려 그런 경지를 초월하여 "사랑할 수 없는 것을 사랑하기 위하여 / 용서받을 수 없는 것을 용서하기 위하여"(8~9행) 눈사람을 기다리며 노래를 부르고 있다. 이제 그들이 부르는 노래는 먹고살기 위해 타인의 동정을 구하는 노래가 아니다. 타인을 사랑하고 용서하기 위해 부르는 노래가 되었다. '눈사람을 기다리며 부르는 노래'(10행)이자 '세상 모든 기다림의 노래'(11행)가 된 것이다. 노래를 부르면서 기다리는 '눈사람'은 과연 어떤 의미를 지니는 것일까.

맹인 부부가 부르는 사랑과 용서의 노래는 바로 "눈 맞으며 어둠 속을 떨며 가는 사람들"(12행)을 위한 노래다. 그런데 그 사람들은 앞서 맹인 부부에게 관심조차 주지 않았던 "눈 맞으며 세상 밖을 돌아가는 사람들"(5행)이다. 그들이 노래에 무관심했던 것은 사실 맹인 부부 가수를 무시해서가 아니라 맹인 부부와 마찬가지로 눈을 맞으며, 어둠 속을 떨며 살아가는 사람들이었기 때문임을 여기에서 알 수 있다. 결국 맹인 부부와 '사람들', 아니 우리 모두는 눈 내리는 겨울, 어둠 속에서 길을 잃은 채 떨면서 살아가는 사람들인 것이다. 이제 맹인 부부는 그 "눈 맞으며 어둠 속을 떨며 가는 사람들"을 위해 "길이 되어 앞질러 가"(13행)는 노래를 부른다. 노래는 마치 갈 곳 몰라 떠도는 사람들에게 길을 안내하듯이, "돌아올 길 없는 눈길 앞질러 가고"(14행) 있다. 지금은 춥고 절망스럽지만 "아름다움이 이 세상을 건질 때까지 / 절망에서 즐거움이 찾아올 때까지"(15~16행) 노랫소리는 퍼져 나갈 것이다.

함박눈은 계속 내리고 갈 길은 멀다. 노래를 부르며 살아가는 맹인 부부는 사람들이 노래를 들은 대가로 주는 금전으로 생계를 유지한다. 다시 말하면 사람들의 관심이 있어야만 생존할 수 있으며 반대로 무관심은 그들의 생존을 위협한다. 그런데 그들은 그러한 무관심조차도 사랑하는 노래를 부른다. 무관심이란 결국 어둠 속에서 길을 잃은 채 갈 곳 몰라 두려워 떠는 사람들이 보일 수밖에 없는 또 다른 모습임을 알고 있기 때문이다. 그런데 여기서 또 한 번의 눈부신 전환이 일어난다. 이제까지 함께 눈사람을 기다리며 맹인 부부의 노래를 듣던 독자들은 바야흐로 맹인 부부가 "이 겨울 밤거리의 눈사람"(20행)이 되는 장면을 보게 된다. "봄이 와도 녹지 않을 눈사람"(21행)이 되는 장면을.

┃ 사랑, 용서, 구원으로서의 '눈사람'

이 시는 '맹인 부부', '노래' 그리고 이들을 바라보는 '화자'를 중심축으로 하여 시상을 전개하고 있다. 그리고 이 세 축을 하나로 응집시키는 것이 바로 '눈사람'이다. 이 시는 눈 내리는 차가운 겨울 밤거리에서 끊임없이 '눈사람'을 호명한다. 그토록 애타게 호명하는 '눈사람'은 도대체 무엇을 의미하는 것일까.

시 전반부에서 맹인 부부는 눈사람이 부재하는 공간에 서 있다. 맹인 부부가 길을 잃은 거리는 "눈사람도 없는 겨울밤"(3행) 거리이다. 눈 내리는 추운 겨울, 눈사람은 추위로 인한 고통을 잊게 해 주고 즐거움을 주는 고마운 존재일 것이다. 사람들은 눈이 내리면 눈사람을 만들어 잠시나마 추위를 잊고 동심에 젖어들며 즐거워한다. 맹인 부부가 서 있는, 눈사람이 없는 눈 오는 거리는 삭막하고 을씨년스럽기까지 하다. 그 공간에서 맹인 부부는 눈사람을 기다리며 노래를 부른다. 사랑할 수 없는 것을 사랑하기 위하여 부르는 노래, 용서받을 수 없는 것을 용서하기 위하여 부르는 노래, 나아가 무관심을 사랑하는 노래는 모두 눈사람을 기다리며 부르는 노래(10행, 19행)라고 할 수 있다.

그런데 이제까지 밤거리에서 노래를 부르던 맹인 부부가 시의 마지막 부분에서 눈사람으로 변했다. 이는 우선 한 자리에 서서 함박눈을 다 맞아 가며 노래를 부르던 맹인 부부가 눈사람처럼 보이게 된 것으로 이해할 수 있다. 하지만 20~21행은 그런 물리적인 현상만을 드러내고자 하는 것이 아니다. 그토록 기다리던 "이 겨울 밤거리의 눈사람"을, 눈이 소복이 쌓인 맹인 부부에게서 발견한 것이다. 그들이 부르는 사랑과 용서의 노래가 오래도록 길게 이어져서 겨울이 가고 "봄이 와도 녹지 않을 눈사람"이 될 것이라는 희망과 함께. 바로 여기서 '눈사람'의 의미가 드러난다. 이 시에서 다소 추상적으로 그려지기는 하지만 '눈사람'은 사랑과 용서, 나아가 고통과 절망에서 길을 잃은 채 두려움에 떨며 살아가는 우리 모두에게 구원의 메시지를 전하는 존재로 표상된다. 앞이 보이지 않아 다른 사람들의 동정을 받으며 연명해야 하는 맹인 부부이지만, 오히려 그들의 노래에서 고통과 절망에 빠진 사람들을 위로하고 구원하는 성스러움을 발견하고 그것을 '눈사람'으로 응축시킨 화자의 시선이 느껴진다. 이 시를 읽는 독자도 그러한 화자의 시선을 통해 잠시나마 사랑과 용서, 위로, 그리고 구원의 순간을 느낄 수 있을 것이다.

| 맹인 부부를 바라보는 화자의 따뜻한 시선

이 시는 맹인 부부에 대해 흔히 느낄 수 있는 동정심이나 가여움 등의 감정을 넘어서고 있다. 맹인 부부는 힘들게 살아가는 소외된 이웃이니 우리가 그들을 도와주어야 한다거나 사랑해야 한다는 시혜적 관점에서 이 시를 읽었다면 처음부터 다시 읽기를 권한다. 어찌 보면 맹인 부부가 맞닥뜨린 현실은 슬프고 안타까운 상황임에도 그렇게 느껴지지 않는 이유는 바로 맹인 부부가 부르는 노래 때문이며, 그런 맹인 부부를 바라보는 화자의 시선 때문일 것이다. 이 시에는 노래 부르는 맹인 부부를 바라보는 화자의 시선이 잘 드러나 있다. 화자는 거리를 두고 맹인 부부 가수를 바라보고 있는데, 그들을 바라보는 시선에서 화자가 지향하는 세계를 알 수 있다. 눈 내리는 어두운 겨울 밤거리, 사람들의 무관심 속에서도 눈을 맞으며 노래를 부르는 맹인 부부에게서 화자는 사랑과 용서의 화신, 구원의 이미지를 보고 있다. 맹인 부부를 고통과 절망 속에서 살아가는 사람들을 이해하고 모든 것을 포용하면서 사랑, 용서, 구원으로 따뜻한 세상을 만들어 가고자 하는 존재로 본 것이다.

함박눈을 맞으며 노래 부르는 맹인 부부를 바라보는 화자의 시선은 나지막이 읊조리는 듯한 부드러운 어조와 어울려 독자도 그와 같은 시선으로 맹인 부부를 바라보도록 한다. 화자와 시선을 공유하게 되는 것이다. 이 시를 읽으면서 정작 위로받고 구원받는 사람은 독자일 것이다. 이 시에 표현된 "부드러운 시어와 정돈된 율조, 미세한 감정의 파동은 각박한 시대를 사는 독자들의 마음을 넉넉히 감싸 안고 위무"(이숭원, 2008: 488)하고 있다는 평가가 가능한 것도 그러한 이유 때문이다.

| 최미숙

참고문헌

이숭원(2008), 『교과서 시 정본 해설』, 휴먼앤북스.
정호승(1979), 《슬픔이 기쁨에게》, 창작과비평사.

1959년

이성복

그해 겨울이 지나고 여름이 시작되어도
봄은 오지 않았다 복숭아나무는
채 꽃 피기 전에 아주 작은 열매를 맺고
불임不姙의 살구나무는 시들어 갔다
소년들의 성기性器에는 까닭없이 고름이 흐르고
의사들은 아프리카까지 이민移民을 떠났다 우리는
유학 가는 친구들에게 술 한잔 얻어 먹거나
이차 대전 때 남양南洋으로 징용 간 삼촌에게서
뜻밖의 편지를 받기도 했다 그러나 어떤
놀라움도 우리를 무기력無氣力과 불감증不感症으로부터
불러내지 못했고 다만, 그 전해에 비해
약간 더 화려하게 절망적인 우리의 습관을
수식修飾했을 뿐 아무 것도 추억追憶되지 않았다
어머니는 살아 있고 여동생은 발랄하지만
그들의 기쁨은 소리 없이 내 구둣발에 짓이겨
지거나 이미 파리채 밑에 으깨어져 있었고
춘화春畫를 볼 때마다 부패한 채 떠올라 왔다
그해 겨울이 지나고 여름이 시작되어도

우리는 봄이 아닌 윤리^{倫理}와 사이비 학설^{學說}과

싸우고 있었다 오지 않는 봄이어야 했기에

우리는 보이지 않는 감옥^{監獄}으로 자진해 갔다

출처 《뒹구는 돌은 언제 잠 깨는가》(1980)　**첫 발표** 《문학과지성》(1977. 12)

이성복 李晟馥 (1952 ~)

경상북도 상주 출생. 1977년 평론가 김현의 추천으로 〈정든 유곽에서〉와 〈1959년〉을 《문학과지성》에 발표하며 등단하였다. 시집으로 《뒹구는 돌은 언제 잠 깨는가》(1980), 《남해금산》(1986), 《그 여름의 끝》(1990), 《래여애반다라》(2013) 등이 있고, 《꽃 핀 나무들의 괴로움》(1990) 등의 산문집과 《극지의 시》(2015) 등의 시론집도 꾸준히 출간하였다. 특히 첫 시집 《뒹구는 돌은 언제 잠 깨는가》는 1980년대 우리 시단에 지대한 영향을 끼친 시집으로, 충격적 이미지와 언어 실험으로 시대의 위기와 병폐를 고통스럽게 형상화하고 있다.

┃ 봄이 오지 않는 세계

이성복의 시집 《뒹구는 돌은 언제 잠 깨는가》의 첫머리에 실려 있는 〈1959년〉은 암담한 고통의 풍경을 빼곡히 그려 내고 있는 시집 전체를 이해하는 데 중요한 실마리가 되는 시이다. 이 시의 화자가 겪고 있는 봄이 오지 않는 세계는 모든 것이 전도된 세계이다. 자연의 세계에서는 꽃이 피지 않은 복숭아나무가 지속 불가능한 열매를 맺고, 불임의 살구나무는 시들어 간다. 그런가 하면 인간의 세계에서는 한창 성장의 에너지가 가득해야 할 소년들의 성기에 고름이 흐르고, 그들을 치료해 줄 수 있는 의사들은 부재한다. 화자와 인연이 있는 존재들 역시 모두 이 세계를 떠나려고 하거나 떠나 있는 상태이다. 생명의 단초를 가지고 있어야 할 모든 대상들이 불임 혹은 죽음의 편에 서 있고, 존재해야 할 모든 대상들이 부재하는, 말하자면 모든 것이 본래의 자리에서 크게 벗어나 있

는 이 전도된 세계는 시집 전체에 걸쳐 더욱 공포스러운 이미지들로 변주되면서 나타난다.

문제적 세계는 문제적인 화자의 태도로 인해 한층 더 절망적인 상태가 된다. 마땅히 있어야 할 세계의 모습을 기억하는 존재라면 이 불모의 세계에 질문을 던지고 조금이라도 바로잡기 위해 애써야 하나, 화자는 이미 아무것도 추억하지 못하는 무기력하고 무감각한 상태가 되어 버렸다. 이미 고통과 절망의 임계점을 넘었기에 그 고통과 절망은 습관화되었다. 하여 그러한 고통이 어디에서 연유한 것인지 질문하는 대신, 절망의 습관을 화려하게 수식하며 기정사실화한다. 나아가 그 자신이 세계의 고통과 절망을 확대하고 재생산하는 주역이 되어 어머니와 여동생의 삶을 훼손하기까지 한다. 스스로가 전도된 세계의 주역이 되었기에, 봄은 '오지 않는 봄'이어야 했던 것이다.

▌ 훼손된 세계와 고통의 미학

이 시가 처음 세상에 나온 것은 1977년 평론가 김현의 추천을 통해서였다. 당시 서울대학교 불문과의 나이 든 복학생이었던 이성복은 인문대 문학회에서 훗날 시인이 된 황지우, 소설가가 된 이인성 등과 문학적 교류를 하며 시와 소설을 쓰고 교내 시화전에 참여하는 등 활발한 활동을 하고 있었다. 그해 여름 이성복은 그동안 쓴 노트 한 권 분량의 시를 들고 평론가 김현으로 이름을 떨치고 있던 불문과 김광남 교수 연구실을 찾아 갔고, 그 자리에서 김현은 〈정든 유곽에서〉와 〈1959년〉을 추천하여《문학과지성》겨울호에 싣게 하였다(이남호·이경호 편, 1994).

이 시가 창작된 시기인 1970년대는 모두가 익히 아는 암울한 시대였다. 경제적 번영의 그늘에서 많은 것들이 억압당하고 희생되었던, 부당한 폭력과 전도된 가치가 세계의 전면에 자리하고 있던 부조리의 시대였다. 따라서 예민한 촉수를 가지고 그러한 시대를 살아가는 사람이라면 모두 저마다 개별적이고 생생한 심적 고통을 겪었을 것이다. 젊은 문학청년 이성복 역시 예외가 아니어서, 그의 내면에 인식된 세계의 풍경은 온통 훼손된 것이었다. 그러므로 그 시기 그가 토해 낸 시들은 훼손된 세계에 대한 고통과 절망의 기록일 수밖에 없었다. 더욱 공포스러운 것은 시인 자신을 비롯해 많은 사람들이 현실의 고통에 대해 가지고 있는 '무기력과 불감증'으로 인해 그 절망이 절대적인 것으로 고착화될 수도 있다는 인식이다.

〈1959년〉을 구성하고 있는 이미지들이 충격적이며 그 결합이 돌연하고 공포스럽기까지 한 것은, 그것이 시인 자신의 내면 풍경을 가장 리얼하게 드러내기 위해 선택한 방편이기 때문이다. "까닭 없이 고름이 흐르는 소년들의 성기", "파리채 밑에 으깨어진 어머니와 여동생의 기쁨" 등의 이미지는 상상만으로도 끔찍하기 짝이 없다. 시인은 훼손된 세계의 구체적 질감과 내면의 고통을 생생하게 재현하기 위해 자연의 괴변과 인간의 비정상적 상태를 이처럼 끔찍한 이미지로 직조해 내고 있는 것이다. 어떤 의미에서는 그로테스크 리얼리즘인 셈이다.

이처럼 기괴하고 암담한 풍경은 시집 《뒹구는 돌은 언제 잠 깨는가》에 수록된 43편의 시 전편에 걸쳐 끊임없이 변주된다. 〈정든 유곽에서〉에서는 "벌목 당한 여자의 반복되는 임종"을, 〈봄 밤〉에서는 "보이지 않는 칼에 잘려 나가는 종아리"를, 〈너는 네가 무엇을 흔드는지 모르고〉에서는 "한바다에서 서로 몸을 뜯어 먹는 친척들"을, 〈그러나 어느날 우연히〉에서는 "갑자기 발톱으로 변하는 꽃잎"을 이미지로 제시하여 독자로 하여금 끔찍하고도 고통스러운 상상을 거듭하게 한다.

그런가 하면 예외 없이 나타나는 이성복 특유의 행간 걸침, 가령 "봄은 오지 않았다 복숭아나무는 / 채 꽃 피기 전에" 혹은 "내 구둣발에 짓이겨 / 지거나 이미 파리채 밑에 으깨어져 있었고" 등을 통해 호흡을 교란시킴으로써 의미의 파탄과 혼돈을 감각적으로 경험하게 하기도 한다. 이처럼 파격적 분행이나 시어

배치를 통해 독자의 경험에 감각적 충격을 가하는 사례 역시 시집 전체에 무수히 나타난다. 〈기억에 대하여〉에서는 '苦痛?'이라는 시어가 위아래 뒤집힌 형태로 연이어 제시되어 숨 막히는 고통과 절망을 감각화한다. 〈다시, 정든 유곽에서〉에서는 '몸도 마음도 안 아픈 나라'로 가고 싶은 소망과 가지 못하리라는 비관의 발화가 한두 어절 단위를 한 행으로 하여 우리나라 지도의 형태로 드문드문 배치됨으로써 독자로 하여금 설명할 수 없는 비애의 감각을 마디마디 경험하게 한다.

이처럼 이성복은 충격적 이미지의 연쇄와 언어의 파괴적 운용을 통해, 훼손된 세계에 대한 고통과 절망의 감각을 강렬하게 직조해 냈다. 이러한 이성복 초기 시의 미학이 1980년대 우리 시단에 던진 충격은 압도적이었다. 그러나 더 중요한 것은 그 충격의 강도가 아니라 충격의 내용, 즉 문학사적 영향의 실체일 것이다. 이성복의 초기 시에서는 현실의 모순과 부조리를 가장 리얼한 방식으로 재현해 내고자 하는 사회학적 상상력과, 기존의 시적 인습을 철저하게 부정하고 미학적 재편을 추구하는 미적 상상력이 높은 수준에서 결합되어 있다. 말하자면 리얼리즘도 아니고 모더니즘도 아닌, 아니 어쩌면 리얼리즘이면서 모더니즘이기도 한 이성복의 시세계가 1980년대 젊은 시인들의 상상 세계에 영향을 줌으로써 우리 시단에 새로운 시의 가능성이 확장되었다고도 볼 수 있는 것이다.

▌ 1959년 그리고 2021년, 혹은 …

〈1959년〉을 위시한 이성복 시인의 초기 작품들을 현실과 문학사의 맥락을 동원하여 톺아보다 보면, 이 시에 대한 궁금증이 하나 생긴다. 이 시가 발표 당시인 1970년대 후반의 문제적 현실을 맥락으로 하고 있다면 왜 이 시의 제목이 '1959년'일까 하는 점이다. 1959년은 시인이 여덟 살이 되어 초등학교에 입학한 해이다. 그렇기 때문에 생애사적 차원에서 시를 맥락화하는 것은 아무래도 무리가 있다. 그럼에도 불구하고 굳이 제목에 특정 연도를 적시한 의도가 있었을 것이기에, 시인에게 있어 '그해', 즉 '1959년'이 어떤 해였을지를 생각하지 않을 수 없다.

이와 관련하여 1959년이 혁명의 전 해, 즉 '역사의 봄'이 오지 않은 때를 상징한 것이라고 해석하는 경우도 있고(한형구, 1989), 1959년을 1979년으로 이해하고 싶어 하는 경우도 있다(남진우, 1989). 언제나 그러하듯이 개별 시 작품에 대한 해석은 독자의 궁극적 의미 경험을 가치 있게 하여야 의미가 있으므로, 어느 쪽의 해석을 채택하든 독자의 자유일 것이다.

그런데 흥미로운 것은 시인이 1976년에서 1985년까지 창작한 시들 중 발표되지 않은 시편들을 묶어 2014년에 간행한 시집인《어둠 속의 시》에 〈유년, 1959〉라는 시가 있다는 사실이다. 이 시집에 함께 수록된 〈1978년 10월〉이라는 시도 구체적으로 연도를 표기하고 있다. 또한《뒹구는 돌은 언제 잠 깨는가》에도 구체적인 연도가 제목에 포함된 시가 두 편 더 있다. 〈모래내 1978년〉과 〈인생 1978년 11월〉이 그것이다. 이로 미루어 볼 때, '1959년'과 '1978년'은 시인 이성복의 개인사에 있어 중요한 의미를 갖는 시점이었을 것으로 추측할 수 있다.

《어둠 속의 시》에 수록된 〈유년, 1959〉는 또래 아이들과 함께 먼 친척누이에게 여덟 살 수준의 비윤리적인 폭력을 가한 일화와, 20년이 지난 후에도 남아 있는 원죄와 고통의 기억을 담고 있다. 이를 고려해 보면 1959년은 시인이 처음으로 세계의 폭력성과 삶의 추악함을 인식한 시기라고도 볼 수 있겠다. 그렇다면 이 시 〈1959년〉이 재현하고 있는 훼손된 세계, 암담한 고통의 풍경이 단지 1970년대 후반의 시대적 상황에만 국한되는 것은 아니라는 가정도 가능하다. 부조리한 세계에 대한 첫 각성의 순간을 '그해 겨울'로 설정함으로써, 시인은 고통과 절망에 대한 개인적 경험을 보편의 경험으로 확대할 여지를 마련해 놓은 것일 수도 있다. 그러므로 그 각성의 시점이 누군가에게는 과거의 어떤 해가 될 수도 있고, 또 다른 누군가에게는 2021년 현재가 될 수도 있을 것이다. 어쩌면 시인은 〈1959년〉을 통해 독자들이 지금 이 세계의 부조리함과 현실의 고통에 눈뜨는 경험을 하게 되기를 바랐던 것은 아닐까.

| 김남희

참고문헌

남진우(1989), 『바벨탑의 언어』, 문학과지성사.
이남호·이경호 편(1994), 『이성복 문학앨범』, 웅진출판.
이성복(1980), 《뒹구는 돌은 언제 잠 깨는가》, 문학과지성사.
한형구(1989), 「이성복론: 모더니즘 시의 방법과 세계관」, 김용직 외, 『한국현대시연구』, 민음사.

공(空)을 공(共)하기

떨어져도 튀는 공처럼

정현종

그래 살아봐야지
너도 나도 공이 되어
떨어져도 튀는 공이 되어

살아봐야지
쓰러지는 법이 없는 둥근
공처럼, 탄력의 나라의
왕자처럼

가볍게 떠올라야지
곧 움직일 준비 되어 있는 꼴
둥근 공이 되어

옳지 최선의 꼴
지금의 네 모습처럼
떨어져도 튀어오르는 공
쓰러지는 법이 없는 공이 되어.

출처 《정현종 시전집 1》(1999)　**첫 발표** 《나는 별아저씨》(1978)

가벼움과 무거움의 긴장

시에서 사물은 언어로 재현되며 이미지로 체험된다. 시인은 언어의 특수
한 조직을 통해 사물을 독자가 지각하는 그 자체에 머무르게 하는 대신 이를
역동적으로 변화시킨다. 이미지의 현상학을 주창한 가스통 바슐라르(Gaston
Bachelard)는 이러한 과정을 '역동적 유도'라는 개념으로 설명하는데, 이러한
특성을 가장 명징하게 보여 주는 물질로 공기를 들고 있다. 공기란 이미지가 갖
는 근본적인 역동성을 드러내는 물질로서, 고정된 자리를 떠난 부재이자 새로
운 삶을 향한 비약으로서의 상상력이 갖는 열림의 상태를 드러낸다. 자연스러
운 공기는 항상 자유로운 공기이며, 공기 속에서 사물은 그것이 갖는 본래적인
운동성을 발현할 수 있다.

정현종은 이러한 공기의 물질성을 바탕으로 상상력이 갖는 열림의 의미를
다양하게 탐구한 시인으로 평가된다. 그에게 '가벼움'을 속성으로 하는 공기는
현실의 무거운 삶을 벗어날 수 있게 하는 본질적인 원소로 간주되는데, 여기서
'가벼움'은 무한한 비상이라기보다 현실의 수많은 상처들, 인간의 실존적인 굴
레들을 '무거움'으로 간직하면서 이루어진다는 점이 특징적이다. 정현종의 초
기 시에서 무거움과 가벼움 간의 이러한 긴장은 무희의 춤의 이미지를 통해 형
상화되었으며, 다양한 바람의 이미지들을 통해 변주된다. 정현종의 두 번째 시
집 《나는 별아저씨》(1978)에서도 이러한 미의식을 확인할 수 있으며, 이 시집에

수록된 〈떨어져도 튀는 공처럼〉은 무거움과 가벼움 간의 긴장을 '공'이라는 탄력성을 특징으로 하는 대상을 중심으로 형상화하고 있다.

공처럼 살아 보아야지

〈떨어져도 튀는 공처럼〉은 공의 하강과 상승이라는 두 가지 운동을 중심으로 인간의 삶을 되돌아보게 한다. 1연은 '나'와 '너'가 "떨어져도 튀는 공이 되어" 살아 보자고 말하며 시작되는데, 시행의 도치를 통해 공과 같은 삶에 대한 긍정과 그러한 삶을 살고자 하는 화자의 의지를 강조한다. 그러나 이와 같은 의도적인 강조의 이면에는 결국 화자가 그러한 삶을 살지 못하였고, 지금도 그러한 삶을 살기 어렵다는 인식이 간접적으로 환기되고 있다. 또한 '너'를 함께 호명함으로써 이러한 사태가 '나'의 문제일 뿐만 아니라 '너'까지 연루된 사회적인 문제임을 환기하고 있다.

2연에서는 공과 같은 삶을 살고자 하는 의지가 반복을 통해 강조된다. 여기서는 1연에서 언급되었던 "떨어져도 튀는" 성질에 더하여 "쓰러지는 법이 없는" 성질이 새롭게 주목되고 있다. 곧 공의 둥근 모양에서 비롯되는 유연성이 탄력성과 결합하면서 공과 같은 삶을 이상화하는 것이다. 이는 "탄력의 나라의 / 왕자"라는 비유로 집약되고 있다. 다소 동화적인 감성이 두드러지는 이 구절은 떨어짐과 튀어 오름, 쓰러지지 않는 꿋꿋함과 같은 공의 속성에 가벼움과 우아함의 성질을 부여하는 장치로 이해될 수 있다. 이로 인해 상승과 하강의 반복적인 운동은 고난이 있어도 기어이 일어선다는 경직된 교훈으로 수렴되지 않고, 고난 앞에서도 품위를 잃지 않는 삶 또는 변화에 대응하는 지혜로운 태도 등의 복합적인 의미를 획득하게 된다.

3연에서는 '튀는'의 의미가 가벼운 떠오름으로 보다 구체화된다. 공은 단순히 바닥에 부딪친 반동으로 튀어 오르는 것이 아니라, 곧 움직일 준비가 되어 있는 꼴을 갖추고 있기 때문에 튀어 오른다. 비어 있음 안에 팽팽하게 차 있는 공기, 즉 비어 있음 안의 풍부한 잠재력을 통해 역동적 고요(박혜경, 1997)의 상태에서 튀어 오르는 것이다. 여기서 공처럼 산다는 것의 의미는 표층적인 상태(떨어져도 튀어 오름)의 모방을 넘어, 심층적인 본질(둥근 꼴에 기초한 가벼운 떠오름)의 체화에 이르는 것으로 확대된다.

이와 같은 의미 부여를 배경으로 화자에게 공의 꼴은 "최선의 꼴"로 수용된다. 4연에서 이러한 공의 모습은 화자가 말을 건네는 "네 모습"의 모습으로 전이되는데, 이는 '나'와 '너'를 포함한 모든 존재가 공과 같은 가벼운 삶을 살아나가기를 바라는 소망이 투영된 것으로 이해될 수 있다. 그와 같은 삶이 과연 '최선의 꼴'인지는 독자에 따라 답이 달라지겠지만, 무거움에 함몰되지 않는 반동의 힘에 주목함으로써 자유를 희구하는 인간 삶의 본래적 모습을 되짚어 보게 한다는 데에 이 시의 의의가 있다.

▎ 튀는 삶과 떠 있는 삶

정현종 시에서 바람의 이미지는 순간의 가벼움, 인생의 무상함, 헤어짐의 쓸쓸함, 죽음의 공포, 무(無)의 형상화 등을 의미하기도 한다(김정란, 2017). 〈떨어져도 튀는 공처럼〉에서 공이 갖는 비상의 운동은 이러한 이미지들에 대한 다양한 고려 속에서 보다 풍부한 의미를 얻을 수 있다. 같은 맥락에서《나는 별아저씨》에 실린 〈공중에 떠 있는 것들〉 연작을 살펴보고자 한다. 이 연작의 부제는 각각 '돌', '나', '거울', '집'인데, 전부 공중에 떠 있을 만한 사물은 아니다. 시인은 이러한 사물들에 내재되어 있는 운동성에 주목한다.

총 네 편으로 이루어진 〈공중에 떠 있는 것들〉 연작은 '돌', '나', '거울', '집'과 같은 소재들을 공중에 '떠 있는' 것들로 표현한다. 먼저, 〈공중에 떠 있는 것들 1—돌〉에서 '돌'은 '날아가던 돌'이자 '공중에 멈춰 있는 돌'이며 '정치적인 돌'이다("날아가던 돌이 문득 공중에 멈췄다. / 공중에 떠 있다. / 일설에는 그 돌이 정치적이라고 한다."). 시위 현장에서 날아가던 돌이라고 이해될 수 있는 이 돌은, 이념을 투영하는 돌이며 공중에서 비약하지 않고 다른 사물에게 그대로 꽂히는 돌이다. 〈공중에 떠 있는 것들 2 — 나〉에서 '나'는 공포에 의해 자꾸 무거워져 가는 존재로 형상화된다("내 몸이 자꾸 무거워지는 이유는 / 공포 때문이다."). 이러한 공포는 그림자처럼 '나'를 붙잡고 늘어진다. 〈공중에 떠 있는 것들 3 — 거울〉에서 '거울'은 대상을 비추는 기능을 상실한 채 거의 다 깨져 있다("뜻깊은 움직임을 비추는 거울은 / 거의 깨지고 없다."). '하늘'을 환기하는 '커다란 거울'만이 공중에서 대상들을 비추고 있을 뿐인데("다만 커다란 거울 하나가 공중에 떠 있고"), 여기에 비추어진 존재들은 '누워 있는 자', '잠든 자', '죽은 자'들로서 암울하고 무기력한 현실을 환기한다. 〈공중에 떠 있는 것들 4 — 집〉에서 집은 지붕마다 구멍이 뚫려 있다("지붕마다 구멍이 뚫려 있다. / 지붕 바깥으로 손 들기 위해서이다. / 손 들고 있는 편안함!"). 화자는 편안함을 외치며 비가 새는 줄도 모르고 즐거워하지만, 이러한 태도는 공중으로 도약하는 것이 억제된 폐쇄적인 현실 속에서 반어적인 의미를 얻고 있다.

이와 같은 시편들에서 '공중에 떠 있는 것들'은 실은 제대로 공중에 뜨지 못하는 것들이며, 현실의 구속 앞에서 불구의 상태로 하향하고 있다. 그렇기 때문에 이는 튀지 못하고 '떠 있는' 것이 된다. 이런 맥락에서 보면 〈떨어져도 튀는 공처럼〉에서 '공'의 이미지가 갖는 의미는, 이러한 구속적 '공중'으로부터 해방될 수 있는 운동을 형상화한 것으로 해석할 수 있다. 물론 '떨어져도 튀는'이라는 순환적인 운동은 '공중에 떠 있는' 무한한 구속과 그로부터의 일시적인 벗어남이기에 온전한 해방의 순간만을 드러내고 있다고 보기는 어렵다. 하지만 이 시에서는 그러한 한계 속에서도 숨 쉬듯 끊임없이 생의 활기를 찾는 삶이, 인간에게 주어진 '최선의 꼴'이 아니겠느냐는 점이 역설되고 있다. | 진가연

참고문헌

김정란(2017), 『비어 있는 중심: 미완의 시학』, 최측의농간.
박혜경(1997), 『상처와 응시: 박혜경 비평집』, 문학과지성사.
정현종(1999), 《정현종 시전집 1》, 문학과지성사.

올 여름의 인생 공부

최승자

모두가 바캉스를 떠난 파리에서
나는 묘비처럼 외로웠다.
고양이 한 마리가 발이 푹푹 빠지는 나의
습한 낮잠 주위를 어슬렁거리다 사라졌다.
시간이 똑똑 수돗물 새는 소리로
내 잠 속에 떨어져내렸다.
그러고서 흘러가지 않았다.

엘튼 죤은 자신의 예술성이 한물갔음을 입증했고
돈 맥글린은 아예 뽕짝으로 나섰다.
송X식은 더욱 원숙해졌지만
자칫하면 서XX처럼 될지도 몰랐고
그건 이제 썩을 일밖에 남지 않은 무르익은 참외라는 뜻일지도 몰랐다.

그러므로, 썩지 않으려면
다르게 기도하는 법을 배워야 했다.
다르게 사랑하는 법
감추는 법 건너뛰는 법 부정하는 법.

그러면서 모든 사물의 배후를

손가락으로 후벼 팔 것

절대로 달관하지 말 것

절대로 도통하지 말 것

언제나 아이처럼 울 것

아이처럼 배고파 울 것

그리고 가능한 한 아이처럼 웃을 것

한 아이와 재미있게 노는 다른 한 아이처럼 웃을 것.

출처 《이 시대의 사랑》(1981)   **첫 발표** 《문학과지성》(1979. 10)

최승자 崔勝子 (1952~)

충청남도 연기 출생. 1979년 계간 《문학과지성》 가을호에 시를 발표하며 작품활동을 시작했다. 비극적 사랑과 슬픔, 인생무상과 허무, 자기연민 등 극한까지 밀어붙인 어두운 심연에 대한 정면 응시와 냉소적 태도를 특징으로 한다. 시집으로 《이 시대의 사랑》(1981), 《즐거운 일기》(1984), 《기억의 집》(1989), 《내 무덤, 푸르고》(1993), 《연인들》(1999), 《쓸쓸해서 머나먼》(2010) 등이 있다. 1980년대에 이성복, 황지우 등과 함께 현대 시인으로서는 드물게 대중적 인기를 얻기도 하였다.

▌ 나는 지금 어떤 상황에 처해 있는가

시적 화자는 지금 "모두가 바캉스를 떠난 파리"에 있다. 그런데 여기서 문제는 화자의 정서적 상태이다. 화자는 "묘비처럼 외로"운 것이다. 모두가 떠나고 혼자 남은 상황만으로도 그 외로움이 짐작되지만, 화자는 한술 더 떠 '묘비처럼' 외롭다고 한다. 묘비는 죽은 자를 위해 세워 둔 비석이 아닌가. 이는 화자의 의식 일단이 죽음과 어느 정도 닿아 있음을 드러내는 시어이다. 누구도 기억하지 않고 누구도 찾아오지 않는 이역만리 파리에서 지극한 외로움과 사투 중인 것이다. 홀로 낮잠을 청해도 보지만 그조차 "발이 푹푹 빠지는""습한 낮잠"
이다. 그리고 '시간'은 "똑똑 수돗물 새는 소리"로 "잠 속에 떨어져내"려서 "흘
러가지 않"는다. 여기에서 발이 '푹푹' 빠지는 느낌, 물이 아래로 '똑똑' 떨어지
는 느낌들에 주목해야 한다. 아래로 침잠하는 듯한 하강적 이미지들이 화자의
몸과 의식을 지배하고 있으며, 이러한 침잠은 '습한' 느낌과 더불어 "흘러가지
않"고 정체된 상태로 현재 진행형이다.

　화자의 의식을 관통하고 있는 침잠과 정체의 이미지. 이것이 화자가 정면 응
시를 통해 돌파해 가야 하는 핵심적인 문제이다. 어떻게 침잠하거나 정체되지
않고 남은 삶을 살아 낼 것인가? 이에 대한 답을 얻기 위해 화자는 다른 예술가
들의 삶을 돌아본다. 2연에서 '엘튼 존'이나 '돈 맥클린', '송x식' 등의 예술가
들이 호명되어 사유의 대상이 되는 것은 그렇기에 자연스럽다. "예술성이 한물"
가지 않으려면, 예술가적 정체성을 잃지 않으려면("아예 뽕짝으로 나섰다"), '원
숙'한 상태를 지속하려면, 화자는 다시 자신의 의식을 벼려야 한다.

　그렇다면 '썩을 일밖에 남지 않은 무르익은 참외'는 얼마나 무서운 상태인
것일까. 이미 무르익을 대로 무르익어서 더 나아가는 것이 불가능하다는 것, 잠
깐의 방심이 그대로 '썩을 일'을 재촉하는 것이 된다는 것. 이 경우를 돌파하는
길은 두 가지가 있을 것이다. 하나는 참외의 길을 버리는 것, 다른 하나는 무르
익음을 무르익음으로 인식하고 재단하는 상징계의 언어를 버리는 것. 시적 화
자는 후자의 길을 택한 것으로 보인다.

▌ 아이처럼 울고, 아이처럼 웃을 것

"그러므로, 썩지 않으려면" 어떻게 해야 하는가. 화자는 '다르게 기도하는
법, 다르게 사랑하는 법, 감추는 법 건너뛰는 법 부정하는 법'을 "배워야 했다"
고 썼다. 일반적으로 기도란 자신의 소망이나 염원이 이루어지길 절대자에게

요청하는 언어이고, 사랑 또한 사랑하는 대상을 자기화하려는 욕망을 포장한 언어이다. 그렇다면 '다르게' 기도하고 '다르게' 사랑한다는 것은 무엇일까? 이는 상식적이고 관습적인 언어의 포획망에서 벗어나 자신만의 새로운 기준과 언어로 기도하고 사랑하는 것을 의미할 것이다. 그러므로 화자는 자신을 속박하는 상징계의 언어로부터 빠져나오기 위해 그것을 '감추는, 건너뛰는, 부정하는' 법을 배울 수밖에 없다. 그리고 이렇게 하는 것은 궁극적으로 시인의 길이기도 하다. "모든 사물의 배후"를 관통해야 하며("손가락으로 후벼 팔 것"), '달관'이나 '도통'과 같이 타자들이 규정한 '무르익은 참외'의 상태에 얽매이지 않아야 한다. '무르익은' 경지는 타자의 언어로 규정당하지 않은, 나만의 언어로 누리면 된다.

"언제나 아이처럼 울 것", "가능한 아이처럼 웃을 것"은 주목할 만한 또 다른 표현이다. 아이는 아직 상징계의 언어에 포박당하지 않았고, 그래서 타자의 언어와 시선으로 자신을 옭아매지 않기에 화자는 '아이처럼' 울고 웃겠다고 말하는 것이다. 이러한 표현은 프리드리히 니체(Friedrich Nietzsche)를 연상케 한다. 니체는 《짜라투스트라는 이렇게 말했다》에서 인간이 삶에서 취할 수 있는 자세 혹은 도달할 수 있는 정신의 경지와 관련하여 이를 세 단계로 나누어 비유적으로 설명한 바 있다. '낙타-사자-어린아이'가 그것인데, 특히 여기서 우리가 주목할 것은 마지막 단계로 상정된 어린아이 단계이다. 낙타의 단계가 계율에 대한 복종과 고통에 대한 인내의 자세를 바탕으로 절제와 인고를 주된 덕목으로 삼는 상태라면, 사자의 단계는 당위에 대한 거부와 계율에 대한 저항을 바탕으로 자유를 쟁취하는 진취성을 주된 덕목으로 하는 상태이다. 이와 달리 어린아이는 앞선 단계를 초극한 단계로서 열림, 긍정, 창조의 정신을 의미한다. 어린아이는 천진난만한 정신으로 외부에서 정한 계율이나 당위에 휘둘리지 않고, 과거에 붙박여 있지 않는다. 어떠한 상황에서도 열림과 긍정을 통해 새로운 것을 끊임없이 창조해 갈 수 있는 신성한 긍정과 초극의 정신을, 니체는 어린아이의 상태에 빗대어 표현한 것이다. 이러한 맥락에서 "언제나 아이처럼 울 것 / 아이처럼 배고파 울 것"은 자신의 결핍이나 욕망을 타인의 시선으로 재단하지 않겠다는 화자의 다짐으로 읽을 수 있다. "그리고 가능한 아이처럼 웃을 것 / 한 아이와 재미있게 노는 다른 한 아이처럼 웃을 것." 또한 천진난만한 긍정의 상태를 지향하는 화자의 바람이 표현된 것으로 이해된다.

그러므로 우리는 시인의 '인생 공부'를 통해 우리 자신의 삶을 돌아보는 각자의 인생 공부를 해야 할 것이다. 혹시 "흘러가지 않"고 정체되어 있지는 않은지, "무르익은 참외"의 길에 들어서게 되었는데 어찌할 줄 몰라 서성대고 있지는 않은지 되돌아보라. 그리고 각자 자신의 상태를 돌파할 새로운 언어를, 이 시를 힌트로 찾아 나가면 될 일이다.

| 정정순

....
참고문헌

최승자(1981), 《이 시대의 사랑》, 문학과지성사.
Nietzsche, F. W. (2006), 《짜라투스트라는 이렇게 말했다》, 사순옥 역, 홍신문화사(원서출판 1883).

사평역에서

곽재구

막차는 좀처럼 오지 않았다

대합실 밖에는 밤새 송이눈이 쌓이고

흰 보라 수수꽃 눈시린 유리창마다

톱밥난로가 지펴지고 있었다

그믐처럼 몇은 졸고

몇은 감기에 쿨럭이고

그리웠던 순간들을 생각하며 나는

한줌의 톱밥을 불빛 속에 던져주었다

내면 깊숙이 할 말들은 가득해도

청색의 손바닥을 불빛 속에 적셔두고

모두들 아무 말도 하지 않았다

산다는 것이 때론 술에 취한 듯

한 두릅의 굴비 한 광주리의 사과를

만지작거리며 귀향하는 기분으로

침묵해야 한다는 것을

모두들 알고 있었다

오래 앓은 기침소리와

쓴 약 같은 입술담배 연기 속에서

싸륵싸륵 눈꽃은 쌓이고

그래 지금은 모두들

눈꽃의 화음에 귀를 적신다

자정 넘으면

낯설음도 뼈아픔도 다 설원인데

단풍잎 같은 몇 잎의 차창을 달고

밤열차는 또 어디로 흘러가는지

그리웠던 순간들을 호명하며 나는

한줌의 눈물을 불빛 속에 던져주었다.

출처 《사평역에서》(1983)　첫 발표 『중앙일보』(1981. 1)

곽재구 郭在九 (1954 ~)

전라남도 광주 출생. 1981년 시 〈사평역에서〉를 출발점으로 하여 작품활동을 시작했다. 일상적 삶을 살아가는 이름 없는 이웃들의 사랑과 슬픔, 거대한 폭력 아래 신음하는 민중에 대한 사랑, 폭력적인 현실로 인해 억눌려진 인간 본래의 순수성과 사랑의 회복 등의 작품 경향을 보여 주고 있다. 시집으로 《사평역에서》(1983), 《서울 세노야》(1990), 《참 맑은 물살》(1995), 《꽃으로 엮은 방패》(2021) 등이 있다.

▎ 대합실, 침묵하는 사람들

눈 내리는 어느 한겨울 밤, 이 시는 시골의 한 작은 역으로 독자를 초대한다. 역 대합실에 톱밥난로가 있었던 창작 당시의 풍경을 떠올리는 것이 독자의 상상에 도움이 될 것이다. 밖에는 함박눈이 내리고 역 대합실에서는 사람들이 마지막 밤 열차를 기다리고 있다. '사평역(沙平驛)'은 현실에 존재하지 않는 가상의 공간이다. 처음 들어 보는 낯선 역 이름이기는 하지만, 당시 시골 어느 곳에서든 볼 수 있었던 평범하면서도 익숙한 공간이다. 이 시는 왜 현실에 존재하지 않는 '사평역'으로 독자를 초대한 것일까? 아마도 서민들의 애환이 깃들어 있는, 일상생활에서 흔히 보았던 작은 역을 쉽게 떠올리게 하기 위해서가 아니었을까. 그래서 이 시에 등장하는 사람들의 정서가 특정 지역, 특정 사람들의 것이 아니라 바로 우리네 평범한 사람들의 것임을 드러내기 위한 장치가 아니었을까. 사평역이라는 이름을 듣는 순간, 당대 독자들은 아마도 완행열차를 타고 가면서 드나들었던 시골의 어느 작은 역을 떠올렸을 것이다.

대합실 밖은 밤새 함박눈이 내려 쌓이고 있다. 대합실 안에는 마치 흰 보라 수수꽃이 핀 양 유리창마다 성에꽃이 피어 있고, 한편에서는 톱밥난로가 타고 있다. 그 역 대합실로 화자가 들어섰다. 그리고 이내 막차를 기다리는 이들을 만난다. 그들은 막차를 기다리다 지쳐서 눈을 감고 "그믐처럼" 졸거나, "감기에 쿨럭이"거나, 언제 나을지 모르는 "오래 앓은 기침소리"를 내거나, "쓴 약 같은 입술 담배"를 피우고 있다. 신산한 삶의 무게에 지쳐 병색이 완연한 사람들. "그믐처럼"이라는 표현에서 그믐달처럼 눈을 감고 있는 모습과 더불어 달빛 없는 그믐밤의 어둡고 우울한 삶의 이미지가 느껴진다. 그들은 제각기 사연을 품은 채 어디론가 떠나기 위해 막차를 기다리고 있을 것이다. 그런데 그들은 모두 하고 싶은 말들이 "가득해도" 마음속 깊이 품고만 있을 뿐, "아무 말도 하지 않"고 있다.

이 시에서는 대합실에 모여 있는 사람들의 목소리가 들리지 않는다. 감기에 쿨럭이는 소리나 오래 앓은 기침 소리를 빼면 무거운 침묵만이 감돌 뿐이다. 도대체 그 이유는 무엇일까. "산다는 것이 (…) / 침묵해야 한다는 것"임을 "모두들 알고 있었"기 때문이라고 시는 말하고 있다. 이 구절은 의미가 다층적인 것으로 보인다. 그리고 그만큼 감동적이기도 하다. 한편으로는 산다는 것 자체가 "때론 술에 취한 듯" "귀향하는 기분으로" 침묵해야 하는 것임을 의미할 수 있다. 그런데 다른 한편으로는 하고 싶은 말이 있어도 살기 위해서는 말하지 말아야 한다는 것을 아는 사람들에게서 느껴지는 두려움 섞인 침묵을 의미할 수도 있다. 그들이 "내면 깊숙이" 품고 있는 말이 과연 무엇인지 독자로서는 알 수 없다. 하지만 무언가를 말하고 싶지만 말해서는 안 된다는 생각 때문에 아예 입을 닫아 버린 사람들, 그들이 세상에 대해 갖고 있는 두려움이 그대로 전해져 온다.

┃ 난로에 던져 주는 한 줌의 톱밥

대합실에 감도는 무거운 침묵 속에서 '톱밥난로'가 타고 있다. 대합실 밖의 희고 차가운 '눈'과, 불빛을 내며 따뜻함을 전해 주는 대합실 안의 '톱밥난로'는 서로 대비를 이룬다. 추위에 꽁꽁 얼어 핏기마저 사라진 "청색의 손바닥"과 그 손바닥에 온기를 적셔 주는 '톱밥난로' 불빛의 대비도 느껴진다. 그 대비 속에서 톱밥난로의 불빛은 선연히 빛난다. 한겨울 추위, 그리고 암울한 침묵으로 채워진 이 시에서 다소간의 따뜻함을 느낄 수 있는 것은 바로 이 톱밥난로 덕분일 것이다. 이는 공기를 따뜻하게 데우는 난로의 특성 때문이기도 하겠지만, 무엇보다 톱밥난로에 "한줌의 톱밥"을 던져 주는 화자의 행동 때문이기도 하다.

이 시의 화자가 구체적으로 어떤 사람인지는 알 수 없다. 그러나 그것은 중요하지 않다. 이 시에는 대합실에 모인 사람들을 향한 화자의 시선과 마음이 잘 드러나 있다. 그렇기에 독자는 화자가 어떤 사람인지 질문을 던지기보다 대합실 사람들을 바라보는 그의 시선과 마음에 더 집중하게 된다. 화자는 "그리웠던 순간들"을 떠올리며 톱밥난로에 톱밥을 던져 주고 있다. "한줌의 톱밥을 불빛 속에 던져주"는 행위는 대합실이라는 공간, 그 공간에 함께 있는 사람들에게 온기를 전하기 위한 행동일 것이다. 그런데 7~8행의 "그리웠던 순간들을 생각하며 나는 / 한줌의 톱밥을 불빛 속에 던져주었다"라는 시행이 시의 맨 마지막에서 "그리웠던 순간들을 호명하며 나는 / 한줌의 눈물을 불빛 속에 던져주었다"로 변화를 보이고 있다. "생각하며"가 "호명하며"로, "한줌의 톱밥"이 "한줌의 눈물"로 바뀐 것이다. 특히 후자를 통해 화자가 난로에 던져 주는 '톱밥'이 곧 화자의 '눈물'과도 같은 것임을 알 수 있다. 그러므로 '톱밥'은 대합실에 모인 사람들과 침묵의 고통을 함께 느끼면서 동시에 그들과 감정적으로 연대하고자 하는 화자의 마음을 상징하는 것으로 볼 수 있다. 이 시행에서 "그리웠던 순간들"이 어떤 순간이었는지 드러나 있지는 않지만 분명한 것은 '지금'이 아닌 다른 시간의 순간들이란 점이다. '나'는 그리웠던 순간들을 생각하기만 하는 것이 아니라 지금 이 자리로 "호명하며" 한 줌의 톱밥을 난로에 던져 준다. 톱밥을 던지는 행위는 그리웠던 순간들을 '우리 모두'의 것으로 만들고자 하는 작은 연대의 몸짓이다. 난로 속에 들어간 톱밥은 추위에 떠는 사람들의 몸과 마음을 따뜻하게 녹여 줄 온기를 내뿜을 것이다.

▌ 좀처럼 오지 않는 막차

막차는 오지 않았는데 시는 끝나 버렸다. 시의 처음으로 되돌아가 보자. "막차는 좀처럼 오지 않았다"라는 갑작스러운 첫 시행은 사람들이 정해진 시간이 지나도 오지 않는 기차를 오랫동안 기다리고 있는 장면을 떠올리게 한다. 그런데 이 시는 왜 그냥 기차를 기다린다고 하지 않고 '막차'를 기다린다고 했을까. 서민들의 삶에서 '마지막 밤열차'가 주는 느낌은 각별하다. 역은 출발과 도착, 만남과 헤어짐이 이루어지는 공간이다. 타지에서 집으로 돌아오는 사람들과 그곳에서 다른 곳으로 떠나려는 사람들이 공존하는 공간이다. 그런데 이 시는 막차를 타고 떠나려는 사람들에 초점을 맞추고 있다. 무슨 사연이 있든, 여기가 아닌 다른 곳으로 가려는 사람들이 대합실에 모여 있다. 그들에게 막차는 더 이상 미룰 수 없는 마지막 기회이다. '지금, 여기'를 떠날 수 있는 유일한 방법은 막차뿐이기 때문이다. "단풍잎 같은 몇 잎의 차창을 달고 / 밤열차는 또 어디로 흘러가는지" 알 수 없기 때문에, 막차를 타고 떠난다 해도 암울한 현재를 벗어날 수 있을지는 미지수이다. 하지만 분명한 것은 기다리면 언젠가는 온다는 믿음이다. 화자인 '나'와 대합실에 모여 있는 사람들은 모두 그 믿음 하나로 막차를 기다리고 있다. 모두들 '지금' 이 침묵의 순간을 견디면서, "그리웠던 순간들을 호명하며" 톱밥난로의 불을 돋우면서, 좀처럼 오지 않는 막차를 기다린다. 그렇게 기다리는 채로 시가 끝났다.

이 시에 대한 다양한 시각들

작품 자체의 내적 맥락에 초점을 맞춰 〈사평역에서〉를 읽으면 시골의 작은 역에서 막차를 기다리는 사람들의 쓸쓸하고도 우울한 풍경, 그들의 춥고 지친 삶에 따뜻함을 전해 주는 톱밥난로의 소박한 온기 등에 주목할 수 있다. 이러한 시각에서는 '사람들의 내면에 있는 그리움의 온도, 나아가 자신의 슬픔과 그들의 아픔을 한데 겹쳐 보는 화자의 연민의 온도가 담긴 작품'(김흥규, 2009: 385)이라고 이 시를 평가할 수 있다.

한편 이 시는 "침묵해야 한다는 것을 / 모두들 알고 있었"던 당대의 분위기를 "운명처럼 수용할 수밖에 없다는 막막한 무력감"(이숭원, 2008: 500)을 잘 드러낸 시로 해석되기도 한다. 이는 1981년 1월에 발표된 이 시의 시대적 분위기에 주목한 해석이다. 1980년대 초반은 독재정권 하에서 누구도 쉽게 비판의 목소리를 내지 못했던 시기이며, 특히 1981년은 광주민주화운동이 있었던 직후이다. 곽재구는 1980년 광주민주화운동 당시 진압군의 만행을 보고 "인간 속에 숨어 있는 야만성"(윤창국, 1994)을 목격했다고 말한 바 있다. 자신도 진압군에게 폭행당해 관절이 찢기고 머리카락이 다 빠지도록 맞아 죽을 고비를 넘긴 적이 있다고 회고하기도 했다. 1980년대 초반 많은 사람들이 광주민주화운동의 과정에서 자행되었던 폭력을 보거나 경험했지만, 그것은 절대 말해서는 안 되는 금기의 사건이었다. 그러니 진실을 말하지 못하고 재갈이 물린 채 침묵만 강요당했던 당대의 고통스러운 정서를 표현한 것으로 이 시를 읽을 수도 있을 것이다. 이 시를 광주민주화운동과 직접적으로 연관 지어 해석하는 것만이 옳다는 것은 아니다. 어떤 의미로 읽든 이 시는 암울한 시대를 함께 살아가는 사람들의 고통, 그들과의 정서적 연대, 그리고 그런 시대에서 벗어나고자 하는 희망을 보여 주고 있다. 다만, 이 시가 장기간의 독재정치와 광주민주화운동이라는 시대적 맥락 속에 위치하고 있다는 점도 고려할 때, "산다는 것이" "침묵해야 한다는 것을 / 모두들 알고 있었다"라는 표현의 의미가 선명하게 드러난다.

　　참고로 〈사평역에서〉와 함께 읽으면 좋은 소설을 소개한다. 이 시를 모티프로 임철우 작가는 〈사평역〉(1983)이라는 소설을 발표했다. 〈사평역〉 역시 눈 내리는 겨울밤 '사평역'이라는 시골 간이역을 소설의 시간적·공간적 배경으로 설정하고 있으며, 그곳에서 막차를 기다리는 사람들의 이야기를 들려 준다. 시에서는 대합실 안의 몇몇 사람들로 표현되었던 사람들이 소설에서는 역장, 대학생, 중년 사내, 농부, 미친 여자 등 구체적인 인물로 형상화되어 각자의 사연을 전해 준다.

| 최미숙

참고문헌

곽재구(1983), 《사평역에서》, 창작과비평사.
김흥규(2009), 『한국 현대시를 찾아서』, 푸른나무.
윤창국(1994), 「시인 곽재구를 찾아서: 인간과 세상에 대한 아름다운 신뢰」, 『대학신문』, 서울대학교 대학신문사, 1994. 5. 30.
이숭원(2008), 『교과서 시 정본 해설』, 휴먼앤북스.

대설주의보

최승호

해일처럼 굽이치는 백색의 산들,
제설차 한 대 올 리 없는
깊은 백색의 골짜기를 메우며
굵은 눈발은 휘몰아치고,
쪼그마한 숯덩이만한 게 짧은 날개를 파닥이며……
굴뚝새가 눈보라 속으로 날아간다.

길 잃은 등산객들 있을 듯
외딴 두메마을 길 끊어놓을 듯
은하수가 펑펑 쏟아져 날아오듯 덤벼드는 눈,
다투어 몰려오는 힘찬 눈보라의 군단,
눈보라가 내리는 백색의 계엄령.

쪼그마한 숯덩이만한 게 짧은 날개를 파닥이며……
날아온다 꺼칠한 굴뚝새가
서둘러 뒷간에 몸을 감춘다.
그 어디에 부리부리한 솔개라도 도사리고 있다는 것일까.

길 잃고 굶주리는 산짐승들 있을 듯

눈더미의 무게로 소나무 가지들이 부러질 듯

다투어 몰려오는 힘찬 눈보라의 군단,

때죽나무와 때 끓이는 외딴집 굴뚝에

해일처럼 굽이치는 백색의 산과 골짜기에

눈보라가 내리는

백색의 계엄령.

출처《대설주의보》(1995)　**첫 발표**《세계의 문학》(1982. 6)

최승호 崔勝鎬 (1954~)

1977년 등단하여 첫 시집으로 《대설주의보》(1983)를 펴냈다. 문명과 도시의 이면, 그리고 인생과 죽음에 관한 탐구가 초기 시들을 관통한다. 이후 생태 시인의 면모를 보이며 환경운동에 참여하기도 했다. 첫 시집 외에 주요 시집으로 《진흙소를 타고》(1987), 《세속도시의 즐거움》(1990), 《눈사람》(1996), 《그로테스크》(1999) 등이 있다.

시의 언어에 투사되는 복수의 의미들

다의성과 모호성은 시의 언어에서 흔히 볼 수 있는 특징이다. 시는 일상적인 의사소통 상황에서와 달리 그것이 제시되는 맥락에 대한 정보가 적으며 텍스트의 길이도 대체로 짧기 때문에, 독자가 시에 담긴 언어의 의미를 하나로 단언하기 어렵다. 그래서 하나의 시어에 대해 독자들이 저마다 다른 의미를 부여하기도 하고, 하나의 시어가 표면적인 뜻과 숨겨진 뜻을 동시에 갖기도 한다.

시는 이러한 특징을 의도적으로 활용하여 사유의 깊이를 확보하거나 풍부한 상상력을 담아낸다. 많은 시인들이 그렇겠지만 특히 최승호는 시에서 복수

(複數)의 의미를 겹쳐 보이는 데 능수능란하다. 첫 시집《대설주의보》에서부터 그러했다. "끌려다니는 바퀴들은 어디서 쓰러지는지 / 코끼리가 / 상아의 동굴에서 쓰러지듯 / 고철의 무덤에서 쓰러지는지 / (…) / 끌면 별수없이 몽고로 / 끌려가는 공녀(貢女) / 끌려가는 예수 / 채찍 맞는 조랑말 / 그리고 계엄령 속의 폴란드 광산 노동자들 / 육중한 하중을 짊어진 바퀴들이 / 굴러간다 묵묵히 끌려간다"(〈바퀴〉)가 한 예이다. 도로 위의 자동차 바퀴에서 시작되었을 연상이 인생사, 나아가 사회 체제와 종교의 영역으로까지 확장되고 있다. 또 그의 시에서 소재로 자주 채택되는 온갖 동물들도 미물(微物)에 대한 신기한 발견의 차원에서만 다루어지는 것이 아니다. 쥐포를 구울 때 혀도, 귀도, 눈도 없는 "집단적으로 벌거벗겨진 쥐치들"을 생각하면 개성도, 방패도, 발언권도 없는 "철조망 속에 쭈그리고 앉아 있는 / 주둥이가 뾰로통한 아프리카 포로들"(〈쥐치〉)이 바로 떠오르는 식이다.

〈대설주의보〉도 이와 비슷한 기법이 사용된 작품이다. 비록 '겹쳐져 있는' 의미에 관한 단서가 위의 시들만큼 많지는 않지만 말이다. '눈'이라는 다의적인 소재부터가 이를 예견하게 만든다. 한국 현대시사에서 이름난 작품 몇 편만 보더라도 '눈'이 그저 완상의 대상이나 자연적 배경으로만 기능하는 것은 아님을 알 수 있다. 김광균의 〈설야〉에서는 '그리운 소식'이자 '싸늘한 추회(追悔)'고, 김수영의 〈눈〉에서는 '젊은 시인'들의 양심을 자극하는 매개였다. 황동규의 〈삼남에 내리는 눈〉에서는 변혁의 전망과 비극성이 혼재하는 상징물이기도 했다. 아름답지만 견딜 수 없을 만큼 차갑고, 환한 순백의 빛을 띠지만 이내 잿빛으로 물들고 마는 독특한 속성을 가지기에 '눈'은 이처럼 단순한 자연물 이상의 의미를 다채롭게 부여받을 수 있었다. 〈대설주의보〉는 어떨까? 이 시가 주목한 눈의 속성은 온 세상을 폭압적으로 덮어 버린다는 것이다. 이러한 관점으로 눈 내리는 풍경을 바라볼 때 어떤 의미가 겹쳐질 수 있을지 구체적으로 살펴보자.

단색으로 뒤덮인 세상과
계엄령의 의미 변주 가능성

이 시는 제목 그대로 폭설의 풍경을 그리고 있다. 첩첩으로 가로놓인 산들과 골짜기의 원경부터 시작하여 거칠 것 없이 휘몰아치는 눈발, 그리고 그 한복판에 있는 마을과 새의 모습을 선명하게 그렸다. 평이한 일상어를 바탕으로 단순한 반복과 변주의 기법을 취하고 있어 이미지가 쉽게 떠오르고 잘 읽힌다. 그때문에 이 시는 매년 겨울 큰 눈이 내릴 때마다 뉴스와 신문에 빠지지 않고 인용되기도 한다.

작품에 표면화된 풍경을 따라가 보자. 1연에서는 대설주의보가 내린 광막한 산간 지역의 모습이 제시된다. 이러한 풍경을 "해일처럼 굽이치는"이라고 했다. 정신없이 쏟아지는 눈 때문에 정지해 있는 산마저도 요동치는 것처럼 보일 수 있고, 평소와 달리 낯선 백색의 의장을 한 산이 그런 느낌을 가중시키기도 한다. 혹은 폭설 자체가 어마어마한 높이의 파도와 같은 위압감을 인간에게 선사하기 때문에, 눈에 뒤덮인 험준한 산들이 '해일'처럼 보인다고도 할 수 있겠다. 산들의 험준함은 "제설차 한 대 올 리 없는 / 깊은 백색의 골짜기"로 부연되고, 그 깊은 '골짜기'가 백색으로 메워진다고 하니 눈이 얼마나 많이 내렸는지도 가늠할 만하다. 그리고 이 폭설 속을 '굴뚝새' 한 마리가 날아간다. 최승호의 다른 시 〈굴뚝새의 기나긴 겨울〉에 따르면 굴뚝새는 "눈보라 휘몰아치는 겨울이면 산 아래 마을로 피신"하여 "밤이면 굴뚝 곁에서 잠을 자고 낮이면 먹을 걸 찾아 마을의 집들을 돌아다니는 새"다(최승호, 2010). 눈보라 속에서 "짧은 날개를 파닥이"는 이 앙증맞은 새는, 이어지는 연들에서도 내내 휘몰아치는 눈과 대비를 이루며 폭설의 위압감을 더욱 선명하게 만든다.

2연에서는 거침없이 내리는 눈의 위력이 한층 뚜렷해진다. '등산객들'이 길을 잃게 하고, '외딴 두메마을'의 길도 끊어놓을 기세이다. 눈의 위세를 제대로 보이려면 이것만으로는 부족하다는 듯 다른 비유들이 첩첩이 따라붙는다. 눈은 평평 쏟아지는 '은하수'이고, 위력을 과시하며 몰려드는 힘찬 '군단'이며, 그 분위기는 온통 흰 빛깔의 '계엄령'이다. 〈대설주의보〉가 발표된 시점이 군부 통치기였던 것을 감안하면 '군단', '계엄령' 등의 보조관념들은 비교적 익숙한 대상이다. 그런 점에서 이 비유들은 그리 참신하지 않아 보이기도 한다. 하지만 폭설의 위세에 초점이 맞춰진 이 작품의 기본 구도에는 상당히 충실한 표현들이라 할 수 있다. 이 작품은 1연의 '폭설'과 '굴뚝새'의 이미지를 지속적으로 반복·변주하여 풍경 전반을 형상화하는 구조를 취하기 때문에, 낯선 비유로 시상의 흐름을 끊으며 부가적인 사유를 요청하기보다는 즉각적이고 선명한 연상을 만들어 내는 표현이 더 효과적이다. 또 호흡이 마무리되지 못한 1, 2행의 종결부('~듯') 직후에 명사('눈', '군단', '계엄령')로 끝나는 간명한 행들이 이어지는 것은 폭설에 어울리는 긴박한 호흡을 형성한다는 효과도 있다. 그리고 뒤에서 보겠지만 '계엄령'은 '폭설'이라는 대상에 자연현상 외의 다른 의미를 겹쳐 보이도록 하는 결정적인 시어이기도 하다.

1연에서 날아갔던 '굴뚝새'가 3연에서는 날아온다. 눈보라 세례를 받고 금세 '꺼칠'해진 상태이다. 본디 인가(人家)를 기웃거리는 새이기는 하나 '뒷간'에 몸을 감춘다는 것은 그만큼 급박한 정황임을 암시한다. 여기서 등장하는 '솔개'는 시상 전개의 흐름에 비추어 다소 이질감이 있는데, '등산객'이나 '굴뚝새'와 마찬가지로 압도적인 자연 현상에 짓눌릴 법한 생명체이면서도 한편으로는 다른 생명을 사냥하는 존재이기 때문이다. 따라서 '솔개'는 '눈'이 모든 것을 압도하는 와중에 오히려 그에 편승하여 이득을 취하려는 자 정도로 읽을 수 있겠다.

이어서 눈의 위력이 거듭 강조되는데, 이번에는 이를 위해 동원되는 대상이 좀 더 많다. 생활의 터전에서 길을 잃고 "굶주리는 산짐승들", 눈더미에 가지가 부러질 듯한 '소나무', 그리고 '때죽나무'와 '외딴집'이 압도적인 폭설에 역눌린 형국이다. 동물, 식물, 사람 등 다양한 유형의 존재들이 제시됨으로써 눈의 힘이 어느 곳에나 편재(遍在)하고 있음이 확인된다. 마무리는 앞서 등장했던 "해일처럼 굽이치는 백색의 산과 골짜기"와 "백색의 계엄령"의 반복이다. 산골

마을을 옴짝달싹 못 하게 휘몰아치는 눈의 이미지가 마지막까지 독자에게 각인
되며 여운을 남기는 셈이다.

　이처럼 이 시는 폭설이라는 자연 현상을 생생하게 그린 작품으로만 읽어도
충분하다. 그런데 앞에서 거론한 것처럼 여기에 다른 의미가 겹쳐질 여지도 있
는데, 온 세상이 무언가에 의해 폭압적으로 뒤덮인다는 이 시의 지배적 형상 때
문에 그러하다. 이 맥락에서 나온 대표적인 독법이, 작품이 발표된 1980년대 초
의 폭력적인 정치·사회 현실을 읽어 내는 것이다. 비유를 위해 쓰인 용어이기
는 하지만 '군단'과 '계엄령'은 군사적이고 공포적인 사회 분위기의 잔상을 강
하게 남긴다. 광주민주화운동의 진압을 거쳐 공포 정치로 치닫던 신군부의 통
치 하에서 나온 작품이기에 특히 그렇다. 또한 '계엄령'이라는 단어는 국가기관
으로부터 발효되는 공적 지침이라는 점에서 이 시의 제목 '~주의보'와 등가를
이루는 표현이며, 따라서 작품 내에서 지엽적인 비유로만 쓰인 것이 아니라고
도 볼 수 있다. 한편 시인이 강원도 사북에서 초등학교 교사로 재직하던 1980년
4월, 광부들의 노동항쟁과 신군부의 혹독한 탄압을 그가 목도했을 가능성이 이
러한 해석을 뒷받침하기도 한다.

　온 세상을 일률적으로, 그리고 저항할 수 없게 하얀 단색으로 덮어 버리고
재난 상황을 연출하는 폭설에 공포·독재 정치의 현실을 겹쳐 읽는 이 해석은
자연스럽다. 겹쳐 읽을 정치·사회 현실을 그리 직접적으로 드러내지 않아 함축
미도 있다. 그런데 텍스트 이면의 정치·사회 현실을 중시한다는 점에서 알레
고리적이라고도 할 수 있는 이러한 읽기는 작품에 대한 독자의 감상을 지나치
게 단순화할 우려가 있는 것도 사실이다(김준오, 2002: 203-206). 세상이 일률적
인 빛으로 뒤덮이는 폭압적인 상황이 반드시 특정 시대의 정치·사회 현실'만'
을 의미한다고 단정할 수는 없다. 시어의 다의성과 모호성이 시의 본질에 속하
기 때문이다. '계엄령'은 신군부의 정치 책략을 뜻하는 말이기도 하지만, 세계
를 압도하는 다른 종류의 힘이나 부조리를 뜻하는 말일 수도 있는 것이다.

억압적이고 불가항력적인 세계의 의미

다른 읽기의 가능성은 시인의 다른 작품들로부터 온다. 최승호의 시세계에 대한 세간의 설명으로 잠시 눈을 돌려 보자. 빠지지 않는 설명이 '문명과 도시에 대한 비판적 관심'이다. 확실히 시인은 현대문명의 주 무대인 화려한 도시에서 그 이면의 진실을 포착해 내는 데 일가견이 있다. "호수를 둘러싼 호텔과 산들의 경관" 곁에서 굳이 호수 밑바닥에 있는 "쓰레기들의 엄청난 무덤"(〈물 위에 물 아래〉)을 발견하는 시인인 것이다. 그러나 적어도 초기 시의 관심사에 대한 설명은 이것만으로는 충분하지 않다. 보다 포괄적인 의미에서 인간 삶의 조건 전반에 시의 촉수가 미쳐 있기 때문이다. 첫 시집에 형상화된 시적 공간만 하더라도 도시뿐 아니라 광산과 산촌이 적지 않은 비중을 차지하고, 시집 전체가 본격적인 문명 비판이라는 주제 의식으로 일관된 것도 아니다. 어느 공간에 있든, 어떤 대상을 바라보든 주조를 이루는 시적 인식은 '삶이 무언가에 억눌려 있거나 그 주위가 꽉 막혀 있다는 인식'이다. 예컨대 앞서 언급한 〈바퀴〉의 경우, 문명의 산물을 소재로 취하고는 있지만 근대문명이나 도시만을 문제 삼지는 않는다. "끌면 별수없이" 끌려가는 중세 여성, 예수, 조랑말 등이 모두 시적 사유의 대상이 되는 문젯거리인 것이다.

이처럼 한 인간으로 하여금 그의 뜻대로 살 수 없게 만드는 억압적이고 불가항력적인 세계, 혹은 그러한 운명이 최승호 초기 시의 일반적인 관심사이다. 그 세계나 운명의 실체는 다분히 두루뭉술하다. 첫 시집에서 〈대설주의보〉 곁에 배치된 작품들을 보자. 〈화전민〉에서는 빈집들만 남은 "화전민 마을"을 보며 "어디로들 다 쫓겨간 것일까"라고 말하기도 하고, 〈늦가을〉에서는 해거름 "갱생원의 늙은 병자들"을 노란 비늘이 벗겨지는 "은행나무"와 낡은 날개를 떠는 "잠자리" 곁에 병치하기도 한다. 이 두 장면은 부자유하거나 쇠락한 삶에 관한 삽화인 셈인데, 모두 인생사의 일반적인 비극으로도 읽힐 수 있고 산촌에서의 사회적 소외로도 읽힐 수 있다. 억눌리거나 막혀 있는 삶에 연루되는 조건이 무엇인지가 하나로 한정되지 않은 격이다. 시인은 이후 긴 노정을 통해 그 조건을 탐색하고, 네 번째 시집인 《세속도시의 즐거움》(1990) 즈음에 이르면 도시문명의 비판 쪽으로 구체적인 가닥을 잡게 된다. 당대 비평가의 말을 빌리자면 첫 시집에서 암시된 씨앗들이 이후의 시들에서 더 깊이 천착되고 탐구된 모양새다(김현, 1992: 213-214).

〈대설주의보〉를 이런 맥락에서 다시 읽어 보자. '계엄령'이라는 명명이 이루어진 폭설의 풍경은 뜻대로 살기 힘들 만큼 억압적이고 불가항력적인 세계를 충실하게 이미지화한다. 하지만 무엇 때문에 그러한 억압과 불가항력이 존재하는지는 불투명하다. 앞에서 본 대로 시인은 탐색의 도정을 막 시작했을 뿐이고, 시 텍스트 상에서도 폭설 풍경에 겹쳐지는 다른 의미가 확정적으로 드러나지는 않기 때문이다. 물론 1980년대 초의 정치 현실은 여전히 유력한 해석의 한 후보이다. 그러나 우리는 이제 다른 의미를 이 시에 겹쳐 읽을 수도 있다. 자연 앞에서 무기력한 인간의 일반적인 숙명, "제설차 한 대 올 리 없는" 공동체에 드리워진 사회적 소외, "계엄령"이 내려지듯 언제든 일시에 정지할 수 있는 일상 등이 그 예이다. 이 의미들은 텍스트에도 그 단서가 있지만 궁극적으로는 독자가 자신의 세계를 어떻게 바라보는가와 떼 놓을 수 없다. 인간과 문명의 왜소함이나 무망(無望)함을 예민하게 감수해 온 독자라면 이 폭설 풍경에서 인간사의 숙명론적인 기운을, 공동체의 불평등에 민감했던 독자라면 이 풍경에서 소외와 고립의 면모를 각각 더 우세하게 감지할 것이다. 앞으로도 눈 내리는 겨울날 이 시는 회자될 것이고 어떤 독자를 만나느냐에 따라 이 폭설의 풍경에 겹쳐지는 것들은 얼마든지 다채로워질 수 있다.

| 강민규

참고문헌

김준오(2002), 『시론』(제4판), 삼지원.
김현(1992), 「거대한 변기의 세계관: 최승호의 시세계」, 『젊은 시인들의 상상세계/말들의 풍경: 김현 문학전집 6』, 문학과지성사.
최승호(1995), 《대설주의보》(제2판), 민음사.
최승호(2010), 《북극 얼굴이 녹을 때》, 뿔.

흐트러짐 없이 따라 읽기만 하는 우리 시대의 자화상

하급반 교과서

김명수

아이들이 큰소리로 책을 읽는다
나는 물끄러미 그 소리를 듣고 있다
한 아이가 소리 내어 책을 읽으면
딴 아이도 따라서 책을 읽는다
청아한 목소리로 꾸밈없는 목소리로
"아니다 아니다!" 하고 읽으니
"아니다 아니다!" 따라서 읽는다
"그렇다 그렇다!" 하고 읽으니
"그렇다 그렇다!" 따라서 읽는다
외우기도 좋아라 하급반 교과서
활자도 커다랗고 읽기에도 좋아라
목소리 하나도 흐트러지지 않고
한 아이가 읽는 대로 따라 읽는다

이 봄날 쓸쓸한 우리들의 책읽기여
우리나라 아이들의 목청들이여

출처 《하급반 교과서》(1983) **첫 발표** 《세계의 문학》(1981. 3)

김명수 金明秀 (1945~)
경상북도 안동 출생. 시인이자 아동문학가로 1977년 시 〈월식〉으로 문단활동을 시작했다. 절제된 언어와 리듬, 소외되고 그늘에 가려진 대상들에 대한 관심, 세상에 대한 깊은 성찰 등이 돋보이는 시세계를 일구어 냈으며, 아동문학가로서도 뛰어난 성취를 이루었다. 시집으로 《하급반 교과서》(1983), 《피뢰침과 심장》(1986), 《침엽수 지대》(1991), 《바다의 눈》(1995), 《곡옥》(2013), 《언제나 다가서는 질문같이》(2018) 등이 있으며, 동화집으로 《달님과 다람쥐》(1995), 《바위 밑에서 온 나우리》(2001) 등이 있다.

▎ 교과서를 읽는 교실 풍경

이 시는 책 읽기 수업이 이루어지고 있는 교실로 독자들을 초대하고 있다. 아마도 초등학교 교실인 듯하다. 아이들이 읽는 책은 교과서일 것이다. 시적 화자인 '나'는 교사로, 아이들이 책 읽는 소리를 듣고 있다. 1연에는 아이들이 책을 읽는 장면이 그려지고, 2연에는 아이들의 책 읽기 장면을 바라보는 화자의 생각이 드러나 있다. 초등학교 저학년 교실에서는 교과서를 읽는 수업이 종종 이루어지곤 한다. 아이들의 책 읽기 장면을 바라보면서 화자는 무슨 생각을 했던 것일까.

이 시의 제목은 '하급반 교과서'이다. 지금은 사용하지 않지만, 예전에는 상급반, 하급반이라는 표현을 일상적으로 사용했다. '하급반'은 '저학년의 학급'이라는 뜻이고, 반대로 '상급반'은 '고학년의 학급'이라는 의미이다. 그러므로 '하급반 교과서'란 '저학년 아이들이 배우는 교과서'를 의미한다. 독자는 이 시를 통해 하급반 교과서 읽기 교육의 단면을 볼 수 있다.

1연에서 아이들은 큰소리로 책을 읽고, '나'는 아이들의 책 읽는 소리를 물끄러미 듣고 있다. 화자가 상황에 몰입하지 않고 거리를 둔 채 아이들의 책 읽는 소리를 듣고 있는 장면이다. 화자의 눈앞에 펼쳐진 아이들의 책 읽기 방식은 단순하다. 한 아이가 소리 내어 책을 읽으면 다른 아이들이 그 내용을 그대로 따라서 읽는다. 아이들의 목소리는 청아하고 꾸밈이 없다. 한 아이가 "아니다 아니다!", "그렇다 그렇다!"하고 읽으면 다른 아이들도 일사불란하게 "아니다 아니다!", "그렇다 그렇다!"하고 큰 소리로 따라서 읽는다. 아이들이 읽고 있는 하급반 교과서는 단순해서 외우기도 좋고, 활자가 커서 읽기도 좋다. 해맑게 책을 읽는 아이들의 목소리는 활기차고, 수업은 아무런 문제도 없는 듯하다. 이쯤 되면 독자들은 책 읽기 수업이 잘 이루어지고 있는 것 같아 흐뭇한 표정을 짓고 있을 교사의 모습을 상상하고 있을지도 모른다.

▍쓸쓸한 책 읽기가 환기하는 것

아이들의 책 읽는 모습을 바라보는 화자의 생각은 2연에서 비로소 드러난다. 언뜻 보면 1연에 표현된 아이들의 책 읽기 모습은 매우 힘차고 쾌활해 보인다. "청아한 목소리", "꾸밈없는 목소리"로 하나도 흐트러지지 않고 읽는 모습에서 활기차게 수업에 참여하는 학생들을 떠올릴 수 있다. 그런데 2연으로 오니 갑자기 분위기가 달라졌다. 1연에서 보여 준 아이들의 쾌활한 목소리와는 다른, 화자의 자조적인 목소리가 들린다. 화자는 한 아이가 읽는 대로 따라 읽는 아이들의 책 읽기 모습을 오히려 "쓸쓸한" 책 읽기라고 보고 있다. 그렇게 생각하는 이유는 무엇일까. 일사불란하게 하나의 목소리를 반복적으로 따라 읽기만 하는 모습에 대한 비판과 관련이 있음을 쉽게 알아차릴 수 있다. 자기 자신의 생각과 목소리를 갖지 못한 채 다른 사람이 말하는 대로 무조건 따라 말하기만 하는 태도에 대한 화자의 비판적 시각을 보여 주는 것이다.

그런데 여기서 '우리'라는 표현에 주목할 필요가 있다. 2연의 "우리들의 책 읽기"라는 표현에서 아이들의 책 읽기가 단지 한 교실의 수업 장면에만 국한된 것이 아니라는 화자의 인식이 드러난다. 그리고 다음 행에서는 '아이들'도 한 교실에 있는 학생들이 아닌 "우리나라 아이들"로 확장된다. 즉, 화자는 1연에 표현된 책 읽기 모습이 그 교실 아이들만의 문제가 아니라 바로 '우리들'의 문제이며, 그것이 "우리나라 아이들의 목청들"로 연결된다고 보는 것이다.

┃ 획일적 교실, 우리 사회의 축소판

모든 인간에게는 스스로 생각하고 판단하며 표현할 수 있는 권리가 있다. 그러나 너무나도 기본적인 이 권리를 제대로 누리지 못하거나 타인 혹은 권력에 의해 침해당하는 경우가 많다는 것을 우리는 알고 있다. 예전에 "모두가 '예'라고 할 때 '아니요'라고 말하는 사람"이 좋다는 광고가 인기를 끈 적이 있었다. 그 광고는 모두가 "예"라고 할 때 별다른 생각 없이 그냥 "예"라고 말했던, 다시 말하면 다른 사람들이 전하는 생각을 무비판적으로 따르기만 했던 우리 스스로를 되돌아보게 하는 성찰의 기회를 제공하기도 했다. 이 시도 같은 맥락에서 이해할 수 있다. 자신의 관점에서 스스로 생각하지 않고 다른 사람이 주입하는 대로 생각하고 행동하는 우리 자신에 대한 자화상이자 그에 대한 비판적 성찰이 이 작품에 담겨 있는 것이다.

이 시는 획일적인 교육이 이루어지고 있는 수업 상황을 보여 주고 있으며 이를 통해 비주체적인 책 읽기 방식, 그저 따라 읽도록 가르치는 교육 방식을 근본부터 다시 생각해 보자는 자성을 불러일으킨다. 나아가 이 시는 2연에서 책 읽기의 주체를 '우리들'로 확장함으로써, 획일적인 교육 방식의 문제를 사회 전체의 문제로 연결시킨다. 획일적인 교육이 이루어지는 교실에서 학생들이 똑같은 말을 따라 읽듯이, 이 시를 읽는 '우리들'도 다양한 사고가 억압된 사회를 살아가고 있음을 성찰하고 있는 것이다. 결국 하급반 교과서를 읽고 있는 교실의 풍경은 주체성을 상실한 당대 사회의 축소판이라고 할 수 있다.

자신의 목소리를 갖지 못하도록 강제하는
사회에 대한 비판

《하급반 교과서》 시집 후기에서 시인은 "어두운 시절, 새삼 내 시는 누구를 위해 씌어져야 하고 무엇을 노래해야 하는가?"(김명수, 1983: 118)라고 질문하였다. 1981년 3월에 발표된 이 시 역시 창작 당시 우리 사회의 '어두운 시절'을 기반으로 하고 있을 것이다. 1980년대 군부독재 치하에서 신음하던 우리 사회에는 정부나 권력기관이 하는 말만 일방향적으로 전달되었다. 사람들은 진실을 알기 어려웠고, 알아도 말하지 못했다. 오직 권력을 가진 자만 말할 수 있었고, 사람들에게는 그 말을 듣는 것만 허용되었다. 권력을 가진 자가 모든 진실을 덮고 '예'라고 말하면, 대중들은 그저 따라서 '예'라고 말해야만 하는 시절이었다. 이 시의 관심은 단순히 자신의 목소리를 내지 못하는 '아이들'에게만 있는 것이 아니다. 비판의 초점은 교실에 있는 아이들이라기보다 자기 생각이나 목소리를 내지 못하는 '우리들'에 있으며, 동시에 자신의 목소리로 말할 수 있는 자유 자체를 억압하고 있는 당대 사회를 향하고 있기도 하다.

| 최미숙

....

참고문헌

김명수(1983), 《하급반 교과서》, 창작과비평사.

시시한 세상의 무게

새들도 세상을 뜨는구나

황지우

영화映畫가 시작하기 전에 우리는

일제히 일어나 애국가를 경청한다

삼천리 화려 강산의

을숙도에서 일정한 군群을 이루며

갈대 숲을 이륙하는 흰 새떼들이

자기들끼리 끼룩거리면서

자기들끼리 낄낄대면서

일렬 이렬 삼렬 횡대로 자기들의 세상을

이 세상에서 떼어 메고

이 세상 밖 어디론가 날아간다

우리도 우리들끼리

낄낄대면서

깔쭉대면서

우리의 대열을 이루며

한세상 떼어 메고

이 세상 밖 어디론가 날아갔으면

하는데 대한 사람 대한으로

길이 보전하세로

각각 자기 자리에 앉는다

주저앉는다

출처 《새들도 세상을 뜨는구나》(1993)　**첫 발표** 《새들도 세상을 뜨는구나》(1983)

황지우 黃芝雨 (1952~)

1980년 중앙일보 신춘문예에 〈연혁〉으로 입선하여 등단한 황지우는 1983년에 발간한 첫 시집 《새들도 세상을 뜨는구나》로 김수영 문학상을 수상하며 문단의 주목을 받기 시작하였다. 그의 초기 시는 형태의 파괴와 해체를 통해 사회에 대한 비판적 세계관을 보여 주었으나, 1990년에 발간한 시집 《게 눈 속의 연꽃》에서는 탈속적인 세계관까지 다루며 점차 세계와의 화해 및 서정으로 확장된 시세계를 보인다.

| 일어나, 듣고, 앉다

이 시는 1980년대라는 시대적 배경에 비추어 해석되곤 한다. 이 시가 발표된 시기일 뿐만 아니라, 군사독재로 인한 폭압적 현실을 적극적으로 거부해 온 황지우의 이력도 당대와 긴밀히 연결되어 있기 때문이다. 통제와 억압의 시대를 비판적으로 바라보았던 황지우의 관점은 〈새들도 세상을 뜨는구나〉에도 잘 담겨 있다.

시는 영화관에서 시작한다. 1~2행에서 화자는 영화가 시작하기 전, 기립한 채로 애국가를 경청한다. 1980년대는 영화가 시작되기 전 광고가 아닌 애국가를 경청해야 하는 시대였다. 주목할 점은 '일제히 일어나'서 '경청'해야 한다는 점이다. 이미 착석한 상황에서 굳이 몸을 일으키는 것도, 그냥 듣는 것이 아니라 경청하는 것도 여간 수고스러운 일이 아니다. 심지어 이 동작을 영화관의 모든 관객이 일제히 해야 했다. 좌석에서 일사불란하게 일어나 영상에 시선을 고정하고 애국가를 들어야 했던 다수의 사람들. 이 광경은 어딘가 부자연스럽고 섬뜩하기까지 하다. 요즘 영화관에서는 영화 시작 전에 화재 시 대피 요령이 나오지만, 누구도 일어나지 않고 일제히 경청하지도 않는다. 화재 시 대피하는 요령 자체가 중요한 것이지, 모두가 하나의 행동을 보여 주는 것이 목적은 아니기 때문이다. 그렇다면 화자가 살던 시대에 영화관에 모인 모두를 일어나게 하고 경청을 요구했던 주체의 목적은 무엇이었을까. 애국가의 내용을 숙지하게 하는 것이었을까.

이런 물음에 답하듯 3행에는 애국가의 한 소절이 제시되고 애국가의 영상에 대한 묘사가 10행까지 이어진다. 그러나 영상에 대한 객관적 묘사라기엔 '새'의 웃음과 그들의 비행에 대한 설명이 의미심장하다. 새가 많고 물이 맑은 곳이라는 이름에서 알 수 있듯 을숙도(乙淑島)는 철새 도래지로 유명한 곳이다. 이 영상에서 '삼천리 화려 강산'에 어울리는 갈대숲과 비상하는 새들의 모습은 일견 세상의 희망을 상징하는 것처럼 보인다. 그러나 화자는 비상하는 새떼들을 보며, 그들이 끼룩거리고 낄낄대며 "자기들의 세상을 / 이 세상에서 떼어 메고 / 이 세상 밖 어디론가 날아"가고 있다고 생각한다. 희망참을 위장하던 이 세상은, '새'들이 바로 이 세상에서 '자기들의 세상'을 '떼어 메'는 행위로 인해 균열이 생긴다. '자기들의 세상', 즉 '새'들의 세상은 '떼어 메고'와 '밖'이라는 표현에서 알 수 있듯 '이 세상'과 공존할 수 없는 세상이다. 이 세상에 속해서는 성립 불가한 자기들의 세상을, 이 세상과의 분리를 통해 생산해 낸 '새'들은 세상 밖 어디론가 날아가 버린다.

새떼들의 비상을 본 화자는 11행에서부터 '우리'도 '우리의 대열'을 이루어 이 세상 밖 어디론가 날아가고 싶다고 생각한다. 그러나 그 순간 '대한 사람 대한으로 길이 보전하세'라는 애국가의 마지막 구절이 나오며 자리에 앉게 된다. 16~17행에서는 통상적으로 붙여 쓰는 '날아갔으면 하는데'를 분절하여 '날아 갔으면 / 하는데'로 제시하고 있다. 이러한 분절은 독자를 잠시 멈추게 함으로써 '날아갔으면'에 보다 길게 머무르도록 만든다. 불확실하거나 미실현된 사실의 가정을 나타내는 어미 '-으면'은 이 세상 밖으로 날아가고자 하는 화자의 소망이 좌절될 것임을 암시한다.

화자가 보던 것은 스크린 속, 새가 날아가는 영상이었다. 화자는 새들처럼 이 세상을 벗어나고 싶어 하지만, 영상이 전환된 뒤 애국가의 마지막 구절을 들으며 자신의 육신은 여전히 영화관 안에 구겨져 있다는 사실을 새삼 깨닫는다. '우리'는 여전히 '이 세상'에 존재하는 것이다. 이를 깨달은 화자가 다시 자리에 앉는다는 것은 독립된 행에서 '주저앉는다'로 다시 한번 강조된다.

▌ '우리'로 이루어져야 가치 있는 일

시의 마지막까지 읽고 나면 영화관에 모인 모두를 일어나게 하고 애국가를 경청하게 한 목적이 애국가의 내용을 숙지시키려는 것이 아니었음을 짐작할 수 있다. 개인의 욕망과 의지를 무력화하는 것이 목적이었던 것이다. 일어나는 것도, 경청하는 것도, 다시 앉는 것도 내 의지가 아닌 곳. 이곳은 내 의지가 아닌 일을 해야만 하는 상황에 무뎌지게 만드는 것이 목적인, 그 목적에 따른 질서로 운영되는 세상이다. 표면적으로는 평화로워 보일지 몰라도, 이런 세상에서는 강압의 주체를 제외한 그 누구도 행복할 수 없다.

이 세상을 간절하게 벗어나고 싶은 화자의 시선을 끈 것은 영상 속의 새떼들이다. 그들은 종이 아닌 횡으로 날고 있다. 수직적 상하관계 속에서 앞장선 몇몇이 무리를 이끄는 것이 아니라, 나란히 서로를 의지하며 자기들의 세상을 떼어 메고 있다. 군(群)을 이루는 하나하나의 존재들이 새로운 세상을 나누어 떼어 멘 채 이동한다면 그들의 세상은 소수의 우두머리에 의해 지배받지 않는 세상일 것이다. 자신들의 세상을 이 세상으로부터 분리하는 데 모두가 평등하게 기여했기 때문이다. 또한 소수의 이름이 부각되는 변화의 시도는 그 소수가 포섭되면 간단히 좌절될 위험이 있다. 이에 비해 누가 주도하는지 밝힐 수 없을 횡적인 '우리'는 몇몇의 포기나 결심으로 해체될 수 없는 주체이다. 그것이 애국가를 억지로 경청하게 만드는 힘이 가장 두려워하는 대상일 것이다. 그렇기에 이 힘은 '우리'를 통제하기 위해 '우리'가 하나의 군을 이룰 수 없도록 끊임없이 개인을 억압하고 규제한다.

화자 역시 새떼처럼 횡대를 이룬 군으로 세상 밖으로 나가고 싶어 한다. 나 혼자만 이 세상에서 벗어나는 것은 세상에 작은 구멍을 내는 것일 뿐이겠지만, 여러 사람의 힘을 모은다면 이 세상을 소멸시키거나 다른 세상으로 대체할 수 있을 것이다. 그렇기에 화자는 '우리'의 대열을 이루어 세상을 떼어 메고서 밖으로 날아가고 싶다고 말한다. 혼자서는 불가능한 일이므로 신뢰할 수 있는 '우리'의 단단한 연대를 희구한다. 이러한 기대가 좌절되는 순간, 꾸준히 '우리'로 지칭되던 모두는 "각각 자기 자리"로 분산된다. 주저앉는다.

지금 우리가 보고 있는 애국가

이 시는 1983년에 발표되었다. 40여 년이라는 짧지 않은 시간이 흘렀음에도 문학교육의 장에서 빈번히 다루어지고 있기에 이 시는 여전히 사람들에게 익숙하게 여겨진다. 그러나 이 시의 해석은 1970년대와 1980년대의 정치적 맥락과 연결되어 '부정적 현실에 대한 비판과 풍자'로 요약되어 왔기에 그 범주를 벗어난 감상이 쉽지 않기도 하다. 〈새들도 세상을 뜨는구나〉에 담긴 감정들은 당대를 함께했거나 그 시간을 기억하는 사람들에게는 굳이 다른 관점의 감상이 필요하지 않을 정도로 생생한 것이었다. 상식 밖의 일들이 국가에 의해 암묵적으로 용인되고, 그런 국가에 대한 예의와 존경이 강요되는 상황에 대한 분노. 영화로 현실에서 잠시 도피하고자 해도 어디로도 떠나지 못한 채 주저앉아야만 하는 스스로에 대한 자조감. 시 안에 묶인 이러한 복잡한 감정들은 구태여 배경을 설명하지 않아도 작가, 화자, 독자에게 이미 공유된 정서적 지평이었다.

40년이 지난 지금, 을숙도는 1987년 낙동강 하굿둑이 완공된 후 쓰레기 매립장 조성, 공원으로의 개발 등을 거치며 1980년대 초반과 많은 부분에서 달라졌다. 영화관에서 애국가가 나왔었다는 사실조차 알지 못하는 현재의 독자들이 이 시가 발표되었던 1980년대 초반의 맥락에서 화자의 갑갑함을 추체험하기란 쉽지 않은 일이다. 따라서 1980년대의 황지우와 당대의 독자가 겪었던 특정한 시기로 '부정적 현실'을 한정하기보다, 시에 그려진 상황을 따라가며 떠오르는 다양한 형태의 '부정적 현실'을 이야기하는 것이 감상에 도움이 될 수 있다.

이 시는 애국가에서 '삼천리 화려강산'과 '대한사람 대한으로 길이 보전하세'라는 부분을 인용하고 있다. '우리'와 '흰 새떼'는 이 공간에 속한 존재들이다. 애국가의 가사대로라면 이 공간에서 떠날 이유가 없음에도 불구하고, 두 존재는 세상에서의 탈주를 꿈꾼다. 여기서의 탈주는 그저 이 공간에서 나가는 것이 아니라, 우리들의 세상을 이 세상에서 떼어 메는 적극적인 분리로서의 탈주이다. 내가 선택한 영화를 보기 위해 찾은 영화관에서 선택한 적 없는 행위를 해야 하고, 이곳을 벗어나고자 하는 소망마저 좌절되는 상황에 머물고 싶은 사람은 없을 것이다. 그나마 세상 밖으로 날아가는 '새'를 보며 답답함을 풀어 보려 해도, 결국 '사람'인 '우리'는 이곳을 벗어날 수 없다는 사실만이 강조될 뿐이다. 손발이 모두 묶인 화자의 모습을 천천히 따라가다 보면 시의 배경이 된 시대적 배경을 상세히 파악하고 있지 않더라도 억눌린 공기를 느낄 수 있다.

이처럼 〈새들도 세상을 뜨는구나〉의 경험은 창작된 시대에 대한 비판적 관점이 아니더라도 여전히 우리에게 유효하다. 당연할 수 없는 일들이 당연하게 벌어지는 상황, 모두가 일제히 일어나고 경청하고 다시 주저앉을 수밖에 없는 상황은 어느 시대에서든 존재할 수 있다. 또한 '자기들의 세상'은 이 세상에서 비롯된 것이기에 이 세상에서 떼어져 밖으로 나왔다 해도 모순이 삭제된 무결점의 이상향이 일시에 도래할 것이라 보기 어렵다. 불합리한 현실은 언제든 현재일 수 있는 것이다. 삶에서 느끼는 괴리 앞에 주저앉음을 택한 것은 시의 화자가 평범한 '우리'이기 때문이다. 그 주저앉음이 다음 도약을 위한 일시적 행위일지, 영영 주저앉고 마는 체념인지 보여 주지 않기에 이 시는 끊임없는 질문을 던진다. 날아가는 새들은 지금 어디쯤을 비행하고 있을 것 같냐고, 이 세상에는 어떤 노래가 틀어지고 있느냐고.

| 이상아

참고문헌

황지우(1993),《새들도 세상을 뜨는구나》(제2판), 문학과지성사.

미싱을 타고 흐르는 변혁의 꿈

시다의 꿈

박노해

긴 공장의 밤
시린 어깨 위로
피로가 한파처럼 몰려온다

드르륵 득득
미싱을 타고, 꿈결 같은 미싱을 타고
두 알의 타이밍*으로 철야를 버티는
시다의 언 손으로
장밋빛 꿈을 잘라
이룰 수 없는 헛된 꿈을 싹뚝 잘라
피 흐르는 가죽본을 미싱대에 올린다
끝도 없이 올린다

아직은 시다
미싱대에 오르고 싶다
미싱을 타고
장군처럼 당당한 얼굴로 미싱을 타고
언 몸뚱아리 감싸 줄

따스한 옷을 만들고 싶다
찢겨진 살림을 깁고 싶다

떨려 오는 온몸을 소름 치며
가위질 망치질로 다림질하는
아직은 시다,
미싱을 타고 미싱을 타고
갈라진 세상 모오든 것들을
하나로 연결하고 싶은
시다의 꿈으로
찬바람 치는 공단거리를
허청이며 내달리는
왜소한 시다의 몸짓
파리한 이마 위으로
새벽별 빛나다

출처 《노동의 새벽: 박노해 시집》(2014)   첫 발표 《시와 경제》(1983)

* 타이밍: '잠 안 오게 하는 약'으로 알려진 각성제의 일종.

....

박노해 朴勞解 (1957 ~   )
노동 현장의 체험을 바탕으로 《노동의 새벽》(1984)을 펴낸 노동자 시인이며, 본명은 박기평(朴基平)
이다. 비참한 노동 현실을 고발하고 변혁 의지를 담은 그의 시들은 노동문학의 확산에 큰 영향을 미
쳤다. 1989년 결성된 남한사회주의노동자동맹의 주도자로, 1991년 체포되어 무기징역을 선고받았
고 7년여간 복역한 후 석방되었다.

....

시 쓰는 노동자의 등장

한국 현대시사에서 민중의 삶과 진실을 담고자 한 시들은 일련의 흐름을 형성하고 있다. 일제강점기 카프의 시와 1970~1980년대 민중시가 대표적이다. 이 시들은 부조리한 사회 구조로 인해 다수의 노동자·농민이 겪고 있는 고통과 궁핍을 고발하거나, 그것을 극복하려는 변혁의 의지를 형상화해 왔다.

그런데 1980년대의 민중시는 창작 주체의 측면에서 이전 시기와 차이를 보인다. 김지하, 고은, 신경림 등 1970년대 민중시의 주요 시인들은 글쓰기를 전업으로 삼을 만한 삶의 이력을 가지고 있었다. 다시 말해 노동자·농민으로서 시를 쓴 것은 아니었다. 하지만 1980년대 들어 사회 모순을 경험하는 당사자로서 민중이 직접 문학작품을 쓸 수 있다는 인식이 확산되었다. 부조리한 현실에 대한 노동자 자신의 생각과 감정을 글로 표현하고자 하는 욕망은 이미 1970년대 노동자 수기에서도 나타난 바 있었는데, 1980년대에 노동자 야학과 문학회가 활성화되면서 이러한 욕망이 문학 창작으로까지 확장된 것이다. 또한 신군부에 의해 주요 문학잡지들이 강제 폐간된 1980년 이후 게릴라성이 강한 부정기 간행물인 무크(mook)지가 활성화된 것도 노동자문학이 실릴 수 있는 지면을 확보하기에 좋은 조건이었다. 한 무크지 창간호에서 시의 귀족화에 반대한다는 선언이 등장했고(김도연, 1981: 2), 이어 다음 호에 노동자의 시 〈시다의 꿈〉이 실렸다. 박노해, 백무산 등 당시 노동자 시인들은 이렇게 탄생했다. 구체적인 체험이 강점인 이들의 시는 노동자문학 창작 열풍을 일으켰으며, 쏟아지는 작품들을 소화하기 위해 별도의 계간지가 창간될 정도였다(박현수, 2007: 494). 그러면서 이제 시가 더 이상 교과서에 실리거나 엘리트 문예지를 통해서 유통되는 고상한 예술품만은 아니라는 인식이 확산되어 갔다.

이와 같은 시 창작 주체의 다변화는 주로 민중시 또는 노동시의 영역에서 이루어졌기 때문에 큰 파장을 몰고 왔다. 1970년 전태일 열사의 분신 이후 10여 년이 지난 때였지만, 여전히 노동자의 실질 노동시간은 세계 최장 수준이었고 임금은 선진국들에 비해 현저히 낮았다(박현채, 1983: 121-124). 눈부신 경제성장의 발판이 되었던 노동집약형 산업구조 하의 저임금과 열악한 노동환경은 재계(財界)에 대한 독재정권의 비호 속에 수십 년간 고착 상태에 있었던 것이다. 이러한 현실을 향한 노동자들의 분노와 비판의식은 이미 임계점을 넘어 있었고, 그 분출구 중 하나가 시였다. 시 창작은 고도의 언어 기교를 요하는 전문 영역으로 치부되기도 하지만 시의 언어도 결국은 일상어로부터 출발한 것이라 할 수 있다. 인간의 삶에서 통용되는 어떤 말이든 시의 언어로 포섭될 수 있기에, 현실 비판과 변혁 의지를 담은 언어 역시 자연스럽게 시가 될 수 있었다. 이리하여 이 시기의 많은 시들은 현실에 억눌린 노동자들의 표현과 소통의 창구로 기능했고, 나아가 현실 변혁을 위한 자각과 연대의 기폭제가 되기도 했다.

비참한 노동 현실과 탈주의 욕망

　박노해의 1983년 첫 발표작들 중 하나인 〈시다의 꿈〉은 이듬해 출간된 시집 《노동의 새벽》에 실렸다. 선린상고 야간부를 졸업한 이 무명의 기능공이 쓴 시집은 단시일에 문단의 이목을 끌었다. 민중 시인을 자처했던 지식인들도 겪어보지 못한 노동현장의 체험을 담고 있었기 때문이다. 이 시집에서 적나라하게 드러난 비참한 노동환경은 많은 사람에게 충격을 주었고, 노동자들에게는 바로 그 자신의 일이었기 때문에 큰 호소력을 가질 수 있었다. 공장의 '시다'를 내세운 이 작품 역시 그러했다.

　'시다'란 일본어와의 연관성이 추정되는 말로, 어떤 일을 돕는 보조원을 뜻한다. 직업상으로는 봉제공장 등에서 미싱사를 보조하는 사람을 가리킨다. 이 시에서처럼 "가죽본을 미싱대에 올"리는 일, "가위질 망치질" 외에도 실밥 뜯는 일과 그 밖의 각종 잔심부름을 도맡아 한다. 미싱사, 재단사로 올라가는 위계 구조의 말단에 있는 자리이기도 하다. 박노해의 아내도 시다로 일했을 뿐 아니라, 제조업 위주의 산업 발달 과정에서 매우 많은 노동자들이 시다와 같은 저임금 단순노동에 종사했다. 그런 점에서 이 작품은 당시 노동 현실에 대한 대표성을 가지고 있는 셈이다.

작품의 첫머리는 "긴 공장의 밤"이라는 배경으로 시작한다. 그리고 바로 이어서 "시린 어깨"와 "피로가 한파처럼"이라는 말이 치고 들어온다. 한가롭게 어떤 풍경을 관찰하거나 사건을 조곤조곤 설명할 여유도 없이, "긴 공장의 밤"이라고 했을 때 곧바로 떠오르는 것은 나의 몸에 엄습해 오는 괴로운 감각들이라는 뜻이다. 그 감각들에 어떤 사연이 깃들어 있는지가 다음 연에서 설명된다. 먼저 "드르륵 득득"이라는 단조로운 미싱 소리가 등장하는데, 이는 단순히 공장의 배경음으로만 기능하는 것이 아니다. 작품에서 단 한 번 나타나는 청각 효과가 바로 이 소리인 까닭에 여운이 느껴진다. 게다가 미싱대 곁에 있는 화자의 귀에 이 소리가 밤새 울려 왔을 거라고 상상해 보면 이 대목은 예사롭지 않다. 그리고 아래의 행들에서는 그 소리를 들으며 일하는 화자의 모습이 그려진다. 카페인 각성제 '타이밍'에 의존하여 밤새 "언 손으로" 작업하는 모습은 앞서의 "시린 어깨"와 "피로"가 각각 상기시켰던 고통의 이유를 설명해 준다. 여기에 "싹둑 잘라", "피 흐르는" 등의 말들이 조성하는 잔혹함의 정서까지 시다의 노동 행위에 들러붙는다.

그런데 이러한 말들 사이로 "미싱을 타고"라는 표현이 거듭 끼어들어 있음이 눈에 띈다. 이후의 연들에서도 반복되는 만큼 주목할 필요가 있다. 관용구처럼 보이는 이 표현의 표면적인 의미는 문맥상 '미싱 작업을 하는 것'이라고 어렵지 않게 이해된다. 그런데 흥미로운 것은 이 표현이 반복되면서 독특한 정서의 결을 만들어 낸다는 점이다. 작품에서 "미싱을 타고"가 어떤 말들의 곁에 배치되어 있는지 보자. 3연, 4연에서는 '~하고 싶다'라는 소망과 결합해 있고, 2연에서는 중의적이기는 하지만 환상적인 느낌을 주는 "꿈결 같은"이라는 수식어와 결합해 있다. 그렇기에 "미싱을 타고"는 현실의 단순하고 반복적인 노동을 넘어서는 환각이나 도취, 혹은 갈망과 같은 느낌을 불러일으킨다. 특히 '타다'라는 동사가 그에 기여한다. 애초에 '타다'가 여러 이미지를 상기시킬 수 있는 말인 까닭이다. 발로 페달을 밟는 미싱 작업에서 '탈 것을 운전해 가는 행위'로서의 '타다'가 연상될 수 있고(그럼으로써 여로나 탈주의 이미지가 상기될 수 있고), '바람을 타고'라는 표현에서처럼 무언가에 몸을 싣고 훌쩍 떠나는 이미지가 그려질 수도 있으며, '가야금을 타다'에서 보듯 일상에 없는 아름다움을 만들어내는 이미지가 떠오를 수도 있다. 어느 경우든 현실을 초월하려는 소망의 이미지라 할 만하다. 이 작품의 제목이자 4연에 등장하는 "시다의 꿈"이란 이처럼 노동 현실로부터 탈주하고 싶은 욕망과 관련이 있다.

이 꿈의 구체적인 내용에 대해서는 곧 살펴보겠거니와 여기에서는 우선 '꿈'이 요청될 수밖에 없는 노동 현실을 눈여겨보기로 하자. 앞서 "꿈결 같은"이라는 표현이 중의적이라고 했다. 그 표현은 '졸음에 겨워 꿈꾸는 것 같다'는 뜻도 함축하기 때문이다. 각성제를 먹고 연일 밤을 새우는 사람의 상태가 실제로 그러하고, 《노동의 새벽》에 실린 다른 작품들도 그것을 입증한다. 어린 시다는 손을 다치고도 "눈이 감"기고, 정신이 "단 한 순간 맑은 날이 없이 / 미치게" 졸린(〈졸음〉) 노동자들은 "주체못할 피로에 아프게 눈을 뜨"게 되며, 그의 배우자 역시 "파랗게 언" 채 야간일을 마친다(〈신혼일기〉). 이처럼 연일 몰아치는 "전쟁 같은 노동일"에 "늘어 처진 육신"(〈노동의 새벽〉)으로는 막연히 품었던 "장밋빛 꿈"도 이내 "헛된 꿈"이 되기 일쑤다. 하지만 "골병이 들어도 손이 잘려도 죽기까지라도" 노동을 포기할 수는 없다. "모진 목숨" 때문이다(〈어쩔 수 없지〉). 그렇다면 지옥 같은 노동현장에서 어떻게든 살기 위해, 버티기 위해서는 현실의 악몽을 벗어날 '꿈'이라도 붙들어 매야 한다. "시다의 꿈"이란 바로 이처럼 분명하고도 강력한 요청에 따라 만들어진 것이다.

고통의 노동에서 보람의 노동으로, 그리고 조화로운 공동체로

그러나 이 시의 좀 더 깊은 매력은 "시다의 꿈"이 막연하게 현실로부터 탈주하고 싶다는 욕망에 머무르지 않는다는 데 있다. 위에서 언급한 것처럼 이 꿈은 고된 노동의 현실을 벗어나고 싶은 소망이기는 하나, 그렇다고 하여 노동자이기를 포기하려는 욕망은 아니다. 노동은 '모진 목숨'을 위해 필요하기도 하거니와, 더 근본적으로는 화자가 노동의 가치를 소중하게 여기고 있다고 보아야 한다. 화자가 미싱사가 되고 싶은 이유는 주어진 현실에서 달리 생존의 길이 없기 때문일 수도 있지만, 보다 강조되고 있는 이유는 "장군처럼 당당한 얼굴로 미싱을 타고" 싶기 때문이다. 앞서의 반복 표현 "미싱을 타고"를 다시 떠올려 보라. 현실을 초월하고픈 욕망이 배어 있는 말이지만 어디까지나 미싱대가 있는 노동현장 내에서의 이야기이지, 노동이 없는 어떤 피안에서 행복을 누리려는 것은 아니다.

따라서 "시다의 꿈"이 곧 '현실로부터의 탈주 욕망'이라는 해석은 좀 더 정교한 서술에 의해 보완되어야 한다. 그 말에서 탈주하고자 하는 '현실'은 단순히 화자 개인이 노동자로 살고 있는 운명을 뜻하지 않는다. 그보다는 노동자가 노동의 보람을 온전하게 향유하지 못하고 오히려 노동으로 인해 고통받는 사회 현실을 뜻한다. 박노해는 노동을 통한 사회 진보를 신뢰했던 시인이었으며, 그가 바꾸고 싶었던 것은 그러한 노동이 억압적으로 이루어지는 사회구조였다. 한 사람의 시다가 운 좋게 일확천금으로 노동현장을 떠날 수 있게 된다 한들 그 자리는 다른 사람으로 채워질 것이다. 사회 전체의 노동조건이 근본적으로 바뀌지 않는 한 그 자리의 시다가 겪는 고통과 억압은 사라지지 않는다. "시다의 꿈"은 결국 사회적인 꿈일 수밖에 없는 것이다. 시인이 훗날 급진적인 변혁 운동에 투신한 것도 이 때문이며, 시집《노동의 새벽》에서도 그러한 조짐은 곳곳에 나타난다.

다시 작품으로 돌아가 보자. 화자가 탈주하고 싶은 현실이 '노동의 보람을 온전하게 향유하지 못하고 오히려 노동으로 인해 고통받는 현실'임을 뚜렷하게 확인할 수 있다. 노동의 보람이란 "언 몸뚱아리 감싸 줄 / 따스한 옷"을 만들고 "찢겨진 살림"을 깁는 데 있다. 화자가 이 보람을 온전히 느낄 수 없는 것은 한파 속 철야 작업이라는 고통스러운 노동환경 때문이기도 하지만, 시다의 노동 행위 자체가 가지는 성격 때문이기도 하다. 시다는 추위에 떠는 사람에게 옷을 만들어 주는 고귀한 노동의 전(全) 과정이 아니라 매우 파편적인 작업 공정의 일부에만 관여한다. 오직 가죽본을 잘라 미싱대에 올리는 일만을 "끝도 없이" 반복할 뿐이다. 같은 공장 노동자 처지인 미싱사가 화자의 눈에 "장군처럼 당당한" 모습으로 보이는 것도 그가 '옷 만들기'라는 노동 행위의 본질에 좀 더 가까이 있기 때문이다. 넓게 보면 이 대목은 자본주의 분업 체제에서 발생하는 인간 소외의 문제와도 관련이 있다. 찰리 채플린(Charlie Chaplin)의 영화 〈모던 타임스(Modern Times)〉(1936)에서 노동자가 컨베이어 벨트 위의 나사를 쉴 새 없이 돌리는 것처럼, 분업화된 봉제공장의 시다는 노동의 과정을 스스로 통제할 수 없을뿐더러 노동의 산물("따스한 옷"이 아닌 "피 흐르는 가죽본")에서 보람을 느끼기도 어려운 것이다.

그리고 이처럼 구체적으로 문제시된 시다의 노동은 궁극적으로 사회 변혁의 추상적인 형상과 연계된다. 화자의 인식에 따르면 현재 사회는 마치 위계화된 분업 체제에서 시다의 노동만을 거친 잘린 가죽본처럼 "갈라진 세상", 다시 말해 차별적이고 양극화된 상태이다. 노동자가 노동의 보람 대신 고통을 떠안고 있다는 앞서의 사실이 이를 뒷받침하고도 남는다. 하지만 노동자들이 "장군처럼 당당한 얼굴로" 미싱대에 오를 수 있다면, 즉 누구나 자신의 노동에 자긍심과 보람을 가질 수 있는 사회가 온다면, 그 갈라진 모든 것들은 가죽본들이 이어지듯 "하나로 연결"된다. 차별과 분열 없는, 평등하고 조화로운 공동체에 대한 열망이 생산 현장의 노동 행위와 절묘하게 겹쳐져서 형상화된 셈이다. 우리는 고도의 언어 기교를 빌리지 않아도 노동현장의 평이한 언어만으로 얼마든지 시가 탄생할 수 있음을 여기에서 본다. 다만 안타깝게도 시다가 꾸고 있는 꿈의 원대한 전망이 금세 실현될 것 같지는 않다. 여전히 '찬바람'을 맞으며 '허청이'는 그의 몸짓은 '왜소'하며, 이마는 '파리한' 빛을 띠고 있기 때문이다. 그러나 마치 잊지 않았다는 듯이 새겨 둔 '새벽별'의 빛남은 반전을 기약한다. 시집의 출간과 때를 같이하여 예의 노동문학, 그리고 노동운동이 들불처럼 퍼져 나갔다는 사실이 이를 입증한다.

| 강민규

참고문헌

김도연(1981), 〈언어 질서의 변혁을 바라며〉, 《시와 경제》 1, 육문사.
박노해(2014), 《노동의 새벽: 박노해 시집》(제2판), 느린걸음.
박현수(2007), 「민중 혁명의 시기(1979년~1991년)」, 오세영·김영철·최동호·남기혁·고형진·김현자·송기한·이숭원·박현수·유성호·맹문재, 『한국 현대시사』, 민음사.
박현채(1983), 「문학과 경제: 민중문학에 대한 사회과학적 인식」, 『실천문학』 4, 실천문학사, 99-136.

우리 동네 구자명 씨
— 여성사 연구 5

고정희

맞벌이 부부 우리 동네 구자명 씨
일곱 달 아기 엄마 구자명 씨는
출근버스 오르기가 무섭게
아침 햇살 속에서 졸기 시작한다
경기도 안산에서 서울 여의도까지
경적 소리에도 아랑곳없이
옆으로 앞으로 꾸벅꾸벅 존다

차창 밖으론 사계절이 흐르고
진달래 피고 밤꽃 흐드러져도 꼭
부처님처럼 졸고 있는 구자명 씨
그래 저 십 분은
간밤 아기에게 젖 물린 시간이고
또 저 십 분은
간밤 시어머니 약시중 든 시간이고
그래그래 저 십 분은
새벽녘 만취해서 돌아온 남편을 위하여 버린 시간일 거야

고단한 하루의 시작과 끝에서

집 속에 흔들리는 팬지꽃 아픔

식탁에 놓인 안개꽃 멍에

그러나 부엌문이 여닫기는 지붕마다

여자가 받쳐 든 한 식구의 안식이

아무도 모르게

죽음의 잠을 향하여

거부의 화살을 당기고 있다

출처 《고정희 시선집 1》(2011)   **첫 발표** 《지리산의 봄》(1987)

고정희 高靜熙 (1948~1991)

1975년 《현대시학》에 〈연가〉, 〈부활 그 이후〉 등을 발표하면서 등단하였다. 첫 시집 《누가 홀로 술틀을 밟고 있는가》(1979)로 시작해 유고시집 《모든 사라지는 것들은 뒤에 여백을 남긴다》(1992)에 이르기까지 한국 현대사의 질곡에 맞서면서 자본주의의 모순을 고발하고 여성해방을 역설(力說)했던 시인이다.

▎문학으로 쓴 여성사의 중심, 〈우리 동네 구자명 씨〉

이 시는 《지리산의 봄》(1987) 4부 '여성사 연구'에 수록된 작품 중 한 편으로 '여성사 연구 5'라는 부제가 붙어 있으며, 1980년대 여성해방문학을 대표하는 작품이기도 하다. 구자명 씨라는 특정 개인을 호명하는 제목과 집단으로서의 여성들이 쌓아 온 삶의 역사를 불러들이는 부제의 연결이 암시하는 것처럼, 이 시는 출근버스에서 졸고 있는 한 평범한 여성의 하루를 들여다보는 것을 통해 가부장적 사회 질서가 여성에게 가하는 억압의 문제를 절실하게 호소하고 있다. 2016년에 출간된 조남주의 소설 《82년생 김지영》과 닮은 방식으로 말이다. 〈우리 동네 구자명 씨〉와 《82년생 김지영》 사이에는 30여 년이라는 시간적 거리와 장르적 차이, 두 여성의 가족관계와 사회적 지위 같은 세부적인 설정의 차이 등에서 기인하는 간극이 놓여 있지만, 두 작품은 여성의 목소리를 대변한 문학사의 흐름 위에 함께 서 있다.

┃ 구자명 씨에게 도대체 무슨 일이 일어난 걸까

시적 화자의 시선은 경기도 안산에서 출발하여 서울 여의도를 향하는 출근 버스에서 졸고 있는 한 여성을 향해 있다. "우리 동네"라는 수식어는 구자명 씨를 화자는 물론 독자의 일상적 공간에서 마주칠 수 있는 친숙한 존재로 바꾸어 놓는다. 구자명 씨는 이미 결혼했으며 맞벌이를 하고 있다. "맞벌이 부부"인 것까지는 그러려니 할 수 있어도 "일곱 달 아기 엄마"가 겹쳐지는 대목에서 독자는 자신도 모르게 측은지심과 함께 호기심을 느끼게 된다. 화자는 이후로도 구자명 씨의 사연을 단번에 순서대로 풀지 않고, 단서들을 무심한 듯 하나씩 던지면서 구자명 씨를 누르고 있는 삶의 무게에 다가가게 한다. "출근버스에 오르기가 무섭게" 조는 모습을 먼저 보여 주고 나서야 이 버스가 편도 1시간 이상 걸리는 거리인 경기도 안산에서 서울 여의도까지 가야 함을 밝히는 식이다. 구자명 씨의 집에서 일터까지의 이동 거리를 언급함으로써 독자로 하여금 일을 끝내고 돌아갈 때에도 동일한 시간을 버스 안에서 보내게 될 구자명 씨의 지친 모습을 짐작하게 한다. 그리고 나서는 버스 안에서 그녀가 얼마나 깊이 잠들었는지("경적 소리에도 아랑곳없이"), 어떤 모습으로 졸고 있는지("옆으로 앞으로 꾸벅꾸벅")를 짧지만 강렬하게 알려 준다.

1연에서 이른 아침, 버스 안에 머물러 있던 시적 장면은 2연에서 간밤, 집으로 전환된다. 이 장면 전환을 위해 판타지적 장치가 동원되는데, 구자명 씨가 타고 있는 버스의 차창 밖으로 시간이 흐르고 계절이 바뀌는 모습을 '진달래'와

'밤꽃'이라는 계절감이 느껴지는 소재를 활용해 연출한 것이 그것이다. 잠들어 있는 구자명 씨의 배경에서 계절이 바뀐다는 것은 출근버스에 타기 무섭게 잠들어서 내릴 때까지 깊은 잠에 빠지는 아침 풍경이 오늘만 있는 특별한 일이 아니라 1년 내내 매일같이 반복된다는 것을 의미한다. 또한 꽃이 피고 지는 것을 보고 느낄 여력도 없이 일터와 가정에서의 노동에 쫓기며 살고 있는 구자명 씨의 모습과 무심히 지나가는 차창 밖의 풍경을 대비시킴으로써, 구자명 씨로 대표되는 여성의 삶에 가해지는 억압의 문제가 더 부각되는 효과도 있다. 구자명 씨는 계절조차 잊고 세속의 모든 고뇌를 초탈한 "부처님처럼 졸고 있는" 것처럼 보이지만 실은 시어머니의 병수발에, 육아에, 만취한 남편 뒷바라지까지 홀로 감당하느라 잠잘 시간조차 부족해 그만 까무룩 잠이 들었을 뿐이다. 그래서 구자명 씨는 '부처님처럼' 보일 수는 있어도 부처님이 될 수는 없다.

2연까지 시적 화자의 시선을 따라 구자명 씨의 일상을 좇으면서 전개되던 시상은 3연에서 구자명 씨의 내면으로, 여성 수난사를 목격한 화자의 공분(公憤)으로 옮겨 가고 있다. 정서와 관련된 어휘들이 3연에 집중되어 있는 것도 이 때문이다. '팬지꽃'과 '안개꽃'은 구자명 씨에 대응하며, '아픔'과 '멍에'는 '집속', '식탁'이라는 공간에서 구자명 씨가 느끼는 심정을 압축하고 있다. "한 식구의 안식"을 받쳐 드느라 집에서는 편하게 잠들지도 못했을 구자명 씨의 잠은 바로 그 "한 식구의 안식"으로부터 거부당한다. 여기서 "죽음의 잠"은 일차적으로는 "경적 소리에도 아랑곳없이" 죽은 듯이 자는 잠을 가리킨다고 볼 수 있지만, 삶을 잠식하고 죽음에 이르게 하는 잠으로도 해석할 수 있다. 지금처럼 안산과 여의도를 오가면서 일하는 엄마로, 착한 며느리로, 다정한 아내로 속절없이 살아가다 보면 구자명 씨의 잠이 두 번째 의미에서의 잠이 되지 말라는 법은 없을 테니 말이다.

이 시에는 네 종류의 꽃이 등장한다. 봄에 피는 '진달래꽃'과 여름에 피는 '밤꽃'의 꽃말은 각각 '애틋한 사랑, 사랑의 기쁨'과 '정의, 공평, 포근한 사랑'이다. 한편 가족을 위한 희생을 강요받는 구자명 씨의 삶은 '팬지꽃 아픔'과 '안개꽃 멍에'에 대응하는데 '팬지꽃'은 '나를 생각해 주세요', 하얀색 '안개꽃'은 '죽음, 슬픔'이라는 꽃말을 가지고 있다. 가족의 이해와 배려가 필요한 구자명 씨의 심정을 잘 대변하는 꽃말들이다. 시인이 처음부터 의도했던 것인지는 분명하지 않지만 말이다.

여성을 대변한 구자명 씨, 또 다른 여성의 목소리를 소환하다

구자명 씨를 통해서 여성의 수난사를 압축해 낸 고정희는 《여성해방출사표》(1990)를 비롯한 다양한 작품들을 통해 여성의 희생을 강요하는 가족제도를 고발하고 남녀의 차별이 없는 사회질서를 만들고자 했다. 이를 위해 시작활동뿐 아니라 《또하나의문화》 동인에 참여하기도 했고 1988년 『여성신문』의 창간에도 동참했다. 1980년대 이후 여성 문학사의 선봉에서 고정희는 중요한 역할을 담당했고, 김명순, 김일엽, 나혜석에서 시작된 우리나라의 현대 여성문학사는 문정희, 최승자, 김승희, 김혜순 등에 이르러 다채로운 목소리를 내게 되었다. 1980년대까지의 여성시가 남성 중심적인 사회에서 주어진 여성성과 여성의 삶에 저항하는 것에 집중했다면, 1990년대 이후 여성시는 여성의 정체성과 여성의 언어에 대해 적극적이고 구체적으로 응답하려 했다(정끝별, 2001: 309). 그리고 2000년대 이후의 여성시는 여성, 남성의 이분법에 갇힌 젠더 인식의 한계를 극복하고 복수(複數)적 젠더의 가능성을 모색함으로써 새로운 여성적 영역을 발견하려는 데까지 나아가고 있다(김순아, 2020: 147).

한편 고정희와 동년배였던 문정희의 시 〈그 많던 여학생들은 어디로 갔는가〉(2001)는 대중적으로 가장 널리 알려진 여성시 중 하나이다. "학창시절 공부도 잘하고 / 특별 활동에도 뛰어나던 그녀 / 여학교를 졸업하고 대학 입시에도 무난히 / 합격했는데 어디로 갔는가"로 시작되는 이 시는 많은 여성들이 자신이 가진 능력을 발휘할 기회를 차단당한 채 "부엌과 안방에 갇혀 있"는 현실을 개탄하고 있다. 〈우리 동네 구자명 씨〉와 〈그 많던 여학생들은 어디로 갔는가〉는 남성 중심의 사회질서를 비판하고 그 속에서 희생을 강요당하는 여성들의 고된 삶을 형상화하고 있다는 점에서 유사성을 지닌다. 그러나 〈우리 동네 구자명 씨〉는 구자명 씨 개인을 통해 여성 모두의 고된 삶에 접근하고자 한 데 반해 〈그 많던 여학생들은 어디로 갔는가〉는 의문형의 문장을 활용해 여성 차별적인 현실의 부당함을 보다 직접적으로, 반복해서 호소하고 있다.

| 김미혜

참고문헌

고정희(2011),《고정희 시선집 1》, 또하나의문화.
김순아(2020), 「2000년대 이후 여성시로 본 사이보그 페미니즘의 특성: 이원, 정진경의 시를 중심으로」, 『인문사회과학연구』 21(1), 인문사회과학연구소, 145-177.
정끝별(2001), 「여성성의 발견과 '여성적 글쓰기'의 전략: 90년대 이후의 한국 여성시인들을 중심으로」, 『여성문학연구』 5, 한국여성문학학회, 307-336.

섬진강 1

김용택

가문 섬진강을 따라가며 보라

퍼가도 퍼가도 전라도 실핏줄 같은

개울물들이 끊기지 않고 모여 흐르며

해 저물면 저무는 강변에

쌀밥 같은 토끼풀꽃,

숯불 같은 자운영꽃 머리에 이어주며

지도에도 없는 동네 강변

식물도감에도 없는 풀에

어둠을 끌어다 죽이며

그을린 이마 훤하게

꽃등도 달아준다

흐르다 흐르다 목메이면

영산강으로 가는 물줄기를 불러

뼈 으스러지게 그리워 얼싸안고

지리산 뭉툭한 허리를 감고 돌아가는

섬진강을 따라가며 보라

섬진강물이 어디 몇놈이 달려들어

퍼낸다고 마를 강물이더냐고,

지리산이 저문 강물에 얼굴을 씻고

일어서서 껄껄 웃으며

무등산을 보며 그렇지 않느냐고 물어보면

노을 띤 무등산이 그렇다고 훤한 이마 끄덕이는

고갯짓을 바라보며

저무는 섬진강을 따라가며 보라

어디 몇몇 애비 없는 후레자식들이

퍼간다고 마를 강물인가를.

출처 《섬진강》(2000)　**첫 발표** 《꺼지지 않는 횃불로》(1982)

김용택 金龍澤 (1948 ~)

전라북도 임실 출생. 평생 섬진강을 생활의 터전으로 삼았던 김용택은 '섬진강 시인'이라는 별칭으로도 유명하다. 1982년 창작과비평사에서 발간된 21인 신작 시집 《꺼지지 않는 횃불로》에 〈섬진강 1〉을 비롯한 시편들로 등단한 후 1985년 첫 시집 《섬진강》을 발표하였다. 〈섬진강〉 연작은 첫 시집에서부터 2013년에 발간된 시집 《키스를 원하지 않는 입술》에 수록된 〈섬진강 33〉에 이르기까지 계속 창작되고 있다. 그의 시들은 사람들의 삶에 기반을 두어 농촌 현실을 그려 냄으로써 사회적 메시지를 서정적으로 담아냈다는 평을 받는다.

▌세 번의 '보라'

이 시는 시집 《섬진강》에 수록된 〈섬진강〉 연작 중 첫 번째 시로, 세 번의 '보라'를 통해 전개된다. 흘러가는 강을 그저 바라만 보는 것이 아니라 '따라가며 보라'는 것은 흘러가는 강줄기와 함께 움직이자는 권유이다. 멈춰 서서 감상하기 위한 강이라면 따라가며 보라고 하지 않을 것이다. 화자는 강 그 자체보다 강과 더불어 살아가는 공동체를 두루 살피고 싶은 것이다.

1행의 "가문 섬진강을 따라가며 보라"는 15행까지 이어 달리며 섬진강이 닿는 길들을 조목조목 짚는다. 섬진강은 가물어서 땅을 적실 기운도 없어 보인다. 그러나 가물었다고 해서 강이 완전히 메말라 바닥을 드러낸 것은 아니다. 섬진강은 골짜기와 들의 구석구석까지 살피는 개울물이 되어 쌀밥과 숯불에 비유된 토끼풀꽃과 자운영꽃, 동네 강변의 이름 없는 풀에도 꽃등을 달아 주며 어둠을 밝혀 나간다. 그렇게 섬진강은 고요한 암흑이 세상을 집어삼키지 않게 가만가만 흐른다.

그렇게 흐르다 목이 멘 물줄기는 영산강으로 가는 물줄기와 얼싸안고 지리산을 돌아간다. 의인화된 물줄기들이 만나는 장면은 "뼈 으스러지게 그리워 얼싸안"는다는 강한 감정으로 표현된다. 이는 그들이 가문 상태에서 자신을 나누며 점점 말라 가던 절박한 시기에 만났기 때문이다. 자신도 궁핍한 상태에서 나눌 수 있을 만큼 끝까지 나누다 더는 그러기 어려워질 즈음 또 다른 너를 만나 서로 의지하게 되는 과정은, 풍요로운 줄기에 다른 줄기가 흡수될 때는 느낄 수 없는 감동을 준다.

16~23행에서는 영산강으로 가는 물줄기와 얼싸안은 "섬진강을 따라가며 보라"로 시작하여, 섬진강이 어떤 강물인지를 지리산과 무등산의 입을 빌려 말하고 있다. 섬진강 물은 마르지 않으리라 자신하는 지리산과 무등산의 모습은 앞으로의 상황이 보다 나아질 것이라는 희망을 가지게 한다. 설사 가물고 목이 메더라도 섬진강은 바닥을 드러내는 일 없이 구석구석 나누고 다시 채워질 것이다. 현실이 고되더라도 이러한 희망이 있다면 포기하지 않을 수 있다. 앞날에 대한 희망으로 현실을 버텨 내는 것, 이것이 바로 삶에서 삶으로 이어지는 공동체의 전승일 것이다.

마지막으로 24행에서는 "저무는 섬진강을 따라가며 보라"고 청한다. 그리고 앞서 언급했던 섬진강물을 퍼내는 "어디 몇놈"을 "어디 몇몇 애비 없는 후레자식들"이라 하면서, 그들이 강물을 퍼간다고 해도 섬진강은 마르지 않을 것이라 다시금 힘주어 말한다. 이 확신은 '퍼간다고 마르지 않을 것이다'와 같이 단정적으로 주어지지 않는다. '따라가며 보라'는 것은 섬진강이 어떠한 장소인지 굳이 설명하지 않더라도, 누구든 섬진강을 보게 된다면 이 강이 퍼내도 마르지 않는 생명력의 공간임을 알 수 있으리라는 확신의 표현이다.

따라가며 확인하게 되는 것

이 시의 가문 섬진강은 인구 이탈과 경제적 곤란으로 어려움을 겪는 농촌의 현실에 대한 비유로 읽히곤 한다. 사계절을 정직하게 기다려야 하는 농촌의 속도는 세상의 가파른 변화를 따라가기에 힘이 부친다. 속도의 차이에서 발생하는 간극은 갈등과 분열을 유발한다. 이러한 세상에서 이름 없는 민중들을 어루만지고 파괴되어 가는 공동체를 치유하는 공간으로서의 섬진강은 사람들의 마음에 근원적 서정을 밝혀 준다.

섬진강은 굳이 투쟁하지 않아도 공동체를 회복할 규칙이 이미 작동하고 있는 공간이다. 그러니 "워싱턴도 모스끄바도 동경도 서울도 또 어디도"(〈섬진강 12〉) 갈 필요가 없다. 민주주의라는 것도 인간들이 조화롭게 어울려 살아가기 위한 규칙일 뿐 거창한 것이 아니다. 그것은 이미 섬진강 아래에 사는 사람들의 삶에 녹아 들어가 있다. 민주주의라는 말이 세상을 휩쓸기 전부터 섬진강 아래 모인 사람들은 서로를 위하며 공동체를 유지해 왔기 때문이다. 어디 몇 놈이, 후레자식들이 어떤 난리를 피우더라도 섬진강은 그동안처럼 모든 존재를 돌보며 흐를 것이기에 신경도 쓰지 않는다. 이는 자연만이 보여 줄 수 있는 의연함이기도 하다.

유한한 인간이 평생 강물을 퍼낸다 해도 섬진강에는 찰나일 뿐이다. 설사 인간이 영원을 산다 하더라도 그들이 퍼낸 강물은 자연의 섭리에 따라 비가 오면 다시 채워질 것이고, 길을 따라 흐르며 만나는 물줄기를 얼싸안고 점점 불어날 것이다. 개울물이 되어 곳곳을 살필 것이고 우리의 삶을 지탱해 줄 것이다. 어떤 종류의 훼방에도 굴하지 않는 섬진강의 모습은 황폐해져 가는 농촌의 상황 속에서도 서로 돕고 의지하며 어려움을 극복하고자 하는 민중들의 의지와 저력을 의미한다.

이때 등장한 '저문다'는 표현은 얼핏 섬진강이 주는 위안에 대응되지 않아 보인다. 4행의 "해 저물면 저무는 강변"으로 미루어 볼 때 '저무는 섬진강'도 해가 져서 어두워지는 강의 모습을 의미하는데, 이는 하루의 끝이라는 종결의 이미지와 연결되기 때문이다. 그러나 이 시간은 해가 넘어가며 길게 늘어지는 햇빛이 하루 동안 긴장되어 있던 모든 것을 이완시키고 어둠으로 잠재워 휴식을 주는 시간이기도 하다. 섬진강 연작 중 하나인 〈섬진강 5〉에서도 "이 세상 / 우리 사는 일이 / 저물 일 하나 없이 / 팍팍할 때 / 저무는 강변으로 가 / 이 세상을 실어오고 실어가는 / 저무는 강물을 바라보며 / 팍팍한 마음 한끝을 / 저무는 강물에 적셔 / 풀어 보낼 일이다"라고 말하며 저무는 심상이 부정적이지 않다는 것을 보여 준다.

팍팍한 마음을 적셔 풀어 주는 저무는 강변의 이미지는 〈섬진강 1〉에서도 유효하다. 저문 강물에 얼굴을 씻은 지리산과 노을 띤 무등산은 그 자체로 저문 섬진강이 된다. 섬진강은 사전적 의미의 강에서 나아가 지리산, 무등산, 섬진강의 물이 닿았던 이름 없는 모든 것들을 포함한 이름이다. 어디에나 있고 언제라도 있을 이들처럼 섬진강은 마르지 않을 것이다. 예측할 수 없는 괴로움이 언제고 들이닥칠 인생을 그래도 살아 낼 수 있는 것은 힘들 때 기댈 한 구석이 든든히 버티고 있기 때문이다. 문제를 해결해 주는 것은 아니지만 세상 모든 것을 어루만지며 마음을 풀어 주는 섬진강이 있기에, 어떤 상황에서든 마를 일 없이 우리를 감싸고 있을 것이기에, 우리는 오늘에서 내일로 흘러갈 수 있다.

▎마르지 않을 이야기

'응답하라~' 시리즈가 인기를 모은 이유 중 하나는 그 시절의 사물들이 마치 현재인 듯 천연덕스럽게 펼쳐졌기 때문일 것이다. 시간의 일부는 종종 사물에 담기기에, 과거의 일상에 있던 사물은 그것을 보는 것만으로도 당시의 일과 감정을 떠올리게 한다. 사람처럼 그 시간의 회상을 괴롭게 만드는 쓸쓸한 후일담이 섞일 여지가 없다는 점에서 사물에 담긴 기억은 순정하다.

이 시는 그중에서도 장소에 자신의 시간을 담아 풀어 놓는다. 오랫동안 섬진강을 떠나지 않은 시인에게 섬진강은 물리적 시간으로부터 자유로워질 수 있는 공간이다. 어떤 시기의 기억이든 강 앞에서 펼칠 수 있기 때문에 〈섬진강〉 연작은 유년과 현재를 넘나들며 사건과 사람을 등장시킨다. 섬진강에서 시인은 터무니없이 싼 값에 흥정되던, 그래서 아버지의 마음을 애달프게 하던 불쌍한 감(〈섬진강 20〉)을 떠올리고, 사람들이 떠나가는 농촌의 현실을 그린다(〈섬진강 16〉). 섬진강에는 시인의 육체에 깃든 시간뿐 아니라 섬진강에 터를 잡고 살던 모든 이들이 시간이 녹아 있다. "같이 슬프고 기뻐하며 / 태어나 살고 죽고 하는 일"(〈섬진강 13〉)이 그때처럼 지금도 흐르는 장소인 것이다.

이러한 이유로 섬진강은 가물더라도 끊어지지 않는다. 잠시 가물 수는 있지만 섬진강에 녹은 시간들은 계속 흘러간다. 우리의 100년 남짓한 인생은 섬진강의 도저한 시간 앞에서 그저 적층되는 삶의 한 부분이자 기억의 조각일 뿐이다. 그리하여 섬진강은 어떤 놈들이 달려들어 퍼내더라도 결코 마르지 않는 강물이 된다. 섬진강과 함께한 모든 거창하지 않은 것들의 시간은 그렇게 이어지며 흘러갈 것이기 때문이다. 섬진강은 모든 시간에 걸쳐 존재하며 유한한 삶을 사는 사람들의 시간을 품고 흐른다.

〈섬진강〉 연작은 계속되어 33편까지 발표되었다. 강에 터전을 잡고 살아가는 사람들의 이야기는 여전히 이어지는 중이다. 섬진강은 지금도 시간을 수집하고 있다.

| 이상아

참고문헌

김용택(2000), 《섬진강》(개정2판), 창비.

그릇
— 그릇 1

오세영

깨진 그릇은
칼날이 된다.

절제節制와 균형均衡의 중심에서
빗나간 힘,
부서진 원은 모를 세우고
이성理性의 차가운
눈을 뜨게 한다.

맹목盲目의 사랑을 노리는
사금파리여,
지금 나는 맨발이다.
베어지기를 기다리는
살이다.
상처 깊숙히서 성숙하는 혼魂

깨진 그릇은
칼날이 된다.

무엇이나 깨진 것은

칼이 된다.

출처 《사랑의 저쪽》(1990)　**첫 발표** 《모순의 흙》(1985)

오세영 吳世榮 (1942 ~)

전라남도 영광 출생. 1965년 《현대문학》에 박목월에 의해 시 〈새벽〉이 추천되어 등단하였다. 존재의 본질과 진리를 향한 시적 탐구를 지속해 오는 한편, 생태주의적이고 문명비판적인 시각으로 바라본 세계에 대해서도 꾸준히 시 창작을 이어오고 있다. 《반란하는 빛》(1970) 이후 《북양항로》(2017)에 이르기까지 20여 권의 시집을 간행하였다.

┃ 본질을 향한 탐구로서의 시

　문학을 읽으며 우리는 무엇을 얻게 되는가? 좋은 작품을 통해 우리는 인간과 이 세계에 대한 새로운 앎을 얻게 된다. 그리고 인간의 선과 악의 여러 모습을 보면서 가슴 뭉클한 감동을 얻고 어떻게 살아야 할 것인지 고민하게 된다. 나아가 다른 예술이 구현할 수 없는, 말의 조직과 형상화가 빚어내는 독특한 아름다움을 느낀다. 진선미로 압축될 수 있을 문학의 이러한 본질에서 우리는 진리의 기쁨, 윤리의 감동, 미의 황홀함을 얻는 것이다.

　이러한 문학의 본질을 학교에서는 문학의 인식적, 윤리적, 미적 기능으로 개념화하여 가르치고 있다. 《문학》 교과서들마다 다양한 작품들을 선정하여 문학의 인식적, 윤리적, 미적 측면을 살피고 경험하게 한다. 물론 작가들이 이 세 가지 측면 중 어느 하나만을 위하여 창작을 하지는 않는다. 진리도 선함도 아름다움도 온전히 하나로 응축된 작품, 그 세 가지 가치가 따로 놀지 않고 조화롭게 잘 빚어진 작품을 지향하며, 그러한 작품을 완성하기 위해 최선의 노력을 다한다.

오세영 시인 또한 평생에 걸쳐 그러한 노력을 멈추지 않는 시인 중 하나이다. 그는 아래 〈시인의 말〉에서 볼 수 있듯 '구체성으로 구현되는 철학'의 문제를 특히 중시한다(오세영, 1986: 11).

> 한 시인의 시가 어떤 차원에 이르면 결국 철학의 문제가 시의 위대성을 결정짓는 관건이 된다. 훌륭한 철학 없이 훌륭한 시가 씌어질 수 없기 때문이다. 그러나 그 철학은 추상적 관념으로 전달되는 것이 아니라 구체적 사물로 존재하는 것이어야 한다. 그것은 예컨대 연꽃으로 제시된 부처의 가르침이며, 장미꽃으로 표현된 코기토이다.

시의 위대성을 결정짓는 기준이 꼭 철학이어야 하는가에 대해 이견이 있을 수도 있다. 이러한 시관(詩觀)을 절대화할 필요도 없다. 그렇지만 이렇게 '시의 철학'을 고민하는 시인의 고투(苦鬪)가 그 시를 이루는 언어의 한계를 그만큼 더 확장할 것이라는 점만은 분명하다. 논리적이고 분석적인 산문으로도 이 세계와 인간의 본질에 대해 설명할 수 있다. 그렇지만 진리의 빛이 강렬하게 빛나는 어떤 순간, 그 찰나를 고스란히 포착하여 전하는 시의 언어는 산문으로 대체할 수 없는 방식으로 존재의 본질을 기록한다.

자신의 시관에 걸맞게 시를 쓰면서 오세영 시인은 "보다 보편적인 것, 보다 본질적인 것, 보다 중심적인 것을 탐구하고자 하였다"(오세영, 1990: 5)고 술회한다. 그 대표적 결과물 중 하나가 5년 간 70편에 이르는 '그릇' 연작시였고, 그 가운데 53편을 골라 엮은《사랑의 저쪽》(1990)이라는 제목의 시집이었다. 이를 통해 우리는 한 시집에 수록된 시들 전체가 동일하게 '그릇+일련번호'의 제목을 달고 있는 매우 특이한 시집을 만나게 되었다.

연작시는 '그릇'에만 그치지 않는다. 오랜 기간 시작활동을 해 온 시인의 시세계를 살펴보면, 첫 시집《반란하는 빛》(1970)의 맨 첫 장부터 '불' 연작시로 시작을 하고 있으며, 그 밖에도 '휴대폰' 연작(《봄은 전쟁처럼》, 2004), '서역 시

'편' 연작(《시간의 쪽배》, 2005), '새' 연작(《마른하늘에서 치는 박수 소리》, 2012), '숫자' 연작(《별 밭의 파도 소리》, 2013) 등 다양한 소재들로 연작시세계를 펼쳐 온 바 있다. 또한 시인은 '그릇' 연작시만 묶은《사랑의 저쪽》과 유사하게 시집 전체를 하나의 연작시처럼 구성한 시집을 몇 차례 더 선보였다. 미국 문명을 날 카롭게 고찰한《아메리카 시편》(1997), 다채로운 꽃들의 세계를 펼쳐 보인《꽃 피는 처녀들의 그늘 아래서》(2005) 등의 작업을 통해 하나의 테마를 깊이 고찰 하고 다양한 관점에서 살피며 본질에 이르기 위해 부단히 노력하는 시인의 모 습을 확인할 수 있다. 같음 속의 다름을 자유롭게 찾으면서도 어떤 완성태 혹은 본질을 집요하게 탐구하는 오세영 시인을 일러 '변주곡의 장인(匠人)'이라고 불 러도 좋지 않을까.

▌ 모순의 흙으로 빚는 그릇

제2시집《가장 어두운 날 저녁에》(1982)에서 시인은 〈현실과 영원 사이〉라 는 발문을 통해 자신의 시론을 조금 더 체계적으로 피력한다. 그 내용을 간추리 자면 시는 영원성과 보편성을 지향해야 하며, 철학과 달리 관념적인 형태가 아 니라 구체적인 모습으로 보편성을 향해야 한다는 모순적 상황에 놓인다는 것, 그리고 그 모순을 비극적 체험, 실존적 자각, 시적 직관, 그리고 상상력을 통해 극복할 수 있다는 것이다(오세영, 1982: 99-104). 이러한 태도로 구체와 보편의 모순을 상상력을 통해 조화 또는 극복하고자 노력한 결과물로, 우리는 오세영 시인의 초기 대표작 〈모순의 흙〉(1982)을 만나게 된다.

흙이 되기 위하여 / 흙으로 빚어진 그릇 / 언제인가 접시는 / 깨진다. // 생애(生 涯)의 영광(榮光)을 잔치하는 / 순간에 / 바싹 / 깨지는 그릇, / 인간(人間)은 한 번 / 죽는다. // 물로 반죽되고 불에 그슬려서 / 비로소 살아 있는 흙, / 누구나 인간(人間)은 / 한번쯤 물에 젖고 / 불에 탄다. // 하나의 접시가 되리라. / 깨어져서 완성(完成)되는 / 저 절대(絶對)의 파멸(破滅)이 있다면, // 흙이 되기 위하여 / 흙으로 빚어진 / 모순(矛盾)의 그릇.

생활의 용도에 우선적 가치를 두는 우리 평범한 사람들은 흙도, 그릇도, 얼마나 내게 쓰임새가 있는가에 따라 그 값어치를 매기기 바쁘다. 이와 달리 시인은 흙으로 빚어진 그릇이 인간에게 편리함을 주기 위한 목적으로 빚어진 것이 아니라 "흙이 되기 위하여" 빚어졌다고 말한다. 도공(陶工)은 사방천지 널린 흙 가운데 고운 흙을 골라 반죽하고 구워서 흙을 전혀 다른 쓰임새를 가진 존재로 탈바꿈시켰겠건만, 시인은 그것이 진정한 완성이 아니라고 한다. 오히려 그릇이 "바싹 / 깨지는" 순간을 통해 "완성되는 / 저 절대의 파멸"을 시인은 고대하고 있다.

〈모순의 흙〉을 만나기 전, 대부분의 독자들은 '흙'은 '그릇'이 되기를 기다리는 미완성의 상태이고, 반대로 '그릇'은 흙의 완성태라고 생각하며 살아 왔을 것이다. 그러나 영원을 추구하는 시인이 볼 때, 이 지구별과 운명을 같이 해 온 장구한 '흙'의 시간을 보고 있노라면, '그릇'이야말로 '흙'이 잠시 모양을 바꾼 찰나의 다른 형태에 불과하다. 일상인의 눈으로 볼 때는 흙이 재료이고 그릇이 완성이지만, 영겁의 시간을 보고자 하는 시인은 그릇이 깨져서 흙으로 돌아갈 때가 비로소 그릇의 완성, 혹은 흙의 완성이다. 시인은 바로 이 역설을 독자들로 하여금 깨닫게 함으로써 우리의 근시안적 시야를 확대해 주는 것이다.

〈그릇〉 역시 이 〈모순의 흙〉의 세계에 닿아 있다. 가루처럼 부서지던 흙 입자들이 모여 원형으로 "절제와 균형"을 유지할 때 그릇은 존재할 수 있다. 그러나 "흙이 되기 위하여 / 흙으로 빚어진 / 모순의 그릇"(〈모순의 흙〉)이기에 그릇은 깨질 수밖에 없다. 이러한 관점에서 〈그릇〉에서는 그릇이 깨짐으로써 우리가 만나게 되는 '칼날'에 주목한다. 일상의 쓰임새를 위해 유지되는 "절제와 균형"은 중력이 만들어 내는 우연의 예상할 수 없는 힘에 의해 무너지고, 이윽고 그

룻 속에 감추어져 있던 칼날이 드러난다. 그리고 이 칼날의 날카로운 '모'가 우리에게 "이성의 차가운 / 눈"을 뜨게 한다. 훌륭한 철학 없이 훌륭한 시를 쓸 수 없다고 생각해 온 시인은 어떤 강렬한 감정의 상태로 인해 '맹목(盲目)'에 빠지는 것을 경계한다. 대신 이성의 날카로운 칼날에 깊은 상처를 입더라도 그 선뜩한 아픔으로 인해 맹목의 상태에서 비로소 이성의 눈을 뜨게 되기를 기대하고 있는 것이다. 모든 위선과 가식, 그리고 세속의 욕망을 벗어 버리고 이성의 칼날에 베이면서도 "지금 나는 맨발"이기를 그치지 않는 시인은 그렇게 본질과 진리를 향한 시 쓰기의 고행길을 마다하지 않는다.

▐ 내 한생 시를 좇아

'그릇' 연작 이후 오세영 시인은 한두 마디로 압축하기 어려운 깊이와 폭으로 시적 여정을 지속해 왔다. 인간 존재와 세계에 대한 본질의 탐구가 지속되는 가운데, 자연을 매개로 한 새로운 인식에의 시도가 이어졌다. 아울러 도시문명 비판과 이국 기행(紀行)을 통한 성찰도 그의 시세계의 또 다른 축이 되었다.

중년에 이른 시인은 "장미가 그의 색깔이 감옥이듯, / 백합이 그의 향기가 감옥이듯 / 말은 / 나의 감옥입니다."(〈당신의 말씀〉)라고 고백하며, 여전히 미망(迷妄)을 벗어나지 못하는 시 쓰기의 어려움을 토로하기도 한다. 눈을 아래로 향하여 흙의 영원성에서 진리를 구하던 시인은, 사방을 둘러싼 말의 감옥을 벗어나기 위해 몸부림치던 시기를 거쳐 이제 하늘로의 비상을 꿈꾼다. 그러나 눈과 얼음으로 덮인 은산(銀山)과 철로 된 벽을 깨는 듯, 그 일은 어렵기만 하다. 〈은산철벽〉(1999)은 그 비상을 위한 외침이다.

까치 한 마리 / 미루나무 높은 가지 끝에 앉아 / 새파랗게 얼어붙은 겨울 하늘을 / 엿보고 있다. / 은산철벽, / 어떻게 깨뜨리고 오를 것인가. / 문 열어라, 하늘아.

/ 바위도 벼락 맞아 깨진 틈새에서만 / 난초 꽃 대궁을 밀어 올린다. / 문 열어라, 하늘아.

시인은 이제 까치의 눈으로 새파랗게 얼어붙은 겨울 하늘을 깨뜨릴 궁리 중이다. 중력에 잠깐 맡기기만 해도 금세 칼날을 드러내어 주던 접시와 달리, 말의 감옥을 벗어나기 위해 이제는 내가 스스로 중력을 거슬러 깨뜨리고 올라 틈을 내야 한다. 언제 있을지 모를 벼락을 기다릴 것인가, 아니면 부리가 피투성이가 되도록 쉼 없이 쪼아 댈 것인가.

이렇게 평생을 시 쓰기에 매진해 온 시인은 이제 〈나이 일흔〉(2017)에 이르렀다.

한세상 사는 동안, 새는 / 구름 한 점 물어 오기 위해 / 매일매일 / 비상을 감행하는지도 모른다. / 내 한생이 시를 좇아 그러했듯이 // 그러나 구름은 실상 / 허공에 뜬 한 줄기의 연기. / 수십억 년 / 바람이 꽃잎을 날려 왔듯, / 햇빛이 그림자를 그리고 또 지워 왔듯 / 심심한 하늘이 얼굴을 드러내 / 실없이 허공에 짓고 허무는 / 장난. // 눈이 어두워진 / 내 나이 이제 어느새 일흔, / 창밖 / 마른 나뭇가지 끝에 앉아 아직도 / 흰 구름을 우러르는 노년의 / 새 한 마리를 본다.

일생을 두고 "구름 한 점 물어 오기 위해 / 매일매일 / 비상을 감행"해 왔으나, 그 구름은 "허공에 뜬 한 줄기의 연기"여서 잡을 수 없는 허상 같은 것이었다. 이렇게 허무한 일이 있을 수 있을까. 그러나 시인은 여전히 "흰 구름을 우러르는" 새 한 마리를 보고 있다. 포기를 모르는 이 새를 통해 이제 시인도, 그리고 독자도 깨닫게 된다. 구름을 얻으러 날아올랐으나 끝내 이를 얻지 못했다 하더라도, 평생을 중단 없이 날갯짓하며 날아오른 덕분에 수십억 년 이어져 온 바람과 햇빛과 하늘의 섭리를 조금은 읽어 낼 수 있게 되었다는 것을. 이렇듯 사금파리 박힌 맨발로 고통을 감내하며 "상처 깊숙해서 성숙하는 혼"을 꿈꾸었던 시인의 의지가 있었기에 육신의 눈이 어두워질수록 심안(心眼)이 밝아지게 되었을 것이다. 뛰어난 평론가이자 학자이기도 했지만 그 무엇보다도 시인이고자 했던 한 노시인의 일생은 그렇게 우리 시문학사의 한 지평을 날카롭게 밝히고 있다.

| 김정우

참고문헌

오세영(1970), 《반란하는 빛》, 현대시학사.
오세영(1982), 〈모순의 흙〉, 《가장 어두운 날 저녁에》, 문학사상사.
오세영(1982), 〈현실과 영원 사이〉, 《가장 어두운 날 저녁에》, 문학사상사, 99-104.
오세영(1986), 〈시인의 말〉, 《무명연시》, 전예원.
오세영(1990), 《사랑의 저쪽》, 미학사.
오세영(1994), 〈당신의 말씀〉, 《눈물에 어리는 하늘 그림자》, 현대문학.
오세영(1997), 《아메리카 시편》, 문학동네.
오세영(1999), 〈은산철벽〉, 《문학사상》 1999년 12월호.
오세영(2004), 《봄은 전쟁처럼》, 세계사.
오세영(2005), 《꽃피는 처녀들의 그늘 아래서》, 고요아침.
오세영(2005), 《시간의 쪽배》, 민음사.
오세영(2012), 《마른하늘에서 치는 박수 소리》, 민음사.
오세영(2013), 《별 밭의 파도 소리》, 천년의시작.
오세영(2017), 〈나이 일흔〉, 《북양항로》, 민음사.

길

김남주

길은 내 앞에 있다
나는 알고 있다 이 길의 시작과 끝을
그 역사를 나는 알고 있다

이 길 어디메쯤 가면
낮과 밤을 모르는 지하의 고문실이 있고
창과 방패로 무장한 검은 병정들이 있다
이 길 어디메쯤 가면
바위산 골짜기에 총칼의 숲이 있고
천길만길 벼랑에 피의 꽃잎이 있고
총칼의 숲과 피의 꽃잎 사이에
"여기가 너의 장소 너의 시간이다 여기서 네 할 일을 하라"
행동의 결단을 요구하는 역사의 목소리가 있다

그래 가자 아니 가고 내가 누구에게 이 길을 가라고 하랴
가고 또 가면 혼자 가는 길도 함께 가는 길이 되느니
가자 이 길을 다시는 제 아니 가고 길만 멀다 하지 말자
가자 이 길을 다시는 제 아니 가고 길만 험타 하지 말자

출처 《김남주 시전집》(2014) 첫 발표 《나의 칼 나의 피》(1987)

김남주 金南柱 (1946~1994)

전라남도 해남 출신. 전남대학교 영어영문학과를 중퇴하였다. 1974년 《창작과비평》에 〈잿더미〉 등 일곱 편을 발표하며 등단했다. 대학 재학 시절 유신반대운동을 시작으로 하여, 1980년 남조선민족 해방전선사건으로 15년 형을 선고받고 복역하였으며, 수감되어 있는 중에 시집 《진혼가》(1984), 《나의 칼 나의 피》(1987), 《조국은 하나다》(1988)를 간행하였다. 출옥 이후에는 《솔직히 말하자》(1989), 《사상의 거처》(1991), 《이 좋은 세상에》(1992)를 간행하였다. 민중적 시각으로 외세와 독재에 저항하는 전투적 저항시의 대표 시인으로 손꼽힌다.

▌혁명을 꿈꾸는 시의 전통

어떻게 살 것인가? 이러한 질문을 붙잡고 고민하고 공부하는 젊음이라면 아마도 한 번쯤은 '혁명'이라는 단어를 꿈꾸게 될 것이다. "이전의 관습이나 제도, 방식 따위를 단번에 깨뜨리고 질적으로 새로운 것을 급격하게 세우는 일"이라는 사전적 정의만 냉정하게 따져 보면 혁명이란 거의 불가능에 가까운 일임을 금세 알아차리게 되지만, 혈기 넘치는 육체와 정의감에 불타오르는 정신은 자신의 안위를 고려하지 않고, 새로운 세상을 꿈꾸는 일을 멈추지 않는다.

우리 역사에 '혁명'을 꿈꾸고, 또 실행에 옮긴 이들이 여럿 있지만, 이 혁명과 시(詩)를 하나로 생각하고 그의 삶과 시 모두 새로운 세상을 꿈꾸는 데 바친 이는 흔치 않다. 시인 스스로가 불꽃같은 삶을 살면서 혁명의 꿈을 담은 웅혼한 시를 쓴 이로는 1930~1940년대의 이육사를 가장 먼저 떠올릴 수 있을 것이다. 당장은 아니더라도 지금 내가 "여기 가난한 노래의 씨"를 뿌리는 일을 두려움 없이 행할 때 먼 훗날 "백마 타고 오는 초인"이 노래를 부를 수 있을 것이라는 상상(이육사, 〈광야〉)은 전적으로 혁명을 꿈꾸는 이의 소망이다. 그렇게만 된다면 자신의 이번 생은 "노랑나비도 오잖는 무덤우에 이끼만"(이육사, 〈자야곡〉)

푸르러도 아무 상관없다는 것, 직접 폭탄을 던지고 총을 쥐었던 그에게 시는 그러한 혁명에의 의지를 다지고 기록하는 거울이자 비석이었을 것이다.

1894년의 동학농민혁명과 1960년의 4·19 혁명을 이으며 "껍데기는 가라 / 사월도 알맹이만 남고 / 껍데기는 가라"(신동엽, 〈껍데기는 가라〉)라고 외친 신동엽도 혁명을 꿈꾼 대표적 시인 중 하나일 것이다. 외세와 독재의 부당한 억압에 짓눌린 민중들이 진정한 자유를 누릴 수 있는 사회를 꿈꾸는 시인은 '하늘'을 가리는 모든 것들, '땅'을 숨 쉬지 못하게 하는 모든 것들을 걷어내고 찢어 버리고 싶어 한다. "닦아라, 사람들아 / 네 마음속 구름 / 찢어라, 사람들아, / 네 머리 덮은 쇠항아리."(신동엽, 〈누가 하늘을 보았다 하는가〉)라고 외친 신동엽은 혁명을 꿈꾸는 시문학의 계보를 잇는 1960년대의 대표적 시인이라고 할 만하다.

이들의 뒤를 이어 민주화의 요구가 드높았던 1980~1990년대에 혁명가(革命歌)의 전통을 이은 시를 쓴 이들이 여럿 있지만, 그 가운데에서도 15년 형을 언도받고 젊은 날의 상당 기간을 창살 안에서 보낸 김남주 시인을 빼 놓을 수 없다. 김남주 시인은 1973년 반(反)유신 투쟁으로 징역 2년 형을 선고받고 8개월간 수감 생활을 하였고, 1979년 10월 남조선민족해방전선(약칭 '남민전') 사건으로 체포되어 모진 고문을 당하며 수사를 받은 후, 이듬해 12월에 징역 15년을 선고받아 9년 3개월 동안 형을 살다가 1988년 형집행정지로 투옥 생활을 마친 바 있다. 그는 민중적 세계관을 토대로 박정희-전두환 군사정권의 폭압적 통치에 대한 굽힘 없는 저항을 담아 옥중에서도 지속적으로 시를 썼으며, 당시 저항운동의 두 축이라고 할 수 있는 민족주의적 반외세 투쟁과 민중주의적 반독재 투쟁의 내용을 담은 날카로운 저항의 세계를 구축하였다.

김남주 시세계의 미학은 시어 하나하나가 허위의 장막을 찢는 칼이 되어 진실을 들추어내는 데에서 구현된다.

> 바람의 손이 구름의 장막을 헤치니
> 거기에 거기에 숨겨둔 별이 있고

시인의 칼이 허위의 장막을 헤치니
거기에 거기에 피 묻은 진실이 있고

없어라 하늘과 땅 사이에
별보다 진실보다 아름다운 것은.

위의 〈하늘과 땅 사이에〉(1989)에서 볼 수 있듯 김남주는 암시적이거나 우회적인 문학적 장치들을 과감히 걷어 내고, 전투적이며 강렬한 민중들의 언어를 그대로 시에 담아내고자 노력하였다. 그렇기 때문에 '시적 완성도'의 기준을 어디에 놓는가에 따라 김남주 시의 성과에 대한 평가는 크게 달라질 수 있다. 그러나 문학사적으로 볼 때 김남주의 문학은 우리나라의 지사(志士)형 문학의 전통을 이으면서도 민중주의와 반외세적 지향을 분명히 함으로써 그러한 문학 전통에 새로운 지평을 열었다는 점에서 적지 않은 의미를 가진다고 평가할 수 있다. 〈길〉은 그러한 김남주 문학세계의 지향과 특성을 함축하고 있는 대표적 작품 중 하나이다.

역사의 길, 민중과 함께 하는 길

〈길〉은 "길은 내 앞에 있다"라는 확인으로 시작한다. 운명처럼 길은 내 앞에 있다. '길'을 소재로 한 많은 시와 노래들은 대부분 어느 길로 가야 할지, 길을 걸어가는 과정에서 어떤 일이 일어날지, 그 길의 끝에 무엇이 있을지 모르기 때문에 생기는 불안과 두려움을 토로하곤 한다. "갈래갈래 갈린 길 / 길이라도 / 내게 바이 갈 길이 하나 없소."(김소월, 〈길〉)라든가, "보일 듯 말 듯 가물거리는 / 안개 속에 싸인 길"(유재하, 〈가리워진 길〉) 등 여러 예를 찾을 수 있을 것이다.

이와 달리 김남주 시인은 자신의 앞에 놓인 길을 확인하고서는, 그 길의 시작과 끝을, 그 역사를 이미 알고 있다고 말한다. 신이 아닌 이상 가 보지 않은 길을 속속들이 알 수 없는 노릇이지만, 지나간 일들에 대한 기억이 생생하고 현실을 잘 파악하고 있는 사람라면 어느 정도 예견할 수 있는 풍경들이 그에게 떠오르는 것이다. 그 길에서 나를 기다리고 있는 것은 불행히도 '지하의 고문실, 무장한 검은 병정들, 총칼의 숲, 피의 꽃잎' 등 하나같이 다 견디기 어려운 고통과 억압의 이미지들이다.

시인은 중앙정보부나 경찰에서 조사를 받는 과정에서 심한 고문으로 얼마나 고생을 했는지, 조사 기간이 끝나고 감옥에 가는 것을 오히려 '해방'이라고 반길 정도였다. 감옥에 들어가면서 쓴 시에서 "아 해방이다 살 것 같다 이제 죽어도 좋다! / 허위로부터 위선으로부터 / 고문으로부터 공포로부터 / 60일간의 긴장으로부터 해방이다!"(〈감옥에 와서〉)라고 말할 만큼, 군사독재정권의 고문은 치 떨리는 공포이며 육체와 정신을 모두 파괴하는 끔찍한 반인권적 행위였다. "비녀꽂이로 사지가 찢어지고 숨통이 막히면서 / 통닭구이 전기구이로 발가락 손가락이 새까맣게 타면서 / 벌거숭이 알몸으로 야수의 발톱에 찢기면서"(〈딱 한번 내 생애에〉) 겪은 고초가 그의 시에 생생히 기록되어 있다.

그러나 시인은 그러한 가운데에서도 "몸은 비록 갇혔어도 / 혁명정신은 살아 있나니"(〈편지 4〉)라고 외치며 비타협적인 지사의 모습을 보인다. 종이와 펜이 허락되지 않아 우유갑에 못 끝으로 눌러 쓰면서도 시를 포기할 수 없었던 것은 "여기서 네 할 일을 하라"라는 행동의 결단을 요구하는 '역사의 목소리'를 들었기 때문이었다. 시인이 생각하는 이때의 역사란 과거로 흘러간 모든 사람의 모든 사건들을 다 이야기하는 것이 아니다. 권력자와 가진 자들의 불의에 협조하거나 그것을 방조하는 비겁함을 허용하지 않는 역사이다. 또 그렇다고 해서 그 역사의 길이 강골에 정의감 투철한 초인적 영웅들에게만 허락된 것이라는 의미도 아니다. 오히려 김남주가 '역사의 목소리'를 들으며 선 '역사의 길'은 이러한 모습에 가깝다.

역사의 길은 / 갑옷과 투구로 화려하게 치장한 / 영웅호걸의 길이 아니지요 / 강바람에 청포 자락 날리며 백마 타고 달리는 / 초인의 길도 아니지요 / 역사의 길은 대중의 길이지요 / 수백 수천만 농부의 길이고 노동자의 길이지요 / 한데 모여 그들이 들판 같은 데서 광장 같은 데서 / 천둥 같은 소리도 한번 질러보고 / 발을 굴러 땅을 치며 가는 길이지요 / 빼앗긴 토지와 밥을 찾아 / 빼앗긴 피와 땀의 노동을 찾아 / 어깨동무하고 나서는 길이지요 / (…) / 파도로 사나운 뱃길 삼천리 / 바위로 험한 구만리 산길 / 천 고비 만 고비 피투성이로 넘어야 할 가시밭길 험한 시련의 길이지요

〈역사의 길〉(1992)이라는 제목의 이 시를 통해 김남주 시의 기본을 이루고 있는 세계관이 '민중주의'임을 확연히 알 수 있다. 시인은 소수 엘리트나 영웅이 아니라 수백 수천만 민중들이 역사의 주체임을 명확히 하고 있다. '피와 땀의 노동'을 하는 이들이 주인이 되는 역사여야 하는 것이다. 이때 주체가 되기 위한 핵심 요건은 억압으로부터의 해방, 그리고 그 해방을 통해 구가하게 되는 진정한 '자유'이다. 이 자유 또한 "만인을 위해 내가 일할 때 나는 자유 / 땀 흘려 함께 일하지 않고서야 / 어찌 나는 자유이다라고 말할 수 있으랴"(〈자유〉)와 같이, 땀 흘려 함께 일하는 자에게만 허락되는 자유임을 시인은 강조하고 있다.

김남주 시인은 출옥 후 자신의 작품세계를 성찰하면서 〈다시 시에 대하여〉(1991)를 쓴 바 있다.

시의 내용은 생활의 내용 내 시에는 / 흙과 노동이 빚어낸 생활의 얼굴이 없다 / 이제 그만 쓰자 시를 써야겠다는 생각도 / 내 머릿속에서 지워버리자 / 가자 씨를 뿌리기 위해 대지를 갈아엎는 농부의 들녘으로 / 가자 뿌리를 내리기 위해 물과 싸우는 가뭄의 논바닥으로 / 가자 추위를 막기 위해 북풍한설과 싸우는 농가의 집으로 / 내 시의 기반은 대지다 / 그 위를 찍어내리는 곡괭이와 삽의 노동이고 / 노동의 열매를 지키기 위한 피투성이의 싸움이다 / 대지 노동 투쟁 — / 생

활의 이 기반에서 내가 발을 떼면 / 내 시는 깃털 하나 들어올리지 못한다 / 보라 노동과 인간의 대지에 뿌리를 내리고 / 생활의 적과 싸우는 이 사람을 / 피와 땀과 눈물로 빚어진 이 사람의 얼굴을

시인은 오랜 수감생활을 통해 저항의 문학을 써 오기는 하였으나, 그 저항이 사회와 격리된 채 책으로 익힌 지식에 바탕을 둔 관념적 저항에 그쳤음을 고백한다. 자신의 시에 "흙과 노동이 빚어낸 생활의 얼굴이 없다"는 진단이나 "내 시의 기반은 대지다"라는 확인이 특히 인상적이다. 1980년대에 등장한 박노해, 백무산 등 공장노동자들이 자신들이 처한 열악한 현실에 기반을 둔 생생한 노동문학을 창작하는 상황에서, 김남주 시인은 자신이 현실과 괴리된 관념적 민중주의에 빠지지 않도록 철저히 경계한 것이다.

이상의 시들을 통해 김남주 시인이 듣는 역사의 목소리란 '민중적 관점에서 이 세계를 보고, 그에 따라 모든 억압과 불의에 저항하라'는 것임을 알 수 있다. 왜 하필 나이고, 왜 하필 이 길이어야 하는가, 인간이라면 누구나 그 역사의 목소리에 이렇게 묻고 항의해 볼 법도 하다. 신의 아들 예수조차 인간의 몸으로 태어났기에 십자가에 못 박히기 전 마지막 기도에서 "할 수만 있다면 이 잔을 피하게 해" 달라고 신께 기도하지 않았던가. 시인도 인간인 이상 두려움이 없을 수 없다. 그러나 시인은 기꺼이 그 길을 받아들인다. 시인의 용기는 어디에서 비롯되는가. 그것은 언젠가 그 길이 '혼자 가는 길'에서 '함께 가는 길'이 될 것이라는 믿음이다. 시인은 "그래 가자 아니 가고 내가 누구에게 이 길을 가라고 하랴"라고 말하며, 누군가는 해야 할 역사적 책무를 다른 이에게 넘기려 하지 않는다. 누군가가 첫걸음을 떼지 않는다면 캄캄함 어둠 속 새로운 역사의 길은 시작되지 않는다. 미약하지만 누군가 용기를 내고 희생을 감내할 때 망설이던 다음 사람도 뒤를 따라 나서고, 그렇게 하나둘씩 걸음이 이어질 때 비로소 미약한 '혼자 가는 길'에서 단단한 '함께 가는 길'이 되는 것이다. 그렇게 되리라는 믿음만이 "총칼의 숲과 피의 꽃잎 사이"에서도 굴하지 않고, '여기서 내 할 일을

하겠다'라는 선언을 낳는 것임을 우리는 김남주를 통해, 그리고 그가 이어 온 지사적 저항문학의 전통에서 실례로 확인하게 된다.

▎ 노래가 된 시

다소 오래전 연구이기는 하지만 이장직(1986)에 따르면 김소월의 시에 곡을 붙인 가곡이 140편에 이르며, 〈진달래꽃〉(1922)과 〈가는 길〉(1923)은 동일한 시에 서로 다른 곡을 붙인 동명의 가곡이 각각 열 편에 이를 정도로 김소월의 시는 작곡자들의 사랑을 받아 왔다. 대중가요 쪽에서도 〈진달래꽃〉, 〈개여울〉(1922), 〈초혼〉(1925), 〈부모〉(1925) 등 10여 편의 김소월 시가 노래로 불리고 있다.

가곡과 대중가요 쪽의 작곡자들에게 김소월의 시가 많은 영감을 주고 있다면, 민중가요 쪽에서는 김남주의 시가 많은 이들에게 투쟁과 연대의식을 고취하는 노래로 사랑받아 왔다. 1985년 광주에서 활동하는 화가 김경주는 김남주 시인의 〈노래〉라는 시에 곡을 붙여 직접 부른 노래*를 '광주여 오월이여'라는 테이프에 실었다(민주화운동기념사업회, 2017). 연세대학교 노래패 '울림터' 출신의 가수 안치환은 〈저 창살에 햇살이〉, 〈자유〉, 〈38선은 38선에만 있는 것은 아니다〉, 〈물따라 나도 가면서〉 등 13곡을 모두 김남주의 시에 곡을 붙인 노래로만 채워 2000년 《Remember》라는 앨범을 발표하기도 하였다. 김남주의 시를 가사로 삼은 노래 가운데에서도 가장 널리 알려진 것은 〈함께 가자 우리 이 길을〉일 것이다. 〈함께 가자 우리 이 길을〉은 서울대 노래패 '메아리'의 일원이었던 변계원이 곡을 붙이고 1988년 광주에서 열린 전대협 통일노래한마당에서 직접 부른 노래로, 이후 1980년대와 1990년대 대학생들이라면 모르는 사람이 없을 정도로 많이 불렸다. 변계원은 김남주의 시 〈길〉을 약간 변형한 가사에 곡

....
* 이 노래는 강렬한 후렴구로 인해 훗날 '죽창가'라는 별칭으로 더 유명해졌다.

을 붙여 동명의 노래 〈길〉을 지은 바 있다.

1. 길은 내 앞에 놓여 있다 / 나는 안다 이 길의 역사를 / 길은 내 앞에 놓여 있다 / 여기서 내 할 일을 하라 / 허나 어쩌랴 길은 가야 하고 / 죽창 들고 나섰던 이 길 / 가자 또 가자 모든 것 주인되는 길 / 오오 해방이여
2. 길은 우리 앞에 놓여 있다 / 우린 안다 이 길의 역사를 / 길은 우리 앞에 놓여 있다 / 여기서 내 할 일을 하라 / 백두 한라가 하나될 이 길 / 어깨 걸고 나아갈 이 길 / 가자 또 가자 모든 것 하나되는 길 / 오오 통일이여

김남주 시인이 살던 시절에 비해 대한민국의 평균적인 물질적·문화적 삶은 비할 바 없이 풍요로워졌다. 그러나 상대적인 빈부 격차와 계급, 세대, 젠더 갈등 등은 오히려 그 시절보다 훨씬 더 심각하고 복잡하며, 변화를 기대하기 어려운 고착화 양상을 띠고 있다. 시가 쓰인 지 30여 년이 흐르도록 위 노래 〈길〉의 '해방'과 '통일'이 여전히 현재진행형의 과제임을 생각해 본다면, 민중적 세계관으로 치열하게 고투하며 삶과 시를 일치시키고자 했던 김남주의 시 또한 우리 시대에 여전히 유효한 메시지를 발신하고 있다고 볼 수 있다.　｜김정우

....
참고문헌

김남주(1989), 〈하늘과 땅 사이에〉, 염무웅·임홍배 편(2014),《김남주 시전집》, 창비.
김남주(1991), 〈다시 시에 대하여〉, 염무웅·임홍배 편(2014),《김남주 시전집》, 창비.
김남주(1992), 〈역사의 길〉, 염무웅·임홍배 편(2014),《김남주 시전집》, 창비.
민주화운동기념사업회(2017. 4. 15.), 「노래 여덟, 시를 소리로 살려낸 노래들」, 6월항쟁 공식홈페이지.
　　http://www.610.or.kr/board/content/page/31/post/309 (검색일자 2021. 6. 30.)
서울대학교 메아리(1993), 「길」,『메아리 10집』, 짜임.
염무웅·임홍배 편(2014),《김남주 시전집》, 창비.
이장직(1986), 「한국시의 가곡화에 대한 분석」,『문화예술』106, 한국문화예술진흥원.
임헌영(2014), 「출옥 후의 김남주:《솔직히 말하자》를 중심으로」, 염무웅·임홍배 편,『김남주 문학의 세계』, 창비.

날것 그대로의 이미지, 시가 되다

프란츠 카프카

오규원

— MENU —

샤를 보들레르	800원
칼 샌드버그	800원
프란츠 카프카	800원
이브 본느프와	1,000원
에리카 종	1,000원
가스통 바슐라르	1,200원
이하브 핫산	1,200원
제레미 리프킨	1,200원
위르겐 하버마스	1,200원

시를 공부하겠다는

미친 제자와 앉아

커피를 마신다

제일 값싼

프란츠 카프카

출처 《오규원 시전집 1》(2002)   **첫 발표** 《가끔은 주목받는 생이고 싶다》(1987)

오규원 吳圭原 (1941~2007)

첫 시집 《분명한 사건》(1971)에서 시작해 유고시집 《두두》(2008)에 이르기까지 시의 언어와 구조에 대해 여러 실험을 해 나갔다. 살아 있는 그대로의 이미지를 구현해야 한다는 '날이미지론'을 펼치며 모더니즘시의 새로운 지평을 연 시인이다.

메뉴판에 담긴 지성, 궁금증을 자아내다

모더니즘시 또는 시의 형식적 실험에 대해 이야기할 때, 메시지나 내용은 낯설지만 형식이나 틀 자체는 매우 익숙한 한 편의 작품과 만나게 된다. 〈프란츠 카프카〉, 오규원의 시이다. 대학수학능력시험 문제집과 교과서에 이 낯설고 어려운 작품이 실려 있는 장면은 아이러니하기까지 하다. 대중을 의식하지 않고 쓴 작품이, 형식이 낯설다는 이유로 오히려 대중성을 지니게 된 상황이라니. 오규원 시인은 이러한 상황을 예상하거나 의도하였을까.

메뉴판에 적힌 인물들은 현 시대를 살아가는 이들에게 지성으로 추앙받는 세계적인 인물들이다. 주로 시나 소설을 쓴 작가들이지만, 메뉴판의 세 번째 범주에 등장하는 인물들은 문학이론가, 사상가, 경제학자 등을 아우른다. 그중에서도 시의 제목이자 '메뉴'이면서 화자의 소회가 담긴 마지막 연에 등장하는 프란츠 카프카(Franz Kafka)라는 인물은 어떤 특별한 의미를 지니기에 이처럼 반복적으로 언급되는 것인지 궁금증을 유발한다. 시 텍스트에서 반복을 통해 메시지를 강조하는 것은 흔히 사용되는 수사적 전략이다. 게다가 카프카가 어떤 인물인가. 읽어 보지 않았어도 '주인공이 벌레로 변했다'는 것 정도는 알고 있는 소설 〈변신〉을 쓴 작가가 아닌가. 그의 단편 작품들은 AI 작가의 출몰을 논의하는 현 시점에서도 결코 빛바래지 않는 통찰력과 실험성을 담고 있는 문제작들이다. 이런 인물을 호명함으로써 독자의 궁금증과 관심은 극대화된다.

냉소와 아이러니,
자본주의 시대를 비웃다

익숙하거나 낯선 이름 옆에 적혀 있는 가격을 보라. 1990년대 초반 동네 커피전문점의 음료 값이 1,000원대였으니 당시의 가격이 반영된 메뉴판이라고 할 수 있다. 그러나 그때의 물가를 고려하더라도 특정 인물, 심지어 그 분야에서 일정한 업적을 쌓은 인물들에게 매겨진 것치고는 가당찮은 가격이다.

이 작품을 이해하기 위해 메뉴판에 적힌 인물들의 생애를 찾아보고 그 가치를 평가하는 번거롭고 복잡한 작업은 필요하지 않다. 여러 예술가와 철학가가 '메뉴'로서 메뉴판에 등장하고 가격이 책정되어 있다는 사실 자체가 의미화의 시발점이 되므로, 그들의 업적이나 분야에 대한 기초적인 사전지식만으로도 텍스트를 이해하는 데 어려움이 없다. 이 작품은 특정 인물로 대변되는 문학과 사상이 보잘것없는 가격으로 거래되고 메뉴화되는 세태를 문제 삼고 있기 때문이다.

1990년대는 자본주의의 부작용인 물신화 현상이 사회 전반에 팽배해 있었고, 학문이나 예술의 가치 역시 물질적 효용으로 평가받았던 시기였다. 문학을 가르치는 화자는 "시를 공부하겠다는 / 미친 제자"와 커피를 마시며 이야기를 나누고 있다. 화자는 여전히 시를 이야기하고 가르치지만, 그것을 공부하고 자신의 삶 속에 끌어들이려는 제자에게 긍정적인 전망을 제시해 줄 수가 없다. 철학이, 예술이, 문학이, 더 이상 존중받지 못하는 텍스트가 되어 버렸기에 제자의 앞길이 결코 창창할 수 없으리란 것을 인지하고 있기 때문이다.

게다가 메뉴판의 가장 상단에 범주화되어 있는 이들은 시인이나 소설가 같은 일차 텍스트의 생산자들이다. 이들의 가격은 철학가, 사상가들보다 더 낮게 책정되어 있다. 시를 쓰는 화자에게, 시를 공부하려는 제자는 그래서 더욱 안쓰럽기만 하다. 이 시에는 이러한 상황에 대한 통렬한 비판의식이 자조적이고 건조한 언어로 형상화되어 있다.

화자에게는 이런 현상을 야기한 자본주의사회 자체도 조소의 대상이다. 예술과 철학, 사상을 몇 푼짜리로 상품화하고 이를 소통(疏通)시키는 물질만능주의 시대에 대한 비판. 이 낯선 형식의 작품에서 시인은 그러한 메시지를 효과적으로 구성해 내고 있다. 생각할 거리로 가득한 함축성 높은 메뉴판을 통해 개개인의 독자가 시인의 메시지에 도달하도록 정교한 장치를 마련해 두고 있는 것이다.

낯섦과 대립, 메시지가 되다

〈프란츠 카프카〉는 여러 층위의 낯섦을 독자에게 던진다. 가장 눈에 띄는 것은 앞에서 언급한 형식적 층위, 곧 메뉴판의 차용이다. 시 텍스트 안에 녹아 있으나 하나의 연(聯)으로 취급하기에는 어딘가 부자연스러운 독특한 형식. 메뉴판을 마지막 연과 분리하여 하나의 이미지로 다루어도 문제가 없을 것 같은데, 이 작품에서 메뉴판은 기존 시행 및 연과 명확하게 구별되지 않는다. 이미지인 듯 이미지가 아닌 형식상의 낯섦인 것이다.

시어의 층위 또한 낯설기 그지없다. 우리나라에서도 유명한 문필가뿐만 아니라 다른 나라 작가들의 익숙하면서도 낯선 이름이 한글로 제시되어 있다. 더구나 메뉴판의 제목도 'MENU'이다. 장황한 외국 이름은 한글로 표기되어 있는데, 국어사전에도 외래어로 수록되어 있는 '메뉴'는 영어로 표기되어 있다. 이를 오규원이 외국 작품을 더 좋아하며 외국의 문학이론이나 사상에 경도되어 있었다는 식으로 해석하는 것은 바람직하지 않다. 표현론 차원에서 작가와 관련된 여러 자료를 토대로 근거를 들어 그런 해석을 제시할 수는 있겠지만, 이 텍스트의 메시지나 작가의 의도에 초점을 맞춘 정황으로는 성급한 일반화가 되어 버릴 가능성이 짙다.

다양한 층위의 낯섦과 더불어 시상의 대립적인 배치도 두드러진다. 사회적으로 이미 성공한 사람들임에도 자본의 측면에서 보면 초라한 성취를 이루었다는 점은 그 자체로 대립적이지만, 그들과 이제 막 시의 길에 접어든 '미친 제자' 또한 대립적인 구도를 보이고 있다. 또 일반인들이 다소 어려워하는 예술과 사상 등의 문화가, 대중들이 커피를 마시며 잡다한 이야기를 나누는 공간인 커피 전문점의 메뉴판에 담겨 있다는 발상도 대립의 국면을 자아낸다. 메뉴판 내에서 범주화되어 있는 세 그룹의 인물들 역시 대립적 국면을 드러내고 있고, 시적 화자와 제자 또한 동일한 범주 안에서 대립된다. 이처럼 여러 층위의 대립이 서로 충돌하면서 시 텍스트의 의미가 보다 풍부해진다.

아울러 이 작품에 제시된 시어는 '이미지'의 성격을 강하게 띠고 있다. 세세한 의미 층위보다는 그 언어가 주는 이미지, 여러 언어가 뭉쳐서 발현해 내는 이미지가 본질에 도달하는 데 더 도움을 주는 것으로 보인다.

부담 없는 소통과 진정한 향유, 그런 문학을 꿈꾸다

이 시에 내재된 낯섦과 대립의 국면을 촘촘하게 살펴보다 보면, 기존의 해석과는 다른 측면에서 메시지를 구성해 내는 것도 가능해진다. 문학과 예술과 사상이 그들만의 리그에서 소통되는 것이 아니라 커피 전문점에서 커피를 마시며 일상적으로 향유될 수 있는 것이 되었으면 좋겠다는, 그 공간 안에서 커피 메뉴를 고르듯 거리낌 없이 골라 일상적으로 이야기를 나누며 향유할 수 있으면 좋겠다는, 그런 사회를 꿈꾸는 어느 개인을 시적 화자로 상정할 수 있지 않을까. 마지막 연의 '미친 제자'와 제일 값싼 카프카를 화젯거리로 삼아 누구라도 부담 없이 문학과 시를 공부하고 향유하는 삶을 누리고 싶다는 개인적 염원을 담은 텍스트로 읽어 낼 수도 있지 않을까.

이 작품이 수록된《가끔은 주목받는 생이고 싶다》(1987)에 실린 다른 작품들은 물신화 경향을 여러 면에서 다양하게 보여 주고 있다. 그런데 곰곰이 들여다보면 그러한 현상에 대한 오규원의 평가가 모두 비판적인 것은 아니라는 점을 발견할 수 있다. 일단 현상을 꼼꼼하게 관망하고 냉철하게 분석해 내는 건 분명한데, 가치 평가 면에서는 다소 유보적인 태도를 보이고 있다. 급변하는 사회 속에서 명확한 판단을 내리는 데 어려움을 겪었기 때문일 수도 있고, 그의 시풍 자체가 평가나 비판을 직설적으로 드러내기에 적절하지 않기 때문일 수도 있다. 따라서 오규원의 작품은 좀 더 넓은 범주의 해석이 가능하다. 다음은 이 작품과 같은 시집에 실려 있는〈시인 구보씨의 일일 1〉(1987)이다. 여기에서 시인은 시 쓰기에 대한 자신의 생각을 솔직히 고백하고 있다.

그러니까시인도무슨짓을해야지요 / 무슨짓을하긴하는데그게좀그래요 / 정치는 정치가들이더좋아하고 / 사기는사기꾼들이더좋아하고 / 밀수는밀수업자들이더 잘하고 / 작당은꾼들이더잘하고 / 시인은시를더좋아하니까 / 시에미치지요밥만 먹고못사니까 / 밥만먹고는못사는이야기에미쳤지요 / 그래요미쳤지요허지만시 인도 / 밥먹고살아요돈벌기위해일도하고 / 출근해요출근하지못하면정말곤란해 요 / 순사가검문하면주민등록증보여야해요 / 순사가검문해도번호가없는시는그 러니까 / 위법이지요위법이니까그게좀그래요 / 위법은또하나의법이니유쾌해요 그게그래요

메타시의 일종인 위의 작품에서 시인은 시를 좋아해서 시에 미쳐 있다는 것, 시는 밥만 먹고 못 사는 이야기라는 것, 그렇지만 시인도 돈을 벌어야 한다는 것, 사회의 규율을 따라야 하지만 규율을 벗어날 수도 있는 것이 시라는 것 등을 언급하며 시인으로서의 자신의 삶과 시관을 토로하고 있다. 많은 문학가들이 공통적으로 느끼고 있을 이러한 언술을 통해서 앞의 해석에 정당성을 부여할 수 있을 듯하다. '번호가 없는 시', '위법은 또 하나의 법'이라는 시어가 오규

원의 시관과 일정한 관련을 맺고 있으며 그것은 여러 방향의 해석이라는 독자의 가능성에 연결되어 있다는 가정을 내세우면서. | 유영희

참고문헌

오규원(1987), 〈시인 구보씨의 일일 1〉, 오규원(2002),《오규원 시전집 1》, 문학과지성사.
오규원(2002),《오규원 시전집 1》, 문학과지성사.

입 속의 검은 잎

기형도

택시 운전사는 어두운 창밖으로 고개를 내밀어
이따금 고함을 친다, 그때마다 새들이 날아간다
이곳은 처음 지나는 벌판과 황혼,
나는 한번도 만난 적 없는 그를 생각한다

그 일이 터졌을 때 나는 먼 지방에 있었다
먼지의 방에서 책을 읽고 있었다
문을 열면 벌판에는 안개가 자욱했다
그해 여름 땅바닥은 책과 검은 잎들을 질질 끌고 다녔다
접힌 옷가지를 펼칠 때마다 흰 연기가 튀어나왔다
침묵은 하인에게 어울린다고 그는 썼다
나는 그의 얼굴을 한번 본 적이 있다
신문에서였는데 고개를 조금 숙이고 있었다
그리고 그 일이 터졌다, 얼마 후 그가 죽었다

그의 장례식은 거센 비바람으로 온통 번들거렸다
죽은 그를 실은 차는 참을 수 없이 느릿느릿 나아갔다
사람들은 장례식 행렬에 악착같이 매달렸고

백색의 차량 가득 검은 잎들은 나부꼈다

나의 혀는 천천히 굳어갔다, 그의 어린 아들은

잎들의 포위를 견디다 못해 울음을 터뜨렸다

그해 여름 많은 사람들이 무더기로 없어졌고

놀란 자의 침묵 앞에 불쑥불쑥 나타났다

망자의 혀가 거리에 흘러넘쳤다

택시 운전사는 이따금 뒤를 돌아다본다

나는 저 운전사를 믿지 못한다, 공포에 질려

나는 더듬거린다, 그는 죽은 사람이다

그 때문에 얼마나 많은 장례식들이 숨죽여야 했던가

그렇다면 그는 누구인가, 내가 가는 곳은 어디인가

나는 더 이상 대답하지 않으면 안 된다, 어디서

그 일이 터질지 아무도 모른다, 어디든지

가까운 지방으로 나는 가야 하는 것이다

이곳은 처음 지나는 벌판과 황혼,

내 입 속에 악착같이 매달린 검은 잎이 나는 두렵다

출처 《기형도 전집》(1999)　**첫 발표** 《문예중앙》(1989. 3)

기형도 奇亨度 (1960~1989)

경기도 옹진군 연평도 출생. 1964년 경기도 시흥군 소하리로 이사하여 성장. 1984년 중앙일보 입사 후 1985년 『동아일보』 신춘문예에 〈안개〉로 등단하였다. 〈안개〉는 그가 성장하면서 겪었던 산업화·도시화의 부정적 체험을 형상화한 작품으로서 그의 비극적 세계관의 출발점을 보여 준다. 1989년 뇌졸중으로 사망하기까지 〈위험한 가계 1969〉(1986), 〈조치원〉(1986), 〈빈집〉(1989), 〈질투는 나의 힘〉(1989) 등을 발표하였고, 1989년 유고시집 《입 속의 검은 잎》이 발간되었다.

1980년대, 대학 시절

기형도의 유고시집《입 속의 검은 잎》(1989)은 '포스트-80년대 청춘의 비가', '1990년대의 새로운 문화적 현상', '기형도 신화'로 평가(강동호, 2019: 177-178 재인용)될 정도로 1990년대 수많은 청춘들에게 '순례해야 할 성지'와 같은 작품집이 되었다. 이러한 현상이 발생할 수 있었던 배경을 기형도 스스로가 〈대학 시절〉(1989)에서 다음과 같이 극화하고 있다.

나무의자 밑에는 버려진 책들이 가득하였다 / 은백양의 숲은 깊고 아름다웠지만 / 그곳에서는 나뭇잎조차 무기로 사용되었다 / 그 아름다운 숲에 이르면 청년들은 각오한 듯 / 눈을 감고 지나갔다, 돌층계 위에서 / 나는 플라톤을 읽었다, 그때마다 총성이 울렸다 / 목련철이 오면 친구들은 감옥과 군대로 흩어졌고 / 시를 쓰던 후배는 자신이 기관원이라고 털어놓았다 / 존경하는 교수가 있었으나 그분은 원체 말이 없었다 / 몇 번의 겨울이 지나자 나는 외톨이가 되었다 / 그리고 졸업이었다, 대학을 떠나기가 두려웠다

1980년대 청년들이 모두 대학에 있었던 것은 아니다. 그러나 이 스산하고 공포스러운 풍경은 대학만을 지배하고 있었던 것이 아니라, 사회 전반을 짓누르고 있었다. 시인은 "대학을 떠나기가 두려웠다"라는 시구로써 대학과 사회 전반을 지배하던 공포스러운 풍경을 압축한다.

이처럼 〈대학 시절〉은 공포의 풍경에 목소리가 짓눌린, 그 침묵 속 내면을 그려 내고 있다. '총성'이 울릴 때 얼마나 많은 청춘들이 고통받았는가? 그러나 기형도가 그것을 직접적으로 말하고자 했던 것은 아니다. 그 고통을 "각오한 듯 / 눈을 감고 지나"간 청춘들이 또 얼마나 많았는지, 그리하여 그 청춘들의 죄책감이 얼마나 깊었는지를 말하고자 했다. 생각해 보면 역사의 진보를 위해 투신한 인물들은 차라리 영웅처럼 스스로 떳떳할 수 있었다. 하지만 전부가 영웅이었

던 것은 아니다. 역사의 소용돌이에 휩쓸려서 영웅이 된 자, 그 소용돌이에서 벗어나 작은 꿈을 키우기만 한 자, 애초부터 무감각했던 자……. 이들 또한 존재했다는 것이 진실이었다. 기형도는 영웅의 길을 선택하지 못한 자들의 부끄러움, 죄책감, 자학의 감정을 드러내고 있다. 이로써 그저 '나뭇잎'도 안 되는 시를 통해 시대의 부정성에 대한 광범위한 정서적 공감을 낳았고, 영웅과는 다른 길로써 미래를 선취하는 데 기여하였다. 이것이 '기형도 신화'가 가진 차별적 강렬함이었다.

짧은 여행의 기록, 그리고 '그'는 누구인가

기형도는 시인이자 또한 기자였다. 기록하는 자였던 것이다. 〈입 속의 검은 잎〉을 이해하기 위해서는 그의 기록 하나를 살펴보아야 한다. 기형도는 1988년에 광주 망월동 묘지를 방문한다. 그는 〈짧은 여행의 기록〉(1989)에서 다음과 같이 기록하고 있다.

이제 광주로 간다. (…) 노트를 펼치다가 놀랐다. 표지에 HOPE라고 씌어 있었다. 내 여행이 '지칠 때까지 희망을 꿈꾸기' 위해서였다면 이 노트 또한 내 의지를 돕고 있었던 것이다. 나는 죄인이다. (…) 이윽고 묘역에 도착했다. (…) 제3묘원을 나와 기다리고 있던 봉고차˙에 탔을 때 50대 후반(혹은 40대 후반)으로 보이는 아낙네가 서너 살 되어 보이는 소녀와 함께 봉고차에 올랐다. (…) 50대로 보이는 기사가 나를 보며 말했다. "이한열(李韓烈)이 어머니예요." 나는 좌석 앞으로 옮아갔다. 여인이 힘없이 인사를 했다. "묘지 다녀가세요?" 나는 "한열이

....

˙ 망월동 묘역까지 운행하던 셔틀버스를 말한다.

선뱁니다. 연세대학교 선배예요."라고 말할 수밖에 없었다. (…) 망월동 공원 묘지 제3묘원은 찌는 듯이 무더웠고 그것은 고의적인 형벌 같았다. (…) 나는 무엇인가. 가증스러운 냉담자인가, 나에게 있어 국토란 무엇인가. 내가 탐닉해온 것은 육체 없는 유령의 자유로움이었다. 지금 이곳의 나는 무엇인가. 너 형이상학자, 흙 위에 떠서 걸어다니는 성자여.

이와 같은 기록들과 지인들의 증언 등으로 인해 〈입 속의 검은 잎〉에서 "침묵은 하인에게 어울린다고 그는 썼다", "그의 장례식은 거센 비바람으로 온통 번들거렸다", "그 때문에 얼마나 많은 장례식들이 숨죽여야 했던가" 등의 시구에 등장하는 '그'의 정체에 대한 해석이 분분하다. 성현아·이경수(2018: 74-75)에 따르면 '그'를 유신 독재자, 민주화운동의 희생자들, 불특정한 누군가 등으로 해석하려는 시도들이 지속되고 있다.

하지만 〈짧은 여행의 기록〉에서 '그'는 기형도에게 "나는 누구인가"라는 질문을 제기하는 존재이다. 〈입 속의 검은 잎〉에서는 "내가 가는 곳은 어디인가"와 같은 도덕적·존재론적 질문을 던지는 존재이다. 그리고 "나는 더 이상 대답하지 않으면 안 된다"와 같이 질문에 대한 답을 내리도록 압박하는 존재이다. 따라서 '그'는 특정한 누군가가 아니라 1980년대를 살아가는 기형도에게 '어떻게 살 것인가'와 같은 질문을 던지는 '시대의 총체적 존재들'이다. '그'가 누구인가가 중요한 것이 아니라, '그'가 '나'에게 어떤 기능을 하는가가 중요한 것이다.

〈입 속의 검은 잎〉은 '그'가 던진 질문에 대한 답을 주저하고 있는 존재의 내면을 그린다. '나'는 겨우 "가까운 지방으로 나는 가야 하는 것이다"와 같은 동문서답이나 할 수밖에 없다. "나는 두렵다"는 고백밖에 못하고 있다. 더욱 안타까운 점은 '그'에 대한 두려움에만 갇혀 있는 것이 아니라, 그 두려움이 암종(癌腫)처럼 온몸에 퍼져 "택시 운전사"마저 믿지 못해 "공포에 질려 / 나는 더듬거린다"고 중얼거리게 된다는 점이다. 이 형언할 수 없는 시대의 공포에 사로잡힌

'나'에게 남은 것은 "내 입 속에 악착같이 매달린 검은 잎"뿐이다.

그러므로 〈입 속의 검은 잎〉의 의미를 드러내고자 하는 해석이라면 1980년 대의 시대가 낳은, 공포에 질려 굳어만 가는 듯한 혀의 고통을 추체험하는 것에 서부터 시작해야만 한다. 〈짧은 여행의 기록〉에서 풍자되듯 '형이상학자'처럼 접근할 작품이 아닌 것이다. 이처럼 〈입 속의 검은 잎〉은 1980년대의 공포와 그 고통을, 그 어떤 작품보다도 강렬하게 환기하는 작품이라 할 수 있다.

▎고통의 기록

〈입 속의 검은 잎〉이 유작으로 발표되었다는 점도 상징적이다. 1989년 사망 직후 발표된 유작에서 하필 "나의 혀는 천천히 굳어갔다"라는 표현이 쓰인 것 은, 이미 시인이 오래전부터 상징적 죽음을 체험하고 있었던 것은 아닌가 하는 의문을 갖게 한다. 시대적 고통으로 인해 정신과 육체가 지속적으로 황폐화되 고 있었던 것은 아닐까? 이러한 불길한 질문에 대한 답은 불행히도 사실이었음 을, 앞서 발표된 많은 작품들에서 찾아볼 수 있다. 천천히 굳어만 가던 혀로 인 한 그의 중얼거림. 따라서 그 중얼거림들 이면에 작용하던 고통이 어떻게 축적 되고 강화되어 왔는지 파악해야만 이 시를 제대로 읽을 수 있다.

예를 들어 〈오래된 서적〉(1985)에서 "나의 영혼은 / 검은 페이지가 대부분이 다"와 같은 표현, 〈조치원〉(1986)에서 "그러나 서울은 좋은 곳입니다. 사람들에 게 / 분노를 가르쳐주니까요. 덕분에 저는 / 도둑질말고는 다 해보았답니다"와 같은 표현, 〈여행자〉(1987)에서 "술집에서 만난 고양이까지 나를 거들떠보지도 않았다"라는 표현, 〈길 위에서 중얼거리다〉(1988)에서 "어둠 속에서 중얼거린 다 / 나를 찾지 말라"와 같은 표현들은, 혀가 굳어져 중얼거림에 이르기까지의 정신과 육체가 황폐화되어 가던 체험을 상징한다. 문학활동을 본격적으로 시작 하면서 발표한 작품부터 유고작까지 이처럼 암울한 표현들이 가득하다는 점은 너무나 처연한 느낌을 준다. 요컨대 이 시들을 통해 그가 기적이나 희망을 믿지도, 갖지도 못한 채로 살아 왔음을 알 수 있다. 분노란 것도 가져 보았으나, "나를 거들떠보지도 않았"음을 느끼며 살았던 것이다. 중얼거림의 마지막 말이 "나를 찾지 말라"는 애원이라고 생각할 때, 그의 삶의 비극성은 더욱 뚜렷해진다.

이처럼 기형도는 "짧은 여행" 같은 일생을 비극적으로 마감하였다. 그러나 그의 시는 1980년대가 개인들에게 준 고통이 무엇이었는지, 개개인의 내면을 어떻게 그리고 얼마나 황폐화했는지를 그 어떤 작품보다도 강렬하게 기록한 작품으로 기억되어야 할 것이다.

| 남민우

참고문헌

강동호(2019), 「희망이라는 이름의 원리: 기형도의 90년대」, 『사이間SAI』 26, 국제한국문학문화학회, 169-199.

기형도(1989), 〈짧은 여행의 기록〉, 기형도 전집 편집위원회 편(1999), 《기형도 전집: 시·소설·산문·자료》, 문학과지성사.

기형도(1999), 〈대학 시절〉, 기형도 전집 편집위원회 편, 《기형도 전집: 시·소설·산문·자료》, 문학과지성사.

기형도 전집 편집위원회 편(1999), 《기형도 전집: 시·소설·산문·자료》, 문학과지성사.

성현아·이경수(2018), 「기형도 시에 나타난 '입'의 표상과 그 의미」, 『한국시학연구』 56, 한국시학회, 55-87.

흙은 사각형의 기억을 갖고 있다

송찬호

장지의 사람들이 땅을 열고 그를 봉해 버린다 간단한

외과 수술처럼 여기 그가 잠들다

가끔씩 얼굴을 가린 사람들이

그곳에 심겨진 비명을 읽고 간다

흙은 사각형의 기억을 갖고 있다

단단한 장미의 외곽을 두드려 깨는 은은한 포성의 향기와

냉장고 속 냉동된 각 진 고깃덩어리의 식은 욕망과

망각을 빨아들이는 사각의 검은 잉크병과

책을 지우는 사각의 고무지우개들

오래 구르던 둥근 바퀴가 사각의 바퀴로 멈추어 서듯

죽음은 삶의 형식을 완성하는 것이다

미래를 예언하듯 그의 땅에 꽃을 던진다

미래는 죽었다 산 자들은 결코 미래에 도달할 수 없다

그러나 산다는 것은 얼마나 찬란한 한계인가

그 완성을 위하여

세계를 죽일 수 없음을 알면서도 날마다 살인을 꿈꿀 수 있다는 것은

폐허 속에서 살아 있다는 것은

망각 속에서 우리가 살인자라는 것을 일깨우는 것이다

풍성한 과일을 볼 때마다

그의 썩은 얼굴을 기억하듯

여기 그가 잠들다

여전히 겨울비는 내리고

흙은 사각형의 기억을 갖고 있다

출처 《흙은 사각형의 기억을 갖고 있다》(2000)　**첫 발표** 《흙은 사각형의 기억을 갖고 있다》(1989)

....

송찬호 宋燦鎬 (1959 ~)

1987년 《우리 시대의 문학》에 〈금호강〉, 〈변비〉 등의 작품으로 등단하였다. 이후 시집 《흙은 사각형의
기억을 갖고 있다》(1989), 《10년 동안의 빈 의자》(1994), 《붉은 눈, 동백》(2000), 《고양이가 돌아오는 저
녁》(2009), 《분홍 나막신》(2016) 등을 발표하였다. 초기 시에서는 보편적 서정을 노래하기보다 1980년
대의 시대적 배경에서 오는 존재에 대한 고민을 언어와 결합하려는 시도를 보여 주었다. 추후 발표된
시집들에서 그 경향이 변화하기는 하였으나, 존재와 언어에 대한 천착은 여전히 지속되고 있다.

....

▌ 삶이 죽음을 추월하는 순간

　송찬호의 첫 시집 《흙은 사각형의 기억을 갖고 있다》는 절망에 얽매인 현실
의 고통에 대한 치열한 직면과 천착을 담고 있다. 이 과정은 "시와 언어, 존재와
세계에 대한 집요하면서도 일관된 탐색"(이안, 2010: 123)으로 나타난다.

　시의 전반적인 분위기는 밝지 않다. 1연부터 장지에서 사람들이 죽어 버린
'그'의 마지막을 함께하고 있는 모습이 그려진다. 관이 땅 아래에 묻히고 그 위
에 봉분이 조성되면 죽은 이는 더 이상 산 사람과 만나지 못한다. 산 자와 죽

은 자의 접촉이 영영 끊기게 되는 힘든 순간이지만, 장례의 절차로서 이 과정은 "간단한 / 외과 수술처럼" 치러진다. 장례는 기계적으로 이루어졌으나 산 사람들은 땅에 봉해진 그를 영영 볼 수 없을 것이다. 다만 비명(碑銘)을 읽고 갈 수 있을 뿐이다. 비명은 그의 삶 전체를 대표하는 구절이다. 누군가의 삶에서 이러한 구절을 발췌하기 위해서는 그 삶이 명확히 종료되어야만 한다. 앞으로 더 펼쳐질 일도, 생겨날 사건도 없을 때에야 한 사람의 삶에 대한 총체적 요약이 가능하기 때문이다.

장지에서 그가 봉해진 장소는 흙 속이다. 따라서 2연에서 '흙'이 가진 '사각형'의 기억이란 1연과 연결된 '관'으로서의 사각형, 다시 말해 죽음의 기억일 것이다(박대현, 2009: 370). '사각형'은 굴러가지 못하는 정지와 죽음의 이미지(김인옥, 2013; 김지선, 2010)이므로, '흙'이 가진 '사각형'의 기억은 소멸과 연관된다. 부드러운 장미 꽃잎의 촉감은 단단한 외피로 굳어 사라져 버렸고 그마저 깨져 가고 있다. 생명이 사라진 존재의 경직성은 냉동된 고기에서도 드러난다. 유연함과 온기를 잃은 채 딱딱하게 냉동된 고깃덩어리는 차갑고 각진 사각형과 닮아 있다. 이들처럼, 망각마저 빨아들이는 검은 잉크병과 책을 지우는 사각의 지우개도 소멸의 소임을 다하면 스스로도 소멸될 것이다.

둥근 바퀴가 사각형이 되면 구르기를 멈추듯, 죽음은 진행되고 있던 삶을 일시에 중지시킨다. "사각의 바퀴로 멈추어 서"는 죽음이 삶의 형식을 완성하는 것이라는 진술은 철저히 산 자의 입장을 반영한다. 죽음이 어떠한 형식의 완성이 되기 위해서는 삶의 관점에서 출생을 시작점으로 잡아야만 하기 때문이다. 그래야만 죽음이 끝이 되어 시작과 끝이라는 형식이 완성된다. 여기에서 '완성'이란 삶이 지속되지 않는 상태로, 시작이 있으면 끝이 생기는 것처럼 삶을 살고 죽음으로 소멸하는 과정을 의미한다. '산 자들'은 죽음으로 삶이 완결되었다고 보기 때문에, 죽은 '그'에게는 어떤 이야기도 남아 있지 않다고 생각한다. 그러니 '그'에게 남은 삶이 없다는 미래를 당연시하며 땅에 꽃을 던짐으로써 영원한 작별을 고한다.

그러나 '흙'이 가진 기억은 소멸을 환기하여 삶을 성찰하게 만든다. '산 자들'은 죽은 '그'에게 미래가 없다고 생각하지만, 미래에 도달할 수 없는 것은 오히려 '산 자들'이다. 미래는 현재의 연장이기에 산 자의 시간은 끝없는 현재일 수밖에 없다. 이 시간을 미래라고 말할 수 있는 대상은 삶이 종결된 존재뿐이다. '그'의 현재는 완료되어 존재하지 않으므로, 죽음의 시점부터 '산 자들'의 모든 현재는 죽은 '그'의 미래이기 때문이다. 그러므로 "미래는 죽었다 산 자들은 결코 미래에 도달할 수 없다".

이렇듯 '산 자들'은 현재를 살기 때문에 미래에 도달할 수 없다. 하지만 '산 자들'은 죽은 '그'가 결코 가질 수 없는 현재를 누리고 있기에 그 한계는 역설적으로 "찬란한 한계"이다. 죽은 '그'에게는 중지된 삶의 마지막 지점이 있으나, '산 자들'은 그 이후를 경험할 수 있는 것이다. 단단한 장미의 외곽을 깬 포성이 지나친 폐허 속에서, 망각을 빨아들이던 잉크가 사라진 망각 속에서, 식은 욕망으로 버려진 냉동 고기의 자리에 놓인 풍성한 과일을 보면서, '산 자들'은 "날마다 살인을 꿈"꾸고, "살인자라는 것을 일깨우"고, "그의 썩은 얼굴을 기억"한다. 삶이 항상 의욕과 감사로 가득 찰 수는 없으며, 죽음에 대한 욕구는 예상하지 못한 순간 의식에 파고든다. 여기서 삶을 끝내어 형식적 완성이라도 맺고 싶은, 예측할 수 없어 피로하기만 한 현재를 나에게 영향을 미칠 수 없을 미래로 만들어 버리고 싶은 마음이 들기도 한다. 그만큼 삶은 녹록치 않다. 그러나 세계에 대한 살인의 마음을 품을 수 있는 것은 아이러니하게도 내가 살아 있기 때문이다. '그'의 얼굴이 우리와 달리 썩어가는 것은 '그'에게 더 이상 남아 있는 현재가 없기 때문이다. 삶은 본인의 의지와 무관하게 출생되어 세계에 내던져진 불합리한 사건이지만, 죽은 '그'에게는 주어지지 않는 현재가 우리 '산 자들'에게는 아직 있다. 썩지 않은 나의 존재, 내가 숨을 쉬고 있는 현재에 대한 감각이 그로부터 선명해진다.

마지막 연은 다시금 "여기 그가 잠들다"라는 말로 시작된다. 여전히 겨울비가 내려 스산한 가운데 "흙은 사각형의 기억을 갖고 있다". 고통스러운 삶과 현실을 벗어나 흙에서 소멸하고 있는 '그'처럼 잠들고 싶지만, 우리는 살아 있기에 현재라는 노역을 이어가야 한다. 우리는 살아 있기에 부패될 수 없고 흙에게 사각형의 기억이 될 수도 없다. 아직 내 몫으로 열리지 않은 흙의 표면을 디딘 채 언젠가 올 삶의 완성을 기다리며 죽일 수 없는 세계에 대한 살인을 모의할 뿐이다.

죽음이 삶을 추구하는 순간

이 시에 등장하는 죽음의 이미지들은 어딘가 차갑고 뾰족하다. '사각형'으로 대표되는 각의 예리함뿐 아니라 '단단한 장미', '냉동된 각 진 고깃덩어리', '검은 잉크병'들도 내키지 않는 어둠으로 다가온다. 죽음이란 출생한 존재라면 무조건 받아들여야 하는 조건이므로, 행복한 순간에도 우리는 죽음의 서늘한 사각을 의식하며 산다. 세계에 대한 살인을 꿈꾸지만 유한한 존재인 우리는 죽음에 대한 인식에서 파생하는 고통을 피할 수 없다.

실존적 조건에서 오는 한계는 육체의 측면에서는 돌파구를 찾을 수 없다. 죽는 순간 부패하여 소멸하는 것이 육체이다. 그래서 인간인 우리는 정신의 측면에서 길을 찾고자 한다. '산 자들'은 미래에 도달할 수도 세계를 죽일 수도 없다는 것을 알지만 살인을 꿈꿀 수는 있다. 주어진 조건에 따라 생각할 여유도 없이 밀려오는 현재를 급급히 사는 대신, 나의 존재가 무엇으로 구성되어 있는지 파악하고 내 삶이 어디쯤 위치해 있는지를 진지하게 고민할 수 있는 것이다. 그 계기는 사각형의 모서리들이 제공한다.

사각형은 자연에서 탄생하기 어려운 형태이다. 각진 채로 태어나는 것은 어디에도 없다. 새의 알도, 포유류의 새끼도 각진 부분 없이 세상에 나온다. 사각형의 모양을 갖춘 존재가 있다 하더라도 살아가는 동안 부딪히고 깎이며 둥글어지는 것이 일반적이다. 그러나 네모반듯한 사각은 특정한 목적에 의해 만들어진다. 무언가를 잉여 공간 없이 효율적으로 담기 위한 목적이든, 이동 시 손상의 위험을 줄이기 위한 목적이든, 사각은 일부러 만들어 낸 것이다. 사각은 나온 대로 살고, 사는 대로 살면 나타날 수 없었을 각을 세운 채로 나타나 성찰의 계기를 마련해 준다.

이처럼 각을 세우고 사는 일은 분명 순탄치 않을 것이다. 세계에 순응하지 않은 채 세계에 대한 살인을 모의하는 살인자임을 계속 일깨우는 고통이 수반될 것이다. 그럼에도 불구하고 우리가 모서리에 찔려 가며 사각형의 기억을 자꾸만 뒤적여야 하는 까닭은 '그'의 썩은 얼굴을 기억하여 죽은 '그'가 도달하지 못한 우리의 현재를 보다 "찬란한 한계"로 만들기 위해서이다. 우리는 죽지 않았기에 세계를 죽일 꿈을 꿀 수 있다. 이미 죽은 '그'는 꿀 수 없는 꿈이다. 우리가 놓인 곳이, 죽는 것이 차라리 나을 폐허일지라도 그 속에서 살아남았다면 해야 할 몫이 있을 것이다. 어쩔 수 없는 운명이라고 포기하지 않고 그 몫과 마주한다면 썩어 흙이 되고 다시 생명으로 돌아오는 회귀를 발견할 수도 있다.

| 이상아

....
참고문헌

김인옥(2013), 「송찬호 시에 나타난 시적 인식의 방향성 연구: 시집《붉은 눈, 동백》을 중심으로」, 『한국문예비평연구』 41, 한국현대문예비평학회, 119-142.

김지선(2010), 〈우리 시대의 송찬호: 자연, 감각, 인간〉,《시와세계》 32, 시와세계, 113-122.

박대현(2009), 〈공중 정원에서 흘리는 지상의 눈물〉,《실천문학》 96, 실천문학사, 369-387.

송찬호(2000),《흙은 사각형의 기억을 갖고 있다》(제2판), 민음사.

이안(2010), 〈말의 감옥에서 말의 정원으로: 송찬호 시집《고양이가 돌아오는 저녁》(문학과지성사 2009)〉,《시와세계》 32, 시와세계, 123-138.

너를 기다리는 동안

황지우

네가 오기로 한 그 자리에

내가 미리 가 너를 기다리는 동안

다가오는 모든 발자국은

내 가슴에 쿵쿵거린다

바스락거리는 나뭇잎 하나도 다 내게 온다

기다려본 적이 있는 사람은 안다

세상에서 기다리는 일처럼 가슴 애리는 일 있을까

네가 오기로 한 그 자리, 내가 미리 와 있는 이곳에서

문을 열고 들어오는 모든 사람이

너였다가

너였다가, 너일 것이었다가

다시 문이 닫힌다

사랑하는 이여

오지 않는 너를 기다리며

마침내 나는 너에게 간다

아주 먼데서 나는 너에게 가고

아주 오랜 세월을 다하여 너는 지금 오고 있다

아주 먼데서 지금도 천천히 오고 있는 너를

너를 기다리는 동안 나도 가고 있다

남들이 열고 들어오는 문을 통해

내 가슴에 쿵쿵거리는 모든 발자국 따라

너를 기다리는 동안 나는 너에게 가고 있다

착어着語: 기다림이 없는 사랑이 있으랴. 희망이 있는 한, 희망을 있게 한 절망이 있는 한. 내 가파른 삶이 무엇인가를 기다리게 한다. 민주, 자유, 평화, 숨결 더운 사랑. 이 늙은 낱말들 앞에 기다리기만 하는 삶은 초조하다. 기다림은 삶을 녹슬게 한다. 두부 장수의 핑경 소리가 요즘은 없어졌다. 타이탄 트럭에 채소를 싣고 온 사람이 핸드 마이크로 아침부터 떠들어대는 소리를 나는 듣는다. 어디선가 병원에서 또 아이가 하나 태어난 모양이다. 젖소가 제 젖꼭지로 그 아이를 키우리라. 너도 이 녹 같은 기다림을 네 삶에 물들게 하리라.

출처 《게 눈 속의 연꽃》(1994) **첫 발표** 《게 눈 속의 연꽃》(1990)

황지우 黃芝雨 (1952~)
1980년 중앙일보 신춘문예에 〈연혁〉으로 입선하여 등단한 황지우는 1983년에 발간한 첫 시집 《새들도 세상을 뜨는구나》로 김수영 문학상을 수상하며 문단의 주목을 받기 시작하였다. 그의 초기 시는 형태의 파괴와 해체를 통해 사회에 대한 비판적 세계관을 보여 주었으나, 1990년에 발간한 시집 《게 눈 속의 연꽃》에서는 탈속적인 세계관까지 다루며 점차 세계와의 화해 및 서정으로 확장된 시세계를 보인다.

▎착어 이전: 그만둘 수 없는 일

〈너를 기다리는 동안〉은 1990년에 발간된 황지우의 네 번째 시집 《게 눈 속의 연꽃》에 수록된 시이다. 그러나 지금 사회관계망서비스(SNS)에 이 시의 일부를 적어 올리더라도 일상에 대한 코멘트로 어색하지 않을 만큼, 이 시에서는 30년의 시간이 느껴지지 않는다. 이는 소중한 대상을 기다릴 때의 가슴 '애리는' 마음이란 시공간을 넘어 누구든 공감하는 감정이기 때문일 것이다. '기다림'이라는 한 단어가 22행에 걸쳐 묘사되는 이 시의 장면은 크게 세 감정으로 나누어 펼쳐진다.

첫 번째 장면인 1~5행에서는 약속 장소에 미리 가 '너'를 기다리는 화자의 초조함이 그려진다. 네가 오기로 한 자리에 '미리' 가 있는 것에서 알 수 있듯, 화자는 오기로 했으되 언제 올지 모르는 '너'보다 앞서 도착해 있다. 혹시라도 길이 엇갈리거나 나보다 먼저 온 네가 실망해 돌아서면 어쩌하나, 그런 작은 여지조차 없었으면 하는 간절한 마음인 것이다. 기다리는 동안 외부에서 들려오는 발자국 소리는 화자의 내부로 들어와 심장 소리로 치환된다. 심지어 바스락거리는 나뭇잎 하나마저 네가 온다는 전언인 것처럼 내 마음을 흔든다.

두 번째 장면인 6~12행에서는 문을 열고 들어오는 사람이 너일까 하는 희망과 네가 아님에 대한 절망을 동시에 느끼는 화자의 애절함이 그려진다. 외부의 기척들이 신체의 내부로 틈입되어 쿵쿵대는 상황에서 화자는 온 신경을 열리는 문에 집중한다. 오기로 했으되 도착하지 않은 네가 문 사이로 보일까 기대하는 가운데, 문을 열고 들어오는 모든 사람은 '너였다'는 확정에서 '너일 것'이라는 불확정으로 이동한다. '너였다'는 확정의 언술만이 제시되었던 10행은 11행으로 이어지며 다시 한번 진술된 뒤, 숨을 고르고 바로 이어 '너일 것이었다가'로 좌절된다. 10행은 '너였다'로 끝나지 않고 연결 어미 '-다가'가 붙음으로써 화자의 희망이 '너'의 등장으로 성취되지 않았으며 무언가 다른 상황이 이어지리라는 것을 암시한다. 희망과 좌절의 반복은 화자가 기다림을 "가슴 애리는 일"이라 말하게 한다.

세 번째 장면인 13~22행까지는 오지 않는 '너'에게 가는 화자의 적극적 의지가 그려진다. 화자는 '너'로 지칭하던 존재를 "사랑하는 이"로 호명함으로써 이어질 자신의 행동에 대한 이유를 설명한다. 사랑하는 존재이기에 나는 '너'에게 가기로 결심하는 것이다. 오기로 했으나 오지 않는 '너'이지만 '너'는 내가 '사랑하는 이'라서 포기할 수도, 원망할 수도 없다. '마침내'라는 부사로써 화자는 자신이 최종적으로 택한 길이 "너를 기다리며"에서 "너에게 간다"로 전환하는 것임을 선언한다.

'너'와 내가 언제 만나게 될지는 모른다. "아주 먼데서"와 "아주 오랜 세월"이 16행, 17행, 18행에서 교차하다가 19행에서 "아주 오랜 세월" 대신 "너를 기다리는 동안"으로 나타난 것을 보면, '너'를 기다리는 시간이 빨리 끝날 것 같지는 않다. '너'는 오고 있고 나도 가고 있는 이 장면에서 기다림은 더 이상 화자만의 것이 아니게 된다. 기다림에 운동성이 부여되는 순간, 오고 있는 '너'의 시간 또한 가고 있는 나와의 만남을 위한 기다림의 시간이 되기 때문이다. 이를 위해 화자는 남들이 열고 들어오던 '문'이라는 수동적 세계를 열고 나아간다. 화자의 심장은 더 이상 외부의 자극으로 인해 뛰지 않는다. '너'에게 가는 나의 의지로 뛴다. 이로써 이 사랑은 상호의 일로 자리매김한다.

착어 이후: 이후에도 여전할 수밖에 없는 일

이 시를 '사랑하는 존재에 대한 기다림'으로 요약해 볼 때, 이 시의 해석은 '사랑'에 대한 각자의 관점에 따라 다르게 변주될 수 있다. 이는 뒷부분에 제시된 '착어(着語)'와도 연결된다. 착어란 진리를 향한 깨달음을 위해 수행자가 구하는 질문인 화두(話頭) 밑에 붙이는 짧은 평(評)을 뜻한다. 시가 화두는 아니겠지만, 착어 부분의 내용을 시에 대한 '평'으로 읽어 본다면 기다림에 대한 화자 혹은 시인의 직접적인 목소리를 살필 수 있다. 착어에서 기다림은 사랑의 성립을 위한 전제로 서술된다. 그러면서도 기다림은 삶을 녹슬게 한다. 녹슨다는 것은 때때로 손상이나 변질과 같은 부정적 의미로 사용되지만, 녹이 스는 과정은 기다림과 유사한 면이 있다.

기다림은 희망과 절망 사이에 위치한다. 문을 열고 들어온 것이 너라면 희망이 성취되며 기다림은 종료된다. 반대로 네가 영원히 오지 않을 것이 확실해지거나 내가 포기해서 돌아선다면 절망으로서 기다림이 종결된다. 극단적인 두 감정 사이의 운동을 견딜 수 있는 마음, 부식되어 가는 것을 알면서도 막을 수 없는 녹과 같은 기다림의 마음이 사랑일 것이다.

네가 오고 있지 않기에 네가 오리라는 희망을 품게 되는 것처럼, 기다림은 부재를 상정한다. 그래서 기다리기만 하는 삶은 초조하다. "민주, 자유, 평화, 숨결 더운 사랑"은 이처럼 부재하기에 나를 절망시키는 한편, 오고 있으리라는 희망을 품게 만든다. 이 지난한 반복은 우리의 삶을 닮았다. 두부장수의 평경 소리가 사라진 자리를 타이탄 트럭의 핸드 마이크 소리가 채우듯 새로운 생명은 태어날 것이며, 그 아이의 삶에도 녹 같은 기다림이 물들 것이다.

부재하는 것, 즉 기다림의 대상은 착어에 언급된 "민주, 자유, 평화, 숨결 더운 사랑"에 더하여 확장될 수도 있을 것이다. 이처럼 우리를 기다림에 놓이게 하는 사랑의 존재를 무엇으로 보느냐에 따라 이 시에 대한 이해는 달라질 수 있다. 이 시에서의 기다림을 개인 간의 사랑이라는 범주를 넘어서는 "존재와 언어와 세계를 포괄하는 총체적이고 보편적인 정서의 표출"(김현자, 2005: 191)로 해석하는 관점이나, 비극적이었던 1980년에 대한 화해와 용서의 마음(백승란, 2010: 182) 또는 '광주'로 대변되는 역사적 공간으로 수렴되는 현실에의 끈질긴 희망(이광호, 1995: 93)으로 보는 관점들이 이에 해당한다. 그것이 무엇이든 이 사랑은 부재로써 우리를 희망과 절망 그 사이에 놓을 것이다. 기다림은 그렇게 반복된다.

▍기다림의 미래

이상적인 사랑을 간절히 바라는 순간이 있다. 외로움을 느낄 새도 없이 서로의 전부를 완벽하게 이해할 수 있는 존재가 어딘가에 있다는 믿음은 위안을 준다. 상대를 이름이 아닌 '너'로 지칭하는 것은 '너와 나'라는 세계에 속한 단 둘 사이에는 이상적인 사랑이 가능하리라는 기대 때문이다. 너와 나의 사랑은 운명이기에 우리는 약속된 장소에서 어떻게든 만나게 될 것이고, 이러한 이유로 나는 미리 그 자리에 가서 너를 기다린다.

그러나 단지 우리가 서로의 '너'라는 이유로 모든 예외를 허용할 수는 없다. 몇 년은 참고 맞출 수 있겠지만 종국에는 관계에 균열이 생길 수밖에 없으며, 한때 '너'였던 너는 "너였다가, 너일 것이었다가" 남이 되어 버린다. 인간이기에 어찌할 수 없는 외로움은 각자의 몫으로 지고 가야 하며, 완벽한 이해란 허상이다. 이런 경험을 거치며 나는 누군가가 사랑이라고 규정한 이상적 상태를 구현할 수 있는 상대는 없다는 것을 깨닫게 된다. 그 시점부터 사랑은 재정의된다.

사랑이란 운명처럼 문을 열고 온 '너'와 만나는 것이라기보다 서로를 견뎌 가며 알맞은 모양으로 다듬어진 너와 내가 만나는 것이다. 외로운 서로의 곁에 그저 있어 주는 일이 가장 큰 위로일 수 있는 너와 내가 되기 위해서는 문을 열고 발자국을 따라 나서야 한다. 황지우는 그의 시 〈늙어가는 아내에게〉에서 "내가 살아나야 할 이유가 된 그대는 차츰 / 내가 살아갈 미래와 교대"(황지우, 1994: 48-49)되었다고 한다. 그대를 기다리는 동안 가고 있던 내가 아주 먼 곳에서 아주 천천히 오던 그대와 만나게 되는 순간, 앞으로의 길은 각자가 아닌 함께의 미래가 된다. 그런 너와 만나 최선을 다해 늙어 갈 때 그제야 기다림을 사랑이라 말할 수 있게 된다.

| 이상아

....
참고문헌

김현자(2005), 〈기다림을 위한 명상과 시적 거리〉, 《서정시학》 15(1), 계간 서정시학, 181-191.
백승란(2010), 「포스트모더니즘 시 연구」, 『비평문학』 35, 한국비평문학회, 163-189.
이광호(1995), 「초월의 지리학」, 이남호·이경호 편, 『황지우 문학앨범』, 웅진출판.
황지우(1994), 《게 눈 속의 연꽃》(재판), 문학과지성사.

성에꽃

최두석

새벽 시내버스는

차창에 웬 찬란한 치장을 하고 달린다

엄동 혹한일수록

선연히 피는 성에꽃

어제 이 버스를 탔던

처녀 총각 아이 어른

미용사 외판원 파출부 실업자의

입김과 숨결이

간밤에 은밀히 만나 피워낸

번뜩이는 기막힌 아름다움

나는 무슨 전람회에 온 듯

자리를 옮겨다니며 보고

다시 꽃이파리 하나, 섬세하고도

차가운 아름다움에 취한다

어느 누구의 막막한 한숨이던가

어떤 더운 가슴이 토해낸 정열의 숨결이던가

일 없이 정성스레 입김으로 손가락으로

성에꽃 한 잎 지우고

이마를 대고 본다

덜컹거리는 창에 어리는 푸석한 얼굴

오랫동안 함께 길을 걸었으나

지금은 면회마저 금지된 친구여.

출처 《성에꽃》(1990)

최두석 崔斗錫 (1955 ~)

전라남도 담양 출생. 서울대학교 국어교육과와 동대학원 국어국문학과를 졸업하였다. 시인이자 교수로 1980년에 《심상》을 통해 등단하여 《대꽃》(1984), 《성에꽃》(1990), 《사람들 사이에 꽃이 필 때》(1997), 《투구꽃》(2009), 《임진강》(2010), 《숨살이꽃》(2018) 등의 시집을 펴냈다. 초기에는 사회성이 강한 작품을 썼으며, 이후 생태적 상상력에 기반한 리얼리즘 시를 발표하였다.

| 새벽 버스를 타고

서울시 구로구 구로동에서 출발하여 신도림역, 구로구청, 대림역, 대방역, 노량진역, 동작역 국립현충원, 고속터미널, 논현사거리, 선릉역, 한티역, 개포중학교를 순환하는 6411번 버스. 한 정치인이 2012년 당대표직 수락 연설에서 '누가 어느 정류소에서 타고 어디서 내릴지 모두가 알고 있는 매우 특이한 버스'라고 언급하면서 사람들의 주목을 받게 된 이 버스는 새벽 4시면 그날의 첫 승객들을 태우고 운행을 시작한다. 구로동, 신도림동 등에서 첫차를 탄 새벽 승객들은 강남 이곳저곳에 있는 그들의 일터로 출근한다. 그들은 매일 같은 시간에 같은 버스정류장에서 타고 같은 자리에 앉으며 같은 곳에서 내린다. 그렇게 서로 얼굴을 익히고, 자연스럽게 동질감과 유대감이 형성된다.

사실 6411번 노선은 한 예시일 뿐, 서울 변두리에서 각기 출발하는 새벽 버스는 저마다 사연을 지닌 평범한 이웃들이 고된 하루를 시작하는 공간이자 각

자의 애환과 꿈을 새겨 놓는 공간이다. 고정희의 〈우리 동네 구자명 씨〉(1987)
나 나희덕의 〈못 위의 잠〉(1994)에서 펼쳐지는 일상을 〈성에꽃〉의 승객들 역시
공유하며, 그러한 삶의 흔적을 버스 안에 남겨 놓는다. 시적 공간으로서의 버스
는, 그래서 본질적으로 공동체적이다.

▎차창에 핀 꽃들을 만나

우리 현대시에는 다양한 꽃들이 소재 또는 제재로 등장한다. 복사꽃(주요한,
〈복사꽃 피면〉), 진달래(김소월, 〈진달래꽃〉), 국화(서정주, 〈국화 옆에서〉)처럼 많은
시에 빈번하게 등장하는 꽃들이 있는가 하면, 들마꽃(이상화, 〈빼앗긴 들에도 봄
은 오는가〉)이나 할미꽃(박두진, 〈묘지송〉)같이 특정한 시적 맥락에서 사용된 조
금은 낯선 꽃들도 있다. 오랑캐꽃(이용악, 〈오랑캐꽃〉)처럼 가상의 꽃인 듯하지만
실제로 존재하는 꽃도 있고, 반대로 산유화(김소월, 〈산유화〉)처럼 현실에 있을
법하나 실제로는 존재하지 않는 꽃도 있다. '곰팡이꽃'(유하, 〈세운상가 키드의 사
랑 3〉)이나 '김춘수의 꽃'처럼 비유적 표현이거나 추상적 관념으로 사용된 꽃도
있다.

이처럼 특정한 이름을 가진 꽃이 시에 등장하는 것은 대개 그 꽃 자체에 대
해 서술하기 위함이라기보다 화자의 내면을 드러내기 위함이다. 그러니 그 특
정 이름의 꽃은 꽃말, 색깔, 개화 시기 등에서 비롯된 어떤 추상적인 속성이나
가치를 뜻하게 된다. 따라서 시적 대상으로서의 꽃은 대부분 그것이 우리에게
익숙하든 낯설든, 현실에 실재하든 부재하든, 실은 비유적 표현이라 할 것이다.

그런데 이 시의 '성에꽃'은 '성에가 유리창 따위에 끼어 있는 모습을 꽃에
비유하여 이르는 말'로, 그 이름 자체가 이미 비유적 표현이다. 그렇다면 시적
대상으로서의 '성에꽃'은 이 시에서 또 무엇을 의미할까? 성에는 차가운 표면
에 따뜻한 수증기가 얼어붙어 생긴다. 그러므로 성에는 따뜻함과 차가움의 대

립이 만들어 낸 결과물이라 할 수 있다. 이러한 성에의 상징성을 고려하면 '성에꽃'은 차고 시린 대상과 따뜻하고 희망적인 대상을 대조하여 주제화하기에 좋은 소재이다. 이 시에서도 '성에꽃'은 '엄동 혹한'과 같은 고통스러운 현실과 대조되는 막막한 '한숨'과 정열의 '숨결'이 만나 피워 낸 '차가운 아름다움'으로 그려지고 있다.

▎생각이 도달한 그곳, 주제가 있다

이 시에서 '성에꽃'은 새벽 시내버스의 차창에 꾸며진 '찬란한 치장'으로 등장한다. 이 광경은 적어도 버스의 외부에서 관찰된 모습이며 일정한 거리를 두고 객관화된 모습이라고 하겠다. 시인은 버스에 올라 '치장'으로 보이는 이 꽃의 정체에 대해 상상한다. 거기에는 "처녀 총각 아이 어른 / 미용사 외판원 파출부 실업자", 곧 우리 주변의 평범한 이웃들이 어제 이 버스 차창 밖을 보며 내쉬었던 입김과 숨결의 흔적이 있다. 그것이 '엄동 혹한'을 만나 '차가운 아름다움'을 이루었던 것이다. 따라서 그저 '찬란한 치장'이었던 '성에꽃'은 버스 안 평범한 사람들의 존재와 연결됨으로써 차갑고도 아름답다는 심미적 가치를 획득한다. 이는 정지용의 〈유리창 1〉에서 유리에 어른거리던 '차고 슬픈 것'이 '물 먹은 별'과 공명하여 반짝거리는 '보석'으로 승화되었던 것과 유사하다. 하지만 〈유리창 1〉의 화자인 아버지가 유리창에 어리는 '차고 슬픈 것'을 통해 자식의 환영을 보았던 것과 달리, 〈성에꽃〉의 화자는 이 '차가운 아름다움'이 많은 사람의 입김과 숨결이 은밀히 만나 피워 낸 것임을 발견한다.

나아가 화자는 그 은밀한 결과물인 '성에꽃'을 그저 관조하지 않고 이마를 대며 연대의식을 내보이는데, 이러한 행위를 통해 발상의 비약이 이루어진다. 차창에 느닷없이 '푸석한 얼굴'이 어리고, 감옥에 갇혀 면회마저 '금지된 친구'가 떠오르는 것이다. 이 연상이 느닷없고 비약적인 것은 '성에꽃'이 응결된 물

의 이미지인 데 반해 '푸석한 얼굴'은 물의 속성과는 거리가 멀기 때문이다. 물의 이미지가 생명력을 환기시킨다면 '푸석한 얼굴'은 생명력을 소진한, 혹은 빼앗긴 상태를 환기시킨다. 그러므로 '성에꽃'에 입김을 불어넣고 손가락으로 한 잎 지운 자리에 이마를 대어 그것과 자신을 일체화한 순간에 '푸석한 얼굴'이 자연스럽게 연상된 것이라고 보기는 어렵다. 그럼에도 불구하고 이 비약적인 발상이 가능해진 것은, 그리고 그것이 오히려 강렬한 대비적 효과를 갖게 된 것은, 화자가 평범한 이웃, 즉 민중들의 흔적에 이마를 댐으로써 연대의식을 표출했기 때문이다. 새벽버스에서 화자가 발견한 것은 가난하고 평범한 사람들의 삶의 애환과 소망, 사랑과 아픔 같은 것이었다. 이 시는 이 발견에 머물지 않고 성에꽃의 차가운 감각과 차창의 보이되 단절된 이중적 의미로부터 그의 사유를 비약시킨다. 새벽버스라는 공동체적인 시적 공간이 애정과 연민에 의한 연대의식을 깨우친다면, 이 시적 공간 너머, 곧 차가운 차창 너머의 차갑고 어두운 공간인 감옥에 갇혀 고립되어 있는 친구에 대한 환기는 이제 화자가 한층 더 적극적으로 추구하게 될 연대의식을 이끌어 내는 것이다.　　　　　| 최지현

참고문헌

최두석(1990),〈리얼리즘의 시 정신〉,《실천문학》 17, 실천문학사, 354-368.
최두석(1991),《성에꽃》, 문학과지성사.

3부

한국 현대시의 현재와 미래

1990년대에 이르러 시인들은 세계화의 흐름 속에 문화의 자주성과 소외 문제로 눈을 돌렸다. 이후 시인들은 차츰 그동안 한국 현대시가 주된 관심을 가져오던 공동체와 역사와 이념의 거시적인 주제들 대신, 일상의 구체적인 생활 경험과 거기에서 비롯된 생생하거나 사소해 보이는 서정들에 주목하기 시작했다. 현대시가 일상성에 관심을 주게 된 변화는 급격하게 나타난 것은 아니었지만 한국 현대시의 방향을 바꿀 정도의 진폭과 파급을 지니고 있었다. 한국 현대시에서 새로운 시기가 시작된 것이다.

큰 흐름에서 보면, 그 시작은 시인의 등단 제도의 변화와 관련이 있다. 지난 세기의 근대적 시인·작가층의 형성에는 문단이라는 기성의 관습과 신인 등단의 제도가 바탕을 이루고 있었다. 그리고 이 관습과 제도 속에서 시의 수준이나 질적 가치를 평가하는 준거가 마련되었다. 이 때문에 수많은 문학 지망생들이 전문 시인의 문하생으로 훈련받고 신춘문예나 문학상에서 수상한 후 기성 시인의 추천을 받아 등단하는 경로를 통해 정식으로 시인의 자격을 인정받았다. 그런데 새로운 세기를 전후하여 개방적인 문예지에 투고하거나 자가 출간 등을 통해 자신의 독자층을 갖게 되면서 공적인 인정을 받는 새로운 시인들이 등장했다. 이들의 창작활동에서는 기존 현대시의 문법에는 익숙지 않거나 어쩌면 그것으로부터 적극적으로 이탈하려는 모습이 나타났다. 산문화 양상이 현저해지고 리듬이나 수사적 전략보다는 시어 선택이나 발상법에서 새로움이 두드러졌다.

이 시기는 한국 현대시가 제도로서 정착되기 시작한 이래 계속해서 물어 왔던 '어떤 시가 훌륭한가'라는 질문이 '시는 어떤 것인가'라는 질문으로 바뀌고 있는 과정으로 보인다. 그리고 바뀐 이 질문은 공교롭게도 탈근대주의 시대(Post-modernism Age)와 함께 시작한 이 시기를 '탈문학(post-literature)'으로의 과도기로 보게끔 하고 있다.

바람부는 날이면 압구정동에 가야 한다 6

구정동 / 구정동 / '압'자 버리고도
남은 구정물 너무도 많아……
— 진이정의 <압구정동>에서

유하

바람부는 날이면, 압구정동에 가야 한다 사과맛 버찌맛

온갖 야리꾸리한 맛, 무쓰 스프레이 웰라폼 향기 흩날리는 거리

웬디스의 소녀들, 부띠끄의 여인들, 까페 상류사회의 문을 나서는

구찌 핸드백을 든 다찌들 오예, 바람불면 전면적으로 드러나는

저 흐벅진 허벅지들이여 시들지 않는 번뇌의 꽃들이여

하얀 다리들의 숲을 지나며 나는, 끝없이 이어진 내 번뇌의 구름다리를

출렁출렁 바라본다 이 거추장스러운 관능의 육신과 마음에 연결된

동앗줄 같은 다리를 끊는 한 소식 얻기 위하여, 바람부는 날이면

한양쇼핑센타 현대백화점 네거리에 떡하니 결가부좌 틀고 앉아

온갖 심혜진 최진실 강수지 같은 황홀한 종아리를 뚫어져라 바라보며

부정관不淨觀이라도 해야 하리 옛날 부처가 수행하는 제자에게 며칠을 바라보

라 던져준

구더기 끓는 절세미녀의 시체, 바람부는 날이면 펄럭이는 스커트 밑의

온갖 아름다움을, 심호흡 한번 하고, 부정해보리 내 눈은 렌트겐처럼 번쩍

한떼의 해골바가지를, 뼉다귀를, 찍어내려고 눈벼룽친다 내 코는 일순

무쓰향에서 썩은 피고름 냄새를 맡아내려고 킁킁 벌름댄다, 정말 이러다

이 압구정동 네거리에서 내가 아라한의 경지에……? 아서라

마음속에 영원히 썩어 문드러지지 않을 것 같은 다리 하나 있다

바로 이 순간, 촌철살인적으로 다가오는 종아리 하나 있다 압구정동

배나무숲을 노루처럼 질주하던 원두막지기의 딸, 중학교 운동회 때

트로피를 휩쓸던 그애, 오천 원짜리 과외공부 시간 책상 밑으로 내 다리를

쿡쿡 찌르던,

오천 원이 없어 결국 한 달 만에 쫓겨난 그애, 배나무들을

뿌리째 갈아엎던 불도저를 괴물 아가리라 부르던 뚱그런 눈망울

한강다리 아래 궁글던 물새알과 웃음의 보조개 내게 던지고 키득키득

지금의 현대백화점 쪽으로 종다리처럼 사라지던, 그 후로

영영 붙잡지 못했던 단발머리 소녀의 뒷모습

그 눈부시던 구릿빛 종아리

출처·첫 발표 《바람부는 날이면 압구정동에 가야 한다》(1991)

유하 流河 (1963 ~)

시인이었고, 영화감독이다. 1988년 《문예중앙》을 통해 등단한 이후, 《무림일기》(1989), 《바람부는 날이면 압구정동에 가야 한다》(1991) 등의 초기 시집에서 무협소설, 영화, 만화 등 대중문화를 차용한 일련의 작품으로 널리 알려졌다. 2000년 여섯 번째 시집 《천일마화》를 출간한 이후에는 시 창작보다 영화 제작에 주력해 오고 있다.

▌ 배나무 밭이 아파트 밭으로

워낙 경치가 빼어나 권력 있는 사람들이 여럿 탐내던 곳이 있었다. 조선 세조 시기의 권세가 한명회가 이곳 어느 나지막한 언덕 위에 별장을 짓고 '압구정(狎鷗亭)'이라는 이름을 붙였다. 압구정이란 '갈매기와 스스럼없이 가깝게 지내는 정자'라는 뜻인데, 송나라 재상이었던 한기가 벼슬자리에서 물러난 후 한가로이 지내며 머물던 서재의 이름을 가져온 것이라 한다. 한명회 역시 그처럼 살

고 싶은 마음을 담은 것이었을까. 옛 사람의 속마음까지야 온전히 알기 어렵겠지만, 분명한 것은 벼슬에서 물러난 뒤의 한가로운 생활을 꿈꾸어 보기에 적절한 곳으로 여겨질 만큼 그 당시의 압구정은 세상과 멀리 떨어진 '주변'의 공간이었다는 사실이다.

지금으로서는 상상하기 어려운 풍경이지만 1970년대까지만 해도 압구정 인근에는 배나무 밭이 많았다. 그 자리에 압구정동의 상징과도 같은 현대아파트가 지어지기 시작한 것은 1970년대 말이었다. 현대아파트를 시작으로 압구정의 배나무 밭은 한양아파트, 미성아파트 등 중대형 평수 위주의 고급 아파트 밭으로 급격하게 바뀌어 갔다. 새로 지어진 한남대교와 고속도로, 지하철 노선 등이 '주변'이었던 이곳을 새로운 '중심'으로 바꾸어 놓았다. 수요자들이 몰려들었고, 투기의 바람이 불었다. 백화점과 학교, 종교시설 등이 앞다투어 들어왔으며 상류층 입주민들의 씀씀이를 감당할 화려한 상가들이 사이사이에 자리 잡았다. 압구정 주민들의 높은 소득수준과 고급상품 및 서구문화에 대한 지향은 이 공간의 성격을 완전히 다른 것으로 바꾸었다.

유하의 두 번째 시집《바람부는 날이면 압구정동에 가야 한다》(1991)에서 입체적으로 형상화하고 있는 압구정동은 1980년대 이후 사람들의 욕망을 빨아들이는 '중심'으로서의 성격을 잘 보여 준다. 시인이 〈바람부는 날이면 압구정동에 가야 한다 2〉에서 압구정동을 "체제가 만들어낸 욕망의 통조림 공장"이라 노래하였을 때 이 공간을 바라보는 그의 특정한 관점이 실체화된다. 풍자적이고, 다소 냉소적이며, 거리를 두고 비판적으로 바라보는 이 시선은 현실적이면서도 적나라한 표현으로 당대의 압구정동을 형상화한다. 압구정동의 급격한 변화가 본래 정권이 주도한 도시개발계획에 기인한 것이었다는 점에서 압구정동을 "체제가 만들어낸" 결과물이라 규정하는 것은 현실의 맥락과 절묘하게 조응한다. 이어 "욕망의 통조림 공장"이라는 은유를 통해 유하가 비판하려 했던 것은 이 공간을 중심으로 확산되는 맹목적이고 획일적인 삶의 모습들이다. 마치 "국화빵 기계"와도 같이, 압구정동은 이곳을 찾는 사람들의 '와꾸'를 동일한 모습으로 규율한다. 이 과정은 억압적이라기보다는 자발적이다. "욕망과 유혹의 삼투압"으로 인해 사람들의 이미지와 차림새는 너 나 할 것 없이 비슷해진다. 유하는 이러한 모습을 "욕망의 평등 사회", "패션의 사회주의 낙원"이라 표현하였는데, 여기서 '평등'과 '낙원'이라는 말 속에 담긴 반어적 뉘앙스를 알아채기는 어렵지 않다. 그런 면에서 유하의 입장은 압구정동을 "사치·과소비가 만연된 '천민자본주의'의 온상"(이영민, 2006: 12)이라 공격하던 당시 주요 언론들의 입장과 맞닿아 있는 것으로 보인다.

부처님의 말씀을 빌려 욕망을 지우고

《바람부는 날이면 압구정동에 가야 한다》에는 시집과 동일한 제목의 연작시가 총 열 편 실려 있다. 이 가운데 대표작으로 꼽히는 것이 바로 여기에서 다루는 여섯 번째 작품이다. 이 시에서 현대의 압구정동은 다양한 고유명사들의 콜라주로 재구성된다. '웬디스'는 빨간 갈래머리의 주근깨 소녀를 마스코트로 하는 미국의 햄버거 프랜차이즈인데, 압구정 신현대아파트 맞은편 한국씨티은행 자리에 압구정역 지점이 있었다. 카페 '상류사회'는 1981년 개업한 레스토랑으로, 압구정동에서 양식당과 카페를 겸하여 운영하다 현재는 논현동으로 자리를 옮겼다. '한양쇼핑센타'는 압구정 로데오거리에 있던 상가 건물로, 이후 한화에 매각되어 압구정 갤러리아백화점 구관으로 리모델링되었다. '현대백화점'은 3호선 압구정역에서 바로 연결되는 백화점으로 지금까지도 영업 중이다. 당시 압구정동의 랜드마크라 할 수 있는 이 상가와 건물들 사이로, 고유명사가 붙은 상품으로 치장한 사람들이 지나간다. '웰라폼'은 명미화장품에서 생산하던 헤어드레싱 크림인데, 당대의 멋쟁이들 사이에서 큰 인기를 끌었다고 한다. '구찌'는 이탈리아 피렌체에 본사를 둔 명품 브랜드로 널리 알려져 있다. 시인은 이처럼 1~16행까지, 시의 절반을 웃도는 분량 곳곳에 이들을 배치하여 창작 당시의 압구정동을 생생하게 재현한다.

압구정동을 관찰하며 서술하는 화자의 시선은 이중적으로 읽힌다. 화자는 왜 "바람부는 날이면" 압구정동에 가야 한다고 말하고 있는가? 이 작품에 한정 지어 봤을 때 직접적이고 표면적인 이유는 "바람불면 전면적으로 드러나는 / 저 흐벅진 허벅지들"과 "바람부는 날이면 펄럭이는 스커트 밑의 / 온갖 아름다움"을 보기 위해서이다. 그리고 보면 화자의 눈은 집요하게 '여성'들을 좇는다. "웬디스의 소녀들, 부띠끄의 여인들, 카페 상류사회의 문을 나서는 / 구찌 핸드백을 든 다찌들"로 이어지는 서술에서, 여성에 대한 노골적인 시선과 욕망이 확인된다. 이 가운데 '다찌'는 '일본인들을 상대로 하는 기생'을 뜻하는 은어이다. 지나가는 사람의 은밀한 사생활까지 화자가 속속들이 알 수는 없을 테니, '다찌'라는 시어는 그 말이 직접적으로 지시하는 대상을 투명하게 드러낸다기보다는 오히려 화자 자신의 내적 인식을 투영하여 보여 주는 것이 된다.

화자는 자신의 욕망을 충족시키기 위한 목적에서 압구정동에 간 것으로 보이지만, 그 욕망을 무조건적으로 긍정하는 것은 아니다. 바람은 "번뇌의 구름다리를 출렁"대게 함으로써 "거추장스러운 관능의 육신과 마음에 연결된 / 동앗줄 같은 다리를 끊는"데에도 영향을 미칠 수 있다. 이때, 불교적 세계관이 욕망에 대한 환멸의 촉매로 작용한다. 불교 경전에서 가져온 "구더기 끓는 절세미녀의 시체", "썩은 피고름 냄새" 등의 혐오스러운 이미지가 압구정동의 풍경과 대조를 이루며 화자의 각성을 촉발한다. 12행의 "구더기 끓는 절세미녀의 시체"는 불교에서 전하는 '시리마'의 일화를 가져온 것이다. 시리마는 본래 아름답기로 소문난 기녀였으나 우연한 계기로 부처님의 설법을 듣고 귀의하였다. 이후 매일 여덟 명의 스님에게 공양을 올리겠다는 발원을 하고 이를 하루도 빠짐없이 지키며 덕을 쌓았다. 시리마가 병으로 갑작스레 죽은 이후, 부처는 왕에게 시리마의 시신을 당분간 묻지 말고 묘지에 보존해 두되 짐승들이 훼손하지 못하도록 지켜 달라고 부탁하였다. 사흘이 지나고 시리마의 시신은 생전의 아름다운 모습을 상상하기 어려울 정도로 끔찍한 모습으로 부패하였다. 부처님은 시신이 놓인 자리에 사람들을 모아 육신의 무상함을 담은 다음의 말씀을 남겼다고 한다. "옷에 가려진 이 몸을 관찰해 보라. / 그것은 고름 투성이요 / 많은 뼈들로 받쳐져 있는 질병의 주머니이며 / 수없는 감각적 쾌락을 추구하는 생각의 주머니 / 실로 이 몸은 영원하지도 견고하지도 않도다"(거해 편역, 2003: 528).

유사한 맥락에서 15행의 '피고름'은 부처의 10대 제자 중 한 사람으로 꼽히는 '아난다'의 일화를 연상시킨다. 아난다는 부처의 사촌동생으로, 외모가 빼어나 여러 여인들이 그를 사모하였다. 한 여인이 부처를 찾아가 아난다와 결혼하기를 청했다. 부처가 물었다. "아난다의 어디를 사랑하느냐?" 여인이 대답하였다. "저는 그분의 눈도 코도 귀도 목소리도 걸음걸이도 사랑합니다." 이 말을 듣고 부처는 되물었다. "눈에는 눈곱이 있고 코에는 콧물이 있고 입에는 침이 있고 귀에는 귀지가 있고 몸에는 피고름이 흐르는데 그것이 좋단 말인가?" 여인은 이 말을 들은 후에야 비로소 크게 깨닫고 아난다에 대한 애욕에서 벗어날 수 있었다고 한다(백금남, 2020: 573-575).

화자가 이와 같은 종교적 일화들에 기대어 "결가부좌 틀고 앉아", "부정관이라도 해야"겠다는 등 애를 쓰면서, 그가 갖고 있던 욕망은 버려야만 할 '번뇌'가 된다. 욕망에 붙들려 있으면서도 한편으로 그것이 무상함을 애써 강조하며 욕망으로부터 벗어나고자 하는 이중적 태도가 우스꽝스럽게 느껴지기도 한다. "흐벅진 허벅지", "구찌 핸드백을 든 다찌" 등의 말장난이 희극적인 느낌을 더한다. 그럼에도 불구하고 '아라한의 경지'로 표상되는 이상적 상태에 도달하고자 하는 화자의 태도는 나름 진실되어 보인다. 불교에서 아라한은 '수행 끝에 번뇌가 소멸되어 더 이상 윤회하지 않는 경지에 도달한 사람'을 의미한다. 욕망, 혹은 번뇌로 가득 찬 압구정동 한복판에서 이러한 경지에 도달하는 것이 어떻게 가능할까? 그 가능성은 현재의 압구정동과는 다른 어떤 시공간 속에서 발견된다.

현대백화점 네거리에서
배나무숲의 소녀를 떠올리다

〈바람부는 날이면 압구정동에 가야 한다 6〉의 압구정동에는 전반부에 서술한 것과는 다른 또 하나의 공간이 중첩되어 있다. 화자가 이 공간을 묘사할 때 내어놓는 것은 현재 그가 바라보는 풍경이 아니라, 이를 통해 연상되는 그의 기억이다. 따라서 이 공간은 같은 시간대의 다른 공간이라기보다, 다른 시간대의 같은 공간이라고 보는 것이 적절하다. 엄밀히 말하면 같은 공간이라고 보기도 어렵다. 과거의 압구정동이 현재의 압구정동에 중첩되는 한편으로 그와 대립적인 의미 관계를 형성하기 때문이다.

이러한 대립의 양상은 압구정동을 소재로 한 다른 연작시들에서도 확인된다. 예를 들어 앞서 소개한 〈바람부는 날이면 압구정동에 가야 한다 2〉의 부제는 "욕망의 통조림 또는 묘지"이다. 이는 시를 쓰던 당대의 압구정동에 초점을 맞추려 한 것으로 보인다. 반면, 〈바람부는 날이면 압구정동에 가야 한다 1〉의 부제는 "어떤 배나무숲에 관한 기억"이다. '기억'이라는 말에서 드러나듯이, 이는 당대가 아닌 과거 특정 시점의 압구정동에 초점을 맞춘 것이다. 배나무숲은 현대아파트가 들어서기 이전, 압구정 인근에 무성하였다는 1970년대의 그 배나무 밭을 우선 연상시키나, 반드시 거기에만 고착될 필요는 없어 보인다. 이 배나무숲은 실재하는 것이라기보다 당시 압구정동의 대타적 이미지에 가까운 것이기 때문이다. 지금-여기에 대한 강렬한 비판적 인식이 '지금'이 아닌 언젠가, '여기'가 아닌 어딘가를 찾게끔 한 것이라 보는 것이 더 적절할 것이다. 이때 배나무숲은 이 추상적인 시공간에 구체적인 이미지를 부여하는 문학적 장치로서 기능한다.

〈바람부는 날이면 압구정동에 가야 한다 6〉은 이 서로 다른 두 공간을 포괄하고 있다는 점에서 다른 작품들과 변별된다. 시의 전반부가 현재의 압구정동을 콜라주하고 있는 반면, 17행 이후의 후반부는 과거 배나무숲에서의 삶을 스케치하고 있다. 화자는 이 배나무숲에서 한 인물을 발견한다. "영원히 썩어 문드러지지 않을 것 같은 다리"를 가진 이 "단발머리 소녀"는 바로 그 때문에 현실 세계의 무상성에서 어느 정도 자유로운 존재인 것처럼 인식된다. '노루, 원두막지기, 물새알, 종다리' 등 이 소녀의 캐릭터를 특정하는 비유들은 과하다 싶을 정도로 시골-자연물의 이미지에 편중되어 있다. 이는 앞서 3~4행에서 등장했던 여성들이 도시-상품의 이미지와 긴밀하게 연결되어 있던 것과 선명한 대조를 이룬다. 여기에 "불도저를 괴물 아가리"로 인식하는 순수한 시각이 더해지면, 소녀가 의미하는 바는 보다 분명해진다. 압구정동 한복판에 자리한 현대백화점 네거리에서 화자의 마음속에 떠오른 이 소녀는 분명 현실의 존재들과는 거리를 두는 환상이겠으나, 그 거리로 인해 과거 어느 시점에 존재하였던 순수성을 보존하고 있는 존재이기도 하다. 이제는 결코 돌아갈 수 없는 유년 시절을 화자와 공유하고 있는 이 인물은, 부정적 현실의 반대편에 자리함으로써 이상적 가치를 획득하는 것이다.

현재의 압구정동이 화자에게 타락한 '천민자본주의'의 상징으로 의미화될 때, 이와 대조를 이루는 과거의 배나무숲은 타락 이전의 원형적 공간을 상징한다. 도시 공간의 한복판에서 욕망에 매몰되어 있는 여성들과, 배나무숲을 종횡무진 뛰어다니며 건강한 생명력을 자랑하는 소녀 역시 이러한 대립적 구도 안에 자리한다. 이렇듯 상반된 성격의 공간과 인물이 한 편의 작품 안에 놓임으로써 모종의 긴장이 생겨난다. 현실에 안주하지 않고 현실과 대립되는 이상을 끌어들여 변화를 도모할 때, 보다 높은 경지에 도달할 수 있는 가능성이 확인된다.

참을 수 없는 진부함과 아쉬움

박철화(1991: 155-163)는 시집의 해설에서 이러한 대립적 구도를 "'하나대'와 압구정동 사이의 긴장"이라는 제목 안에 담았다. 그는 "자신의 고향과 유년 시절을 시적 체험의 원공간으로 갖고 있는 것은 그리 새로운 일이 아니며, 오히려 보편적인 것"이라는 전제 하에, 시집 전체의 의미를 맥락화하고자 하였다. 여기서 말하는 '하나대'는 전라북도 고창의 한 마을 이름으로, 유하의 다른 작품에서도 반복적으로 등장하는 공간이다. 실제 유하의 고향 이름이기도 한 '하나대'를 화자의 고향인 배나무숲과 등치시켜 보는 것은 자연스럽다. 도시 한복판에서 자신과 타인의 욕망에 매몰되어 살아가는 화자는 특정한 순간을 계기로 다른 시간, 다른 공간에 자리하고 있는 다른 삶의 가능성을 꿈꾸게 된다. 이때 현재 자본주의 문명에 대한 부정적·비판적 인식은 긍정적·이상적 공간으로서의 고향에 대한 지향을 통해 전망과 가능성을 확보할 수 있다는 것이다.

지금-여기의 삶에 문제를 제기하고, 이와는 다른 삶의 방식을 희구하는 것은 인간에게 자연스러운 일이며, 바로 거기에 현실의 수많은 제약으로부터 자유로울 수 있는 상상의 산물인 문학의 가치가 존재한다. 유하가 비판하고자 했던 자본주의 사회의 다양한 문제들이 해결되기보다는 오히려 심화된 현 시점에서 그의 문제의식은 여전히 진행형이다. 지금 압구정동은 서울에서도 가장 부유한 사람들이 사는 지역으로 손꼽힌다. 압구정역 주변의 수많은 성형외과들은 서로 구분하기 힘들 정도로 비슷한 외모의 사진들을 걸어 놓고 성업 중이며, 갤러리아백화점을 비롯한 압구정동의 고급 상점들은 명품을 구매하기 위해 찾아온 사람들로 붐빈다. 이 공간은 아직 '욕망'이라는 말에서 벗어나지 못한 것처럼 보인다.

그러나 한편으로 이 문제를 풀어 나가는 구체적인 방식에 대해서는 유하의 제안이 "그리 새로운 일이 아니며, 오히려 보편적인 것"이라는 박철화의 평가를 곱씹어 생각해 볼 필요가 있다. '현재-과거', '압구정동-배나무밭', '웬디스의 소녀-단발머리 소녀' 등의 대립적 구도를 통해 현대사회의 복잡한 문제에서 벗어날 수 있는 가능성을 찾겠다는 발상이 지금의 독자에게는 물론이고, 당대의 독자에게도 그리 새로운 방식이 아니었을 것 같기 때문이다. 대립적 삶의 방식에서 비롯되는 긴장을 통합적으로 해결하지 못한 채 어정쩡한 위치에 자리할 경우 현실에 대한 "대타적이고 한시적인 대응방식에 지나지 않"는다는 비판으로부터 자유로울 수 없다(정재찬, 1995: 357-358). 또한 대립의 구도는 문제를 선명하게 드러내어 강조하고자 할 때에는 유효할 수 있지만, 그 과정에서 양 극단 사이에 존재하는 수많은 삶의 양상들을 단순화해 버릴 수 있다는 점에서 문제적이다.

그중에서도 특히 '성녀 혹은 창녀'로 요약될 수 있는 진부하고도 폭력적인 이분법이 이 시의 중심에 자리하고 있다는 점은 쉽사리 해소되지 않는 아쉬움을 남긴다. 30여 년의 시간이 흐르는 동안 언어에 담긴 폭력적 인식을 읽어 내는 사람들의 감각은 이전보다 훨씬 예민해졌다. 그 자신의 환상과 편견에 기대어, 현실에서 벗어나 있는 극단적인 여성상을 강요하고 있음에 초점을 맞추어 보면 "단발머리 소녀"의 이미지에도 "웬디스의 소녀" 못지않은 여성혐오적 시각이 전제되어 있음을 알 수 있다. 이러한 인식이 점차 공감대를 넓혀 가고 있는 현재의 상황에서, 이 작품이 제안하는 삶의 방향은 더 이상 긍정적 가치로만 자리매김될 수 없을 것 같다. 유하는 2000년 6월에 시작활동을 멈추었고, 그의 시 역시 이후의 전망을 담아내지 못했다.

| 이종원

참고문헌

거해 편역(2003), 『법구경 1』, 샘이깊은물.

박철화(1991), 〈'하나대'와 압구정동 사이의 긴장〉,《바람부는 날이면 압구정동에 가야 한다》, 문학과지성사.

백금남(2020), 『붓다 평전』, 무한.

유하(1991),《바람부는 날이면 압구정동에 가야 한다》, 문학과지성사.

이영민(2006), 「서울 강남의 사회적 구성과 정체성의 정치: 매스미디어를 통한 외부적 범주화를 중심으로」, 『한국도시지리학회지』 9(1), 한국도시지리학회, 1-14.

정재찬(1995), 「90년대 시의 한 표정:〈유하〉론」, 『선청어문』 23, 서울대학교 국어교육과, 341-358.

혼자 가는 먼 집

허수경

　당신……, 당신이라는 말 참 좋지요, 그래서 불러봅니다 킥킥거리며 한때 적요로움의 울음이 있었던 때, 한 슬픔이 문을 닫으면 또 한 슬픔이 문을 여는 것을 이만큼 살아옴의 상처에 기대, 나 킥킥……, 당신을 부릅니다 단풍의 손바닥, 은행의 두 갈래 그리고 합침 저 개망초의 시름, 밟힌 풀의 흙으로 돌아감 당신……, 킥킥거리며 세월에 대해 혹은 사랑과 상처, 상처의 몸이 나에게 기대와 저를 부빌 때 당신……, 그대라는 자연의 달과 별……, 킥킥거리며 당신이라고……, 금방 울 것 같은 사내의 아름다움 그 아름다움에 기대 마음의 무덤에 나 벌초하러 진설 음식도 없이 맨 술 한 병 차고 병자처럼, 그러나 치병과 환후는 각각 따로인 것을 킥킥 당신 이쁜 당신……, 당신이라는 말 참 좋지요, 내가 아니라서 끝내 버릴 수 없는, 무를 수도 없는 참혹……, 그러나 킥킥 당신

출처·첫 발표 《혼자 가는 먼 집》(1992)

허수경 許秀卿 (1964~2018)

경상남도 진주 출생. 1987년 《실천문학》으로 등단하면서 곧바로 문단의 주목을 받았다. 독일로 이주하기 전 《슬픔만한 거름이 어디 있으랴》(1988), 《혼자 가는 먼 집》(1992)을 출간하였으며, 원폭에 의한 고통, 여성의 삶과 압박, 슬픔의 정서 등을 다루었다. 독일 이주 후에는 전쟁, 고아, 노숙인 등으로 관심이 옮아가면서 비판적 현실 인식이 시와 산문에 걸쳐 보다 확장된다. 전반적으로 현실주의에 가까운 문제의식 아래 시인만의 고유한 우울과 슬픔이 두드러지는 어조로 자신의 작품을 생산한 것으로 평가된다.

슬픔의 언어

'당신', 화자의 입가에 계속 맴도는 말이다. 그냥 부르는 것만으로도 좋은. '당신'이 누구인지 또는 무엇을 의미하는지 시에는 잘 드러나지 않는다. '당신'은 하나뿐인 연인일 수도 있고, 소중한 가족일 수도 있으며, 목숨과도 같은 신념일 수도 있다. 그런데 '당신'이 무엇이건 화자는 그 '당신'을 계속 부르며 찾고 있다. 즉, '당신'은 화자의 곁에 존재하지 않는다. 그러므로 이 '당신'은 이별한 연인, 죽음으로 갈린 가족, 좌절된 나의 신념 등이라고 볼 수도 있다. 아니 어쩌면 '당신'이 무엇이라고 지정하는 것이 큰 의미가 없을지도 모른다. 무의식적으로, 혹은 습관적으로 한 번 되뇌는 것만으로도 위안이 되고 위로가 되는 저마다의 '당신'이 있기 때문이다. 그렇기에 나도 모르게 의지하게 되고 삶의 길목들에서 계속 찾게 되는, '당신'으로 불리는 모든 이들, 모든 것들이.

'당신'이 부재함으로 인해 화자는 슬프다. 그리고 "한 슬픔이 문을 닫으면 또 한 슬픔이 문을" 열기에 슬픔은 끝이 없다. 슬픔에 끝이 없다는 것을 화자는 "이만큼 살아옴의 상처에 기대" 깨달을 수 있었다. 그런데 이때 화자인 '나'는 '킥킥'댄다. 계속 킥킥거린다. 웃음을 참을 수 없어 잇따라 터져 나오는 웃음소리, 킥킥. 어쩔 수 없이 새어 나오는 이 소리가 화자의 말소리처럼 들리는 것은 '킥킥'에 화자의 심정이 담겨 있기 때문일 것이다.

나를 슬프게 하는 것들, 그리고 '당신'

분명히 슬픈데도 웃음이 터질 때가 있다. 공허한 헛웃음이다. 이렇듯 뜬금없이 흘리는 '킥킥' 소리 외에도 시 전체에 깔린 말줄임표, 쉼표 모두가 화자의 내면을 짐작케 한다. 화자는 차근차근 말하려 해도 자꾸 말이 끊기고, 계속 얼버무리게 되며, 심지어 말도 안 되는 탄식과도 같은 웃음이 새어 나오는 그러한 슬픔에 처해 있는 듯하다.

화자의 내면 풍경을 좀 더 들여다보자. "혼자 가는 먼 집", 그 집을 향해 화자 또한 가고 있다. 그런데 그 집으로 가는 길은 쉽지 않다. 그래서 그 길이 멀다. 더욱이 그 길에서 생각나는 것들, 그 길에 놓인 이들이 있다. 이 모두를 기억으로 소환하기에 앞서 화자는 마치 주문처럼, 지금쯤은 그곳에 당도해 있을지 모르는 '당신'을 불러 본다. '당신'이 부재하는, 또는 당신을 여읜 채 홀로 가는 그 길에 "단풍의 손바닥, 은행의 두 갈래 그리고 합침 저 개망초의 시름, 밟힌 풀의 흙으로 돌아감" 모두가 쏟아져 나온다. 그리고는 그 집으로 가는 화자의 길목을 지키고 있다. 그래서 화자는 다시 한번 더 부를 수밖에 없다. '당신', 그러나 이내 '……'가 이어진다. 하고픈 말은 많으나 무엇을 해야 할지, 무엇부터 해야 할지, 아득하기만 하다. 그래서 말을 줄이고 만다. 그러나 내 안에 말이 있음을 흔적으로 남겨 둔다. 그도 아니면 독자가 알아주기를 바라며 말로는 할 수 없었던 '당신'의 이야기를 '킥킥'에 담아 소리라도 내 본다.

그렇게 '킥킥거리며' 화자의 감정선을 따라가다 보면, 이 시에서 그나마 가장 구체적으로 화자의 상황을 추론해 볼 수 있는 단서가 나온다. "세월에 대해 혹은 사랑과 상처", "상처의 몸이 나에게 기대와 저를 부빌 때"가 그것이다. 화자에게 "금방 울 것 같은 사내"는 현재 '상처의 몸'으로 기억된다. 그 사내의 '아름다움'에 화자는 자신의 몸과 마음을 온전히 빼앗겨 버렸던 듯하다. 그의 몸이 '상처의 몸'으로 기억되는 것은 나의 상처가 그의 몸과 함께 기억 속에 아로새겨진 탓이다. 그 기억으로부터 멀어졌다가도 다시 되돌아오기를 거듭하며 나의 기억을 파고 또 파 들어간다. 기억을 파내어 그 기억을 다시 새기는 작업의 반복, 그 파임과 새김의 연속은 상처로 남는다. 그리고 그 자리에는 "그대라는 자연의 달과 별"이 상처로 새겨져 가던 순간이 슬픔과 참혹의 흔적으로 남아 있다.

이 시에 나타나는 "두 갈래 그리고 합침", "나에게 기대와 저를 부빌 때" 등에서 좀처럼 행복이나 안정감이 읽히지 않는 것과 같은 이유에서, '아름다움' 또한 화자에게 온전히 아름답기만은 하지 않음을 짐작할 수 있다. 한때 '아름다움'에 기대 "금방 울 것 같은 사내"를 받아들였으나, 이는 "마음의 무덤"이었음을 말한다. 그 무덤을 어루만지기 위해, '아름다움'에 기대 있던 나의 마음을 달래기 위해, "진설 음식"이 필요했음에도 불구하고 '나'는 "맨 술 한 병"으로 그 시간을 건너가고 있다.

어리석음, 나에 대한 연민, '집'으로 가는 나의 길에 이제야 홀로 서 보니, 내 기억의 길목에 맨몸으로 '병자'처럼 서 있는 '나'와 마주하게 된다. 그리고 이미 파인 '나'의 '상처'를 덮어 주기에 '치병'은 너무나 어수룩하고 '환후'는 너무나 가차 없다. 그래서 화자는 또 다시 '킥킥거리며' 자신을 보고 웃는다. '그대'가 '당신'이었기를 바랐을 뿐인 것을……. 여전히, 지금도, '당신'이라는 이 말이 이렇게 좋은데……. 그만, 이제는 버리고도 싶다. 그게 '나' 자신이었다면 가차 없이 버릴 수도 있었을 것 같다. 그런데 "내가 아니라서 끝내 버릴 수 없는", 아니 바로 '당신'이라서 버릴 수가 없다. 모든 걸 되돌리고 싶은 생각에 그만 화자는 참혹해져 버린다. 다시 공허한 '킥킥'의 순간, 그리고 마지막으로 부르는 나의 당신.

사랑하는 동안 아름다웠고, 그래서 살 만했던

슬픔의 절정, 참혹의 순간에도 시인은 "이쁜 당신"을 찾는다. 그러나 현실은 그렇게 녹록하지 않다. 실제로 시의 행과 연을 단정히 자르고 붙여 정돈하고 싶지 않았을 만큼 내 몸과 마음을 물 흐르듯 그냥 내던져 놓고 싶었던 시인의 마음이 읽히기도 한다. 더욱이 단속적인 말줄임표, 말을 끊지 못하게 하는 쉼표의 연속, 의미를 알 수 없는 가벼운 웃음소리가 산발적으로 흩어지는 시의 형태에서 시적 화자의 신산함이 느껴진다. 그럼에도 불구하고 화자는 '치병'을 하고 있을지언정 '투병'을 하고 있지는 않다. 말뜻 그대로 '치병(治病)'은 병을 다스리는 것을 의미한다. 한편 '투병'은 병을 고치기 위하여 병과 싸우는 것을 말한다. 〈혼자 가는 먼 집〉에서 화자는 자신의 병과 싸우고 있지 않다. "먼 집"을 찾아 나서야 하는 현실을 인정하고 슬픔의 병을 달래고 어루만져 주며 자신의 곁에 두고자 한다. 화자는 병을 품음으로써 그것과 대결하기를 생각지 않는다. 허수경은 수필집 《너 없이 걸었다》(2015)에서 다음과 같이 적는다.

아(Aa)호수를 바라보며, 이 시를 읽으며, 내 일생에 있었던 불가능한 사랑을 생각했던 적이 있었다. 거의 죽을 것처럼 차오르던 열정과 실망 뒤의 아픔으로 얼마나 오랜 세월을 살았는지도 떠올렸다. 그리고 그 사랑의 순간에, 또한 사랑이 떠나가고 난 뒤에 저절로 솟아오르던 시들을 생각했다. 그리고 그 사랑이 나를 떠난 것이 아니라 사랑의 마음이 내 속으로 들어와 거대한 물 흐름을 만든다는 것도 생각했다. 그러니 떠난 사랑들이여, 당신들이 남기고 간 물은 인공 호수가 되어 언제나 변함없이 내 마음에 머물고 있음을 아시라. 어떤 사랑도, 비참하게 배반된 사랑마저도 사랑이었으므로 그 사랑의 마음이 물처럼 흐르던 동안 우리는 얼마나 아름다웠고 삶은 살 만했는가. 물은 흐르고 사랑은 그 밑에 고여 흐르지 않는다.

《유대인의 너도밤나무(Die Judenbuche)》로 유명한 작가 아네테 폰 드로스테휠스호프(Annette von Droste-Hülshoff)의 시를 읽으며 시인은 글에서 분명히 밝힌다. 사랑의 마음은 내 속으로 들어와 거대한 물 흐름을 만들며, 비참하게 배반당한 사랑 안에서도 그 물이 흐르던 동안 우리는 아름다웠고 그로 인해 살 만하였으므로, 물은 흐르더라도 사랑은 내 마음의 심연에 머문다. 이러니, "이쁜 당신"이라고 할 밖에.

┃ 화자의 다른 목소리

시인이 첫 번째로 펴낸 시집《슬픔만한 거름이 어디 있으랴》에서는 두 번째 시집인《혼자 가는 먼 집》과 조금 다른 여성 화자의 목소리를 들을 수 있다. 진주 지역의 방언도 한몫을 하지만, 20대의 시인이 써 낸 시라고 믿기 어려운, 인생을 달관한 듯한 어조가 시집 전반에 지배적으로 나타난다. 한편《혼자 가는 먼 집》의 여성 화자는 이전 시집과 비교하여 상대적으로 화자 개인의 슬픔에 빠져 있는 것을 볼 수 있다. 좀 더 도회적인 감성에 입각하여 개인적인 사랑의 슬픔을 표현한다. 그러나 그 방식이 지나치게 황폐하거나 극단적이지는 않다. 시인은 '당신'뿐만 아니라 "금방 울 것 같은 사내"와 '그대' 또한 품음으로써 자기 사랑의 방식을 보여 준다. 그러나 허수경의 모든 시에서 이와 같은 화자를 볼 수 있는 것은 아니다. 적어도 "이쁜 당신"이라고 부르는 화자의 가슴 밑자락에는 '슬픔'으로 감싸 안기 버거운 또 다른 통각의 세계가 존재한다.

시인에게 사랑은 몸이 기억하는 일이다. "상처의 몸", "저를 부빌 때", '상처' 등 모두 나의 몸에 각인된 기억이다. 그래서 지나간 기억에서도 날것의 냄새가 난다. 〈기차는 간다〉(1992)에서 "기차는 지나가고 밤꽃은 지고 / 밤꽃은 지고 꽃자리도 지네 / (…) / 나는 남네 기차는 가네 / 내 몸 속에 들어온 너의 몸을 추억하거니 / 그리운 것들은 그리운 것들끼리 몸이 먼저 닳아 있었구나"라고 되뇌는 순간에도 시인은 몸의 기억이 소환하는 생생한 풍경 안에 잠겨 있다.

'슬픔'이라는 아련한 단어는 그 생생함을 온전히 담아내기에 모호하지 않을 수 없다. 더욱이 그 풍경 안에서 살아 움직이는 고통, 나의 몸 구석구석이 바스라지는 순간의 기억은 감각의 영역이다. 품음으로써 희석되기에는 아프다. 실제로 한 시에서 화자는 자신의 기억을 고약하다고 책한다. "한때 연분홍의 시절 / 시절을 기억하는 고약함이여"(〈꽃핀 나무 아래〉). 그 '고약함'은 끝이 없다. "사랑은 나를 버리고 그대에게로 간다 / 사랑은 그대를 버리고 세월로 간다 // 잊혀진 상처의 늙은 자리는 환하다 / 환하고 아프다"(〈공터의 사랑〉). 화자는 '잊혀진 상처' 안에서도 환한 상처의 기억을 마주한다. 세월이 지나간 자리임에도 불구하고 '잊혀진 상처의 늙은 자리'에서 여전히, 또 아프다.

이렇게까지 자신의 상처를 헤집고 들어가 그 속까지 집요하게 들여다보는 시인이 있을까. "상처의 늙은 자리"는 잊힐 사이가 없다. 잊힌 상처마저도 잊히지 않은 몸의 기억 안에서 더욱더 환해지기만 한다. 슬픔의 자리가 파여 갈수록 상처의 얼굴 또한 늘어만 간다. 화자의 목소리가 각 생채기마다 같을 수 없는 이유이다.

▎참혹, 돌아오지 않는 사랑

〈혼자 가는 먼 집〉에서 화자가 '킥킥'대며 품으려 했던 '슬픔'의 언저리에는 '참혹' 또한 있었음을 상기하자. 대상이 누구든, 어느 순간 그 대상을 향한 사랑이 비참하다 못해 끔찍하고, 그래서 이걸 붙들고 있는 나 자신이 한심하게 느껴질 때에 우리는 참혹하다.

어느 해 봄그늘 술자리였던가 / 그때 햇살이 쏟아졌던가 / 와르르 무너지며 햇살 아래 헝클어져 있었던가 아닌가 / (…) // 마음들끼리는 서로 마주보았던가 아니었는가 / 팔 없이 안을 수 있는 것이 있어 / 너를 안았던가 / 너는 경계 없는 봄그늘이었는가 // (…) / 가는 것이 문제였던가, 그래서 / 갔던 길마저 헝클어뜨리며 왔는가 마음아 // 나 마음을 보내지 않았다 / 더는 취하지 않아 / 갈 수도 올 수도 없는 길이 / 날 묶어 / 더 이상 안녕하기를 원하지도 않았으나 / 더 이상 안녕하지도 않았다 // 봄그늘 아래 얼굴을 묻고 / 나 울었던가 / 울기를 그만두고 다시 걸었던가 / 나 마음을 놓아보낸 기억만 없다

이 시 〈불취불귀〉(1992)에서 화자는 햇살이 쏟아지던 봄날을 기억한다. 그

리고 서로를 마주보던 '마음'이 어떠한 이유에서인지 서로에게 닿을 수 없게 된 순간을 상기한다. 더 이상 돌아오지 않는, 이제는 가 버린 '마음'을 찾고 있다. '놓아보낸' 기억이 없음에도 불구하고, '마음들'은 온데간데없다.

이렇게 다시 한번 '치병'과 '환후'가 "각각 따로인 것을" 깨닫는다. 그런데 "내가 아니라서 끝내 버릴 수 없는, 무를 수도 없는 참혹"을 앎에도 불구하고, 화자는 또 다시 그 "마음의 무덤"에 빠진다. 이 시의 마지막에 남긴 말, "그러나 킥킥 당신"이 그러하다. 그래서 "이만큼 살아옴의 상처"는 아물 날이 없다. 화자의 '아(Aa) 호수'에는 "물은 흐르고 사랑은 그 밑에 고여 흐르지 않는다."

| 구영산

참고문헌

허수경(1992), 〈불취불귀〉, 《혼자 가는 먼 집》.
허수경(1992), 《혼자 가는 먼 집》, 문학과지성사.
허수경(2015), 《너 없이 걸었다》, 난다.

선운사에서

최영미

꽃이
피는 건 힘들어도
지는 건 잠깐이더군
골고루 쳐다볼 틈 없이
님 한번 생각할 틈 없이
아주 잠깐이더군

그대가 처음
내 속에 피어날 때처럼
잊는 것 또한 그렇게
순간이면 좋겠네

멀리서 웃는 그대여
산 넘어 가는 그대여

꽃이
지는 건 쉬워도
잊는 건 한참이더군

영영 한참이더군

출처·첫 발표 《서른, 잔치는 끝났다》(1994)

최영미 崔泳美 (1961~)

1992년 《창작과비평》 겨울호에 〈속초에서〉 외 7편의 시를 발표하면서 작품활동을 시작했다. 첫 시집 《서른, 잔치는 끝났다》(1994)로 시작해 2005년에 발간한 《돼지들에게》를 2020년에 개정증보판으로 발간하며 '이 더럽도록 아름다운 세상'을 살아가는 한 주체의 솔직한 심정을 시적 언어로 적나라하게 그려냈다. 대담하고 직설적인 언어로 한국 현대 리얼리즘 시의 새로운 지평을 여는 데 기여하고 있다.

꽃이 지고,
사랑도 지고

전라북도 고창에 있는 선운사는 동백꽃이 유명한 사찰이다. 일찍이 여러 풍류가가 선운사의 꽃을 바라보며 마음에 품고 언어로 옮기기를 주저하지 않았다. 미당 서정주는 "선운사 동백꽃을 보러 갔더니 / 동백꽃은 아직 일러 피지 안했고 / (…) / 작년 것만 상기도 남았습디다"(〈선운사 동구〉)라고 하며 동백꽃에 대한 그리움을 애절하게 표현하였다. 〈선운사에서〉에서도 중요한 시적 대상은 '꽃'이다. 그러므로 시의 제목과 관련하여 자연스럽게 선운사의 동백꽃을 떠올리게 된다.

동백꽃이 어떤 꽃인가. '기다림, 진실한 사랑' 등의 꽃말을 가지고 있는 희망의 꽃이다. 김유정도 그의 소설 〈동백꽃〉(1936)에서 향토적인 색채로 젊은 남녀의 풋풋하고 설레는 사랑을 그려내고 있지 않은가. 그런데 최영미의 이 작품 속 이미지는 이런 일반적인 동백꽃의 이미지에 머물러 있지 않다. 최영미에게 꽃은 예쁘고 아쉽고 기다림에 가슴 떨리는 아름다운 대상이 아니라 삶과 사랑을 반추하게 하는 시적 대상이다. 피고 지는 것, 임을 떠올리게 하는 것 등 꽃과 관련된 여러 이미지는 기존의 작품들과 일맥상통하지만, 그것이 삶의 순간성 그리고 사랑의 순간성과 연결됨으로써 전혀 다른 형상을 창조해 내고 있다. 최영미에게 사랑은 '순간'이지만 이별은 '한참'이다. 이 극명한 시간성이 선운사 동백꽃의 선연한 이미지와 연결되면서 사랑의 비극성이 부각된다. 그것은 사랑의 문제일 뿐 아니라 삶의 문제와도 관련된 것처럼 보인다. 시인에게 사랑은 남녀 간의 문제라기보다는 인간 간의 문제로 읽히기 때문이다.

꽃이 피고 지는 건 인간이 관여할 수 없는 자연과 생명의 문제이다. 인간과 인간의 관계에 사랑이 피어나고 잊음이 발생하는 것 또한 한 개인이 해결할 수 없는 문제이다. 그것은 시간으로도 다른 무엇으로도 대치할 수 없는 아픈 삶의 한 부분이다. 피할 수 없는 숙명의 한 부분인 이별은 시적 화자에게 처연한 삶의 진실을 깨닫게 한다. 이별은 쉽지만 잊음은 쉬울 수 없다는, 꽃은 지고 다시 피어나지만 사랑은 지고 다시 피어날 수 없다는…….

그대는 가고,
이별은 남고

이별시에는 여러 유형이 있다. 사별과 같이 어쩔 수 없는 운명적 이별에 몸부림치는 시적 화자의 모습이 담긴 작품, 헤어질 수 없으니 돌아올 때까지 기다리겠다는 그리움과 원망이 담긴 작품, 헤어지긴 했으나 죽을 때까지 잊지 않겠다는 애절함과 절절함이 담긴 작품 등 이별의 유형과 시적 화자의 정서에 따라 다양한 양상을 발견할 수 있다.

이 작품에서는 담담한 슬픔을 느낄 수 있다. 그런데 그 담담함 속에서 사랑에 대한 처연함과 삶에 대한 쓸쓸함이 배어 나온다. 특히 3연의 "멀리서 웃는", 웃으면서 "산 넘어 가는" 임의 행동은 임을 잊어야만 하는 화자의 마음을 갈가리 찢어 놓는다. 꽃이 지는 것처럼 쉽게 임을 잊을 자신이 없기에, 아주 한참 동안 어쩌면 영영 임을 잊지 못할 수도 있다는 사실을 너무나 잘 알고 있기에, 화자는 사랑에 관한 한 비극적 인물이 될 수밖에 없다.

이 작품에 나타난 화자의 모습은 전통적인 사랑시에 나타나는 화자의 모습과 구별된다. 화자는 사랑하는 사람을 결코 잊을 수 없다는 사실을 잘 알고 있지만 붙잡으며 울고불고 사정하지 않는다. 시적 화자의 모습을 통해 1990년대를 살아가는 연인의 사랑과 그에 대한 생각을 발견할 수 있다. 그렇기 때문에 이 이별은 단순한 사랑의 문제가 아닌 삶의 문제로 연결된다. 인간이라는 존재 자체가 가지고 있는 태생적이고 운명적인 쓸쓸함. 우리는 이 시를 통해 그러한 본질적인 부분을 들여다보게 된다.

이는 최영미의 시관과도 일정한 관련을 맺고 있는 듯하다. 김용택 시인은 《서른, 잔치는 끝났다》의 발문에서 "그의 시에서는 또 피비린내가 나는 것 같은 자기와의 싸움이 짙게 배어 있다. 무차별하게 자기를 욕하고 상대를 욕한다. 솔직한 것이다. 이 좌충우돌의 사투가 한 편 한 편의 시에서 응큼떠는 우리들의 정곡을 찌른다."라고 언급하고 있다. 비교적 칼끝이 날카롭지 않은 이 시에서조차 이미 끝난 인간관계를 회복하고자 발버둥치지 않는 깔끔하고 진솔한 작가의 인생관을 읽어 낼 수 있다. 자연현상을 되풀이하는 꽃에 자신의 심경을 의탁할 뿐, 떠나는 연인에게 어떤 원망과 그리움과 사랑도 토로하지 않는다. 비록 잊는 데 한참이 걸리겠지만, 그래도 꽃이 지는 것이 "아주 잠깐"이었듯이 잊는 것 또한 '순간'이 될 수 있도록 살아가겠다는 삶의 자세를 엿볼 수 있을 뿐이다.

불의를 참지 못하고, 다른 사람과의 관계를 정립하는 데 사적인 감정이나 인연을 내세우지 않는 시인 최영미의 인생관은 이렇게 이 작품 안에 오롯이 똬리를 틀고 있다. 자신과 세상에 대한 솔직함과 날카로움, 그 끝이 어디로 향할지 두고두고 지켜볼 일이다.

| 예리한 통찰력으로 세상을 그려내며

날씨 한번 더럽게 좋구나
속 뒤집어놓는, 저기 저 감칠 햇빛
어쩌자고 봄이 오는가
사시사철 봄처럼 뜬 속인데
시궁창이라도 개울물 더 또렷이
졸 졸
겨우내 비껴가던 바람도
품속으로 꼬옥 파고드는데
어느 환장할 꽃이 피고 또 지려 하는가

죽 쒀서 개 줬다고
갈아엎자 들어서고
겹겹이 배반당한 이 땅
줄줄이 피멍든 가슴들에
무어 더러운 봄이 오려 하느냐
어쩌자고 봄이 또 온단 말이냐

위의 시 〈어쩌자고〉(1994)는 〈선운사에서〉와 같은 시집에 실려 있는 작품이다. 〈선운사에서〉가 개인의 사랑과 삶에 관한 작품이라고 한다면, 이 작품은 세상에 대해 좀 더 많은 이야기를 하고 있는 작품이라고 할 수 있다. 최영미의 언어관과 인생관을 읽어 낼 수 있는 작품이기도 하다.

문학작품에 나타나 있는 언어는 일상생활에서 사용하는 언어와 달라야 한다고 인식하던 시기가 있었다. 문학어와 일상어 사이에 다른 점이 전혀 없는 건 아니지만 그 구분은 허물어지고 있다. 〈어쩌자고〉도 문학어와 일상어의 경계를 희석시킨 작품이다. 이 시의 1행인 "날씨 한번 더럽게 좋구나"라는 구절을 시가 아닌 독립적인 맥락에서 읽었다면, 기분이 별로 좋지 않은 사람이 맑게 갠 하늘을 바라보며 푸념처럼 내뱉는 말로 느껴졌을 것이다. 이러한 시어가 이 작품 곳곳에 자리 잡고 있다. '속 뒤집어놓는' 햇빛, '시궁창' 개울물, '환장할' 꽃, '죽 쒀서 개 줬다'는 이 땅, '더러운' 봄 등, 기분 나쁠 때 툭툭 내뱉는 일상어들이 시의 전편에 분포해 있다. 문학어의 고아한 아름다움을 주장하는 이들에게는 결코 채택되지 않을 언어들이다. 최영미는 이런 시어를 작품 속에 능숙하게 끌어온다. 시의 제목 또한 〈어쩌자고〉 아닌가.

그렇지만 이 작품을 읽다 보면 일상적인 맥락과는 다른 차원에서 시의 메시지를 재구하게 된다. 일상어가 곳곳에 포진해 있는 짧은 텍스트이지만, 텍스트 전체가 그려 내는 시상이 그리 단순하지만은 않기 때문이다. 날씨에 관한 시적 화자의 개별적 발화는 '봄'으로 이어지고, 봄의 계절적 완상은 2연의 사회적 발화로 확장된다. "갈아엎자 들어서고 / 겹겹이 배반당한 이 땅 / 줄줄이 피멍든 가슴들"에서 구체적 원인을 파악하기는 어려우나 동시대의 사회상에 대한 시적 화자의 실망감과 분노를 여실히 느낄 수 있다. 이념 대립의 시대는 끝났지만 기득권을 지닌 지배층과 그에 저항하는 피지배층의 갈등의 시대로 바뀌었을 뿐이다. 이 "겹겹이 배반 당한" 땅에서 지배층이 될 수 없었던 화자에게 봄은 마냥 반가운 계절일 수 없었을 것이다. 개울물은 졸졸 흐르고 바람도 꼬옥 안기며 꽃도 피고 지지만, 만족할 만한 변화를 맞이하지 못한 민초의 봄은 배신감만 생기게 할 뿐이다. 그런 시적 화자의 격앙된 감정이 '더러운 봄', '어쩌자고' 등의 시어로 적나라하게 드러난다.

최영미는 개인의 인생과 삶에 관한 시작으로 자신의 시세계를 한정하지 않는다. 개인에서 사회로, 문학어에서 일상어로, 자연에서 문명으로, 자신이 살아가는 세계를 작품 속에 충실히 담아내려 노력한다. 그 노력이 비록 사회적인 명성이나 성공으로 연결되지 않더라도, 자신을 돌아보고 세상을 성찰하고 인간을 그려 내려는 그의 노력은 결코 헛되지 않을 것이다. 시인으로서의 예리한 통찰

력을 잃지 않고 다양한 활동을 하고 있는 그를 지켜볼 일이다. "어쩌자고 봄이
또 온단 말이냐"와 같은 통렬한 사회비판을 하지 않아도 되는 세상이 펼쳐지고
있는지 조심스럽게 살펴보면서. | 유영희

참고문헌

최영미(1994), 《서른, 잔치는 끝났다》, 창작과비평사.
최영미(1994), 〈어쩌자고〉, 《서른, 잔치는 끝났다》, 창작과비평사.

눈물은 왜 짠가

함민복

지난 여름이었습니다 가세가 기울어 갈 곳이 없어진 어머니를 고향 이모님 댁에 모셔다 드릴 때의 일입니다 어머니는 차시간도 있고 하니까 요기를 하고 가자시며 고깃국을 먹으로 가자고 하셨습니다 어머니는 한평생 중이염을 앓아 고기만 드시면 귀에서 고름이 나오곤 했습니다 그런 어머니가 나를 위해 고깃국을 먹으러 가자고 하시는 마음을 읽자 어머니 이마의 주름살이 더 깊게 보였습니다 설렁탕집에 들어가 물수건으로 이마에 흐르는 땀을 닦았습니다

"더울 때일수록 고기를 먹어야 더위를 안 먹는다 고기를 먹어야 하는데⋯⋯ 고깃국물이라도 되게 먹어둬라"

설렁탕에 다대기를 풀어 한 댓 숟가락 국물을 떠먹었을 때였습니다 어머니가 주인 아저씨를 불렀습니다 주인 아저씨는 뭐 잘못된 게 있나 싶었던지 고개를 앞으로 빼고 의아해하며 다가왔습니다 어머니는 설렁탕에 소금을 너무 많이 풀어 짜서 그런다며 국물을 더 달라고 했습니다 주인 아저씨는 흔쾌히 국물을 더 갖다 주었습니다 어머니는 주인 아저씨가 안 보고 있다 싶어지자 내 투가리에 국물을 부어주셨습니다 나는 당황하여 주인 아저씨를 흘금거리며 국물을 더 받았습니다 주인 아저씨는 넌지시 우리 모자의 행동을 보고 애써 시선을 외면해주는 게 역력했습니다 나는 그만 국물을 따르시라고 내 투가리로 어머니 투가리를 툭, 부딪쳤습니다 순간 투가리가 부딪치며 내는 소리가 왜 그렇게 서럽게 들리던지 나는 울컥 치받치는 감정을 억제하려고 설렁탕에 만 밥과 깍두기

를 마구 씹어댔습니다 그러자 주인 아저씨는 우리 모자가 미안한 마음 안 느끼게 조심, 다가와 성냥갑 만한 깍두기 한 접시를 놓고 돌아서는 거였습니다 일순, 나는 참고 있던 눈물을 찔끔 흘리고 말았습니다 나는 얼른 이마에 흐른 땀을 훔쳐내려 눈물을 땀인 양 만들어놓고 나서, 아주 천천히 물수건으로 눈동자에서 난 땀을 씻어냈습니다 그러면서 속으로 중얼거렸습니다

눈물은 왜 짠가

출처 《모든 경계에는 꽃이 핀다》(1996)

....

함민복 咸敏復 (1962 ~)

충청북도 충주 출생. 1988년 등단하여 1990년 첫 시집 《우울씨의 일일》을 발간하였다. 두 번째 시집은 1993년에 발간한 《자본주의의 약속》이고, 1996년에 세 번째 시집인 《모든 경계에는 꽃이 핀다》를 발간하였다. 자본주의적 문화가 일상화되어 버린 1990년대의 삶에서 소외되어 가는 인간의 모습에 대해 신랄한 비판과 따뜻한 위로를 담은 작품들을 만날 수 있다.

....

1990년대, 경계인으로서의 시인

1990년대 한국 시단은 "집단적인 정치적 명분을 감당"하기보다 "개인의 실존적·문화적 경험 안으로 깊숙이 들어"간 것으로 평가받는다. 함민복을 비롯하여 1990년대에 작품을 발표한 시인들은 "현란한 자본주의적 스펙터클 뒤의 무의미와 공허와 혼돈을 노래"하고 있었다는 것이다(김윤식·김우종 외, 2005: 613-614). 이러한 문학사적 관점에서 본다면 〈눈물은 왜 짠가〉는 1990년대의 시 경향에서 조금 빗나간 작품처럼 보이기도 한다. 이 시는 시인 자신의 직접적인 경험이라 할 수 있는 가난을 자본주의라는 시스템의 산물로 보는 데에 초점을 두고 있지 않기 때문이다. 그렇다고 해서 이 시가 수록된 함민복의 세 번째 시집

《모든 경계에는 꽃이 핀다》를 기존 작품세계와의 단절을 보여 주는 것으로 보기는 어렵다. 두 번째 시집인 《자본주의의 약속》에도 어머니에 대한 몇 편의 작품이 수록되어 있고, 시집에서 그 작품들이 등장하는 순간은 자본주의의 해악에 몸서리치게 될 즈음 다시금 그것들을 직시할 수 있게 하는 회복약으로 작용하는 순간이기 때문이다. 마찬가지로 세 번째 시집에 수록된 작품들이 모두 〈눈물은 왜 짠가〉와 같은 분위기를 만들어 낸다고 속단하는 것도 경계해야 한다. 두 번째 시집에 비해 차분해진 어조이기는 하지만, 세 번째 시집에도 분명 자본주의의 이면을 간파하는 예리한 시각을 가진 화자를 만날 수 있기 때문이다.

시인의 세 번째 시집까지만 놓고 본다면 함민복의 작품세계는 사회의 부조리를 고발하는 동시에, 부조리로 확인된 부분들에 대해 어떤 자세로 다가가야 할 것인가를 고민하는 모습을 보여 준다고 할 수 있다. 시인의 눈에 비친 자본주의 사회는 분명 좌절과 우울로 점철된 부분이 많았을 것이나, 시인의 눈은 부정적인 데에만 머무르지 않고 그 안에 여전히 남아 있는 희망들을 발견하는 데까지 이른다. 〈눈물은 왜 짠가〉는 후자를 잘 보여 주는 작품 중 하나이다.

뻔하고 뻔한, 어머니와 자식 그리고 조력자의 이야기

이 작품은 언뜻 보기에 시로 보이지 않기도 한다. 짧은 수필로도, 혹은 소설 속 한 장면으로도 보일 수 있다. 더구나 내용도 그다지 함축적이지 않은 듯하다. 줄거리는 단순하다. 지난여름 화자는 가난한 어머니, 고기를 드시지 못하는 어머니를 모시고 고향으로 가던 중 설렁탕집에 들른다. 자식을 위하는 어머니의 마음 그리고 그러한 어머니의 마음을 알아차리는 자식의 심정이야 문학이, 예술이, 아니 우리의 일상 대화 속에서도 쉽게 다룰 수 있는, 그러나 결코 식상하지만은 않은 소재일 것이다. 앞서 언급한 시인의 두 번째 시집에 수록된 〈봄〉에서도 "밥을 머리에 이고 / 어머니 들판 건너오신다 / 아지랑이 아지랑이"라는 전문(全文)을 통해 어머니를 바라보는 자식의 애틋한 마음을 드러낸다. 같은 시집의 〈어머니가 나를 깨어나게 한다〉에서도 "소 귀에 경을 읽어주시네 / 내 슬픔이 맑게 깨어나네"로 시상을 마무리하며 어머니가 자신의 지혜와 생명의 원천임을 고백하고 있다. 〈눈물은 왜 짠가〉의 중간에 삽입된 어머니의 말씀을 직접인용으로 처리한 것도 그만큼 어머니라는 존재에 무게감을 더해 주는 장치로 볼 수 있을 것이다.

작품의 후반부에서 자식에게 고기 국물을 더 먹이려는 어머니의 행동은 설렁탕집 주인에게 여유를 베풀어 달라는 식이 아닌, 어느 정도 체면을 차리는 것으로 묘사된다. 가난하기에 신세를 져야 하는 미안한 마음과, 그럼에도 불구하고 무작정 저자세로 부탁하고 싶지는 않은 마음은 어떻게든 겉으로 드러나는가 보다. 이를 간파한 설렁탕집 주인의 응대가 돋보인다. 아무 말 없이 국물을 더 부어 주고 깍두기도 한 접시 더 두고 간다. 미안해하는 속내를 알아차린 이상 그것을 굳이 겉으로 드러나게 하는 것은 인간에 대한 예의가 아니기도 할 것이다. (하긴, 우리가 언제나 예의를 다 차리며 살 수는 없는 노릇이기도 하다. 그리고 시인이 비판적으로 바라보는 자본주의는 우리로부터 예의를 차릴 틈을 거두어가는 대가로 임금과 이윤을 하사한다.)

사건이 여기까지 전개되었으니 무언가 눈물 같은 것이 필요하다. 이 시에서는 화자인 자식이 눈물을 흘리는데, 이것 또한 펑펑 울어 버리는 모습으로 나타나면 긴장감이 덜할 것이다. 체면을 지키려는 어머니의 마음, 자식을 위하는 어머니의 마음 앞에서 자식은 울음을 삼켜야 한다. 그리고 화자는 문자 그대로 눈물을 쓸어내려 땀과 함께 삼킨다. 함민복 시인을 "우울증에 걸릴 정도로 따뜻한 사람"(차창룡, 1996: 113)이라고 평가할 수 있다면, 그리고 이 작품에서 "더 애틋하고 애절하고 참"된 사랑을 확인할 수 있다면(정재찬, 2015: 87), 바로 이러한 지점 때문일 것이다. 펑펑 쏟아 내야 하는 울음을 안으로 삼키기만 하는 행위의 기저에는 어머니를 바라보는 화자의 따뜻한 시선이 있다.

감동적이다. 그런데 뻔하다. 가난은 그런 것이다. 가난 앞에서는 지키고자 하는 체면, 특히 나의 체면이 아니라 나를 낳아 주시고 길러 주신 어머니의 체면이 늘 아슬아슬한 줄타기를 하게 된다. 분명 가슴 저리는 순간에 대한 묘사이기는 하나, 거기까지이다. 이 작품을 소설의 일부로 본다면 이후 벌어질 사건이 더 기대되겠고, 한 편의 수필로 본다면 '사는 게 그런 거지.'라며 덮고 넘어갈 수 있겠다. 그런데 이렇게 작품의 줄거리만 정리하고 다음 작품을 읽기에는 무언가가 더 남아 있다. 어찌 보면 이 작품이 '시집'에 수록된 이유가 여기 있는 것일지도 모르겠다. 중·고등학교 시절, 교과서에 수록된 시를 읽고 진행했던 '내용 학습'을 하듯 줄거리와 상황을 파악하느라 무언가를 놓친 것일까? 이 작품의 본질적인 '내용'은 어디에 있는 것일까?

쉼표는 행위를 부르고, 행위는 파동을 만들고, 파동은 공명을 부르고

분명 무언가를 놓쳤다. 단순한 환언으로 작품의 내용을 정리하는 것이 시를 이해하고 감상하는 것과는 거리가 멀다는 이야기는 여전히 유효하다(윤여탁 외, 2010). 동일한 내용, 뻔하고 뻔한 내용이라면 그것을 말하는 방식이 더 중요할 수도 있겠다. 다시 보니 이 작품에는 마침표가 없다. 현대시에는 마침표가 없는 작품들이 워낙 많다 보니 그냥 그런가보다 하고 넘어갈 수도 있겠지만, 산문의 형식을 갖추어 놓고도 마침표가 없다는 것은 조금은 낯설게 느껴진다. 아니, 보면 볼수록 무언가 말을 걸어오는 것 같다. 물론 같은 시집에 수록된 다른 시들 중에서도 마침표가 없는 작품은 많다. 그러나 산문의 형식에서 직접인용에는 따옴표를 사용하고 어머니의 말씀 중간에는 말줄임표를 사용하면서도 문장 끝에 마침표를 찍지 않는 것은 유난히 낯선 지점이다.

그리고 보니 작품의 후반부가 시작되는 무렵에 쉼표가 등장한다. 그것도 쉼표가 없어도 무방할 곳에 말이다. 이건 뭘까. 그냥 습관처럼 사용된 쉼표가 아닐까. 그렇다면 이 작품에서 쉼표가 사용된 부분을 다시 살펴볼 차례이다. 한참을 별다른 문장 부호 없이 진술이 이어지다가 '툭', '조심', '일순', '나서' 뒤에 쉼표가 등장한다. 우리의 생각이 언제나 산문의 형태로 정제되지는 않는다는 점을 반영하듯이 쉼표 없이 단어가 나열되며 어머니의 발화가 직접인용되기 전까지는 줄 구분조차 없이 이어지던 화자의 생각은 '툭'에서 최초의 휴지(休止)를 갖는다. 정신없이 빠르게 지나가는 경주용 자동차의 화면이 일시정지 버튼을 누른 것처럼, 아니 잠깐의 휴지 이후 다시 생각들이 이어지니 '느린 화면'으로 전환된 것처럼, '툭'과 함께 던져지는 휴지는 그 순간의 세부적인 사항들을 부각시킨다.

그렇다면 그 세부적인 사항들은 도대체 무엇일까. 작품의 내용만 놓고 본다면 두 개의 '투가리'가 서로 부딪힌 상황을 말할 테지만, 그것만으로는 휴지를 모두 채우기에 부족하다. 앞뒤 맥락을 살펴 그 간극에 대해 고민하는 작업은 독자의 과제이자 즐거움일 것이다. '툭'은 자식인 화자가 작품 속에서 어머니의 행동에 최초로 작은 반기를 드는 과정에서 등장한 소리이자, 소리 없이 진행되던 진술에서 최초로 등장하는 효과음이기도 하다. 이 충돌 혹은 충돌음으로 인해 화자는 평정심을 잃는다. 무언가에 금이 간 것이다. 균열은 운동을 전제로 한다. 어떻게 보면 이 작품에서 '툭'은 영사막의 이미지로만 존재하던 화자의 생각에 움직임을 부여한 최초의 '동사'인 셈이다.

실제로 이루어진 움직임, 즉 행위는 파동을 만들고, 이는 주변의 물체와 공명할 수 있다. 이번에는 설렁탕집 주인의 차례다. 그의 행동을 묘사하는 과정에서 등장하는 '조심' 뒤의 쉼표는 단순히 주인의 마음을 헤아리게 하는 것을 넘어, 화자로 하여금 그 행위에 새로운 의미를 부여하게 한다. 자신이 낸 균열에 대한 설렁탕집 주인의 따뜻한 반응, 그것도 어머니가 아닌 다른 이로부터 받게 되는 위안과 격려의 마음은 화자가 참았던 눈물을 흘리게 한다. 화자 자신이 이 세상을 향해 무언가를 내놓는 그 짧은 순간('일순') 역시 화자에게는 결코 짧은 시간이 아니었기에, 여기에서의 쉼표도 그 마음과 행동의 변화를 헤아리기에 충분한 시간을 마련해 준다.

진실은 그렇게 다가온다. 어깨에 힘 빼고 "툭"

쉼표 이후 나타나는 화자의 변화는 하염없이 자본주의를 쏘아보며 그 폐해만을 읊었던 이전 작품들에서는 좀처럼 마주하기 어려운 것이기도 하다. 이 작품에서 화자는 자신의 현실을 직시할 뿐 아니라 그로 인해 만들어진 자신의 감정을 있는 그대로 드러낸다. 그리고 자신의 감정이 새어 나오게 된 틈 사이로 설렁탕집 주인의 연대를 발견하기도 한다. 비록 눈물을 땀인 척 삼키며 더 적극적인 자기표현을 보여 주지는 못한 화자이지만, 자본주의 세상의 어두운 면을 시각이 아닌 미각('짠 맛')으로 재인식한다. 즉, 화자는 자본주의의 폐해를 풍경처럼 제시하는 것이 아니라, 그 속으로 자신을 내던진 셈이라고 할 수 있을 것이다.

그러나 그렇게 자신을 던져 버린 화자가 그다지 걱정스럽지는 않다. 왜냐하면 그 안에서 연대의 가능성을 발견할 수 있었기 때문이다. 더 거슬러 올라가면, 자신과 세계의 투명한 벽에 균열을 낸 화자이기에 자본주의의 견고한 폐해들에 균열을 내는 순간을 우리에게 보여 줄 수 있을 것 같기도 하다. 그러나 그것이 화려한 액션 영화처럼 적들을 일거에 제압하는 강렬함은 아닐 것이다. 진실에 한 발 더 다가가기 위해 화자가 낸 균열은 '툭'으로부터 시작했다. 밥그릇과 밥그릇, 사는 문제와 사는 문제가 부딪치며 나는 그 소리면 충분한 것이다. 누군가 연대해 줄 것이고 화자는 또 다시 화자의 내면을, 자본주의와는 다른 욕망을 '일순' 흘려 낼 것이다. 화려한 유리잔이 서로 부딪칠 때 나는 소리, 해가 바뀌는 순간 거대한 종이 울릴 때 나는 소리로는 이러한 효과를 기대하기 어려울

것이다. 너무 가볍거나, 너무 경건하다. 이런 점에서 '설렁탕집'과 '투가리'라는 소재는 작품 속 가난의 상황과 잘 어울리는 것이기도 하지만, '툭' 소리를 위해 치밀하게 준비된 것이기도 하다. 진실이라는 것이 있다면, 그리하여 그것이 다가오는 순간이 있다면, 그 상황의 소리나 모양으로 "짜잔"은 어울리지 않을 것 같다. 하이파이브처럼 의식적인 행위와도 거리가 멀 것이다. 진실을 마주하는 순간은 오히려 사소하게 말을 걸듯이 그러나 조심스럽게 다가가듯이 그렇게 부딪히는 소리와 모양으로 나타날 것이다. 그냥 어깨에 힘 빼고 "툭".　　　　| 민재원

············

참고문헌

김윤식·김우종 외(2005), 『한국현대문학사』(제4판), 현대문학.
윤여탁 외(2010), 『현대시 교육론』, 사회평론.
정재찬(2015), 『시를 잊은 그대에게』, 휴머니스트.
차창룡(1996), 〈발문: 달빛과 그림자의 경계에 서서〉, 함민복,《모든 경계에는 꽃이 핀다》, 창작과비평사.
함민복(1996), 《모든 경계에는 꽃이 핀다》, 창작과비평사.

일곱 개의 단어로 된 사전

진은영

봄, 놀라서 뒷걸음질치다
맨발로 푸른 뱀의 머리를 밟다

슬픔
물에 불은 나무토막, 그 위로 또 비가 내린다

자본주의
형형색색의 어둠 혹은
바다 밑으로 뚫린 백만 킬로의 컴컴한 터널
— 여길 어떻게 혼자 걸어서 지나가?

문학
길을 잃고 흉가에서 잠들 때
멀리서 백열전구처럼 반짝이는 개구리 울음

시인의 독백
"어둠 속에 이 소리마저 없다면"
부러진 피리로 벽을 탕탕 치면서

혁명

눈 감을 때만 보이는 별들의 회오리

가로등 밑에서는 투명하게 보이는 잎맥의 길

시, 일부러 뜯어본 주소 불명의 아름다운 편지

너는 그곳에 살지 않는다

출처《일곱 개의 단어로 된 사전》(2003)　**첫 발표**《문학과사회》(2001. 5)

진은영 陳恩英 (1970 ~)
2000년에 등단하여 시집《일곱 개의 단어로 된 사전》(2003), 《우리는 매일매일》(2008), 《훔쳐가는 노래》(2012)를 펴냈다. 철학 전공자로서 니체 연구로 박사 학위를 받기도 했다. 정치·사회 현실에 예민하게 감응해 왔으며, 대상을 새롭게 바라보고 감각적인 언어로 그것을 표현하는 시인이다.

▎시가 사전처럼 쓰일 때

이 시는 구성이 매우 간명하다. 일곱 개의 시적 대상을 친절하게 연별로 구분하고, 이를 다른 언어로 바꿔 보이는 것이 작품의 전부다. 이 '바꿔 보이기'는 마치 정의를 내리는 것처럼 간결해서 '사전'이라는 제목과 어울린다. 그러면서도 국어사전이 아니라 '시'이기 때문에 참신하고, 때로는 모호하다는 느낌도 준다. 작품에 제시된 일곱 개의 낱말은 누구나 알 만하고, 일부는 일상에서도 널리 쓰인다. 쓰는 사람에 따라 그 의미는 다르겠지만 말이다. 그런데 대부분의 사람들은 그것들을 굳이 어떤 정의가 필요한 '사전'의 단어처럼 여기지는 않는다. 예컨대 '봄'을 정의해야 할 낱말로 두고 그 의미나 인상을 생각해 보면서 살지는 않는다는 것이다. 그래서 이 시는 독자의 이목을 끈다. 누구나 알 법하지만 저마다 다르게 알고 있는 낱말, 단순한 듯하지만 모호한 이 낱말들을 과연 어떤 말로 정의하겠다는 것일까?

사전은 매우 독특한 책이어서 부분과 부분의 연계성도 없고, 서술의 순서도 '가나다 순' 외에는 어떤 논리도 없다. 이 시도 일단 그렇게 읽어야 할 것 같다. 즉 1연의 '봄'부터 7연의 '시'에 이르는 흐름에 나름의 논리나 인과관계를 부여해 볼 수도 있겠지만, 반드시 그럴 필요는 없다는 뜻이다. 방금 이야기한 '바꿔 보이기'의 언어 자체가 먼저 시선을 끌기 때문이다. 또한 그렇기 때문에 '왜 이 단어들이 사전에 등재되어 있는가' 하는 궁금증 역시 잠시 접어 두어도 되겠다. 이제 작품을 본격적으로 들여다보자.

▌일곱 낱말의 빛나는 생생함

첫 단어는 '봄'이다. 무언가에 놀라서 뒷걸음질을 치다가 뱀의 머리를 밟았다. 일견 섬뜩해 보일 수도 있겠지만, 다른 느낌도 있다. 추운 겨울을 지나 어느 순간 갑자기 찾아온 봄의 이미지가 그러하거니와, 밟힌 뱀은 이채롭고 생명력 있어 보이는 "푸른 뱀"이다. 뱀을 수식할 수 있는 여러 말들을 다 제치고 '푸름'이 선택되었고, 또 그 뱀은 '맨발'과 직접 살갗을 맞대게 되어 싱그러운 느낌도 있다. 하지만 역시 그런 느낌만이 전부는 아니다. "놀라서 뒷걸음질치다 / 맨발로 푸른 뱀의 머리를 밟다"에는 이채로움이나 싱그러움만으로는 설명될 수 없는 느낌들이 섞여 들어 있다. 예컨대 "뱀의 머리"를 밟았을 때의 이물감이 먼저 떠오를 수도 있고, 뒷걸음질 치다 무언가와 조우(遭遇)했을 때의 의외로운 느낌이 더 강렬할 수도 있다. 정의한 내용 자체가 이처럼 다채로운 느낌과 의미의 결을 가지고 있다는 점에서 이 정의는 국어사전의 그것과 다르다. 새삼스러울 것 없는 이 사실을 환기하는 이유는, 이 작품을 읽는 내내 그것을 염두에 두어야 하기 때문이다. 비록 이 시에서 정의된 내용들이 아주 다양한 해석 가능성을 가진 것은 아니지만, 지금 본 것처럼 독자에 따라 달리 읽힐 여지들도 얼마든지 있다.

두 번째 단어로 가 보자. 세상 사람들의 숫자만큼이나 다양할 것 같은 '슬픔'을 한 줄로 말한다. 그래서 우선 '슬픔' 같은 정서를 정의해 볼 수도 있다는 사실, 그것도 간결한 이미지를 끌어들이는 방식으로 할 수 있다는 사실이 시선을 끈다. 정의 내용도 흥미롭다. 단순히 말하면 엎친 데 덮친 격이라는 것이고, 걷잡을 수 없이 가중되는 절망이라고도 할 수 있겠다. 여기서 한 가지 주목되는 점은 슬픔이라는 감정이 어떻게 작동하는지, 혹은 어떤 구조를 가지고 있는지만을 간결하게 그리고 있다는 것이다. 즉, 이 대목은 슬픔을 만들어 내는 구구한 사연들에도 관심이 없고, 슬픔이 인간을 어떻게 만드는지도 거론하지 않는다. 인간의 사연과 별로 관계가 없을 듯하고 인간적인 모습과도 거리가 있는 '나무토막'의 이미지가 동원된 것도 그와 관련된다. 흔히 우리가 어떤 감정에 대해 이야기할 때에는 그 감정의 자세한 내력이나 그것이 주는 파장에 신경을 쓰기 마련인데, 이 '사전'은 그런 것들이 감정의 본질은 아님을 암시하고 있는 셈이다.

3연의 단어는 '자본주의'이다. '봄'과 '슬픔'보다 전문적인 느낌을 주는 낱말이다. 그러나 꼭 역사·철학·경제 등의 전문 영역을 떠올려야 하는 것은 아니다. 오늘날 지구상의 거의 모든 사회가 자본주의에 포섭되어 있고, 사람들이 일하고 소비하는 일상생활 전체가 철저히 자본주의 구조 위에서 이루어진다. 현대의 삶을 규정하는 핵심적인 사회구조(체제)를 꼽으라고 하면 '자본주의'가 적어도 세 손가락 안에는 든다. 그렇기 때문에 사람들은 자본주의를 '당연히 주어진 조건'처럼 여기며 살고 있고, 그에 대해 특별히 의식하지는 않는다. 그런 낱말을 대상화해 보겠다는 것은 무엇을 뜻할까? 태어날 때부터 주어져 있었고, 아주 완고해 보이며, 내 삶의 양식을 근본적으로 규정하는 조건에 대해 의식적으로 거리를 두고 의미를 부여해 보겠다는 뜻이다. 그리고 그 결과로 제출된 표현은 '어둠'이요 '터널'이다. 겉은 '형형색색'이지만 본질은 어둠이라는 것이다. 터널이 "바다 밑으로 뚫린 백만 킬로"라는 말은 자본주의의 가공할 기술력이 결국 '컴컴한' 공간으로 귀결될 뿐이라는 뜻도 되고, 해저 터널 위의 자연을 보지 못한 채 끝 간 데 없이 이어진 어둠을 헤쳐 가야 한다는 뜻도 된다. 그것은 "어떻게 혼자 걸어서 지나가?"라는 말이 나올 정도로 한 개인이 감당하기에는 버거운 무게를 가지고 있다.

네 번째 단어는 '문학'이다. 문학을 좋아하는 사람이라면 누구나 자신의 사전에 올릴 법한 단어이다. 시에서 내린 정의를 읽어 보면, 고립되어 있다고 느끼거나 막막할 때 문학이 한 줄기 빛이 되어 준다는 내용이다. 이 역시 문학 애호가들이 공감할 법한 생각이다. 그런데 이 시행에 사용된 이미지들을 가만히 살펴보면 좀 더 흥미로운 데가 있다. 여기서 문학은 "개구리 울음"과 등가가 되어 있다. 아주 고상하고 희귀한 무언가가 아니라 우리가 사는 세계에 늘 스며들어 있는 존재라는 뜻이다. 하지만 그것이 항상 인식되지는 않는다. 내가 "길을 잃고 흉가에서 잠들 때"에만 비로소 반짝이는 '백열전구'와 같은 의미를 갖게 된다. 요컨대 문학은 미물(微物)의 울음처럼 세상의 수많은 사람들이 내는 자연스러운 삶의 소리이고, 그러면서도 고립이나 고요와 같은 특정한 조건 위에서만 비로소 '반짝임'으로 인식될 수 있다는 것이다.

다섯 번째 단어는 '시인의 독백'이다. '독백'이라 했다. 시인의 '시'라든가 '작품'이 아님에 유의하자. 물론 시 자체가 개인의 내면을 독백하는 장르라고 본다면 이 5연을 시에 대한 정의로 읽어 볼 수도 있겠지만, '시'라는 낱말은 7연에 따로 등장한다. 그렇다면 어째서 '시인의 독백'이 사전의 한 단어로까지 올라와 있을까? 시든 독백이든 모두 시인으로부터 나온 말일 텐데, 시인이 심혈을 기울인 시만으로도 충분한 말하기가 되지 못한다면 대신 독백이라는 말하기가 주목받을 수 있겠다. 아마도 시에 아주 큰 가치가 부여되지는 않는 현실에서 이런 일이 일어날 수 있을 것이다. 실제로 5연은 우리로 하여금 그렇게 읽게 한다. 시("이 소리")에 대해 '마저'라는 조사를 붙여 '최후에 마지못해 사용하는 도구'라는 인상을 부여하고 있는 것이다. 이때 큰따옴표 속의 '어둠'은 텍스트에 달리 표지가 없으므로 3연에서의 그 어둠, 즉 당연하게 주어진 듯한 세계의 본질로서의 어둠으로 보아도 되겠다. 이런 어둠 속에서 그나마 시가 있기 때문에 살아갈 만하다는 것이 시인의 독백 내용이다.

그리고 이어지는 행 "부러진 피리로 벽을 탕탕 치면서"는 마치 희곡의 지문(地文)처럼 앞의 대사를 보완해 주는데, 이 대목이 흥미롭다. 여기서 "이 소리"는 전통적인 의미의 평범한 시가 아니었음이 드러나는 까닭이다. 과거에는 시가 음악과 자주 결합하였기 때문에 시인을 '노래하는 자'로 지칭하는 경우가 많았다. 그런 맥락에서 보면 과거의 악기인 '피리'는 예전의 시인이 가지고 다니던 시적 자산일 것이다. 그리고 그 피리는 지금 '부러진' 상황이다. 인간이 소외되는 현대 자본주의 사회에서 과거의 낭만적인 시가 설 자리를 잃었기 때문인지 다른 이유가 있는지는 모르겠지만, 여하튼 피리는 부러져 있다. 그런데 시인은 여전히 '소리 내기'를 포기하지 않는다. 과거에 시를 만들어 냈던 언어 감각과 사유 등의 자산을 끌어 모아 끝내 소리를 내고 있는 것이다. 부러진 피리로는 연주할 수 없기에 그것으로 자기 밖의 세계('벽')를 쳐 대는, 아주 기이한 방식의 소리 내기를 개발한 채로 말이다. 이 방식은 세계와의 마찰을 통해 소리를 내기 때문에 시인의 투정처럼 들리기도 하고, 또 세상의 입장에서는 불협화음처럼 퍽 성가시기도 할 것이다. 그러나 어쨌든 그 소리는 "어둠 속에 이 소리마저 없다면"이라는 말을 거느릴 만한 가치를 가지고 있다. 결국 5연은 '시'가 아닌 '독백'을 내세우면서도 시의 본질을 효과적으로 형상화한 셈이다.

6연에는 '자본주의'만큼이나 무거운 단어, '혁명'이 등장한다. '혁명'을 정의하는 두 행의 이미지들은 이런저런 설명을 덧붙이는 순간 생명력을 잃을 만큼 생생하다. 많은 사람들에게 혁명은 이상이나 역사 속에 추상적으로 존재하기 때문에, 이를 선명한 시각 이미지로 치환시킨 이 시행들은 강렬하다. 먼저 '혁명'은 "별들의 회오리"이다. 혁명이 어둠을 밝히는 별과 같다는 통상적인 은유를 취하되, 육안으로 보기 힘든 별들의 '회오리'라고 말했다. 의당 하늘에 가만히 박혀 있어야 할 별이, 그것도 하나가 아닌 여럿이 회오리치는 모양은 혁명의 의외성과 역동성에 잘 어울린다. 하지만 그것은 오직 "눈 감을 때만" 보인다. 이 눈 감음에 대해서는 여러 해석이 가능하다. 가시적인 현실에 연연하지 않는 것,

고요히 내면을 들여다보는 것, 과도한 의욕을 내려놓는 것 등이 그 예이다. 이처럼 선명하여 강렬하면서도 의미의 결은 다채로운 것이 이 이미지의 힘이다. 그 아래 시행도 마찬가지이다. 우리 주변에 숱하게 널린 것이 나뭇잎과 꽃잎인데, 바로 그 '잎맥'의 길이 혁명이라고 한다. 즉, 혁명은 우리가 무심히 지나쳤던 곳곳에 존재하는 '길'이지만 밝은 불빛 아래에서만 보인다. 그런 "투명하게 보이는 잎맥"을 본 적이 없다고 하더라도, 이 시행을 읽으면 투명함과 환함의 이미지가 선명하게 그려진다. 그리고 그 투명함을 가능하게 하는 "가로등 밑"이 구체적으로 의미하는 바는 역시 독자가 상상하기 나름이다.

덧붙여 6연에서 또 하나 눈여겨봐 둘 만한 것은 '보이는'이라는 시어가 반복되면서 정의를 끌어가고 있다는 점이다. 왜 유독 '보이다'라는, 인간의 인식에 관한 말이 중심이 되었을까? 아마도 혁명을 이야기하고자 할 때 가장 중요한 것이 인간의 인식이기 때문일 것이다. 조금 과장하자면 혁명은, 인간의 인식이 전부일지 모른다. 일차적으로 현실의 어둠을 인식해야 하고, 나아가 무엇보다도 변혁의 전망("별들의 회오리", "잎맥의 길")에 대한 인식이 있어야 추진력을 얻을 수 있다. 컴컴한 현실에 새 길을 뚫을 인식의 힘에 대한 믿음이 이 연을 조용히 가로지르고 있는 것이다.

마지막 단어는 '시'이다. 네 번째 단어가 이미 시를 포함하는 '문학'이었는데도 따로 시를 살펴보겠다는 것은 그만한 무게감이 있기 때문일 것이다. 정의 내용을 보자. 진은영의 시들은 통상적인 텍스트의 기본 요소들, 이를테면 문장의 필수 성분 같은 것들이 모호하게 처리되면서도 의미가 살아 있는 경우가 많은데, 이 시행들 역시 그렇다. "주소 불명"에서의 '주소'는 발신지일 수도, 수신지일 수도 있다. 그리고 어느 경우든 "일부러 뜯어"보았다는 행위와 연계가 가능하다. 다시 말해 시는 그것을 누가 만들어 냈는지 몰라도, 혹은 내가 수신자가 아니더라도 엿듣듯이 음미할 수 있다는 것이다. 그것은 한편으로는 '편지'이면서 다른 한편으로는 "주소 불명"이라는 특수함을 가진다. 편지라는 것은 누군가의 말인 동시에, 그 말을 들어 줄 사람을 필요로 한다는 뜻이다. 때로 자신의 미학에만 취하기도 하지만 본질은 한 인간이 다른 인간에게 전하는 말인 것이다. 그러면서도 발신자나 수신자, 혹은 둘 모두가 없다. 누가 말하거나 들을지 알 수 없는 이 사태는 불완전함이라기보다는 오히려 무수히 많은 가능성으로 읽힌다. 그렇기 때문에 이 특수한 편지에 붙어 있는 형용사 '아름다운'은 소박하지만 적실한 표현이다. 한편 마지막 행 "너는 그곳에 살지 않는다"는 돌연 나타난 '너'의 모호함으로 인해 다의적이다. '너'를 발신자나 수신자로 보아 주소 불명의 상황과 연계시킬 수도 있고, 그도 저도 아닌 화자만의 '누군가'로 볼 수도 있으며, 가치처럼 추상적인 것으로도 볼 수 있다. 선택은 독자에게 달려 있다.

▌ 길어 올려진 말들, 부디 밝음으로

이상의 일곱 단어가 '사전'에 등재된 낱말의 전부이다. 이제 앞에서 접어 두었던 질문을 다시 펼쳐 보자. 왜 이 단어들이 선정되었을까? 이 시에는 그에 대해 어떤 언급도 없다. 그저 화자, 아니 아마도 시인에게 중요한 단어였을 것이라는 추정만 가능하다. 그래서 우리는 단어 선정의 근거를 논리적으로 따져 볼 필요는 없으며, 시의 말들을 따라가면서 그 표현과 메시지를 충분히 음미하면 그만이다.

다만 여러 단어들의 정의를 읽어 가다 보면 그것들 사이에서 공통적인 무언가가 발견되기는 한다. 예컨대 세상은 "물에 불은 나무토막" 위에 또 비가 내리기도 하는 곳이며, 그래서인지 그 본질을 '어둠'으로 볼 수 있다는 것. 하지만 '문학'이든, '시인의 독백'이든, '혁명'이든 뭔가를 통해 그 어둠은 결국 다시 밝혀질 수 있다는 것. 이 시가 스스로 "백열전구처럼 반짝이는" 생기를 머금고 있음은 재기 넘치는 언어 표현 때문만은 아니다. 작품 전편을 관통하는 이 묵시적인 생각, 다시 말해 세상은 어둠이지만 다시 밝혀질 것이리라는 세계관 때문이기도 하다. 그리고 그 생기는 "개구리 울음", "부러진 피리", "잎맥"과 같이 우리가 모른 채 지나가거나 하찮게 여기는 것들로부터 피어오르고 있어 더욱 형형하다. 이 사전의 또 다른 미덕이다.

| 강민규

참고문헌

진은영(2003), 《일곱 개의 단어로 된 사전》, 문학과지성사.

흙

문정희

흙이 가진 것 중에
제일 부러운 것은 그의 이름이다
흙 흙 흙 하고 그를 불러보라
심장 저 깊은 곳으로부터
눈물 냄새가 차오르고
이내 두 눈이 젖어온다

흙은 생명의 태반이며
또한 귀의처인 것을 나는 모른다
다만 그를 사랑한 도공이 밤낮으로
그를 주물러서 달덩이를 낳는 것을 본 일은 있다
또한 그의 가슴에 한 줌의 씨앗을 뿌리면
철 되어 한 가마의 곡식이 돌아오는 것도 보았다
흙의 일이므로
농부는 그것을 기적이라 부르지 않고
겸허하게 농사라고 불렀다

그래도 나는 흙이 가진 것 중에

제일 부러운 것은 그의 이름이다

흙 흙 흙 하고 그를 불러보면

눈물샘 저 깊은 곳으로부터

슬프고 아름다운 목숨의 메아리가 들려온다

하늘이 우물을 파놓고 두레박으로

자신을 퍼 올리는 소리가 들려온다

출처·첫 발표 《양귀비꽃 머리에 꽃고》(2004)

문정희 文貞姫 (1947 ~)
시인이자 현대문학 연구자로서 현재 동국대학교 석좌교수로 재직 중이다. 1969년 《월간문학》 신인상에 〈불면〉과 〈하늘〉이 당선되어 등단하였으며, 등단 후 첫 시집인 《문정희 시집》(1973) 이후 장시집과 시극집을 포함한 17권의 시집, 다수의 산문집과 번역시집 등 60여 권의 저서를 발표하였다. 여성 언어와 모어에 대한 탐구를 바탕으로 생명성과 여성성의 원형을 추구하는 작품활동을 활발히 지속하고 있다.

▎ 시작의 본질과 이름 부르기

철학자 루트비히 비트겐슈타인(Ludwig Wittgenstein)은 "하나의 언어를 상상한다는 것은 어떤 하나의 삶의 형태를 상상하는 것"(Wittgenstein, 1958/2006)이라고 말한 바 있다. 분석철학자인 그는 언어의 의미란 그것이 사용되는 방식으로부터 발생한다는 점을 말하려는 것이었겠지만, 언어를 삶과 대응시키는 이러한 극적인 귀결에서 시작(詩作)의 본질을 읽어 낼 수도 있을 것이다. 시인의 일이란 언어를 통해 희미하게만 보였던 삶의 형태를 드러내거나, 반대로 분명하게만 보였던 삶의 형태를 지워 내는 일로 볼 수 있기 때문이다. 시작의 이러한 성격을 뚜렷하게 확인할 수 있는 사례로 '이름 부르기'라 할 수 있는 언어의 운용을 들 수 있다. 시인 김춘수가 〈꽃〉에서 "내가 그의 이름을 불러 주기 전에는 / 그는 다만 / 하나의 몸짓에 지나지 않았다."라고 쓴 것처럼, 시인에게 대상의 이름을 불러 보는 행위는 대상을 "잊혀지지 않는 하나의 눈짓"으로 만들고자 하는 의지의 표명이다. '이름 부르기'는 언어를 통해 인간과 대상의 관계 방식을 새롭게 정립하고자 하는 적극적인 시도로 이해될 수 있기 때문이다.

2004년에 발간된 문정희의 열한 번째 시집 《양귀비꽃 머리에 꽂고》에 수록된 시 〈흙〉 또한 이러한 '이름 부르기'의 미학을 여실히 드러내는 작품으로 이해할 수 있다. 문정희는 등단 이래로 여성성의 문제를 지속적으로 고찰해 왔으며, 2000년대 이후에는 여성성의 본질을 화해와 조화를 바탕으로 한 진정한 관계, 주체와 객체의 이분법적 분리를 극복하는 포용적이고 치유적인 태도로 확대하는 시도를 보이고 있다. 시인의 작품 세계가 보여 준 이와 같은 맥락에서 이 시집은 "여성적 생명의식"(이숭원, 2011)을 바탕으로 세계에 존재하는 사물들을 넉넉히 포용하며 그들에게 적합한 언어를 찾아 주려는 시인의 미적 지향이 두드러지는 것으로 평가될 수 있다. 시집의 서두를 장식하는 〈사람의 가을〉에서 시인은 "나의 신은 나입니다. 이 가을날 / 내가 가진 모든 언어로 / 내가 나의 신입니다"라고 외치는 동시에 "저 잎과 저 새를 / 언어로 옮기는 일이 / 시를 쓰는 일이, 이 가을 / 산을 옮기는 일만큼 힘이 듭니다"라고 고백하고 있다. 이는 언어를 통해 새로운 삶의 형태에 대한 독자의 상상을 촉발하고자 하는 시인의 욕망과 그에 따른 진중한 책임감을 상기시키는 구절이라 할 수 있다. 시 〈흙〉은 시인의 이러한 미적 지향이 명시적으로 드러나는 작품이다.

▌흙의 이름을 불러 보라

1연은 '흙'이 가진 것 중 제일 부러운 것이 그의 이름이라는 점을 표명하고, 독자에게 흙의 이름을 "흙 흙 흙 하고 그를 불러보라"고 권유한다. '제일'이라는 부사어를 통해 흙이 가진 여러 미덕을 간접적으로 상기시키는 가운데 명령형 어미를 활용하여 다소 계도적으로 발상의 전환을 유도하고 있다. 여기에는 과연 당신은 '흙'의 이름을 충분히 음미해 본 적이 있는가라는 물음이 내포되어 있다. 이러한 물음에 대해 화자는 '흙'이라는 이름에는 눈물의 속성이 스며 있다는 답변을 제시한다. 흙을 연속하여 불렀을 때의 소리가 흐느끼는 소리를 형상화한 의성어인 '흑흑'과 유사하게 들리는 데서 비롯된 발상인 듯하다. 그리고 이러한 발상 속에서 흙이라는 이름은 "눈물 냄새가 차오르"고 "두 눈이 젖어" 오는 정서적·신체적 반응과 연결된다. 언어학적으로 '흙'이라는 문자가 가리키는 대상과 [흑]이라는 음성의 결합은 순전히 자의적인 것이지만, 화자에게는 머리로 통제할 수 없는 "심장 저 깊은 곳"에서의 울림을 안겨 주는 의미를 갖는 것으로 수용된다. 즉, 하나의 언어가 "영혼을 관통하는 화살이나 과녁"(유성호, 2019)이 되어 화자의 감정과 긴밀하게 연결되고 있는 것이다.

발음의 유사성을 중심으로 사물의 성질을 결합하는 것이 다소 동시(童詩)적인 발상으로 읽힐 소지가 있다면, 2연에서는 이러한 발상의 출처를 좀 더 구체화하기 위해 흙의 이름이 아닌, 흙이 가진 것에 대해 설명한다. 먼저, 화자는 흙이 '생명의 태반'이며 '귀의처'인 것을 모른다고 말한다. 이 두 시어는 인간이 오랜 역사 속에서 경험해 온 흙의 자연적 속성을 반영한 관습적 의미를 지닌다고 할 수 있을 것이다. 이에 대해 화자가 '모른다'라고 하는 것은 일반적으로 그렇게 알고 있지만 실은 흙이 그런 의미가 아니라는 것을 강조하기 위한 진술로도 읽을 수 있겠으나, 1연과 연관 짓는다면 여기서의 '모른다'는 '관심을 두지 않는다'의 의미로 읽는 것이 보다 적확하다. 즉, 이러한 관습적인 의미들이 흙의 미덕일 수 있지만 화자 자신의 주된 관심사는 아니라는 것이다. 이어서 흙과 관련된 속성 중에 화자가 약간이나마 관심을 보이는 것을 '다만'이라는 부사어를 통해 한정적으로 강조한다. 화자는 도공이 흙을 주물러서 달항아리를 만드는 것, 농부가 흙에 씨앗을 뿌려 곡식을 수확하는 것을 '본 일은 있다', '보았다'라고 말하고 있다. 이처럼 인간에게 유용한 도구와 식량을 생산하는 일들은 흙이 갖는 여성적인 생성력과 연관된다. 도공의 '사랑'을 통해 달덩이를 낳고, '가슴'에 씨앗을 뿌리면 곡식을 안겨 주는 "흙의 일"은 '기적'과도 같은 생성력을 갖는 여성의 몸과 흙의 연관성을 은연중에 암시한다. 그러나 이와 같은 흙의 미덕이 화자의 관심을 끌기는 하지만 그것은 여전히 도공과 농부의 일이고, '기적'이 아니라 도예나 농사라고 겸허하게 불리는 일이기에 화자가 '안다'라고 말하기에는 다소 거리가 있는 것들이다.

이러한 설명을 경유하여 3연에서는 도공의 일도, 농부의 일도 아닌 화자 자신의 일을 수미상관의 구조를 통해 거듭 강조한다. '그래도' 화자가 흙에게 가장 부러운 것은 그가 '흙'이라는 이름을 가진 데 있다는 것이다. 흙의 관습적 의미, 흙의 유용성으로부터 거리를 두고 화자는 흙의 이름을 부르는 행위에 매달린다. 이러한 화자의 태도는 독자가 화자의 일을 시인의 일과 유사한 것으로 바라볼 수 있게 한다. 마치 도공이 흙을 주무르고 농부가 흙에 씨앗을 뿌리듯, 화자는 '흙'이라는 이름을 불러 봄으로써 인간 내면에 잠재되어 있는 감정을 건드리고자 하는 것이다. 이로부터 생성되는 것은 "눈물샘 저 깊은 곳"으로부터 들려오는 "슬프고 아름다운 목숨의 메아리"다. "슬프고 아름다운 목숨"이라는 역설적 표현은 삶과 죽음이 숨 가쁘게 교차하는 생명의 본질을 드러낸다. 그런데 이 표현이 '메아리'와 만나 그러한 생명의 본질이 주는 처연하고 절박하면서도 애틋한 느낌이 확산되고 있다. '부름'은 '메아리'의 '들려옴'을 야기하고, 이는 하늘과 바다를 순환하는 거대한 (눈)물의 움직임까지 들을 수 있게 한다. 즉, 화자는 '흙'이라는 이름에 스며 있는 '눈물'의 흔적을 발견하는 데서 생명 전체의 순환적이고 역동적인 본질을 발견한 것이다. 이와 같은 순환의 과정은 언어를 매개로 시인의 상상력이 점진적으로 심화·확대되는 과정에 상응한다고 할 수 있다.

흙의 이름에서 들려오는 것들

〈흙〉은 평범한 일상어를 주로 사용하고 있기 때문에 독자가 해석하기 어려운 작품은 아니다. 다만, 흙과 눈물의 연결이 목숨과 하늘로 확장되는 과정의 인과관계가 생략되어 있기 때문에 독자의 관점에서 물음을 던져 봄직하다. 이에 대해서는 흙, 물, 하늘을 소재로 한 문정희의 다른 작품들을 살펴봄으로써 풍부한 이해의 단초를 마련할 수 있다. 시인의 초기작에서 세계 속 사물들은 모두 물이 되어 흐른다. 이는 〈새떼〉(1975)에서 볼 수 있다. "그걸 따라 우리도 모두 흘러서 / 울 이유도 없이 / 하늘로 하늘로 가고 있나니." 이러한 흐름은 결국 새떼와 같이 하늘을 향한다. 하늘의 관점에서 보면 이는 지상으로부터 물을 퍼 올리는 것이 되는데, 이러한 물은 지상적 존재들의 슬프고 아름다운 삶이 용해되어 있는 것이기에 '눈물'의 성격을 갖게 된다. 이는 〈하늘〉(1975)에서 확인할 수 있다. "하늘입니다. 깊게 차오르는 / 샘물을 퍼냅니다. // (…) // 눈물 속에는 눈물 속에는 / 나의 어린 새끼손가락 가시를 / 서럽게 파내시던 // 어머니의 모습이 자라고 있습니다." 이처럼 결국에는 물이 되어 하늘로 올라갈 지상적 존재들은 시인에게 역사적으로 핍박받는 민중들이자 여성들의 형상으로 인지된다. 〈콩〉(1975)의 "마른 몸으로 귀가하여 / 도리깨질을 맞는다. / (…) / 흙을 다스리는 여자가 딩군다.", 〈흙과 노래〉(1986)의 "둥글고 따스운 흙, 그러나 / 그 속에 엎디어 사는 / 풀들은 제일 먼저 흐느낌을 배운다."가 그러하다. 그러나 동시에 이러한 핍박받는 존재들은 흙 속에 또 다른 생명을 잉태하는 존재들이기도 한데, 여기서 물은 죽음으로의 귀의보다 새로운 생명의 탄생과 더 밀접한 연관을 갖는 것으로 이해된다. 〈물을 만든 여자〉(2004)를 보자. "아름다운 네 몸속의 강물이 따스한 리듬을 타고 / 흙 속에 스미는 소리에 귀 기울여 보아라 / 그 소리에 세상의 풀들이 무성히 자라고 / 네가 대지의 어머니가 되어가는 소리를"

이와 같은 구도에서 '흙-눈물-하늘'의 연관성은 '물'의 흐름을 통한 생명의 순환, 흙을 터전으로 살아가는 핍박받는 존재들의 아픔, 그리고 그러한 아픔 속

에서 만들어지는 새로운 생명의 역동적인 순환이 결합된 시인의 상상계 속에서 보다 설득력을 얻게 된다. 시인은 독자들이 흙의 이름으로부터 이러한 삶의 형태를 상상할 수 있기를, 동시에 시인 스스로의 언어가 이러한 삶의 형태를 있는 그대로 드러낼 수 있기를 염원하면서 한 줄 한 줄 써 내려갔을 것이다. 물론 짧은 시 안에서 그러한 총체적인 지향을 온전히 드러내기는 어렵다. 시인의 말대로 "시는 미완을 전제로 한 언어 예술"(문정희, 2010)이기 때문이다. 그러나 시인의 작품들을 통해 흙의 소리는 언제나 독자에게 가닿기를 바라며 메아리칠 것이다. 이러한 부름으로부터 "심장 저 깊은 곳", "눈물샘 저 깊은 곳"의 소리를 온전히 들을 수 있는 밝은 귀를 갖는 것은 독자의 몫으로 남아 있다.　　 | 진가연

참고문헌

문정희(2008), 《양귀비꽃 머리에 꽂고》, 민음사.

문정희(2010), 〈나의 시, 나의 몸〉, 《작가세계》 22(2), 작가세계, 31-41.

유성호(2019), 〈여성의 말로 씌어진 원형적 생명의 존재론: 문정희 시인을 찾아서〉, 《시작》 18(3), 천년의시작, 182-194.

이숭원(2011), 『시 속으로: 이숭원 문학평론집』, 서정시학.

Wittgenstein, L. (2006), 『철학적 탐구』, 이영철 역, 책세상(원서출판 1958).

오해

이장욱

나는 오해될 것이다. 너에게도
바람에게도
달력에게도.

나는 오해될 것이다. 아침 식탁에서
신호등 앞에서
기나긴 터널을 뚫고 지금 막 지상으로 나온
전철 안에서
결국 나는
나를 비껴갈 것이다.

갑자기 쏟아지는 햇빛이 내 생각을 휘감아
반대편 창문으로 몰려가는데
내 생각 안에 있던 너와
바람과
용의자와
국제면 하단의 보트 피플들이 강물 위에 점점이 빛나는데,

너와 바람과 햇빛이 잡지 못한 나는

오전 여덟 시 순환선의 속도 안에

약간 비스듬한 자세로 고정되는 중.

일생을 오해받는 자들

고개를 기울인 채

다른 세상을 떠돌고 있다.

누군가 내 짧은 꿈속에

가볍게

손을 집어넣는다.

출처 《정오의 희망곡》(2006)   **첫 발표** 《시인세계》(2003. 8)

이장욱 李章旭 (1968 ~)

서울 출생. 1994년 《현대문학》으로 등단하였으며, 《내 잠 속의 모래산》(2002), 《정오의 희망곡》
(2006), 《생년월일》(2011), 《영원이 아니라서 가능한》(2016), 《동물입니다 무엇일까요》(2018) 등의 시
집을 간행하였다. 2000년대 중반 젊은 시인들의 탈서정 경향을 이른바 '다른 서정'으로 규정하며 '미
래파' 논의를 일으킨 평론가이기도 하며, 상식을 뛰어넘는 이미지와 언어로 새로운 시적 감각을 제시
하였다.

▌나는 너에 의해 기록된다

살다 보면 우리는 종종 나 자신이 어떤 사람인지 묻게 된다. 나는 어떤 존재
인가? 이 질문에 답을 구하려면 마치 남을 대하듯 자신을 대상화하여 스스로
가 어떤 사람인지 생각해 보아야 한다. 그런데 인간은 평면적 존재가 아니라서,
'나'라는 입체적 대상의 여러 면을 이해하려면 내가 나를 바라보는 위치를 다

양하게 바꾸어야 하는데, 그 일이 결코 쉽지 않다. 내가 명확하게 볼 수 있는 나는 실제 나의 일부일 뿐이라는 사실을 인정하지 않을 수 없다. 나는 내가 가지고 있는 많은 면들을 제대로 보지 못하고 있을 가능성이 큰 것이다. 이러한 맥락에서 내가 어떤 존재인지 답하는 일은 나 혼자의 생각만으로 완결될 수 없다. 이 사실을 깨닫고 나면 나는 나를 이해하기 위해 나를 향하는 다른 사람들의 생각과 시선을 함께 살피게 된다. 시인은 〈메모들. 2007년. 초겨울〉이라는 글에서 다음과 같이 적은 바 있다(이장욱, 2007: 123).

> 우리는 서로의 삶을 대신 써 주고 있는 것인지도 모른다. 내가 살아간다는 것은 네가 살아간다는 것 위에 적혀져 있다. 나는 너를 읽는다. 너는 제 몸으로 나를 적어간다. 나는 너의 양피지이다.

나는 나 혼자 만들어 온 결과물이 아니다. 오히려 나는 나와 관계를 맺고 있는 사람들과의 상호작용 속에서 형성된다. 나의 삶은 너의 눈에 의해 기록되고, 나는 너를 읽음으로써 나를 알게 된다. 그렇지만 나를 지켜보는 모든 눈들이 우호적이거나 따뜻한 것만은 아닐 터, 때로 "당신은 나에 대해 불쾌한 목격자"(〈10년 후의 야구장〉)여서 내가 감추고 싶은 나의 모습, 대면하고 싶지 않은 나의 치부까지도 너를 통해 만나게 된다. 게다가 이 시대는 양피지 위에 천천히 조심스럽게 한 글자 한 글자 기록하는 시대가 아니다. 빛의 속도로 엄청난 양의 무엇인가를 순식간에 주고받는 시대에 "우리는 완고하게 연결돼 있다"(〈전선들〉).

| 당신이 다르게 보이는 오늘

김춘수 시인의 "잊혀지지 않는 하나의 눈짓이 되고 싶다"(〈꽃〉)라는 바람은 결국 누군가를 이해하고, 누군가에게 이해되고 싶은 마음에서 비롯되었을 것이다. 그런데 내가 나조차 알기 어려운 시대에, 과연 나는 다른 사람을 이해할 수 있을까? 다른 사람들은 나를 이해할 수 있을까? 나는 다른 사람들에게 이해될 수 있을까?

이 질문들 앞에서 이장욱은 곤혹스러워 한다. 이제까지 알고 있던 것들이 흔들리고 있기 때문이다. "자꾸 다르게 보여 / (…) // 오늘은 자꾸 다르게 보여 / (…) // 당신의 신앙과 / 당신의 주말 드라마와 / 당신의 외로운 잠이 모두 // 다르게 보여"(〈정확한 질문〉). 나의 삶을 기록하는 존재이기도 한 당신, 어제까지 내 속의 '당신'은 그 정체성이 어느 정도 일관되게 유지되어 왔다, 고 나는 여겨 왔다. 그런데 그런 당신이 '오늘은' 자꾸 다르게 보인다.

내가 당신에 대해 이해하고 있다고 생각한 것들이 실은 위태로운 모래성 같은 것이었을 수도 있음을 문득 깨닫는다. 이제까지 나는 너를 이해해 왔으나, 그것이 오늘은 다르게 보일 이해였다면, 그게 정말 이해였는지, 아니면 그저 잘못된 이해, 즉 오해였는지, 이제 나는 알 수 없게 되었다. 우리는 다른 사람들을, 그리고 나를, 정말 이해하며 살고 있는 것일까?

▎일생을 오해받는 자들의 떠돎

〈오해〉는 아직 일어나지 않은 일을 이야기하는 데에서 시작한다. 그것은 이해의 실패, '오해'에 관한 것이다. 가급적 누군가에게 온전히 이해되기를 바라는 마음이 깔려 있지만, 그렇게 되기는 매우 어렵지 않을까 하는 불안을 품고 화자는 "나는 오해될 것이다."라고 이야기한다. 이 문장을 화자가 작심하여 "나는 오해되고 싶다."라는 의미로, 즉 오해되기를 원하는 사람이 오해되고 싶다는 의도와 의지를 담아 발화한 문장으로 읽는 것이 아주 불가능하지는 않겠으나, 전체 맥락으로 볼 때 그것은 오독에 가까워 보인다.

그렇게 되기를 원하지는 않지만, 나는 너에게 오해될 것이다. '너'는 나를 적어 가는 존재이자 목격하는 존재라 하였는데, 그러한 너에게 나는 오해될 것이라고 화자는 말하고 있다. 그뿐만이 아니다. 바람에게도, 달력에게도 오해될 것이다. 다른 이들의 이야기를 나에게 전해 주기도 하고, 나의 이야기를 다른 이들에게 실어다 주기도 하던 '풍문(風聞)'의 주체인 '바람'에게도 나는 오해될 것이고, 과거-현재-미래로 이어지는 '나'로서의 동일성을 유지하고 있다고 날마다 기록해 두는 공간인 '달력'에게도 나는 오해될 것이다. 아침 식탁에서, 신호등 앞에서, 전철 안에서, 이렇게 도처에서 끝내 나는 나의 실체에 온전히 도달하지 못하고, "나는 나를 비껴갈 것이다."

이어 갑자기 전철 안으로 쏟아져 들어오는 햇빛은 너와 세상에 대한 나의 생각을 휘감아 뒤섞어 버리고, 내 생각 속의 너, 바람, 용의자를 반대편 창문으로 몰아가, 차창 밖 강물 위로 흩뿌려 버린다. 우리는 어딘가에 굳건히 뿌리내리고 정착하여 어제도 오늘도 내일도 한곳에서 변함없이 살아가는 삶을 꿈꾸었을지 모르나, 현실의 화자는 유목민보다도 불안정한 보트피플처럼 여기저기 흔들리며, 점점이 흩어져 있는 듯하다. 내 생각 속의 '너'와 '바람'이 '햇빛'에 휘감겨 몰려가서 내가 '너'와 '바람'을 이해하는 일이 불가능해진 것처럼, '너'와 '바람'과 '햇빛' 또한 나를 잡지 못한다. 결국 '너'도 나를 잡지 못하고, 나도 '너'를 이해하는 데 실패한다. 아침에 도(道)를 듣고 저녁에 죽어도 좋다는 공자를 목소리를 빌려 말했던 김수영처럼, 이 시의 화자도 "발산한 형상"(김수영, 〈공자의 생활난〉)을 구하였을까? 그러나 〈오해〉의 '나'는 오전 여덟 시 출근을 서두르는 전철의 속도 속에 점점 비스듬히 고정되어 간다. 발산하기는커녕 '순환선'이라는 폐쇄 공간에 갇혀 계속 같은 궤도를 돌면서 만나지 못하는 "일생을 오해받는 자들"은, 한 세상에서 서로를 조우하고 기록하여 이해의 페이지에 상대를 정착시키는 대신 "다른 세상을 떠돌고 있다." 꿈에서도, 현실에서도, 보트피플처럼.

마지막 연에서는 꿈에 갑자기 "의족(義足)을 담은 군용장화"가 등장하던 이상의 〈오감도 시 제15호〉(1934)처럼, 화자의 꿈에 무엇인가가 바깥으로부터 삽입된다. '누군가의 손', 그 손은 나의 꿈에 내 것 아닌 다른 이의 이야기를 적어넣으려는 손일까? 아니면 내 기억 저장고에 평온히 자리를 잡고 뿌리내린 것들의 위치를 이리저리 바꾸어 보트피플처럼 방황하게 만들어 놓으려는 손일까? 내 꿈에 아무런 어려움 없이 '가볍게' 손을 집어넣은 그 '누군가'의 예측 불가능하고 돌연한 행위가 반가울 리는 없지만, 그 손의 '가벼움'은 이 행위가 이미 여러 차례 반복되었던 익숙한 것임을 우리에게 환기한다. 그 익숙함에서 우리는 결국 그 '누군가' 또한 '나'와 별개의 존재가 아니라 '나'를 구성하는 한 부분임을 부인할 수 없다. 〈오해〉는 그렇게 이 시대를 살아가는 '나'의 다면성과 중층성을 정확하게 기록하고 있다.

시와 서정에 대한 오해와 이해, 그리고 시 교육

〈오해〉는 이 시대를 살아가고 있는 불안정한 '나'에 대한 시인의 진단이자, 그 '나'들이 겪게 될 비껴감과 떠돎에 대한 예고이다. 동시에 이 시는 우리 시대의 시(詩)라는 갈래에 대한 이해를 조금 더 넓히는 계기가 되기도 한다.

21세기의 국어과 교육과정과 그에 따른 교과서들은 한국문학의 갈래를 '서정, 서사, 극, 교술'로 설명해 오고 있다. 조동일(2005: 27-33)의 장르론에 근거한 이 구분에서 서정은 '세계의 자아화', 즉 객관으로 존재하고 있는 세계를 주관화한 1인칭의 문학으로 설명된다. 원래 '세계'는 한 사람의 '자아'의 삶과 죽음에 관계없이 자체의 질서로 존재하는 객관적인 것이지만, 어떤 '자아'에 의해 그 객관적 세계가 주관화하여 한 편의 시가 되면 그 시의 '세계'는 일찍이 없었고 앞으로도 없을 유일한 세계가 될 것이다.

그런데 이미 1930년대의 시인 이상이 날카롭게 감지했던 것처럼, 복잡한 현대사회에서 이 '자아'는 동일성을 지속적으로 유지할 수 있는 안정적 존재가 아니라 분열적 목소리가 혼종되어 있는 불안정한 존재이다. 세계를 자아화할 안정적 자아 대신 '거울'이나 '꿈'에서처럼 분열되는 자아를 감지한 이상은 당연하게도 전형적인 '서정시'를 쓰지 않았고, 그러한 그의 시는 낯설고 난해하였다. 21세기 한국의 일군의 시인들 또한 이러한 이상(李箱)의 통찰을 이어받아 세계를 자아화할 자아의 안정성이 위선이고 허위일 수 있음을 인정하는 것, 그것이 이 시대의 시가 나아갈 길이라고 생각하였다. 안정적인 '서정적 자아' 대신 불안정하게 분열되거나 복수의 목소리가 겹쳐 나오는 '시적 주체'로의 전환, 그러한 경향을 '탈서정', '다른 서정' 혹은 '미래파'라고 일컬었다. 〈오해〉의 시인 이장욱은 시로써, 그리고 평론으로써 그러한 새로운 흐름을 주도하였다. 이장욱은 시평 〈꽃들은 세상을 버리고: 다른 서정들〉에서 근대를 넘어선 이 시대의 시 쓰기에 대해 다음과 같이 말한 바 있다(이장욱, 2005: 80).

'서정적 자기동일성의 해체를 통한 근대의 극복'이라는 우리 시대의 낡은 명제를 반복하는 것은 이제 지루한 일이다. 지금 많은 시인들에게 '해체'와 '균열'은 이상적 상태를 전제로 한 결여의 상태가 아니라 그저 삶의 당연한 조건이다. 무엇보다도, 그들은 해체를 해체로 의식하지 않으며 균열을 균열로 의식하지 않는다. 그런 의미에서는 '해체'도 '균열'도 없다.

자본주의와 기술문명으로 인한 물신화와 소외의 시대에, 세계를 안정적으로 자아화할 수 있는 자아를 해체하는 것은 '결여'가 아니라 당연한 삶의 조건에 가깝다. 낡은 근대를 극복하는 시가 되려면 서정적 자기동일성의 신화를 과감히 깨뜨리고 불안정한 주체가 겪는 생각과 감정, 그리고 "개별화된 말과 감각과 세계관들이 이합집산하는 공간"(이장욱, 2005: 85)을 기록해야 한다는 일군의 시인들이 등장한 것이다.

전통적 서정시에 익숙해져 있던 독자들에게 이러한 시들은 '해체'와 '균열'의 난해함으로 다가온다. 이질적 목소리들은 혼란스럽고, 시적 주체가 제시하는 분열적 이미지들은 곳곳에서 낯설게 부딪치며 독자의 매끄러운 읽기 진행을 지연시킨다. 게임이나 웹툰처럼 순식간에 소비자를 몰두하게 만드는 즐길 거리들이 사방에 넘쳐나는 시대이다 보니, 고통스럽게 '새로운 서정'을 추구하는 시들의 낯섦과 난해함은 그렇지 않아도 줄어들고 있는 시의 독자들을 더 등 돌리게 하는 원인으로 비판받고 있기도 하다.

그렇지만 어느 시대이든 시대를 앞서가는 예술들이 처음부터 널리 이해되며 환영받는 경우란 흔치 않다. '새로운 서정'을 추구하면서 서정의 확대를 위해 노력하고, 혼란한 시대의 시를 지탱할 새로운 주체를 모색해 온 최근의 시들 역시 사정은 크게 다르지 않았다. 그러나 생각해 보면, "나는 명료하게 살아갔는데 / 거울 속의 내가 어딘지 흐릿하였다. / 말을 했는데 또 / 하려던 말과 조금 달랐다."(〈초점〉)라고, 우리 모두 조금씩 느끼며 살고 있지 않은가? 서로 '오해' 되며 살아가고 있는 시대를 정확히 진단한 시일수록 독자들에게 '이해'되기까지 어느 정도의 수고와 시간이 필요할 것이다. 그리고 그 수고와 시간의 가치를 깨닫게 하는 것 또한 시 교육의 중요한 책무일 것이다. | 김정우

참고문헌

이장욱(2005), 〈꽃들은 세상을 버리고: 다른 서정들〉, 《창작과비평》 128, 창작과비평사, 70-88.
이장욱(2006), 《정오의 희망곡》, 문학과지성사
이장욱(2007), 〈[시인의 말] 메모들. 2007년. 초겨울〉, 《시와 세계》 20, 시와세계, 122-124.
조동일(2005), 『한국문학통사 1』(제4판), 지식산업사.

가재미

문태준

김천의료원 6인실 302호에 산소마스크를 쓰고 암투병 중인 그녀가 누워 있다

바닥에 바짝 엎드린 가재미처럼 그녀가 누워 있다

나는 그녀의 옆에 나란히 한 마리 가재미로 눕는다

가재미가 가재미에게 눈길을 건네자 그녀가 울컥 눈물을 쏟아낸다

한쪽 눈이 다른 한쪽 눈으로 옮아 붙은 야윈 그녀가 운다

그녀는 죽음만을 보고 있고 나는 그녀가 살아온 파랑 같은 날들을 보고 있다

좌우를 흔들며 살던 그녀의 물속 삶을 나는 떠올린다

그녀의 오솔길이며 그 길에 돋아나던 대낮의 뻐꾸기 소리며

가늘은 국수를 삶던 저녁이며 흙담조차 없었던 그녀 누대의 가계를 떠올린다

두 다리는 서서히 멀어져 가랑이지고

폭설을 견디지 못하는 나뭇가지처럼 등뼈가 구부정해지던 그 겨울 어느 날을 생각한다

그녀의 숨소리가 느릅나무 껍질처럼 점점 거칠어진다

나는 그녀가 죽음 바깥의 세상을 이제 볼 수 없다는 것을 안다

한쪽 눈이 다른 쪽 눈으로 캄캄하게 쏠려버렸다는 것을 안다

나는 다만 좌우를 흔들며 헤엄쳐 가 그녀의 물속에 나란히 눕는다

산소호흡기로 들이마신 물을 마른 내 몸 위에 그녀가 가만히 적셔준다

출처 《가재미》(2006)　　**첫 발표** 《현대시학》(2004. 9)

문태준 文泰俊 (1970 ~)

경상북도 김천 출생. 1994년 《문예중앙》 신인문학상을 통해 등단하였다. 2000년대 들어 다양화되고 있는 시단에서도 서정의 시선을 끈질기게 추구하는 시인으로 평가받는다. 시집으로 《수런거리는 뒤란》(2000), 《맨발》(2004), 《가재미》(2006) 등이 있다. 시인의 서정적 시선은 전체로서의 동일시보다 개별적인 대상의 수평적 출현을 가져오는 데에 더욱 가까이 다가가 있기도 하다.

맨발 보기에서
가자미 되기로

〈가재미〉는 시인의 세 번째 시집인 《가재미》(2006)의 표제시이다. 두 번째 시집인 《맨발》(2004)의 표제시인 〈맨발〉이 개조개를 통해 삶을 바라보는 화자를 만나게 해 주었다면, 〈가재미〉는 인간의 삶 속에서 가자미를 발견하고 그것을 통해 다시 인간의 삶을 바라보는 방식을 취한다. 〈맨발〉이 전통적인 의미에서의 알레고리적 접근을 취함으로써 삶으로의 직접적인 접속을 시도하여 감추어진 진실을 드러내는 힘을 보여 주고 있다면, 〈가재미〉는 변신 모티프적 요소를 도입함으로써 화자인 인간 속에 감추어진 비밀 혹은 증상을 포착해 내는 힘을 보여 주는 작품이라고 할 수 있다. 〈맨발〉에서는 대상에 대한 관찰을 통해 "맞아, 그게 삶이지"라는 진술과 연결되는 성질의 감정을 느끼게 된다면, 〈가재미〉에서는 "맞아, 나도 가자미가 될 수 있겠구나"라는 진술과 연결되면서 무언가에 찔리는 듯한 느낌을 받게 되는 것이다.

모든 것은 변화한다
생명이 있는 것은 더욱 잘 변화한다

그런데 신기한 것은 그렇게 무언가에 찔리는 느낌을 받으면서도 무작정 아프지만은 않다는 점이다. 마치 상대를 힘껏 껴안았을 때 압력을 느끼기는 하지만 그것이 고통만은 아닌 것과 같다. 그 원인을 작품 속에서 찾아볼 수 있을까. 이를 위해서는 왜 이 작품의 제목이 다른 물고기가 아닌 '가자미'인지를 먼저 고민해 볼 필요가 있다. 왜 화자는 '그녀'를 가자미로 보고, 본인 스스로도 가자미가 되며, 그렇게 되었을 때 왜 화자와 '그녀'는 같은 것을 볼 수 없는지는 가자미가 가진 특징을 확인할 때 더욱 분명하게 이해할 수 있기 때문이다.

일반적으로 밥상에 올라오는 가자미는 이미 눈을 잃은 경우가 허다하며, 어시장 수조에서 볼 수 있는 가자미목의 다른 물고기들은 바닥에 붙어서 위를 바라보는 모습을 보여 준다. 따라서 작품을 읽으면서 동원할 수 있는 배경지식이 일상적인 범위에만 머무른다면, 작품 속에 등장하는 두 가자미가 왜 서로 같은 것을 볼 수 없는가 하는 의문을 해결하기에 한계가 있다. 이럴 때에는 가자미 전문가에게 설명을 청하는 것이 정답이다. 시어의 함축성은 국어사전의 설명 범위를 벗어나는 때가 많기 때문이다. 작품을 읽으며 알지 못했던 대상의 특성을 새롭게 알아 가는 것은 작품을 이해하는 좋은 방법이자, 새로운 대상을 더 잘 알게 된 만큼 우리의 마음도 보다 깊이 더듬을 수 있는 기회가 된다.

가자미목 가자미과의 한 종인 문치가자미를 연구한 전문가들의 이야기는 매우 흥미롭다. 연구에 따르면 문치가자미는 부화 직후에는 일반적인 물고기와 비슷한 형태를 띤다. 부화 후 35일 정도 지나는 시점부터 왼쪽 눈이 오른쪽으로 이동하기 시작하고, 55일 정도가 경과하면 왼쪽 눈이 머리 부분의 오른쪽으로 완전히 이동하여 성어의 형태를 갖추게 된다. 그리고 이와 동시에 수중 밑바닥 생활을 시작한다(한경호 외, 2001). 성어가 된 가자미의 경우 우리가 배 부위라고 생각했던 부분이 생물학적으로는 옆구리에 해당하는 셈이다. 부화 직후 일반적인 물고기와 비슷한 형태를 지닌 가자미가 물속을 헤엄치는 모습은 성어의 형태를 갖춘 후 옆구리를 바닥에 댄 채로 자신을 감추어 가며 헤엄치는 모습과 사뭇 다를 것이다.

이제 작품 속 표현들을 되돌아볼 차례이다. 먼저 "암투병 중인 그녀"의 "한쪽 눈이 다른 한쪽 눈으로 옮아 붙"었다는 것은 현실의 사실과 상징적 은유가 혼합되어 있는 표현이다. 현재 은유를 통해 제시되는 그녀의 눈은 질병에 의한 것이 아니다. 그녀는 성어가 된 가자미이기에 눈은 몸의 한쪽으로 몰려 있고, 어느새 죽음을 앞두고 있다. 성어가 되기 전에는 일반적인 물고기와 마찬가지로 몸통을 좌우로 흔들며 "물속 삶"을 살았을 것이다. 그 삶에는 "오솔길"이 있고 "뻐꾸기 소리"가 있었지만 넉넉한 살림은 없었을 것이다.

이 작품을 읽는 인간은 살아 있는 존재이다. 나아가 우주에 있는 모든 인간은 생명을 유지하고 있는 존재이다. 그런데 생명을 유지한다는 것은 문자 그대로가 의미하는 바를 넘어 끊임없이 변화를 겪는다는 것을 뜻하기도 한다. 성인이 되면 몸집만 커지는 것이 아니다. 가자미가 눈의 위치를 옮기고 생활공간을 수중 밑바닥으로 바꾸는 것처럼 우리도 성인이 되어 가면서, 혹은 죽음에 가까이 다가가면서 시각을 바꾸고 생활공간을 바꾸어 간다. 그렇기 때문에 "김천의 료원 6인실 302호"는 단순한 공간적 배경으로만 작용하지 않는다. 방향과 상관없이 시각을 바꾸어 시야를 한 방향으로만 좁혀 나가고(물론 그것이 대상에 초점을 잘 맞추는 순기능을 하는 것인지도 모르겠다), 바닥에 납작 엎드려 자신을 가린 채 근근이 삶을 이어 가다가, 죽음을 빼고는 바라볼 것이 없어졌을 때 도달하는 모든 곳이 302호 병실이 될 수 있는 것이다.

▮ 따듯한 MRI 시인

이제 화자의 태도를 살펴볼 차례이다. 이 작품에서 느껴지는 슬픔이 마냥 애통하지만은 않은 이유는 슬픈 상황에 대처하는 화자의 태도 때문이라고 할 수 있다. 화자는 병실에 누워 있는 '그녀'를 바라보면서 가자미를 떠올린다. 그러나 '그녀는 가자미이다.'와 같은 은유 표현을 사용하기보다 "가자미처럼 누워 있다"라는 직유 표현을 사용한다. 명명 작용으로 기능하는 은유와는 달리 직유는 서술어의 긴장력을 강조할 수 있는 표현 방식으로 사용되기도 한다(권혁웅, 2014). 그녀에게 가자미라는 틀을 씌운다기보다 그녀를 통해 가자미로서의 삶을 발견하게 되는 것이다.

오히려 은유의 폭력성을 먼저 뒤집어쓰는 것은 화자 자신이다. '그녀'에 대해서는 직유를 사용했지만 정작 자신에 대해서는 "가자미로 눕는다"와 같이 은유를 직접 사용했기 때문이다. 이후 '그녀'에게도 가자미의 은유가 직접 부여되기는 하지만, 처음부터 그녀를 가자미로 취급한 것이 아니라 그녀에게서 발견한 속성에 화자가 먼저 공명(resonance)하여 가자미가 되고, 그 결과 두 인물이 같은 세계로 진입하게 된 것이다. 그렇다고 해서 두 가자미가 서로 완전히 일치하는 방식으로 동일성을 추구하지는 않는다. 작품의 후반부에서 화자는 "그녀의 물속에" 눕는데, 이는 '나란히' 눕는 방식으로 이루어진다. 나란히 놓인 것과 하나가 되어 놓인 것은 전혀 다르다. 후자는 일체가 됨을 강조하지만, 전자는 여전히 분리되어 있는 것을 전제로 하기 때문이다. 화자는 "좌우를 흔들며 헤엄쳐 가"지만 현재 '그녀'는 이미 성어가 된 가자미이기에 좌우를 흔들지 않는다. 아직 어린 가자미인 화자는 눈이 양쪽으로 분리되어 있을 것이다. 그렇게 화자와 '그녀'는 서로 독립된, 엄연히 다른 존재이다. 화자는 '그녀'의 죽음을 예견하지만, 그것은 '그녀'의 죽음이지 화자의 죽음일 수 없다. 그러나 '그녀'의 삶과 현재 상태를 외면하지 않고 최대한 존중하며, 그에 공명하고자 하는 행위를 멈추지 않는다.

MRI(Magnetic Resonance Imaging)는 자기공명영상을 일컫는 용어로, 세계의 의미를 샅샅이 훑어 내는 시인과도 어울리는 표현이다. 그런데 〈가재미〉를 읽다 보면 "그녀"를 대하는 화자의 태도를 지칭하기 위해 MRI를 새로운 방식으로 읽고 싶어진다. 이 작품에서 화자와 '그녀'는 엄연히 분리된 존재로 그려진다. 그러나 인간인 화자는 가자미로의 변신을 통해서라도, 또는 '물'과 같은 매개를 통해서라도 '그녀'와 서로 영향을 주고받는다. 작품 속에 '그녀'와 화자 간의 대화는 한 마디도 제시되지 않지만, 우리는 서로 공명할 수 있는 수단이 말과 글만 있지 않다는 것을 너무나도 잘 알고 있다. 게다가 말과 글은 내뱉고 나면 잘 전달되었을 것이라는 착각 속에 우리를 가두어 둘 때가 더 많다. 오히려 가장 기본적인 수단이면서도 보다 적절한 수단은 상대에게 가까이 가는 것, 그리고 상대와 같은 포즈를 취해 보는 것이다. 몸 나고 언어 났지, 언어 나고 몸이 나지는 않았기 때문이다. 작품 후반부 15행의 '다만'과 '나란히'라는 부사의 정교함은 시를 읽는 일이 내용 요약만으로는 결코 온전하게 진행될 수 없다는 점을 다시금 떠올리게 한다. 우리는 서로 '나란히' 놓이는 단독자(Monadologic)의 '다만' 공명(Resonance)하고자 하는 상상하기(Imaging)를 멈추지 않아야 한다는 다짐을 가장 잘 보여 주는 부분인 것이다. 그것이 생명을 유지하는 동안은 결코 타인과 하나의 몸이 될 수 없는 우리가 따듯함을 잃지 않을 유일한 방법일지도 모른다.

| 민재원

....

참고문헌

권혁웅(2014), 「은유, 환유, 제유」, 최동호·이숭원·고형진·유성호·강동호·권혁웅·김문주 외, 『현대시론』(개정판), 서정시학.
문태준(2006), 《가재미》, 문학과지성사.
한경호·박준택·진동수·장선익·정현호·조재권(2001), 「문치가자미(Limanda yokohamae) 자치어(仔稚魚)의 형태발달」, 『한국어류학회지』 13(3), 한국어류학회, 161-165.

외상일기

송경동

셋방 부엌창 열고
샷시문 때리는 빗소리 듣다
아욱, 아욱국이 먹고 싶어
슈퍼집 외상장부 위에
또 하루치의 일기를 쓴다
오늘은 오백원어치의 아욱과
천원어치 갱조개*
매운 매운 삼백원어치의 마늘맛이었다고
쓴다. 서러운 날이면
혼자라도 한 솥 가득 밥을 짓고
외로운 날이면 꾹꾹 누른
한 양푼*의 돼지고기를 볶는다고 쓴다
시다 덕기가 신라면 두 개라고 써 둔
뒷장에 쓰고, 바름이 아빠
소주 한 병에 참치캔 하나라고 쓴
앞장에 쓴다
민주주의여 만세라고는 쓰지 못하고
해방 평등이라고는 쓰지 못하고

피골이 상접한* 하루살이 날파리가 말라붙어 있는

슈퍼집 외상장부 위에

쓰린 가슴 위에

쓰고 또 쓴다

눈물국에 아욱향

갱조개에 파뿌리

씀벅* 나간 손 끝

배어나온 따뜻한 피 위에

꾸물꾸물

쓰고 또 쓴다

출처 《꿀잠》(2006)　　**첫 발표** 《왜 딸려!》(1998)

* 갱조개: 재첩, 가막조개 등으로 불리는 민물조개.
* 양푼: 놋으로 만든 바닥이 평평하고 둘레가 낮은 그릇.
* 피골이 상접한: 껍데기(피부)와 뼈가 서로 붙어 있는 듯 아주 메마른.
* 씀벅: 크고 연한 물건이 잘 드는 칼에 쉽게 베어지는 소리.

송경동 宋京東 (1967~)

전라남도 보성 출생. 시인이며 노동자이자 사회운동가. 노동자로 살아가며 구로노동자문학회와 전국노동자문학연대의 활동을 통해 시인이면서 노동운동가로 활동했다. 노동자의 삶과 자본에 의해 소외된 일상, 그리고 인간해방의 미래를 시로 노래해 왔다. 그의 작품으로는 시집 《꿀잠》(2006), 《사소한 물음들에 답함》(2009), 《나는 한국인이 아니다》(2016) 등이 있다.

1970년대로부터의 문학적 전통

송경동은 노동자 시인이다. 그는 삶과 문학이 분리될 수 없다고 믿는다. 그의 시는 열악한 노동 여건과 노동자의 삶을 정면으로 응시하면서 쌀시장 개방,

용산 참사, 평택 미군기지 확장, 세월호 참사 등의 사회문제를 집중적으로 다루어 왔다. 1970년대로부터 이어지는 민중문학, 노동문학의 전통을 계승하고 있는 그의 시에는 김지하, 박노해, 김남주 등이 걸어간 자취와 흔적이 남겨져 있다. 예컨대 이 작품 〈외상일기〉에서 "민주주의여 만세라고는 쓰지 못하고" 외상 내역이나 적고 있는 것은, 김지하의 〈타는 목마름으로〉(1975)에서 신새벽 뒷골목에 숨죽여 흐느끼며 남몰래 쓰는 "민주주의여 만세"에 맞닿아 있다. 또한 외상으로 아욱국에 돼지고기볶음을 해 먹으며 "쓰린 가슴 위에" 외상장부를 쓰는 행위는 박노해의 〈노동의 새벽〉(1984)에서 "전쟁 같은 밤일을 마치고 난 / 새벽 쓰린 가슴 위로 / 차거운 소주를 붓는" 행위를 차용한 것처럼 보인다.

내용적으로 보면 이 작품은 하루치의 외상을 기록해 가는 것이 시이고, 생활이 곧 문학이라는 증언이다. 나아가 문학은 삶의 일환이어야 하고 삶이 곧 문학일 수 있다는 선언이기도 한데, 그 방법으로 시인은 앞선 시대의 일군의 시들을 차용하고 변주한 것이다.

외상의 기록, 일기, 그리고 쓰는 행위

일기는 생활의 기록이다. 대개는 기억하기 위함이고 때로는 반성하기 위함이다. 일기는 자기 외의 독자를 상정하지 않는 사적 공간이며, 그래서 자신의 진면모와 진솔하게 만날 수 있다는 점에서 때로는 거울로도 비유되곤 한다. 윤동주의 〈참회록〉(1948)에서 화자가 "파란 녹이 긴 구리 거울"에 비친 자신의 얼굴을 보며 참회의 글을 쓰는 것도 '거울'과 '일기'가 같은 맥락에 있음을 보여준다.

이 작품에서는 외상장부가 '외상일기'로 표현되고 있는데, 이는 장부에 적힌 외상내역이 겉으로 드러난 시인의 내면과도 같다는 것을 뜻한다. 말하자면 그날의 자기 모습은 외상일기를 통해 새겨진다는 것이다. '외상일기'에는 몇 가지 함축적인 의미가 더 있는데, 우선 외상이 마치 일기처럼 매일 누적된다는 사실은 가난한 삶의 형편이 나아질 기미가 없음을 암시한다. 또한 이 시에서는 일상의 일들이 민주주의, 해방, 평등이라는 이념적 가치와 직접적으로 비교되고 있다. 이는 하루하루의 생활이 누군가에게는 사소하다고 여겨질 수 있겠지만 실제로는 이념에 값할 정도로 무거운 가치를 지님을 시사한다. 그리고 매일 기록된 외상장부의 내역들은 보잘것없는 음식, 비슷한 처지의 사람들, 하루살이 날파리가 말라붙어 있는 듯한 삶을 연상하게 한다. 이 장부 하나만으로 한 개인의 생활과 그 이웃의 형편, 그들의 운명까지도 엿볼 수 있는 것이다.

여기까지가 '외상일기'라는 참신한 조어 안에 담긴 함축성이었다면, 이 일기를 쓰는 행위는 이보다 더 큰 함축성을 갖는다. 외상일기를 쓰는 행위는 표면적으로는 외상내역을 기록하는 것이다. 하지만 화자는 일반적인 외상장부에는 흔하지 않은 '맵다'는 내용을 쓰는데, 그것도 "매운 매운"이라고 하여 강조하고 있다. 화자는 항목과 가격을 기계적으로 작성하는 '장부 쓰기'가 아닌, 자신의 경험에 의미를 부여하는 행위인 '일기 쓰기'를 하고 있는 것이다. 그렇게 보면 여기에 적힌 '매움'은 단지 맛의 표현이 아니라 고통스러운 현실을 암시하는 것으로 볼 수도 있다. 즉, 외상으로 만들어 먹는 각각의 음식들은 '외상일기' 속에서 그 의미가 확장되어 서러운 날이나 외로운 날을 뜻하게 되는 것이다.

이렇듯 시인이 외상내역을 쓰는 행위에 느낌이나 정조, 의미 등을 부여하여 '외상일기'를 씀으로써, 이 시의 시적 진술도 단조로운 사실 기술에 머물지 않는다. 일기처럼 쓰고 있는 외상장부에는 "피골이 상접한 하루살이 날파리가 말라붙어 있는"데, 여기에는 외상을 다 갚고 제 돈을 내고 물건을 사는 일이 일어날 법하지 않은, 가난한 인생에 대한 자조감이 담겨 있다. '외상장부'는 이내 자신의 '쓰린 가슴'과 일체화가 이루어짐으로써 외상이 자신의 가슴을 후비는 쓰라린 일이 되게 한다. 외상이 신용이고 빚이 자산이라는 금융자본주의의 논리는 여기서는 통용되지 않는다. 그 대신 외상일기를 쓰는 행위는 이제 '피와 각성'이라는 주제 의식으로 새롭게 전환된다.

아욱국이 눈물국이 된 것은 아마도 매운 마늘 때문이었겠지만, 눈물이 난 까닭에 손끝을 베이게 되었을 것이고 그 피에 외상일기를 쓰는 전혀 새로운 사태가 발생한다. 이 진술 앞까지는 외상일기를 쓰는 것이 '외상으로 음식 재료를 구입했다'는 기본 의미를 바탕으로 한 것이었다. 그런데 "피 위에" "쓰고 또 쓴다"고 할 때에는 '쓴다'의 의미가 전혀 달라질 수밖에 없다. 피로 쓸 수는 있어도 피에 쓸 수는 없기 때문이다. 이 맥락에서는 "피 위에" 쓴다는 표현은 피에 새긴다는 의미에 가깝다고 할 수 있다. 또한 "쓰고 또 쓴다"는 표현에서는 반복을 통해 쓰는 행위를 강조하고자 하는 시인의 의도를 읽어 낼 수 있다.

쓰는 존재, 시인

반복되는 생활의 궁핍 속에서 쓰는 일이라고는 외상장부에 외상으로 구입한 내역을 기록할 때밖에 없다는 사실은 노동자에게는 비관적이고 시인에게는 자괴감을 갖게 한다. 하지만 이 작품에서 노동자이자 시인인 송경동은 단순히 자조적인 태도를 취하는 화자를 등장시키는 것을 넘어, '쓰는 행위'가 갖는 의미를 성찰한다. 그리하여 작품 속에서 반복하여 쓰고 또 쓴다고 밝힌다. 불안함과 두려움과 무서움과 노여움 속에서도 타는 목마름으로 나무판자에 "민주주의여 만세'를 썼던 김지하를 시인이 콘텍스트(context) 삼았다는 것은 그 정도의 담대함을 보이지 못한 자신을 탓하려 했다기보다, 그 행위에 담긴 의미와 그 행위를 하는 사람의 정체를 묻고자 했기 때문이다.

오래전에는 시인이 노래하는 존재 또는 웅변하는 존재였다. 이들은 여러 사람이 있는 곳에서 큰소리로 말해야 했고, 어떤 인상적인 장면이나 대목, 구절 등을 청중의 마음에 남겨야 했다. 그러나 인쇄술의 발전으로 구전(口傳)을 통하지 않고도 시인의 노래를 오랫동안 남길 수 있게 된 후에 노래하는 시인, 웅변하는 시인이 사라졌다. 오늘날 시인은 쓰는 존재이다. 그리고 이렇게 쓰는 존재로서의 시인은 외로운 존재이다. 생각을 여물고 표현을 다듬기 위해 더 외로운 공간 속에 남아 있어야 한다. 그런 만큼 시는 생활에서 더 벗어나고 시인은 더 기기묘묘한 표현을 찾아 나선다.

〈외상일기〉는 이러한 시의 존재 방식, 시인의 정체성에 대한 질문법이다. 이 시는 〈타는 목마름으로〉와 〈노동의 새벽〉 등 작품 해석의 맥락을 제공해 주는 콘텍스트를 작품에 연계시킴으로써, 외상장부를 쓰는 반복적이고 일상적인 기록 행위가 어떻게 시적인 것이 되는지를 알 수 있게 한다. 또한 시인은 어떠해야 하는지에 대해서는 한마디도 하지 않았지만, 서글프고 외롭고 쓰린 하루하루를 외면하지 않고 응시하는 것이 시인이 갖추어야 할 자세임을 강조한다.

| 최지현

참고문헌

고명철(2009), 〈송경동의 민중시가 획득한 미적 정치성〉, 《실천문학》 94, 실천문학사, 282-296.
송경동(2006), 《꿀잠》, 삶이보이는창.
임성훈(2009), 「모든 것이 다 예술이 될 수 있는가?」, 『인물과사상』 131, 인물과사상사, 103-117.

원어

하종오

동남아인 두 여인이 소곤거렸다

고향 가는 열차에서

나는 말소리에 귀기울였다

각각 무릎에 앉아 잠든 아기 둘은

두 여인 닮았다

맞은편에 앉은 나는

짐짓 차창 밖 보는 척하며

한마디쯤 알아들어 보려고 했다

휙 지나가는 먼 산굽이

나무 우거진 비탈에

산그늘 깊었다

두 여인이 잠잠하기에

내가 슬쩍 곁눈질하니

머리 기대고 졸다가 언뜻 잠꼬대하는데

여전히 알아들을 수 없는 외국말이었다

두 여인이 동남아 어느 나라 시골에서

우리나라 시골로 시집왔든 간에

내가 왜 공연히 호기심 가지는가

한잠 자고 난 아기 둘이 칭얼거리자

두 여인이 깨어나 등 토닥거리며 달래었다

한국말로,

울지 말거레이

집에 다 와 간데이

출처 《아시아계 한국인들》(2007)

하종오 河鍾昑 (1954 ~)

첫 시집 《벼는 벼끼리 피는 피끼리》(1981)를 펴낸 이후, 《사월에서 오월로》(1984), 《님》(1999), 《반대쪽 천국》(2004), 《아시아계 한국인들》(2007), 《입국자들》(2009), 《남북상징어사전》(2011), 《신강화학파》(2017), 《제주 예멘》(2019) 등을 통해 민중시와 노동시의 세계관을 투영시킨 시들을 발표해 왔다. 그의 작품은 주로 분단과 통일, 민주화운동, 자연과 생명의 순환을 다루었으며, 2000년대 들어서는 결혼이주여성, 이주노동자, 북한이탈주민과 같은 이주민과 재외한인의 삶의 모습 등에 천착하고 있다.

▎ 세계시민, '타자'의 경계를 허물고 이주민을 바라보다

현실참여문학으로서 민중시와 노동시는 1990년대를 거쳐 2000년대에 이르면서 문학적 실천의 영역을 확장한다. 탈냉전에 따른 탈이데올로기, 신자유주의와 금융자본주의, 국제화 및 세계화 등의 사회 변동 속에서 문학과 현실 인식에 있어 또 한 번의 전환점을 맞이하게 된 것이다. 하종오 역시 2000년대 이후 디아스포라 문학을 통해 소위 다문화주의 관점을 견지하면서 사회윤리적 가치를 실현시키고자 한다. 그의 다문화 시에서도 사회 현실 탐구와 비판의식이 드러난다. 그는 특히 이주민들의 경계인, 이방인, 소수자로서의 타자적 위치를 시적 대상으로 하여 사회적·경제적·문화적 권력과 계급 갈등의 문제를 다루고 있다. 이는 하종오가 1990년대 시에 나타난 경계 해체와 탈중심 경향의 대상 인식과 담론을 이어받은 결과라 할 수 있다. 작품을 관통하여 주체와 객체, 내부자와 타자의 경계를 허물고 현실 사회 속 타자성을 인식하려는 세계관이 이를 말해준다.

하종오는 《반대쪽 천국》을 시작으로 이주노동자와 결혼이민자를 시 텍스트에 본격적으로 불러들인 시인이다(류찬열, 2008: 284). 〈원어〉가 실린 《아시아계 한국인들》을 포함하여 그의 다문화 시에서는 이주민에 대한 배제와 차별적 시선을 반성하고 공동체적 유대와 공존을 모색하는 노력이 엿보인다. 하종오의 시에서 특징적인 것은 이주민이 인권을 탄압당하고 불평등한 대우를 받는 현실에 초점을 맞추기보다는, 정주자의 '타자의식'에 대한 반성과 성찰에 주목하고 있다는 점이다. 이는 이주민을 연민과 동정의 대상이 아닌 주체적 존재로 인정하고, 소외되고 배제된 자들에 대한 사회문제를 세계시민주의 관점에서 보편성의 시각에 입각하여 바라보는 것을 전제로 한다. 즉, 시인은 다문화 담론에서 가장 우선적으로 다루어지는 '다양성'의 문제를 '보편성'의 시각에서 풀어낸 것이다. 아프리카계 미국인이며 드라마 작가이자 제작자인 숀다 라임스(Shonda Rhimes)의 다음 발언은 이러한 '보편성으로서 다양성'을 떠올리게 한다(Rhimes, 2016).

TV 드라마를 만들 때 왜 그렇게 '다양성'에 집착하냐고 기자들에게서도, 트위터에서도 수없이 질문을 받았어요. (…) 저는 다양성이라는 단어를 정말 싫어합니다. 뭔가 다른 것 같잖아요. (…) TV에서 여성과 유색인종과 성소수자의 이야기를 소개하는 것이 이례적인 일이라도 되는 듯한 느낌이잖아요. 저는 다른 단어를 씁니다. '일반화'라는 단어를요. 저는 TV를 일반화하고 있어요. TV를 실제 세상처럼 보이게 만들고 있어요. 여성, 유색 인종, 성소수자가 인구의 50퍼센트도 훨씬 넘잖아요. 그러니까 특이한 게 아니죠. 저는 TV 속 세상을 일반적인 세상으로 만들고 있어요.

그들의 말소리가 나를 불편하게 했나
아니면 나의 시선이 그들을 불편하게 했나

하종오의 시 텍스트에서는 등장인물과 그들의 다양한 삶의 이야기가 등장하며 이는 시적 화자의 3인칭 시점에서 서술되는 '미시적 서사(micro narrative)'(Abbott, 2008)의 형식을 띠고 있다. 〈원어〉의 시적 화자 역시 서사적 접근에서 열차에 탄 두 명의 아시아계 결혼이주여성들과 아이들의 모습을 그려 내고 있다. 시적 화자는 고향으로 가는 열차라는 공간적 배경이자 상황에서 결혼이주여성들과 아이들을 관찰하고 그로부터 발견한 이질성을 포착하여 서술한다. 서사의 흐름 속에서 시의 화자는 시적 대상에 대해 '[인식] 동남아인 두 여인이 소곤거렸다(1행) → [발견] 각각 무릎에 앉아 잠든 아기 둘은 / 두 여인 닮았다(4~5행) → [자각] 머리 기대고 졸다가 언뜻 잠꼬대하는데 / 여전히 알아들을 수 없는 외국말이었다(14~15행) → [반성과 성찰] 내가 왜 공연히 호기심 가지는가(18행)'의 태도를 보인다. 이러한 서사를 생성하는 시적 장치는 시적 화자의 '시선'이다.

〈원어〉에서 시적 화자의 시선은 시의 주제 의식과 시인의 세계관을 드러내는 매우 중요한 장치이다. 이 시는 화자의 시선을 통해 결혼이주여성과 그 아이들로 대변되는 이주민을 향한 우리 사회의 인식을 보여 주기 때문이다. 화자가 공연한 호기심에 결혼이주여성과 아이들에게 던지는 '시선'에는 정주자로서의 화자가 이주민에 대해 갖고 있는 편견과 차별적 의식이 작용하고 있다. 따라서 그 시선은 폭력성을 띤다고 볼 수 있다. 시선의 폭력성은 '보는' 존재와 '포착된' 존재 간의 권력관계에서 발생하는 것이며, 이는 일종의 윤리적 폭력이다. 시적 화자의 무심한 시선으로 형상화된 "나는 말소리에 귀기울였다"(3행), "짐짓 차창 밖 보는 척하며 / 한마디쯤 알아들어 보려고 했다"(7~8행), "내가 슬쩍 곁눈질하니"(13행)에는 결혼이주여성들과 아이들이 생활 속에서 겪는 억압과 고통, 즉 언어적·문화적 장벽, 부당한 대우, 차별적 배제 등에 대한 이해와 배려가 없다. 그러다 화자는 문득 '내가 왜 공연히 호기심 가지는가'(18행)라며 자신이 던진 시선의 폭력성을 깨닫는다.

이주민에 대한 차별적 시선의 인식에 뒤이어 이주여성들이 '한국말'을 하는 장면이 제시된다. 이 시에서 시적 대상인 '원어(原語)'가 지닌 상징성을 살펴볼 필요가 있다. 〈원어〉에서 '원어'는 '타자', 즉 타 언어와 타 문화권의 존재를 상징하며 이는 이질성으로 집약된다. 이 시에서 '원어'는 시적 화자와 결혼이주여성 사이에 존재하는 장벽이 된다. 이는 시 곳곳에서 '원어'와 '한국어'의 다층적 대비로 나타난다. '원어'는 고향의 모어이자 어머니들의 언어(1행)이고, 잠결에 사용하는 언어(14~15행)이다. '원어'는 이주민의 과거와 자연의 언어인 것이다. 반면 '한국어'는 타국의 언어이자 자식들의 언어(22~23행)이며 깨어 있을 때 사용하는 언어(20행)이다. 이때 '한국어'는 미래와 세상의 언어이다. 그러나 또 한편 '원어'는 언어로서의 타자이자 객체인 결혼이주여성과 정주자이자 주체인 화자를 이어 주는 소통의 수단이기도 하다. 이처럼 '원어'는 존재성과 정체성을 내포하고 있는 대상이면서, 소통을 통해 과거를 이해하고 현재에 공감하며 미래의 공존을 가능케 하는 매개로서 작용하고 있다.

함께하는 세상, 문학적 실천은 계속되어야 한다

〈원어〉와 같이 언어를 통해 소통과 공감의 문제를 다루는 하종오의 작품으로 〈사전〉(2009)이 있다. 〈원어〉의 경우 시적 화자가 이주민에 대한 이해와 공감에 실패했다면, 〈사전〉은 원어와 한국어를 통해 상호이해와 상생에 도달하고자 한다. "베트남어 한국어 사전을 뽑아든 / 며느리는 빠르게 책갈피를 넘기고 / 한국어 베트남어 사전을 뽑아든 / 시어머니는 천천히 책갈피를 넘겼다" 또는 "굳이 사전을 뒤적여 찾지 않아도 / 한국말과 베트남말로 / 제각각 한마디씩 해도 살림할 수 있었다"에서 보듯이, 베트남에서 온 며느리와 한국인 시어머니는 서로에 대한 존중과 배려를 바탕으로 상호이해에 이른다.

하종오는 2000년대에 들어 언어적·문화적 소수자의 다양한 삶의 양상을 소재로 다루는 다문화 시를 포괄하며 문학적 지평을 넓혀 왔다. 그의 민중시 및 노동시적 세계관은 이 사회에서 살아가는 정주민과 이주민 모두에게 적용되어 때로는 농촌민(《반대쪽 천국》), 때로는 도시빈민(《지옥보다 낯선》), 또 때로는 결혼이주여성과 이주노동자(《국경 없는 공장》, 《아시아계 한국인들》), 북한이탈주민(《입국자들》), 세계로 나간 한국인(《제국: 諸國 또는 帝國》), 난민(《제주 예멘》)의 삶과 고뇌를 통해 형상화되었다.

하종오는 "금세기 초 이 땅의 사람살이를 있는 그대로 보고자 했다."(《반대쪽 천국》), "연민 또는 동정의 대상으로 바라보면 타자화할 수 있다. 그 한계를 넘어야 한다.", "세계의 시민들에게 제국(諸國)은 공존해야 하고 제국(帝國)은 부재해야 한다."(《제국: 諸國 또는 帝國》)라는 시집의 인사말을 통해 다문화 시가 추구해야 할 가치와 방향을 밝힌 바 있다. 지금까지 그래 왔듯이 하종오는 시적 실천을 통해 언어·종교·이데올로기 등의 언어와 문화뿐만 아니라 인종·민족·계급·성·장애 등에 있어서 피지배 계층 또는 주변부에 속하는 사람들과 그들의 삶을 인정하고 상생하는 세상을 만들어 갈 것이다.

| 오지혜

....
참고문헌

류찬열(2008), 「다문화시대와 현대시의 새로운 가능성: 하종오의 시를 중심으로」, 『국제어문』 44, 국제어문학회, 281-301.

하종오(2007), 《아시아계 한국인들》, 삶이보이는창.

Abbott, H. (2010), 《서사학 강의》, 우찬제 역, 문학과지성사(원서출판 2008).

Rhimes, S. (2016. 2. 17.), "My Year of Saying Yes to Everything", TED 2016. https://www.ted.com/talks/shonda_rhimes_my_year_of_saying_yes_to_everything (검색일자 2021. 2. 2.)

생의 완벽을 꿈꾸게 하는, 기괴한 불의 나라의 노래

노래가 아니었다면

심보선

결점 많은 생도 노래의 길 위에선 바람의 흥얼거림에 유순하게 귀 기울이네 그 어떤 심오한 빗질의 비결로 노래는 치욕의 내력을 처녀의 댕기머리 풀 듯 그 리도 단아하게 펼쳐놓는가 노래가 아니었다면 인류는 생의 완벽을 꿈도 꾸지 못 했으리 강물은 무수한 물결을 제 몸에 가지각색의 문신처럼 새겼다 지우며 바다 로 흘러가네 생의 완벽 또한 노래의 선율이 꿈의 기슭에 우연히 남긴 빗살무늬 같은 것 사람은 거기 마음의 결을 잇대어 노래의 장구한 연혁을 구구절절 이어 가야 하네 그와 같이 한 시절의 고원을 한 곡조의 생으로 넘어가야 하네 그리하 면 노래는 이녁의 마지막 어귀에서 어허 어어어 어리넘자 어허어 그대를 따뜻한 만가로 배웅해주리 이 기괴한 불의 나라에서 그 모든 욕망들이 시뻘겋게 달아오 르고 새카만 재로 소멸하는 그날까지 불타지 않는 것은 오로지 노래뿐이라네 정 말이지 그러했겠네 노래가 아니었다면 우리는 생의 완벽을 꿈도 꾸지 못했으리

출처 《슬픔이 없는 십오 초》(2008)　**첫 발표** 《문학과사회》(2007. 5)

심보선 沈甫宣 (1970 ~　)
서울 출생. 1994년 『조선일보』 신춘문예에 〈풍경〉으로 등단한 후 시집 《슬픔이 없는 십오 초》(2008),
《눈앞에 없는 사람》(2011), 《오늘은 잘 모르겠어》(2017)를 간행하였다. 절규하는 한국사회의 다양한
타자들의 목소리에 귀를 기울이는 가운데 날카로운 비판과 슬픔, 그리고 위트를 담은 시들을 통해 불
확실성 속의 희망의 가능성을 모색해 오고 있다.

마음의 결들이 이어 가는 노래의 연혁

인간은 성대를 울려 내는 소리에 혀와 입술의 움직임을 더하여 말로 자신의 감정을 표시하고, 사태를 전달하며, 남을 움직이게 한다. 그런데 말만으로는 충분하지 않았던 것일까? 인간은 그 말들을 가락과 리듬에 실어 흘러가게 하였다. 다양한 지역의 여러 문화권에서 개성적이고 독특한 노래들이 무한에 가깝게 만들어졌고, 그렇게 인간은 자신의 목소리를 가장 원초적이면서 동시에 가장 황홀한 악기로 만들었다.

태어나기도 전에 우리는 엄마가 아기에게 들려주는 태교의 노래를 듣는다. 스스로 말을 하기엔 아직 한참 먼 유아기에도 자장가를 들으며 잠이 들고, 말을 배우자마자 곧 즐겁게 웃으며 부르는 놀이의 노래를 배우게 된다. 어른이 되어서는 노동의 힘겨움을 잠시라도 잊기 위해 또 박자 맞추어 합심하기 위해 노동요를 부르기도 하고, 집단의 의사를 표시하기 위해 날선 목소리로 저항의 노래를 부르기도 한다. 길을 지나가다 문득 들려오는 노래 한 자락에 멍하니 옛 연인을 떠올리기도 하고, 모처럼 기분이 가벼워질 때 나도 모르게 흘러나오는 흥얼거림의 콧노래에 스스로 놀라기도 한다. 뜨거운 마음으로 국가를 부를 때도 있고, 정교한 화음으로 성스러움을 하나하나 쌓아 올려 천상에 닿게 하는 성가(聖歌) 속에서 전율을 느끼기도 한다. '밤의 여왕의 아리아'를 들으며 인간의 목소리의 한계를 궁금해하는가 하면, 시대의 분기점이 되는 스타와 하나 되어 떼창한 날을 잊지 못하는 이도 있다. 우리는 도처에서 노래를 듣고, 또 노래를 부른다.

만약 노래가 없었다면 이 세계는 어떠했을까? 의사소통을 하며 사는 데에는 그다지 큰 문제가 없었겠으나, 노래를 통해 경험했던 그 많은 울림과 떨림들이 전혀 불가능했다면 우리의 삶은 너무나도 메마르고 단조로운 것이었을 터이다. 상처들을 치유하지 못한 채 평생 그대로 안고 살아가는 형벌과도 같은 삶을 살아야 했을 것이며, 부족하고 무능하여 남루한 나의 삶을 아무런 위안도 없이 견뎌야 했을 것이다.

심보선 시인도 '노래가 아니었다면' 하는 상상을 펼친다. 시인은 무엇보다도 우리의 "결점 많은 생"이 세상에 가지는 분노 그리고 자신에 대한 책망과 좌절이 혼란스럽게 폭발하거나 자해로 귀결되는 대신, "노래의 길 위에선 바람의 흥얼거림에 유순하게 귀 기울이"게 된다고 말한다. 노래는 무엇을 감추거나 강제로 없애버리는 대신, 출렁임 속에 그것을 실어 혼돈을 아름다움으로 바꾸어 낸다. 누군가의 치욕의 내력 또한 "처녀의 댕기머리 풀 듯" 단아하게 펼쳐 놓는 노래는 "생의 완벽"을 꿈꾸게 하는 유일한 경로이다.

노래로 꿈꾸는 이 "생의 완벽"이란 까마득히 높은 곳에 있어 도달하기 불가능한 경지가 아니다. 그저 "노래의 선율이 꿈의 기슭에 우연히 남긴 빗살무늬 같은 것"이다. 신의 섭리나 의도가 빚은 완벽한 단 하나의 조형물이 아니라, 우리 모두가 자맥질하며 만들어 내는 강물의 무수한 물결들이 어떻게 그려 나갈지 모르는 우연의 산물이다. 어쩌면 인류의 역사와 노래의 역사가 같지 않을까. 행과 연 구별 없이 끊어질 듯 이어지는 〈노래가 아니었다면〉의 형태 그대로, 장구하게 이어져 온 노래의 연혁에 우리 마음의 결을 이음으로써 우리는 생의 고원을 넘어갈 수 있게 될 것이다.

| 기괴한 불의 나라의 절규

"노래가 아니었다면"이라는 가정은 시인의 현실 인식을 배경으로 하여 더욱 절박한 것이 된다. 인간에게 자유만큼 중요한 가치가 또 있을까 싶지만, 거기에 '새로움'을 더한 소위 '신자유주의' 시대의 '자유'는 최소한의 절제와 염치의 가면마저 과감히 벗어 버리는 괴물 같은 자유인 듯하다. 시인의 눈에 비친 이 시대는 "모든 욕망들이 시뻘겋게 달아오르고 새카만 재로 소멸"해 버리는 "기괴한 불의 나라"이다. "가능한 모든 변명들을 대면서 / 길들이 사방에서 휘고 있"(〈슬픔이 없는 십오 초〉)는 이 나라에서 어깨 펴고 큼직한 지붕이 되어야 할 가장들은 "서류철처럼 접혀 귀가"(〈풍경〉)하고, 시인은 "내가 믿었던 혁명은 결코 오지 않으리 / 차라리 모호한 휴일의 일기예보를 믿겠네"(〈착각〉)라고 말하며 좌절한다. 욕망은 불타오르고, 수신자에게 도착하지 못한 말들이 곳곳에 떠다니는 기괴한 나라에서 우리는 자주 울고, 아플 수밖에 없다. 다음 〈떠다니는 말〉(2008)의 '나'처럼.

> 말들은 떠다닌다, 거리 사이로, 건물 사이로, 다리 사이로, (…) 말들은 떠다닌다, 모든 틈새로, 간극으로, 미끄러지듯, 유영하며, 떠다니는 말꼬리나 붙잡고, 나는 사람들 앞에서 자주 운다, (…) 오랜 세월 간직한 일기장을 털면, 책장 사이에서 빠져 나온, 무수하고 미세하고 사소한 말들이, 허공에 두둥실, 두리둥실, 구원 없는 아름다움 앞에서 나는 오늘도, 속절없이, 아프다

시인의 첫 시집 《슬픔이 없는 십오 초》를 통해 "기괴한 불의 나라"라는 진단을 받은 이 나라는, 욕망의 성채를 올리기 위해 그 터에 원래 살고 있던 이들을 몰아내면서 앞서 진단에 사용된 상징의 암시성을 걷어내고 과장 없는 실제로 "기괴한 불의 나라"를 현실에 구현하였다. 두 번째 시집 《눈앞에 없는 사람》에서 고통스럽게 시인은, 〈거기 나지막한 돌 하나라도 있다면〉(2011)이라는 제목 뒤에 '2011년 1월 20일 용산 참사 2주기에 부쳐'라는 부제를 단다.

> 거기 나지막한 돌 하나라도 있다면 / 우리는 그 위에 앉아 되돌아볼 텐데 / 무너진 빌딩 한 층 한 층 / 깨진 유리창 한 장 한 장 / 부서진 타일 한 조각 한 조각 / 불길에 검게 그을리고 피와 살점이 묻은 / 학살의 증거들 / 학살 이후의 나날들 / 탄원들, 기도들, 투쟁들을 // (…) // 하지만 거기 나지막한 돌 하나라도 있다면 / 우리는 그 위에 앉아 있기만 하지는 않겠네 / 우리는 그 위에 일어서서 말하겠네 / 이제 인간이란 너 나 할 것 없이 / 하나하나 불붙은 망루가 되었다 / 생존의 가파른 꼭대기에 매달려 / 쓰레기와 잿더미 사이에 흔들리며 / 여기 사람이 있다! /

여기 사람이 있단 말이다! / 절규하지 않으면 안 되는 존재가 되었다고

"그리하면 노래는 이녁의 마지막 어귀에서 어허 어어어 어리넘자 어허어 그 대를 따뜻한 만가로 배웅해주리"(〈노래가 아니었다면〉)라고 쓸 때만 해도, 불과 몇 년 후 이 시가 실제로 '만가(挽歌)'가 되리라고 시인은 상상하지 못하였을 것이다. 거리 사이로, 건물 사이로, 다리 사이로 떠다니던 욕망의 말들은 순식간에 '절규'로 바뀌었다. 이제 비단 용산뿐 아니라 우리 모두가 "너 나 할 것 없이 / 하나하나 불붙은 망루"가 된 현실에서 우리는 노래에 앞서, 말에 앞서, 잿더미가 바람에 날아가 버리기 전에 그 자리를 기록해 두기 위한 돌 하나를 마련하는 일부터 해야 하는 것이다. 그 일을 외면하고 회피하는 한, 우리의 그 어떤 말도, 노래도, 그저 헛된 욕망을 좇아 거리를 방황하게 될 것이다.

▎ 당신이 없다면 쓰지 못할 노래

이 시대의 노래를 부르기 위해 시인은 첫 줄을 고민한다. "첫 줄을 기다리고 있다. / 그것이 써진다면 / 첫눈처럼 기쁠 것이다. / (…) / 어떤 불로도 녹일 수 없는 / 얼음의 첫 줄. / 그것이 써진다면 / 첫아이처럼 기쁠 것이다."(〈첫 줄〉) 이 녁의 마지막에 부르는 만가라면, 아니 꼭 만가가 아니더라도 잿더미 위의 당신에게 평화의 선물 같은 노래를 부르고자 한다면, 그 시작은 무슨 말이 적당할까. 이녁은 이런 사람이오, 당신은 이런 사람입니다, 쯤 되지 않을까. 그때의 '너'는 무엇을 거쳐 만들어지는 말일까. 다음은 〈'나'라는 말〉(2011)의 일부분이다.

나는 '나'라는 말이 공중보다는 밑바닥에 놓여 있을 때가 더 좋습니다. / 나는 어제 산책을 나갔다가 흙길 위에 / 누군가 잔가지로 써놓은 '나'라는 말을 발견했습니다. / 그 누군가는 그 말을 쓸 때 얼마나 고독했을까요? / 그 역시 떠나온 고

향을 떠올리거나 / 홀로 나아갈 지평선을 바라보며 / 땅 위에 '나'라고 썼던 것이겠지요. / 나는 문득 그 말을 보호해주고 싶어서 / 자갈들을 주워 주위에 빙 둘러 놓았습니다. / 물론 하루도 채 안 돼 비가 오거나 바람이 불어서 / 혹은 어느 무심한 발길에 의해 그 말은 흔적도 없이 사라지겠지요. / (…) / 하지만 내가 '나'라는 말을 가장 숭배할 때는 / 그 말이 당신의 귀를 통과하여 / 당신의 온몸을 한 바퀴 돈 후 / 당신의 입을 통해 '너'라는 말로 내게 되돌려질 때입니다. / 나는 압니다. 당신이 없다면, / 나는 '나'를 말할 때마다 / 무(無)로 향하는 컴컴한 돌계단을 한 칸씩 밟아 내려가겠지요. / 하지만 오늘 당신은 내게 미소를 지으며 / '너는 말이야'로 시작하는 이야기를 들려주었습니다. / 그 이야기는 지평선이나 고향과는 아무 상관이 없었지만 / 나는 압니다. 나는 오늘 밤, / 내게 주어진 유일한 선물인 양 / '너는 말이야' '너는 말이야'를 수없이 되뇌며 / 죽음보다도 평화로운 잠 속으로 서서히 빠져들 것입니다.

누군가가 흙길 위에 '나'라고 써 놓았다. 낯선 땅에 도착한 자의 외로움 혹은 낯선 곳으로 나아가야 하는 사람의 두려움이 흙 위에 조심스럽게 음각으로 담겼을 것이다. 칼 대신 쥔 무른 잔가지의 소박함과 부드러움으로 '나'라고 쓰고 스스로를 위로하려 했거나 자신에게 용기를 주려 했을 것이다. 그러나 잔가지로 흙에 쓴 '나'는, 무심한 비와 바람과 발길에 곧 사라질 것이다. 그렇게 사라지는 것을 받아들이기 싫은, 가진 것이 많고 잃을 것이 많은 부자와 권력자는 아마도 잔가지 대신 묵직한 정과 망치를 들고 흙 대신 돌을 찾아 그 돌 위에 이름을 새겨 '나'에게 허락되는 시간을 연장하려 들 것이다. 그리고 후세가 자신을 기억하고 숭배해 주리라 믿을 것이다.

그러나 시인은 돌 대신 당신이어야 한다고 말한다. 당신의 귀를 통과하고, 당신의 온몸을 돌고, 당신의 성대를 울리며 당신의 감각과 기억에 새겨진 상태로 발화되는 '너'여야 한다고 말한다. 시인이 가장 숭배하는 '나'는 그냥 내 안에 우물쭈물 머물러 있는 '나'가 아니라, '당신'이 입으로 불러서 '너'가 된 '나'

이다. 우리는 흔히 '나'와 '너'를 분리하여 가르고 '나'에는 1인칭, '너'에는 2인칭으로 숫자를 붙여 '나'를 우선시하고 '너'를 아래로 놓으려 든다. 그러나 시인이 보기에 이 둘은 사실 하나이며, 내가 말하는 '나'가 아니라 당신이 말하는 '나', 즉 '너'라는 말로 실현되는 그 '나'야말로 가장 숭배할 만하다. 그런 당신이 없다면 나는 그저 한 계단 한 계단 사라져가고 말 것이다. 반대로 당신이 미소를 지으며 '너는 말이야'라고 할 때, 그 첫 줄로 이야기를 시작하고 그 첫 줄로 노래를 시작할 때, 우리는 이 기괴한 불의 나라에서 무(無)로 사라지는 대신 평화로운 잠을 얻게 될 것이다.

▌ 시인이며 시인이 아닌, 우리

'나'를 위하여, 그리고 '나'이기도 한 '너'를 위하여 시를 쓰는 시인은 필사적이다. 세 번째 시집 《오늘은 잘 모르겠어》에 이르러 시인은 "그렇다 / 내겐 시가 있다 / 내겐 시가 있다 / 시를 쓰며 나는 필사적으로 죽음을 건너뛰어왔다 / 나는 죽지 않기 위해 시를 썼다"(〈축복은 무엇일까〉)라고 고백한다. 이렇게 필사적으로 죽음을 건너뛰며 쓰는 까닭은, 생의 완벽을 향하는 '노래'에 가까워지기 위함일 것이다. 욕망에 영혼을 팔고 목숨만 이어 가는 처지가 되지 않으려면, 나를 보고 있는 많은 '나'들을 '너'라고 불러 주어야 하며 그 역도 수행해야 한다. 필사적으로 쓰지 않을 수가 없는 것이다.

그렇지만 이 시인 되기가 소수의 천재에게만 허락된다고 여기는 것은 지나친 낭만주의적 편견이다. 시인도 평범한 사람이다. 다만 무엇인가를 가지기 위해 노력하지 않고, 상대를 이기기 위해 애쓰지 않으며, 조각조각 잘라서 분석하는 사람이 아닐 뿐이다. "자고로 시인이란 말입니다, / 벌꿀과 포도주를 섞은 눈빛으로 / 술 취한 듯 술 취하지 않은 듯 / 사물을 조용히 관찰하고 오래오래 생각하는 / 그런 평범한, 평범한 사람이랍니다."(〈나는 시인이랍니다〉) 이제 평범한 사람들인 우리도 관찰과 생각을 게을리 하지 않는다면 벌꿀의 달콤함과 포도주의 향기를 머금은 '너는 말이야'를 서로에게 전하며 가장 숭배할 만한 '나'를 상대에게 선물할 수 있을 것이다. 그렇게만 된다면 이제 시인이 "나는 시인이기를 멈췄습니다."라고 해도 된다. 대신 도처에 다른 시인이 있을 것이다. 여럿이 아닐 수도 있지만 큰 문제는 없을 것이다. "하지만 나는 압니다. / 오늘 밤 이 세상에 한 사람은 반드시 시인입니다. / 오늘 밤 누군가가 시를 쓰고 있다면 / 그것으로 충분합니다."(〈나는 이제 시인이 아니랍니다〉)

우리는 완벽하지 않다. 그렇지만, "기괴한 불의 나라"에서 "생의 완벽"을 꿈꾸는 노래를 이제 우리가 불러야 할 때인지도 모른다. 나의 몸을 통과한 노래를 당신에게 유일한 선물로 되돌려 줄 때가 된 것인지 모른다. 다만 그 노래는 아마도 '필사적'으로 불러야 하리라. "예전에 우리는 노래를 함께 불렀다 / 여전히 같은 가사와 같은 선율 / 노래를 가장 잘 부르던 이들은 다 죽었다 / 노래를 멈추지 마라"(〈피〉). 노래는 멈춤 없이 계속 되어야 한다. "사랑을 잃은 자 다시 사랑을 꿈꾸고, 언어를 잃은 자 다시 언어를" 꿈꾸게 하듯(〈먼지 혹은 폐허〉), 노래를 잃은 이들에게 다시 노래를 꿈꾸게 해야 한다. 평범한 이들의 절규와 사랑이 담긴 노래들을 기록하고 노래가 멈추지 않게 하는 것, 그것이 이 "기괴한 불의 나라"의 시인, 그리고 시를 가르치는 이들에게 부여된 소명일 것이다.

| 김정우

참고문헌

심보선(2008), 〈떠다니는 말〉, 《슬픔이 없는 십오 초》, 문학과지성사.
심보선(2008), 《슬픔이 없는 십오 초》, 문학과지성사.
심보선(2011), 〈거기 나지막한 돌 하나라도 있다면〉, 《눈앞에 없는 사람》, 문학과지성사.
심보선(2011), 〈'나'라는 말〉, 《눈앞에 없는 사람》, 문학과지성사.

야생사과

나희덕

어떤 영혼들과 얘기를 나누었다
붉은 절벽에서 스며나온 듯한 그들과

목소리는 바람결 같았고
우리는 나란히 앉아 지는 해를 바라보았다

흘러가는 구름과 풀을 뜯고 있는 말,
모든 그림자가 유난히 길고 선명한 저녁이었다

그들은 붉은 절벽으로 돌아가며
곁에 선 나무에서 야생사과를 따주었다

새가 쪼아먹은 자리마다
개미들이 오글거리며 단물을 빨고 있었다

나는 개미들을 훑어내고 한입 베어물었다
달고 시고 쓰디쓴 야생사과를

그들이 사라진 수평선,

내 등 뒤에 서 있는 내가 보였다

바람소리를 들었을 뿐인데

그들이 건네준 야생사과를 베어물었을 뿐인데

출처 《야생사과》(2009)　**첫 발표** 《현대문학》(2008. 2)

나희덕 羅喜德 (1966 ~)

충청남도 논산 출생. 1989년 『중앙일보』 신춘문예에 〈뿌리에게〉가 당선되어 등단하였으며, 시집으로 《뿌리에게》(1991), 《그 말이 잎을 물들였다》(1994), 《그곳이 멀지 않다》(1997), 《어두워진다는 것》(2001), 《사라진 손바닥》(2004), 《야생사과》(2009), 《말들이 돌아오는 시간》(2014), 《파일명 서정시》(2018) 등이 있다. 작은 소리에 귀 기울이는 따뜻함과 서정성, 그리고 생태적 상상력을 펼쳐 보여 왔으며, 최근에는 사회 현실과 고통받는 이들의 목소리를 기록하는 쪽으로 시세계를 확장하고 있다.

영혼을 위한 멈춤과 어루만짐

박민규의 소설 《죽은 왕녀를 위한 파반느》(2009) 속의 '나'는 잠언집에서 다음과 같은 글을 인용한다.

인디언들은 말을 타고 달리다 / 이따금 말에서 내려 자신이 달려온 쪽을 한참 동안 바라보았다 한다. / 말을 쉬게 하려는 것도, 자신이 쉬려는 것도 아니었다. / 행여 자신의 영혼이 따라오지 못할까봐 / 걸음이 느린 영혼을 기다려주는 배려였다. / 그리고 영혼이 곁에 왔다 싶으면 / 그제서야 다시 달리기를 시작했다.

인디언들의 사고방식과 문화에 대한 여러 글들이 전해 오지만, 위의 인용문은 그 가운데에서도 매우 인상적으로 인디언의 가치관을 나타낸다. 그리고 인디언의 이 멈춤과 기다림은, 무한경쟁의 사회를 살아가면서 옆 사람보다 한 걸음이라도 더 앞서야 한다는 생각에 사로잡혀 있는 현대인의 자멸을 늦추는 경구가 된다. 나의 영혼이 나의 육신과 분리된 채로 늘 나를 따르는 것이라 생각한다면, 정신을 차리기 어려울 정도로 모든 것이 빠르게 움직이고 변화하는 시대를 살아가는 우리는 더더욱 영혼이 나의 육신과 너무 멀리 떨어지지 않았는지 돌아보고, 기다리지 않을 수 없다.

우연이겠지만, 소설이 인디언의 이야기를 떠올렸던 2009년에 나희덕 시인 역시 《야생사과》라는 제목의 시집을 간행하면서 시집의 맨 앞에 인디언들의 가치관을 배음(背音)으로 삼는 시들을 배치하였다. 물의 순환에 관한, 또는 죽은 영혼에 관한 이야기를 담은 〈빗방울에 대하여〉(2007) 같은 경우가 그러하다.

1
빗방울이 구름의 죽음이라는 걸 인디언 마을에 와서 알았다 / 빗방울이 풀줄기를 타고 땅에 스며들어 / 죽은 영혼을 어루만지는 소리를 듣고 난 뒤에야

(…)

7
구름이 강물의 죽음이라는 걸 인디언 마을에 와서 알았다 / 죽은 영혼을 어루만진 강물이 / 햇빛에 날아오르는 소리를 듣고 난 뒤에야

물이 액체에서 기체로, 다시 기체에서 액체로 순환하는 것쯤이야 과학 시간에 배워 상식으로 알고 있었겠지만, 인디언 마을에 선 시인은 전혀 다른 차원에서 '물의 일생'을 알게 된다. 인디언 마을에 오지 않았다면 구름의 죽음과 강물의 죽음 사이를 오가며 죽은 영혼을 어루만지는 '물'의 손길에 대해, 아마도 시인은 영원히 알 수 없었을 것이다.

인디언들은 영혼을 위해 육신의 욕망을 내려놓고 걸음을 멈춘다. 그리고 땅과 하늘을 오가는 물방울들이 우리의 영혼을 어루만진다고 생각한다. 인디언들의 눈으로 이 세상을 대해 왔다면 많은 것들이 조화와 균형 속에 있었던 조용한 별 지구를 이렇게 병든 땅으로 만들지는 않았을 것이다. 땅과 산물을 탐한 백인들이 총칼로 쉽게 짓밟아 버렸던 인디언들의 세계야말로 지혜의 세상이었음을, 기술문명을 맹신하다 벼랑 끝에 몰린 현대인들은 이제야 뒤늦게 깨닫고 있다. 지금이라도 늦지 않았으니, 멈추고, 기다리고, 그리고 어루만져야 한다.

│ 이방인에게 전하는 바람의 말

《야생사과》의 맨 마지막에는 〈시인의 말〉이 짧게 수록되어 있다. 산문인 듯 보이지만, 한 편의 시처럼 행 구별이 되어 있다. 〈시인의 말〉에 잠깐 귀 기울여 본다(나희덕, 2009: 146-147).

야생사과를 처음 맛본 것은 낯선 대륙에서였다. / 시큼하고 떫은, 그 길들여지지 않은 맛은 / 과일가게나 농부의 바구니에 담긴 사과와는 아주 달랐다. / 야생의 열매를 쪼는 새들처럼 그곳에서 나는 어눌한 듯 자유로웠다. / 익숙한 삶과 언어를 떠나 이방인이 되어보는 경험은 / 영혼의 입자를 새롭게 만들어 다른 삶으로 스며들게 해주었다. / 내 안의 물기가 거의 말라갈 무렵 낯선 땅에서의 물의 출구를 발견한 셈이다. / 무수한 나를 흘려보내는 것이 첫 물줄기를 향해 거슬러 올라가는 일이었으니, / 경계를 넘어서려는 의지와 기원에 대한 갈증은 다른 것이 아니었다. / 이전에 삶이란 과거가 만들어낸, 견뎌야 할 어떤 것으로 여겨졌다. / 하지만 "이제 더 이상 과거가 미래를 만들도록 내버려두어서는 안 된다"는 들뢰즈의 말처럼, 기억의 되새김질보다는 생성의 순간에 몸을 맡기고 싶다. / 오늘도 봄그늘에 앉아 기다린다, 또다른 나를.

〈시인의 말〉을 통해 우리는 앞서 본 〈빗방울에 대하여〉나 〈야생사과〉 같은 시들이 실제로 '낯선 대륙'에서의 경험을 바탕으로 한 것임을 알 수 있다. "길들 여지지 않은 맛"의 '야생사과'를 한입 베어 문 시인은 야생의 열매를 쪼는 새들 처럼 자유로움을 느낀다. 그리고 그동안 익숙한 삶과 언어 속에서 길들여질 대 로 길들여지다 보니, 더 이상 새로운 무엇을 만들어 내지 못하고 물기가 거의 말라가는 삶을 간신히 이어 가고 있었음을 깨닫는다. 단순히 과거의 연장으로 현재를 견디는 데 그쳐서는 안 된다. 영혼의 입자를 새롭게 만들고 경계를 넘 어서려는 의지를 다져야 한다. 기억의 되새김질을 통한 성찰의 시(詩)도 의미가 없는 것은 아니겠으나 이제는 새로운 나, 또 다른 나를 만나는 생성의 '순간'을 담겠다는 시인의 단단한 마음이 읽힌다.

〈야생사과〉역시 인디언들과의 만남 끝에 길들여지지 않은 '야생'을 맛봄으 로써 비로소 자유로운 나를 만나게 되는 순간을 기록하고 있다. 시는 "붉은 절 벽에서 스며나온 듯한 그들"을 만나 얘기를 나누는 데에서 시작한다. 인디언들 의 붉은 피부는 붉게 타는 태양의 기운을 피부에 그대로 간직하고 있는 이들의 건강함이기도 하고, 인위적인 경작의 초록빛 대신 척박한 땅 절벽에 감도는 붉 은빛의 원시성이기도 하다. 그들을 굳이 "어떤 영혼들"이라고 지칭한 것은 육신 의 욕망에 사로잡혀 영혼을 버린 소위 문명인들과의 대비를 위함이며, 한국어 와 인디언 언어 사이의 차이쯤이야 훌쩍 넘어서는 교감이 서로 간에 이루어졌 음을 뜻한다고도 볼 수 있다.

인디언들은 머나먼 곳에서 온 이방인이자 그들이 알지 못하는 말로 시를 짓 는 시인에게 무엇을 말해 주고 싶었을까? 해가 지고, 바람결 같은 목소리를 거 두며 붉은 절벽으로 돌아가던 그들은 야생사과 하나를 따서 시인에게 건넨다. 새가 쪼아 먹은 사과, 그리고 그 속살이 드러난 자리에 이미 개미들이 제법 들 러붙은 사과…. 아마도 주위를 조금 더 둘러보았다면 새나 개미가 먼저 입을 대 지 않은 사과가 전혀 없지는 않았을 터이지만, 그들은 굳이 개미들이 오글거리 는 사과를 건넨다.

아무렇지 않게 그것을 받아들지는 못했으리라. 잠깐 당황하는 빛이 얼굴을 스치는 시인에게, 아마도 인디언들은 그동안의 익숙함에서 과감히 벗어나 한번 덥석 물어보라고 눈짓으로 말하지 않았을까. 썩 내키는 일이 아니었을 수도 있지만, 시인은 인디언들의 제안을 거절하지 않고 조심스레 개미들을 훑어낸다. 이 사과를 베어 물면 무슨 일이 벌어질까? 아담과 하와가 떠오르고 백설공주도 떠오르며 호기심과 불안이 교차하는 가운데 시인은 조심스레 한입 베어 문다. 개량에 개량을 거듭하여 단물이 많고 과육이 풍성했던 익숙한 사과 맛 대신, 달고 시고 쓰디쓴 야생사과의 거친 맛이 입 안에 퍼진다. 야생의 맛이 입을 거쳐 온몸으로 펴져 나가는 사이, 같은 곳을 먼저 쪼아 먹고 간 새처럼 하늘로 가볍게 날아오르고, 그 자리를 훑고 간 개미처럼 땅 속을 자유롭게 파고드는 기분을 함께 맛보았을 것이다.

그들이 붉은 절벽으로 돌아가고 태양도 서쪽 수평선으로 잦아들 무렵, 혼자 남겨진 시인은 그 수평선 위에서 또 다른 '나'를 보게 된다. 등 뒤에 서 있는 내가 보이는, 불가사의한 상황. 나는 그저 바람결 같은 목소리를 가진 그들이 내게 건넨 야생사과를 물었을 뿐인데, 빨리 달리는 데에만 여념이 없었던 나는 그제야 그동안 알지 못했던 나의 영혼을 보게 된 것이다. 성경에서 선악과가 아담과 하와의 눈을 맑게 하여 부끄러움을 알게 하였듯이, 야생사과는 나의 눈에서 탐욕의 안대를 걷어 내었다.

미국의 생태사상가 토머스 베리(Thomas Berry) 신부는 지구와 이 세계에 영성이 있다고 생각하며, 인간이 우주와 성스러운 방식으로 연결되어 있다고 믿는다. 그리고 미국을 건설한 백인들이 아메리카 대륙에서 행한 약탈과 파괴를 성찰하면서 아메리카 원주민인 인디언들처럼 땅을 '이용'하려고만 들지 말고 땅과 교감하고 땅을 신성하게 여길 것을 강조한다.

이 대륙의 원주민들은 우리에게 땅의 가치를 가르치려고 애썼지만, 불행하게도 우리는 그들을 이해하지 못했으며 명백한 운명이라는 우리의 꿈 때문에 눈이 멀어 있었다. 오히려 우리는 그들에게 분개하였는데, 그것은 원주민들이 부지런히 노동하기보다는 삶을 단순하게 살라고 주장했기 때문이다. 우리는 원주민들에게 우리의 방식을 가르치려 했지만, 그들이 그들의 방식을 우리에게 가르칠 수 있다고는 전혀 생각하지 않았다. 우리는 우리의 정착을 안내해 준 원주민들에게 계속 의존했지만, 우리가 신성한 땅, 신성한 공간으로 들어서고 있다는 것을 알아차리지 못했다. 우리는 그들이 했던 방식, 즉 이용을 위한 대상이 아니라 존경하고 교감하는 대상, 살아 있는 존재로서 대하는 방식으로는 결코 이 땅을 경험하지 못했다.

(Berry, 2009: 173)

2020년을 넘어서면서, 회복 불가능의 상태에 거의 도달한 것처럼 보일 정도로 위기에 처한 지구의 신음소리가 사방에서 점점 커져 가고 있다. 이는 그동안 지구가 감당하기 어려운 수준으로 과도한 편리와 풍요를 누려 온 인간의 오만이 빚은 결과이다. 이제 다들 각자의 욕망을 향해 질주해 온 자동차의 시동을 끄고 지구의 걸음 속도에 보조를 맞추어야 할 때가 되었다. 걸으면서 눈에 뜨이는 야생사과를 하나씩 베어 물어 보자. 새가 쪼아 먹고 벌레들이 갉아 먹은 것이라면 더 반갑게 쥐고 크게 한 입 먹어 보자. 대지와 강물과 교감하며 살아가면서 이 지구에 사는 지혜를 얻어 온 이들의 목소리가 바람결에 들려올 것이다. "자연이 먼저 먹은 사과를 당신도 드시오. 저 멀리 버려 둔 당신의 영혼을 보게 될 거요. 이것이 우리의 삶의 방식이오." 그제야 비로소, 멀리 뒤처져서 헉헉대는 내 영혼의 숨소리 또한 들을 수 있게 될 것이다.

뿌리에서 야생사과를 거쳐 대지로, 그리고 사회로

〈뿌리에게〉로 등단한 나희덕은 나무와 풀, 그리고 흙과 강물로 이어지는 자연의 순환과 흐름의 고리를 중요하게 생각하며 그에 기반한 상상력을 펼쳐 왔다. 또한 늪의 다양한 생명들로부터 귀뚜라미, 제비, 그리고 우리의 많은 이웃에 이르기까지, 희미한 신호를 보내는 이 세상의 작고 여린 존재들의 다양한 이야기에 귀를 기울이고, 그들의 존재에 무심한 우리에게 그 소리들을 증폭하거나 번역하여 들려주는 일을 지속해 왔다. 이러한 나희덕의 시세계에 공감하는 독자들이 많았던 터라 그의 시집은 현재까지 모두 절판되지 않고 꾸준히 스테디셀러의 지위를 유지해 오고 있다.

또한 나희덕의 시는 교실에서 가장 사랑받는 시이기도 하다. 국정교과서의 마지막 판이었던 제7차 교육과정기 중학교 3학년 1학기《국어》교과서(2003)에서 나희덕 시인의 〈배추의 마음〉(1998)을 수록한 이래, 세 번의 교육과정 개정을 거치는 동안 나희덕 시인은 김소월, 백석, 윤동주, 정호승 등의 시인들과 함께 여러 작품이 교과서에 실린 시인으로 손꼽히고 있다. 너무 난해하지 않으면서도 시의 여러 면모와 특성을 경험할 수 있게 하는 다양성과 완성도를 갖춘 시, 그리고 주제 의식이나 지향하는 가치 면에서도 미래를 살아갈 세대에게 필요한 지혜와 인성 교육을 할 수 있는 작품들이었기 때문에 가능한 일이었다.

등단작 〈뿌리에게〉에서 '연한 흙' 같은 존재로서 이 세상의 모든 뿌리들을 감싸 안고 "나를 뚫고 오르렴"하며 모든 생명을 귀하게 여기는 자기희생적 태도를 보였던 시인은, 〈야생사과〉를 거쳐 〈뿌리로부터〉(2011)에 이르러서는 "한때 나는 뿌리의 신도였지만 / 이제는 뿌리보다 줄기를 믿는 편이다 // 줄기보다는 가지를, / 가지보다는 가지에 매달린 잎을, / 잎보다는 하염없이 지는 꽃잎을 믿는 편이다"라고 고백하고, "우리는 뿌리로부터 온 존재들, / 그러나 뿌리로부터 부단히 도망치는 발걸음들"이라고 뿌리와 우리의 관계를 재정립하였다. 모든 것을 품어 주는 대지의 어머니신의 넉넉함에서부터, 가지 끝의 "가늘고 뾰족해지는 감각의 촉수"가 가지는 날카로움과 가벼움에 이르기까지 시세계가 확장되었다.

여기에서 더 나아가 가장 최근의 시집《파일명 서정시》에 이르면 사회 곳곳에서 고통 받는 인간들의 목소리를 생생히 기록하는 데에 주력하는 모습을 보인다. "뿌리 뽑힌 나무들, 이파리마다 흙이 묻어 있다"(〈우리는 흙 묻은 밥을 먹었다〉)라고 재난 현장을 기록하거나, "가만히 있으라, 가만히 있으라 / 그 말에 아이들은 시키는 대로 앉아 있었다"(〈난파된 교실〉)와 같은 절망의 언어, "3억9천9백만마리의 새들은 트윗을 날린다 / 공중에 심긴 줄도 모르고 / 국경을 넘어 / 시차와 밤낮을 가리지 않고 // 예기치 않은 때에 날아오는 메시지들 / 순식간에 퍼지는 루머들"(〈새를 심다〉)과 같은 시대의 가짜 말들까지 기록하고 있다.

〈야생사과〉는 시기적으로도 내용적으로도, 나희덕 시세계 변화의 가운데 지점에 놓이는 작품이라고 하겠다. 길들여지지 않은 생명인 야생의 건강함과 자유로움에 주목하면서 시인의 생태의식은 좀 더 심층적인 지점에 도달하게 되었고, 시어들은 우회하지 않는 구체성과 직접성까지 아우르게 되었다. 요란하지 않으면서도 멈춤 없이 지속적으로 가청주파수의 범위를 넓혀 온 나희덕의 시세계는 앞으로도 자연과 교감하며 영혼의 목소리에 귀 기울이는 한편 더욱 날카롭고 예민한 감각으로 이 사회의 그늘진 곳을 포착해 감으로써 한국 서정시의 영역을 새롭게 확대해 갈 것이다.

| 김정우

············
참고문헌

나희덕(2009), 〈빗방울에 대하여〉, 《야생사과》, 창작과비평.
나희덕(2009), 〈시인의 말〉, 《야생사과》, 창작과비평.
나희덕(2009), 《야생사과》, 창작과비평.
박민규(2009), 《죽은 왕녀를 위한 파반느》, 예담.
Berry, T. (2009), "The World of Wonder", In M. Tucker(Ed.), *The Sacred Universe: Earth, Spirituality, and Religion in the Twenty-first Century*, Columbia University Press.

껌

김기택

누군가 씹다 버린 껌.

이빨자국이 선명하게 남아 있는 껌.

이미 찍힌 이빨자국 위에

다시 찍히고 찍히고 무수히 찍힌 이빨자국들을

하나도 버리거나 지우지 않고

작은 몸속에 겹겹이 구겨넣어

작고 동그란 덩어리로 뭉쳐놓은 껌.

그 많은 이빨자국 속에서

지금은 고요히 화석의 시간을 보내고 있는 껌.

고기를 찢고 열매를 부수던 힘이

아무리 짓이기고 짓이겨도

다 짓이겨지지 않고

조금도 찢어지거나 부서지지도 않은 껌.

살처럼 부드러운 촉감으로

고기처럼 쫄깃한 질감으로

이빨 밑에서 발버둥치는 팔다리 같은 물렁물렁한 탄력으로

이빨들이 잊고 있던 먼 살육의 기억을 깨워

그 피와 살과 비린내와 함께 놀던 껌.

지구의 일생 동안 이빨에 각인된 살의와 적의를

제 한몸에 고스란히 받고 있던 껌.

마음껏 뭉개고 갈고 짓누르다

이빨이 먼저 지쳐

마지못해 놓아준 껌.

출처 《껌**》**(2009)　**첫 발표 《**문예중앙**》**(2006. 2)

김기택 金基澤 (1957 ~)

경기도 안양 출생. 1989년 『한국일보』 신춘문예에 〈가뭄〉과 〈꼽추〉가 당선되면서 등단하였다. 중요
한 문제들을 무겁지만은 않은 어조로 그려 내는 시인은 일상 속의 다양한 모습을 세심한 시선으로 관
찰하면서 대상의 이면에 감추어진 것들을 드러내는 작품들을 보여 주고 있다. 1990년대 이후 한국
현대 시단을 대표하는 시인 중 한 명으로 평가받는다.

작가의 언어 그리고 작가를 바라보는 언어
를 바라보는 언어를 바라보는…

이솝 우화 중에 여우가 포도를 먹지 못하게 되었을 때 그것을 '신포도'라고
규정하면서, 자신이 먹지 못한 포도의 가치를 절하시키는 이야기가 있다. 여우
의 어리석음이나 허영을 비판하기에 좋은 이야기이기도 하겠지만, 다른 한편으
로는 어떤 언어를 사용하는가에 따라 세계와 세계의 의미를 다르게 추출해 낼
수 있음을 잘 보여 주는 이야기로 읽힐 수도 있을 것이다. 물론 언어는 무언가
를 추출하는 동시에 다른 것들을 덮기도 한다(Lakoff & Johnson, 1980/2001). 이
런 점에서 본다면 훌륭한 시인이란 누군가가 덮어 놓았기에 모르고 지나쳐 왔
던, 혹은 누군가가 과도하게 부각시켜 왜곡된 채로 존재해 왔던 세계를, 경험을,
의미를 새로운 언어를 통해 우리 앞에 다른 모습으로 제시하는 사람이라 할 수

있다. 김기택의 〈껌〉도 그동안 가려져 있어 제대로 보지 못했던 이 세계의 새로운 면모를 우리에게 소개해 주는 작품이다. 그리고 그 소개는 자신의 감정을 직접 토로하지 않는 방식을 취함으로써 나름대로의 객관적인 설득력을 갖추게 된다. "시인의 시선은 시적 자아를 향한 것이 아니"(장경렬, 2009)라 "먼저 대상을 상상하고 상상 속에서 다시 관찰"하고 있다는 점, 그리고 관찰한 내용을 "전달자의 입장을 취하"(박종원, 2010)여 진술한다는 점은 〈껌〉에서도 확인할 수 있다.

작가가 주로 전달하려고 했던 내용들은 작가와 작품을 '관찰'하는 독자들에 의해 다시 진술된다. 여기에서도 김기택의 작품들과 관련하여 무언가는 부각되고 무언가는 부각되지 않은 채 남게 된다. 예를 들면, 김기택의 시세계에 대해 삶과 죽음의 근대적인 대립에 대한 지양을 읽어 내는 동시에(박슬기, 2009) 생명의 본질을 읽어 내는 것(박동억, 2019)도 가능한 것이다. 이러한 '관찰'들은 김기택의 시세계를 이해할 수 있는 하나의 길을 충분히 제시해 준다. 그런데 이와 같은 읽기 결과들을 참고하여 '근대적인 대립', '삶과 죽음', '생명의 본질'이라는 주제 안에서만 〈껌〉을 조망하는 것으로 충분할까? 이 의문을 풀어 가는 길은 작품의 두 주인공인 '껌'과 '이빨' 중 독자가 어느 인물을 더 가깝게 느끼는가의 질문을 통해 접근할 수 있다.

우리는 누구인가 그리고 무엇인가?
― 껌.

이 작품은 여덟 개의 마침표를 사용하여 껌의 다양한 모습을 보여 준다. 한 작품에서 마침표의 쓰임이 작품의 주제를 형상화하는 데 기여하는 방식은 작품마다 다르게 풀이될 수 있다. 이 작품에서 마침표는 끝날 듯 끝나지 않는 흐름의 연속을 보여 주는 것으로 이해할 수 있다. 만약 이 작품에 마침표가 없다면 행과 행 사이의 휴지가 지금보다 짧아질 것이고, 이를 통해 껌이 가지는 유연성과 탄력성이 더 잘 형상될 것으로 판단할 수도 있다. 그러나 마침표 없는 흐름은 껌의 성격보다는 흐르는 물의 성격에 더 가깝다. 유연하면서도 탄력 있는 껌의 특성은, 불규칙적이기는 하지만 지속적으로 나타나는 마침표를 통해 더욱 생생하게 드러날 수 있다. 즉, 이빨이 씹기를 멈출 때 마침표의 형태로 멈출 수 있는 껌은, 이빨이 다시 씹기를 시작할 때 새로운 문장(관형절을 안은 명사절)으로 되살아난다. 마침인 것으로 보이나 마침이 아닌 껌의 성격이 작품에서 간헐적으로 등장하고 있는 마침표를 통해 더욱 실감나게 표현되고 있는 것이다.

이와 같은 껌이 보여 주는 지속적인 되살아남은 껌에 대한 화자의 인식을 "씹다 버린 껌"에서 "마지못해 놓아준 껌"으로 변화시키는 과정과 그 흐름을 같이한다. 그 과정에서 껌은 다양한 행위의 모습들을 보여 준다. 그러면서도 '껌'은 여전히 '껌'으로 남는다. 마침표로 정리되는 시상 전개의 각 단위들이 늘 '껌'에서 마무리되고 있는 것이다. '껌'의 행위들이 관형절의 형태로 '껌'을 수식하기는 하지만, 그것이 특별하거나 또는 명백한 은유의 형태로 나타나는 것은 아니다. 오히려 '껌'의 행위들은 환유적으로 제시되고 있다. 이는 '껌'이 가진 '에너지'(박동억, 2019)를 음미하는 데에, 그리하여 '껌'의 '저항'(강영준, 2007)이 마냥 진지하고 괴로운 투사의 것만이 아니라 '노는' 방식('놀던 껌')으로도 이루어질 수 있다는 점을 의미하는 데에 긍정적으로 기여한다.

환유적으로 제시되는 시상의 전개와 더불어, 마침표를 중심으로 형성되어 있는 명사절의 길이가 제각각이라는 점 역시 각 행의 길이가 제각각이라는 점과 맞물린다. 이 작품에서 소위 3음보의 반복이라는 방식으로 명백하게 읽을 수 있는 부분이 두 행 있는데("살처럼 부드러운 촉감으로 / 고기처럼 쫄깃한 질감으로"), 이 부분은 감각을 느끼는 유일한 주체가 '이빨'이라는 점과 맞물리면서 껌의 '탄력'을 그야말로 탄력적으로 보여 준다.

이 정도까지 시의 구성과 형식적인 측면을 파악하고 나면 '껌'은 어떤 역경에도 굴하지 않고 다시 일어서는 영웅처럼 보인다. 역경의 서사를 갖지 않는 영웅이 어디에 있을 것이며, 그것을 멋지게 극복해 내지 않는 영웅이 또 어디에 있을 것인가. 이 매력적인 영웅적 주인공에 우리의 감정을 이입하지 않는 것은 쉽지 않은 일이다.

우리는 누구인가 그리고 무엇인가?
― 이빨.

영웅이 등장하는 영화에서 관객이 악당을 응원하는 것도 이제는 낯설지 않다. 〈껌〉에서 '껌'이 영웅이라면 악당의 자리에는 응당 '이빨'이 올 수 있겠다. 강한 줄 알았으나 유연함과 탄력 앞에서 그 한계를 여실히 드러낼 수밖에 없는 이빨은, 마지못해 놓아 준 껌을 그저 바라보기만 하는 이솝 우화 속의 여우처럼 보이기도 한다. 여우보다 자신을 우위에 놓고 싶은 독자는 여우를 비판할 수 있는 에이런처럼 보이지만 실상은 알라존일 수 있다. 반대로, 여우에 동감하면서 여우의 낭만적 아이러니에 동참할 수 있는 독자는 우둔한 알라존처럼 보이지만 실상은 자신의 현실을 직시할 수 있는 에이런일 수 있다.

김기택의 〈껌〉을 읽는 독자는 이솝 우화 속의 여우를 비판하는 현명한 에이런인 양 껌의 현란한 '기술'(?)에 기뻐하고 놀라워하며, 자신을 마음껏 껌에 대입하고, 껌의 지향이 주는 가치의 충만함을 만끽할 수 있다. 이를 통해 '이빨'처럼 우리에게 '살육의 기억'을 투영하고 있는 것은 무엇이며, 그에 대해 어떤 방식으로 대처해야 하는가를 고민하는 것도 필요하다. 그러나 다른 한편으로는 스스로를 '이빨'에 대입해 보는 시간을 가지는 것도 그에 못지않게 중요하다. 스스로가 현명한 약자인 것처럼 생각하는 것이 실제로는 우둔함의 결과인 것은 아닌지 거꾸로 생각해 볼 필요가 있기 때문이다.

지금 이 순간 이 작품을 읽는 행위 또한 각자의 의식이라는 '이빨'로 작품이라는 '껌'을 씹으며 이빨 자국을 남기는 것과 다르지 않다. 그러나 이 부분에 집중하면 저 부분이, 저 부분에 집중하면 이 부분이 새로 삐져나오고, 이런 맥락에서 읽으려 하면 저런 맥락이, 저런 맥락에서 읽으려 하면 이런 맥락이 삐져나오면서, 작품이 "조금도 찢어지거나 부서지지도 않"고 있다는 것을 느끼게 된다. 잡으면 잡으려 할수록 알 수 없는 것이 세계이고, 타인이고, 시인 셈이다.

맙소사, 내가 '이빨'이 되다니! 이쯤 되면 화자라는 개념을 동원하여 내가 '이빨'이 아님을 증명할 필요가 생긴다. 이 작품은 '이빨'에 대한 시가 아닌 '껌'에 대한 시라고, 화자는 '껌'처럼 살아가는 이들의 삶을 응원하는 것이니 청자 여러분은 스스로를 '이빨'로 단정하면서 괴로워할 필요가 없다는 토닥임이 필요해 보인다. 이런 의식으로 이빨을 세우며 작품을 씹으려 하니 이번에는 화자가 또 다른 방향으로 스윽 빠져나간다. 제목이 '껌'이지 않느냐고. 그러나 '껌'이 스스로의 이야기를 하는 것으로 보이지는 않지 않느냐고. 화자 자신이 '껌'으로 보이냐고. 듣고 보니 '껌'의 감정보다는 '이빨'의 감정이 더 직접적으로 드러나는 것 같다. '부드러운 촉감', '쫄깃한 질감', '물렁물렁한 탄력'은 아무래도 '껌'이 스스로를 설명하는 표현이라기보다 '껌'을 씹어 본 '이빨'이 자신의 경험을 드러내는 표현일 것이기 때문이다. 화자는 빌런이었던 것일까.

▌ 탄력 앞에 장사 없다

이제 '이빨'인 우리 독자들은 "마음껏 뭉개고 갈고 짓누르"려다 '먼저 지쳐' '껌'일지도 모르는 작품을 놓아 줄 때이다. 그러나 즐거웠다. 이런 놀이야말로 시라는 '껌'이 없으면 불가능한 일이다. 이런 껌이 '화석'이 되었다니, 좀 서운한 느낌도 든다. 그러나 역시 껌은 '껌'이다. 껌을 관찰하는 화자는 "화석의 시간을 보내고 있"다고 진술한다. "보내고 있다"니? '그는 죽음의 시간을 보내고 있다.'와 같은 진술은 그 시간을 다 보낸 후에 일어날 새로운 변화를 암시하는 것처럼 보인다. 생각이 여기까지 미치니 잊었던 '살육의 기억'이 다시금 꾸물거린다. '살육의 기억'이라는 이 녀석도 '껌'이었나? 다시 한번 뭉개 볼까 이빨을 드려내려는 순간, 이제는 정말 지쳤다고, 그만 놓아주자고 그새 껌에게 배운 이 빨이 그만 그 글 다물라 한다. 나만 빼놓고 다 껌이었다.

| 민재원

참고문헌

강영준(2007), 「김기택 시 연구를 위한 시론: 반(反) 속도의 미학」, 『국어문학』 42, 국어문학회, 167-194.

김기택(2009), 《껌》, 창비.

박동억(2019), 〈펜과 눈: 김기택 시인의 필체와 시 세계〉, 《시작》 18(3), 천년의시작, 56-68.

박슬기(2009), 〈껌의 존재론, 삶과 죽음의 결박태, 김기택 시집, 《껌》(창비, 2009)〉, 《문학과사회》 22(2), 문학과지성사. 499-502.

박종원(2010), 「김기택 시의 관찰적 화자 연구」, 『열린정신 인문학연구』 11(2), 원광대학교 인문학연구소, 77-101.

장경렬(2009), 「시선의 이쪽과 저쪽: 이정주 시집 《홍등》과 김기택 시집 《껌》」, 『본질과 현상』 16, 본질과 현상사, 260-268.

Lakoff, G. & Jhonson, M. (2001), 『삶으로서의 은유』, 노양진·나익주 역, 서광사(원서출판 1980).

오래된 기도

이문재

가만히 눈을 감기만 해도
기도하는 것이다.

왼손으로 오른손을 감싸기만 해도
맞잡은 두 손을 가슴 앞에 모으기만 해도
말없이 누군가의 이름을 불러주기만 해도
노을이 질 때 걸음을 멈추기만 해도
꽃 진 자리에서 지난 봄날을 떠올리기만 해도
기도하는 것이다.

음식을 오래 씹기만 해도
촛불 한 자루 밝혀놓기만 해도
솔숲 지나는 바람소리에 귀 기울이기만 해도
갓난아기와 눈을 맞추기만 해도
자동차를 타지 않고 걷기만 해도

섬과 섬 사이를 두 눈으로 이어주기만 해도
그믐달의 어두운 부분을 바라보기만 해도

우리는 기도하는 것이다.

바다에 다 와가는 저문 강의 발원지를 상상하기만 해도

별똥별의 앞쪽을 조금 더 주시하기만 해도

나는 결코 혼자가 아니라는 사실을 받아들이기만 해도

나의 죽음은 언제나 나의 삶과 동행하고 있다는

평범한 진리를 인정하기만 해도

기도하는 것이다.

고개 들어 하늘을 우러르며

숨을 천천히 들이마시기만 해도.

출처 《지금 여기가 맨 앞》(2014)　**첫 발표** 《시와 사상》(2008. 9)

이문재 李文宰 (1959~)

경기도 김포 출생. 1982년 《시운동》 4집에 시를 발표하며 등단했다. 하재봉, 남진우와 함께 《시운동》 동인 활동을 했고, 서정적 심연을 바탕으로 한 원형적 상상력으로 현실주의의 경직된 논리를 줄기차게 타개해 나갔다는 평가를 받는다. 《내가 젖은 구두 벗어 해에게 보여줄 때》(1989), 《산책시편》(1993), 《마음의 오지》(1999), 《제국 호텔》(2004), 《지금 여기가 맨 앞》(2014) 등의 시집이 있다.

▌기도의 일상성이 의미하는 것

매일의 생활에서 우리가 반복적으로 취하는 어떤 포즈 혹은 일상적으로 시선이 머무는 곳 등에 대해 한번 생각해 보자. 아침에 일어나서 커튼이나 블라인드를 걷으며 잠시 시선을 주게 되는 창밖, 커피를 내리거나 마실 때 내가 취하는 자세나 바라보는 풍경, 집이나 학교, 혹은 직장에서 누군가와 대화할 때 나의 두 손이 취하고 있는 모습(맞잡거나 팔짱을 끼거나 혹은 턱에 괴고 있거나 등), 길을 걷다가 잠시 나의 시선을 잡아끄는 것들, 산책이나 운동을 할 때 문득 쳐다보게 되는 하늘이나 구름이나 나무나 혹은 발 앞의 돌멩이.

이러한 반복적인 일상의 대부분을 우리는 무심(無心)하게 스친다. 여기서 무심을 유심(有心)으로 바꿔 보면 어떨까. 마음이 없는 상태가 아니라, 그 상태에 내 마음을 잊지 않고 얹어 보는 것이다. 기억하지 못할 관성적인 여러 장면들 중의 하나로 흘려보내는 것이 아니라, 의식하는 상태로 바라보기 혹은 의식하는 내 마음을 인지하기. 이른 아침 창밖을 내다봤을 때 지나가는 자동차에 누가 타고 있을지 상상해 보거나, 예상치 못하게 쏟아져 들어오는 햇빛에 말을 걸어 보거나, 커피를 내리면서 잠시 그 소리에 귀를 기울여 보거나, 집에서 아버지와 혹은 직장에서 상사와 얘기하면서 두 손을 어찌하고 있는지 한번 돌아보거나 하는 식으로 말이다.

시인은 그렇게 닳고 닳은 일상에 마음을 얹는다. 그것도 '기도'라는 경건한 형식으로 말이다. 그렇지 않으면 일상이 닳아빠진 채로 멀리 달아나 그대로 잊힐 것이고, 우리의 일상은 어떠한 작고 미세한 파문도 일으키지 못한 채 무심하게 바스러져 버리고 말 것이기 때문이다. "왼손으로 오른손을 감싸"고 "맞잡은 두 손을 가슴 앞에 모으"고 "말없이 누군가의 이름을 불러주"고, "노을이 질 때 걸음을 멈추"고, 그리고 "꽃 진 자리에서 지난 봄날을 떠올리기만" 해도, "기도하는 것"이라고 화자는 말한다. 왼손이 오른손을 감싸거나 맞잡은 두 손을 가슴 앞에 모으는 것은 실제 기도하는 행위를 닮았다. 기도는 진심을 다해 마음을 모으는 행위이고, 진심을 다해 그 마음을 언표화하는 행위이다. 그리고 대체적으로 기도는 자신의 이름보다는 "누군가의 이름"을 부르는 행위이다.

기도는 바람이자 염원이고 소망이자 기원이라는 점에서 항상 현재의 결핍을 내포하고 있으며, 이러한 결핍을 채우고자 하는 마음은 늘 간절하고 진정성 있어야 한다. 세속적인 욕망을 관철하기 위한 기복(祈福) 형태의 기도가 아니라, 일상적으로 마주하는 크고 작은 대상들과 사물들을 진정한 마음으로 대하기. 이러한 간절함과 진정성의 기도가 일상의 모든 행위에 편재한다면, 우리의 삶은 꽤 괜찮은 것이 되지 않겠는가. "음식을 오래 씹"고, "촛불 한 자루 밝혀놓"고, "솔숲 지나는 바람소리에 귀 기울이"고, "갓난아기와 눈을 맞추"고, "자동차를 타지 않고 걷"는 것은 얼마나 일상적이고도 쉬운 기도인가 말이다. 그러면서 우리는 우리의 존재를 확장해 가고 존재의 심연을 조금은 들여다볼 줄 아는 눈을 갖게 될지도 모른다. "섬과 섬 사이를 두 눈으로 이어"줄 수 있게 되고, "그믐달의 어두운 부분을 바라"볼 줄도 알게 되며, "바다에 다 와가는 저문 강의 발원지"인 '기쁜 첫사랑 산골 물소리'(박재삼, 〈울음이 타는 가을강〉)도 상상할 수 있게 되며, "별똥별의 앞쪽을 조금 더 주시"할 수 있게 되고, 마침내 "나는 결코 혼자가 아니라는 사실을" 깨닫게 된다. "나의 죽음은 언제나 나의 삶과 동행하고 있다는 / 평범한 진리를 인정"할 수 있게 되는 것이다. 기도의 힘은 그런 것이다.

▎'오래된 기도'의 의미

하지만 이 기도는 '오래된 기도'이다. 왜 '오래된' 기도인가? 여기서 '오래된'의 의미는 이미 일상에 포함되어 있어서 새삼스러울 것이 없다는 의미일 수도 있겠지만, 그렇게 오래되었어도 여전히 이루어지지 않았다는 의미일 수도 있다. 여전히 이루어지지 않고 있기 때문에 계속할 수밖에 없는 기도이며, 지속적으로 삶에서 견지하고 있는 태도로서의 기도, 즉 아주 오래도록 진행 중인 기도인 것이다. 이는 시인의 전반적인 시세계를 관통하는 시적 방법론과 직결된다. 시인과 일치하는 자전적 화자로 보이는 '나'는 시 속에서 항상 걸으며, 느끼며, 사유하고 또 성찰한다.

이문재 시인의 시세계에 대한 기존의 논의들 중에는 '산책'의 의미에 주목한 것들이 많다. 그에게 있어 산책은 도시 사회의 불안한 삶을 마주하여 천천히 정면으로 응시하는 시인의 삶의 자세이자 정신적 방법론이다. 동시에 산책은 문명의 속도에 대한 대항으로서의 의미, 다시 말해 속도에 대한 비판을 내포하고 있다. "노을이 질 때 걸음을 멈추"고 "자동차를 타지 않고 걷"는 산책의 행위는 경건한 기도의 행위와 등치된다. 그의 시가 '느림의 미학'을 일정 부분 노정할 수밖에 없는 이유도 이와 무관하지 않을 것이다.

그러므로 이 시의 제목인 '오래된 기도'는 시인이 독자로 하여금 "가만히 눈을 감기만 해도 / 기도하는 것이다"라고, "고개 들어 하늘을 우러르며 / 숨을 천천히 들이마시기만 해도" 기도하는 것이라고, 조용히 끈기 있게 오래도록 설득하고 있는, 그야말로 시인의 '오래된' 기도일지도 모른다. 이제 우리는 이 시인의 오래된 기도가 이루어질 수 있도록 우리의 기도를 시작하여야 할 것이다.

| 정정순

참고문헌

이문재(2014), 《지금 여기가 맨 앞》, 문학동네.

찾아보기

지은이 소개

윤여탁
서울대학교 국어교육과 명예교수
서울대학교 문학박사
『시교육론: 방법론 성찰과 전통의 문제』(1998), 『문화교육이란 무엇인가: 한국어 문화교육의 벼리[綱]』(2013), 『한국 근·현대시와 문학교육』(2017) 외

최미숙
상명대학교 국어교육과 교수
서울대학교 국어교육학 박사
『문학교육론』(공저, 2023), 『국어교육의 이해(개정4판)』(공저, 2023), 『시와 함께 배우는 시론』(공저, 2020) 외

최지현
서원대학교 국어교육과 교수
서울대학교 국어교육학 박사
『문학교육과정론』(2006), 『문학교육심리학』(2014), 『현대시 교육론』(공저, 2017) 외

유영희
대구대학교 국어교육과 교수
서울대학교 국어교육학 박사
「시 창작교육 목표의 내용 구조화 연구」(2016), 「현대시에서 '여성적인 것'의 의미」(2021), 『시와 함께 배우는 시론』(공저, 2020) 외

김정우
이화여자대학교 국어교육과 교수
서울대학교 국어교육학 박사
「성찰과 저항의 슬픔: 윤동주시의 탈식민성」(2017), 「생태문학교육의 방향과 내용」(2020), 『현대시 교육론』(공저, 2017)

남민우

한국교육과정평가원 연구위원

서울대학교 국어교육학 박사

『시교육의 해체와 재구성』(2006), 『문학교육의 역사와 성장의 시학』(2006), 『현대시 교육론』(공저, 2017) 외

김남희

한남대학교 국어교육과 교수

서울대학교 국어교육학 박사

「문학치료적 관점에서의 시 쓰기 교육 연구」(2018), 『그대 시를 사랑하리』(공저, 2014), 『현대시 교육론』(공저, 2017) 외

정정순

영남대학교 국어교육과 교수

서울대학교 국어교육학 박사

「문학교육에서의 반응중심학습에 대한 이론적 재고」(2016), 『문학교육론』(공저, 2023), 『현대시 교육론』(공저, 2017) 외

구영산

충남대학교 국어교육과 교수

서울대학교 국어교육학 박사

「서정 시학 교육을 위한 서정 정신 연구」(2004), 「초등 국어수업에서 행위지향적 표현의 형성과 의미, 기능, 인식」(2010), 「공적 사과 교육의 내용 연구: 공적 사과에 대한 '사과 수용 반응'을 중심으로」(2017) 외

김미혜

청주교육대학교 국어교육과 교수

서울대학교 국어교육학 박사

『현대시 교육론』(공저, 2017), 『교육과정 문해력 프로토콜』(공저, 2021), 『초기 문해력 교육: 읽기 따라잡기로 시작해요』(공저, 2022) 외

오지혜

세명대학교 미디어문화학부 교수

서울대학교 국어교육학 박사

「문학문화적 접근을 통한 한국어문학 교재 내용 체계 연구」(2016), 『문학교육개론 II: 실제편』
(공저, 2014), 『외국인을 위한 문화와 함께 읽는 한국 문학』(공저, 2018) 외

손예희

계명대학교 국어교육과 교수(전)

서울대학교 국어교육학 박사

「문학교육 실천 과정에서의 창의성」(2014), 「시교육에서 타자의 문제에 대한 고찰」(2018), 『상
상력과 현대시 교육』(2014) 외

민재원

전북대학교 국어교육과 교수

서울대학교 국어교육학 박사

「교과서 학습 활동 기반 시 읽기의 분절성 연구」(2019), 『새로 쓰는 현대시 교육론』(공저, 2015),
『시교육의 사적 연구』(공저, 2016) 외

강민규

강원대학교 국어교육과 교수

서울대학교 국어교육학 박사

「교육과정의 사회적 전망과 해석으로서의 문식 환경 이해」(2020), 「《인문평론》의 시 수록 기획
연구」(2021), 「신비평이 시 교육에 남긴 유산에 관한 재고」(2023) 외

이종원

한국교육과정평가원 부연구위원

서울대학교 국어교육학 박사

「작품의 생산 맥락을 고려한 신경림 시 읽기의 교육적 가치」(2017), 「계승어 교육에서 윤동주
시의 활용 가능성」(공저, 2018), 『다문화 시대의 문화 교육 커리큘럼』(공저, 2016) 외

이상아

한국교육과정평가원 부연구위원

서울대학교 국어교육학 박사

「시 교육에서 창의적인 학습자에 대한 탐색」(2015), 「운율 교육에서 현대시 읽기 방법의 모색」
(2017), 「문학교육에서 죽음의 활용 방향에 대한 연구: 시교육을 중심으로」(2021) 외

진가연

한국과학기술원 디지털인문사회과학부 초빙교수

서울대학교 국어교육학 박사

「문해력과 윤리성의 관계에 대한 고찰」(2020), 「은유에 중심을 둔 문학 비평 활동 교육 연구」
(2021), 「시교육에서 성찰적 태도에 관한 고찰: 고백의 담론적 효과에 주목하여」(2022) 외